ジョージ・S・スカイラーの世界

人種概念の虚構性を見透かす

ジョージ・S・スカイラー［著］
廣瀬典生［編訳・著］

小説『ノーモア黒人《ブラック》』とジャーナル著作物の翻訳、およびスカイラーについての一考察

関西学院大学出版会

目次❖ジョージ・S・スカイラーの世界　人種概念の虚構性を見透かす

3 《黒人《ニグロ》と白人《ノルディック》文明》［抜粋］ 『メッセンジャー』七（一九二五年五月） 249

4 《「黒人芸術《ニグロ・アート》」という戯言《ホウカム》》 『ネーション』一二二（一九二六年六月一六日） 256

5 《幸いなるかな、ハムの子孫は》［抜粋］ 『ネーション』一二四（一九二七年三月二三日） 262

6 《我ら黒人《ニグロ》からアメリカへの最高の贈り物》 チャールズ・S・ジョンソン編『選集――黒檀と黄玉』（一九二七年） 267

7 《我らの白人《ホワイト・フォークス》について》 『アメリカン・マーキュリー』第一二巻四八号（一九二七年一二月） 276

8 《合衆国における異人種間結婚》 『アメリカン・パレード』一（一九二八年秋季号） 293

9 《黒人《ブラック》の兵《つわもの》ども》［抜粋］ 『アメリカン・マーキュリー』第二一巻八三号（一九三〇年一一月） 317

10 《人種的偏見に関する、いくつかの甘くない真実》
サミュエル・D・シュマルハウゼン編『見よアメリカ!』(一九三一年) 328

11 《アンクル・サムの黒人《ブラック》の継子》
『アメリカン・マーキュリー』第二九巻一一四号(一九三三年六月) 352

12 《ブラック・インターナショナルの台頭》
『クライシス』第四五巻八号(一九三八年八月号) 372

13 《だれが「ニグロ」で、だれが「白人」か?》
『コモン・グラウンド』第一巻一号(一九四〇年秋季号) 385

14 《論説と批評《ヴューズ・アンド・レヴューズ》——彼らの闘いはわれわれの闘いでもある》
『ピッツバーグ・クーリエ』(一九四三年五月二九日) 393

15 《白人問題《コケイジャン・プロブレム》》
レイフォード・W・ローガン編『黒人の求めるもの』(一九四四年) 397

16 《論説と批評《ヴューズ・アンド・レヴューズ》——原子爆弾投下》
『ピッツバーグ・クーリエ』(一九四五年八月一八日) 419

❖凡例

一、人名や地名、事項などのカタカナ表記は、できるだけ原音に近いものにしている。

二、スカイラーは、黒人（また白人）を指す用語を多彩に用いることによって、人種の二極化構造の脱構築を許ろうとしているると解釈できる。その点を理解できるようにするために、とくに黒人を指すスカイラーの用語にはすべてルビを振っている（「白人」を指すスカイラーの用語については、「ホワイト」以外には、できるだけルビを振っている）。

三、本文・引用文中の〔　〕は、訳者・著者による補助説明のための注・加筆部分である。また適宜、（　）で原文を添えている。注については、読者の便宜を図るため、重複しているものや、文脈を理解するために役立つと思われることに焦点を当てたため、同一用語について、異なる内容を記していることもある。

四、主旨・論旨を強調するために、傍点を付けている。

五、使用・参照させていただいた文献や翻訳書については、「使用・参照文献」に明示している。

六、スカイラーの二つの講演――《公民権法案に対する異議申し立て》（"The Case against the Civil Rights Bill"〔一九六三〕）と、《アメリカ黒人《ニグロ》の未来》（"The Future of the American Negro"〔一九六七〕）――のタイプ原稿については、それらを保管しているシラキュース大学図書館スペシャル・コレクションズ・リサーチ・センターより入手した（二〇一四年五月二八日）。（Syracuse University Libraries, Special Collections Research Center. 222 Waverly Avenue, Syracuse, NY 13244-2010）

七、翻訳をするに当たって、以下の機関から翻訳権（著作権）を取得して掲載（引用）している。

（1）第Ⅱ部（4）《「黒人芸術《ニグロ・アート》」という戯言《ホウカム》》（"The Negro-Art Hokum"［一九二六］）、第Ⅱ部（5）《幸いなるかな、ハムの子孫は》（"Blessed Are the Sons of Ham"［一九二七］）、第Ⅲ部《書簡――黒人《ニグロ》と芸術家》（"Correspondence: Negroes and Artists"［一九二六］）、および第Ⅲ部 ラングストン・ヒューズ著《アメリカ人の芸術、それとも黒人《ニグロ》の芸術？》（"American Art or Negro Art?" by Langston Hughes［一九二六］）――以上、四つの評論については、『ネーション』誌より翻訳権（著作権）を取得している。（The Nation. 33 Irving Place, New York, NY 10003）

（2）第Ⅱ部（14）《論説と批評――彼らの闘いはわれわれの闘いでもある》（"Views and Reviews"［一九四三］）と、第Ⅱ部（16）《論説と批評――原子爆弾投下》（"Views and Reviews"［一九四五］）――以上、二つの新聞記事については、『ニュー・ピッツバーグ・クーリエ』紙より翻訳権（著作権）を取得している（二〇一四年五月二八日）。また、第Ⅰ部、注1に引用したノグチ・ユウザブロウ博士に関する記事、《科学者によって主張された人種転換》（"Racial Metamorphosis Claimed by Scientist"［一九二九］）と、第Ⅲ部、四八三頁に引用した社説、《リンチング・リーグ》（"The Lynching League"［一九二七］）についても、『ニュー・ピッツバーグ・クーリエ』紙より翻訳権（著作権）を取得している（二〇一四年九月一二日）。（New Pittsburgh Courier. 315E. Street, Pittsburgh, PA, 15219）

（3）第Ⅱ部（15）《白人問題《コケイジャン・プロブレム》》（"The Caucasian Problem"［一九四四］）――以上、一つの評論については、『ノースカロライナ大学出版局』より翻訳権（著作権）を取得している（二〇一四年五月二九日）。（The University of North Carolina Press. 116 South Boundary Street, Chapel Hill, NC 27514）

（4）第Ⅱ部（12）《ブラック・インターナショナルの台頭》（"The Rise of the Black Internationale"［一九三八］）

——以上、一つの評論については、『クライシス出版社』より翻訳権（著作権）を取得している（二〇一四年七月六日）。また、第Ⅱ部、注109に引用したアルベルト・アインシュタインの記事《アメリカの黒人《ニグロ》のみなさまへ》（“To American Negroes”［一九三二］）と、第Ⅲ部、注4に引用したスカイラーの妻ジョーゼフィン・スカイラーの記事《私の娘のためにしてはならないこと》（“Don'ts for my Daughter”［一九三三］）についても、『クライシス出版社』より翻訳権（著作権）を取得している（二〇一四年一〇月二八日）。（The Crisis Publishing Co., Inc. 4805 Mt. Hope Drive, Baltimore, MD 21215）

八、本書のカバーや中に使用している写真（合計五枚）については、ニューヨーク公立図書館より使用・掲載許可を得ている（二〇一四年七月二九日）。（Permissions & Reproduction Services, The New York Public Library. 476, Fifth Avenue, South Court Mezzanine, New York, NY 10018）

第Ⅰ部［翻訳］

『ノーモア黒人《ブラック》』

——西暦一九三三—一九四〇年、
自由の国にて繰り広げられた、
不思議にして驚異的な科学の営みを物語る——

——ジョージ・S・スカイラー 著
廣瀬典生 訳

自分の祖先を十世代さかのぼっても、
家計図の木に、
黒人《ブラック》に当たる葉も小枝も大枝も側枝も
まったくないと自信をもって言うことができる、
この偉大な共和国のすべての白人《コケイジャン》に、本書をささげる。

序

二十年以上も前になるが、ニュージャージー州アズベリーパーク在住のひとりの紳士が、黒人《ニグロ》の頑固な縮れ毛をたちどころに完全な直毛にできる製剤の製造販売を始めた。この直毛剤は「ノーモア縮れ毛《キンク・ノー・モア》」という名前で売り出されたが、二週間もたてば元に戻ってしまって、そのたびにやり直さなければならないので、その商品名は正確ではなかった。

それ以来、今日に到るまで、専門家やアマチュアも含めて、多くの化学者が、虐げられてきたアフリカ系アメリカ人《アフラメリカン》を、できるだけ白人のアメリカ市民《ホワイト・フェロー・シティズン》に近づける方法を探究してきた。一時的にでも効果のある製剤が市販されたことで、製剤業者、広告業者、黒人《ニグロ》新聞、美容業者に大きな利益をもたらしている。数多くの利用者も、ほんの一時的であっても、縮れ毛が矯正され、肌色も数段淡《うす》くなるので、大満足の意を表している。白肌は優性人種のしるしであるとたえず繰り返して強調されるアメリカでは、黒人市民《ブラック・マスィズ》が完璧な肌色になれる何らかの手がかりを真剣に求めるのは容易に理解できる。それが今や、科学によって満足な結果が得られるところまで来ているように思われるのだ。

一九二九年一〇月には、日本の別府市というところにあるノグチ病院の院長、ノグチ・ユウザブロウ博士が、十五年にわたる入念な研究と実験を重ねた結果、黒人《ニグロ》を白人《ホワイト・マン》に変えることができるようになったと、アメリカの新聞記者を集めて発表した。人種転換は一夜にしてできることではないと認めながら、「時間をもらえれば、日本人をも長身碧眼金髪の人種に変えることができる」とも明言した。内分泌腺の機能を調節し、電気的な栄養を与えることによって可能になるというのだ(1)。

それよりもっと確実だと思われるのは、ニューヨーク市在住の電気技師ベラ・ゲイティ氏(2)が、全米黒人地位向上協会《NAACP》に宛てた、一九三〇年八月一八日付の書簡の中で述べていることである。

私ごとですが、かつてかなりひどい日焼けをしたとき、ヨーロッパの地方の人たちに、黒人《ニグロ》と間違われました。暴力などひどい扱いを受けることはなかったのですが、からかわれたりして不愉快な思いをしました。それ以来、私はこの問題を追究しまして、その結果、余分な皮膚色素は除去できるという確信に至りました。そこで、貴会が関心を示され、貴会の医療関係者の御協力を得て、私どもが必要な実験を行なえると思われましたらば、喜んで、特許明細書と……この発明に関する当方の一般取引条件契約書を送付させていただきます……ご負担いただく費用はごくわずかで済むはずです。

V・F・カルヴァートン氏(3)が強い関心を示して、心温まる励ましをしてくれたこと、また妻のジョーゼフィン・スカイラー(4)の協力と批評が『ノーモア黒人《ブラック》』を完成するうえで大きな助けになったことに対して、心からお礼と感謝を申し上げたい。

ニューヨーク市にて

ジョージ・S・スカイラー

一九三〇年九月一日

『ノーモア黒人《ブラック》』

1

マックス・ディッシャーは、「ホンキー・トンク・クラブ(5)」の店先に突っ立って、細長い葉巻《パナテラ》を吹かしながら、このキャバレーに入っていく白人や黒人《ブラック》の群れをじっと眺めていた。マックスは長身の伊達男で、肌は光沢のある暗褐色。黒色人種《ニグロイド》の顔立ちには、いくぶん悪魔を思わせるものがあり、身のこなしは憎らしいほど平然としている。帽子を小粋にかぶり、アライグマの外套の下に着ている夜会服は非の打ちどころがない。年も若く、無一文になったわけでもなかったが、ひどく落ち込んでいた。一九三二年もあと数時間で暮れようという大晦日の夕方なのに、陽気で華やいだ気分にはなれない。女がいないのに、どうして浮かれ騒ぐ周りの連中の仲間入りができるというのだ？ その日、彼の「黄褐色肌《イヤラー》」の気ままな女《フラッパー》であるミニーと喧嘩をして、二人の関係がすべて終わってしまったのだった。

「女というのはまったくわからん」マックスはしみじみつぶやいた。「とくに混血女《イヤラー・ウィミン》というのは。月を取ってやってもありがたく思いやしないだろう」――おそらくそこが問題だった。ミニーには与えすぎたのだ。いくら費やしても元は取れなかった。洋服を買ってやったり、三部屋のアパートの家賃を支払ってやったりしたために、相手はすっかり付け上がってしまったのだ。自分の肌色に執着する――それがあの女の問題点だった！(6) 彼は口からタバコを放して、むかついて唾《つば》を吐いた。

そこへ、小柄ででっぷり太っているが、愛嬌のある丸顔をした黒人男《ブラック・フェロー》が、細いツバの褐色のフェルト製中折れ帽にラクダ毛《キャメル》のコート、足首にはスパッツという、めかし込んだ出で立ちでふらりと現れ、マックスの肩を叩いた。

「やあ、マックス！」と声をかけて、狐色の手袋をはめた手を差し出した。「どうしたんだ、浮かない顔して？」

「いろいろあってな、バニー」いつも身なりがよくて口も達者なマックスは打ち明けた。「おれの混血娘《イヤロー・ギャル》がまったくお高く留まりやがって、ハイさよなら、ってわけさ」

「そうぼやくな！」小柄な黒人男《ブラック・フェロー》は声を高めた。「おまえたち、何もかもうまくいっていたと思うんだが」

「『いっていた』という言い方は正しいよ。それにおれの金《かね》を使い果たしたあとじゃな！　考えただけでも頭にくる。今夜のためにキャバレー《ホンキー・トンク》のパーティ券を二枚買っていたのさ、あいつと一緒に過ごせると思ってな。だけど喧嘩をして、ハイさよならってことになってしまったのさ」

「なんてこった《シャックス》！」バニーは語気を強めて言った。「おれはそんなことで悩んだりしないぞ。おれだったら別の女を探す。どんな女にもおれの新年を台無しにさせやしないぞ」

「おれもそうしたいところさ、おまえが言うようにうまく行きさえすればな。しかし、知り合いの女はみんなデートで出払ってしまっている。だから、たった一人でドレスアップして、どこにも行く当てがないってわけだ」

「パーティ券を二枚持ってるんだろ。それじゃ、おれとどうだ」とバニーは提案した。「だれかのパーティに潜り込むことだってできるじゃないか」

マックスの表情が華やいだ。「そいつはいい考えだ。たぶんいい連中に巡り会えるかも」

二人はステッキを振り回しながら、ホンキー・トンキー・クラブの入り口の人混みの中に加わり、タバコの煙でムンムンする店内へ入った。店内に流れる音楽に合わせて踊りながら飛び回っている接客係のあとをついてテーブルの間を進み、ダンスフロア近くの席に腰を下ろした。ジンジャーエールとたっぷりの氷を注文し、椅子にもたれて、混雑する店内を見回した。

マックス・ディッシャーとバニー・ブラウンは、フランスで旧十五連隊に所属して戦って以来の仲間で、マックスは「アフラメリカン火災保険会社」の有能な代理人。バニーは「ダグラス銀行」の金銭出納係《テラー》。ハーレムの黒人街《ブラック・ハーレム》では、二人は同性愛者という評判が立っていた。二人には、アフラメリカンの男たち《バックス》によく見られる弱点があった――好みの女は黄褐色肌の混血女《イエロー・ウーマン》に限る、というものだった。二人とも、黒人《カラード》の男が幸せになるためには欠かせないものが三つあると言っていた。つまり、金紙幣《イエロー・マニー》と(7)混血女《イエロー・ウーマン》とイエロー・タクシーだった。最初のものを手に入れるのはそれほどむずかしくなかったし、三つ目は何の苦労も要らない。しかし、二つ目の混血女《イエロー・ウーマン》は尻軽で気まぐれな存在なのはよくわかっている。彼女たちを囲っておくのは至難の業だ。彼女たちをめぐって競争相手が多いので、ライバルにかっさわれないようにしておくためには、百万ドルほども用意しておかないといけない。

「混血女《イャラー・ギャル》はもうこりごりだ！」マックスはきっぱりと宣言してから、飲み物に口をつけた。「黒肌女《ブラック・ギャル》の方がいい(8)」

「そう言うな！」バニーは声を上げながら、大きな銀色の酒瓶から飲み物を継ぎ足した。「真っ黒肌の女《コール》に乗り換えようなどと考えていないだろうな？」

マックスは言い返した。「まあ、おれの運を変えてくれるかもしれん。だいいち、黒肌女《ブラック・ギャル》は信用できる。ずっと寄り添っていてくれる」

「おまえにどうしてわかる？　今まで一人も黒肌女《ブラック・ギャル》と付き合ったことなんかないじゃないか。おれの知る限りでは、白人《オフェイ》みたいな女ばかりだったじゃないか」

「うーん！」マックスは認めざるをえなかった。「今度の相手は本物の白人女《オフェイ》になるかもしれん！　それほど煩わしくないし、月を取ってきてほしいなんてことも言わないだろう」

「おれもそう思う」とバニーも認めた。「しかしおれは、品のあるとびきり上等な女でなきゃだめだ。安っぽい女なんかお断りだ！　面倒なことになるだけだ……だがな、いいか、そんな女どもでも、いいことなんか何もない。最初はとびきりいい女だと思っても、しばらくすると、みんな同じさ」

二人は静かに盃を傾けながら、周りの様々な人間を観察していた。黒肌、褐色肌、黄褐色肌、白肌の常連客が談笑し、ふざけ合ったりしながら盃を交わしている。夜の付き合いは実に民主的だ(9)。タバコの煙が頭上に渦まき、熱狂的なジャズバンドの大音量のために、思いきり声を張り上げてもかき消されるほどだった。接客係が高く持ち上げた皿をバランスよく保ちながらテーブルの間を飛び回り、色紙《いろがみ》で作った帽子をかぶった常連客は、音楽に合わせて調子を取ったり、テープを投げたり、肩を組んで感傷的な気分に浸っていたりする。

「おい、見ろ！　こりゃあ、たまげた、おったまげた！」とバニーが声を上げて、入り口の方を指さした。白人のグループが入ってきたのだった。だれもが着飾っていて、その真ん中に、天から舞い降りてきたか、それとも雑誌の表紙から飛び出してきたかのような、長身でスリムな赤毛の女がいた。

「これは、これは、これは！」と言って、マックスはきちんと座り直した。

男二人と女四人のグループだった。彼らはマックスとバニーの隣の席に案内された。二人の黒人《カラード》の伊達男は彼らをこっそりと見つめた。背の高い女はまさに理想の女だ。

「おれの好みにぴったしだ」とバニーがささやいた。

「少し冷静になって考えろ。四十フィートの竿《さお》をもってきても、あの女には届かんぞ」

「そりゃ、わからんさ」バニーは自身ありげに微笑んだ。「わかるはずがない！　わかるもんか！」

「いや、おれにはわかる」とマックス。「あの女はジョージア州出身《クラッカー》だ」

「どうしてわかるんだ？」

「そりゃあ、一ブロック離れていてもわかるさ。おれはだてにジョージア州アトランタに生まれ育ってはいないからな。ちょっとあの女の声を聴いてみろ」

バニーは耳をそばだてた。「なるほど、そうみたいだ」と認めた。

二人は他を見向きもしないでじっとそのグループを見つめていた。マックスはとくに魅入っていた。これまで見たこともないようなかわいい女だった。たまらなく魅力を感じた。無意識にネクタイを直し、きれいに手入れの行き届いた手で、きっちり直毛にして整えた髪の毛をなでた。

突然、グループの中の男のひとりが立ち上がって、マックスとバニーのテーブルの方にやってきた。二人はその男を怪訝《けげん》そうに見つめた。何か言いがかりでもつけるつもりか？　仲間の女をじっと見つめていたのを気づかれたのか？　近寄ってくると二人は体をこわばらせた。

「ちょっといいかね？」と声をかけてきて、テーブルの方に身を乗り出した。「おれたちの口に合う、ちょっとした飲み物がこのあたりで手に入るかどうか知らないか？　注文したものはもう飲んでしまって、接客係は品切れだと言うんだ」

「表の通りに出ればすぐかなりいいものが手に入るよ」とマックスは応じて、少しほっとした。

「しかし、連中はこの人には売らないだろうよ」とバニー。「酒を取り締まる役人と思ってしまうだろう⑽」

「君たちのどちらか、おれの代わりに買ってきてくれないかね？」とその男が尋ねた。

「いいよ」マックスは快く応じた。なんて運がいいんだ！　願ってもないチャンスだ。連中の席に誘ってくれるかもしれない。男から十ドル紙幣を受け取ったマックスは、帽子もかぶらず出かけていき、十分後に戻ってきた。男に一クウォート瓶の酒と釣銭を渡した。男はマックスに釣銭を受け取らせて礼を言った。しかし誘いはなかった。マックスは自分の席に戻って、そのグループをうらめしそうに眺めた。

「誘われなかったのか？」とバニーがきいた。

「ここに戻ってきているじゃないか」マックスはむっとして答えた。

フロアショーが始まった。真っ黒な《ブラック・フェイスト》コメディアン、酒枯れの声をふりしぼって黒人ばあや《マミー》の歌[11]を数曲熱唱する、でっぷり太った歌手、底に金具のついていない靴で踊る三人のチョコレート肌のタップダンサー、ヌード同然の姿で身をくねらせて歌う、八人の混血《ムラート》のコーラスガール。

やがて、新年に向かって刻一刻と時を刻むにつれて、真夜中の無礼講へと移っていった。賑《にぎ》やかな舞台が静まったとき、照明が落とされ、楽団はけだるいブルースを物悲しく演奏し始めた。ダンスフロアはカップルで埋まった。隣の席の男二人と女二人が席を立った。あの美女ともう一人が残った。

「ダンスの相手をしてほしいと頼んでくる」マックスが突然言ったので、バニーは呆気にとられた。

「やめておけ！」と語気を強めて忠告した。「やっかいなことになるだけだぞ」

「まあ、とにかく当たって砕けろだ」マックスは気を変えるつもりはなく立ち上がった。

この白人の美女はマックスを完全に虜《とりこ》にしていた。一度だけでもダンスをしてくれるのだったら、彼女の欲しいものは何でも差し出す。一度だけでもスリムな腰に腕を回すことができれば、永遠に天にも昇った心地になれるだろう。そうだ、こういう場合、男だったら、断られるのも覚悟のうえで、一か八かやってみることだ。

「やめてくれ、マックス！」バニーは懇願するように言った。「男連中はただでは済まさないぞ」

しかしマックスは高ぶる気持ちを抑えることができなかった。とくに美女が関係しているとなると、やりたいことを控えるような男ではない。

マックスは、洗練されたニューヨーカーを精一杯気取って、隣のテーブルに向かってゆっくりと歩を進めていき、立ち止まって、まばゆいばかりの赤みがかった金髪を見下ろした。実に魅力的で、タバコの煙がむんむんと立ち込めていても、彼女の外国製の香水がマックスの鼻に快い刺激を与えた。

「ダンスのお相手をしていただけないだろうか？」マックスはしばらく躊躇《ちゅうちょ》してから声をかけた。

彼女は緑色の冷ややかな目で蔑むようにマックスを見上げて、彼の不躾《ぶしつけ》な態度に少し驚いた様子だったが、密かに興味をそそられたとも感じ取れた。しかし彼女の返事は素っ気ないものだった。

「嫌よ」と冷たく突き放した。「くろんぼ《ニガー》なんかと踊らないの！」そして女友達の方に向き直って言った。「こんな厚かましいくろんぼ《ダーキー》にはどうすればいいの？」蔑むように口元を少しゆがめ、素っ気なく肩をすくめて、不愉快なことを振り払う態度をあからさまに示した。

期待を打ち砕かれて怒りが込み上げてきたマックスは、すごすごと自分のテーブルに戻った。バニーはそれみたことかと大笑いした。

「あの女はジョージアのあばずれ《クラッカー》女だと言ったのはおまえだろ」バニーは喉を鳴らして笑った。「これでわかっただろ」

「えーいっ、くそっ！」マックスはくやしがった。

ちょうどそのとき、接客係主任のビリー・フレッチャーが通りかかった。マックスは彼を呼び止めた。「あの女、これまでここへ来たことはあるのか？」

「クリスマス前からほとんど毎晩来ているよ」とビリーは答えた。

「だれだか知っているのか？」

「まあ、聞いたところでは、アトランタの金持ち女《リッチ・ブロード》で、クリスマス休暇をここで過ごすためにやってきたということだ。どうしてそんなことききくんだい？」

「いや、とくに理由はない。ただきいてみたかっただけだ」

アトランタか！　おれの故郷《ふるさと》だ。おれを完全に袖にしたと思っているに違いない。しかし、ニューヨークの黒人《ブラック・ベルト》街に刺激を求めにきているのは確かだ。実際に付き合うんじゃなくて、ただ眺めて楽しもうってわけだ。まったく白人《ホワイト・フォークス》というのは奇妙奇天烈な連中だ。黒人《ブラック・フォークス》とは関わりたくないくせに、いつも黒人《ニグロ》の娯楽場には頻繁に出入りしやがる。

年も改まった一九三三年一月一日の午前三時、マックスとバニーは支払いを済ませて、まだ暗い通りへ出た。バニーは「ダホメイ・カジノ」でブレックファストダンスを楽しみたかったのだが、マックスはその気分ではなかった。

「おれは帰る」マックスはぽつりと言って、タクシーを呼び止めた。「お休み」

タクシーが七番街に出ると、座席にもたれてアトランタの女のことを思った。心にひっかかって忘れることができなかったし、忘れたくなかった。アパートに着いて、運転手に代金を支払ってタクシーを降り、アパートの玄関のカギを開け、階段を駆け上がって自分の部屋にたどり着き、無意識のうちに服を脱いだ。心が走馬灯のように回転した。アトランタ、海緑色の目、スリムな体、金褐色の髪、そして冷たい態度――「くろんぼ《ニガー》なんかと踊らないの!」

マックスは五時ごろ眠りに就いたが、たちどころに彼女の夢を見た。彼女と踊ったり、食事をしたり、ドライブをしたり、また手枷《てかせ》をはめられた何百万人もの白人奴隷がひれ伏している光景を前に、彼女をそばにはべらせて黄金の玉座に座っている――しかし今度は、ショットガンを携えた残忍な白人《グレイ》の男たち、吠え立てる猟犬、ガソリンをしみ込ませた薪の束、それに狂ったように金切り声を上げる暴徒の悪夢に取って代わった。

マックスはぐっしょり汗をかいて目が覚めた。電話が鳴っていて、正午近くの陽光が寝室に差し込んでいた。ベッドから飛び起きて受話器を取った。

「おい」バニーだった。「今朝の『タイムズ』紙を見たか?」

「見るはずないだろ」いかにも不機嫌な声だった。「今起きたところだ。何が載ってるんだ?」

「実はな、ジュニアス・クルックマン博士[12]のことを覚えているか？——三年ほど前、研究をやりたいということでドイツへ旅立ったあの黒人《カラード・フェロー》の医者だ。『タイムズ』紙によると、彼が帰国して早々に新聞記者を集めて、黒人《ダーキー》を白人に変える確実な方法を見つけたと発表したというんだ。昨夜、おまえがあの白人女《オフェイ・ブロード》にぞっこんだったあとだから、興味があるんじゃないかと思ってな。記事によると、クルックマンの御仁がハーレムで直ちに施術院を開業するとのことだ。おまえには願ってもないチャンスだろ。こんなチャンスは二度とないぞ」バニーはクスクス笑った。

「じゃあ、電話を切るぞ」マックスはむっつりとした声で答えた。「その手のものはいかさまだらけだ」

とは言ってみたものの、興味をそそられて、少しわくわくしてきた。本当だとしたら？　水シャワーを浴びてから急いで服を着て、ニューススタンドへ向かった。『タイムズ』紙を買って、新聞に目を走らせ、その記事を見つけた。

三日で黒人《ブラック》を白人に変えることができる大発見をした、と黒人《ニグロ》は語った。

マックスはジミー・ジョンソンのレストランに飛び込んで、注文した朝食が運ばれてくるのを待ちながら、むさぼるように記事に目を通した。確かにこれは本当に違いない——クルックマンの御仁にできることを考えてみれば！ほんの二、三年前までは、彼はハーレム界隈で、腹を空かせたしがない医学生だった。マックスは新聞を置いて、窓の外をぼんやりと眺めた。うーん、クルックマンはたちどころに百万長者になる。億万長者だって夢ではないだろう。南北戦争でさえできなかったこと[13]を、科学が解決してくれるということになる。しかし、そんなこと、どうやったらできるんだろう？　マックスは自分の両手をじっと見つめてから、その手を後頭部に当てると、直毛用のローションをこまめに使ってもうまくいかなかった、もつれた縮れ毛がまだ少し残っていた。実現の可能性を思い描きながら、ハムエッグを口に運んだ。

その時突然、彼は意を決した。新聞の記事にもう一度目を走らせた。よし、クルックマンはフィリス・ウィートリー・ホテル(14)に滞在している。行って直接確かめないわけにはいかないではないか？　それを試す最初の黒人《ニグロ》にならないわけにはいかないではないか？　そうだ、三日で白人になれるんだったら、試してみるだけのことはある！　もう黒人差別《ジム・クロウ》とはおさらばだ。侮辱を受けることもなくなる。白人になってどこへでも出かけていける。なりたければ何にでもなれる。やりたいことならほとんどどんなこともできる。やっと自由の身になれる……おそらくアトランタからやってきたあの女にも出会える。なんて素晴らしいんだ！

マックスは急いで立ち上がり、朝食代を払って、慌《あわただ》しく店を飛び出した。黒人《ニグロ》社交クラブダンスの宣伝看板を担いだ年老いた白人にぶつかりそうになったりしながら、大股で歩くか、ほとんど駆け足でフィリス・ウィートリー・ホテルを目指した。

階段を一度に二段駆け上がり、居室に飛び込んだ。日刊新聞の白人記者や黒人《ニグロ》週刊紙の黒人《ブラック》記者でごった返していた。そして真ん中にいるジュニアス・クルックマン博士に気づいた。背が高く、やせてはいるが引き締まった体つきで、真っ黒な肌。物腰がいかにも学者タイプで洗練されている。この大騒ぎの中で、彼の両脇を、賭け事を扱う「ナンバーズ銀行」の胴元ヘンリー（ハンク）・ジョンソンと、不動産業者のチャーリー（チャック）・フォスターの二人が固めていて、フォスターは、とても厳めしく尊大で貪欲そうにみえた。

「そうです」クルックマン博士は、彼の発言を熱心に書き留めている記者たちに向かって語っている。「私が大学一年生のころ、ある日、通りを歩いていると、顔と手のあちらこちらに白い斑点のある黒人《ブラック》の少女を見かけました。私は非常に興味をそそられました。そこで、皮膚病の研究を始めたところ、その少女は明らかに『白斑《はくはん》』(15)と呼ばれる神経線維の病気にかかっているとわかったのです。『白斑』はきわめてまれな病気です。黒人《ニグロ》だけでなく、ときたま白人《コケイジャン》にも見られるのですが、当然、黒人《ブラック》の方が目立ちます。皮膚色素が完全になくなるのですが、黒人《ニグロ》がかかると、まったく白肌になることがあります。ただ、そうなるまで三十年、あるいは四十年の歳月を要します。そんなことを考えていたとき、ふとあることを思いつきました。つまり、この神経線維の病気を人為的に発症させて、随時に刺激を与えたならば、アメリカの人種問題を解決できるのではないか、ということです。私の大学時代の社会学の恩師がかつて、アメリカの黒人《ニグロ》が自分たちの問題を解決するには、三つの方法があると話してくれたことがあります」クルックマン博士は細長い三本の指を差し出して言った。「『出ていくか、白人になるか、このままの状態を続けるか』ということです⒃。しかし、出てはいかないだろうし、実際そんなことはできないので、このまま別々にやっていくしかない――ということになれば、そのとき思ったのは、もう一つ残された方法は『白人になる』ということでした」一瞬、クルックマン博士の歯が、きちんと蝋で固めた口ひげの下からキラリと光った。すぐに厳粛な面持ちになって話を続けた。

「私は寸暇を惜しんでこの問題の研究に取り組み始めました。残念なことに、これに関する情報はこの国にはまったくないと言うに等しい状態でした。そこで私はドイツへ行くことに決めたのですが、そのための支度金を持ち合わせていませんでした。外国で実験と研究を行なう資金がないので落ち込んでいたのですが、ちょうどそのとき、ここにおられるジョンソンさんとフォスターさんが」と言いながら、博士は彼の手を優雅に振りながら二人を指し示した。「援助の手を差し伸べてくれたのです。私が大きな成功を収めることができたのは、言うまでもなく、このおふた方のおかげです」

「それにしても、どのようにされたのですか?」最初の質問がひとりの記者から発せられた。

「その点につきましては」と言って、クルックマン博士は笑みを浮かべた。「機密事項とさせていただきたいものですから、申し上げるわけにはいきません。ただ、電気ショックを与えて内分泌腺を制御するということだけは申し上げておきます。ある複数の内分泌に強い刺激を与えますと、他の複数の内分泌がかなり減少するということが起こります。それは強力な施術法で、危険も伴うのですが、うまくやれば、安全性にはまったく問題はありません」

「それでは髪の毛や顔かたちはどうなるのですか?」続いて黒人《ニグロ》記者が質問した。

「それらについても、施術過程で変化します」とクルックマン博士は答えた。「三日たちますと、髪の毛や顔かたちがまったく白人《コケイジャン》と同じになります」

黒人《ニグロ》記者はさらに突っ込んだ。「しかし、その変化は後世に遺伝するのですか?」

「今のところ」とクルックマン博士は答えた。「そのような革命的なことを実現するところまでは、何もなしえていないと申し上げねばなりません。しかし、生まれたばかりの黒人《ブラック》の幼児を二十四時間で白人に変えることはできます」

「これまで黒人《ニグロ》に試したことはあるんですかねえ?」白人記者が疑い深げに質問を投げかけた。

「もちろんですとも」博士は少しムッとした。「試したことがないのだったら、このように大々的に皆様の前でお話するようなことはありません。サンドル、こっちへ来なさい」会見場の端の方にいた青白い若者の方を向いて声をかけた。その若者には、会見場の中で最も北欧系白人《ノルディック》を思わせるものがあった。「この若者はセネガル《セネガリーズ》出身の黒人で、以前、フランス軍のパイロットでした。今申し上げていることが本当であることを証明する確かな証人です」

そしてクルックマン博士は、真っ黒い肌色の黒人《ブラック・マン》が写っている一枚の写真を見せた。どこかサンドルに似てはいるが、黒人《ニグロ》特有のぼさぼさの髪の毛、平たい鼻、厚ぼったい唇だった。「この写真に写っているのは」と博士は誇らしげに言った。「私の施術を受ける前のサンドルです。サンドルに施した処置はどの黒人《ニグロ》にもできます。見ておわかりのように、サンドルは心身ともにまったく健康そのもので、何の問題もありません」

会見場に集まっている新聞記者は恐れ入るほかなかった。クルックマン博士との会見内容をもう少し書き加え、博士と二人のスポンサーとサンドルの写真をたくさん撮ってから、記者は退出した。あとに残っていたのは、伊達男のマックスだけだった。

「やあ、先生！」と言って、マックスは前へ進み出て手を差し出した。「私を覚えておられますか？　マックス・ディッシャーです」

「もちろん覚えているとも、マックス」医者《バイオロジスト》は腰を上げて、愛想よく応じた。「久しぶりだが、相変わらず活かした格好をしているじゃないか。元気だったかい？」

再会した二人は手を取り合った。

「ええ、おかげ様で。ところで早速ですが、先生、先生の施術をこの私に試してみてくれませんか？　きっと被験者《ボランティア》を探しておられるんじゃないかと思いまして」

「確かにそのとおりだ。しかしまだ施術ができる態勢が整っていないんだ。何しろ、まず機材をそろえないといけないのでね。しかし数週間あれば準備できるだろう」

白人と黒人の混血《ムラート》で、でっぷりと太っていて、二重顎の「ナンバーズ銀行」の胴元、ヘンリー・ジョンソンが、クスッと笑いながらクルックマン博士を軽く突いた。「先生、マックスには一刻の猶予もないんだよ。やつ《ニガー》が白人になった暁には、白人女《オフェイ・ガールズ》と過ごせなかったこれまでの時間の埋め合わせを考えているんだよ」

小柄で細身、厳めしくぶっきらぼうな、琥珀色《こはくいろ》肌のチャーリー・フォスターがここで口を開いた。「すべて順調のようだが、ジュニアス、多くの黒人連中《ダーキーズ》を白くしたとしても、混血《ムラート》の子供が方々で生まれて、にっちもさっちもいかなくなるぞ。そうなったらどうするつもりかね？」

「おいおい、そんな気のめいるようなことを言うのはやめろ、チャック」とジョンソンが語気を強めてたしなめた。「今からそんな心配したって始まらん。先生がうまく立ち回ってくれるさ。それに、そんなことになったとしても、その時までに、ヘンリー・フォード(17)以上の大金持ちになっているさ」

「むずかしいことは何も起こらんよ」クルックマンは少しムッとしながら付け足した。

「そう願いたいものだ」フォスターは真顔で応じた。


翌日、新聞がいっせいに、ジュニアス・クルックマン博士との長いインタビュー記事と、博士と二人のスポンサー、それに白人に変身した元セネガル人の若者の写真を掲載した。最初はニューヨークだけの話題だったが、まもなく全米で話題になった。今回の新治療開発《ディスカヴァリ》について長文の社説も掲載されるようになり、学術団体は、この黒人《ニグロ》の医者《バイオロジスト》に講演会を開くように迫り、雑誌出版社も記事の掲載を要請したが、彼は申し出をすべて断り、詳細な説明を拒んだ。そんな態度は科学者としてふさわしくないと公然と非難されたり、さしずめ黒人《ニグロ》のすることだから、これ以上のものは何もないのではないかと、それとなく揶揄《やゆ》されたり、またあからさまに言われたりした。

しかし、クルックマンは、世間の騒ぎをよそに、二人の支援者の資金を使って、黒人《ニグロ》を白人《コケイジャン》に変える大々的な計画を着々と進めていた。それは莫大な富をもたらすことになるかもしれないのだ。

もうじっとしていられないマックス・ディッシャーは博士とできるだけ頻繁に会って、進捗状況を確かめていた。アメリカ人の被施術者第一号になることを切望し、油断しているあいだに先を越されたくなかった。二つのことが彼の念頭にあった——白人になることと、アトランタへ帰郷することだった。均整のとれた容姿で、お高くとまったあの金髪女が脳裏を離れることはなかった。彼女にすっかり惚れ込んでいて、暗褐色肌のままでは、彼女を自分のものにする夢は永遠に叶うことはないとわかっていた。「クルックマン施術院《クルックマン・サニタリウム》」になる予定の高層ビルのそばを通るたびに、作業員や配送トラックを眺めながら、この大冒険に挑むまでにあとどれくらい待たないといけないのか考えていた。

ついに施術院開業の態勢が整った。大きな広告がニューヨークの黒人《ニグロ》週刊紙に掲載された。ハーレム《ブラック・ハーレム》の黒人街の住民はその場に釘《くぎ》づけになった。物見高い黒人《ニグロ》や白人の群衆が飾り気のないレンガ造りの六階建てのビルの前に佇《たたず》んで、施術院の窓をじっと見つめていた。

建物の中では、関係者が飛び回って万全な準備をしているあいだ、クルックマン、ジョンソンそしてフォスターは緊張した面持ちで様子を見守っていた。ビルの外で起こっている群衆のざわめきが耳に届いた。

「あのざわめきが金《かね》になるんだ、チャック」ジョンソンはビーフステーキのような手をこすり合わせながら声を弾ませた。

不動産業者は「それはそうだが」と応じながらも、言葉を付け足した。「しかし、もう一点だけはっきりさせておきたいんだ――黒人訛《ダーキー・ダイアレクト》りはどうするつもりかね？　訛《ダイアレクト》りは変えられないだろ」

「その必要はない、フォスター君」博士は丁寧に説明した。「黒人訛《ニグロ・ダイアレクト》りは文学や演劇の中にあるだけで、それ以外のところにはない。ある特定の地域の黒人《ニグロ》はその地域の白人と同じ言葉遣いをしているということも、識者の間では周知の事実だ。南部へ行って電話で話してみると、相手が白人か黒人《ニグロ》か区別がつかない。ここニューヨークでも、北部の黒人《ニグロ》が電話をしているのを聞いていると、同じことが言える。ウエストヴァージニア州の山岳地域でも、テネシー州でも、そのことに気づいた。教育を受けたハイチ人なら完璧なフランス語を話すし、ジャマイカの黒人《ニグロ》が話す英語も本国の英国人と変わらない。人種や肌色によって異なる特有の訛《ダイアレクト》りなどないのだ。地域によって異なるだけだ」

「先生の言うことは正しいと思うよ」フォスターはしぶしぶ認めざるをえなかった。

「私が正しいのはわかっている。それに、私の施術でいわゆる黒人《ニグロ》の(18)唇を変えることができなくても、何ら支障はない」

「どういうことだ、先生？」とジョンソンが尋ねた。

「考えてもみたまえ、白《コケイジャン》人であっても、われわれ黒人《ニグロ》と同じような分厚い唇をしていたり、鼻があぐらをかいていたりする者がたくさんいるだろ。実は、白《コケイジャン》人と黒人《ニグロ》の容姿の比較があまりにも誇張されすぎてきたのだ。漫画家や「ミンストレル・ショー」[19]の芸人たちに、おおいにその責任があるのだ。ソマリア人やエジプト人やアビシニア人や、西アフリカのフラニ族やハウサ族の黒人《ニグロ》にしても、唇はとても薄く、鼻筋も通っている。マダガスカルのマラガシ族についても同じことが言える。極端に垂れ下がった唇や、とても大きく広がった鼻孔の黒人《ニグロ》は、アフリカでもきわめて限られた地域にしか住んでいない。他方、多くのいわゆる白《コケイジャン》人、とくにラテン系人種やユダヤ人や南アイルランド人、そしてスウェーデン人のような最北の白《ノルディック》人でさえ、ほとんど黒色人種《ニグロイド》と変わらない唇や鼻をしていることがよくある。そんな白人に黒い色を塗れば、ベニン共和国の国民と見分けがつかないことだってありえる。そして、白《コケイジャン》人の祖先がいないアメリカの黒人《ニグロ》は二十パーセントにも満たない。また三十パーセント近くの黒人《ニグロ》にはアメリカ先住民《アメリカン・インディアン》の祖先がいることを考えてみると、白《コケイジャン》人と黒《アフロ・アメリカン》人の顔の特徴は一般に思われているほど大きな違いはない、ということが容易に理解できるだろう」

「先生、あんたはよくわかっている」とジョンソンは感心して言った。「疑い深い連中《ダウティング・トマス》の言うことなんか気にするな。そんな連中は、状況がよくても、どのみち不平不満を言うに決まっている」

外が急に騒がしくなって、低いざわめきを突き破って怒声が耳に届いた。マックス・ディッシャーが、コートの裾をつかんでいる守衛を引きずりながらドアを押し開けて飛び込んできたのだった。

「放せ」マックスは怒鳴った。「ちゃんと予約してるんだ。先生、こいつに何とか言って下さいよ」

クルックマンは守衛に軽くうなずいて、その保険代理人を放すように合図した。「やあ、時間どおりに来てくれたね、マックス」

「おれの方は準備万端だと言ったじゃないですか」服がしわになっていないかどうか確かめながら言った。

「よろしい。準備万端ということなら、さっそく受付の部屋へ行って署名を済ませてから、そこにあるバスローブを選んで着替えてくれたまえ。君が被施術者第一号だ」

三人のパートナーは、廊下の突き当たりにある小部屋に入っていくマックスの後ろ姿を見やりながら、顔を見合わせてニヤリと笑った。クルックマン博士は自分のオフィスに戻り、白衣のズボンに着替え、施術着を羽織り、靴を履いた。ジョンソンとフォスターは事務室へ行って職員に指示を与えた。そのあいだも、白衣姿のスタッフが忙しそうに廊下を行き来していた。建物の外では、さらに大きく膨らんだ群衆のざわめきがひときわ大きくなっていた。

ジョンソンは窓から見下ろして、黒人《ニグロ》の列が通りの曲がり角にまで達しているのを見て、多くの金歯をすべて見せながら相好を崩した。「おー、これは、これは！」彼はフォスターにホクホク顔を向けた。「一人当たり五十ドルだから、賭け事の商売《ナンバーズ・ビジネス》なんかと比べ物にならないほどの大金が入ってくるぞ」

「そう願いたいものだ」フォスターは真顔で応じた。

スリッパに履き替え、施術院《ホスピタル》のバスローブだけ身に着けたマックス・ディッシャーは、白衣姿の二人の付添人に伴われてエレベーターに乗った。六階で降りて、廊下の突き当たりまで進んだ。期待と不安が交錯して身が震えた。何かよからぬことが起こったら？　医者《せんせい》が失敗したら？　毎夏やっていたエルクス慈善保護会⑳主催のベアマウンテン遠足のこと、黄褐色肌のミニーと、彼女の派手な色彩のアパートのこと、ハーレムの褐色肌の女たちと流行《はや》りのダンスを踊ったダホメイ・カジノでの楽しかった夜のこと、ラファイエット劇場で飛び跳ねて踊るコーラスガール、ホンキー・トンク・クラブや親友のブーギーの店で寛いだ時間のことを思った。そして少しためらった。しかしそれも束の間、今度は、白人になって、おそらく長身ですらりとしたアトランタの金髪女の夫となっている将来の自分の姿を思い描いた。そこで思い直して、決意も新たに秘密の部屋の中へ消えた。

キラキラ光るニッケル製の恐ろしい装置を目にしたとき、マックスは怖気づいた。歯医者の椅子と電気椅子とを組み合わせたようなものだった。そこから多くの線や革紐《かわひも》が延び、横棒や梃子棒《てこぼう》が突きでていた。騎士の兜《かぶと》のような大きなニッケル製ヘルメットもかけてあった。部屋には天窓が一つあるだけで、建物の外の音は完全に遮断されていた。部屋の壁全体を覆い隠すように、器具を入れた箱や、様々な異様な色の液体の入ったビンを並べた棚が置かれていた。恐怖で息が詰まる思いがして、入り口の方へ引返そうとしたが、二人の大男が彼をしっかりとつかまえて、バスローブを脱がし、椅子に縛りつけた。もう引き返すことはできない。これが始まりか終わりかのどちらかだ。

2

マックス・ディッシャーは、二人の付添人に両脇を抱えられながら、廊下の突き当たりにあるエレベーターまで、ゆっくりとしたたどたどしい足取りで歩を進めた。ひどい虚脱感と空虚感と吐き気を催し、皮膚がひきつり、乾燥して熱を帯びていた。体の中が火照ってヒリヒリ痛む。三人がゆっくりと廊下を進んでいると、施術を受ける者たちが連れ込まれた部屋の戸口から断続的に青緑色の閃光が漏れてきた。機械の低い振動音が聞こえていて、酸味のある臭いがあたりに充満していた。白衣姿の看護士や付添人がそれぞれの務めに忙しく立ち回っていた。何もかも静かで素早くて効率がよく、それに不気味だった。

マックスは、電気椅子に似た恐ろしい機械の試練を乗り越えたことに胸を撫で下ろした。数時間にわたって機械に縛りつけられ、吐き気を催させるような混合飲料を一定間隔で飲まされたことを思い返すと、全身に震えが走った。しかし、エレベーターまで来て、鏡をのぞき込んだとき、ハッと驚いたと思いきや、歓喜が込み上げてきた。ついに白人になった！　光沢のあった暗褐色が顔から消えていた。少し厚ぼったかった唇やエチオピア人のような鼻ではなくなり、「ノーモア縮れ毛《キンク・ノー・モア》」の直毛ローションのおかげで、櫛《くし》で梳《と》かすことに伴うひどい痛みから解放されてからというもの、そのローションをこまめに使用して真っ直ぐにしてきた縮れ毛《ナッピィ・ヘア》も完全になくなった。これで、スキンホワイトニングの化粧品に出費する必要もなくなる。差別を受けることもなくなる。おれの行く手を遮るものは完全になくなる。おれは自由の身だ！　この世はおれの思いのままだ。豚肉色の肌《ポークカラード・スキン》と(21)いう成功への《オープン・セサミ》カギを手に入れたのだ！

鏡に映った姿は彼に新しい生命《いのち》と力を与えた。支えなしで真っ直ぐ立って、二人の長身の黒人《ブラック》の付添人に向かってにんまりと微笑んだ。「やあ、みんな」と誇らしげに声をかけた。「これですっかり準備が整ったぞ。まったく魔法の機械だ。あとは腹ごしらえをしたら、すべてオーケーだ」

六時間後、風呂に入り、腹ごしらえを済ませ、きれいに髭も剃り、颯爽《さっそう》と金髪をなびかせ、満面の笑みを浮かべて施術室のある階から現れ、足取りも軽やかに廊下を通り抜けて正面玄関に向かった。これでくろんぼ《クーン》とは永遠におさらばだ、と決意を新たにした。廊下の片側に長蛇の列をつくって、施術の順番を辛抱強く待ち続けている黒肌や暗褐色肌の者たちに向かって、勝ち誇ったような視線を走らせた。知人を多く見かけたが、だれ一人として彼に気づく者はいなかった。合衆国の九割を占める国民と今や区別がつかなくなり、大半のアメリカ人の仲間入りができたことを考えるとわくわくしてきた。もう黒人《ニグロ》ではないというのは、なんと素晴らしいことか！

正面入り口のドアを開けようとしたとき、守衛のたくましい腕が制止した。「ちょっとお待ち下さい。群衆の間を通り抜けていただけるようにしますので」

少したって、マックスは、五、六人の屈強な特別警備隊がつくるＶ字隊形に囲まれて、黒人《カラード・フォーク》の雑踏の間を切り分けて進むことができた。外に出てしまう前に、施術院の階段の最上段から、歩道からはみ出て路上や曲がり角まで広がる群集を確認していた。施術を受けるつもりで列をつくって並んでいる黒人《ペイシャント》や、列からはみ出ている黒人《ペイシャント》が、タクシーやトラックにひかれないように、五十人もの交通警官が必死になって整理に当たっていた。

マックスは押し合いへし合う群衆の間をやっと抜け出て、歩道の縁石まできて一息つけると思いきや、そこで待ち構えていた新聞記者やカメラマンの取材攻勢に遭った。施術を受けた最初のアメリカ人として、十五人ばかりのジャーナリスト集団の関心の的となるのは当然のことだった。彼らはほとんど同時に無数の質問を浴びせてきた——お名前は？　どのような感じでしたか？　これからどうなさるおつもりですか？　白人女性との結婚は？　これまでどおりハーレム地区に住まわれますか？

マックスは何も答えようとしなかった。そもそもこのようなことを知りたいのなら、金《かね》を払ってからインタビューすべきではないかと思った。白人の人生を存分に楽しむには、まず金《かね》が必要だ。自分の体験談を売って何がしかの金《かね》を稼いで何が悪い？　記者たちは、男女に関係なく、ほとんど泣きついてコメントを求めてきたが、彼は頑なに拒んだ。

押し問答が続いていたところへ、一台のタクシーが止まった。取材攻勢をしかけてくる記者たちを傍らに突き飛ばしてタクシーに飛び乗り、「セントラル・パーク！」と大声で告げた。当面逃れられる唯一の場所だと思ったからだ。落ち着いて、最高に素晴らしい白色世界での将来設計をゆっくり考える時間がほしかった。タクシーが動き始めたとき、横を向くと、きれいな女性の同乗者がいるのに気づいてびっくりした。

「驚かないで」彼女は微笑みかけた。「あなたが取材陣から逃れたがっているのがわかったので、通りの曲がり角でタクシーをつかまえたの。私と一緒に来てくれたら、あなたのために何もかも手はずを整えさせていただくわ。私は『シミタール』紙の記者なの。私たちはあなたが体験した話を高く買いたいの」彼女は早口で説明した。何とか抜け出したばかりの記者やカメラマンに再び取り囲まれる危険性があるにしても、タクシーから降りた方がいいと反射的に考えたが、しかし、彼女が金《かね》の話を切り出したとき、思い留まった。

「どれくらいかね？」と言って、マックスは彼女に視線を向けた。非常に器量のいい顔立ちで、とくに形のいい足首をマックスは見逃さなかった。

「そうねえ、おそらく千ドルぐらい」と彼女は答えた。

「うん、それならいいだろう」千ドル！　千ドルでどれほど素晴らしい一時《ひととき》が過ごせるのだろう！　金《かね》を手にした晩には、ブロードウェイがおれを待っているということだ。

七番街を走っているとき、新聞売りが声を張り上げて号外を売っていた。「号外！　号外！　黒人《ブラック》が白人に大変身！　黒人《ブラック》が白人に大変身！……大発見《グレート・ディスカヴァリ》の記事をお見逃しなく！　新聞はいかがですか、ミスター！……クルックマン博士についての一大ニュースを読まないと損ですよ」

公園を走っているあいだ、マックスは座席にゆったりともたれて、ときどき隣に座っている女に視線を向けた。なかなかいい女じゃないか。この女とうまく商談ができるだろうか？　食事を済ませてからキャバレーに誘う――手始めにこれがいちばんいいのではないか。

マックスは口を開いた。「お名前は何だったかね？」

「まだ言ってないわ」彼女は返答を焦らした。

「ということは、名前はあるんだろ？」彼は突き返した。

「もしあるんだったら？」

「教えてくれてもいいだろ？」

「どうして名前を知りたいの？」

「そりゃあ、かわいい女性だったら、名前を知りたいと思うのは当然のことじゃないか？」

「そういうことなら、私の名前はスミス、シビル・スミスよ。これでご満足？」

「いや、まだだ。もっと知りたいことがある。今夜、おれと食事はどうかね？」

「どうしたらいいか、お食事をご一緒してみないとわからないわ」こう言って、彼女はあだっぽく微笑んだ。彼と食事に行けば、と彼女は考えた。明日の朝刊を飾るとてもおもしろい特ダネになる。「白人《コケイジャン》となった黒人《ニグロ》の初めての夜！」これで決まりだ！

「まあ、君はまともな女《ひと》だし」と微笑みかけた。「おれが黒人《ニグロ》だったことを知っている唯一の人だから、そんな女《ひと》と一緒に食事ができると思うとわくわくしてくるよ」

『シミタール』紙のオフィスに到着して、マックスが同意し、速記係に体験談を語って、手の切れるような新札の束を受け取るまで長く時間はかからなかった。二、三時間後、マックスがスミス嬢と腕を組んで新聞社を出る時には、新聞売りがもう、彼の不思議な体験談の第一回分を載せた臨時増刊号を、声を張り上げて売っていた。彼の大きな写真がタブロイド紙の第一面全体を埋めていた。ウィリアム・スモールという名前を使うことにして助かった《ラッキー》と思った。

彼は面食らって少し腹が立った。どうして第一紙面いっぱいに写真を載せたがるんだ？ これじゃ、おれがだれだか、だれにでもわかってしまうじゃないか。クルックマン博士の恐ろしい機械の責め苦に耐えて、目立つ黒い肌《ダーク・スキン》におさらばしたのに、これじゃ、黒い肌《ダーク・スキン》の持ち主だったことも一目瞭然じゃないか。結局、やっかいな人種問題から抜け出すことはだれにもできないのだろうか？

「そんな心配いらないわよ」とスミス嬢が慰めてくれた。「だれが見たって、あなただとは気づかないわ。あなたと似た白人は何千、いいえ、何百万といるわ」そう言いながら、彼女は彼の腕を取って体を寄せてきた。彼の気持ちをほぐしてやりたかったのだ。駆け出しのしがない女性記者が、大金を手にした男《チャップ》と連れ添って夜のデートをすることも、そうたびたびあることではない。それよりも、今回の記事が昇進に繋がるかもしれない。

二人は白色灯が煌々《こうこう》と灯ったブロードウェイを歩きながら、食事とダンスが楽しめる場所へ向かった。マックスにすれば、天にも昇る心地だった。昔もタイムズスクウェアをぶらついたことはあったが、こんな完全な解放感を味わったことはなかった。今や、白人の女を連れ添っていても、怪訝《けげん》そうな顔を向ける者はだれ一人としていなかった。八分の一黒人《オクトルーン》のミニーと一緒の時もなかったことだ。実に最高！

二人は食事をして踊った。そのあと、キャバレーへと繰り出した。タバコの煙や雑音や体臭に包まれて、ウイスキーとして出された飲み物(22)を飲んだり、セミヌードのコーラスガールによる出し物を見物していた。しかし、マックスは、有頂天な気分に浸っているにもかかわらず、とても退屈だった。このような白人《オフェイ》の娯楽場には何かが欠けていた。あるいは、黒人と白人《ブラック・アンド・タン》が出入りするハーレムの娯楽場にはない何かがあった。それは、楽しく奔放に羽目をはずしているようでありながら、明らかに取り繕ったようなものだった。常連客は互いに最高の一時《ひととき》を過ごしたと精一杯喜びを表してはいたが、わざとらしくギクシャクしていて、マックスがいつも味わっていたようなものではまったくなかった。彼にすれば、黒人《ニグロ》はもっと陽気にはしゃいで心底から楽しむとともに、もっと節度があり、もっと洗練されていた。彼らの踊りさえ違っていた。黒人《ニグロ》は、正確に楽々と、ゆったりとした身のこなしでリズムに乗ることができる。一方、リズム感のない白人カップルはたびたび歩調を乱し、貨物船の中から船荷を降ろす港湾作業員のように忙《せわ》しく動き回り、バタバタと音を立て、ギクシャクしていて、洗練されていない。黒人《ニグロ》の動きは五感に訴える美しさを持っているのに対して、白人の場合は、せいぜい体操をしているようにしか見えなかった。マックスは一瞬、不快感、幻滅感そして懐古の情が入り混じった心の痛みを覚えた。しかしそれもほんの束の間だった。向かいに座っている魅力的なシビルを見てから、他の白人女性たちを見回した。シビルのような魅力的な女も多く、高価なイブニングドレスを着こなしており、その眺めが、それまで彼の心を占領していたさまざまな思いを一時的に忘れさせてくれた。

彼女が彼に電話番号を渡したあと、二人が別れたのは明け方の三時だった。彼女は、明らかに、楽しい夜を過ごせたことに対するお礼の意味で、彼の頬に軽くキスした。彼女のアパートの中を見てみたい気持ちを伝えていたが、彼女は何の反応を示さなかったので、少しがっかりして、タクシーの運転手に行く先をハーレムと告げた。結局、ハーレムへ戻って、身の回りの荷物をまとめないといけない、と自分を納得させた(23)。

タクシーが一一〇丁目でセントラル・パークを出たとき、不思議と心が安らいだ。終夜営業のもぐり酒場《スピークイージー》、フランクフルトソーセージの屋台、夜の街の浮浪者、夜更けに帰路を急ぐ者、チャプスイの店、猛スピードで突っ走るタクシー、下品な笑い声など、すべていつもの光景だった。

マックスは、一三三丁目でタクシーを降りて、遊び仲間のたまり場であるブーギーの店に行きたい衝動を抑えることができなかった。ドアをノックすると、のぞき穴から疑い深そうな目がしばらく彼を見つめていたが、穴が閉じられた。中から声もかからなかった。

マックスは顔をしかめた。いったいボブはどうしたんだろう？　どうしてドアを開けてくれないんだ？　佇んでいる袋小路に一月の寒風が吹き込んできて身震いした。もう一度、今度は少し強めに、少ししつこめにノックしてみた。再び目がのぞいた。

「だれだ？」と中の男が低くうなった。

「おれだ、マックス・ディッシャーだ」と元黒人《ニグロ》。

「白人野郎はとっとと立ち去れ。もう店じまいしたんだ」

「バニー・ブラウンはいるか？」マックスは苦し紛れに問いかけた。

「ああ、いる。やつを知ってるのか？　それなら、ここへ呼んできて、知り合いかどうか確かめさせるから、ちょっと待ってろ」

マックスは約二、三分、寒風吹きすさぶ中で待った。ドアが突然開いて、バニー・ブラウンが少し怪訝《けげん》そうな表情で現れた。そしてドアの上の電球の明かりに照らし出されたマックスの顔をのぞき込んだ。

「やあ、バニー」とマックスは声をかけた。「おれがわからないのか？　おれだよ、マックス・ディッシャーだよ。おれの声はわかるだろ？」

バニーはもう一度のぞき込んでから、目をこすって頭を振った。そうだ、確かにマックスの声だ。しかしこの男はどう見たって白人だ。それでも、微笑む際に現れる、人を蔑むような目つきはまったく同じだ――親友の目の特徴そのものだ。

「マックス」と、思わずバニーの口を突いて出た。「本当におまえか？　いやはや、なんてことだ！　クルックマンの御仁のところで施術を受けたってことだな！　おっと、余計なことを口走ってしまった！　ボブ、ドアを開けてやってくれ。確かにマックス・ディッシャーだ。クルックマンの施術院で、おれの手に余る白人になりおったってことだ。金髪や何やかやで、すっかりイケメンになりおった。まったく信じられん」

ボブがドアを開けると、二人の友人はタバコの煙が充満している狭いコーヒーハウス《セラー》[24]の小さな丸テーブルのひとつを選んで腰を下ろすと、まもなく仲間に囲まれた。彼らはマックスの無色の肌をうっとりと見つめ、皮膚を通して青い血管が透けて見えると言い、灰色がかったブロンドの髪を撫で、口をぽかんと開けて、びっくりするような話に聞き入った。

「これからどうするつもりだ、マックス？」店のオーナーで、手足が長く黒肌で弾丸頭のブーギーがきいた。

「このうぬぼれ野郎《ジョーカー》が次にやらかそうとしていることは、おれにはお見通しだ」とバニーが言った。「こいつはアトランタへ戻るつもりだ、そうだろ、ええっ？」

「おまえの言うとおりだ」とマックスは認めた。「そこへ行って、失われた時間を取り戻すんだ」

「どういうことだ?」とブーギーがきいた。

「説明するのに明日《あした》の晩までかかるだろうし、説明したところで、わかってもらえないだろう」

二人の友人は所在無げに大通りをそぞろ歩いていた。二人とも押し黙ったままだった。フランスで激しい戦闘の日々を送って以来(25)、無二の親友として付き合ってきたが、これから二人は離ればなれになる。マックスは海で隔てられたどこか遠い外国へ行ってしまう、というようなものではない。二人を隔てるのは、もっと広くて深い海、皮膚の色という大海だ。二人は同時に同じことを考えていた。

「バニー、おまえがいないとおれはとても寂しい」

「いいか、もう昔のおまえじゃないだんぞ」

「それじゃ、おまえも白人になったらどうだ。そうすりゃ、また一緒にやっていけるだろ。施術の費用なら、おれが出してやるよ」

「本当か！　そんな大金をいきなりどこで手に入れたんだ?」バニーはいぶかった。

「おれの体験談を千ドルで『シミタール』紙に売ったんだ」

「一括払いか?」

「分割じゃないぞ！」

「よーし、そういうことなら、おまえの話に乗ることにしよう、この大金持ちの話にな」バニーはふっくらした手を差し出すと、マックスは彼に一枚の百ドル紙幣を渡した。

二人は「クルックマン施術院」の近くまできていた。日曜日の明け方五時だというのに、ビルの地階から屋上まで赤々と電灯が灯り、電動モーターの低くて強力な振動音が響いていた。ビルの壁面には、二階から屋上まで達する大きな電光板が取りつけてある。それは、緑色で縁取った矢印になっていて、縦全体に「ノーモア黒人《ブラック》」と表示してあった。矢印のいちばん下には黒人《ブラック》の顔が描かれていて、上向きの矢印の先端には白人の顔が輝いていた。最初に、矢印の輪郭が浮き上がり、「ノーモア黒人《ブラック》」の文字が点滅する。それに続いて、下にある黒人《ブラック》の顔が浮き上がる。長い矢が上に向かって伸びるにつれて文字も浮き上がり、上まで達したとき、白人の顔が煌《きら》びやかに浮き上がる。その後、また文字が点滅して、この一連の行程が繰り返される。

施術院ビルの玄関前では、四千人もの数に膨れ上がった半凍えの黒人《ニグロ》の群衆がひしめきあっていた。ライフル銃や機関銃や催涙ガスで武装した機動隊によって、見た目には秩序が保たれていた。街区全域の街灯に鋼線を張り巡らせて、もみ合う群衆が歩道から車道にはみ出ないようにしていた。ハーレムの全住民がそこに集まってきているようだった。二人の友人が群衆の最後尾までたどり着いたとき、ハーレム病院の救急車が横づけされ、踏みつぶされていた二人の女が運ばれていった。

スラム街からかき集められた屈強な特別警護隊が、ビルの入り口から歩道の縁石まで隊列を組んでいた。ヘルズキッチン街区の強面《こわおもて》のアイルランド系住民、五番街一三三丁目（ニューヨークの「ビール通り」(26)）近辺の手荒い黒人《ニグロ》連中や、ウエストサイド南端地区の頑強なイタリア系住民で構成されていた。ビルに出入りする施術希望者や施術の終わった者たち用の通路を確保するのに苦労していた。歩道の縁石付近には、記者やカメラマンが陣取っていた。

どよめきが起こったり静まったりしていた。最初は静かなざわめき程度だったが、次第に大きくなり、群衆もますます興奮して、大きな正面入り口のドアが開き、白肌になった黒人《ニグロ》が現れた時には、興奮が頂点に達して、動物が吠えるような雄叫びを上げた。前に詰め寄って、施術を受けて変身した白人《ノルディック》をしげしげ眺めたり、質問を浴びせたりした。群衆を見て怖気づき、ビルの中へ戻ってしまう元黒人《エックス・イーシオウピアン》もいた。そんな時は、強力な警護隊が取り巻いて、待機しているタクシーの中に押し込んでやった。おおかたの元黒人《アフラメリカン》は満面に笑みをたたえて現れ、友人や家族と握手を交わし、きれいな白肌をうらやましそうに見とれる黒人《ニグロ》に囲まれて、体験を生々しく語って聞かせた。

お披露目をしているあいだ、ホットドッグやピーナツ売りが大繁盛し、その地域を縄張りとしている数多くのスリも荒稼ぎした。やせていて、気弱そうで、みすぼらしい格好の混血《ムラート》の男が、馬鹿でかい黒人《ブラック》の洗濯女の財布をすったために、彼女に叩きのめされそうになっていた。ホカホカの焼きイモを売っている黒人《ニグロ》も大儲けした。イタリア系の経営者の多くが多額の収入税を納めざるをえなくなった一九一九年のヴォルステッド禁酒法制定[27]によって急増した周辺のもぐり酒場《サルーン》も、信じられないほど粗悪な密造酒を何ガロンも売りまくっていた。

「それじゃあ、さらば、マックス」と言って、バニーは手を差し出した。「運試しに行ってくる」

「じゃあまた、バニー。アトランタで会おう。局留め郵便で知らせてくれ」

「おい、待ってくれないのか、マックス?」

「だめだ！　この町にはもううんざりだ」

バニーは微笑みながら言った。「おい、嘘つくな、このうぬぼれ野郎。大晦日にホンキー・トンク・クラブで見かけたあの女《ブロード》にすぐにでも会いに行きたいんだろ」

マックスはニヤッと笑って、少し顔を赤らめた。二人は握手を交わしてから別れた。バニーは街角から施術院に通じる道を駆け上がり、施術院の正面入り口のドアを開けて、振り返ることもなく建物の中へ消えた。

マックスは、ほんの一分くらい、賑《にぎ》やかな群衆の中で逡巡して佇んだ。どういうわけか、多くの黒人《ブラック・フォーク》に囲まれて寛ぎを感じた。彼らの冗談、会話の断片や元気な笑い声など、すべて癒しの音楽に聞こえた。一瞬、みんなと一緒にここに残って、決して投げ槍ではなく、気軽に受け流す明るさによっていつも耐えてきたように思える苦労を、これまでと同じように分かち合いたい衝動に駆られた。しかしそのとき突然、ごくわずかな後悔の念を伴って、過去は永遠に過ぎ去ったことを思い知った。新しい活動の場、他の仕事や趣味、他の遊び仲間、新たな愛を求めなければならない。もう白人になってしまったのだ。ここに留まっていたいと思っても、八分の一黒人《オクトルーン》や大半の白人の場合と同じように、嫉妬あるいは疑惑の目で見られるだけだ。白人《コケイジャン》の中に堂々の仲間入りを果たした以上、その中で未来を探し求める以外に術《すべ》はない。

「何といっても」と彼は思った。「輝かしい新冒険が始まるんだ」そのことを考えると、目は輝き、胸の鼓動が高鳴った。これからはどこへでも行けるし、だれとでも付き合えるし、なりたいものなら何にでもなれる。突然、大晦日にホンキー・トンク・クラブで見かけた美女のことを思い出し、女の選択肢が大きく広がったと思った。そうだ、確かに白人でいる方がだんぜん有利だ。顔を輝かせて、押し合いへし合う周りの黒人《ブラック・フォーク》を勝ち誇ったように見まわした。そして、ブランディッシュ夫人の店で新調したスーツ、ポケットに詰め込んだ大金、またポーターとしてではなく、初めて乗客として豪華寝台列車《プルマンカー》に乗ってアトランタまで下っていける展望が開かれていることに思いを馳せた。

西一三九丁目をそぞろ歩きしながら、自分のアパートに向かって、心も軽やかに歩を進め、早朝の新鮮な空気を吸った。白人になって自由の身となり、そのうえ大金を手にしていることは、なんと素晴らしいことか！　ポケットの中をまさぐって、小さな手鏡を取り出し、何度も角度を変えて自分の顔を映してみた。淡《あわ》い色の金髪を撫でながら、直毛にする苦労はもう要らないし湿らせる必要もない、と密かに自分を祝福した。青い血管が透けて見える、すべすべした白い手をうっとりと眺めた。クルックマン博士の事業は奇跡以外の何ものでもない！

アパートの玄関を入ったとき、巨体の女家主がヌッと現れた。彼の顔を見たとたん後ろに飛びのいた。

「あんた、ここで何をしているの？」彼女はほとんど叫んでいた。「アパートのカギをどこで手に入れたの？」

「おれだよ、マックス・ディッシャーだよ」目を白黒させている彼女に、にっこり笑って安心させた。「おれのことは知ってるだろ？」

彼女は狐につままれたような顔で彼の顔をのぞき込んだ。「本当にあんたなの、マックスなの？　いったいどうしてそんなに白くなったの？」

一部始終を話し終えて、彼の記事が載っている『シミタール』紙を見せた。彼女は廊下の明かりをつけて記事に目を通した。複雑な感情が交錯しているのが、彼女の表情からうかがい知れた。ブランディッシュ夫人は、実業界では「マダム・シセレッタ・ブランディッシュ」として知られていて、縮れ毛を直毛にすることを専門にしているハーレムの美容院の中でも、最も繁盛した店を経営していた。このニュースを知って、ブランディッシュ夫人は、クルックマン博士の事業がハーレムに乗り込んできて、美容業界を完全につぶしてしまわなくても、すでに競争相手が多いので、経営がかなり困難になっていると思った。

「そういうことなら」と彼女はため息をついた。「どこか他の場所に移り住むことになるわけね。私は常日頃、くろんぼ《ニガー》は心底から人種の誇りなど持てないって言ってきたでしょ」

マックスは気まずく感じて、何も言えなかった。巨体の褐色女は、鼻であしらうような表情を浮かべながら背を向け、廊下の突き当たりにある部屋に戻っていった。彼は荷物をまとめるために、足取りも軽やかに階段を駆け上がった。

一時間後、手荷物を持ったマックスを乗せたタクシーがセントラルパークを走っていた。彼の気分は高揚していた。ペンシルヴェニア駅まで行き、豪華寝台列車《プルマンカー》で真っ直ぐアトランタへ向かう。アトランタでは最高級ホテルに泊まる。もう黒人の仲間を探し回るようなことはしない――そんなことは、今は危険すぎる。ひたすら遊んで人生を楽しみ、白人《ホワイト・フォークス》を腹の底であざ笑う。うーん、最高のスリルだ！　昔はあえて踏み込もうともしなかった場所で白人《ホワイト・ピープル》の中に飛び込むのは、なんと痛快なことか！　やっと、自分はアメリカ市民だと実感できた。細長い葉巻《パナテラ》の灰をタクシーの開いた窓から払い落として、座席に深々と座って、新しい世界とうまく付き合っていけるという思いが込み上げてきた。

3

ジュニアス・クルックマン博士は疲れ切った表情で、傍らのパーコレーターから自分でもう一杯コーヒーをコップに注いでから、ハンク・ジョンソンの方を向いて、「新しい電気装置はどうなったかね？」と声をかけた。

「まもなく届くよ、先生。まもなくだよ」大きな革製のソファベッドに腰を下ろした「ナンバーズ銀行」の元胴元は答えた。「今朝、担当者に確認したところだ。彼が言うには、おそらく明日には届くとのことだ」

「やれやれ、それなしではやっていけないからな」ハンクの隣に腰を下ろしたチャック・フォスターが言った。「このままでは、事業を続けることはできんからな」

「君が購入した新しい土地はどうなったかね？」クルックマン博士はフォスターの方に向き直って尋ねた。

「うん、エッジコーム大通りに大きな私邸を一万五千ドルで購入して、今、大工がリフォームにとりかかっている。何事もなければ、一週間後に完成するはずだ」とフォスターが報告した。

「何事もなければ、というのは、どういうことだ？」ジョンソンがオウム返しに言った。「何かが起こるかもしれん、ということか？　おれたちは世に打って出たんだろ？　事業は法律の範囲内でやってるんだろ？　金《かね》はどんどん貯まっていっているから、いくら使っても大丈夫なんだろ？　起こるとしたらどんなことが起こるんだ？　これまでやったことのない最高の事業で、しかもいちばん安全なものだというのに(28)」

「そりゃあ、先のことはわからん」元不動産業者が慎重論を唱えた。「白人の新聞で、とくに南部のものは、おれたちに対してかなり強硬な反対意見を言っているし、何しろまだ二週間しかたっていないんだぞ。狂信分子を煽り立てることなんか簡単なことぐらいわかっているだろ。それにあっという間に、おれたちを取り締まる法律を通しかねないぞ」

「まず、おれが議会対策を講じないとな」とジョンソンが口を挟んだ。「いいか、そこの白人連中の扱い方はわかっている。『金《かね》にものを言わせたら』何もかもこっちの思いどおりに行くさ」

「フォスター君の言うことにも一理ある」とクルックマン博士が言った。「今朝の新聞各紙の切り抜きの束をちょっと見てみろ。〔ヴァージニア州〕リッチモンドの『ブレイド』紙では『われわれの中に紛れ込んだ毒蛇』となっているし、〔テネシー州〕メンフィスの『ビューグル』紙では『科学の脅威』だし、〔テキサス州〕ダラスの『サン』紙では『アメリカじゅうの白人一人ひとりに対する挑戦』だし、〔ジョージア州〕アトランタの『トピック』紙では『白肌を求める黒人の群衆《ブラック・モブ》が警察と衝突』だし、〔ミズーリ州〕セントルイスの『ノースアメリカン』紙では『黒人医師《ニグロ・ドクター》、ドイツで研鑽を積んだことを認める』となっている。この『オクラホマシティ・ハチェット』紙の社説にはこう書いてある――『われわれ白人同胞の幸福を法律に優先させなければならない時がやってきた。これまでと同様、民主政府の最大の敵である人種暴動に断固反対するとともに、人種の純血と保存を望んでいるニューヨーク市の賢明な白人市民にしてみれば、これら非道な黒人《ブラック》が、いかに法律の範囲内で活動しているとしても、彼らの『クルックマン施術法』の挑戦を受けて立つことなく、そのまま見過ごしにすることは許されない、と考えざるをえない。この国にはすでに、法を隠れ蓑にしている多くの犯罪者がいる』」

「そして最後に、〔フロリダ州〕タラハシーの『アナウンサー』紙ではこうだ――『自分のお金で自分のしたいことをするのはすべての市民の権利だが、合衆国の白人市民は、今度の一大発見とその恐ろしい潜在力に対しては無関心ではいられない。何百人もの黒人《ニグロ》が、新しく獲得した白肌で、すでに白人社会の中に潜り込んでいて、あとに続こうとしている黒人《ニグロ》は数千人に上っている。全米の黒人種《ブラック・レイス》は、二週間という、ほんの短い期間に、白人になれる扉が開かれたことに対して、気も狂わんばかりの興奮の渦に包まれている。われわれが多大な労力を払って築き上げてきた皮膚の色の境界線《カラー・ライン》が、日を追って急速に破壊されつつある。しかし、この白斑が遺伝性のものではないという点を考えれば、今回の事態ついてはあまり心配するには及ばないだろう。すなわち、**白肌になった黒人《ニグロ》の子孫は黒人《ニグロ》にしかなりえない！**　ということである。実はこれは、読者諸賢の御令嬢が、白人だと思われる相手と結婚したとしても、黒人の子供《ブラック・ベービー》が生まれる可能性が大きい、ということである！　南部の誇り高き白人紳士が、自分たちの伝統を忘れて、この悪魔の所業が続くのを黙って見ていられるだろうか？』」

「取り越し苦労をしたって始まらんぞ」ジョンソンは慰めるように言った。「南部の貧乏白人《クラッカー》どもがちょっとぐらい騒いでも、心配するには及ばん。外から聞こえてくる群衆の心地良い調べを聴いてみろ！　群衆が発する大歓声の一つひとつが五十ドルということだ。もっと金《かね》を稼げないというのなら、その理由はただ一つ、施術できる場所がもっと必要ということだけだ」

「そのとおりだ」と、クルックマン博士はうなずいた。「われわれは、一日百人で十四日間の稼ぎをした」彼はふんぞり返って煙草に火をつけた。

「一人当たり五十ドルだから」とジョンソンが言葉を挟んだ。「七万ドルを稼いだことになる。なんて素晴らしいんだ！　ハーレム地区にそんなに金《かね》があったとは知らなかったぞ」

「まったくだ」とクルックマンは続けた。「一週間で三万五千ドル稼いだ計算になる。君とフォスター君がもう一か所設けてくれたら、きっと稼ぎが二倍になる」

玄関ロビーから、最近のお決まりの返事を単調に繰り返す電話交換手の声が聞こえてきた――「いいえ、クルックマン博士はどなたともお会いになりません……クルックマン博士は何もおっしゃることはありません……クルックマン博士はまもなく声明を発表されることになっています……五十ドル……いいえ、クルックマン博士は混血《ムラート》ではありません……大変申し訳ございませんが、その質問にはお答えいたしかねます」

三人の仲間は、周りの騒然とした慌しい動きの中で、言葉を交わすこともなくじっと腰を下ろしていた。ハンク・ジョンソンは、かなり波乱に富んだめまぐるしい自分の経歴を思い起こしながら、煙草を吸う口元がほころんだ。今や世界を代表する黒人《ニグロ》のひとりであること。アメリカで暮らすうえで最も厄介な問題を解決するという、重要な役割を積極的に担っていること。しかし、わずか十年前は、サウスカロライナ州で、一本の鎖に繋がれた囚人のひとりとして屋外労働を強いられていたこと。二年間は、残忍な白人の看守の厳しい監視の目と、手に握られたライフル銃のもとで、道路建設の強制労働を強いられたこと。次の二年間は、殴られ、蹴飛ばされ、罵られながら、まずい食事と蛆虫のわく寝床の生活を余儀なくされたこと。さらに次の二年間は、ちょっとした博打にはまったこと。その後、チャールストンまで流れていって、プール賭博の仕事にありつき、運よくサイコロ賭博で金《かね》を手にし、それを元手にニューヨークまでやってきて、思いかけずたちまち数当て宝くじ《ナンバーズ・ラケット》の仕事にはまった。集金人、「使い走り」となり、仕事をうまくこなして、「胴元」としてスタートする。一セントを元手に六ドルの夢を賭けることにとりつかれた黒人《ニグロ》から、金《かね》が流れ込んでくる。賭けに勝つ者もいたが、ほとんどは負けたことから、稼ぎ倒した。アパートを購入し、警察の罰金を清算し、保釈金立替業にも着手し、黒人芸術《ニグロ・アート》の発展に数千ドルの基金提供をし、ハーレムで最大の規模と繁栄を維持する秘密組織、「クロコダイル古代名誉勲位」の最高終身将軍に抜擢される。そこへ、当時まだ若かりしクルックマンが、今回の企画を携えて訪ねてきた。最初、資金援助を躊躇したが、この若者が、上層階級《ディクティ》の黒人《ニグロ》は留学の資金提供をしてくれないと強い不満を漏らしたとき、ようやく聞き入れた。このように、まったく何もなかったところからこれに関わったのは、なんと幸運だったことか！　おれたちは、一年以内には、確実にロックフェラー㉙よりも大金持ちになれる。一人当たり五十ドルで、千二百万人もの黒人《ニグロ》だ！　なんて素晴らしいんだ！　ハンクは部屋の片隅に置いてある真鍮製の痰壺《たんつぼ》に勿体《もったい》をつけて唾《つば》を飛ばし、ソファベッドの柔らかいクッションの上に満足げに寝そべった。

チャック・フォスターも自分の経歴を振り返っていた。これまでの人生は、ハンク・ジョンソンほど変化に富んだものではなかった。アラバマ州バーミングハムの理髪業の息子で、その地域が黒人の子供《ダーカー・ブレスレン》に施すだけの教育の恩恵にはじゅうぶんあずかって、教師から保険代理人、そして民生委員の仕事に就いた。その後、黒人《ニグロ》の北部移住の波に乗って、最初、当てもなく〔オハイオ州〕シンシナティに辿り着いた。そこから〔ペンシルヴェニア州〕ピッツバーグへ移り、そしてニューヨークへやってきた。そこで不動産業が彼の関心を引いた。ますます増え続ける黒人《ニグロ》の数に比して、アパートの数が足りないので、たいそう儲けのいい仕事だったからだ。用心深くて注意深く、倹約家で、感傷に浸るような性格ではなかったことから、成功した。しかし、狡猾なビジネスの手法について醜聞がなかったわけではない。ハーレム社会の頂点を目指してゆっくりと上っていきながら、裏表のある、ずるい手を使うという汚名をそそぐために、その地区の多くの同業者と同じように、ＹＭＣＡやＹＷＣＡに多額の寄付をし、黒人《ニグロ》の若者のために奨学金を提供し、地域の上層階級《ディクティ》の黒人《ニグロ》を招待する、手の込んだパーティを主催したりした。ハンク・ジョンソンがクルックマンの企画には実現の可能性があることを指摘したとき、この若者の留学費用を援助する機会を持てたことを素直に喜んだ。これまでは見果てぬ夢と思っていたが、今や、その域をはるかに超えている。しかし、生まれつきの保守的な考え方や引っ込み思案な性格のために、将来に対して少し悲観的にもなっていた。自分たちの活動が悲惨な結果に終わるのではないか、しかも、自分の生命保険金額が貯まる寸前でそうなってしまうのではないかとも考えた。内心では疑心暗鬼に囚われていた。自分の名前が広く知れ渡ることもあまり好きではなかった。つつましい程度の評判は期待していたが、もちろん悪い評判が立つことだけは避けたかった。

コーヒーを飲んで、煙草を吸っても、ジュニアス・クルックマン博士は眠気を振り払うことができなかった。医者や看護士の仕事を監督する責任ある立場にいること、そうしなければならない必要性があること、施術の秘密を公表してほしいと迫る新聞社や医療機関の強い要請、そのほか、多くの煩わしい細事のために、適度な休息も取れなかった。実際、施術院にほとんど缶詰状態になっていた。

　これほどめまぐるしく動き回ったのは初めてだった。ほんの一か月前まで、三十五年の人生は穏やかで、おおかた研究に没頭するだけの生活だった。アメリカ聖公会の牧師の息子で、ニューヨーク州中部の町に生まれ育った。アメリカの黒人《ニグロ》の間に蔓延した敗北意識にできるだけ染まらないようにするために、遊び仲間も慎重に厳選された。そして、専門知識を身につけるために、あらゆる機会と刺激を与えられ、完璧に洗練された教養人となった。両親は貧しかったが、黒人《ニグロ》の特権階級《アリストクラシー》に属していることを誇りとし、鼻高々だった。父親の健康上の理由から、働きながら大学生活を送らなければならなかった。しかし、荒削りで粗末で残酷な人生を経験することはほとんどなかった。ただひたすら成功への道を邁進し続けた。それでも、たいていの成功がそうであるように、自分の成功の大半は偶然によるものと考えるだけの分別は持ち合わせていた。自分の一大発見は、アメリカの最も厄介な問題の解決に繋がる可能性を秘めていることを察知した。まず、黒人《ニグロ》がいなければ黒人《ニグロ》問題など起こりえないというのは至極当然のことである、という前提を確認する。そして、黒人《ニグロ》問題がなければ、アメリカはもっと建設的なことに目を向けることができる。「ノーモア黒人《ブラック》会社」の働きによって、煽動活動や教育や政治が成しえなかったことを実現することが可能となる。しかし、いったいどうして自分の新しい事業が反対されるのか理解できず、ただただ驚くばかりであった。展望《ビジョン》、計画、プログラム、あるいは改善策を示せる人によく見られるのだが、クルックマンも、立派なものを提供されれば素直に喜んで受け取るのが人の道理ではないかと、単純に思い込んでいた。しかしそのように考えるのは、「人　間《ヒューマン・レイス》」のことがほとんど何もわかっていない、ということを示す決定的な証拠であった(30)。

　クルックマン博士は、自分の人種に深い愛情を抱いていることを、とりわけ誇りに思っていた。同胞の歴史を調べ、同胞の苦闘について読み漁《あさ》り、同胞の功績を追った。六つか七つの黒人《ニグロ》週刊紙と、二つの雑誌を定期購読していた。アメリカの黒人《ニグロ》の不断の進歩に深い関心を寄せていたことから、黒人《ニグロ》の人種的特徴を除去して、彼らの行く手を遮るものをすべて取り除きたかった。自宅やオフィスでは、アフリカの仮面や、黒人《ニグロ》が同胞人種を描いた絵画などを、所狭しと飾っていた。黒人《ニグロ》社会の中では、いわゆる「黒人権利要求支持者《レイス・マン》」として知られ、すべて黒人《ブラック》のことにこだわっていた——黒人《ブラック》女性のこと以外は。妻は遠く離れて黒人《ニグロ》の先祖がいた白肌の女性で、黒人《ニグロ》が「白人として通る」と見なされるタイプだった。外出の折には、少しでも時間があれば、図書館で黒人《ニグロ》の功績に関する情報を漁《あさ》ったり、既婚、未婚を問わず、求めに応じてくれる美人と手当たり次第に関係を持った。

「ちょっと、先生《ドック》」ハンク・ジョンソンが突然声を上げた。「家へ帰って少し休んだほうがいいよ。必死になってやってもだめだ。こっちはすべてうまくいってるんだから。何の心配も要らない」

「押しかけてきた群衆からどうやって逃《のが》れるんだ？」とチャックがきいた。「あれほどの黒人《ダーキー》の群れから逃れるには戦車が要るくらいだ」

「まあ、すべて手はずは整えてあるさ、カラミティ・ジェーンさん」とジョンソンはさりげなく言った。「地下室まで階段を下りて、裏口から路地に出たらいいだけだ。そこにおれの車を待たせてある㉛」

「そいつはありがたい、ジョンソン君」クルックマン博士は礼を言った。「へとへとだ。二、三時間仮眠を取ればすっきりすると思う」

白衣姿の黒人《ブラック・マン》がドアを開けて、「クルックマン夫人がお見えです！」と声をかけた。開けたドアを押さえて、小柄でしゃれた服装に身を包んだクルックマンの妻を中に通した。三人の男がサッと立ち上がった。ジョンソンとフォスターは、挨拶しながら、美人で小柄な八分の一黒人《オクトルーン》の夫人を惚れ惚れしながら眺め、無煙炭が黒檀として通ることにどこか似ていて、彼女ならじゅうぶん「白人として通る」と思った。

「あなた！」彼女は夫の方を向いて声をかけた。「家へ戻って、少しお休みになったら？　こんなに働き詰めだと病気になってしまいますわよ」

「実は奥さん、たった今、先生にそう申し上げていたところです」ジョンソンは間髪を要れず応じた。「先生をお送りする手はずはみんな整っています」

「そうですか。それじゃ、ジュニアス《あなた》、急ぎましょ」彼女は毅然とした口調で言った。

クルックマン博士は、白衣の上に長いオーバーコートを羽織り、疲れきった足取りで、すごすごと妻のあとをついて出ていった。

「えらく美人じゃないか、クルックマンの奥さんは」フォスターがしみじみと言った。

「美人だ！」ジョンソンが驚いたふりをしてオウム返しに言った。「しかし、いいか《ニガー》、あの女ほどの美貌だったら、ウサギに猟犬を抱かせることにもなりかねん(32)。先生《ドック》が言ってたんだが、奥さんが電話してきて、そう言ったんだぞうだ。しかし、それにしても、どう見ても白人としか思えん」

「クルックマンの周りでは、白色に見えるものが、ぜんぶ白色だとは限らん」とフォスターが答えた。

その間も、ハーレム地区の金融機関では活発な取引が行なわれていた。「ダグラス銀行」の金銭出納係《テラー》は、クリスマスイヴの酒密売人よりも忙しく仕事に追われていた。そのうえ、不可解なことにバニー・ブラウンが姿を見せないので、まったく人手不足だった。黒人《ニグロ》の長蛇の列が、銀行の中から正面入り口、そして歩道から角を曲がったところまで延びていた。接客係が必死になって列を整理していた。だれもかれも金《かね》を引き出すだけで、預け入れする者は一人もいなかった。銀行の役員が預金を引き出さないように懇願してもだめだった。黒人《ニグロ》たちは聞く耳を持たず、とにかく金《かね》が必要、しかも今すぐ必要だった。「ノーモア黒人《ブラック》会社」が黒人《ニグロ》を白人に変える事業を始めて以来、来る日も来る日も、こんなことが続いた。最初は、無理やり強引に引き出しを思い留まらせようとしたものの、うまくいかなかった。預金者はいい加減に扱われる気にはなれない。合衆国でのこれまでの黒人《ニグロ》としての人生を考えれば、白人になることは大きな強みであると確認できた。

「あんた、いったい何言ってんのさ?」英国領西インド諸島出身の太った黒人《ブラック》女が、彼女の貯金を引き下ろさないように説得にかかる銀行の役員をあざ笑った。「これ、あたいのお金でしょ? あんたがたは、いつもあたいのお金を使ってるんでしょ? それなのに、『引き出すな』って、いったいどういうことよ?……あたいのお金、さっさと渡してよ。そうでないと、あんたの銀行とは解約するわよ!」

「ご解約なさるおつもりですか、ロビンソンさん?」太って赤茶けた湾岸作業員に向かって、混血《ムラート》の出納係《テラー》が柔らかな声で確認していた。

「おれはもう口座は持たん」とその男は答えた。「ぜんぶ引き出したいんだ。本気で言ってるんだぞ」

同じような光景が「ウィートリー信託銀行」や市内の郵便局でも見られた。

通りかかった人の目には、市内からいっせいに集団脱出《エクソダス》が始まろうとしていると映った。ほとんどの街区でも引っ越しトラックがアパートに横づけされていた。

「貸家あり《フォー・レント》」の張り紙が、この二十五年間のどの時期にもなかったほど多く目につくようになった。アパートの大家たちは、次から次へと空き部屋が増えて、なかなか埋まらない状況を、手をこまねいて呆然と眺めているだけだった。敷金の返金を拒否しても、出ていかれるのを食い止めることはできなかった。侮辱され、排斥され、隔離され、差別されることから解放されるというのに、五十ドル、六十ドル、七十ドルの敷金が惜しいなんて言っていられるだろうか? そのうえ、白人になった黒人《ニグロ》は、住む場所を変えることができるようになったことによって、たんまりお金を蓄えている。これまでは、人種的偏見の仕組みのために、混み合うハーレム地区へ押し込まれざるをえなかったし、そこでは、部屋の受容が供給をはるかに上回ることから、白人や黒人《ブラック》の悪徳不動産業者の言いなりで、法外な家賃を払わされていた。おしなべて黒人《ニグロ》は、他の地域に住む白人の居住者の場合よりも、少ない部屋数ときわめて粗末な作りなのに、二倍もの家賃を支払わされていたことになる。

その地域の家具や衣類の月賦販売の店も、次第に「ノーモア黒人《ブラック》会社」の影響を受け始めた。集金人は、特定の家族の居場所と、彼らが後払いで購入していた品物の行方を割り出すことはできないと訴えていた――多くの黒人市民《カラード・フォーク》は、購入した家具を古家具店に売り払い、その売却代金を持って白人市民社会の中に消えた、というのだ。

それと同時に、ハーレム地区の通りでは、この二十年のどの時期よりも白人の数が多くなったようだった。彼らの多くは、黒人《ニグロ》ととても親しそうにしており、一緒に笑ったり、会話を交わしたり、踊ったりして、まったく白人《コケイジャン》らしからぬ振舞いだった。このような付き合いは、これまではいつも日没後のことであって、日中に見かけることはめったになかった。

耳よりな話を聞きつけて、西部や南部からやってきた見知らぬ黒人《ニグロ》が、通りや公共施設で見かけられるようになり、彼らは、「クルックマン施術院」で施術を受ける順番を辛抱強く待っていた。

シセレッタ・ブランディッシュ夫人が、豪華な外観の建物である、彼女のストレートヘアサロンの表玄関ドアの傍《そば》で、肘掛け椅子に悄然《しょうぜん》と腰を下ろし、人や車の往来をぼんやり眺めていた。この三週間は、彼女にとってとても辛かった。何もかも出ていくばかりで、入ってくるものは皆無という状態だった。多年にわたって、自分にとってのまさに天職によって成功への道をまっしぐらに歩んできた。そして地域の実業界のリーダーのひとりとして称賛を受けてきた。黒人《ニグロ》をできるだけ白人市民《ホワイト・フォーク》に見せることで成功した事業経営者として傑出していることから、彼女は最近、四たび「米国人種プライド連盟」の副議長に選出されたばかりだった。また、「全米社会的平等連盟《NSEL》」[33]の「ニューヨーク支部女性委員会」の代表でもあった。さらにまた、地元の共和党の政治活動で重要な立場にあった。しかし、こんな名誉をもってしても、ほとんど、あるいはまったく儲けには繋がらなかった。家賃を納めたり、アマゾン川流域の原住民に勝るとも劣らないほどの姿に着飾るのに必要な、ゆったりしたドレスを買ったりするのに、何の足しにもならなかった。そんな日に限って、家主から、家賃を払ってもらうか、家を明け渡してほしいという厳しい催促を迫られた。

こうなった以上、どこへ行って糊口《ここう》を凌ごうかと考えあぐねた。おおかたのニューヨーク市民と同じように、表向きは平静を装いながらも、懐に持ち合わせはほとんどなく、いつも、うまく行けば翌日には幸運が転がり込んでくることを心待ちにしていた。かなり借金をして、家賃の三分の二は手元にあった。もし二、三人の縮れた髪の毛を「整えれば」、借金も清算できる。しかし、この二週間、サロンの敷居をまたいだ客は、下町のユダヤ系の若い女が二、三人、定期的に直毛にするためにやってきただけだった。白人社会《ノルディック・ワールド》では、縮れ毛は美しいとは見なされなかったからだ。黒人《ニグロ》の女たちは彼女のもとから完全に離れてしまったようだった。来る日も来る日も、昔の顧客が自分の方を振り向きさえせず、足早に通りすぎていくのをぼんやり眺めていた。まさに黒人《ニグロ》社会に革命が起こっていたのだ。

「あら、シンプソンさん！」急いで通りすぎようとする若い女の後ろから声をかけた。「声をかけて下さらないの？」

若い女は気が進まなさそうに立ち止まって、玄関の方へ歩み寄ってきた。褐色の顔は張り詰めた表情だった。二週間前なら、縮れ毛が真っ直ぐになっていないことから、黒人街《ブラック・ベルト》では珍しい光景だった。櫛《くし》で梳《と》かし、ブラシをかけて、きちんとピンでとめているだけだった。シンプソン嬢は、あと十五ドルあれば、黒人種《ニグロ・レイス》とは永遠に別れられるところまでこぎつけたのに、一週間ごとに一ドルも払って「髪結いをしてもらう」のはもうやめようと固く心に決めていた。

「ごめんなさい、ブランディッシュさん」彼女は弁解した。「確かにしばらくご無沙汰してしまったわ。でも、ここのところとても忙しくて、家と職場を往復するだけで、何にもだれにも目が行かなかったの。実は、私、今、一人暮らしなの。というのもね、チャーリーが二週間前に出ていったきりで、何の連絡もないの。ちょっと考えてもみてよ！　あの男《ニガー》のために何もかもしてやったのによ！　だけど、もうすぐ自分で方《かた》を付けられるわ。もう一週間働いたら、何もかもうまくいくはずよ」

「ふん！」ブランディッシュ夫人はせせら笑いを浮かべて吐き捨てるように言った。「このごろのあんたたちくろんぼ《ニガー》の考えてることって、自分のことだけなんだから。ちょっと立ち寄って、私に仕事をさせてちょうだいよ。あたふたしないで、もうちょっとだけ稼がせてもらえたら、わたしもここの店をたたんで、別の仕事を探しにいけるんだけど」

「でも、ごめんなさいね、ブランディッシュさん」彼女は、やってきた路面電車に乗ろうと、縁石に向かって歩を進めながら、気もそぞろに口ごもったような言い方をした。「でも、この乱れた髪の毛も、土曜日の夜まではもたせられると思うの。この二十二年間、黒人《ダーク》だからということで、いろんな罰を信じられないくらいたくさん受けてきたので、この機会を逃すことなんて、とてもできないわ……それじゃあ」彼女は肩越しに言葉を投げかけた。「さよなら！　元気でね」

ブランディッシュ夫人は、二百五十ポンドもある自分の巨体を肘掛け椅子に深々と沈めて、大きなため息をついた。アメリカの黒人《ニグロ》ならだれでそうだが、彼女も、若かりし頃や、実業界に入って、地域の名士になる前は、白人になりたいと思っていた。今はもう、白肌に変える魔法の幻想を抱くような年ではなくなった。自分の仕事を気に入っていて、ハーレム地区の中での社会的地位にもじゅうぶん満足していた。白人女性として人生のやり直しを図ることも考えられるが、もう自信はなかった。今はここでなら一角《ひとかど》の人間でいられる。しかし大きな白人《コケイジャン》の世界では、ごく普通の白人女性にしかなれないだろう。騎士道精神に溢れた紳士が少なくなったことや婚姻率の低下や公娼制度の衰退が同時に起こったことによって、彼女たちは買い手のつかない棚ざらし商品同然になってしまった。夫人は、床磨きや食器洗いの仕事に従事する白髪まじりの白人《コケイジャン》の年配女性を何人も見てきて、ごく普通の白人女性になるというのはどういうことなのか、嫌と言うほどよくわかっている。それでも、からかいや卑劣な偏見の標的になる立場を乗り越えられるのは素敵なことだと思った。

　夫人は途方に暮れていたが、ハーレム地区の上層階級に属する多くの黒人《ニグロ》も同じ境遇に陥っていた。下層階級の黒人大衆《ニグロ・マスィズ》はこぞって出ていったが、上層階級の黒人《ニグロ》も彼らと同じことをする以外に何ができるのだろう？　実際には、今のところ、ほんの二、三百人の黒人《ニグロ》が長年住みなれた場所からいなくなったのだが、これからは、何千人、何万人、そして何百万人とあとに続くのは、もう目に見えて明らかなことだった。

4

マックス・ディッシャー改めマシュー・フィッシャーは、一九三三年の復活祭に当たる日曜日、マラッカステッキを振り回しながら人混みの中に加わり、派手やかな春の装いに包まれて、楽しそうに笑い声を上げながら通り過ぎていくかわいいギャル集団《フラッパーズ》に流し目を送っていた。ほぼ三か月ものあいだ、大晦日に「くろんぼ《ニガー》なんかと踊らないの」という言葉を投げつけたあの美女に一目でも会いたい思いで、ジョージア州の州都を徘徊していた。アトランタのほとんどすべての社会層をくまなく捜し回ったが、見つからなかった。この町には、長身のきれいな金髪女性は何百人もいるが、その中から名前もわからない特定の女を見つけるのは、ブロンクス区でロシア系ユダヤ人や、シカゴで特定のイタリア系ガンマンを見つけることに近いものがあった[34]。

　三か月ものあいだ、彼はその女の夢を見たり、アトランタの新聞各紙の社会面に彼女の写真が載っていることもあるのではないかと思って、注意深く目を走らせた。男ならたいていそうだが、彼もきれいな女には胸がときめくことから、彼女への思いは募るばかりだった。

実は彼は、想像していたほど白人の人生はバラ色だとは思わなくなっていた。とても退屈で、もううんざりした、とはっきり認めざるをえなくなっていた。子供の頃は、神々に対するほどではないが、ほとんど変わらないくらい、白人を敬うようにしつけられていた。彼らは礼儀正しさや面白さの点で、一様に黒人《ニグロ》よりも劣る以外は、黒人《ニグロ》とほとんど変わらないことが、今になってようやくわかってきた。

黒人《ニグロ》の気さくで陽気な仲間意識が無性に恋しくなった時には、ちょくちょくオーバーン街(35)へ出かけていって、その近辺をぶらつき、黒人《ダーク・ピープル》をじっと眺めながら、冗談を交わし合う彼らの楽しい会話に聴き入った。しかし、住民にとっては、自分たちの周りを徘徊する彼の姿が目障りだった。白人ということで、疑い深い目で見ていた。彼と一緒に時間を過ごしたがっているのは、丘を上ったところで「コールガールの館」を営んでいる類《たぐい》の黒人女《ブラック・ウィミン》だけだった。非情で、強欲で、実利追求に営々とし、同系交配にこだわる白人社会のほかには、彼に残されたものは何もなかった。永遠に自分の同胞を捨ててしまったことに対する少しばかりの後悔の念がときどき彼の脳裏をかすめた。しかし、生まれ故郷での過去の痛ましい記憶を思い出すと、それも消えた。

彼が関わらざるをえなくなった白人のほとんどが、理不尽で筋の通らない肌色の偏見を持っていることに対して、激しい怒りを覚えた。下品で無知な白人が、黒人《ニグロ》の劣った知性や道徳性に関する見解を口にしたときはいつも、冷ややかな笑いが込み上げてきた。白人社会に住むようになって、アトランタやハーレムの黒人《ニグロ》として馴染《なじ》んでいた社会との比較ができるようになった。ニューヨークの黒人街《ブラック・ベルト》界隈で評判の粋な若者として、自然と身についた品の良さ、賢さ、洗練さ、そしてやんわりとした皮肉を併せ持ったマシューにすれば、白人社会は幻滅以外の何ものでもない。この気持ちを言葉で言い表すことはできなかったが、それにもかかわらず、そのような反応は確かに感じていた。

この一週間、仕事に就くことを真剣に考えていた。千ドルの所持金も百ドルを切っていた。何らかの収入源を見つけないといけない。しかし会話を交わした白人の若者たちがおしなべて、仕事はほとんどないとぼやいていた。彼も銀行や保険会社を回ってみたがだめだった。白人になったからといって、そのことが就職への扉を開く《オープン・セサミ》確かなカギではないとようやく思い知った。

当てもなくぶらぶらするだけの、退屈な生活を送りながら、当地の日刊紙の報道や社説に目を通していたが、こぞって「ノーモア黒人《ブラック》会社」に対して反対の態度をとっていることを知って愕然としていた。元黒人《ニグロ》であったという立場から、新聞が肌色に対する白人の偏見を煽り立てる役目を担っていることをはっきりと見透かすことができた。実業家も、クルックマン博士と、この国に脱色民主主義をもたらす彼の試みに対して猛反発していることに気づいた。

マシューにすれば、彼らの態度は腑に落ちなかった。だいいち、「ノーモア黒人《ブラック》」の施術は、南部の後進性の責任を負わされた黒人《ニグロ》を一掃するということではなかったか？　そこまで考えたとき、以前、ニューヨークの一三八丁目と七番街の交差点で街頭演説をしていた黒人《ニグロ》のことをふと思い出した――組合組織のないもとでの労働は結局、低賃金労働を強いられることにしかならない。低賃金労働は、南部に新興産業を誘致するための実に効果的な方法となる。無知な白人大衆は、白人《コケイジャン》の人種的純血さと政治的支配に対する黒人《ニグロ》の脅威が頭から離れない限り、労働組合組織のことに関心を持つことはほとんどないだろう、というものだった。この演説を思い出して、マシュー・フィッシャーはようやくわかりかけてきた――「ノーモア黒人《ブラック》」の施術は、白人の労働者以上に、白人の実業界にとってより深刻な脅威となるのだ。そう考えていると、まもなくあることに気がついた――このような状況が続けば、一攫千金をつかむ可能性があるのではないか。

どうやったらいいのだろう？　自分のことはまったく知られていないし、どんな組織にも属していない。確かにここには金の鉱脈がある。しかし、どうすればその鉱脈に行き当たるのか？　彼は頭をかきむしりながらこの問題と格闘したが、どんな策も思い浮かばなかった。だれか、この問題に興味を示す、信頼の置ける者はいないのだろうか？

復活祭翌日の月曜日、レストランの肘掛け椅子に座って朝食をとりながら、この問題を考えていたとき、隣の席に置いてある新聞の広告に目が留まった。それに目を走らせてから、もう一度丹念に読み返した。

白人騎士団《ナイト・オヴ・ノーディカ》

白人種保全《ホワイト・レイス》の闘いに参加する

アトランタの一万名の白人紳士・淑女を求む

今夜、インペリアル・クロンクレイヴにて

白色人種保全《コケイジャン・レイス》が

ニューヨークの科学者である黒人大魔王《ブラック・ベルゼブブ》の

活動によって脅威に晒《さら》されている

手遅れになる前に

結束しよう！

今夜、白人騎士団会館《ナイト・オヴ・ノーディカ・ホール》に参集されたし

参加費は無料

ヘンリー・ギヴンズ尊師

至上大魔術師《インペリアル・グランド・ウィザード》

これこそ探し求めていたものだ、とマシューは思った。ギヴンズという男とは馬が合いそうだ。コーヒーを飲み終えて、煙草に火をつけ、支払いを済ませて、陽光降り注ぐピーチツリー通りに出た。

路面電車に乗って「白人騎士団会館《ナイト・オヴ・ノーディカ・ホール》」へ向かった。そこは、未塗装の倉庫のような大きなビルで、表には続き部屋になった事務室、奥には大講堂がある。新しく「白人騎士団《ナイト・オヴ・ノーディカ》」と書かれた油布《オイルクロス》がビルの正面いっぱいに垂れ下がっていた(36)。

マシューはしばし立ち止まって大建造物の様子をうかがった。これほど大きな場所を所有していることからすれば、ギヴンズは相当な財を蓄えているに違いない。乗り込んでいく前にこの男の情報を少しつかんでおくのも悪くない。

「このギヴンズという御仁は、このあたりではかなりの大物だろうね?」と、通りを挟んで向かいにあるソーダ水売り場の若い売り子の男に声をかけた。

「そのとおりだ、この町の名士のひとりだよ。クー・クラックス・クランがまだ活動していた時期に、そこの役員か何かをしてたんだ。それがなくなったので、今度は、この『白人騎士団《ナイト・オヴ・ノーディカ》』を始めようとしてるんだ」

「かなり金《かね》を持っているんだろうね」とマシューは水を向けた。

「きっと持ってるよ」と売り子は答えた。「あの人、KKK《クラン》にいた時は、金《かね》に細かかったって、おいらの父ちゃんが言ってたよ」

ここここそ、おれにうってつけの場所だ、とマシューは直感した。ソーダ水代の支払いを済ませ、通りを横切って、「事務所」と書いてあるドアを目指した。ドアのノブを回して中へ入ろうとしたとき、不安を感じて少し身震いした。白い肌になっているにもかかわらず、KKK《クラン》や、それに似た組織に対して，おおかたの黒人《ニグロ》が抱いているような恐怖感はまだ消えていなかった。

待合室に一歩足を踏み入れたとき、かなりかわいくて若い秘書兼速記係の女性職員が用件を尋ねてきた。何もビビることはないと自分に言い聞かせた。おそらく二度とないチャンスだ。これを逃したら、仕事にありつけないだろうし、手持ちの金《かね》も減っていくだけだ。

「至上大魔術師《インペリアル・グランド・ウィザード》のギヴンズ尊師に、『ニューヨーク人類学会』のマシュー・フィッシャーが、師の新しい事業について、半時間ほどお話したいとお伝えいただきたい」マシューは、威風堂々とし、手際よく仕事をこなす態度で答え、深みのある人間にみえるように背筋をピンと伸ばした。

「わかりました」すっかり圧倒されて怖気づいた女は蚊の鳴くような声で言った。「お伝えしてきます」彼女は奥のオフィスに消えた。マシューは密かにほくそ笑んだ。この女と同じように、尊師にも簡単に取り入ることができるだろうか？

白人騎士団《ナイト・オヴ・ノーディカ》の至上大魔術師《インペリアル・グランド・ウィザード》、ヘンリー・ギヴンズは、小柄で、しわくちゃで、ほとんど頭髪がなく、重く響く雄牛のような声の、教養のない元福音伝道師で、アトランタ北部の山岳奥地の出身だった。南北戦争終結とともに、KKK団結成に加わった。使命感に燃えてのことだったが、そのような使命感は、過去に一度だけ、巡回牧師として説教して回る不安定な生活から逃れられたことを神に感謝した時に感じただけだった[37]。

ギヴンズ師は、今はもう機能を失った、かつてのKKK団で、その威信と勢力の拡大、会員補強のために身を粉にして働いたが、その一方で密かに、できるだけ多くの資金を引き出すことに専念していた。彼自身だけでなく、他の役員も同じだったのだが、資金を私的に流用することは、決して盗むことではなく、組織のために貴重な貢献をしたことに対する正当な報酬であった。このような不心得者たちもKKK団を存続させることに疲れ果て、また一人十ドルの会費もだんだん滞るようになってきたとき、ギヴンズはいさぎよく退いて、手にした金《かね》の利息で日々を送っていた。

そこへ、新聞各紙が「ノーモア黒人《ニグロ》会社」の活動を詳しく報じ始めた。そのニュースを知ったとき、突然、新しい事業の構想がひらめいた。それが「白人騎士団《ナイト・オヴ・ノーディカ》」の設立だった。今のところ、会員は百名程度だが、将来に大きな期待を寄せていた。今夜はそのことを話したいと考えていた。組織で蓄えた貯金をまたまるまる懐にできる展望が開けたことを考えると、彼の小さな灰色の目は輝き、骨と皮ばかりの手のひらがむずがゆくなった。

秘書兼速記係がオフィスに入ってきて面会者のことを告げたとき、ハッと我に返った。

「フーン！」と、半ば自分に向かって言った。「『ニューヨーク人類学会』ってか？　この男だったら、こっちの方から聞きだせるものを何か持っているにちがいない。新しい事業に使えるかもしれん……よし、通せ！」

二人の男は握手を交わしながら、互いにそっと値踏みの視線を走らせた。ギヴンズはマシューに椅子に座るように手で促した。

「フィッシャーさん、どのようなご用件でしょう？」過度に丁重に、低くこもった声で言った。

「単刀直入に申し上げますと」マシューも、セールスマンとして最も得意な、甘くささやきかけるような声で応じた。「あなたと、あなたの実にご立派な組織のためにお手伝いをさせていただきたい、ということです。私は、人類学者として、あなたが始められた大事業に、もちろん以前から関心を抱いておりました。アメリカ社会では、白人種保全を維持することほど重要なことはない、といつも思っておりました。白人種の血が劣った人種によって汚されるのを黙って見過ごしていた諸外国の結末がどのようなものであったかについては、だれもが承知していることです」（彼は数日前に、新聞の日曜特集に掲載されていた関連記事を読んでいた。彼の人類学の知識はその程度のものだった）。「最近の『ノーモア黒人《ニグロ》』の脅威は、アメリカの白人がこの共和国を建設して以来、初めて直面させられる最も恐ろしいものです。ニューヨーク市民として、私はもちろん、黒人《ニグロ》のクルックマンと二人のスポンサーの活動がどの程度のものか、よくわかっています。すでに何千人もの黒人《ブラック》が白人に変身しています。ニューヨーク市内で開業することに飽き足らず、今では全米に及んでいて、もう二十もの都市に施術院を設けました。ほとんど毎日一つずつ新しい施術院を設けています。黒人新聞《ダーキー・ニュースペーパーズ》のチラシや広告では、今では、毎日四千人もの黒人《ブラック》が白人になっていると豪語しています」こう言いながらマシューは眉をしかめた。「どれほどの脅威となるのか、おわかりでしょうね？　この割でいきますと、十年もすれば、この国から黒人《ブラック》が完全に姿を消してしまうことになります。といいますのも、毎日新しい施術院が開設されるわけですから、白人になる割合も増えていくことになります。今すぐにでも何らかの対策を講じないといけない、ということもおわかりになるでしょうね？　連邦議会が立ち上がらなければならない、また、そのような施術院は閉鎖されなければならない、ということもおわかりですね？」この若い男は激しい憤りをむき出しにして、至上大魔術師《インペリアル・グランド・ウィザード》に鋭い眼光を向けて言い放った。

　ギヴンズ師は納得した。ギヴンズを上手く言いくるめられるだけの淀みない流暢な弁舌の才能が自分にも備わっていると初めて気づいて、ひとり悦に入って次から次へとまくしたてているマシューに向かって軽くうなずいた。雄弁で、誠実で、今起こっていることに関して、科学的な専門知識を持ち、おおいにためになる情報をつかんでいるこの色白《ペイル》の小粋《ダッパー》な若者は、「白人騎士団《ナイト・オヴ・ノーディカ》」の貴重な人材になれることを見事に証明したと断定した。

「私はニューヨークのいくつかの機関が関心を向けてくれるようにもっていきたいと考えました」とマシューは続けた。「しかし彼らは、このような脅威や、それに対する自分たちの責務について、まったくわかっていません。そんなことをいろいろと考えていたとき、だれかから、あなたのことや、あなたのご立派な一大事業のことを教わりました。そこで、こちらへうかがって、あなたと直接お話させていただこうと決めた次第です。もちろん私も、あなたが始められたような戦闘的な秘密組織の設立を提案するつもりでした。しかし、あなたはすでにその必要性に気づいておられますので、私は取り急ぎ、科学者として、また、実情をよく知っていることから、あなたの組織の方々に詳しく説明できる者として、お役に立ちたいと思っています」

「それはとても光栄なことだ」ギヴンズは声を弾ませた。「実に喜ばしいことだ、本当に、フィッシャー同志、君が加わってくれるのは。われわれは君が必要だ。われわれをおおいに助けてくれることになるだろう。そこでだ、さっそくだが、今夜の集会に来てもらえるだろうか？　ニューヨークの目障りなくろんぼ《ニガー》会社の増長について、いま聞かせてもらったようなことを、集会で話してくれたら、会員獲得におおいに弾みがつくんだが」

マシューはこの要請を受け入れるかどうかしばらく考えるふりをしてから、同意した。最初の会合でうまく行けば、確実に役員になれるだろう。そうなれば、さらに大きな獲物を追い求めることができる。ギヴンズとは異なり、白人種保全のようなばかげたことを本気で信じていなかったし、「白人騎士団《ナイト・オヴ・ノーディカ》」に集まってくるような白人大衆を信頼していなかった。それどころか、彼らを軽蔑し憎んでいた。もちろん、一般の黒人《ニグロ》が抱いている貧乏白人《プア・ホワイト》への恐怖は、彼とて容易に払拭できるものではなかった。ただ、そんな白人を、大金をつかむための踏み台として利用することしか考えていなかった。

マシューが帰ってから、ギヴンズは、組織を立ち上げたばかりの段階で、このような有能な人物の関心を引きつけられたことを自画自賛した。ニューヨークの科学者までが関心を持ったということは、自分の考え方は間違いなく正しいはずだと確信した。手を伸ばして辞書置き台を自分の方に引き寄せて、大きな辞書のＡの項目を開いた。

「ええっと、ああ、これだ」と彼は声高につぶやいた。「ＡＮＴＨＲＯＰＯＬＯＧＹ——人類学《アンスロポロジー》。この言葉を何度も口にすることになる前に、ちゃんと意味を理解しておいたほうがよさそうだ……うん！　うん！　あの若造め、ずいぶんわかっておるみたいだ」彼は意味が呑《の》み込めないまま、その言葉の定義を二度読み返した。そして、口に入れる分の噛み煙草を大きくちぎって、回転椅子にもたれかかるように座り、頭を使うような慣れないことをしたあとの疲れをほぐした。

マシューは足取りも軽やかに滞在先のホテルに戻った。「信じられん！」と、ひとり声を立てて笑った。「なんて運がいいんだ！　元のおれを長い間封じ込めておくことはできん……連中に打ち明けてやろうか？　ああ、もう黙っておられん！」　大金持ちと知り合って、豪華な食事や二十五セントの葉巻にありつけることを考えるとワクワクしてきた。あとで、地元アトランタの住民であるホテルの警備員から、このギヴンズという男についてさらに詳しい情報を聞きだした。

「そりゃあ、たいした金持ちだ、あの昔のペテン師《クルック》は！」と警備員は明かした。「あんな無能な人間がどうやって大金をつかんだのか、まったく理解できんが、しかし実際にいたってことだよな。このあたりでは見かけんような豪邸を構えていて、そのうえ、新しい事業を始めるっていうじゃないか！」

「その御仁は新事業でちょっとでも儲けると思うかい？」マシューは何も知らないふうを装って尋ねた。

「おい、兄弟、あんたはこのあたりの人間じゃないな。あの男みたいな超無能な貧乏白人連中《クラッカーズ》ってのは、ちょっとのあいだ、何にでもはまってしまうんだ。ここじゃ、ＫＫＫ団《クラン》も廃《すた》れて三年になる。ともかく機能しとらん」この年配の男はクスッと笑って、嚙み煙草で茶色くなった唾《つば》を傍らにある痰壺《たんつぼ》に向かって飛ばした。マシューはゆっくりと立ち去った。うーん、この掘り出し情報はなかなかいい。

その夜、食事のために自宅に戻ってきた至上大魔術師《インペリアル・グランド・ウィザード》も同じく上機嫌だった。好きな賛美歌をハミングしながら家の中に入ったとき、彼の妻は驚きの表情を浮かべて夕刊から顔を上げた。ギヴンズ師は、普段は不機嫌だが、今日は、州の品評会で稼ぎまくったスリみたいに浮かれている。

「あなた、いったいどうなさったの？」ギヴンズ夫人は胡散《うさん》臭そうに鼻をひくつかせながら言った。

「おう、今帰ったよ」と言って、うれしそうに喉をゴロゴロ鳴らした。「『白人騎士団《ナイト・オヴ・ノーディカ》』は躍進間違いなしだ、大躍進だぞ！　おれの名声を轟かせることになるんだ。今日も、ニューヨークからはるばるやってきた著名な人類学者と長時間話をしたんだ。今夜の集会で話してくれることになってるんだ」

「人類学者って、何ですの？」夫人は額にしわを寄せた。

「それはだな、つまり科学者だ。ニューヨークで起こっている、あの事業のこと――くろんぼ《ニガー》が次から次へと白人になっていることだが――そのことをぜんぶ知っとるんだ」ギヴンズ師は、慌ただしい口調ではあるが、力を込めて説明した。「とても頭のいいやつで、今夜は、おまえにもヘレンにも、そいつの話を聞いてもらいたいんだ」

「私はご一緒させていただくわ」ギヴンズ夫人は同意した。「もしこのやっかいなリューマチが痛まなかったらね。だけどヘレンはどうするかわからないわ。あの子、大学へ行ってからは、ためになるようなことには何の興味を示さなくなってね！」

ギヴンズ夫人はほとほと困り果てているとでも言いたげに、小さな胸で大きなため息をついた。彼女は、最近の若者が新奇なくだらないことばかりに興味を持つのが気に入らなかった。若者は神から遠ざかっている――だからこそ、彼らの態度が気に入らないのだ。ギヴンズ夫人は熱心なキリスト教徒である。だれが何と言おうと、自分はキリスト教信者であると、みんなに堂々と公言していたので、その点は疑いようがなかった(38)。もっとも彼女は、夫婦喧嘩になると、みだりに創造主の名を唱えたりしていた。また友人の間では、いつも本当のことを言うとは限らない(39)と評判になっていた。それに黒人《ニグロ》を嫌っていた。さらにまた、新婚初夜には、自分の処女性をめぐって、夫から辛らつな罵声を浴びせられたというのだ。そして、今では機能を失ったKKK団《クラン》の婦人予備隊長として、夫の資金集めの方法をそっくりまねていた。そうだったとしても、彼女は敬虔なクリスチャンであることは、だれも疑わなかった。金持ちについて書いてある箇所を除いては、聖書をすべて信じており、毎晩大きな声で朗読していた。そのことは、至上大魔術師《インペリアル・グランド・ウィザード》と、現代的で器量良しの娘には、はなはだ迷惑なことだった。

若かりし頃のギヴンズ夫人はおそらく美人だったに違いない。しかし、巡回牧師の伴侶として送った長い人生のおかげで、消耗しきっているのがありありとうかがえた。かつては燃えるように赤かった髪の毛が、葦毛のような白髪になり、やせ細って尖った顔には、縦横に走るしわが目立ち、猫背で、胸はへこみ、前かがみになって歩き、長くて骨ばった青白い手は鉤爪《かぎづめ》のようにみえる。家に訪問客がいない時は、噛みタバコで歯や歯茎を茶色くすることと、悪臭のする陶製パイプを吸うことを交互に行なう。このような時には、娘のヘレンが、「淑女らしくしてよ」としつこく言って聞かせる。

ヘレンは二十歳《はたち》で、自分は淑女だとかなり自信を持っている。淑女であろうがなかろうが、確かに美人だ。本当に美人なので、家族の友人の多くは、きっと養女だろうと噂していた。どちらの親よりも背が高く、気品があり、背筋もきれいに伸びていて、均整の取れた体をしており、細身で、活発で、服の着こなしも心得ている。ただ、両親と似ている点が一つだけある。それは知性に関することである。頭を使うことなら、どんなことも嫌がり、そんなことをすれば、きまって頭痛になる。そこで、勉学については、両親は本人に任せていた。

十一歳になって、三年生になったとき、公立学校から裕福な家庭の子女が通う女子校に転校した。それには、社会的名誉を得ることと、知的能力が欠如していることを隠す、という二つの思惑があった。十六歳になって、教師たちが彼女はもうどうしようもないと思い始めていたとき、父親が北部にある教養学校《フィニッシング・スクール》へ転校させる決断をした。教師たちは小躍りして喜んだ。教養学校《フィニッシング・スクール》では、彼女が現在身につけているおおかたの知識を学んだのであるが、それ以上に、その四年間で、美貌にいっそう磨きがかかり、ドレスの着こなしや、富裕層の社交界での身の振舞い方についていて、いちだんと高いセンスを身につけ、さらには、「最上の」社交の場で立ち振る舞うのに必要なだけの見かけの良さと、アメリカの上流社会での洗練の良さとして通用する、深みのない冗談をたくさん会得した。そして、マンハッタンでの冬が彼女の社会勉強の総括となったのだった。今は故郷に戻り、醜い両親を心底から恥じ、彼女の類《たぐい》の女性はみんなそうだが、ハンサムで、知的で、高学歴で、洗練されていて、有り余るほどのお金を持っている、といった条件がすべてそろった男と結婚したがっていた。そんな男は存在しないことも知らずに、自分の思いは必ず叶うと確信して将来を見据えていた。

「そんな品のない人たちの集まりなんか、行きたくないわ」夕食の席で父親が集会のことを切り出したとき、父親に向かって言った。「その人たちは下品でまったく他愛もないことくらい、わからないの？」と付け加えて、細い眉を吊り上げた。

「庶民は地の塩(40)だ」とギヴンズ師は声を張り上げた。「庶民がいなかったら、おれたちはこの家を持てなかっただろうし、おまえを学校へ通わせることもできなかった。おまえの当世流行《はや》りのつまらぬ屁理屈ばかり聞いていたら、気分が悪くなる。もっとおまえの母さんみたいになれる努力をしてみろ。そうすれば、おまえももっとましな人間になれるぞ」

ギヴンズ夫人とヘレンは、薄笑いを浮かべながら言っているのではないかと、ギヴンズ師にサッと視線を向けたが、師は真顔だった(41)。

「行ってみたら、ヘレン？」とギヴンズ婦人が促した。「パパがね、ニューヨークから来た男の人、科学者とか何とかだけど、何でもたくさん知ってるらしいの。きっと勉強になるわよ。私も、リューマチが痛まなかったら、行ってみようと思ってるの」彼女は自分を哀れんでため息をついた。そして鳥のドラム肉を嚙み切った。

ヘレンの好奇心が高まった。多くの工場労働者に囲まれてじっと座っているのは嫌だったが、そんなに遠くない昔に自分の田舎くささと貞節を失わせてくれた大都会からやってきた、聡明だと評判の若者に会って、話を聞きいてみたくなった。

「そこまで言うんだったら、いいわ」彼女はあまり乗り気がしないふりをしながら言った。「行ってみるわ」

白人騎士団《ナイト・オヴ・ノーディカ》の団旗で飾られた講堂は徐々に埋まっていった。がらんとした洞窟《どうくつ》のような造りで、一方の端に大きな演壇があり、床全体におがくずが敷きつめてあって、木製の折りたたみ椅子が何列も並べられていた。天井の梁《はり》から吊るした大きな白色燈が講堂全体を明るく照らしていた。演壇には五つの椅子が並べてあり、その真ん中には、背もたれの高い金ピカの椅子が陣取っていた。演壇手前の聖書朗読台には、分厚い聖書が載せてある。そして特大サイズの星条旗が後ろの壁一面に張られている。

聴衆は下層社会の白人労働者だった。顔のいかつい、顎の突き出た、目のとろんとした、成人した子供たちで、移ろう人生の中に何か不変のものを追い求めているのは、他の人間と何ら変わらない。安衣装に身を包み、サーカスのような派手な化粧をした若い女たち、児童就労や過酷な生活を余儀なくされたことから、成人になる前に老け込んでしまった青年たち、着古してテカテカでヨレヨレになった服を着た、疲れきった表情の中年世代——これらの人間は、知性や生活水準を改善する以外のいかなる目的のためだったら、招集される準備をすっかり整え、ウズウズして待ち構えている。

ギヴンズ師は集会を始めるに当たり、祈りをささげた。「おー神よ、ここに集う汝の僕《しもべ》なる姉妹や妻や娘たちに、汝の御業が働き、肌色の異なる人種のみだらな行為による穢れから守られんことを祈ります」

集会の参加者の中から寄せ集めて結成したにわか聖歌隊が、真剣だが、がなり立てるようなひどい声で『いざ進め、キリスト教兵士たちよ』を合唱した。

彼らが一列に並んで演壇から下りようとしたとき、山のように大きくて太った陽気な男の指揮者が檀上に跳び上がって彼らを制した。

「ちょっと待ってくれ、みんな、ちょっと待ってくれ」と聖歌隊に命じてから、聴衆の方に向き直って言った。「さあ、みんな、もうちょっと活《かつ》を入れようじゃないか。おれたちみんな幸福になりたいんだろ。今夜のこの集会のために、正しい精神を吹き込もうじゃないか。もう一度聖歌隊に最初と最後の一節を歌ってもらうから、歌い始めたら、みんなも一緒に歌ってほしいんだ。遠慮はいらん。イエス様だったら、ためらうことなく『いざ進め、キリスト教兵士たちよ』を歌われるだろう。みんな、そう思うだろ？　それじゃ、始めよう。いいか、聖歌隊のみんな、君たちが最初に歌って、おれが手を振ったら、会場のみんなも聖歌隊に合わせて歌ってくれ」

指揮者が壇上を上り下りしながら、顔を真っ赤にして声を張り上げたり、歌に調子を合わせて腕を振ったとき、会場一同、素直に指揮者の指示に従った。最後の調べが消えたとき、指揮者は聖歌隊を解散させ、檀上の端に立って、聴衆の方に大きく身を乗り出して、再び声を張り上げた。

「さあ、みんな！　イエス様を悲しませないようにがんばらないといけない。イエス様は短い一曲だけでは満足されない。イエス様を愛していることや、みんな幸せで満足していることや、これまで悩み事はなかったし、これからもないということも知っておいてもらわないといけない。さあ、みんな、みんなが大好きな愛唱歌を歌おう――『古い袋に悩み事を封じ込めて、スマイル、スマイル、スマイル』だ」彼が大声を上げると、会場一同があとに続いた。すると再び大講堂が歌声で振動した。彼はみんなを立ち上がらせ、歌い終わるまで互いに手を握り合っているように指示した。

演壇でギヴンズ師と並んで座っていたマシューは、呆気にとられながらも、その光景を楽しそうに眺めていた。この集会が、彼らよりも無知な黒人《ニグロ》の宗教儀式によく似ていたので楽しむとともに、夕方、集会に向けて心準備をしていたころ、このような聴衆に向かって、自分自身も聴衆もまったく知らない人類学の講義をすることについて、確かに不安を感じていたのを思い出して、呆気にとられたのだった。しかし彼は素早く悟った――このような連中には声を張り上げ、強く押しまくれば、何でも聞き入れる。拍手喝采を浴びて会員を増やすにはどうすればよいかわかった。そして、これからも、何度もこの手を使おうと思った。

至上大魔術師《インペリアル・グランド・ウィザード》は半時間も費やして、今夜のゲストスピーカーを紹介した――まず、マシューの学問的業績と思われるものを力説した。しかし、その膨大な知識にもかかわらず、マシューはなおも、福音や、女の貞節や、白人種の純粋さを信じていることを強調するのを忘れなかった。

長々しい紹介を受けて演壇に立ったマシューは一時間にわたって、自分たちは何に信を置いているか、ということを、声を限りに訴えた。すなわち、白い肌は、優れた知性と道徳的特性が備わっていることの確かな印であり、すべての黒人《ニグロ》は白人に劣り、神も、合衆国を白人の国にすることを意図していたのであり、神の御加護によって、白人の国を保つことができるのであり、もし「ノーモア黒人《ブラック》会社」がこのまま危険な行為を続けてもよいというような認可が下れば、白人同胞の息子や兄弟がうかつにも黒人女《ニグレス》と結婚することがありうるし、さらに悪いことに、姉妹や娘が黒人男《ニグロ》と結婚することもありうると力説した。

彼が訴えているあいだ、熱狂的な拍手喝采の嵐にたびたび中断させられ、また演説しながら、女の聴衆を見回して、きれいどころを物色していた。そして、白人騎士団《ナイト・オヴ・ノーディカ》への入隊を強く希望する志願兵は一人当たり五ドルを支払うように、と力を込めて訴えておいてから演説を終えた。直ちに、前もって「桜」の役を頼まれていた六人が、すっかりだまされた聴衆を率いて壇上に上がってこようとした。まさにその時だった——マシューは、最前列に座って彼をうっとり見つめる女に気づいた。

その女は赤みがかった金髪で[42]、着こなしがよく、美人で、なぜか見覚えのある顔だった。ギヴンズ師と寄付金集めの係に道を譲るために、雷鳴のような拍手喝采の中を退きながら、以前、彼女にどこかで出会ったことがあると思った。自分の席に戻ってからも、彼女をしげしげと観察した。

そこでハタと気づいた。あの女だ！　おれを袖にしたあの女だ。長いあいだ捜し求めていたあの女だ。この世で何よりも望んでいた、まさにあの女だ！　いったいどうしてこんなところにいるんだ？　洗練され、高学歴にして裕福で、ここに集まっている連中と関わるようなことはありえない女だと、ずっと思っていたのに。また見失ってしまう前に、どうにかして、彼女に近づきたい激しい衝動に駆られた。しかし同時に、彼女がこのようなところにいたことに、ほんの少し失望もした。

ギヴンズ師が席に着くまで待ちきれず、彼女のことを尋ねた。でっぷり太った聖歌隊の指揮者が、教会でよく歌われる締めくくりの賛美歌の大合唱を指揮しているとき、至上大魔術師《インペリアル・グランド・ウィザード》の方に身を乗り出して、ひときわ大きい声で尋ねた。「最前列に座っている、あの背の高い金髪女性はだれですか？　彼女をご存知ですか？」

ギヴンズ師は聴衆の方に目を向け、骨と皮ばかりの首を伸ばして、目をしばたたかせた。そして自分のところから六メートルほどのところに座っている女を見た。

「ちょうど最前列の、そこに座っている女か？」と確認しながら指差した。

「ええ、そうです」マシューはもどかしそうに言った。

「ヘッ！　ヘッ！　ヘッ！」ギヴンズは無精ひげのはえた顎をなでながら笑った。「あれは、私の娘のヘレンだ。会ってもらえるか？」

マシューは自分の耳を疑った。ギヴンズの娘だって！　信じられん！　なんという偶然か！　会ってもらえるか、だって？　マシューは身を乗り出して声を張り上げた。「もちろん！」

5

巨大な銀色《シルバー》の単葉機が悠然と滑空しながらロサンゼルスの「マインズ・フィールド空港」(43)の滑走路に降り立ち、しばらく走ってから、きれいに止まった。お仕着せを着たひとりの召使が、スツールを抱えて前方コンパートメントから現れ、スツールを後方ドアの下に置いた。同時に、一台の高出力エンジン搭載の外国車が滑り込んできて、機体に横づけして止まった。単葉機の後方ドアが開いて、長身で、黒光りした肌で、気品溢れる風格を漂わせた黒人《ニグロ》が姿を現し、召使の手を借りて地面に降り立った。近くにいた三人の航空整備士は、彼の姿を目にして驚きを隠せなかった。明らかに秘書と思われる白肌《ペイル》の若い男と女が彼のあとに続いた。三人はリムジンに乗り込むと、慌ただしく走り去った。

「あのくろんぼ《クーン》はいったい何様だ？」と、整備士のひとりがきいた。大富豪を見かけた際に目を丸くして恭《うやうや》しい態度を示すのは、他のアメリカ人と変わらなかった。

「おまえ、だれだか知らんのか？」もうひとりの整備士が哀れむような口調で言った。「あの人こそ、クルックマン博士だ。いいか、くろんぼ《ニガー》を白人に変える御仁だ。飛行機の側面に『ＢＮＭ』って書いてあるだろ。『ノーモア黒人《ブラック・ノー・モア》』ってことだ。いやあ、おれも、あの人がこの半年で稼いだ金《かね》の半分でも持っておりさえすればなあ！」

「おれも、新聞で読んだことがあると思う」と最初の整備士は言った。「警察が方々の施術院を閉鎖したので、失業したってことだ」

「そいつはまったくのでたらめだ」と相手は否定した。「昨日《きのう》の新聞には、『ノーモア黒人《ブラック》会社』は中央大通り《セントラル・アヴェニュー》に新しく施術院を開業したということだし、すでに〔カリフォルニア州〕オークランドにも一つあると、昨日《きのう》、くろんぼ《クーン》から聞いたぞ」

「ちょっとおかしいんだが」と、もう一人の整備士が、大きな機体を近くの格納庫へ移動させながら、会話に加わった。「あの人はどうして周りに白人しか引き連れておらんのだろう？　きっとくろんぼ《ニガー》の助手は嫌いなんだろうな。運転手も白人だし、召使も白人だし、お供の若い男女も白人だ」

「どうして白人だと言えるんだ？」と、最初の整備士がやり返した。「黒人《ダーキィ》から白人に変わった連中かもしれんぞ」

「そのとおりだ」と二番目の整備士が応じた。「区別がつかないくらいになってるんだ。白人騎士団《ナイト・オヴ・ノーディカ》が何とかしてくれる、とおれは思っとる。おれも二か月前に団員になったんだ。しかし、古い制服を売りつけたり、集会を数回やっただけで、まだ本格的に何もしてないんだ」

彼らは黙り込んだ。そこへ元セネガル人のサンドル(44)が操縦席からニヤニヤしながら現れた。飛行機のエンジンを一つひとつ細かくチェックしながら、「まったく、アメリカ人連中ときたら」と独りつぶやいた。

「おまえさんはどこから来たんだ?」と、整備士のひとりが声をかけた。

「〔コロラド州〕デンヴァーだ」とサンドルは答えた。

「国じゅうを回って何をしとるんだ?」と、もうひとりがきいた。

「それはだな、視察旅行というのをやってるんだ」とパイロットは答えた。三人の整備士にはこれ以上聞き出すこともないので、まもなくぶらぶらと仕事に戻っていった。

中央大通り《セントラル・アヴェニュー》にあるビルの七階で、ジュニアス・クルックマン博士、ハンク・ジョンソン、チャック・フォスター、博士の秘書であるランフォード、そのほか四人の男が楕円形テーブルを囲んでいた。テーブルの隅では、ランフォードの秘書兼速記係であるベネット嬢がメモをとっていた。一人ひとりにシャンパンを注いで回っている白肌のウエイターの物腰は柔らかいが、こびへつらう態度を装っている姿からは、どうしても黒人《ニグロ》の本性が透けて見える。

「さらなる成功を期して」と、グラスを高く持ち上げなら、博士は第一声を発した。

「さらなる成功を期して」と、他の者たちが博士の言葉を唱和した。

全員、グラスを飲み干して、光沢のあるテーブルの上に置いた。

「なんと、ぼろ儲け《ドッグ・バイト・イット》だな、先生《ドック》」とジョンソンが口走った。「おれたちは確実にうまくやっている。始めてからこれまで不運に見舞われたことがない——今日は九月一日だから、まだ七か月半にしかならんのにな」

「そう軽はずみに吠え立てるな」とフォスターが諌めた。「反対の声が毎日だんだん激しくなっているんだぞ。このビルだって、公正な評価額より七万五千ドルも高く支払わないといけなかったんだぞ」

「そういったって、もう自分のものにしたんだろ?」とジョンソンは言い返した。「おれがいつも言っとるように、稼ぎさえすりゃ、この国では何でも手に入るんだ。状況が切迫した折はいつでも、おなじみの小切手帳を取り出しさえすりゃ、すべて片がついて順調に事が運ぶんだ」

「なんという楽天家だ!」と、フォスターが不平がましく言った。

「おれはペシミストなんかじゃないぞ」と、ジョンソンが反論した。

「まあ、君たち」とクルックマン博士が割って入り、咳払いをした。「本題に取りかかろうじゃないか。われわれがここに集まったのは、いいか、五十番目の施術院開設を祝うことだけでなく、状況を把握しておくためだ。ここに、これまで七か月半にわたって展開してきた事業の詳細な記録がある。

「これまで、われわれは、東海岸から西海岸まで、全米に五十もの施術院を設け、平均四日半に一度の割で、一つの施術院で平均百五人に施術を行なってきた。それぞれの施術院には、六名の施術担当医、二十四名の看護士、一名の守衛、四名の用務員、それに、電気技師、簿記係、レジ係、秘書兼速記係、記録係を二名ずつ配置し、そのほか四名の警備員がいる。

「この四か月間で、われわれは、〔ペンシルヴェニア州〕ピッツバーグにフル稼働の設備工場、そして〔ペンシルヴェニア州〕フィラデルフィアには化学プラントを手に入れた。それらに加えて、四つの飛行場を購入し、ラジオ放送局を買収した。不動産、給与、化学薬品にわれわれが支出した額は、合計で、六百二十五万五千八十五ドル十セントになる……」

「ヘッ!　ヘッ!」とジョンソンが声を上げて笑った。「十セントってのは、フォスターが吸った質の悪い葉巻の値段だろ」

「われわれの総所得金額は」クルックマン博士は話を中断されたので、少し顔をしかめながら続けた。「一千八百五十万三百ドルになる。すなわち、一人当たり五十ドルの施術費を、三十七万六人の黒人《ペイシャント》が支払った計算になる。考えてみれば、施術費はたった五十ドルでよいという、開業時の私の判断は間違っていなかったことになる――一般の黒人《ニグロ》も払える額にするということで」彼は手にしていた記録簿を脇へ置いて付け加えた。

「これから四か月後には、この施術活動を二倍にするつもりだ。そうすると、年末までには、施術費を半額の二十五ドルにできる」彼は、蝋《ロウ》で固めた口ひげを、長い敏感な指で軽くひねって、満足げに微笑んだ。

「それはそうだろうが」とフォスター。「この事業をできるだけ早く、もっといい形で乗り切らないといけなくなる。そうでないと、これからは、これまで以上に多くの反発を食らうことになるのではないか？」

「おい、ちょっと待て！」とジョンソンが唸り声を上げた。「おれたちは黒人《ダーキィ》に対してまだ何もしとらんぞ。それに、アメリカでこの事業をやり終えたって、西インド諸島へ行ってできるじゃないか。いいか、おれはこの仕事をこのまま終わらせるなんて、**ぜったい**したくないぞ」

「さて」と、クルックマン博士は続けた。「フォスター君には、不動産購入のために、勤勉さと才能を存分に発揮してくれたことは大きな称賛に値すると言いたいし、またジョンソン君には、実に巧みな方法で、方々の都市の自治体関係者の反対の声を見事に抑え込んでくれたことも、同じく大きな称賛に値すると言いたい。みんなも知ってのとおり、ジョンソン君は、そのためにほぼ百万ドルを使って尽力してくれたし、ほぼ同じ額で、ワシントンの連邦議会や方々の州議会の雰囲気づくりをしてくれた。つまり、州議会や市議会でわれわれの事業をやめさせる目論見で導入されたどの法案も、委員会レベルで消えたということだ。さらに、おおかた若い女たちからなる秘密工作員を使って、多くの役人や政治家がわれわれの試みに対して公に反対できないようにしてくれた(45)」

テーブルに座っている全員の間に称賛の笑みがこぼれた。

「われわれには、これからやることが実にたくさんある」と、フォスターが感想を述べた。

「そうだ、そのとおりだ」と、賭博の元胴元が応じた。「それをするために必要なものしかそろえていない(46)」

「確かに」と博士が言った。「ハンク君は何のためらいもなくさらりとやってくれた(47)」

「それがどういうもんかわからんが、先生《ドック》」とジョンソンはニタニタしながら言った。「小切手帳がものを言うってことはわかっている。あの下層の白人連中《クラッカーズ》でも、金《かね》をちらつかせると静かになりよる」

「今日の午後」と、クルックマンは続けた。「三名の地域ディレクターと会う予定だ。施術担当医のヘンリー・ドゥーガン、チャールズ・ヒンクル、そしてフレッド・セルデンだ。それにわれわれの化学薬品担当主任のウォレス・バッツも加わって、この機会に、みんな一堂に会して、互いにもっと知り合っておくのもいいことだと思っている。そのために、一人ずつ、少ししゃべってもらうことにする。実は、彼らはみんな、われわれのスタッフと同じように、この施術を受けているんだが、それでも立派な黒人権利拡張論者《レイス・マン》であることに変わりはない」

クルックマンの依頼を受けて、三名の施術担当医と化学薬品担当主任が、四十五分間にわたり、事業の進捗状況を報告した。間を置いてウエイターが冷たい飲み物や葉巻や煙草を運んできた。頭上では扇風機が回っている。大きく開いた窓からは、バンガロー、舗道、棕櫚並木、ガタゴト走る路面電車、道を突っ切って走る自動車が一望に見渡せる。

「よし！　よし！　よし！」会合の終わりにジョンソンは声を上げながら窓辺に足を運び、町を見下ろした。「おれにこの仕事を二、三年任せてくれたら、ヘンリー・フォードなんか浮浪者ぐらいにしかみえないようにしてやるぞ」

一方、黒人社会《ニグロ》は動揺し混乱していた。黒人市民《カラード・フォーク》は「ノーモア黒人《ブラック》」の施術を受けることに全神経を傾けていたので、忠誠心や仲間意識や責任感など、すべて忘れてしまっていた。日曜礼拝に行かなくなったし、いろいろな友愛団体の会費も納めなくなったし、リンチ反対運動に身を投じることもいっさいしなくなった。かつて華々しく活動していた「アフリカ帰還運動協会《バック・トゥ・アフリカ・ソサエティ》」の指導者サントップ・リコライスは、響き渡る声を張り上げて、協会を離れていく黒人《レイス》を激しく非難していた(48)。

黒人《ニグロ》相手のビジネスも同様に大打撃を被っていた。わざわざ一時的に髪の毛を真っ直ぐにしたり、肌を白くするようなことは、だれもほとんどやらなくなった。数週間の給料で永久に両方ともできてしまうからだ。黒人《ニグロ》の大衆が考え方を変えたために、白肌にしたり、直毛にする化学薬品の製造業者がたちどころにほとんど倒産の憂き目に遭った。それらの業界は、もっぱらしたたかなユダヤ人《ヒーブルー》に牛耳られていたが、少なくとも五指に余る会社の経営者は黒人《ニグロ》だった。当ビジネスが急速に衰退したことによって、業界の広告料に頼って刊行していた黒人《ニグロ》週刊紙の収入が激減した。直毛美容業界は、何千人もの黒人女性《カラード・ウーマン》に働く場を提供していたので、彼女たちは洗濯やアイロンがけのような家政婦労働に就く必要はなかったのだが、今や、その業界も、ほとんどの美容院の表に「貸家」の看板がかかっている有様となってしまっている。

方々の黒人地域《ブラック・ベルト》選出の黒人《ニグロ》の政治家は、人種別居住区を定める隔離政策のおかげで自分たちのものにできる黒人《ニグロ》票の力を借りて、あくどい商売を「保護する」ことで甘い汁を吸って、よく太り、顔もつやつやになっていたのだが、今では、そんな彼らも、黒人《ブラック》の連帯、人種の誇り、政治的解放について講演して回っても、何の成果も得られなかった。何をもってしても、白人種への大量脱出《エキソダス》をもはや食い止めることはできなくなった。政治家はふさぎ込んで、それぞれの事務所で無為な時間を過ごしながら、敗北を認めて、いちばん近くにある「ノーモア黒人《ブラック》」の施術院に駆け込むか、それとも、クルックマン博士と二人の支援者の活動に対して、白人が待ったをかけることを期待して、もう少し成り行きを見守るかどうか思案していた。本心は、後者が彼らの望みだった。黒人《ニグロ》の大半が、黒肌からの解放を夢見て、お金を少しずつ貯めているので、ギャンブルをしたり、売春宿に足繁《あししげ》く通ったり、土曜日の夜のボクシング試合のお膳立てをすることもなくなった。こういうわけで、いつもの収入源がなくなった。黒人《ブラック》の政治家は、白人の有力者に支援を訴えたものの、がっかりしたことに、大半の白人有力者も、抜け目ないハンク・ジョンソンによってしっかり買収されていた。

どの黒人街《ニグロ・ゲットー》からも、おおらかな《ヨーロッピアン》雰囲気がほとんど消えた——音楽、笑い声、お祭り騒ぎ、ふざけ合い、自由奔放さがすべてなくなった。代わりに、どこも同じ激しい喧騒に包まれることになった——戦時中の駐屯地や、新しい石油産地や、ゴールドラッシュ直前に見られたような、血走った表情、張り詰めた顔があった。歌や物語に登場する明るく陽気な黒人《ニグロ》は永久に姿を消していた。代わりに、神経を高ぶらせ、金《かね》を貯めることに汲々とし、一銭も無駄遣いすることなく、クルックマン博士の施術を受けるのに必要な額が貯まるのを待ち焦がれている黒人《ブラック》の姿だけだった。

施術を受けるために、南部からさらに大挙してやってきて、各地に散らばっている「ノーモア黒人《ブラック》会社」の施術院に殺到した。南部では、大半の白人の敵意が強いために、避難所〔クルックマン施術院〕はなかった。しかし、南部と北部の境界に当たる地域——例えば、ワシントンDC、〔メリーランド州〕ボルティモア、〔オハイオ州〕シンシナティ、〔ケンタッキー州〕ルイヴィル、〔インディアナ州〕エヴァンズヴィル、〔イリノイ州〕ケアロ、〔ミズーリ州〕セントルイス、〔コロラド州〕デンヴァーには、多くの避難所があった。南部社会は、米国史上最大の黒人《ニグロ》移住の波を方々で必死に食い止めようとしたが無駄だった。汽車や船や荷馬車や自転車や自動車や徒歩で約束の地にやってきた。警察の出先機関や白人騎士団《ナイト・オヴ・ノーディカ》の自警団の目をかいくぐっての、希望に満ちた行進だった。黒人《ニグロ》脱出に猛反対している地域では、無料《ただ》で振舞われる大量の密造酒や、手の切れるような新札が、「ノーモア黒人《ブラック》会社」に反対して激しく警戒心を煽《あお》るほとんどの白人にそっぽを向かせる手段となった。ハンク・ジョンソンは、ほとんどどんな状況にも対応できる術《すべ》を心得ているようだった。

戦闘的な黒人《ニグロ》組織である「全米社会的平等連盟《NSEL》」の本部はムズムズしていた。電話が鳴り止むことはなく、混血《ムラート》の職員が慌しく立ち回り、メッセンジャーボーイも出入り激しく飛び回っていた。本部はマンハッタンのタイムズスクウェアにあり、四十年にわたって、黒人市民《ニグロ・シティズン》の完全な社会的平等と、国技としてのリンチの即時廃止を求める闘争を行なってきていた。この組織はかなりの程度、白人市民《ホワイト・フォーク》の慈悲にすがることによって存続してきたが、自由と解放に向けての行動計画については、黒人《ブラック》はいつもおおよそ懐疑的だったことから、「連盟」の努力はまったく無駄ではなかった。エレベーターを降りると、汚れ一つない会議室が四方八方にずらりと並んでいて、分厚い模造のペルシャ絨毯《じゅうたん》が足音をかき消した。大所帯の役員スタッフは、あらゆる黒人《ニグロ》弾圧と迫害を終わらせることを切望しているものの、黒人《ニグロ》が劇場への入場を断られたり、リンチ刑にかけられてカリカリになるまで火あぶりにされた時ほど、喜々として興奮することはない。そのようなことが起こると、電話に飛びつき、電文のメモ帳をつかんで、秘書兼速記係を電話口に出せと喚《わめ》き立てる。しかし、激しく興奮して怒りをぶちまけながら、彼らの組織が存続し、資金要求ができる、もう一つの口実となることを考えると、自然と笑みがこぼれる。

「ノーモア黒人《ブラック》会社」が黒人《ニグロ》を白人《コケイジャン》に変身させる施術院を開業して以来ずっと、「全米社会的平等連盟《NSEL》」の収入は減り続けていた。会費納入が何か月も滞り、機関紙『ジレンマ』(49)の予約購読もほとんどゼロの状態になった。長いあいだ豪華なアパート住まいでいい思いをしてきたのに、給与支払いがさらに引き延ばしにされて、じたばたし始めた。ひたすら黒人種《ニグロ・レイス》のために、苦痛を耐え忍んでまでも、白人のディレッタントに取り囲まれた「都会クラブ《アーバン・クラブ》」の昼食会で、オオホシバシロの鴨料理を食すこともできなくなると思い始めた。また、大西洋航路定期船のファーストクラスでの航海に伴う危険を覚悟してまでも、「愛しきアフリカ救済会議《セーブ・ディア・アフリカ・コンファレンス》」開催のために出かけていくこともできなくなるだろうし、また、特別個室付の列車で全米じゅうを何度も行き来するというひどい苦痛を味わってまでも、黒人《ニグロ》問題についての講演を一つひとつ聴いて回ることもできなくなる。ほんの数千人の金持ち白人に限られている憲法上の権利を、黒人《ニグロ》のために獲得することを目指して、年間所得五千ドルという薄給で、たゆまず辛抱強く闘ってきた。そして今は、一生かけて続けられると思っていた事業がどんどん破壊されていく様子を呆然と眺めている。「ノーモア黒人《ブラック》会社」に対する有効な対抗策をまとめることは単独ではできないと考えて、この国のすべての著名な黒人《ニグロ》指導者に呼びかけ、一九三三年十二月一日、「連盟」本部での会議開催を招集した。互いの業績を褒め称え合う以外の目的で、黒人《ニグロ》指導者が一堂に会するのは、これまではありえないことだった。お決まりのこととして、彼らはいつも激しく議論を戦わせ、意見が食い違った。いちばん激しく渡り合って意見が食い違うのは、黒人の連帯と、一致団結した行動を求める議論の時だった。しかしながら、今回の状況は前代未聞であることから、招待状を受け取った黒人紳士《ジェントルマン・オヴ・カラー》の代表のほとんどは、即座に出席の意向を伝えてきた。これまで自分たちの懐を潤していた資金が尽きてしまう前に、今は矛を収めるのが得策だと判断したのだった。

「全米社会的平等連盟《NSEL》」の続き部屋の奥にある自分専用のオフィスで、この連盟の設立者で、ハーヴァード、エール、コペンハーゲンの三大学の卒業生でもあるシェークスピア・アガメムノン・ビアード博士（尊大ぶった身のこなしは、白人《コケイジャン》・黒人《ニグロ》双方に強い印象を与えた）[50]は、ガラス天板を載せた机の前に座って、巻き毛の白髪頭と、完全に鋤状《すきじょう》になった顎ひげをなでていた。この博学多識の学者は、年間わずか六千ドルで、『ジレンマ』に痛烈な学術的論説を書き、内心では密かにあこがれている白人《コケイジャン》を糾弾し、また内心では哀れんだり蔑んだりしている黒人《ニグロ》の偉大さを称賛している。また、ありがたいことに、自分ではまったく経験したことのない、虐げられた黒人《ブラック》労働者の生活の苦しみや不自由について、明快な文章で綴っている。おおかたの黒人《ニグロ》指導者と同じく、黒人《ブラック》女性を大切にするが、八分の一《オクトルーン》黒人の女性以外は採用を控える。白人の晩餐会では、「われわれ黒人《ブラック・レイス》」のことを語り、書物の中では、彼の体の一部はフランス人、一部はロシア人、一部はインディアン、一部は黒人《ニグロ》であると告白している。黒人《ニグロ》女性をたらしこむ白人《ノルディック》を糾弾しながらも、手を出してもあまり抵抗してこない器量良しの黄色肌の女性を、秘書兼速記係として雇うことにこだわる。彼は確か《イン・ナ・リアル・ウェイ》に自分の同胞を愛しているのだ(51)。平和な時は「社会主義シンパ《ピンク・ソーシャリスト》」である。しかし、戦争の暗雲が垂れ込めてくれば、軍神マースの足元で野営する(52)。

このすべての黒人種のチャンピオン《チャンピオン・オブ・ザ・ダーカー・レイシズ》の(53)前には、前日、彼と彼の参謀が起草して、きれいにタイプされた、合衆国司法長官宛ての決議文書が置かれている。他の黒人《ブラック》指導者は、理路整然とし、文法的にも正しい文書を書ける教育をじゅうぶん受けているとは、「連盟」の構成員はだれも思っていないので、参謀はその点にとくに気を使っていた。

ビアード博士は決議文書をもう一度読み返してから、それを机の引き出しに仕舞う。そして並んでいるボタンの一つを押して、「みんなに集まるように言ってくれ」と指示する。すると混血女性《ムラートレス》が踵を返して部屋を出ていく。満足げに品定めをするこの年配学者の目が彼女の後姿を追う。ドアが閉まったとき、残念そうにため息をついて、体力的にも精力的にも若かりし頃の自分に思いを馳せる。

三、四分して、再びドアが開き、身なりの整った数人の黒人《ブラック》、混血《ムラート》、そして白人が大会議室に入ってきて、壁沿いに並べてある椅子に腰かけ(54)、いつもどおりにこやかに互いに挨拶を交わし、連盟議長にも挨拶をする。しかし今日は、単なる社交辞令ではなく、これほど心がこもっていることは、かつてなかった。もし窮地を救える同胞がいるとすれば、それはビアードだ。博士本人も含めて、全員がそのことを承知している。太い葉巻や長細い煙草、そしてロンドン製のブライア・パイプ(55)を取り出して吹かしながら、会議の開始を待っている。

同胞人種を心から敬愛する高潔なるビアード博士は、拳で机を叩いて静粛を促したうえで、十五センチの煙草を脇へ置いてからおもむろに立ち上がり、演説を始める。

「かように隠遁生活を送っております私にとりまして、比類なき勇気、不屈の精神、そして有り余る才能を存分に発揮されたことによって、泥沼にはまり込んだ状態の大衆(56)よりも一段と頭を高く持ち上げられて闘っておられる方々と、あまり親密な接触の機会を持たないのは、よいことなのか、それとも悪いことなのか、判断いたしかねているところでありますが、今回、このように皆様方と直接顔を突き合わせまして、密かに会合を開き、不運重なる昨今の状況を再検討するという厄介な任務を、私よりも有能な皆様方(57)から仰せつかるというのは、誠にもって分不相応なことではないかと思っている次第であります」彼は出席者を狐のような目で眺め回しておいてから、慇懃《いんぎん》な口調で続けた。「そこで、みなさん《マイ・フレンズ》、私は、私の有能にして教養溢れる秘書であり腹心でもあります、ナポレオン・ウェリントン・ジャクソン博士(58)に、この暫定的な組織の委員長職を任せることにつきまして、やんごとなき皆様方の温かいご賛同(59)をいただきたいと思います。ここで改めてジャクソン博士をご紹介する必要はないでありましょう。博士の学識、強い義務感、苦しんでいる黒人《ブラック》への深い愛情のことは、もうご承知のことと思います。博士は過去二十年にわたって、数多くの哀歌を作っておられ、流行《はや》り歌にもなりました。皆様方にもいくつか、愛唱歌として口ずさんだものがきっとおありでしょう。また、ラテン詩人の翻訳者として知られていることや、ギリシャ語に関する権威ある研究があることもご存知でありましょう。

「しかしながら、ジャクソン博士にお話をしていただくに当たって、われわれの運命は星回りによって決まるということを言っておきたいと思います。エチオピアの運命は予断を許さない状況にあります。ナイル川の女神は、偉大なスフィンクスの足元で悲痛な涙を流しています。コンゴには暗雲が垂れ込めています。トーゴランド(60)には稲妻が走っています。オー、イスラエルよ、自分の天幕へ帰れ〔列王記上一二―一六〕。時が近づいた〔マタイによる福音書二六―四五〕」

「全米社会的平等連盟《NSEL》」の議長が席に着くと、続いて、いかにも学究肌のジャクソン博士が立ち上がった。ビアード博士の秘書であるジャクソン博士は長身細身で、美男子《イケメン》コンテストで優勝するようなタイプではなかった。煤《すす》けた黒肌で、肩幅はとても広く、サルのように長い腕をしており、襟の上に載っている小さな卵形の頭は、デミタスカップの上に載った鶏卵を思わせる。著しく飛び出した両目は今にも落ちそうにみえる。かけているバンセネ〔バネ仕掛けで鼻に固定する眼鏡。ツルがない」はいつも、低くて脂《あぶら》ぎった鼻から滑り落ちている。黒人《ニグロ》が不当な扱いを受けるごとに、官僚や政治家に長い苦情の手紙を書いて、法の裁きや公正な取り扱いを要求し、また、信じられないことに法律に抵触してしまったごく少数の白人大富豪以外には抜け道を与えないような法的保障を要求したり、黒人《ニグロ》を奮い立たせる《スタンド・エレクト》手助けをしたがっている、満たされず飢えた《セックス・スターヴト》日々を送る白人の既婚婦人の聴衆を相手に講演する――こういったことが、この組織での彼の主な業務である(61)。当然のことながら、相当な時間数になる余暇には、引用だらけの、長い学術的な記事を、『ジレンマ』以上に知識層向きの雑誌に書き、そこでは、大農園で働く南部の黒人《ニグロ》農民の叫びは、ベートーベンのどんな交響曲よりも勝《まさ》っており、ベニンシティ(62)こそエデンの園があった場所である、ということを完全に証明してみせることを目指している。

「ふむ！　ふーむ！　さて、えーあー、みなさん《ジェントルメン》」と、ジャクソン博士は背筋をピンと伸ばして立ち、眼鏡をはずして、それを絹のハンカチで拭いてから、口を開いた。「みなさんもご存じのとおり、我が同胞《ニグロ・レイス》は深刻な危機に直面しております。『ノーモア黒人《ブラック》会社』の、あー、活動について、ここで、あー、詳細を述べる必要はないと思います。それが、あー、われわれの組織を、かなり、あっ、あー、混乱に陥れているとだけ申し上げておけば、あー、うーむ！　うむむむー！　じゅうぶんでありましょう。我が同胞は、これまで、あー、彼らのために多年にわたって勇敢に闘ってきた、この、あー、組織に対して、あー、臆面もなく自分たちの本分を忘れています。そして今日《こんにち》では、幻想を追い求めることに汲々としています。えへん！

「そういうわけで、みなさんは、さきほど申し上げたような活動がこのまま続けば、われわれの、あー、組織にとって、壊滅的なものとなることを、あー、じゅうぶんご理解いただけたと思います。黒人《ニグロ》社会を存続させるためには何か思い切ったことをしなければならない、ということを、みなさんも、あー、われわれと同じように、あー、肝に銘じておかねばなりません。よろしいですか、みなさん《ジェントルメン》、黒人《ニグロ》社会のために、あー、一生懸命、汗水たらして働いた、あー、すべての人びとにとって、未来はどんなものになるのか、ということを考えてみて下さい。あー、ちょっとお尋ねしますが、われわれを支援するグループは、あー、もはや存在しないとなれば、われわれは何をすればいいのでありましょうか？　もちろん、クルックマン博士と彼の二人の支援者は、合法的なものなら、あー、何でもできる、あー、権利を完全に有しています。しかし、あー、彼らの現在の活動は、われわれの活動に対する影響を考えれば、あー、合法的な類《たぐい》のものだとは決して言えません。しかしながら、さらに話を進める前に、私は、あー、われわれの調査専門家で、南部の状況を、あー、報告してくれるウォルター・ウィリアムズ氏を紹介したいと思います」

ウォルター・ウィリアムズ氏――薄青色の目、ウェーブのかかったとび色の髪、突き出た戦闘的な下顎が目立つ、長身でがっしりした体型の白肌の黒人《ホワイト・マン》――が立ち上がって、会衆に向かって会釈し、北部や南部の黒人《ニグロ》の間に、誇りと人種的連帯を失いつつある悲痛な光景が広がっている現状を報告するために進み出た。南部では、「全米社会的平等連盟《NSEL》」が機能しているところは一つもなく、会費もゼロの状態になった――したがって、一つも会合を開くことができず、そのあいだも、多くの忠実な支援者でさえ白人《ホワイト・レイス》に変身してしまっている、と報告した。

「個人的には」と、彼は話をまとめた。「私は黒人《ニグロ》であること、これまでもずっとそうだったこと（彼の曽祖父は混血《ムラート》だったらしい）をたいへん誇りに思います。そして我が同胞《マイ・レイス》の向上のために、進んでこの身をささげる覚悟ができております。我が同胞《アワー・ピープル》が、エチオピアやソンガイ帝国やダオメー王国の昔の栄光や、解放後の輝かしい数々の偉業をそんなに早く忘れてしまったのには、何が彼らの身に降りかかったのか、私にはまったく想像もつきません」ウィリアムズ氏が黒人《ニグロ》であることは、彼の友人や知人の間ではよく知られていたが、他のだれもそうだとは思わなかった(63)。

遠く離れた先祖に黒人《ニグロ》がいた、もう一人の白肌の黒人《ホワイト・マン》で、ダンバー大学学長のハーバード・グローン牧師(64)は、調査専門家に続いて長い演説を行なった。そこで彼は、彼の大学の将来について懸念を表明した。学生数が六十五名まで激減したというのであり、「われわれ黒人《ブラック・ピープル》に降りかかった」大惨事を嘆いた。
聴衆はグローン博士の話を神妙に聴いていた。彼は大学教授、次には民生委員《ソーシャル・ワーカー》、そして牧師、という経歴の持ち主だった。白人《ホワイト・フォークス》にも認められていたことから、その分二倍、黒人《ニグロ》に受け入れられた。彼の人望が厚いのは、多くは、演説の方法をしたたかにわきまえていたことによる。黒人《ニグロ》には、急進的に聞こえる演説をするが、他方、彼の大学の白人理事たちを満足させるために、じゅうぶん保守的に聞こえる演説もできた。加えて彼には、いつも真剣で誠実だと思わせる取柄があった。

彼に続いて、モーティマー・ロバーツ大佐が演説した。ダスキー・リヴァー農業大学校の校長、「来世の騎士と令嬢の最高長官」や「アンクル・トム・メモリアル協会会長」を務めていた。ロバーツ大佐[65]は、保守派の黒人《ニグロ》（彼らのほとんどは保守すべきものは何も持っていなかった）として定評のある指導者であった。そのような黒人《ニグロ》が常に感じていたことは、白人《ホワイト・フォーク》が先頭に立っているので、黒人《ニグロ》は気をつけて自分の方向を決めるべきだ、ということだった。

彼は巨大な黒い山を思わせる大男で、バケツをひっくり返したような形の頭、そこに豚のような二つの目がくり抜かれ、さらに、洞窟のような口からは、大きな墓石のような歯がほとんどたえず出ている。彼の演説は、ブラッドハウンド犬の唸《うな》り声と、タイヤのチューブの破裂音を合わせたようなものだった。それが、ほとんどの白人《ホワイト・ピープル》には、飾らない素朴さと誠実さの印象を与え、幸いにして、大学校を維持していけるだけの寄付金を白人から集めることができた。いつものように、生まれ故郷のジョージア州では、二つの人種の間には友愛関係があること、また、厚かましくも大胆に白肌になり、そのため白人《ホワイト・ピープル》の心を動揺させていると語って、手遅れになる前に、この白人を生み出す「ノーモア黒人《ブラック》会社」の事業をやめさせられるような戦闘的な組織と同盟を結ぶことをほのめかした。彼の気持ちを打ち明け、わずかな拍手を受けてから、大佐は（かつて、白人《ホワイト・マン》の中には、彼を大佐と呼ぶ者がいたことから、それがそのまま彼の肩書きになった）息を弾ませながら腰を下ろした。

「黒人《ニグロ》商業団体」代表という、高い地位の役職に就いていたクロード・スペリング氏[66]は、大きな耳を持った、怯えた顔の小柄な褐色男で、演説を行なう際には、ブルースの響きが加わった。反復句は、黒人《ニグロ》のビジネスはいつも沈滞してしまっていて、支援がないために消滅しようとしている、というものだった。スペリング氏は、長年にわたって、奇妙な考えの主唱者だった――黒人《ニグロ》の商人が繁盛するように支援するという、まったくおぼつかない目的実現のために、無給の黒人《ニグロ》労働者は、安くてきれいなチェーンストアに行くかわりに、チェーンストアよりも少々高くついても、小さくて薄汚い黒人《ニグロ》の店をとにかくひいきにすべきだ、というのである。

　続いて演説に立ったジョセフ・ボンヅ博士[67]は、嚙み煙草を常用してきたがために黒く汚れた出っ歯をのぞかせ、ベッコウ縁の眼鏡をかけた、小さなネズミ顔の黒人《ニグロ》で、「黒人《ニグロ》統計局」の責任者だった。引退した白人の資本家たちを説得する際に直面した、彼の部下たちの困難さについて打ち明けた際には、ほとんど泣いていた（その時の光景はあまりにもひどくて、目も当てられないほどだった）。これまでは、白人資本家も罪の意識を感じて[68]、慈善事業に関わって、ボンヅ氏の活動に定期的に寄付金を提供していた。しかし、ボンヅ氏によれば、「今や、黒人《ニグロ》が自分たちで困難な問題解決に奔走しているので[69]、もう社会活動やデータ集めへの資金援助の必要性もなくなると、白人の慈善家たちは思っているようだ」というのだ。そしてボンヅ氏は、寄付金が月五万ドルから一千ドル以下に落ち込んだことを打ち明ける際には、もう少しで泣き崩れるところだった。

　データ集めに関しては、彼の気持ちはじゅうぶん伝わった。彼はきわめて重要かつ必要な任務に携わっていた。すなわち、もっと多くのデータを集めるためにはもっと多くのお金が必要だということを、みんながじゅうぶん納得できるようにするためには、大量のデータを集めることだった。集まったおかたのデータは非常に役に立ち、次のような驚くべき三つのことがわかった――

一、貧しい人たちが収監される頻度は金持ちよりも高い。
二、ほとんどの人は、仕事の割にはじゅうぶんな報酬を与えられていない。
三、奇妙なことに、貧困と病気と犯罪には何らかの関連性がある。

ボンヅ博士は、統計学的裏づけをしてこれらの事実関係を確認し、詳細な図表で示すことによって、相当な蓄財をしていた。同胞は仕事を求めているのであって、施しを求めているのではない、と彼は言う。しかし彼自身は、できるだけ働かずに施しを得ていることに、いつも満足していた。長年にわたって、黒人《ニグロ・グループ》に還元されるべき利益をじゅうぶん上げることなく、自分自身の懐を肥やしていたのだ。

感情を表に出すボンヅ博士の話し方は聴衆の涙を誘うほどだった。彼が話しているあいだ、聴衆の多くが「そうだ、同志」とつぶやいていた。彼らは心を動かされたが、本当に興奮したのは、次の演説者によってであった。

彼が立ち上がったとき、待ち焦がれていた聴衆は静まり返った。一同、「エチオピアの真の信仰なる洗足メソジスト教会」のエゼキエル・フーパー主教をよく知っており、三つの理由で一目置いていた――すなわち、彼の教会は金持ちであること（もっとも教区民は貧乏なのだが）、大声の持ち主であること、そして何より白人が彼を褒めちぎっている、ということである。御年六十歳で、肥満体型で、寝取られ亭主をつくる技の達人であった。

「信義に厚く忠義を尽くす聖職者は」と、彼は声を響かせた。「肉体労働を余儀なくされ、黒人《ニグロ》の教会は急速に滅びつつある」そう切り出しておいてから、「ノーモア黒人《ブラック》」に対して激しい批判を展開し、その事業を廃業に追いやる手段ならどんなことをも支持した。口角泡を飛ばし、長い両腕を振り、両足で床を踏み鳴らし、拳で机を叩き、目玉をぎょろつかせ、椅子を倒して、絨毯《じゅうたん》の上にひっくり返りそうになり、おおかた二流の黒人《ニグロ》説教師による道化芝居を見ているようだった。

このような姿を見せられると、伝染するもので、ハーバード・グローン牧師は顔面を紅潮させ、「アーメン」を繰り返して叫び、大会議室の中を端から端まで歩き回った。ロバーツ大佐は、顔を黒く塗った白人のコメディアンが酔っぱらったような格好で、手を叩きながら体を前後に揺すっている。他の者たちは唸《うな》り呻《うめ》き始めた。ナポレオン・ウエリントン・ジャクソン博士は、自分の出番だと思って、豊かな声量のソ・プ・ラ・ノで黒人霊歌《スピリチュアル》を一曲歌った。すると一同が直ちに加わった。大会議室が感極まった雰囲気に包まれた。

にわかに沸き起こった信仰復興のあいだ、終始素っ気なく、軽蔑の表情を浮かべて身動き一つせず座っていたビアード博士は、金縁の万年筆をいじくりながら、半分閉じたまぶたを通してその光景をじっと眺めていたが、フーパー主教が再び始めようとしたとき、突然鋭い金属音のような声を上げて遮った。

「そろそろ本題にとりかかろうではないか」彼は凄みを利かせた声で言った。「前置き《ナンセンス》はそれくらいでいいだろう。ここに、合衆国司法長官に宛てた決議文書がある。両人種のために、クルックマン博士と二人の支援者の逮捕、それに彼らの活動の即時中止を要求するものである。この文書に賛同する者は『賛成』と言ってほしい。反対は？……おおっ、おおいに結構、賛成多数だ……ミス・ヒルトン君《ヒルトン》、この決議文書を直ちに電報で送ってくれたまえ！」

聴衆一同、驚いた表情でビアード博士に目を向け、また互いに顔を見合わせた。数人がおどおどしながら異議を唱え始めた。

「君たちはもう二十一歳《おとな》になっているのだろ？」とビアード博士はせせら笑いを浮かべながら言った。「そうであるならば、自分たちで決めたことはしっかり支持してくれたまえ」

「しかし、ビアード博士」とグローン牧師が口を挟んだ。「これはかなり異例な手続きではありませんか？」

「グローン牧師」この偉・人は答えた。「『ノーモア黒人《ブラック》』と比べたら、決して異例なことではない。私は君の気分を害したかもしれないが、クルックマンが行なおうとしていることに比べたら、何でもないことだ。放っておいたら、クルックマンは君たちの仕事を奪ってしまうことになるだろう」

「私はあなたがおっしゃることはもっとなことだと思います、ビアード博士」と学長も納得した。

「わかっている」と、ビアードは素っ気なく言った。

大企業に連邦法の裏をかく手ほどきをするという、多年にわたる忠実な活動の功績により、合衆国司法長官という高い地位に就いていたウォルター・ブライブ閣下が、ワシントンＤＣにある自分のオフィスの机に向かって座っていた。机の上には、黒人《ニグロ》指導者会議で作成された怪しい決議文書が置いてあった。口をすぼめて、彼の私設電話機に手を伸ばした。

「ゴーマン？」彼は受話器に向かって声を殺して問いかけた。「おまえか？」

「いいえ」という返事が返ってきた。「私はゴーマンさんの執事です」

「それでは、ゴーマンにすぐ代わってくれ」

「はい、わかりました」

「おまえか、ゴーマン？」と、国の司法最高責任者が所属政党の全米委員長に話しかけた。

「そうだ、どうした？」

「ニューヨークのあのくろんぼ《ニガー》連中の決議文書のことを聞いただろ？　どの新聞にも載っていたやつだ」

「うん、読んだ」

「それじゃ、おれたちはどう対処すればいいと思う？」

「何も心配いらん、ウォルター。そのまま好きにやらせておけ、いいか。やつらは金《かね》を少しも持っておらん。大金を持っておるのは、もう一方の連中だ。それにだ、もちろん、おれたちの負債を一掃しないといかんだろ。『ノーモア黒人《ブラック》』の連中はおれに任せておけ。あのジョンソンとかいう男とは取引の話ができるんだ」

「わかった。ゴーマン、おまえなら大丈夫だと思うが、しかし、忘れんでくれ、くろんぼ《クーン》に対する白人の感情ってものがあるからな」

「心配には及ばん」と、ゴーマンは一笑に付した。「ビアードの連中には活動を維持していく資金があまりない。それに法律の是非は州が決めることであって、おれたちにはどうすることもできん。その線で行け。ニューヨークのくろんぼ《ニガー》連中には適当に答えておいたらいい。おまえは法律家だろ、いつもうまい口実を思いつくじゃないか」

「お褒めの言葉はありがたく頂戴しておく」と言って、司法長官は受話器を置いた。

彼が机の上のボタンを押すと、鉛筆と便箋を手にした若い女が入ってきた。

「この手紙を」と、彼は指示した。「『黒人種保全委員会《CPNRI》』の議長であるシェークスピア・アガメムノン・ビアード博士（なんと厚かましい名前だ！）に送っておいてくれたまえ。住所はニューヨーク市ブロードウェイ一四〇〇番地だ」

親愛なるビアード博士

私《わたくし》、合衆国司法長官は、貴殿と貴殿の同志がよく検討されたうえで署名された打開策を受け取りました。

この件に関する個人的見解はさておきまして（おれは、やつらが白人に変身しようがしまいが、まったく関係ない）、事業が法律の範囲内で合法的に行なわれている限り、司法省が介入することはできません。問題にされている組織は、いかなる連邦法にも抵触していないことから、その活動に介入する根拠はまったく見当たりません。

敬具

ウォルター・ブライブ

「至急投函してくれ。新聞社にはコピーを渡してやれ。それだけだ」
「アフリカ帰還運動協会《バック・トゥ・アフリカ・ソサエティ》」の創設者で代表のサントップ・リコライスは、実に意地悪い満足感を覚えながら、黒人《ニグロ》指導者に宛てた司法長官の手紙を読んだ。朝刊を脇へ置いて、そばにある箱から太い葉巻を取り出して火をつけ、縮れ毛の頭上に煙を吹いた。ビアード博士が断られたり、迷惑がられるようなことがある時はいつも決まってほくそ笑む。今回のことは二倍うれしかった。「黒人種保全委員会《CPNRI》」への招待状が彼には送られてこなかったからだ。黒人《ニグロ》種保全賛成の演説をしたあとのことだから、なおさらけしからぬことだった。

ここ十五年ばかり、リコライス氏は、すべてのアメリカ黒人《ニグロ》をアフリカへ移住させる事業こそ、おおいに採算のとれるものとして提唱していた。もちろん彼自身はアフリカへ行ったことはないし、贅沢な暮らしをみすみす捨ててまでアメリカを離れる気はもうとうなかったが、他の黒人《ニグロ》には行くように勧めていた。当然、そこへ行くにはまず、入会時に、年会費五ドルを払って会員になる必要がある。また、金色と緑色と紫色のガウンと、銀色のヘルメットの代金として、本来は合計二ドル半のところ、十ドルを支払う。さらに、「サントップ・リコライス弁護基金」として五ドルを負担しないといけない（リコライスは何かの詐欺を働いたために、たえず裁判沙汰になるので、いつも弁護資金が準備されていた(70)）。そして、一人当たり五ドルで「ロイヤル・ブラック蒸気船会社」の株を購入しないといけない。アフリカへは船でしか行けなし、しかも黒人《ニグロ》が所有して運行する船で向かわなければならないからだ。サントップは数隻ある蒸気船に特別な誇りを感じていた。もちろん一隻たりともアフリカへ向かったことはない。一度だけ船荷を運んだことはあるが、ジン酒だったことから、船が湾岸警備隊によって救助されるまで、無報酬のうえに、喉がカラカラに渇いた船員が半分飲み干してしまっていた。それに、船は屑鉄《くずてつ》同然の値打ちしかないものだったが、「アフリカ帰還運動協会《バック・トゥ・アフリカ・ソサエティ》」が購入したもののなかで何よりも高くついた。支援者の間では、リコライス氏は、アフリカの暫定大統領として、アフリカ海軍提督、アフリカ陸軍元帥、そしてナイル二等勲爵士《ナイト・コマンダー》として知られ、奸知《かんち》にたけたセールスマンからがらくたを売りつけられる才能があった。白人よりも目端がきくと白人から言われただけで、即座に小切手帳に手を伸ばすことになる。

　しかし最近では、小切手帳に手を伸ばすことはほとんどない。他の黒人《ニグロ》と同じくらいひどい痛手を受けていたからだ。アメリカに留まって、五十ドルで白人になれる時に、五百ドルも支払ってアフリカに帰還したいと思う黒人《ニグロ・レイス》がいるだろうか？　リコライス氏は、その点はじゅうぶんわかっていたので、彼の同胞を抑圧された状態から救うために、彼の出自であるデメララ(71)に急いで帰還させるかわりに、「ノーモア黒人《ブラック》会社」に対して活動中止のお達しが出ることを期待して、推移を見守っていた。しかしその一方で、黒人《ニグロ》を救うために、相変わらず、他の黒人《ニグロ》組織を手当たり次第に激しく攻撃すると同時に、一年前までは、白肌や直毛にする広告を満載し、印刷業務は白人《ホワイト・フォーク》に請け負わせていた自分の週刊紙『在外アフリカ人《ジ・アフリカン・アブロード》』では、同胞人種の保全と連帯を唱え続けていた。

「われわれの資金はどうなってるんだ？」部屋が一続きに繋がっている薄汚れたオフィスのいちばん奥から、会計担当で美人の混血女《ムラート》に向かって彼の大声が飛んだ。

「何の資金ですか」彼女は驚いたふりをしてきき返した。

「確か、七十五ドルあっただろ」と彼は言い返した。

「確かにありましたけど、昨日《きのう》、警察がほとんどもっていってしまいました。そうでなければ、わたしたち、今日はもうここにいないはずじゃないですか(72)」

「うーむ！　そうか、そいつはまずいな。それに明日は給料日だろ？」

「今頃になって、どうしてそんなこと持ち出されるんです？」彼女はせせら笑うように言った。「私はすっかり忘れてました」

「アトランタへ行けるだけの分はあるのか?」リコライスは心細そうにきいた。

「ヒッチハイクで行かれるんだったらありますけど」

「そんなこと、もちろんおれにできるはずないだろ」彼は非難がましく笑った。

「そうして下さいなんて言ってませんよ」二百五十ポンド、五フィート六インチの、贅肉の塊のような黒い巨体をじろじろ見ながら、彼女は言い返した。

「ウエスタン・ユニオンを呼んでくれ」と彼は指示した。

「何で呼ぶんです?」

リコライスは会計担当のホール嬢に言葉を突き返した。「もちろん電話でだ、当たり前だろ、そんなこと《ミス・ホール》」

「電話で何でも済ませられるんでしたら、それに越したことはありませんわ、ガンガ・ディン様(73)」

「電話が使用停止になっているのか、ええっ《ヤング・レィディ》?」

「自分で確かめられたらどうです?」彼女は甲高い声で言った。彼はうらめしそうに電話をじっと見つめた。

「何か売りさばけるものはないのか?」当惑顔のリコライスはきいた。

「ありません、差し押さえをやめてくれるように執行官に頼んでみて下さったらどうです」

「そうだな、忘れてた」

「いつもそうですね」

「もっと優しく言ってくれないか、お願いだ《ミス・ホール》」彼は語気を強めて切り返した。「だれかが聞いていて、女房《マイ・ワイフ》に報告されるやもしれん」

「どちらの女房《おくさん》?」彼女は弄んでいるように言った。

「黙れ」痛いところに触れられたので、口走ってしまった。「それより、ちょっとでもいいから金策のことを考えろ」

「私のことをアインシュタイン[74]とでも思っておられるんですか?」と言いながら近寄ってきて、彼の机の端にちょこんと腰かけた。

「いいか、もしいくらかの事業費が得られないとなると、おまえの給料も払えなくなるんだぞ」彼は脅し気味に言った。

「昔の歌みたいに何度も同じことを聞かされていますわ」彼女は皮肉たっぷりに言った。

「えーい、ヴァイオレット、いい加減にせい」彼は諫めるように言いながら、彼女の尻を触った。「真剣に考えろ」

「今さら、何ですか!」彼女は捨て台詞気味な言葉を残して退いた。

彼はいらいらしながら、キイキイきしむ回転椅子から巨体をゆっくりと持ち上げ、帽子とオーバーコートを取り、オフィスを抜け出した。歩道の縁石まで行ってタクシーを呼ぼうとしたが、持ち合わせが五十セントの汚損硬貨だけということを思い出して考え直した。深いため息をついてから、重い足取りで二ブロック先の電報局に行き、白人騎士団《ナイト・オヴ・ノーディカ》の至上大魔術師《インペリアル・グランド・ウィザード》のヘンリー・ギヴンズに長い即日電報を送った——もちろん、料金受信人払い《コレクト》で。

「それじゃ、自分でやって下さったのですか?」彼がノックもせずにオフィスへ戻ってきたとき、ヴァイオレットがきいた。

「そうだ、ギヴンズに電報を打ってきた」と答えた。

「でも、その人、黒人嫌い《ニガー・ヘイター》なんでしょ?」彼女は呆れ顔で尋ねた。

「おまえは自分の給料のことだけが気になるんだろ?」彼は茶化すような口調で言った。

「もう四か月もそうですわ」

「じゃあ、ばかな質問はするな」彼は吐き捨てるように言った。

6

一九三四年の復活祭の日曜日、二つの重要な出来事があった。まず一つは、白人騎士団《ナイト・オヴ・ノーディカ》の新築されたばかりの鉄筋コンクリート造りの講堂で、この戦闘的な秘密結社の創立一周年と、百万人目の会員の入団を記念して、大集会が開かれたことである。もう一つは、ヘレン・ギヴンズと、白人騎士団《ナイト・オヴ・ノーディカ》の高貴なる大魔神《グランド・イグゾールティッド・ジロー》となったマシュー・フィッシャーとの結婚である。

白人騎士団《ナイト・オヴ・ノーディカ》の至上大魔術師《インペリアル・グランド・ウィザード》であるギヴンズ師は、フィッシャーを組織の一員に加えたことを決して後悔していなかった。それどころか、彼の右腕として抜擢した。会員はうなぎ上りに増え、至上大魔術師《インペリアル・グランド・ウィザード》が頻繁に資金の私的流用をしているものの、金庫には金《かね》がぎっしりと詰まっていた。騎士団の記章や式服を作る工場が二十四時間態勢で稼動し、騎士団の影響力はますます大きくなっていくので、ギヴンズ師はホワイトハウスあるいはその近辺に自分の居所を定めることを夢見始めていた。

六か月以上にわたって、騎士団は『警告《ザ・ウォーニング》』という八ページからなる機関紙を発行していた。見出しはけばけばしい赤色で、四分の一ページを費やして、描写が稚拙な漫画を載せていて、その編集を手がけていたのはマシューだった。けなげな南部の労働者が熱心に購読してむさぼり読み、そこに書かれた言々句々を信じた。活字の大きさ十四ポイントの、一音節語のみを用いた社説でマシューは、白人優位社会が直面する脅威の恐ろしい実態を描き、脅威を一掃するために断固たる措置をとる必要があると訴えた。ローマ法王[75]や、黄禍《イエロー・ペリル》[76]や、宇宙人の侵略や、外国との紛糾などと実に巧みに関連づけて、「ノーモア黒人《ブラック》」は悪魔の計略であると糾弾した。思いつめた厳しい論調だったので、彼自身もときどき、まったく事実であると思い込んでしまうほどだった。

金《かね》が流れ込むにつれて、優れた組織者として、マシューの名声が南部全体に広がり、いきなり、南部において最も望ましい結婚候補者となった。美女たちが文字通り彼の足元にひれ伏して求婚を迫った。元黒人《ニグロ》だからこそ恋愛《アムール》のテクニックをよく心得ているマシューは、気に入った求婚はすべて弄《もてあそ》んでいた。

同時に、マシューはギヴンズの家を足繁く訪れていた。とくに、彼が心底嫌っているギヴンズ夫人が不在の時は欠かさなかった。娘のヘレンは、マシューを初めて見た時からぞっこん一目惚れだった。彼女はいつも、高学歴の男、科学者、文学的才能のある人物との交際を求めていた。彼女にすれば、マシューはこれらをすべて兼ね備えた理想の人物だった。ただ、出会ってから二日後に彼から申し込まれた結婚を受諾するのをためらった。その理由はただ、彼はお金を、もしあるとしたら、どれくらい持っているか見当がつかなかったからである。白人騎士団《ナイト・オヴ・ノーディカ》の金庫にお金が貯まるにつれて、彼女は態度を和らげ、銀行預金が百万ドルに達したことを彼が誇れるようになったとき、結婚に同意し、数日後には、彼の激しい抱擁を受けることになった。

そうして、ナイトガウンを羽織った大勢の騎士団が祝福の歓声を上げる中、新しい講堂の壇上で、神聖な結婚式を執り行なった。新婚の二人は幸せだった。ヘレンにすれば、マシューがいわゆる「低俗な人間」と付き合うのを遺憾に思うだけで、それ以外は、彼女があこがれていたタイプの男を射止めたことになる。一方、マシューにすれば、夢見ていた理想の女をものにした。彼女の醜い母親がまだ生きていることが少々残念で、また、新妻が美人の割にはかなり教養を欠いていることに失望したものの、それ以外は、すっかり満足していた。

マシューは、貪欲なギヴンズ師を満足させるだけの金《かね》が流れ込んでくることによって、白人騎士団《ナイト・オヴ・ノーディカ》を軌道に乗せる務めを果たすやいなや、いくらかの金《かね》を使って別の事業を始める手立てを考え始めていた。今や、彼には権力と影響力と威信が備わっている。それらをうまく利用することを思いついたのだ。こうして、ジョージア州の州都の何人かの代表的な実業家も含めて、個人的に支援者を確保したのだった。

彼は、話を切り出すに当たって、いつも次のようなことを指摘した――労働者は決して満足していない。利益は決して大きくない。この州都における新工場建設も決して活気づいていない。また、アトランタ、そして南部全体がさらに繁栄し続けるためには、ボルシェビキ主義や、社会主義、共産主義、無政府主義、労働組合や、その他の反動的な活動から労働者を遠ざけておく必要がある、というのだ。そして、そのような反アメリカ的な思想は、ヨーロッパ諸国を崩壊させたものであり、ニューヨークをはじめ、北部の都市にあるそれらの前哨基地から、密偵が派遣されて、南部に基地をつくって不満の種をまこうとしている、と念を押した。また、このようなことが起こった時には、高利益や満足のいく仕事も完全に望めなくなると、陰気な表情を浮かべて注意を喚起した。さらに、過激な出版物を陳列しているニューヨークの本屋から購入した本やパンフレットを見せて、成長の見込める工場の従業員のあいだにそのようなものが流布している、という指摘も忘れなかった。

続いてマシューは、白人騎士団《ナイト・オヴ・ノーディカ》と、今ではまったく機能していない、かつてのＫＫＫ団とはどこが異なるのかについての説明に移った。両者とも、社会道徳や、人種純血保全や、ローマ法王によるアメリカ侵略の脅威に関心がある一方、自分たちの組織はもっと大きな任務、すなわち労使関係の安定化による、永続的な南部の繁栄を目指している、というのだ。白人騎士団《ナイト・オヴ・ノーディカ》は、団員増加の追い風が吹いて、過激主義は軒並み抑えられたと言い切った。そして、「ノーモア黒人《ブラック》」はロシアのボルシェビキから資金提供を受けている、と大胆に踏み込んだ発言をした。これだけ言っておけば、団員は、わずかばかりの献金ともども、白人騎士団《ナイト・オヴ・ノーディカ》の活動に手を貸すだろうか？　もちろんそうなるだろうし、実際そうなっている。献金の流れが滞った時はいつでも、騎士団の印刷部局でコミュニストのパンフレットを一梱《ひとこり》刷り上げ、秘密工作員を使って、製粉所や工場に配って回るだけでよかった。こうすれば、たちどころに献金が増えるのだった。

マシューは、この実に割のいい副業をちょうど良い時期に始めた。この都市には深刻な失業が蔓延し、賃金がカットされたうえに、労働強化が図られていたことから、労働者の間に不平不満が募っていた。そこで、この都市にも労働組合を結成すべく、いくつかの保守的な組合に所属する六名ほどの気弱そうなまとめ役が、金《かね》をもらってその任務に当たっていた。しかしまったくはかどっていなかった。それでも、彼らに耳を傾ける気になった労働者が、ごく少数ではあるが出てきた。組合は結局そんなに悪いものではないというのだ。

しかしながら、大半の白人労働者は、黒人《ニグロ》が自分たちの仕事を奪ってしまうという深刻な懸念に駆られるあまり、組合をつくって金銭闘争を行なうことを怖がって尻込みしていた。黒人《ブラック》労働者に抵抗しようものなら、雇用主が銃を携えた白人の民兵を組織して、白人労働者を締め出すと聞いていたので、危険を冒すことを恐れた。「ノーモア黒人《ブラック》会社」の活動のことを読んで、最初は安堵感のようなものを密かに感じていたが、しかし、白人騎士団《ナイト・オヴ・ノーディカ》の代表者や『警告《ザ・ウォーニング》』の社説が、目の前に立ちはだかる脅威のことを取り上げ始めてからは、自分たちの経済的苦しみのことも忘れて、クルックマン博士と彼の支援者を血祭りに上げてやると気勢を上げ始めた。ただ、彼らが不服を唱えたとしても、だれがだれだか、人種の区別がつかなかったのだ！　ここに、白人労働者のすべての苦しみの根本的な原因があった。彼らの考えでは、時代が厳しいのは、自分たちに混じって、あまりにも多くの白い黒人《ホワイト・ニグロ》がいて、自分たちの仕事を取り上げ、アメリカの生活水準を下げているから、というのだ——とはいえ、白人労働者とて、だれ一人として、アメリカの生活水準に達したことはなかったのに、だれもこれまでそのことを考えたことはなかった。だから、白人騎士団《ナイト・オヴ・ノーディカ》の集会にやってきて、毎晩、一教室しかなかった田舎の学校を八年がかりで卒業したギヴンズ師が、遺伝の法則を説明し、黒肌の子供が生まれる危険性が増大していることを、とうとうとまくし立てているあいだは、魔法にかかったように、身動き一つせず、じっと座って聴き入っていた。

資産が増え続けているにもかかわらず（金《かね》は素早い勢いで入ってくるので、金銭の流れを把握して管理しておくことはほとんどできなかった）、マシューはなお、商人や製造業者と緊密に接触を保っていた。南部の実業界の大物たちにも定期的に私信を送り、その中で、白人騎士団《ナイト・オヴ・ノーディカ》が設立されてからというもの、南部の労働者階級に顕著な心理的変化が見られると説明した。そして、労働者の不満が頂点に達して、まさに革命が起ころうとしていた矢先、彼の組織が駆けつけて南部を救ったと自画自賛した。また、労働組合やその手の破壊的な企てのことが忘れられていた時に、『警告《ザ・ウォーニング》』を通して、そのようなものが再燃している危険性を白人《ホワイト・レイス》に知らしめたと力説した。そしてもちろん、騎士団の活動は多額の資金を必要としており、保守的で裕福で公共心のある奇特な市民からの献金はいつでも受け取る用意があると必ず付け加えた。手紙の最後にはいつも、新南部の繁栄は、階級意識よりも人種意識を労働者に植えつけた「黒人奴隷制度《ペキュリアー・インスティチューションズ》」によっていたのであり、この「黒人奴隷制度《ペキュリアー・インスティチューションズ》」が消滅すれば繁栄も終焉を迎える、ということをほのめかす一節を添えることを忘れなかった。この論法は経済的な意味で大いに効き目があった。

マシューの組織者としての大成功と、ますます高まる人気は、ギヴンズ師にしてみれば、落ち着いて眺めていられるものではなかった。上層社会の知識人はだれでも、白人騎士団《ナイト・オヴ・ノーディカ》の発展や繁栄はマシューの熱意と手際よさと明晰な頭脳がもたらしたものと受け取っていると、元伝道師にはよくわかっていた。実際、彼は、多くの人たちから直接、フィッシャーこそ、高貴なる大魔神《グランド・イグゾールティッド・ジロー》よりも、至上大魔術師《インペリアル・グランド・ウィザード》にふさわしいのではないかとも言われていた。

ギヴンズ師には、だれであれ、おそらく自分よりも偉いと思う人間に対して感じる、無知な人間の恐怖心や猜疑心がつきまとった。自分の地位が脅威に晒《さら》されていると感じ、明らかに不安だった。そのような胸の内を明かしたり、それに対して何かをするということはなかった。ただ、妻には当り散らすので、妻にとっては大迷惑なことだった。そんなことだったので、マシューがヘレンに結婚を申し込んだ時は小躍りして喜び、即座に結婚を認めた。床入りを済ませて結婚が完了したとき、コップになみなみと注がれた酒や、地平線上の雲ひとつない空を眺めるような心地だった。これで、白人騎士団《ナイト・オヴ・ノーディカ》も家内事業としてやっていけるので一安心だったのだ。

結婚式が終わってから一、二週間たったある日の朝、マシューが自分専用のオフィスで寛いでいたとき、秘書からB・ブラウンという名前の来客があることを告げられた。来客の折にはいつもしていることだが、今回も、自分は一角《ひとかど》の人物であることを印象づけるために、しばらく間《ま》を置いてから、来客を通すように命じた。まもなくして、小柄でぽっちゃりとしていて、身なりをこぎれいに整えた男が入ってきて、穏やかな口調で、うやうやしく一礼した。高貴なる大魔神《グランド・イグゾールティッド・ジロー》は手で椅子の方へ促すと、来客は腰を下ろした。そしていきなりマシューの方へ身を乗り出してささやいた。「おれがわからんのか、マックス？」

高貴なる大魔神《グランド・イグゾールティッド・ジロー》はぎくりとして青ざめた。「君はいったいだれだ？」とかすれ声でささやいた。この男はいったいどうしておれの昔の名前を知っているのだ？　マシューは相手の顔をじっとのぞき込んだ。

来客はニヤッと笑ってみせた。「ほれ、おれだよ、バニー・ブラウンだ、このばかたれが！」

「これは、いったいどういうことだ！」マシューは驚いて思わず叫んだ。「おい、本当におまえなのか？」バニーの黒かった顔は信じられないくらい白くなっていた。昔よりもいっそうふっくらして丸みを帯びていた。

「おれの兄弟なんかじゃないぞ」バニーはいつもの愛想よさそうな笑みを浮かべて言った。

「バニー、これまでどこにいたんだ？　手紙を送ったとき、どうしてすぐにこなかったんだ？　監獄にでも入っていたんだろ」

「図星だ！　監獄にいた」と元銀行の出納係は打ち明けた。

「何をやらかしたんだ？　ギャンブルか？」

「いや、ほっつき回っていただけだ」

「ほっつき回っていたって、どういうことだ？」マシューは怪訝そうに尋ねた。

「言ったとおりのことだ、まったくな。亭主持ちの女とほっつき回っていたんだ。よくある話だ。ところが、そいつの亭主に出くわすなんて思いもよらなかった。そこで一発食らわすしかなかったんだ。非常階段が滑りやすくってな、案の定、滑ってしまったんだ。地面に体をぶつけたので、逃げられなくなってな。そしたらパトロール中の警官がおれを取り押さえやがった。法廷では運が良かった。そうじゃなかったら、ここにはおらんだろう」

「白人の女か？」高貴なる大魔神《グランド・イグゾールティッド・ジロー》は質問をたたみかけた。

「黒肌じゃなかった」とバニーは答えた。

「おまえも黒肌じゃなかったからよかったじゃないか！」

「おれたちはいつも同じような考え方をするな」とバニーは応じた。

「金《かね》は持っているのか？」とマシューがきいた。

「持っているような男にみえるか？」

「仕事がほしいのか？」

「いや、役職がいい」

「そういうことなら、ここで、手始めに五千ドルぐらいのものをあてがってやれるぞ」とマシューが言った。

「そいつ《サンタクロース》はありがたい！　何をすりゃいいんだ、大統領の暗殺か？」

「冗談はほどほどにしておけ。おれの右腕になるだけだ。良い時も悪い時も、おれに付き従うということだ」

「よし、わかった。しかし、マックス、あまりにもむずかしいことになったら、おれは逃げ出すからな」

「金輪際、おれをマックスと呼ぶな」とマシューは注意した。

「おまえの名前だろうが？」

「そうじゃない、わからんのか、このばかたれ――昔のことは永遠に葬り去ったんだ。今はマシュー・フィッシャーだ。マックスのことを引っ張り出すようなことをすりゃ、交通取り締まりの警官にされる以上の多くの質問に答えないといけなくなるぞ」

「ちょっと考えてもみろ」バニーは感慨深げに言った。「おれはおまえのことを新聞で読んでいたんだが、先週の日曜版に載ったおまえの写真を見るまでは、おまえだとはまったく気づかなかった。いったいどれくらい、この仕事と関わっているんだ？」

「設立当初からだ」

「本当か！　それじゃあ、相当金《かね》も貯まっただろうな」

「施しを請うためにやってるんじゃないぞ」マシューは皮肉っぽい笑みを浮かべた。

「今、女は何人いるんだ？」

「たった一人だ、それにまともな女だ」

「いったいどうしたんだ、もう耄碌《もうろく》してしまったのか？」と相棒はたしなめた。

「いや、結婚したんだ」

「それは耄碌《もうろく》したのと同じことだ。その不運な女はいったいどんな女なんだ？」

「ギヴンズの娘だ」

「なんてことだ《ジューダス・プリースト》！　おまえはど真ん中に食い込んだってことだな？」

「おれは的をはずさなかった。それに、いいかバニー、女房っていうのは、ホンキー・トンク・クラブで、あの晩、おれを袖にしたあの女だ」マシューは誇らしげに明かした。

「なんだって！　まるで小説みたいじゃないか！」バニーは込み上げてくる笑いを抑えることができなかった。

「信じられんかもしれんが、まあ、神の御心に適うことだったのさ」マシューはニヤッと笑った。

「なんと運のいいやつなんだ！　白人になって、何の後悔もしとらんとはな」

「なあ、バニー、よく聞け」マシューは真剣な口調になって言った。「今からおまえは、高貴なる大魔神《グランド・イグゾールティッド・ジロー》、つまりおれの私設秘書だ」

「魔神《ジロー》って何だ?」

「説明できん。おれにもわからんのだ。そのうちギヴンズにきいておく。あの男が考え出したことだ。しかし、やつにちゃんと説明できるかどうか、一ドル賭けてもいいぞ」

「いつから仕事を始めりゃいいんだ? つまりだな、いつから給料がもらえるんだ?」

「さっそく今からだ、いいだろ。手始めに、おまえの支度金として百ドル渡しておく。今晩、おれと飯《めし》を食え。そして明日の朝、おれのところにこい」

「天にまします父よ!」とバニーは言った。「南部はまったく天国だ」

「ここの連中がおまえの素性を知ったなら地獄だ。だからおとなしくしておれ」

「まあ見ていて下さい、魔神様《ミスター・ジロー》」

「ところでだ、バニー。おまえ、サントップ・リコライスを知っとるだろ?」

「知らいでか、あの偽善者のことだろ?」

「いいか、おれたちは、十二月からその男に金《かね》を握らせてるんだ。やつは、その金《かね》で、ビアード博士やウォッパーやスペリングや、その類《たぐい》の連中と闘ってくれているってことだ。やつが金《かね》に困っていたので、おれたちが助けてやっいるんだ。やつの機関紙が定期的に発行できるようにしてやったり、その類《たぐい》のことをすべて肩代わりしてやってるんだ」

「ってことは、あの悪党め、自分の人種を裏切《ソールド・アウト》ったってことか?」バニーは驚いて声を上げた。

「人種のことは口にするな。おまえはもう黒人《シャイン》じゃないんだ。やつの裏切り《ソールド・アウト》に驚いているのか? おまえはまったく世間知らずになってしまっとるな」とマシューは言った。

「そのアフリカの提督をどうするつもりだ?」とバニーはきいた。

「それはこういうことだ——数日したら、おまえにニューヨークまで飛んでいってもらって、やつに握らせたおれたちの金《かね》がちゃんと功を奏しているかどうか調べてきてほしいんだ。やつの機関紙『在外アフリカ人《ジ・アフリカン・アブロード》』や、やつの言っていることに、だれも気に留めていない感じがするんだ。もし、それが事実なら、もうやつに金《かね》を渡す必要はない。その金《かね》をもっといいことに使える」

「ちょっと待ってくれ、頭がこんがらがってきた。おまえは『ノーモア黒人《ブラック》』の連中と闘っているんだろ。そのうえ、ビアード博士やウォッパーやグローンやスペリングや、その他の黒人指導者《ニグロ》の連中ともな。しかし、リコライスに金《かね》を渡して、おまえの敵と闘っている連中とも闘う、ってことはどういうことだ——小娘《フラッパー》が何人の愛人とどれほどの関係を持ったかということよりもこんがらがってきたぞ」

「簡単なことだ、バニー、実に簡単だ。おまえが理解できないのは、高度な戦略のことを何も知らないからだ」

「高度な何だって?」とバニーはきき返した。

「何でもない、気にするな。暇な時にでも調べたらいい。黒人《スペード》連中が白肌になるのが早くなれば、この商売もおじゃんになってしまうってことぐらいはわかるだろ?」

「もちろんだ」と相棒は言った。

「それにだ、ゆっくりやらせるようにすれば、それだけ長期間にわたって金《かね》が入ってくる。これでわかるか?」

「はっきりとわかった」

「おまえもどんどん利口になっとるぞ」とマシューは冷やかした。

「おまえに言われるんだから、まったく褒め言葉にもならんな」

「おれが言っているように、『ノーモア黒人《ブラック》』が長くもちこたえれば、それだけおれたちも長く生き残れる。できるだけ長く続けさせるのがおれの務めだ――『ノーモア黒人《ブラック》』が長く続けば、黒人《ニグロ》がいなくなるので、『白人騎士団《ナイト・オヴ・ノーディカ》』の存在理由がなくなって、おれの仕事もなくなってしまう。そうかといって、『ノーモア黒人《ブラック》』が直ちになくなれば、だれも恐れるものがなくなるので、おれの仕事もなくなることになる――ということで、今すぐやめさせるわけにはいかんのだ」

バニーはうなずいた。「おまえは賢いやつだ！」

「ありがとよ。自分でもそう思うから、二人の間では異論はないってことになるな。おれの方が勝って、相手を破産させてしまいたくないし、立場が逆転してもだめだ。おれの狙いは現状維持ってことだ」

「おまえははるばるここまでやってきて、下層の白人《クラッカー》連中といるから、賢くなったんだな」

「おまえはあいつらを買いかぶりすぎだ、バニー。もう行け。おまえのホテルに車を回すから、一緒に飯《めし》を食おう」

「優しい言葉、恩にきるぞ。しかし、おれはＹＭＣＡに滞在してるんだ、ずっと安いからな」と言って、バニーは笑った。

「しかし、安全か？」相棒が引き下がるとき、マシューはからかい気味に(77)言った。

二日後、バニー・ブラウンは密命を帯びてニューヨークへ向かった。目的は、サントップ・リコライスに探りを入れて、彼の仕事がどれほど役に立っているかを確かめることだけでなく、シェークスピア・アガメムノン・ビアード博士、ナポレオン・ウェリントン・ジャクソン博士、ハーバート・グローン牧師、モーティマー・ロバーツ大佐、チャールズ・スペリング教授や、他の黒人《ニグロ》指導者にも近づいて、白人騎士団《ナイト・オヴ・ノーディカ》のために、白人の聴衆に話してくれるように交渉することだった。マシューにはすでにわかっていたことだが、彼らは、今や収入を得る手立てを失い、財政的にきわめて不安定な状況に陥っていて、黒人大衆《ブラック・マスイズ》や白人の博愛主義者が寄りつかなくなっている。おおかた北部の大富豪である彼らの白人の友人たちは、「ノーモア黒人《ブラック》会社」によって人種問題はうまく解決されていると感じていて、黒人《ニグロ》もそう思っていた。バニーの任務は、白人騎士団《ナイト・オヴ・ノーディカ》のために講演して懐を膨らます方が、とにかく彼らの言うことに興味を持たなくなった黒人《ニグロ》に講演する機会がなくなるよりもずっといい、ということを彼らに説得することだった。高貴なる大魔神《グランド・イグゾールティッド・ジロー》は、これらの黒人《ニグロ》指導者に個人的に興味を持っていた。彼らは、人種問題のことを説いたり書いたりすることだけでしか生計を立てられないほど年を取り、無力になっていることを見透かしていた。それに、彼らは黒人大衆《ブラック・マスイズ》への影響力をすっかりなくしていたので、白人騎士団《ナイト・オヴ・ノーディカ》の聴衆に紹介すれば、物珍しさも手伝って興味を引きつけてくれるのではないかと思った。彼らの人種保全の話は貧乏白人《クラッカー》連中にも受けるという感触をつかんでいた。いや、人種保全のことであれば、彼が日ごろ頼んでやってもらっている、どんな白人弁士よりも、彼らの方が事情もよくわかっていると理解していた。

バニーを乗せた汽車がシャーロットの駅に到着したとき、彼は夕刊を買った。見出しを見てびっくり仰天して、膝から崩れ落ちそうになった。

資産家の白人女性が黒人《ニグロ》の子供を産む

バニーは軽く口笛を吹いて、胸の内でつぶやいた。「これで商売もいちだんと盛況になるぞ」彼はマシューの結婚生活のことを思って、もう一度ヒューーッと口笛を吹いた。

その時以来、黒肌《ブラック》の子供を生んだ白人女性のことが、連日のように日刊紙で取り上げられた。もちろんいくつかのケースは、最近白人になった女性たちだったが、世間では、黒肌《ター・ブラッシュト》の子供が生まれたことで非難の対象となるのは、いつも決まってその父親、というか、夫の方だった。このようなケースがますます増えていった。階層に関係なく広がっていた。性的な風紀の乱れが蔓延していることは、やっとアメリカの良識ある人たちが痛切に思い知るところとなった。病院経営者や医師たちは、そんなことは普通にありうるとわかっていたが、世間はまったく知らなかった。

全米じゅうが恐れおののいた。北部と南部の何十万人もの市民が白人騎士団《ナイト・オヴ・ノーディカ》に押し寄せた。とくに南部諸州《ディクシー》では、本物の白人はパニック状態に陥った。外見だけでは、本物の白人《コケイジャン》か、それとも人種転換した偽物の白人かを見分けることができなかった。見知らぬ他人には、だれであっても疑惑の目を向けることになった。そうすることが、合衆国の性道徳の水準を維持するうえで、まさに有益な影響を及ぼした。一九〇五年以来はじめて、貞節が美徳となった。自動車の普及によって自由に出かけることができるようになったことから、増加の一途を辿っていたペッティングパーティ(78)の数が驚くほど激減した。安全策をとらないと、と女たちは言い合った。

巡回セールスマンやビジネスマンや友愛会の男子学生は、昔ほど楽しめなくなった。大都会での飲めや歌えの大騒ぎも、永遠に過去のものになってしまったように思えた。海岸で出会い、すぐにでも結婚したいと思った若くてきれいな女性も、人種転換の施術を受けた可能性がある、いや、若い女性ならほとんど疑わしいという懸念が突然込み上げてくる、と打ち明ける男もいた。矢継ぎ早に求婚したり、酔っ払った勢いで結婚してしまうようなことが減少した。結婚するにはかなり重く慎重な決断が必要になった。グローヴァー・クリーヴランド政権以降、まったくなかったことだった(79)。

「ノーモア黒人《ブラック》会社」はいち早くこの機会をとらえて、さらにビジネスを拡大した。東海岸から西海岸まで全米にわたって、百か所の施術院をフル稼働させるとともに、日刊紙の全面広告で、主要都市に産科病院を設けて、いずれ母親になる女性はすべて子供を産めるようにし、黒肌《ブラック》あるいは混血《ムラート》の子供が生まれた時は必ず、二十四時間以内に永久に白肌にする処置を施す、と訴えかけた。全米じゅうがようやくホッと胸をなでおろした。とくに白肌のおかげで自由になった四百万人もの黒人《ニグロ》は大きく一息ついた。

二週間後に、バニー・ブラウンが戻ってきた。マシューとバニーは、クウォート瓶入りのまずまずのライウイスキーを酌《く》み交わしながら、バニーが出張先から持ち帰った情報について話し合った。

「リコライスの件はどうだった?」とマシューが報告を求めた。

「まったく役に立たんぞ。やつを首にすべきだ。確かにおまえの金《かね》を持ち出しているが、それを頻繁に飲み食いすることにしか使っとらん。やつの信奉者も、バチカンのユダヤ人よりも少なくなっている(80)」

「それじゃ、だれか黒人《ニグロ》の指導者とは話ができたのか?」

「だれ一人つかまえられなかった。やつらのオフィスはぜんぶ閉まっているし、これまで住んでいた場所からどこかへ引っ越していた。おそらく破産したんだろう」

「ハーレム界隈でやつらの消息を調べたのか?」

「そんなことしたって何の役に立つ? 今じゃ、ハーレム界隈に住んでいる黒人《ニグロ》はすべて、白人になりたいとやってきたばかりの連中で、残りは、ずっと前に人種転換した連中だ。だから、いいか、黒人《ダーキイ》は、かつてテューダー・シティ(81)でもそうだったが、今もレノックス界隈(82)で捜すのはむずかしい」

「黒人《ニグロ》新聞はどうだ? まだいくつかは発行しているのか?」

「いいや、もうぜんぶ廃刊になっている。くろんぼ《シャイン》連中は白人になるのにあまりにも忙しくて、リンチや犯罪や日雇い労働のことなど、わざわざ読んでいられんのだ」とバニーは報告した。

「ということは」とマシューは言った。「サントップ・リコライスの野郎は、黒人連中《オールド・ギャング》の唯一の生き残りってことか?」

「そういうことだ。しかし、やつもこのままずっと黒肌《ブラック》ではおらんだろう。だから金《かね》を渡すのはもう打ち切りにしたほうがいいぞ」

「黒肌《ブラック》のままだったら、やつはもっと金《かね》を稼げるんじゃないか」

「どういうことだ?」とバニーはきき返した。

「つまりだな、入場料の安い博物館《ダイム・ミュージアム》は閉鎖にはなっていないだろ、ええっ」とマシューは言った。「やつこそ『この世の最後の黒人《ニグロ》』ってことで、いい見世物になるぞ」

7

一九三四年六月のある日の朝、高貴なる大魔神《グランド・イグゾールティッド・ジロー》は、サウスカロライナ州パラダイスの町にいる秘密工作員のひとりから報告書を受け取った。

ここ、パラダイス紡績工場《ミル》の労働者は、経営者のブリックドフとホルツェンボフが賃金上乗せと労働時間短縮に応じなかったら、ストライキを起こそうと話し合っている。平均賃金は週給十五ドルくらいで、一日の労働時間は十一時間になる。この一週間、会社はかなり仕事のスピードアップを図ったので、従業員が言うには、そのペースに耐えられないということである。

経営者の二人はドイツ人で、第一次大戦後、この国へ移住してきた。千人の作業員を雇って、パラダイスじゅうの住宅をすべて所有し、店舗もすべて彼らが経営している。ほとんどの作業員は白人騎士団《ナイト・オブ・ノーディカ》に加盟しており、労働組合をつくるのに手を貸してほしいと言っている。指示を待つ。

マシューはバニーの方を向いて、ニヤッと笑みをこぼした。「さらに儲かる話だ」と自慢げに言って、手紙を秘書の顔の前で振ってみせた。

「どうするんだ?」と忠実な秘書《ワージィ》は尋ねた。

「どうするか、って? いいか、兄弟、まあ、おれの奮闘ぶりをみておれ。ラグルズに飛行機の手配をするように言ってくれ」とバニーに指示した。「おれたちは、直ちに現地へ飛ぶんだ」

二時間後、マシューの飛行機は、ブリックドフ－ホルツェンボフ紡績工場《コットン・ミル》正面の、短く刈り込まれた広い芝地に降りたった。バニーと大魔神《グランド・ジロー》は建物の中へ入り事務所に乗り込んだ。

「当方のどの者に御用でしょうか?」と若い女性職員がきいた。

「ブリックドフ氏とホルツェンボフ氏のどちらか、それとも二人にだ。二人のほうがいい」とマシューは答えた。

「そういたしましたら、どちら様でしょうか?」

マシューは声を響かせた。「由緒正しき白人騎士団《エインシャント・アンド・オノラブル・オーダー・オヴ・ザ・ナイト・オヴ・ノーディカ》の高貴なる大魔神《グランド・イグゾールティッド・ジロー》という者だ。そしてこっちは秘書だ」怖気づいた女性職員は奥の部屋に入っていった。

「確かにたいした肩書きだ」とバニーは小声でつぶやいた。

「そうだ。ギヴンズはこういうもののときたら、お手のものだ。長ければ長いほど、またばからしければばからしいほど、だまされやすい愚かな連中《ヤップ》はいっそう恐れ入る、ってわけさ」

女性職員が戻ってきて、二人の社長は喜んでアトランタの著名な方にお会いすると告げた。バニーとマシューは「個室《プライベート》」と書いてあるオフィスに通された。

握手を交わし、挨拶を交わした後、マシューはさっそく本題を切り出した。この二人の経営者からはすでに献金を受けていたので、ある程度わかり合えた。

「みなさん」彼はさっそく本題に入った。「あなた方の従業員が来週ストライキを計画しているというのは本当ですか?」

「おれたちはそのように聞いとるんです」と、肥満体で小柄なブリックドフがあえぐように言葉を吐いた。

「それでは、あなた方はどうするおつもりです?」

「もちろん、いつものことですよ」と、竹馬に乗ったビール樽に似たホルツェンボフが答えた。

「いつものようにはいきませんよ」とマシューは忠告した。「ここの連中はほとんどが、白人騎士団《ナイト・オヴ・ノーディカ》の団員です。連中はわれわれに保護を求めています。われわれもそれに応えるつもりです」

「おれたちにしたら、あんた方は好意的だと思っとったんですが」とブリックドフは声を荒げた。

「それに、よく話をわかってもらえると」とホルツェンボフが付け加えた。

「もちろんそうです」とマシューは応じた。「しかし、あなた方は従業員を搾りすぎていますよ」

「しかし、おれたちは、これ以上支払えんですよ」と、ずんぐりした共同経営者は言葉を返した。「どうすりゃいいんです?」

それに対して、大魔神《グランド・ジロー》はきっぱりと答えた。「ちょっとお二人さん、私をからかってはいけませんよ。たんまりと貯め込んでおられるのは、ちゃんと知っていますよ。もし十グランドを見積もっておられるんなら、私も事態に対処できますが」

「一万ドルってことですか?」二人の紡績業者は詰まった息を吐き出すかのように声を絞り出した。

「いい耳をお持ちですね」マシューはそれで間違いないことを確認させた。「もし要件を果たしていただけないんなら、私の組織が総力を挙げて、あなた方の従業員を後押しします。そうなれば、元に戻すには百グランドはかかりますよ」

二人のドイツ人はとても信じられないというふうに顔を見合わせた。

「あんたはおれたちを脅すつもりですかね、フィッシャーさん」ブリックドフは哀れっぽく訴えるように言った。

「あなたはものわかりのいい頭をお持ちだ、ブリックドフさん」マシューは皮肉たっぷりに答えた。

「おれたちがもし断ったら？」ブリックドフよりも巨漢のドイツ人《チュートン》が尋ねた。

「そうですね、もしそういうご返事ということになればですね。私たちがこちらの従業員に仕事から手を引かせることにしたらどうなるか、想像がつきませんかね？」

「おれたちは民兵を呼んでこれるぞ」今度はブリックドフの方から脅しをかけた。

「笑わせちゃいけませんよ」マシューは冷ややかに応戦した。「民兵の半分は、私たちの組織の団員ですよ」

二人のドイツ人はもうどうしようもないと肩をすくめる一方で、マシューとバニーは彼らの狼狽振りを眺めて楽しんでいた。

「いくらほしいと言ったんだった？」ホルツェンボフはきき返した。

「十五グランド」と大魔神《グランド・ジロー》は答えて、バニーにそっとウインクしてみせた。

「しかし、さっき、一万ドルと言ったじゃないか」ブリックドフは身振り手振りを交えて声を荒げた。

「いや、今は十五グランドです」とマシューは譲らない。「そして、お二人さんに急いで決めていただかないと、二十グランドになりますよ」

ホルツェンボフは急いで分厚い小切手帳に手を伸ばして記入し始めた。そしてすぐさま小切手をマシューに手渡した。

「これをもって飛行機でアトランタへ戻れ」マシューはバニーに指示して、小切手を手渡した。「そして銀行に預けておけ。安全第一だからな」バニーは出ていった。

「あんたは、おれたちを信用してないみたいに振る舞っていなさる」ブリックドフは声高になじりにかかった。

「何で私がそんなことしなくちゃいけないのですか?」と元黒人《エックス・ニグロ》は言葉を返した。「私はもう少しここに留まって、あなた方とご一緒させていただくつもりです。心変わりでもなさって、小切手の支払いをストップされちゃ困りますからね」

「おれたちは正直者だ、フィッシャーさん」ホルツェンボフは声をうわずらせた。

「あとで私がお手本を示しましょう[83]」大魔神《グランド・ジロー》は、冷ややかに薄ら笑いを浮かべながらそう言うと、腰を下ろして、机の上にある箱から葉巻を鷲掴《わしづか》みにした。

翌日の夕方、黄褐色《ドゥラブ》の肌で、やせこけて、目が落ち込んでいる紡績工場の従業員たちが、マシューが呼びかけた集会に参加するために、パラダイスにたった一つしかなく、しかも紡績会社の所有ではないビル――すなわち白人騎士団会館《ナイト・オヴ・ノーディカ・ホール》にとぼとぼとやってきた。彼らは、今にも倒壊しそうなビルに押しかけて、木製の長椅子に腰かけて、講演が始まるのを待っていた。

彼らは哀れな連中で、栄養不良で、やせこけて骨と皮だけになっていて、うつろな目をしていたが、しかし、ほのかな光明を見てきていた。外部からの進言や煽動活動もなく、まるでシベリア暮らしをしているかのようにほとんど遮断されていた。仲間内で話し合った結果、自分たちには、組合をつくって闘う以外に道はないと考えていた。そのためにぜったい欠かせないと痛感するものはただ一つ――それは、賢明なリーダーシップだった。そしてそれを白人騎士団《ナイト・オヴ・ノーディカ》に求めた。彼らは全員、その団員であるし、手近にはそれに代わる組織もなかったからである。自分たちの敬愛の的であるマシュー・フィッシャーの口を通して語られる賢明な教えと激励の言葉を聞こうと、首を長くして待っていた――一方、そのマシューは、人をけなすような薄ら笑いと不快感を交錯させた表情で、壇上から彼らを見下ろしていた。

長く待つことはなかった。長身でやせこけた司会進行役の山男が、紡績工場の従業員に、紳士淑女として振る舞うように《スタンド・トゥゲザー・ライク・メン・アンド・ウィミン》(84)とよく言い含めてから、高貴なる大魔神《グランド・イグザルティッド・ジロー》を紹介した。

マシューは力強く核心を突いて話した。従業員たちは紳士淑女《メン・アンド・ウィミン》であり、自由であり、白人であり、二十一歳を越えた大人であることを再認識させた。また、合衆国市民であり、アメリカはロックフェラー(85)の国であるとともに、従業員たちの国であり、労働者としての権利を断固として守り抜かねばならないのであり、労働者は、労働に対する正当な報酬を得るのは当然のことであり、白人優位の立場を維持していくことが何よりも大切なことである、と改めて強調した。そして、従業員の中にも、「ノーモア黒人《ブラック》」の施術を受けて白人に変身した黒人《ニグロ》がおそらく何人かは混じっているとほのめかした。そのような偽白人は、性格は黒人《ニグロ》のままで、危険が迫ると逃げ出すという点も変わっていないので、結局彼らが組合を弱体化させている、ときっぱりとした口調で言った。そして演説の最後を、自由、正義、公正な扱いを求める熱のこもった訴えで締めくくり、嵐のような拍手喝采の中、壇上から降りて椅子に腰を下ろした。聴衆が最高に盛り上がっている機に乗じて、進行役が入団を要請した。首尾よく、壇上の前に置かれた小さなテーブルの周りに群がった従業員が、名前を告げて入団金を納めた。

進行役であり、組織の急進派のリーダーであるとだれもが認めるスワンソンは、集会の結果に満足していた。山男ふうに自分の腿《もも》をパシッと叩き、噛み煙草を右頰から左頰に移した。薄青色の目がキラキラと輝き、その目は、まもなくパラダイス紡績工場《ミル》の経営者に組合を認めさせる、とマシューに「語っていた」。高貴なる大魔神《グランド・イグゾールティッド・ジロー》はそれに応じた。

二日後にアトランタに戻ったマシューは、自分のオフィスで、六人の秘密工作員と会議を開いた。「パラダイスへ行って、しっかりやってこい」と指示した。「そしてちゃんと方《かた》を付けてこい」

翌日、六人の男はサウスカロライナ州の小さな町に汽車から降り立った。そしてホテルに複数の部屋を取って、さっそく仕事に着手した。彼らはアトランタの白人騎士団《ナイト・オヴ・ノーディカ》の役員であり、高貴なる大魔神《グランド・イグゾールティッド・ジロー》の命《めい》を受けて、紡績工場の従業員が正当な扱いを受けているかどうかを視察するためにやってきたと触れ回った。三室からなる従業員の各小部屋——すべて同じような造りなのだが——を慌ただしく回って、極力声を潜めて話し合った。

一両日中に、急進派のリーダーであるスワンソンは、実は州都コロンビアの元黒人《フォーマー・ニグロ》であるといううわさが流れた。数年前に、彼はその町にたまたま住んでいたことがあった。そのことから、従業員のグループが集まっている場で、フィッシャーの工作員のひとりからさりげなく尋ねられた折に、自分はそこに住んでいたとあっさりと認めた。そしてスワンソンが見ていない折に、質問した男がグループの面々を意味ありげに見回した。

それだけでじゅうぶんだった。単純な頭の従業員にとっては、スワンソンがかつてコロンビアに住んでいたのを認めたことが、彼は黒人《ニグロ》だったのではないかという嫌疑は事実であるという確たる証拠となった。スワンソンがもう一つのストライキ集会を招集した折には、二、三人のフィッシャーの工作員を除いて、ほかにはだれもこなかった。この大男は、自分に従っていた者たちが、何の説明もなく離れていくので、もう泣きそうになっていた。工作員のひとりが理由を説明すると激怒した。

「おれはちっともくろんぼ《ニガー》なんかじゃない」と彼は叫んだ。「おれは元から、根っからの白人《ホワイト・マン》だ。それを証明することだってできるぞ」

残念ながら仲間の従業員に満足のいく説明ができなかった。仲間は頑として受け入れなかった。通りで彼を見かけたら、言葉もかけず通りすぎた。そして、くろんぼ《ニガー》と一緒に働きたくないと作業長に苦情を持ち込んだ。一週間の努力もむなしく、すっかり参ってしまって憔悴しきったスワンソンは、同情を装ったマシューの工作員のひとりから汽車賃を受け取り、いさぎよくこの町を出ていくことにした。

スワンソンが出ていったことによって、紡績工場の労働者の活動は大打撃を蒙った。しかし残っている三人のリーダーが引き継ぐことになった。高貴なる大魔神《グランド・イグゾールティッド・ジロー》の秘密工作員たちは再び忙しくなった。リーダーのひとりが、祖父はくろんぼ《ニガー》だったというのは本当かと問い詰められた。彼はその嫌疑をかたくなに否定した。だいいち自分の父親のことも知らなかったし、祖父についてはなおさらだった。結局、彼もスワンソンと同じ仕打ちを受けた。一週間以内にもう二人が同じように嫌疑をかけられた。ストライキの全体構想は、ローマ法王に雇われた北部の悪賢いくろんぼ《ニガー》による罠だ、といううわさが流れた。

　昔の階級意識から抜け出せない労働者たちは、黒人《ブラック》の血の亡霊のために恐怖に怯えるようになっていた。もうだれも信用できなくなった、くろんぼ《ニガー》に先導されることに賭けてみるよりも、現状のままの方がましだと言い合った。黒人《カラード・ジェントリー》が映画館で白人《ホワイト・フォーク》と隣り合わせの席になったり、一緒の客車に乗り合わせたりすることができないのなら、白肌の黒人《カラード・ジェントリー》が白人《ホワイト・フォーク》の組合を組織して先導することもよくないというのだ。

　マシューが呼びかけたパラダイスの労働者の大集会のニュースが白人騎士団《ナイト・オヴ・ノーディカ》のニュースサービスで配信されたので、それを見たニューヨーク市の急進主義者や労働党員は、進捗状況をたえず注視していた。紡績工場の労働者たちが、不可解な理由によって、ストライキ計画を中止しようとしていたとき、自由主義的、急進主義的な労働組合の組織者たちが、労働者の闘争心を再びかき立てるには何ができるかを見きわめるためにパラダイスに派遣された。

　自由主義的な労働組織の代表者が先に到着して、さっそく唯一利用できる場所である白人騎士団会館《ナイト・オヴ・ノーディカ・ホール》で集会の開催を告げた。しかしだれも現れなかった。代表者はその状況を理解できなかった。町の広場に行き、小さな人だかりに近づき、どんな問題があるのか問いただした。

「おまえさんはニューヨークのハーレムからやってきたんだろ？」住民のひとりが声をかけてきた。

「そうだ、私はハーレムに住んでいる。それがどうした？」

「いいか、おれたちはな、くろんぼ《ニガー》なんかに先導される必要はないんだ。五体そろってるってどういうことかわかってるんなら、さっさとここから出ていったほうが身のためだぜ」と彼は返答した。

「くろんぼ《ニガー》のことをどこで仕入れたんだ？」組織者は、くろんぼ《ニガー》と決めつけられて呆気に取られるとともに、侮辱されたことに憤りを覚えた。「おれは白人《ホワイト・マン》だぞ」

「このあたりへやってきた白い黒人《ホワイト・ニグロ》は、おまえが初めてじゃない」と言葉を返された。

組織者は面食らって、どうしようもなくなり、一週間留まっていたが、やがて姿を消した。だれかが、組織者はニューヨークのハーレム在住であることを確認した後、単純な頭の連中に、ハーレムはニューヨークの黒人街《ニグロ・ディストリクト》だと吹き込んでいたのだった。彼らにとって、ハーレムと黒人《ニグロ》は同じ意味だということになり、そうなれば、労働組合の主導者にとってはもうどうしようもなかった。

急進的な労働組合の代表については、彼はユダヤ人という理由で、白人騎士団会館《ナイト・オヴ・ノーディカ・ホール》の使用を許可されず、また、だれかが、資産分配や公娼制度を信奉し、加えて無神論者であるといううわさを流したために、街頭集会も阻止された。この代表は、資産分配については率直に認めたが、二つ目の公娼制度については一笑に付し、三つ目の無神論者であることについては、誇らしげに認めた。以上のことが、紡績工場の労働者の感情を焚きつけるのにじゅうぶんだった——もっとも、神はこれまでも彼らの祈りをなぜか聞き入れはしなかったし、彼らに分配する資産もなかったし、周りにいるほとんどの女は、二目と見られない醜い顔をしていたので、よそ者が彼女たちを公娼にする恐れなどまったくなかったのではあるが。レーニン[86]やトロッキー[87]の信奉者は、彼に付き従ったやつれた労働者の一団と共にやがて姿を消した。

ほどなくしてサウスカロライナ州パラダイスは、すっかり平静と秩序を取り戻した。合衆国労働省の調停員の助言に従って、ブリックドフとホルツェンボフは、賃金や仕事や小さな田舎町のことで、労働者がもっと満足できるように、緊急の改善策を講じた。従業員のためにプールやテニスコートやシャワー室や遊技場を造ったりしたが、労働時間の短縮を怠ったために、このような改善がじゅうぶん活かされなかった。クリスマス休暇には今後、各従業員に給与一日分のボーナスを支給すると約束し、また毎年、十年以上勤続のすべての従業員には、一週間の休暇を与えると発表した。もちろん十年以上勤続の従業員はいなかったのであるが、とにかく現在の従業員は自分たちの勝利に歓喜した。

紡績会社は、地元のバプティストの牧師が、この町の状況を、キリスト教的な観点ではなく、現実的な観点から見ようとしていることを察知して、牧師に相応の心づけを渡していた。牧師は、二人の雇用主について、彼の信徒集団に、従業員との間にあるむずかしい問題を解決するうえで、キリスト教徒的かつアメリカ的な真のやり方を率先して取り入れようとしている、と説いて聞かせた。イエス・キリストが同じ状況に置かれたならば同じようにしていただろう、とも付け加えた。

「小さなことに感謝しなさい[88]」と、彼は牛が鳴くような低い声で語りかけた。「神は不思議なやり方で奇跡を起こされました。あなたたちは真理を知るでしょう、そして真理はあなたたちを自由にしてくれるでしょう。万物の基は真理であります。毒蛇の舌から出る毒によって道に迷わされないようにしましょう。ここはアメリカであります、ロシアではありません。パトリック・ヘンリー[89]は「われに自由を与えよ。しからずんば死を」と叫びました。そして今日も、勇ましく《レッド・ブラッディッド》、百パーセント完璧にして生粋のアメリカ市民も同じことを言っています。しかし、自由を獲得するには正しい方法もあるし、間違った方法もあります。あなたたちの雇用主は正しい方法を選択されました。結局、人生を楽しむこと以外に、自由は何のためにあるのでしょうか？　あなたたちの雇用主は、あなたたちに幸福と娯楽をもたらしてくれるものを、あなたたちの手の届くところに置いてくれたのではなかったでしょうか？

「あなたたちの雇用主は、生粋のアメリカ人とまったく同じように、アメリカ市民そして同じ町に暮らす住民の幸福を考えてくれています。彼らの胸はあなたたちのために高鳴っています。彼らはいつもあなたたちのことを考えてくれています。いつもあなたたちのために改善策を検討してくれています。彼らにできることなら何でも真剣にやってくれています。実に大きな重責を担ってくれているのです。

「だから、あなたたちも辛抱強く待っていないといけません。ローマは一日にして成らず、であります。すべて、そのうちによくなります。キリストも自分の任務をよくわきまえておられます。自分の子供たちが苦しんでいるのを見過ごしにされるはずがありません。

「オー、ささやかな信仰を持っている者たちよ！　あなたたちの心の中に、嫉妬や憎しみや敵意を溜《た》め込んでおかないようにしましょう。あなたたちの心に誤解を招かないようにしましょう。神の願いに適うように行動し考えましょう。とりわけ、あそこにおられる心優しいお二人のように、キリスト教徒としての寛容精神を発揮しましょう」

しかし、このような心を奮い立たせるメッセージにもかかわらず、パラダイスはもう昔と同じではなくなるということが、だれの目にも明らかだった。あいかわらずさまざまなうわさが飛び交っていた。住民は、出生や血筋について、当惑するような質問を互いにぶつけ合った。掴《つか》み合いの喧嘩も以前より頻繁に起こった。おおかたの従業員は南部生まれだったが、黒人《ニグロ》の先祖がいたという嫌疑を否定することはできず、町を去っていかざるをえなかった。紡績工場の従業員は、黒人《ニグロ》の血筋のことを話題にすることに余念がなく、だれも賃金や労働時間のことを話し合おうとは思わなかった。

八月、アトランタに商用で出かけていたブリックドフとホルツェンボフは、マシューのオフィスに立ち寄った。

「あのストライキはどうなりました？」と大魔神《グランド・ジロー》がきいた。

「あのストライキは！」と、ブリックドフはオウム返しに言った。「まったく！　ストライキは起こらなかったさ。どうやったんだ、ええっ？」

「それは秘密です」マシューは少し誇らしげに答えた。「『餅は餅屋』ってことです」

実際、それがマシューの稼業となり、しかもその稼業をかなり手際よくこなした。パラダイスで起こったことは他の地域でも起こっていた。ストライキのうわさはもう立たなくなった。労働者の間には、自分たちにとって、もっと大きな問題――ストライキよりも大きな問題――は、人種の問題だ、という考えが支配的となり、またそうとも言われた。家族の生活費を稼ぐために子供たちを紡績工場で働かせることなど、たいしたことではなくなった。また、彼らはいつも病気がちで、死亡率も高いといったことも、たいしたことではなくなった。文明のまさに基盤である白人優位の立場が脅かされている時に、どうしてそんな些末なことにこだわっていられようか？

8

二年以上にわたって、「ノーモア黒人《ブラック》会社」は、黒人《ニグロ》を白人《コケイジャン》に変えるという、独自に始めた事業を展開してきた。事業はほとんど完成の域に近づいており、残っているのは、刑務所、孤児院、精神病院、養老院、矯正院といった施設に入っている黒人《ブラック・フォーク》だけになった。伝道集会や葬儀やお祭り騒ぎ以外の目的で黒人《ニグロ》を結集させることはできないといつも考えていた者たちは、今では、白人になるためにはよく協力し合う、ということを認めざるをえなかった。貧乏人は金持ちに助けられ、兄弟は姉妹を助け、子供は両親を手伝っていた。奴隷制廃止以前に逃亡奴隷を支援していた「地下鉄道」[90]の時代に広まったのと同じ冒険魂のようなものが蘇《よみがえ》っていた。その結果、ミシシッピ州でさえ、黒人《ニグロ》はほとんど見かけなくなった。北部でも、混血《ムラート》の幼児ばかりで、母親たちは、子供の美しい肌色に魅せられ、時勢に逆らって、彼らを白肌にはしなかった。北部ではせいぜい二百万人の黒人《ニグロ》を残すのみとなったので、大衆も、白肌に変えることはもうどうでもいいと見なすようになり、世論の流れをつくる者たちも[91]、アメリカは何ら損害を被ることなく、非常に厄介な人種問題から逃れつつあると思った。しかし南部ではそうは言えなかった。

かつての南部連合国の人口の三分の一は、呪われた運命を背負わされた「ハムの子孫」(92)で占められていたとき、黒人《ブラック》は、その地域にとって、経済的、社会的、心理的な面で、実に貴重な存在だった。汚れ仕事を請け負わされて富の土台を築いただけでなく、とくに上層階級の白人にとって、搾取の下で手に負えない白人プロレタリアートの不満をそらすための便利な「燻製ニシン《レッド・ヘリング》」にもなっていた。黒人《ニグロ》が最下層民として存在することが、南部《ディクシー》を合衆国の特異な地域にしていた。工業化の進展が見られたものの、生活は北部とは少し異なり、北部よりもいくらか居心地よく、いくぶん穏やかだった。対比や多様性に富んでいて、そのことは、旅人がだれかに教えてもらわなければどの町にいるのかわからないほど標準化が進んでいる国にしては、めずらしいことだった。南部と言えば黒人《ニグロ》、黒人《ニグロ》と言えば南部というふうに、両者はいつも同一視された。そして歌や物語の中に大切に保存されているいちばん楽しい思い出は、この最下層民にまつわることだった。

騎士道精神を発揮すること、白人女性の操《みさお》を守ること、人種的優越感を大仰に誇示すること、かろうじて飢えをしのいでいる貧しい白人農民でさえ、ことさら横柄な態度で振舞うこと――こういうことに対する南部白人《サザン・コケイジャン》の深い関わり意識は、すべて黒人《ブラック・マン》の存在と絡んでいた。白人の大衆は、工場や農業を営む白人の雇い主に解雇されて路頭に迷うことになったとしても、そのような抑圧者たちと同じ肌色なので、最下層の黒人《ブラック》よりはましだという事実によって、唯一の慰みと幸福感を得ていた。

南部にとって、北部への人種移動《エスニック・マイグレーション》による経済的損失は計り知れないものだった。何百もあった鉄道列車の木造車両は、この国の他の地域では、事故死を招きやすい危険な車両、いわば死の落とし穴として、もうずいぶん前に廃棄処分にされていたが、南部でも、人種隔離《ジム・クロウ》の車両に乗る黒人《ニグロ》がもういなくなった時になって、鉄道会社によって解体された。数多くの駅の待合室も使われないままの状態になってしまった。黒人《ニグロ》用にとってあったものの、おおかた白人《ホワイト・フォーク》には汚すぎて見栄えもよくなかったし、だいいち、もう必要ではなくなったからだ。かつての黒人地域《ブラック・ベルト》を走り、そのため下水道もなかった、何千マイルにも及ぶ道路は、本物の白人であれ、偽物の白人であれ、急増する白人の執拗な要請を受けて修理しなければならなくなっていた。おとなしくて扱いやすい黒人《ニグロ》が住んでいた時は、朽ちかけた住宅の修理など考えたこともなかった不動産所有者は、取り壊して建て替え、白人の居住者用に改造しなければならなくなった。以前は、黒人《ニグロ》の子供の学校としてじゅうぶんだった掘っ立て小屋と、机代わりの衣装箱も、白人の子供が通うとなると、使用には適さないとされて廃校になった。黒人《ニグロ》の子孫であることから、三十ドルから四十ドルの月給をもらっていた何千人もの学校教師についても、南部各地の都市や郡以外の地域ではすでに広く実施されていた標準月額の給与体系に合わせなければならなくなった。

　当然の流れとして、増税ということに相成った。こうなってしまっては、商工会議所も、北部企業の誘致を促すために試みていた無税あるいは低課税の提示もできなくなったし、安い建設用地も提供できなくなった。白人騎士団《ナイト・オヴ・ノーディカ》の高貴なる大魔神《グランド・イグゾールティッド・ジロー》の力によってのみ、従順で自己満足している白人《アングロサクソン》のかなりの労働力をまだ確保することができた。しかしそのような状態がいつまで続くのか、だれにもわからなかった。

　したがって、上層階級は、一抹の不安を抱えて未来と向き合うことになった。おそらく黒人女性《ブラック・ミストレス》を抱く楽しみを奪われたことだけで済むはずはなく、まだ残っている時代遅れの産業体質や、それによる利潤や配当金の減少に業を煮やして、広範囲に及ぶ反乱がまもなく起こるのではないかという不安に襲われた。紡績業の経営者たちは、児童就労を廃止しなければならない可能性が出てくるのを苦々しく受け止めていた。背もたれつきの回転椅子に座ったまま体を起こして、手入れの行き届いた両手の上に二重顎を載せて、昔の平穏な時代が過ぎ去っていくのをただただ嘆いていた。

　南部が黒人《ニグロ》を失うと、確実に黒人《ニグロ》票も失うことになったし、南部を支配していた寡頭政治も、かつての安定と余裕をなくしていた。共和党が各地で一九三四年の連邦議会選挙に食い込んでいた。政治情勢が様変わりして、直ちに抜本的な対策を講じないと、共和党が昔の「堅固な南部」(93)を占拠して、民主党を事実上破滅させてしまう。さらに大統領選挙が二年以内に迫っている。惨事を回避するための突貫工事が必要となるだろう。北部、南部を問わず、先見の明のある人たちは、労働者は既成政党を見放し、社会党に鞍替えするという予想さえしていた。政治家や実業家は、そのような惨事を考えると身が震え、次のような恐ろしいシナリオを思い描いた――老齢年金、八時間労働、失業保険、労働者補償、最低賃金制の導入、児童就労の廃止、避妊方法の情報の広まり、女性労働者の生理休暇と、妊娠した労働者のための二か月休暇（どちらも有給休暇）、国家資本の所有権を二百万人の手から取り上げて一億二千万人の手に移すことによって、やる気があればだれでも裕福になれるという考えがおそらく功を奏さなくなる、といったことだった(94)。

　一九三五年三月のある日、ジョージア州選出の上院議員ルーファス・クレティンが至上大魔術師《インペリアル・グランド・ウィザード》のギヴンズのオフィスを訪れたのは、そのような経緯があったからである。クレティン上院議員は、民主党の古強者《ふるつわもの》のひとり、無類の黒人嫌い《ニグロ・ベイター》、自州の経済を支配する金持ち階級の忠実な僕《しもべ》であり、白肌の子供たちがいる複数の黒人家族《ブラック・ファミリー》の強壮な父親だった。

「みなさん」白人騎士団《ナイト・オヴ・ノーディカ》のモダニズム風の豪華な新会館の個人執務室に通されたクレティン上院議員は、ギヴンズ師とマシューとバニーと共に冷えた非合法の飲み物をぐいっとあおってから口を開いた。「われわれは何とかせねばならんし、しかも急がんといかん。北部の野郎《ヤンキー》どもがわれわれの領域に侵入してきた。共和党票も増えている。次の選挙ではどういうことが起こるかわからん」

「先生《セネター》、われわれにいったい何ができるんです？」と至上大魔術師《インペリアル・グランド・ウィザード》がきいた。「そして、われわれはどのようにしてその大義を果たせばいいんです？」

「そこだ、まさにそこだ、私がここへやってきたのはそのためだ」と上院議員は答えた。「つまり、われわれの間では、あんな胡散臭い連中を押さえ込んでおくには、あんた方の協力が必要だと思っておるんだ。あんた方は利口な人たちだ。私が何を言いたいのかわかってもらえるだろ？」

「それはかなり大きなご注文ですな、大佐《コーネル》」とギヴンズが言った。

「そうですね」とマシューが応じた。「むずかしいご提案です。もうこれまでどおりにはいかない状況になっていますから」

「それに」とギヴンズが付け加えた。「くろんぼ《ニガー》の扱いについては、KKK《クラン》の頃みたいにうまくいかなくなりましたな」

「あの赤の恐怖(95)の手を使うというのはどうだ？」上院議員は同意を求めるかのような口調できいた。

「ふん！」元牧師は鼻でせせら笑った。「赤の恐怖みたいな脅しの手はもうやめた方がいいですよ。いいですか、今は昔とは違います。とにかく、忌々しい赤の連中は、いずれここへやってくることになるでしょうが、しかし、私たちがそのことを口にすれば、連中は私たちがけしかけていると思い込んで付け上がり、すぐにでもやってくることになりかねませんからね」

「大将《ジェネラル》、君の言うことはもっともなことかもしれんが」上院議員は考え込むような顔をして言った。そして次の瞬間、その顔を輝かせた。「ギヴンズ、こうしてみてはどうだ。このフィッシャー君はなかなかいい頭をしておる。ひとつ、何かいい手を打ってもらうってのはどうだ？」

「確かに、彼はいい頭をしております」と魔術師《ウィザード》も相槌を打った。自分は事業の金《かね》のことを考えていればいいだけで、どんな仕事からも解放されると思うとうれしくなった。「彼ができなければ、だれもできやしません。彼と、ここにいるバニーも、抜け目なさの点では、あんな昔の黒人連中《ダーキーズ》(96)には負けません。へっ！　へっ！　へっ！」この二人には自分の息がかかっているからこそだとでも言いたげに、優秀な娘婿と、ぽっちゃりとしたマシューの秘書の方を向いて相好を崩した。

「そこでだ、ここに金《かね》がある。現ナマ《キャッシュ》がたんまりとな。われわれが今欲しいのは得票だ」上院議員は本題に切り込んだ。「というのも、くろんぼ《ニガー》がいないんだったら、白人優位なんてことを言ったって何にもならんだろう」

「そのことなら私に任せて下さい。何とかします」とマシューが応じた。これこそ、さらに権力や金《かね》を手にできるチャンスだ。忙しさにかまけてはいるが、こんな絶好の機会をみすみす逃す手はない。

「ゆっくりしている時間などないぞ、一刻を争うんだ」と上院議員が念を押した。

「わかっています」ギヴンズは胸を張って答えた。

数分後に、彼らはもう一杯酒を酌み交わし、握手を交わしてから、上院議員は奥の個人執務室と一続きになった外側の部屋にいる若い女性職員たちの方に白髪頭を軽く下げておいてから立ち去った。

マシューとバニーは高貴なる大魔神《グランド・イグゾールティッド・ジロー》の個人執務室に戻った。

「儲かると思うか?」とバニーがきいた。

「たんまりとな。おれたちはまた、昔の黒人問題《ニグロ・プロブレム》のようなものを焚きつけるだけでいいんだ」

「しかし、もう大昔のことだろ、兄弟」とバニーは言葉を返した。「ここの連中はもうそんな手には乗らないだろう」

「バニー、おれはその手のことをしっかりと勉強してきている。つまり、憎しみとか偏見とかいうものはいつも話題を集めているんだ。ここの連中は黒人問題《ニグロ・プロブレム》を糧にして育ってきたんだ。連中はそれに慣れっこになっている。それに反応する訓練を受けとるんだ。憎しみとか偏見をかき立てる昔の手をそっくりそのまま使えるというのに、どうして他の手立てを考えないといけないんだ?」

「おまえの考えたことだから、きっとまたうまくいくだろう」

「そうだとも。おれに任せておけ」とマシューは自信ありげに言った。「おれはまったく心配しておらん。ただ、ちょっとカチンとくるのは、おれの女房が妊娠してるってことだ」マシューはしばし茶化し気味に言うのをやめて、いつもの皮肉めいた表情をかき消すような、苦渋に歪んだ真剣な顔をしていた。

「そりゃあおめでとう！」とバニーは声を張り上げた。

「傷口に塩を塗るような言い方はやめてくれ」とマシューは突き返した。「生まれてくる子供がどんなものかわかってるだろ」

「おれはそんなことはない。おれは黒人《ダーキー》だとわかっているから、いつも用心しているんだ」

「そうだな」相棒はしおらしく返事を返した。「ときどき、おれたちはだれなのか、忘れてしまってな」

「どうするつもりだ？」

「わからん、なあ、どうしたらいいのかわからないんだ。普通だったら、産科病院に入院させるんだが、あいつは疑い深くてな。とにかく、子供が生まれたら、きっと黒肌《ブラック》に違いない」

「白肌《ホワイト》じゃないだろうな」とバニーも認めた。「彼女にぜんぶ打ち明けたらどうだ。おまえに惚れ込んでいるから、躊躇することなく病院へ行くと思うんだが」

「おい、おまえは頭がおかしくなりつつあるのか、それとももうおかしくなってしまってるんだろ！」マシューは声を荒げた。「あいつは、父親以上にひどいくろんぼ嫌《ニガー》いだ。即座に離婚だとわめくだろう」

「もう手切れ金はじゅうぶん貯め込んでいるじゃないか」

「あいつは頭を働かせてじゅうぶん冷静に判断できるとでも思っているのか」

「そうじゃないのか？」

「こんなやっかいなことを議論するのはやめよう」マシューは哀願するように言った。「何かいい手立てを考えてくれ」

「クルックマンのどこかの施術院に連れていくっていうのはどうだ、どこへ行くかは彼女には内緒にしておいてさ?」

「それに越したことはないが、しかし、家を離れて子供を産めなんて、あいつに説得などできやしない」

「どうしてだ?」

「それはだな、子供は実家で産むものだという、くだらん感情にとりつかれておって、あいつのばかな母親にしたって、実家で世話をしたいと言い出すに決まっている。だから、おれはいったいどうすりゃいいんだ?」

「それじゃあ、彼女を連れ出せない唯一の障害は住み慣れた家ってことか?」

「おまえは賢いやつだ、バニー」

「わかりきったことを今さら言うな。しかし、真剣に考えろ。おれは何もかもうまくいくと思うんだが」

「どうすりゃいいんだ?」マシューは必死の思いで詰め寄った。

「五千ドル《ファイブ・グランド》の値打ちはあるな」とバニーは切り返した。

「金に糸目はつけない。しかし、まずおまえの考えを聞かせてくれ」

「だめだ。先に五千ドル《ファイブ・センチュリー・ノート》くれたら話してやる」

「取引ってことか、ええっ」

バニー・ブラウンは行動派の男だった。その日の夕方、彼は人気のあるニガーヘッド・カフェに立ち寄った。いわくつきのグループと待ち合わせることにしていたのだ。入るなり、ひとつのテーブルを選んで座った。「密造酒《ホワイト・ミュール》」をあおったり、ラジオのラウドスピーカーから聞こえてくる音楽に合わせて踊っている客でごった返していた。流行《はや》りのダンス曲『黒人《ブラック・マン》ブルース』が店内に鳴り響いていた。作曲家たちは最近、黒人《ニグロ》がいなくなることを嘆くセンチメンタルな歌を作って一儲けしていた。ブルースの歌手の哀調を帯びた声がスピーカーから響き渡っていた。

私の愛しい黒い人《ブラック・マン》はどこへ行ってしまったの？
あー、わたしの愛しい黒い人《ブラック・マン》はどこへ行ってしまったの？
私をおいてきぼりにして消えてしまったの？

音楽が鳴り止んで、踊っていた者たちがテーブルへ戻ったとき、バニーはあたりを見回した。遠くの端の方に、見覚えのある顔のウエイターを見つけた。近くに来るのを待って呼び止めた。身を屈めて注文をきいてきたとき、彼をじっと観察した。以前どこかで見たことのあるやつだ。いったいだれだったかな？　突然ハッとして思い出した。そうだ、ニューヨークの「黒人《ニグロ》統計局」の元局長だったジョセフ・ボンヅ博士だ。どうしてこんなところまでやってきて、こんなことをしてるんだろう？　最後にやつを見かけた時は、黒人《ニグロ》社会で権力を握っており、ウエストチェスター郡に別荘を構えていて、ダウンタウンにある豪華なアパートに住んでいた。そんな男にまで破局が訪れたのか、と考えると寂しくなった。白人に変身してもあまり救いにはならなかったようだ。彼の絶頂期には、「施しではなく仕事を」というスローガンを掲げて、白人の慈善家たちから金《かね》を集めていたことを思い起こし、今は、わずかの施しを得て、あまり仕事をすることはないので、とても満足しているのだろうと考えて、ニヤッと笑った。

飲み物を持って戻ってきたとき、「百ドル札《センチュリー・ノート》に興味はあるかね？」と、元黒人《フォーマー・ニグロ》の指導者に声をかけた。

「お客さん《ミスター》、ちょっと見せて下さい」ウエイターは舌なめずりしながら言った。「私に何をしろっておっしゃるんで？」

「百ドル《ハンドレッド・ベリーズ》で何ができるかね？」バニーはさらに突っ込んだ。

「返事に困ります」とボンヅは答えて、ニヤッと笑って、相変わらず煙草のヤニのついたままの歯をのぞかせた。

「信頼できる友人はいるのかね？」

「そりゃあいますよ。奥で皿洗いをしている、リコライスって名前の男です」

「サントップ・リコライスのことかね？」

「シーッ！　あいつがだれなのか、ここではだれも知りません。今は白人ですよ」

「あんたはだれなのか、みんな知っているのかね？」

「何をおっしゃりたいんです？」と言って、驚いたウエイターは一瞬息を呑《の》んだ。

「いや、おれは何も言うつもりはない。ただ、あんたはニューヨークにいたボンヅだってことを知っているだけだ」

「だれが言ったのですか？」

「まあ、ある人《リトル・フェアリ》(97)から聞いたんだ」

「いったいどういうことです？　私はそんな連中と付き合ったことなんかありませんよ」

「いや、その類《たぐい》の連中ということじゃない」バニーは彼を安心させて笑った。「それじゃあ、店が終わったら、リコライスを連れて、おれのホテルにきてくれ」

「どこのホテルです？」とボンヅはきいた。バニーは紙切れに自分の名前とホテルの部屋の番号を書いて手渡した。

三時間後、バニーは部屋をノックする音で目が覚めた。ボンヅとリコライスを部屋の中へ通した。リコライスは、密売ウイスキーと食べ物の臭いをプンプンさせていた。

「ここに」と言って、バニーは百ドル紙幣《ハンドレッド・ダラー・ビル》を手に取った。「百ドル札《センチュリー・ノート》がある。もしあんたらが二、三時間、良心の呵責を捨てられるんだったら、これを五枚ずつやるぞ」

「しかし」とボンヅが言った。「サントップもおれも良心の呵責に悩まされたことなんかありませんよ」

「そう言うだろうと思ったよ」とバニーはつぶやくように言った。そして二人にやってもらいたい仕事のあらましを説明した。

「しかし、それはれっきとした犯罪でしょ」とリコライスは逆らった。

「ブルータス、おまえもか?」とボンヅはせせら笑いながら言った(98)。

「しかし、おれたちの身の安全が保証されない限り思い切ったことはできん」と、元アフリカ共和国の暫定大統領は口答えしてみたものの、声に力はなかった。彼は金《かね》に飢えており、デメララに戻る元手を欲しがっていた。そこには黒人《ニグロ》が多くいるので、白肌のおかげで、白人《ホワイト・マン》は一角《ひとかど》の人物になれるのだ。しかし、刑務所暮らしが長かったために、用心深くなっている。

「おれたちがこの町とこの州を牛耳っているんだ」とバニーは彼に太鼓判を押した。「危ない橋を渡るんだったら、おれたちの配下の者を三、四人使ったらいいんだが、そういうのはあまりいい方法じゃないのでね」

「一人千ドル《バックス》ではどうです?」とボンヅが吹っかけた。バニーの手の中にある手の切れそうな新札を眺めて、目を輝かせている。

「そら」とバニーは言った。「この百ドル《センチュリー・ノート》札をおまえたちに渡すから、必要な物を買いそろえてから、計画を実行してくれ。終わった暁には、おまえたちにもう十九枚やろう」

二人の仲間は顔を見合わせてうなずいた。

「成功間違いなしです」とボンヅが言った。

彼らは引き上げ、バニーは再び眠りに就いた。

翌日の夜十一時半ごろ、鐘が鳴り響いて、消防車の悲痛なサイレンの音に、ギヴンズ師の邸宅界隈一帯の住民が目を覚まされた。KKK団の金《かね》によって建てられた威風堂々とした大建造物が炎に包まれていた。消防士たちが炎に向けて大量の水を散布したが、焼失の憂き目に遭うのは必定だった。

　道路を挟んだ向かいの芝地には、ギヴンズ師夫妻とヘレンとマシューが立ち尽くして、彼らを取り囲む群衆から慰めの言葉をかけてもらっていた。この老夫婦は致命的な大惨事に見舞われ、マシューは当惑し、怪訝そうな顔をしていた。そしてヘレンはヒステリー状態に陥っていた。ネグリジェの上に毛布を巻きつけたみすぼらしい姿で、どうしようもないほど悲嘆に暮れていた。幸せな子供時代を過ごした家が炎に包まれている――その光景を見るにつけ、胸も張り裂けんばかりの声を上げて泣きわめいていた。

「マシュー」彼女はむせび泣きながら言った。「もう一度あれと同《おんな》じお家《おうち》を建ててくれる？」

「そりゃあ、もちろんだよ、心配するな《ハニー》」と彼はうなずいた。「しばらく時間はかかるだろうけど」

「ええ、わかっているわ、わかっているの。でも同《おんな》じお家《おうち》が欲しいの」

「任せておけ、心配するな《ダーリン》」と彼はなだめた。「しかし、おまえはしばらくどこかへ行って、静養した方がいい。生まれてくる子供のことを考えないといけないからな」

「どこへも行きたくない」彼女は金切り声でわめいた。

「だけど、とにかくどこかへ行かないといけない」と彼は諭した。「お義母《かあ》さん、そうお思いになりませんか？」ギヴンズ夫人もいい考えだと同意したものの、自分もついていくと言った。ギヴンズ師は最初は認めようとしなかったものの、やっと折れた。

　しかし、自分の言い分を付け加えることを忘れなかった。「結局それがいい考えだとしても、だ――女というのは、家を建てるとなると、必ず口を挟んで邪魔しよる」

　マシューは話がそれて笑いが込み上げてきた。ホテルへ向かう途中、彼はヘレンの傍らに付き添って、彼女を慰めながらも、心の中では出火元について思い巡らせていた。

翌日の朝早く、バニーは、満面の笑みをたたえてオフィスに入ってきて、フックに帽子を投げかけておいて、いつもの挨拶をしてから、机の前に座った。

「バニー」マシューはバニーをじっと見据えて言った。「おれにぜんぶ話せ！」

「何のことだ？」バニーは何食わぬ顔でさりげなくきき返した。

「おれの思っていたとおりだ」と言って、マシューはニヤリと含み笑いを浮かべた。「おまえはだいそれたやつだ」

「何だって？　何を言ってるのか、おれにはさっぱりわからん」バニーは依然として取り澄ました顔で言った。

「いい加減に白状したらどうだ、怒らん《ビッグ・ボーイ》から。火付けをするのにどれだけ金《かね》が要ったんだ？」

「おれに五千ドル《ファイヴ・グランド》くれただろ？」

「まったくくろんぼ《ニガー》みたいだな。おまえから直接的な答えを聞けるなんて、だれも思わんだろう(99)」

「それで満足か？」

「おれは目が腫れるほど泣いてはおらんぞ」

「ヘレンは出産のために北部へ行くのか？」

「何も変わっていない(100)」

「それじゃあ、どうしておまえは火事の原因を知りたいんだ？」

「ただ、好奇心ってとこだ、ネロ、わかったか《オールド・チャップ》」と言って、マシューはニヤリと笑ってみせた(101)。

「いいか」バニーは意地悪っぽく思わせぶりにたしなめた。「好奇心は身の毒だぞ」

電話が鳴って、会話が遮られた。

「何だって？」と、マシューは受話器に向かって叫んだ。「いったいなんてことだ！　わかった、すぐ行く」受話器を置いて、あたふたと立ち上がり、帽子をわしづかみにした。

「いったいどうしたんだ？」とバニーが詰め寄った。「だれか死んだのか？」

「そうじゃない」動転したマシューは返事を返した。「ヘレンが流産したんだ」と言い残して、部屋を飛び出していった。

「うまいぐあいに死んでくれた」バニーは半ば口に出してつぶやいた。


ジョセフ・ボンヅとサントップ・リコライスは、きれいにひげを剃り、身なりをきちんと整えて、アイルランド系アメリカ人の赤帽のあとについて、ニューヨーク行き急行列車の特別個室の中へ消えた。

「もう一度窮地から抜け出せて、とてもいい気分ですね」ボンヅは一息ついてから、ソファにドサッと腰を下ろして、太い葉巻を取り出した。

「夢じゃないんだな？」ロイヤル・アフリカ海軍の元司令官は相槌を打った。

9

「バニー、何とかうまくまとめ上げたぞ」数日後の朝、マシューはオフィスに入ってくるなり言い放った。

「何をまとめ上げたんだ？」

「政治の話だ」

「ぜんぶ聞かせろ」

「つまり、こういうことだ――まず、ギヴンズをラジオに出演させる。全米向けの中継を週一回の割で、二か月ほど続けさせるんだ」

「何の話をさせるんだ？　やつが話す内容をおまえが書いて準備するのか？」

「いや、やつはばかな大衆を喜ばせるコツを心得ている。クルックマン博士の施術院を閉鎖させて、『ノーモア黒人《ブラック》』に関係している連中を一人残らず追放せよ、と共和党政権に要請するよう、国民に向かって訴えさせるんだ」

「アメリカ市民の追放なんてできんぞ、ばかなこと言うな」とバニーは言い返した。

「それでもやれるんだ。いいか、それが政治ってもんだ」

「それで、その次はどうなるんだ？」

「その次は、『警告《ザ・ウォーニング》』紙面で、ローマ法王や『ノーモア黒人《ブラック》』など、思いつくものなら何でも名前を挙げて、連中と共和党を関連づけて、共和党糾弾のキャンペーンを始めるんだ」

「しかし、連中は実際には、一九二八年には反カトリックだっただろ？」

「七年前はな、いいか《バニー》、七年前だったらな。国民はそんなこと何も覚えていないと、何回言わんといかんのだ？　次に、『あなたの下院議員に手紙を書こう、あなたの上院議員に手紙を書こう』の手を使うんだ。おれたちが『警告《ザ・ウォーニング》』に雛形となる手紙を掲載したら、あとは読者に任せておけばいい」

「そんな手だけじゃ、選挙戦には勝てないぞ」バニーは呆れ顔で言った。「兄弟、もっといいことを思いつけよ」

「それじゃあ、もう一つはびっくりするぞ、ええっ。それはおれの頭の中にしばらく収めておく。しかし、おれがそいつをしゃべれば、だれもかれも、驚きのあまり唖然とするだろう」マシューは意味ありげな笑みを浮かべて、灰色がかった金髪を後ろになでつけた。

「ラジオの方はいつから始めるんだ？」バニーはあくびをしながらきいた。

「騎士団長《チーフ》と相談するから、それまで待っておれ」と言いながら、マシューは立ち上がった。「やつがそれをスケジュールに組み入れられるかどうか確かめてからだ」

次の木曜日、午後八時十五分、何百万人ものアメリカ市民は、ラジオの前に陣取って、全米向けに放送される、白人騎士団《ナイト・オヴ・ノーディカ》の至上大魔術師《インペリアル・グランド・ウィザード》による演説を心待ちにしていた。放送は定刻通りに始まった。

「ラジオをお聞きのみなさん、こんばんは。こちらはジョージア州アトランタにありますWHAT放送局です。そして私はアナウンサーのモーティマー・K・シャンカーです。今夜は、どのアメリカ市民にとりましても大変関心があります番組をお届けいたします。これまでアメリカ市民に向かって発せられましたメッセージの中で、重要性という点では一、二を競うことになると思われますものを、モロニア放送協会系列[102]の全米ネットによりまして、一億人の市民のお耳に届くようになっております」

「しかし、今夜の著名なゲストスピーカーをご紹介する前に、みなさんに少しリラックスしていただきましょう。みなさんもよくご存知のブロードウェイのシンガーでありコメディアンの、ジャック・アルバートさんが、最近のポピュラーソングの中から、彼のお気に入りの曲であります『消えたマミー』を歌っていただきます。そしてアルバートさんの伴奏をしていただきますのは、音楽的才能を結集した比類なき楽団であります『サミー・スノートとボガルーサ・ベイビーズ』です……さあ、アル、歌う前に、リスナーのみなさんに一言、二言、お願いします」

「やあ、みなさん！　今夜は、実に多くのみなさんにお目にかかれて、とてもうれしいです――いや、つまり、多くのみなさんにお集まりいただいていると思います。まあ、私は自惚《うぬぼ》れの強い質《たち》で[103]、それに、眼鏡《めがね》をもってきていないので、あまりよく見えませんが。しかし、酒類密造者《ブートレガー》の言い方をしますと、それがパイントではありません[104]。今夜のような番組を放送されるに当たり、最初に、私のいちばん好きな愛唱歌となっているものの中から一曲聞いていただく機会を得ましたことは、誠に光栄なことであります。実は、私はこの歌に心底惚れ込んでいます。感傷や心情に溢れているところが気に入っています。それはとても意味深いものです。永遠に過ぎ去った古き良き時代に連れ戻してくれるのです。著名な日系アメリカ人の作曲家フォークライズ・サケの曲に、ジョニー・ガルプが作詞しました。そして、シャンカーさんがおっしゃったように、イリノイ州シカゴのアーティラリー・カフェのご好意によりまして、そこの専属楽団であります『サミー・スノートとボガルーサ・ベイビーズ』が伴奏をしてくれます。それじゃあ、サミー、行ってみよぉー！」

二秒後に、「パナマ・太平洋万国博覧会[105]」の頃から、音楽として通るようになった怪しいメロディとぶつかり合う音を奏でるジャズ・オーケストラの音楽が、ラジオの向こう側にいる見えないリスナーの耳に鳴り響いた。そして音楽の音量が次第に小さくなってきたかと思うと、そこへ、黒塗りの顔で登場するアメリカの有名な吟遊詩人の物悲しい声が聞こえてきた[106]。

消えたマミー、マミー！　俺のマミー、
どこかへ行ってしまってから、愛しのマミー、
とても長い時がたつ
どこかへ行ってしまったんだよね、
愛しのマミー！　マミー！　ある真夏の夜のこと。
想わずにはいられないんだ、マミー！
白人になってしまったんだよね。
もちろんマミーを責めないよ、マミー！
マミー！　愛しているよ。
辛いことがいっぱいあったんだよね、マミー！
耐えないといけなかったんだよね。

だけど、昔の家はもう変わってしまっているよ、
マミー、俺の名前を最後に呼んでくれた時からは。
俺はこうしてずっと待っているんだ、
愛しのマミー、
でもどうしようもないんだよね、
マミーがもう一度家へ戻ってきてくれるのは。
消えたマミー！　マミー！　マミー！
もう一度戻ってきてくれる日を、
俺は今も待ち続けているんだよ。

「さて、ラジオをお聞きのみなさん。再び、モーティマー・シャンカーです。アルバートさんの心に訴えかける『消えたマミー』をじゅうぶんご堪能していただけたと思います。また近いうちにご登場いただく機会を設けたいと思います。

「それでは、もうご紹介する必要はないかと思いますが、しかし、ご登壇いただくに当たり、改めてご紹介させていただくことを大変うれしく思います。文明世界に広く知れ渡った方であります。偉大な学者であられるとともに、実務能力と組織をまとめ上げるずば抜けた才能を兼ね備えておられる方であります。ほとんどだれの助けも借りず、五百万人ものアメリカ人を、この国で最も大きな組織のひとつの旗の下に集められた方であります。それでは、ラジオをお聞きの皆さん、白人騎士団《ナイト・オヴ・ノーディカ》の至上大魔術師《インペリアル・グランド・ウィザード》、ヘンリー・ギヴンズ師をご紹介いたします。『黒人《ニグロ》の血の脅威』という、時宜《じぎ》を得た話題についてお話していただきます」

ギヴンズ師は、コーンウイスキー一杯の勢いを借りて、緊張した面持ちでマイクの前に進み、用意された演説原稿を指でいじくった。咳払いをしておいてから、一時間以上にわたって演説した。演説中、本当のことはまったくしゃべらないようにして、うまくやり通した結果、終えたとたん、演説を称える内容の、何千もの電報と長距離電話が放送局に寄せられた。長い演説の中で、彼は、共和国の基盤、人類学、心理学、人種混淆、キリストにつき従うこと、神に取り入ること、ロシア共産主義《ボルシェビズム》を阻止すること、産児制限《バースコントロール》の弊害、モダニストの脅威、科学対宗教、そのほか、自分のまったく知らないことを次から次へと持ち出しては、延々と話した。しかし、いちばん時間を割いた話題はやはり、「ノーモア黒人《ブラック》会社」に対する非難だった。そして、ハロルド・グーシー大統領の共和党政権に対して、それに携わっている不埒な黒人《ニグロ》たちの国外追放、あるいは連邦刑務所への収監を要請した[107]。そして「われらの救い主、贖い主であられるイエス・キリストの名において。アーメン」という祈りの言葉で演説を締めくくり、急ぎ足でトイレに駆け込んで、自分のコーンウイスキーを半リットル《ハーフ・パイント》飲み干した。

ギヴンズ師に代わって、アナウンサーがマイクの前に立った。

「さて、みなさん、再びモーティマー・K・シャンカーです。ジョージア州アトランタのWHATから、モロニア放送協会系列の全米ネットでお送りしています。さて、白人騎士団《ナイト・オヴ・ノーディカ》の至上大魔術師《インペリアル・グランド・ウィザード》、ヘンリー・ギヴンズ師によります、『黒人《ニグロ》の血の脅威』と題しました、学術的で実に刺激的なお話をお聞きいただきました。来週も同じ時間に、お聞きの放送局から、ギヴンズ師によります、もう一つのお話をお届けする予定です……それでは、今夜の放送を終えるに当たりまして、有名な『ゴイター・シスターズ』のヒット曲で、最近では『ステート・ストリート・フォリーズ』も歌っています『どうして古い塩入れが……[108]』をお聴きいただきましょう」

白人騎士団《ナイト・オヴ・ノーディカ》の訴え《アジテーション》が直ちにワシントンの連邦政府を動かした。ギヴンズ師がラジオ演説を終えてから約十日後、ハロルド・グーシー大統領は記者会見を開き、「ノーモア黒人《ブラック》会社」に関して、至上大魔術師《インペリアル・グランド・ウィザード》が提起した問題点をできる限り調査している、また、会社を非難するトラック数台分もの手紙がホワイトハウスに寄せられており、現在、特別に編成した書記団が返事を書いているところである、さらにまた、すでに何人かの上院議員と話し合った、そして二週間以内に、大統領として何らかの対応策を講じることを期待してもらっていい、といったことを語った。

二週間が経過したとき、大統領は問題点をすべて徹底的に調査して、何らかの提言を行なうために、有識者委員会の設置を決めたと発表した。そして議会に対して、委員会の費用をまかなうために十万ドルの支出を要請した。

下院議会は、一週間後に、以上のような趣旨を盛り込んだ決議案を承認した。他方、上院は、国際法廷や国際連盟に関する熱い論戦を繰り広げていたので、決議案の検討を三週間延期していた。この厳かな機関の前に案が上程されたとき、長時間にわたる議論を経て、修正を行なったうえで可決し、下院に指し戻された。

グーシー大統領が議会に要請してから六週間後、最終案は可決した。そして大統領は、一週間以内に委員会のメンバーを指名すると語った。

大統領は約束を守った。五名の共和党員と二名の民主党員の七名からなる委員を指名した。ほとんどは現在一時的に失職している政治家だった。

七名の委員は専用車で全米を駆け巡り、「ノーモア黒人《ブラック》」の施術院や「クルックマン産科病院」、それに、かつての黒人街《ブラックベルト》をくまなく訪れた。彼らは何百もの供述調書を作成し、何百もの証人喚問を行なうとともに、大量の酒も飲んだ。

二か月後、委員会は仮報告書を提出して、その中で次のような指摘を行なった――「ノーモア黒人《ブラック》」の施術院や産科病院は合法的に運営されている。この国に残っている黒人《ニグロ》はわずか百万人である。ほとんどの州では、純血の白人と、先祖が黒人《ニグロ》である者との異人種間結婚は違法とされているが、互いに示し合わせて結婚しているので、不正を見破るのはむずかしい――というのである。したがって、委員会は、打開策として次のようなことを提案した――さらに厳しい法律遵守。婚姻法の小改正。婚姻者それぞれに割り当てられて調査を行なう、訓練を受けた系図学者と、より豊富な知識を備えた裁判官と、より有能な地方検事から構成される特別婚姻裁判所の設置。マン法の強化(109)。街路沿いのホテルの廃止。ダンスホールのより厳重な監視。書籍や映画に対するより厳格な検閲。キャバレーの国家管理。そして委員会は、約六週間後に最終報告書を公表すると約束した。

二か月後、このような調査がなされていたことをだれもが忘れかけていたとき、細かい活字で千七百八十九ページからなる委員会の最終報告書が刊行された。そのコピーが著名な民間人や団体に広範囲に送付された。しかし、正確なところ、全米じゅうでそれに目を通したのは、次の九名だけだった――地方の刑務所長。「政府印刷局」の校正係。オハイオ州アシュタビューラ市庁舎の守衛。アーカンソー州ヘレナの新聞『ビューグル』紙のローカル記事編集者。ワシントン州スポーカン保険局の秘書兼速記者。マンハッタンのバワリー街(110)にあるレストランの皿洗い。「ノーモア黒人《ブラック》会社」調査部長のオフィスにいる雑用係。ニューヨーク州ダンネモラのクリントン刑務所の終身刑受刑者。そして、シカゴのコミック週刊誌のスタッフであるギャグ作家。

マシューは、彼の組織のメンバーや南部の民主党の首脳陣から、うんざりするほどお世辞たらたらの賛辞を受けた。マシューが政府に重い腰を上げさせた、と彼らは褒めちぎった。そして、マシューを官職に推挙してはどうかという話まで飛び出した。

高貴なる大魔神《グランド・イグゾールティッド・ジロー》は有頂天だった。何もかも計画どおりにいっているとバニーに告げた。次の手を打つ準備もできていた。

「どういう手だ?」相棒は朝刊の漫画欄から目を上げて問いかけた。

「アメリカ・アングロサクソン協会というのを聞いたことがあるか？⑾」

「いや、どんないかさま協会だ？」

「この薄らばか、いかさま協会なんかじゃないぞ。本部はリッチモンドにある。金持ちの文化人の集まりで、自分たちの祖先をほぼ二百年前までさかのぼることができる連中だ。これだけ言えばわかるだろ――やつらは、おれたちの組織と同じように、白人優位を信じているが、それに加えて、アングロサクソンが白人種のなかでも最も優秀で、アメリカの社会的、経済的、政治的活動の指導力を保持すべきだと言っとるんだ」

「おまえ、大学教授みたいだな」とバニーは冷やかした。

「おれをからかうな、この薄のろ。よく聞け。この連中は、自分たちはあまりにも偉すぎるから、白人騎士団《ナイト・オヴ・ノーディカ》なんかと連携できないと言っとるんだ。おれたちは脳足りんだとぬかしとる」

「そりゃあ、おおかた異論のないところだ」バニーはぽつりと漏らして、葉巻の端を噛みちぎった。

「そこでだ、おれがやろうとしていることは、この二つの団体を一つにまとめることだ。選挙に勝つには、おれたちの頭数《あたまかず》はじゅうぶんそろっているが、金《かね》が足りん。連中は金《かね》を持っとる。連中を納得させれば、次期大統領選挙は楽勝だ」

「おれは何の役だ、財務長官か？」と言って、バニーは高笑いした。

「おれの目の黒いうちは、おまえにはぜったいやらさんぞ！」マシューは言い返して、ウイスキーのフラスコ瓶に手を伸ばした。「しかし本当のところ、いいか、この取引を首尾よくやり遂げたら、ホワイトハウスも手中に収めることができるんだぞ。冗談なんかじゃないぞ！」

「いつから始めるんだ？」

「来週、このアングロサクソン協会がリッチモンドで年次大会をやりおる。おまえと一緒にそこへ乗り込んでいって、一席ぶちまけてやるんだ。重みを加えるためにギヴンズも連れていく」

「知的な重みってことじゃないだろ?」

「冗談はいい加減にしないか」


アングロサクソン協会の会長、アーサー・スノブクラフト⑿は、ヴァージニア旧家《FFV》の出で、アングロサクソンにしてはどうも肌が浅黒い男《スウォージー》⒀で、二つのことに自分の全生涯を賭けて闘っていた——つまり、白人種保全とアングロサクソン至上主義である。しかし、たいがいは負け戦だった。自分の目標から遠ざかれば遠ざかるほど、ますます必死になった。ヴァージニア州や他の多くの南部州で採択された多数の人種保全法を思いつく天才だった。不適格者の避妊手術を強く支持していた——不適格者とは、黒人《ニグロ》、外国人、ユダヤ人や、そのほか下層階級《リフ・ラフ》の人間のことである。そして民主主義を徹底的に嫌っていた。

スノブクラフトの現在お気に入りの策は、「系図法」を成立させて、すべての黒人《ニグロ》、あるいは祖先のわからない者たちから、公民権を剥奪することだった。彼の論点は、そのような人間からは立派な市民は生まれないというものだった。組織運営資金はたっぷりあったが、人気——つまり人員がもっと必要だった。

マシューから打診を受けたとき、それ以上の喜びはなかった。白人騎士団《ナイト・オヴ・ノーディカ》には、法律で社会的・経済的・身体的に不能者扱いにしてほしいと思う人間が含まれていると思い、好感を持っていなかったのだが、自分の主張を通すために彼らを利用できると考えた。即刻マシューに電報を打ち、自分の協会は喜んで、至上大魔術師《インペリアル・グランド・ウィザード》ともども演説をしていただきたいと伝えた。

高貴なる大魔神《グランド・イグゾールティッド・ジロー》は、スノブクラフトが系図法にこだわっていることをずいぶん前から知っていた。また、そのような法律を成立させるチャンスはないこと、仮に成立させるにしても、国政選挙で勝利する必要があることもわかっていた。自分の組織とスノブクラフトの組織が手を組めば目的は達成できる、単独ではできないと考えた。

緑の木陰が続く広い並木道沿いにある、南北戦争以前に建てられた古い大邸宅には、アングロサクソン協会の役員たちが、年次大会のために集まっていた。まずギヴンズ師の演説を聴き、続いてマシューの演説を聴いた。演説内容は委員会に諮《はか》られ、一、二時間後に賛同を得た。ほとんどの参加者は、子供の頃から、かつての数多くの優れたヴァージニア人のように、首都の最高行政官庁で役職に就くことを夢見ていた。しかし、もちろんだれ一人として共和党員ではなく、民主党員では国の役職に就くことはできなかった。しばしプライドを捨て、白人騎士団《ナイト・オヴ・ノーディカ》の下層階級《リフ・ラフ》の人間と手を組むことによって、長年夢見てきた権力の座を初めて射止められる機会が垣間見えたので、彼らは我慢した。一方が人員を提供するなら、こちらは多額の資金を提供する用意があるとした。

ギヴンズとマシューは最高気分でアトランタに戻った。

「いいか、フィッシャー同志」ギヴンズはしゃがれ声で言った。「われわれの星が昇りつつある。きっと神の御加護があるので、失敗するわけがない。われわれはぜったい敵に勝つ。もう勝利の感触をつかんでいる」

「確かにそのようですね」大魔神《グランド・ジロー》も同感だった。「連中の金《かね》とわれわれの金《かね》を合わせたら、確実に共和党よりも大きな選挙資金ができます」

一方、リッチモンドでは、スノブクラフトと彼の仲間が、ニューヨークにある大手保険会社の統計の専門家と協議中だった。このサミュエル・バガリー博士[114]という男は、彼の職域では高く評価されており、一般読者の間でもよく知られていた。数冊の本の著者であり、お堅い雑誌や新聞にもしばしば寄稿していた。彼のよく知られた著書『紀元前九世紀におけるアッシリア人の左足のサイズの変化[115]』は、数人の評者から好評を得たが、ひとりの評者は実際にそれを読んだうえで評価していた。それ以上の学術書である『廃エネルギーの活用』と題する本では、綿密な図表とグラフを示して、風の強い日に木の葉がこすれ合うことによって発生するエネルギーを利用できる可能性があることに関心を向けさせた。数編の優れた研究論文では、金持ちは貧乏人よりも小家族であること、禁固刑には犯罪抑止効果はないことや、労働者はたいてい高賃金を求めて次から次へと移動していくことを証明してみせた。気ままに無為に時間を過ごしながら生計を立てている人たち(116)がもっぱら読んでいる知的教養雑誌の最新号では、失業や貧乏は主に心の状態であることを統計的に証明していた。この寄稿論文は学者、そしてとくにビジネスマンによって、現代思想に対する著しい貢献であると激賞された。

バガリー博士は巨漢だが神経質で、すっかり禿げ上がった類《たぐい》の人間で、加えて、湿り気のある分厚い手、引っ込んだ二重顎。それに著しく飛び出た両目は、鼈甲《べっこう》縁の大眼鏡の後ろでたえず方向定まらず泳いでいて、ひっきりなしに何かに驚いているようにみえる。体が服からはみ出しそうで、しかもポケットはいつも、詰め込んだ書類やメモで膨れている。

スノブクラフト氏と同じく、バガリー博士も、ヴァージニア旧家《FFV》の子孫であるとともにアングロサクソンであることを大いに利用して利益まで得ている人間だった。彼の考えでは、本物の白人と偽者の白人とを区別する唯一の方法は、家計図を調べることだった。全国規模の家系図調査によって、さまざまな非白人《ノン・ノルディック》の血統を明らかにできると太鼓判を押していた。彼が言うには、非白人《ノン・ノルディック》と、これまでスノブクラフトや自分のような立派な類《たぐい》の人類を生み出してきた純血種とは、交わったり結婚してはならないとする法律を採択すべきだというのである。

彼は、ピッチの高い声《フォルセット》で、アングロサクソン協会の役員たちに、いくつかの予備調査の結果を伝えた。それによれば、アメリカ合衆国には、ごくわずかでも非白人《ノン・ノルディック》の血を引いていて、市民権や出産には不適格な人間が二千万人いると考えられる、というのである。もし協会が、全国規模の調査のために資金を注入すれば、系図調査についての民主党の施策を共和党が採択しない限り、共和党が政権を放棄せざるをえないほど衝撃的な統計を選挙前に作り上げると明言した。それを受けて、スノブクラフトが、熱弁を振るって、バガリー博士の提案を支持する長い演説を行なったために、役員たちは、できるだけ秘密裏に調査を遂行することを条件に、投票の結果、資金提供を認めた。バガリー博士は、いっさい公にしてはならないと言われたことに対して、統計学者としては心底がっかりしたものの、結局、調査遂行に同意した。そしてさっそく、翌朝、密かに自分のスタッフに招集をかけた。

10

ハンク・ジョンソン、チャック・フォスター、クルックマン博士、そして共和党全国委員会委員長(17)のゴーマン・ゲイが、クルックマン博士の滞在先のホテルのスイートルームに集まり、膝を突き合わせ、声を潜めて協議していた。

「秋の大統領選挙戦の準備が大詰めにさしかかっている」とゲイが言った。「ただ、残念なことに、われわれの支持者は、これまでのように気前よく寄付してくれていない」

「おれたちについては、不満はないだろ?」とフォスターが言葉を差し挟んだ。

「もちろん、もちろんだ」委員長は即座に否定した。「君たちは、この二年間、非常に快く寄付してくれていた。そのかわり、われわれも君たちの願いをたくさん聞いてやったじゃないか」

「確かにそうだ、ゲイ」とハンクが答えた。「政府の援助がなかったら、貧乏たれの白人《クラッカー》どもが、おれたちを失業に追い込んでいただろう」

「現政権から多くの支援を受けたことに深く感謝しているのは確かだ」クルックマン博士が付け加えた。

「しかし、もうその必要はないだろう」とチャック・フォスターが言った。

「どういうことだ?」ゲイが半分閉じていた目を見開いて言った。

「そりゃあ、われわれは、この国でできる事業《こと》はほぼ完了した。ほとんどの黒人《ニグロ》が白肌になっている。あとは、数千人程度の頑固者と、いろいろな施設で暮らしている連中だけだ」とチャックが答えた。

「そのとおりだ」とハンクが応じた。「この国は寂しくなってしまうな。もう長いあいだ、褐色肌の女にお目にかかったことがないので、もし見かけたら、どうしたらいいかわからん」

「そうなんだ、ゲイ」クルックマン博士は付け加えた。「われわれはこの国の黒人問題《ニグロ・プロブレム》をほぼ解決した。来週には、五箇所を残して、それ以外の施術院をすべて閉めるつもりだ」

「それじゃ、産科病院はどうするつもりだ?」とゲイがきいた。

「もちろん続けないといけない」とクルックマンは答えた。「そうしないと、女たちが途方に暮れてしまうだろう」

「さて、いいか」ゲイが彼らの方に顔を近づけ、声を潜めて言った。「今度の選挙は、この国始まって以来の激しいものになるだろう。暴動や発砲騒ぎや殺人も起こるかもしれない。病院を閉めるとなると、この国の女たちが途方もない精神的苦痛に見舞われるだろう。われわれはそれを避けたいし、君たちもそうしたいのはやまやまだろう。それでも病院は次から次へと危機に見舞われることになるだろう。それだったら、政府の力で守られるようにすれば、君たちにとって、ありがたいことではないのか」

「ゲイ、とにかくやってもらえるだろうな?」クルックマンは念を押した。

「しかし、それをやるには何百万もの票数が必要になる。全国執行委員会のメンバーも、われわれが失うかもしれない票数を補うには、君たちに選挙資金をかなり用立ててもらわないといけないと感じているようだ」

「『かなり用立てる』とは、どういうことだ?」とクルックマンがきき返した。

「今回は、勝ち目のある選挙は戦えないだろう」とゲイは答えた。「二千万以下ではな」

「おい」とハンクが叫んだ。「ドル建てってことじゃないだろうな?」

「そのとおりだ、ハンク」と委員長は答えた。「それくらいはかかるだろう、あるいはもっとかかるかもしれない」

「どこでそれだけの金《かね》を調達できると思っとるんだ？」とフォスターが突っ込んだ。

「そこが悩むところだ」とゲイは答えた。「だから、はるばるここまでやってきたんだ。君たちには金《かね》がうなるほどあるじゃないか。そして、われわれは君たちの支援が必要だ。君たちは、この二年間で、黒人《ニグロ》連中から九千万ドルもの大金を集めたじゃないか。われわれにも幸運を分けてくれたっていいのではないか？　五百万を失うわけじゃないし、民主党を打ち破るとなると、君たちにもそれだけの利益があるわけだし」

「五百万だって！　おったまげたぞ！」とハンクが叫んだ。「おい、頭がおかしくなったんじゃないのか？」

「ちっとも」とゲイは否定した。「はっきり言った方がよさそうだな。実は、もし君たちからそれくらいの献金がもらえないとなると、今度の選挙には勝ち目はない……だから、どうか、けち臭いことを言わんでくれ。もちろん、君たちの勢いもかなりなくなってきているのは重々承知している。しかし、たとえアメリカでうまく行かなくなったとしても、ヨーロッパか、どこか他の場所に移っていけばいいんだろ。ただ、それでも君たちは、黒肌の子供を産むかわいそうな女たちのことを考えてやらんといかん。君たちがこの国を離れたり、民主党が勝利を収めたり、君たちの場所をすべて閉鎖しなければならなくなったら、女どもはいったいどうすればいいんだ？」

「そのとおりだ、委員長《チーフ》」とフォスターが同調した。「女どもをがっかりさせるわけにはいかん」

「そうだ」とジョンソンが言った。「この人に金《かね》を渡してやれ」

「では、そういうことにするか」クルックマンは腹を決めて、にっこりほほ笑んだ。

全国委員会委員長は安堵した。「いつもらえるだろうか？」ときいた。「そしてどのようにして？」

「明日、もしその時に本当に欲しいんだったら」とジョンソンが答えた。

「しかし、お願いだが」とゲイは念を押した。「それほどの大金を一個人あるいは一企業からもらったということは知られたくないんだ」

「それはあなた方次第だ」クルックマン博士は素っ気なく言った。「**われわれ**が漏らすわけがない」

ゲイ氏は、程なくして、ちょうどそのころニューヨークで開催されていた全国執行委員会に吉報を伝えるために帰っていった。

確かに共和党は、グーシー大統領再選には大金が必要だった。ギヴンズ師の再三のラジオ演説、白人騎士団《ナイト・オヴ・ノーディカ》の団員数の増加、何とも説明のつかない民主党の資金の豊かさ[118]、『警告《ザ・ウォーニング》』紙上の辛らつな記事——こういったものが、民主党の感情を大いに刺激した。有権者は確実に民主党支持ということではなかったが、共和党反対であることははっきりしていた。早くも五月には、共和党が南部の一つの州と北部や東部の多くの支持基盤を制することができるかどうか、きわめて怪《あや》しくなっていた。民主党は何もかもやりたい放題にやっているようにみえた。実際、勝つ自信があったので、そうなった折に得られる官職や利権をすでに胸算用していた。

一九三六年七月一日、ミシシッピ州ジャクソンで民主党大会が開催されたとき、政治家のお歴々は、アメリカ建国以来初めて、プログラムが全行程にわたってお膳立てされていて、それに則って粛々と進められるだけ、と言っていた。しかし、実際にはそうはいかなかった。その日は異常に暑かったことに加えて、大量のアルコール類が販売されており、加えて、多くの利害衝突が起こったりして、まもなく軋轢を生じる結果になってしまった。

クレティン上院議員による基調演説が終わった直後から、アングロサクソン系の群衆が、自分たちはアーサー・スノブクラフトのような著名な南部人を大統領候補に指名したいと言いだした。白人騎士団《ナイト・オヴ・ノーディカ》は至上大魔術師《インペリアル・グランド・ウィザード》の指名に余念がなかった。北部の派閥は、党評議会では少数派になってしまっているのだが、「カトリック投票者連盟」の代表として多くの支持を得ていた前マサチューセッツ州知事のグロウガンを推していた。

二十回も投票が行なわれたが、膠着状態のままだった。どの派閥も譲ろうとしなかった。役員幹部は妥協が必要だと察知した。彼らは、ジャッジ・リンチ・ホテルの最上階にあるスイートルームへ引き下がった。そこで、シャツの袖を捲《まく》り上げ、襟元を開け、ミントジュレップのカクテルを机の上に置き、扇風機で暑い空気を拡散しながら、本題を再会した。十二時間たっても、彼らはまだそこにいた。

マシューはへたばって疲れきっていたが、気力を振り絞って至上大魔術《インペリアル・グランド・ウィザード》師のために闘っていた。アングロサクソン協会のシメオン・ダンプは、アーサー・スノブクラフトの指名はぜったい譲れないと言い張った。党の有力者であるジョン・ウィフル師は、何杯も一気飲みを繰り返し、何回もハンカチを湿らせて、てかてか光った頭に当てながら、ベルチ主教を強く押していた。ニューヨークのモウゼズ・レジュースキーは執拗にグロウガン知事の指名に固執した。

一方、代表者たちは、蒸し風呂のように暑い会場を出て、それぞれ自分の部屋で、荒い息をしながら横たわって飲んだり、またホテルのロビーに座って、手詰まり状態について議論したり、通りを車でゆっくり徘徊しながら、彼らを罪な行為に誘い込みたいと待ち構えていると教えられていた悪の巣窟[119]を探し回っていた。

時計が午後三時を打ったとき、マシューが立ち上がり、白人騎士団《ナイト・オヴ・ノーディカ》とアングロサクソン協会は党内では最も強力な組織なので、ギヴンズを大統領候補に指名し、スノブクラフトを副大統領候補に指名して、他の候補者たちは閣僚に推すことにしてはどうかと提案した。この妥協案はだれにも受け入れられなかった。

「みんなは忘れているようだが」とシメオン・ダンプが反論した。「今回の選挙資金の半分を拠出《きょしゅつ》しているのはアングロサクソン協会だからな」

「そしてもう一つ忘れているようだが」とモウゼズ・レジュースキーが言い放った。「おれたちの大統領が勝利を収めた暁には、黒人《ニグロ》の先祖がいるすべての者から公民権を取り上げるという、君たちのとんでもない政策を支持しているのもおれたちだからな」

「では」とダンプが言い返した。「金《かね》なしで、どうやって勝つんだ？」

「それに、どうやって」とマシューが付け加えた。「白人騎士団《ナイト・オヴ・ノーディカ》の後ろ盾なしで成功するというんだ？」

「それに、どうやって」とウィフル師が割って入った。「キリスト教右派《ファンダメンタリスト》や禁酒主義者なしで成功するというんだ？」

四時になると、一時間前と比べてあまり深く議論に入っていかなくなった。これまで挙げられていない党員から候補者選びをしようと、適格者リストに何度も目を通した。しかし要件を満たしていて満足のいく候補者を挙げることはできなかった。一人は急進的すぎるし、もう一人は保守的すぎる。三人目は無心論者だし、四人目はかつて市の公金を横領したことがある。また五人目は移民三世だった。六人目はユダヤ人と結婚しているし、七人目は知識人だし、八人目は、梅毒治療のためにアーカンソー州ホットスプリングズの温泉保養地での滞在が長すぎたし、九人目はメキシコ人の血筋というわさがあるし、さらに十人目は、若かりし頃、一時《いっとき》だけだが社会党員だった、ということだった⑫⓪。

五時になると、やけくそになり、かなり酔いも回って、うんざりしてきた。暑苦しい部屋には、取り外した服の襟カラーや、葉巻や煙草の吸い殻や、マッチ棒の燃えかす、灰が山積みになった灰皿や、空瓶などが散乱していた。マシューはほとんど酒に口をつけないで、ギヴンズ師指名を訴え続けていた。酔ってボーッとして転寝《うたたね》している者たちに、選挙で勝利した際の官職や、その目的達成のための絶好の機会であることなど、素晴らしい展望を提示してみせ、もしギヴンズが指名されなければ、白人騎士団《ナイト・オヴ・ノーディカ》は撤退すると述べた。すると、この脅しが彼らの眠気を吹き飛ばした。彼らは口汚くののしって、追いはぎ呼ばわりした。しかしマシューは頑として折れなかった。それどころか、最後の留《とど》めとして、立ち上がって、党大会を途中で抜け出す用意ができたふりをした。彼らは苦言を呈しておいてから、とうとうマシューに屈した。

代表者に集合指令が下された。彼らは会議場に集まった。各州の票の取りまとめ役がそれぞれ合図を送ると、出席者は投票を開始した。午後遅くになって、結果を待っていた全米の国民の間に、民主党はヘンリー・ギヴンズを大統領候補に指名し、アーサー・スノブクラフトを副大統領候補に指名したというニュースが流れた。スノブクラフト氏はまったく気に入らなかったが、役職が何も得られないよりはましだと考えた。

数日後に共和党大会がシカゴで始まった。いつものことだが、民主党よりも統制が取れているので、大会も円滑に進んだ。グーシー大統領が最初の投票で再選を期して指名され、副大統領のガンプもその候補者として再選された。政治要綱が採択されたが、その主な特徴は曖昧さだった。いつものように、与党時代の功績を強調した――もちろん自分たちの犯罪歴は省いていた。詳細をはっきり示さないで過激主義を非難し、個人の権利と大企業の権利を同じ下りで力説した。民主党のスローガンは白人優越主義であり、その政治要綱は大々的な家系図調査を前面に打ち出していたように、共和党も、個人の自由と先祖の神聖さを採択した(121)。

クルックマン博士と二人の支援者は、ニューヨークのロビン・フッド・ホテルにあるスイートルームに引きこもり、ラジオに耳を傾けながら、グーシー大統領が次のような独自の流儀で受諾演説を締めくくったとき、小さく笑った。

「そして最後に、同志諸君《マイ・フレンズ》、私が言えることは、ただ一つ――それは、われわれはこれからも、邪悪な組織(122)の影響から免れ、最高の理想である誠実さや独立心や品位を保ちながら、徹底した個人主義の道を邁進し続けるであろう。そしてそれによって、エイブラハム・リンカーンの言葉を引用して言えば、『人民の、人民のための、人民による国家は、永遠にこの世から滅びることはないだろう(123)』――ということであります」

大統領が吠えるのをやめたとき、フォスターが口を開いた。「この演説は、先日聞いたギヴンズ同志《ブラザー・ギヴンズ》の受諾演説とほとんどそっくりに聞こえる」
クルックマン博士は小さく笑ってから、葉巻の灰を払い落とした。「まったく同じスピーチかもしれん」と付け加えた。

七月や八月の猛暑の時期は、選挙戦はゆっくりと進行した。数多くの写真が新聞に掲載された——どこか田舎町の住民に囲まれて会話を交わしている対抗馬をとらえたものや、子供たちのサクランボ狩りを手伝っているものや、階段を上る老女に手を添えているものや、泳げる川で水浴びをしているものや、特別列車の後部デッキで、バーベキューを食べながらポーズをとっているものがあった。

新聞の日曜版には長文の記事が掲載され、二人の大人物の素朴な美徳を[124]激賞していた。二人とも、と思われるが、貧しいが善良な家庭に生まれ育ち、偉大な庶民にとって確実に信頼の置ける友人として歓呼して迎えられ、これから四年間、アメリカに気力と知力を注ぎ込む心構えができていると称されていた。ある新聞記者は、ギヴンズはリンカーンに似ていると指摘し、別の新聞記者は、ローズヴェルトがグーシー大統領のことを褒めていると思い込んでいたことから、グーシー大統領は、性格の点でローズヴェルトとあまり違わないと評した[125]。

ギヴンズ師は記者たちに次のように言い放った。「当選した暁には、民主党の伝統的な関税政策を実行に移す所存であります」（彼自身も含めて、それはいったいどういうことであるのか、だれにもわからなかった）

グーシー大統領は、何度も繰り返して次のように主張した——「私は、一期目と同じように、二期目も誠実に、そして手際よく務めを果たす所存であります」自分自身を脅かすことになりかねない発言ではあったが、この演説は素晴らしい公約として受け取られた[126]。

一方、サミュエル・バガリー博士と、彼の指示で動いている調査官たちによる、全米に及ぶ出生・婚姻調査は、大いにはかどっていた。九月半ばには役員会議が開かれ、博士は調査結果の一部を報告した。

「これから調査報告をさせていただきます」と言って、でっぷり太った統計学者はほくそ笑んだ。「ヴァージニア州の一つの郡では、完全に四分の一の住民は、非白人《ノン・ホワイト》、つまりインディアンか黒人《ニグロ》の血を引いています。さらに、大西洋沿岸のすべてのインディアン部族には黒人《ニグロ》の血が一部混ざっていると立証できます。この国の遠く離れた地域の複数の郡では、相当な割合の国民の先祖に関して、かなり疑わしいこともわかりました。以上のことから考えますと、白人と見なすことができない、したがって純血の白人《アングロサクソン》と交わることはできない国民は、莫大な数に上ることになります」

そこで、統計学者の手で、このデータをだれもが読めて理解できる簡単なかたちにして、選挙の二、三日前に公表できる態勢を整えることが確認された。黒人の血《ブラック・ブラッド》によって非常な危険に見舞われると有権者が知ったとき、彼らは民主党の旗下にはせ参じることになり、共和党がその流れを食い止めるのは手遅れになるだろうという判断がなされたのだった。

この国始まって以来の最も激しい選挙戦となった。一方には、何が何でも自分の祖先は純血の白人《コケイジャン》であると信じて疑わない人たちがいるかと思えば、他方には、自分は「混血の《インピュア》」白人《ホワイト》だと悟りきっているか、あるいはそれに疑念を抱いている人たちもいる。前者は主に民主党支持者で、後者は共和党支持者だった。もう一つ、民主党の勝利は再度南北戦争を引き起こすことになると感じている共和党派の人たちもいた。選挙戦は家族をも二分して激しい議論を巻き起こした。このような家族の亀裂の背後には、暗い過去に対する認識や疑念が潜んでいることが多かった。

選挙戦がますます激しくなるにつれて、クルックマン博士や彼の活動に対する非難も激しさを増した。すべての産科病院を閉鎖させようとする運動が起こった。永久に閉鎖されることを望む人がいるかと思えば、選挙戦の期間中だけ休診するように忠言する人もいた。（それほど多くはないのだが）知識人の大半はその提案に強硬に反対した。

「産科病院を閉鎖しても何の解決にもならない」と、ニューヨークの『朝の大地《ザ・モーニング・アース》』紙は批判的見解を示した――

「逆に、そのようなやり方は悲惨な結果を招くことになる。黒人《ニグロ》は市民社会の中に消えてしまい、多数が白人と結婚し、結婚によって生まれてくる有色肌の子供の数がますます増えていく。産科病院がなければ、どれほど多くの夫婦が社会から遠ざけられ、どれほど多くの家庭が破綻するかを考えてみる必要がある！　早まった行動をとるのではなく、先を急がないで、じっくりと考えて行動すべきである」

　他の北部の新聞は、それ以上に好意的な反応を示した。しかしおおかたは、大衆に従うか、大衆を導き、そして少しベールに包んだ言い方をすれば、「ノーモア黒人《ブラック》」の反対論者には、自分たちの手で制裁を加えるべきだと訴えた[127]。

　ついに、論調の激しい新聞社説、ラジオ演説、パンフレットやポスター、そして公民館や公会堂で行なわれる演説などに煽《あお》られて勢いづいた群衆が各地で決起し、例えばシンシナチでは、白人女性を守るために、クルックマンの病院を襲い、数人の女性を表通りへ引っ張り出しておいて、病院に火を放った。十二人ほどの新生児が焼死したが、母親によって間一髪で連れ出された新生児は混血児《ムラート》だったことが明るみに出た。新聞は名前と住所を公表してしまった。女性の多くは、本人だけでなく、夫の身元から、非常に知名度の高い市民だったことも判明した。

　全米がこれまで味わったことがないような衝撃を受けた。共和党の人気が薄れていった。共和党は執行委員会を招集して、この事態を乗り切る打開策を協議した。ゴーマン・ゲイには打つべき手が思いつかなかった。奇跡を待つしかないと考えた。

　二階下の広い会議室では、二人の共和党の選挙参謀、ウォルター・ウィリアムズとジョセフ・ボンヅが腰を下ろしたまま、選挙運動員に向かって、彼らはここで受け取っている十ドルの日給を稼ぐために働いているのだと、しっかり認識させようとやっきになっていた（もっとも、運動員たちは言われなくても、この二人よりも状況がよくわかっていた）。ウィリアムズは、祖父に黒人《ニグロ》の血が混じっていたことから、何年も黒人《ニグロ》として暮らしていたのだが、「全米社会的平等連盟《NSEL》」が郡保安官や地主の圧力で活動を中止せざるをえなくなったとき、白人種《ホワイト・レイス》に戻った。「黒人《ニグロ》統計局」の前代表だったジョセフ・ボンヅは、かつて黒人《ニグロ》だったが、クルックマン博士のおかげで、今は白人《コケイジャン》であり、そのことを誇りにしている。最近、サントップ・リコライスに伴われてアトランタから北部に戻ってきた。ウィリアムズ氏もボンヅ氏も、民主党の群衆に耐えられなくなり、共和党と共同歩調をとることにした。しかし、似通ったビリヤードボールは二つとないように、共和党と二人はまったく異なっていた。二人の紳士は、かさかさ音を立てて書類を整理する動作をしたりして多忙を装いながら、声を潜めて、共和党が陥ったジレンマについて話し合っていた。

「ジョー、民主党に対して形成を逆転させることを思いついたなら、残りの人生、働く必要もなく、のんびり暮らせるのになあ」ウィリアムズがしんみりとした口調で言った。そして口の片端からタバコの煙を吐いた。

「そうだ、そのとおりだ、ウォルト。しかし、もうそのチャンスはない。ゲイの野郎も、見てのとおり、ほとんど狂ってやがる。今朝も、やってきてドアをバタンと閉めて、だれかれなしにガミガミと噛みつきやがっただろ」とボンヅがこぼした。

ウィリアムズがボンヅの方へかがみ込んで、赤毛の頭を低くして、左右を見やってから、ささやいた。「おい、ビアードがどこにいるか知ってるか？」

「いや」ボンヅはビクッとして、あたりを見回して、だれか聞いていないか確かめてから言った。「どこにいるんだ？」

「実はな、先日、やつから手紙を受け取ったんだ。やつは、リッチモンドで、バガリー博士の下で、アングロサクソン協会のために調査の仕事をしているらしいんだ」

「連中はやつがだれなのか知っとるのか?」

「もちろん知らない。やつはもう長いあいだ白人だからな。もちろん、やつがシェークスピア・アガメムノン・ビアード博士だと気づくこともないだろう――やつらの仇敵のひとりだったやつのことをよ」

「で、それがどうした?」ボンヅはせっつくように突っ込んできいた。「やつが、民主党のことで、何かいい情報をつかんどるとでも思っているのか?」

「おそらくつかんどるだろう。とにかくやつと連絡を取ってみよう。もし何か知っておったら、白状するだろう、群衆をあれほど嫌っとるからな」

「どうしたらすぐに連絡が取れるんだ? こっちから手紙を書くのか?」

「もちろんそんなことはしない」ウィリアムズは低くうなった。「ゲイに旅費を出させるんだ。やつは、今は簡単にどんなことにでも乗ってくる」

ウィリアムズは立ち上がって、エレベーターの方へ向かった。五分後には、彼のボスである全国委員長の前に立っていた。心配そうな顔をした、白髪の小柄な男で、市会議員にふさわしい太鼓腹と囚人のような口をしている。

「何の用かね、ウィリアムズ?」委員長はつっけんどんに言った。

「リッチモンドまでの旅費を用立ててほしいんすが」とウィリアムズは言った。スノブクラフトのオフィスに友人がいまして、彼はわれわれに好都合な秘密情報をいくつかつかんでいると思うんです」

「スキャンダルか?」ゲイ氏は一瞬顔を輝かせて言った。

「まあ、今のところ、もちろん何とも言えませんが、この男は状況を非常に鋭く見通せる力を持った男で、この六か月で、窮地を脱却できる何か役に立つ情報をつかんでいるはずです」

「そいつは共和党か、それとも民主党か？」

「どちらでもありません。やつは高度な専門教育を修めていて、社会分析の才能を持っています。だからおそらく、どちらも支持しないのではないかと思われます(128)」ウィリアムズは冷静に説明した。「しかし、やつは手持ちの金《かね》をすっかり使い果たしているとの情報をたまたま入手しました。そこで考えまして、もし何か情報を持っていたら、きっと何でも吐き出すと思います」

「まあ、一つの賭けだな」ゲイはまだ納得がいかないかのように言った。「しかし、窮余の策ってこともあるからな」

ウィリアムズは直ちにリッチモンドへ旅立った。その夜、彼は、すべての黒人種《ダーカー・レイシィズ》の元チャンピオンの狭苦しい部屋で腰を下ろしていた。

「君はこんなところで何をしてるんだ、ビアード？」ウィリアムズは口を開いて、アングロサクソン協会の本部のことを切り出した。

「まあ、バガリーのデータをまとめる——というか、まとめる手伝いをしている(129)」

「何のデータだ？　君はおれに調査の仕事をしていると言っていただろ。それが、今は、データをまとめているとのことだが、もうまとめ終えたのか？」

「そうだ、私たちは少し前に終えた。今は、理解しやすいように整理しているのだ」

「どういうことだ、その『理解しやすいように』というのは？」ウィリアムズは突っ込んできいた。「君たちは何を見つけようとしてるんだ？　それにどうして理解しやすいようにしないといけないんだ？　いつもは、君たちは大衆には事柄をできるだけわかりにくいものにしようとしてきたじゃないか」

「今回は違う」ビアードは声を低くし、ほとんどささやくように言った。「私たちはぜったい秘密を守るという誓いを立てている。実は、国民の家系図を調査してきたのだが、現在のところ、実を言えば、驚くべき事実をつかんだのだ。おそらく選挙後になると思うが、この仕事から解放されたとき、その情報をいくつか売り込もうと思っている。スノブクラフトやバガリーでさえ、われわれが集めたデータから、一触即発の事態に発展する可能性があるとは気づいていないだろう」ビアードはそう言って、貪欲そうに狡猾な目を細めた。

「君が言うように、連中が理解しやすいようにしてほしいというのは、いくつか公表する予定にしているからか?」ウィリアムズはさらに答えを迫った。

「そのとおりだ」今はきれいに剃った顔をなでながら、ビアードは認めた。「ほんの数日前のことだが、バガリーとスノブクラフトが密かに笑いながらそれについて話しているのを耳にしたのだ」

「たぶん、たくさんあるのだろう」ウィリアムズは遠回しに言った。「君たちを六か月も働かせたらな。いったいどこで調査していたんだ?」

「当然、全米にわたってだ。南部だけでなく北部でもだ。地下室には索引カードがぎっしり詰まっている」

「連中はしっかり見張ってるんじゃないのか?」とウィリアムズはきいた。

「もちろんだ。地下室に入るには軍隊の力が要るくらいだ」

「それを世間に公表する前に、何も起こってほしくないんだろ」共和党本部からやってきたウィリアムズはおおよそのあらましをつかんだ。

ビアード博士と別れたウィリアムズは、しばらくして、アングロサクソン協会本部の重厚な建物の周りをゆっくりと歩き回った。あたりにいる六人ほどの屈強そうな警備員に気づいた。そして首都行きの最終列車に飛び乗った。翌朝には、ゴーマン・ゲイと長時間の打ち合わせを行なった。

「オーケーだ、ジョー」あとでボンヅの机のそばを通るとき、ウィリアムズはささやいた。

11

「どうした、マット？」選挙を約一か月後に控えたある日の朝、バニーが声をかけた。「何かうまく行っていないことでもあるのか？　おれたちが選挙に負けて、あのずば抜けたインテリのヘンリー・ギヴンズを合衆国大統領に当選させることができなかったような顔をしとるぞ」

「まあ、おれとしては、当選しない方がいいと思っている」とマシューが言った。「おれが陥っている窮地から抜け出す方法が見つからんのならな」

「何だ、窮地って？」

「実は、ヘレンがまた去年の冬に妊娠してしまったんだ。旅行に出かけたり、ちょっと激しい運動でもやれば、また流産するのではないかと考えて、パームビーチや、あちこちのリゾート地へ行かせてみたんだが」

「うまくいったのか？」

「まったくだめだった。さらに悪いことには、彼女は計算を間違っていたんだ。最初、十二月に子供が生まれると思っていたんだが、今は、あと三週間しかないと言っとる」

「それはないだろ！」

「いや、本当だ、嘘じゃない！」

「そりゃ大変だ！　いったいどうするつもりだ？　クルックマンの産科病院には行かせられないだろ。今そんなことしたら、あまりにも危険だからな」

「そのとおりだ。選挙のあと一か月ぐらいまでは、子供は生まれてこないと思うんだ。そのころには、何もかも方が付いているし、そうしたら行かせられるんだが」

「彼女は行くだろうか?」

「父親が合衆国大統領だというのに、混血の子供をそのまま放ってはおけんだろ[130]」

「それじゃ、どうするつもりだ? すぐ考えろ! 今すぐにだ! 三週間なんかすぐたってしまうぞ」

「そんなこと、わからないとでも思っているのか?」

「中絶はどうだ?」バニーはもしやと考えて提案してみた。

「それはお断りだ。一つには、彼女は体がひ弱すぎる。もう一つは、それは罪だというようなばかげた考え方をしておる」

「それじゃ、おまえにできることと言えば」とバニーが言った。「子供が生まれた時におさらばする準備をしておくことしかないな」

「ところが、バニー、ヘレンと別れるのは辛いんだ。おれが愛した本当に唯一の女なんだ。もちろん彼女は、他のみんなと同じように偏見を持っているし、変わった考え方もする。しかし、実にかわいい女《リトル・クィーン》なんだ。それにおれの人生の励みだったんだ、バニー。事業がうまく行かなかったとき、手を引くかどうかの相談をするたびに、辛抱強く続けるようにと言ってくれた。もし彼女がいなかったら、最初に百万ドルを使い果たしたあとで、きっぱり足を洗っていただろう」

「もしそうしとったら、もっとうまく行っとったかもしれんぞ」バニーは逆の感想を述べた。

「うーん、そいつはわからん。彼女は、おれが国務長官かイギリス大使か何かそんなものになるのに躍起になっとる。それにこのまま進めば、本当になっているかもしれん。ただ、この窮地を抜け出せさえすればな」

「マット、もし窮地を抜け出せたら、おまえには脱帽だ。もちろん、ぜんぶ投げ出して彼女と別れるのは辛いことぐらい、よくわかるぞ。おれにだって、かつてハーレムにそんな女《ブロード》がおったからな。おれが銀行で働くことになったのも、その女を通してなんだ。おれに首ったけだった――おれの浮気の現場をつかむまではな。そのとき、おれを撃ち殺そうとしやがった」

「女というのは奇妙な生き物だ」バニーは悟りきったような口調で淡々と続けた。「おれが白肌になってからわかったんだが――白人であろうと黒人《ブラック》であろうと、まったく変わらないということが。キップリング[131]の言うとおりだった――やつらは男を自分のものにしようと戦う。それにずっと自分のものにしておこうと戦う。そして、男が遊び回っているところを見つけたら、今度は男に食ってかかってくる。しかしまあ、男のために戦わん女は値打ちがないってことよな」

「それだったら、おさらばした方がいいと考えるのはどういうことだ、ええっ、バニー?」途方に暮れたマシューは話を元に戻した。

「いや、おれが考えたのはこういうことだ」と肉づきのいい相棒は答えた。「ヘレンが子供を産むと思うころに、できるだけ金《かね》をかき集めて、飛行機の準備をしておく。そして、子供が生まれたら、思い切って彼女に何もかも打ち明けて、一緒に逃げようと切り出してみろ。彼女が行きたくなければ、おまえだけ出ていけばいい。もし一緒に行くと言うんなら、何もかももってこいだ」バニーは思い入れたっぷりに柔らかいピンク色の手を差し出した。

「うーん、それはなかなかよさそうだ、バニー」

「それがいちばんのお薦めだ、ええっ」と友人兼秘書は言った。

選挙の二日前も、状況はまったく何も変わらなかった。民主党陣営は浮き立っており、共和党陣営の間には沈痛な雰囲気が漂っていた。アメリカの選挙史上初めて、金《かね》では決着がつかないように思えた。民主党の宣伝担当《プロパガンディスト》や広報担当は、大衆の恐怖や偏見を実に巧みに煽り立てたので、大半のユダヤ人やカトリック教徒でさえ動揺してしまい、ほんの二、三か月前までは自分たちを非難していた候補者を、今度は支持するように口説き落とされた者が数多くいた。目で見てわかる黒人《ニグロ》がいた時代には、彼らは白人優位の立場にいたので、この点では変わっていない。共和党は、ギヴンズとスノブクラフトに不利なスキャンダルをかき集めようとしていた。しかし、危険な先例をつくることになるのを恐れた選挙対策委員会によって制止させられた。彼らの陣営にも、不義や酔っ払いや汚職などの罪を犯している政治家がいたからだ。

グーシーやガンプの共和党陣営と、ギヴンズやスノブクラフトの民主党陣営は、全国遊説を終えて一息ついていた。都市や田舎町など、至るところでパレードが行なわれた。東海岸から西海岸まで、市井の応援弁士たちは、演台を叩いて、彼らに依頼した党の候補者について、ありもしない美徳を並べ立てて褒めちぎった。クルックマン博士の身代わり人形が百回も火あぶりにされた。博士の複数の産科病院が攻撃を受けた。どちらの候補者についてもまったく何も知らない二百人の市民が、どちらが大統領としてふさわしいかを巡って取っ組み合いの喧嘩を始めたので逮捕された。

アメリカ全土で期待感が高まっていた。人びとは、三、四人のグループをつくっては、政治談議を交わしていた。小さな子供たちは一千万軒もの家の玄関先の階段にビラをまいていた。警察は混乱を鎮めるために警備態勢を敷いていた――もちろん、警察が意図的に起こす混乱を除いては。

アーサー・スノブクラフトは上機嫌で、まもなくヴァージニア旧家《FFV》の血筋にふさわしい地位に就けることに自信を深めて、自分の豪邸で、選挙前の豪勢なパーティを催していた。招待客の間をゆっくりと回りながら、まだ早すぎる祝福の言葉を上機嫌で受け取っていた。すでに「副大統領閣下《ミスター・ヴァイスプレジデント》」という声もかかり、心地よく耳に響いてきた。

そこへ、背の高い英国人の執事が、アングロサクソン協会の会長を取り囲む招待客を慌ただしくかき分けながらやってきて、耳打ちした。「バガリー博士が二階の書斎でお待ちです。今すぐお会いしたいと言っておられます。それに、とても、とても重大なことだと」

腑に落ちない表情で、いったいどんなことが起こったのかと頭をひねりながら階段を上っていった。書斎に入ると、巨漢の統計学者が、額の汗をぬぐいながら、大股で右往左往していた。今にも目が顔から飛び出しそうで、タイプライターで打った書類の束を握った手は震えていた。

「いったい何があったんだ、バガリー？」スノブクラフトは心中穏やかではなかった。

「おおありですよ！　ありすぎですよ！」と、統計学者はけたたましい声を上げた。

「頼む、具体的に言ってくれ」

「それじゃあ」と言いながら、スノブクラフトの目の前で書類の束を振った。「こんなもの、公表なんかできやしませんよ！　めちゃくちゃですよ！　あまりにも多すぎますよ！　ともかく外《そと》に漏れないようにしないといけません、スノブクラフトさん。私の言うことがおわかりですか？　ぜったいだれの手にも渡ってはいけないということです」

巨漢のたるんだ二重顎は大きく揺れていた。

「いったいどういうことだ？」ヴァージニア旧家《FFV》の血を引く男は、今にも飛びかかっていきそうな勢いだった。「金《かね》と労力を無駄にしたってことか？」

「まさしくそういうことです」バガリーはきしるような声を絞り出した。「公表は自殺行為です」

「どうしてだ？　要点を言ってくれ、ええっ、頼むから。あー、イライラする」

「それじゃあ、よく聞いて下さい、スノブクラフトさん」統計学者は巨体を椅子にドサッと投げ出し、真顔になって冷静に切り出した。「座って、私の言うことをよく聞いて下さい。この調査を始めるに当たって、私は仮説を立てました——集まったデータからはおそらく、大半は下層階級に属する約二千万人の国民は、先祖が近くても遠くても、黒人《ニグロ》の血を引いていて、その約半数は、自分の先祖のことをはっきり知らないか、まったく知らないという結果が出るだろう、というものでした」

「それで、いったい何がわかったんだ？」スノブクラフトは居ても立っても居られない思いに駆られた。

「わかったんです」とバガリーは続けた。「半数以上の国民は、五世代以上の先祖の記録がないんです！」

「いいじゃないか！」と言って、スノブクラフトは声を立てて笑った。「おれはずっと言い続けていただろ、この国には、立派な血筋のアメリカ人はほんのわずかしかいないとな」

「しかし、この数字はすべての階級を含んでいるんですよ」と大男は言い返した。「下層階級だけでなく、あなたの階級さえも」

「失礼な口を利くな、バガリー！」アングロサクソン協会の代表はソファから半分腰を浮かせて叫んだ。

「落ち着いて！　落ち着いて下さい！」バガリーは興奮気味に声を高めた。「あなたはまだ何も聞いていないじゃないですか」

「いったい、このヴァージニア州の貴族に対する、これ以上の侮辱はほかにあるか？」と言いながら、スノブクラフトは浅黒《ダーク》くて、いかにも傲慢そうな顔を拭いた。

「つまりですね、われわれが集めた統計によると、社会的指導者で、とくにアングロサクソンの家柄のほとんどは、この地に奴隷としてやってきた植民地時代の祖先の血を引いているんです。彼らは奴隷と付き合ったり、多くの場合、一緒に働いたり、寝食を共にしていました。黒人《ブラック》と関係を持ったり、女は主人から性的搾取を受けていました。非嫡出子が生まれる確率は、今日よりもずっと高かったんです」

スノブクラフトの顔は必死に怒りを抑えようとする表情だった。立ち上がろうとしたが、思い直した。「続けろ」と強い命令口調で言った。

「いろいろな階級の間で、白人と黒人《ブラック》の付き合いが頻繁だったので、相当早い時期から、植民地諸邦はそれを禁止する対策を講じていました。異人種間結婚を禁止しようとしましたが、異人種混淆を食い止めることはできませんでした。昔の記録はごまかせませんからね。だれでも目にすることができます……」

「このような黒人《ニグロ》の何パーセントかは」とバガリーは続けた。今はもうかなり落ち着いていて、調査報告を楽しんでいるようにさえ思えた。「そのうちに、白人として通るくらい白くなりました。そして一般の白人市民と結婚しました。十五世代前に、そのようなケースが一千にも上《のぼ》る――いや、われわれの調査では、それ以上だと証明できるのですが――と考えますと、彼らの子孫は、今ではおおかた五千万人に達する計算です。とくにここリッチモンドには、この情報を公表する危険をあえて冒すことはない、と私は考えます。そういうことですから、ヴァージニアに最初にやってきた家族の血を引く者があまりにも多いので、大きな衝撃を受けることは必死でしょう！」

「バガリー！」ヴァージニア旧家《FFV》の血を引くスノブクラフトはあえぎながら声を絞り出した。「気でも狂ったか？」

「いや、まったく正気ですよ」この大男は少し自慢げに甲高い声で言った。「私は自分の判断に自信があります」彼は潤んだ目でウインクしてみせた。

「じゃあ続けろ。もっとあるのか？」

「たくさんあります」統計学者はできるだけ明るく振舞いながら続けた。「例えば、あなたご自身の家族のことを考えてみて下さい。（どうか怒らないで、スノブクラフトさん、ここのところは冷静に聞いて下さい）あなたのご家族のことを考えてみて下さい。確かに、あなたのご家族はアルフレッド大王[132]の流れを引いています。しかし、アルフレッド大王には、非常に多くの、おそらく何十万人もの子孫がいます。もちろん、名誉ある立派な市民、高い教養を身につけ、洗練された文化人として、この国の誉れとなっている高貴な人《アリストクラット》もいます。しかし、それ以外の多くは、いいですか、スノブクラフトさん、いわゆる下層階級です。言ってみれば、労働貧民、犯罪者、売春婦、といった類《たぐい》です。一七世紀後半に、あなたの母方の先祖のひとりは、英国人の家政婦と黒人奴隷《ブラック・スレイヴ》の子孫だったんですよ。この女性が大農園所有者の娘を産んで、その娘がかつての年季奉公奴隷と結婚しました。そしてその間に生まれた子供たちはみんな白人で、あなたは、その直系の子孫のひとりなんですよ！」こう言ってバガリーはニヤリと笑みを浮かべた。

「やめろ！」とスノブクラフトは叫んだ。彼の狭い額に血管が浮き出て、声は怒りで震えていた。「そこに座り込んで、おれの家系を侮辱するようなことは許さんぞ」

「そんなにお怒りになるのは、私の言ったことが正しいと認めておられることになるだけですよ」この大男は平然とした表情で続けた。「そんなに興奮されるということでしたら、他の人たちの反応はどうなると思います？　私に怒りをぶつけられても仕方ないじゃないですか。私はあなたの先祖に対して何の責任もありませんからね！　もちろん、あなたご自身にも責任はありませんが。私が悪くないのは当然ですが、スノブクラフトさん、あなたも私と同じくらいまったく悪くないのですよ。私の祖父の父親の父親に当たる者が、借金を払えなかったために耳をちょん切られ、その後、窃盗の罪で監獄に入れられました。彼の非嫡子の娘が独立戦争で戦った自由黒人《フリー・ニグロ》と結婚しました」バガリーはほとんどおどけているかのように頭を振った。

「どうしておまえはそんなことを平気で受け止められるんだ?」スキャンダルに怯えるスノブクラフトは気が気でない。

「どうして受け止めたらだめなんです?」とバガリーははねつけた。「私には仲間が大勢いるからですよ。人種問題や白人優位の考えに神経を尖らせているギヴンズもそうです。しかも、彼の場合、混血《ムラート》の先祖から四世代しか離れていないのですよ」

「ギヴンズもか？」

「そうです。しかも、あの自信満々のクレティン上院議員もです。ご存知のように、彼は、ポカホンタス(133)の子孫だと自慢していますが、何千人もの黒人《ニグロ》もその子孫に当たります。ところで、この大西洋岸一帯には、一世紀半以上、黒人《ニグロ》と混ざらなかったインディアンは一人もいないんですよ」

「マシュー・フィッシャーはどうだ？」

「フィッシャーの記録はどんなかたちであれ見つけることができませんでした。ほかの二千万人についても言えることです。ということは」バガリーは急に声を落とした。「やつも、白人に変身した黒人《ニグロ》のひとりだと疑ってみることができる、ということです」

「やつをおれの家でもてなしたことを考えると！」スノブクラフトは独りごちた。そして声を上げて言った。「そういうことだったら、おれたちはいったいどうすればいいんだ？」

「何もかも破棄してしまわないといけません」大男は、ソプラノ調の声にしては精一杯力を込めて言った(134)。「しかも、すぐ始めないといけません。早ければ早いほど好都合ということです」

「しかし、階下《した》の客連中を放《ほう》ってはおけんだろ」とスノブクラフトは言葉を返した。そして、怒り心頭の表情でバガリーの顔をのぞき込んで、唸るような声で怒りをぶつけた。「いったいどうして、このことをもっと前に見つけ出さなかったんだ？」

「つまりですね」とバガリーはやんわりと切り返した。「これでも、できるだけ早くやったつもりです。データを整理して突き合わせてみないといけなかったことはおわかりいただけると思いますが」

「こんな時期になって、どうやってそんな山積みの書類から解放されると考えとるんだ？」二人並んで階段を下りながら、スノブクラフトは急き立てた。

「とにかく、それを処理する専従の警備員を確保します」バガリーは当てにするような口調で答えた。「そして資料カードをすべて暖炉で焼却します」

「わかった、それじゃ」ヴァージニア旧家《FFV》の子孫は言葉を吐き捨てた。「急いでけりをつけよう」

五分後には、二人はアメリカ・アングロサクソン協会の本部に向かって大通りを突っ走っていた。門の前に車を止めて、細かい石炭殻を敷き詰めた道を歩いて玄関の方に向かった。穏やかな月夜で、ほとんど日中のように明るかった。あたりを見回したが、だれもいなかった。

「警備員一人いないじゃないか」スノブクラフトは首を伸ばしてつぶやいた。「どこにいるんだ?」

「たぶん、家の中でしょう」バガリーはとにかく返事を返した。「外回りもするように言っておいたはずでなんですが」

「よし、ともかく中に入ってみよう」とスノブクラフトは言った。「たぶん一階にいるんだろう」

玄関のカギを開け、急いでドアを開けて中に入った。玄関ホールは真っ暗だった。壁を手触りして明かりのスイッチを探した。突然ドサッと音がして、スノブクラフトは罵声を発した。

「どうしたんです?」驚いたバガリーはむせぶような声を出して、手探りで必死にマッチを探した。

「とにかく明かりをつけろ!」スノブクラフトは吠え立てた。「人にけつまずいた……急げ」

バガリー博士はやっとマッチを見つけて擦《す》り、壁にある明かりのスイッチを探し当てて押した。玄関ホールがパッと明るくなった。そこには、床一列に並べられて、しっかりと縛られ猿ぐつわをはめられた六人の特別警備員が横たわっていた。

「いったいどうしたんだ?」スノブクラフトは、うつぶせになったままで、口の利けない警備員たちに向かって叫んだ。バガリーは急いで猿ぐつわをはずした。

突然襲われた、と警備主任が説明した。一時間ほど前のこと、バガリーが出ていった直後に、ガンマンの一味に警棒で殴られて気絶し、ここに運び込まれたことなどを打ち明けた。警備主任は、その証拠として頭にできた瘤《こぶ》を見せて、とても悔しそうな顔をした。だれ一人として、一撃で眠らされてからのことは知らなかった。

「地下の貯蔵室ですよ！」とバガリーが甲高い声を上げた。「貯蔵室を見てみましょう」

全員、いっせいに階段を駆け下りた。バガリーは息を切らして先頭を走り、スノブクラフトがバガリーのあとを、髪をふり乱した六人の警備員がスノブクラフトのあとに続いた。地下の電気が赤々と灯ったままで、ドアというドアが壊されていて、かろうじて蝶番に引っかかったままになっていた。貯蔵室の前にはごみが散乱していた。狭いスペースに群がって中をのぞき込んだ。貯蔵室は完全に空っぽだった。

「なんてことだ！」スノブクラフトとバガリーは声を合わせて叫び、二人の顔がいっそう青白くなった(135)。

二、三秒後、二人は顔を見合わせた。突然、バガリーは笑みを浮かべた。「あれは何の役にも立ちませんよ」と、勝ち誇ったように言った。

「どうしてだ？」スノブクラフトは、必死さと、期待と疑いが入り混じったような口調で問い詰めた。

「どうしてって、大量の資料カードから何かをつかむには、われわれスタッフが要したのと同じくらい長い期間が必要ですし、その時までには、あなたもギヴンズさんも当選していますから、だれもそのようなものを公表しようとは思わないでしょう」と統計学者は説明した。「私は要約したものだけ持っています――ご自宅でお見せしたものです。私がその書類を持っている限り、そして盗んだ者たちが持っていない限り、私たちはまったく安全だということです！」彼は顎の垂れ肉を揺さぶってニヤッと笑った。

「それは結構！」スノブクラフトはホッと胸をなでおろした。「ところで、その要約の書類はどこにあるんだ？」

バガリーは、ピンで刺されたかのように飛び上がって、まず何も持っていない自分の手を見つめ、次に外套のポケットを捜し、ズボンのポケットも捜した。そしてくるりと体の向きを変えて、外に駐車してある車めがけて飛び出していった。そのあとを、険しい表情のスノブクラフトが続き、そのあとを、髪をふり乱し、頭の瘤《こぶ》の痛みに耐えながら、六人の制服姿の警備員が続いた。車をくまなく捜したが、見つからなかった。スノブクラフトはバガリーの失態を呪った。

「エーッ、エーッと、そうだ、ご自宅の書斎に置き忘れてきたに違いありません」バガリーはおずおずしながら、しかし期待を込めて、今にも泣き出しそうな顔をして言った。「確か、机の上に置いたと思います」

激昂したスノブクラフトはバガリーに車に飛び乗れと命じた。そして二人は、玄関先で地面にへたり込んで呆然としている六人の警備員をあとに残して走り去った。月明かりが彼らの乱れた髪の毛を照らしていた。

二人の男は、車がきしんだ音を立てて止まるのとほぼ同時に、車から飛び降りて、玄関先の階段を駆け上がり、家に飛び込んだ。何事が起こったのかと戸惑う訪問客を尻目に、コロニアル式のらせん階段を上がって、廊下を通って書斎に飛び込んだ。

バガリーは明かりをつけて、慌てふためきながらも、祈る思いで部屋じゅうを丹念に見回した。二人の男は同時にソファの上にあった白い紙の束をつかんだ。統計学者が先に手にして、むさぼるように、またホッとした表情を浮かべてそれを見つめた。両目が今にも顔から飛び出しそうで、手も震えていた。

「見て下さい！」紙束をスノブクラフトの目の前に突き出しながら、胸が張り裂けんばかりに金切り声を上げた。いちばん上にある紙以外はすべて白紙だった。その紙にはこう書かれていた。

私が手を伸ばせるところに報告書を残していただき、かたじけない。要約書類をもう一つ作成してもらえるように、この紙束を置いておく。

どうか、楽しい夢を。お利口さん《リトル・ワン》へ(136)。

G・O・P.(137)

「ちくしょう！」スノブクラフトはあえぐように声を搾り出して、椅子にへたり込んだ。

12

投票日前日の昼過ぎ、マシューとバニーは、バニーが滞在するホテルのスイートルームで、腰を下ろして、カクテルをすすったり、煙草をふかしたりしながら、避けようのない事態に備えていた。彼らは前日からずっと待機していた。丸太りのバニーは心配しながらも、上司である長身のマシューの緊張をほぐそうと、何度も冗談を飛ばしてみたが、あまり効き目がなかった。電話が鳴るたびに、ひょっとすれば、世継ぎ、つまり黒肌《ダーク》の子供が生まれたという、ヘレンからの知らせではないかと思って、二人は電話に向かって飛んでいった。もうこれ以上オフィスに居続けることはできないと思ったとき、ホテルへ移動してきたのだった。しばらくしてからまたオフィスへ戻るつもりだった。苦しい選挙戦と、ヘレンの出産の結果を心配するあまり、マシューの顔には苦渋の色がにじんでいた。悪魔の形相を描く線がいっそうくっきりと目立つようになり、目はいちだんと窪んだようにみえた。きれいに手入れを施した手は、グラスを取ろうと伸ばすたびに、少し震えていた。

どういうことになるのだろう？　このまま立ち去りたくない。白人に変身してからというもの、実に楽しい日々を送ってきた。金《かね》に不自由せず、無限とも言える権力を握ることができたし、美人の妻、高価な酒、手を伸ばせば女も手に入った。こんなものをすべて見捨てなければならないというのか？　人生最大の勝利がもう少しで転がり込んでくるというのに、その寸前ですべてを放り投げて逃げなければならないのか？　ちょっと考えてもみろ――薄給の保険代理人から、何百万人もの人間を支配する百万長者になった――そして、すべてが忘却の彼方へ消えてしまう。マシューは微《かす》かに体を震わせて、もう一度グラスに手を伸ばした。

「おれの方は何もかも準備ができている」バニーは張りぐるみの椅子に腰を下ろして、あちこち体の向きを変えながら言った。「飛行機の燃料を満タンにして、すべて準備オーケーだ。格納庫の中にラグルズを待機させている。金《かね》も小型のスチールケースに入れてある、ぜんぶ千ドル札だ」

「おまえも一緒に行ってくれるんだろ、バニー？」マシューは哀願するような口調で言った。

「おれもこんな場所にいたくない！」と秘書は答えた。

「バニー、おまえは頼りになるやつだ！」マシューはそう言って、かがみ込んで、小柄で丸太りの友人の膝の上に自分の手を置いた。「おまえは本当にいいやつだ」

「おい、ばかなまねはよせ」バニーは声を上げて、赤らめた顔をサッとそむけた[138]。

突然、電話がけたたましく断続的に鳴り響いた。二人の男は居ても立っても居られず目を見開いて、はやる思いで電話に飛びついた。マシューが受話器を取った。

「もしもし」マシューはほとんど喚《わめ》き声になっていた。「なんだって！　わかった、すぐ行く」

「さて、とうとう始まったか」マシューはあきらめ口調になって受話器を置いた。しかし少し華やいで、誇らしげに言った。「男の子だ！」

陣痛の最中、ヘレンはこの上ない幸せを感じていた。私のマシューの大勝利の前夜に、なんと素晴らしい贈り物を授かるんでしょ！　神様は私になんてよくして下さるのかしら――二重の祝福をもたらして下さるのよ。看護師はこの若い母親のうれし涙を拭いてやった。

「安静になさっていないといけませんわ」と注意した。

新生児室の外で、落ち着かない様子でもぞもぞしながら、拳を握りしめ、薄い下唇を噛んだまま、マシューが窓辺の椅子に腰かけていた。別の窓辺では、バニーが通りをぼんやり眺めながら、無力感を覚え、このような状況には場違いなものの、しかし、この一大危機に、無二の親友のそばに留まるのが自分の務めであると覚悟を決めていた。

マシューは、機関銃の洗礼に立ち向かうべく塹壕から飛び出そうとする若い兵士、あるいは最後の手持ちの金《かね》をサイコロの一振りに賭ける賭博師のように感じた。とにかく、直ちに何かが起こってくれないと発狂してしまいそうだった。立ち上がり、両手をポケットに突っ込んで廊下を右往左往すると、反対側の壁に映った自分の長い影がついてきた。どうして医者が来て、何かひとこと言ってくれないんだ？　遅れているのには何か訳があるのだろうか？　ヘレンはどう言うだろう？　どんな子供だろう？　ひょっとすると、奇跡的に白い肌かもしれない！　この世には不思議なことは起こるものだ。しかし、いや、何もそんなことは起こらないだろう。まあ、おれも幸運をつかんだ。これで一時《いっとき》の宴《うたげ》は終わった。

白衣に身を包んだ、実に清潔感溢れる看護師がヘレンの部屋から出てきて、急ぎ足で通りすぎ、笑みを浮かべて浴室に入っていった。そして湯の入ったたらいを手にして、安心させるような笑みを見せてから、分娩室に戻った。バニーとマシューは同時に大きくため息をついた。

「ああ！」とバニーが大きな声を上げて、額から噴き出る汗を拭いた。「ここですぐ何かが起こってくれないと、この窓から飛び降りるぞ」

「二人もろともにな」とマシューが言った。「出産にこんなに時間がかかるとは思わなかった」

ヘレンの部屋のドアが開いて、医者がかなり深刻で心配そうな表情で出てきた。マシューは医者のもとに駆け寄った。医者は唇に指を当てて、廊下を挟んだ向いの部屋に入るように合図した。

「それで」マシューは気まずそうな顔をして言った。「何かあったのですか？」

「残念なことですが、ちょっと面倒なことになったと申し上げなければなりません。実は、あなたの息子さんの肌色が非常に黒いんです。あなたか奥さんのどちらかが黒人《ニグロ》の血を引いておられるに違いありません。このようなことがすでに証明済みであるとしますと、『先祖返り』とでも定義されるのではないかと思います[139]。そこで、私はあなたのご希望をおうかがいしたいのです。お望みなら、お子さんを手放せるように取り計らいます。そうすれば、だれもが多くの面倒や面目失墜から救われることになりますからね。このことに関しては、看護師以外はだれも知りませんし、看護師も、それなりの心づけをされたら、いっさい口外することはありません。私なら、もちろん一日で済ませられることですから。アトランタでは、黒人《ニグロ》が姿を消す以前からも、このようなケースをたくさん扱ってきました。それでは、どういたしましょう？」医者は困惑の表情を浮かべた。

「そういうことなら」とマシューは頭の中で思い巡らせた。「どうすればいいんだろう？」医者は窮地を脱する最善の方法を提案してくれている。子供は流産だったと言えばいいんだから。しかし先でどうなるんだ？　このままずっと隠し通せるのか？　ヘレンは若くて、子供のできやすい体質だ。そのたびに殺《あや》めることなんてもちろんできない――とくに子供好きで、子供が欲しいということなら。きっぱりと腹をくくって、子供を育てることにすればいいのではないか？　それとも、医者に殺《あや》めてもらって、また次の機会を待つのがいいのか？　偽りの人生に別れを告げて、妻子を連れて、あらゆるものから遠くへ逃れるようにと、正直天使が手招きしている。しかし、野望悪魔が、富や権力や名声のことをなまめかしくささやきかけてくる。

過去三年間のあらゆる出来事が、深く傷ついた記憶のスクリーン上に秒単位で再現された――ホンキー・トンク・クラブでの大晦日。目もくらむほど美しいヘレンを見初めたこと。白人に変身する試練。黒人《ブラック・マン》だったために被ってきたつまらない侮辱や軽薄な差別から解放された楽しい日々。そしてヘレンを捜し求めてアトランタ市中をくまなく歩き回ったこと。白人騎士団《ナイト・オヴ・ノーディカ》の設立。途切れることなく続いた成功の数々。バニーがやってきたこと。自分が計画を立て遂行した選挙活動。そして今、迎えようとしている終局《ジ・エンド》――本当に終局《ジ・エンド》なのだろうか？

「それで？」医者は返事を迫るように声をかけた。

マシューは答えようと口を開いたとき、執事が新聞を振りかざしながら部屋に飛び込んできた。

「すみません」執事は興奮して口走った。「ブラウンさんがこれをあなたにもっていけとおっしゃったものですから」

恐ろしい見出しが今にも飛び出して、マシューの眉間《みけん》に一撃を食らわすかのように思えた。

民主党の指導者たちは
黒人《ニグロ》の子孫であることが裏づけられる
ギヴンズ、スノブクラフト、バガリー、
クレティンをはじめ、そのほか多数が、
黒人《ニグロ》の血を引いていることが
自分たちで掘り起した古い記録から判明

マシューと医者は並んで突っ立って、押し黙ったまま記事に目を通した。そこへバニーが入ってきた。

「ちょっといいか、マット？」バニーは何事もなかったかのように気軽に声をかけた。マシューは、動くのもうっとおしいような足取りで、バニーについて廊下に出た。

「いいか、落ち着くんだ」バニーは、できるだけ明るさを装って忠告した。「やつらはまだおまえのことをつかんでいない。名前を変えているために、やつらは混乱している。だから、おまえのことは何も書いてないだろ」

マシューは気を引き締め、そり身になってゆっくり深呼吸をした。両肩に重くのしかかっていたものが取り除かれたように感じた。自信を取り戻すにつれて、歯を見せてニヤリと笑ってみせた。バニーの手を取ろうと手を伸ばし、二人は密かにはしゃいで握手を交わした。

「それでは、ドクター」マシューは、いつものようにメフィストフェレス風に眉を吊り上げて言った[140]。「その『先祖返り』とやらにやはり何かあるようですね、私はまったくのでたらめだと思っていたんですが。まあ、いつも言っていることですが、『先のことはどうなるかわからない』ってことですね」

「そうですね、今回は本当に起こったケースのようですね[141]」医者は、マシューの平然とした色白の顔に鋭い視線を向けながら言った。「それでは、どのようになさいますか？」

「まず義父に相談します」部屋を出ようとして体の向きを変えながら、マシューは言った。

「ギヴンズ師が来たよ」とバニーは知らせた。

青ざめた、禿げ頭の小柄な男が、ヤギみたいに階段を駆け上がってきた。確かにギヴンズだった。顔はやつれ、飛び出た目には怒りと恐怖が入り混じり、ネクタイは歪《ゆが》んでいた。握りしめた新聞を振りかざし、口を開けたまま、彼らに言葉をかけることもなく走って通りすぎ、ヘレンの部屋に駆け込んだ。この老人は明らかに正気を失っていた。

彼らもギヴンズのあとを追って部屋に入ると、彼はヘレンのベッドに顔をうずめていた。ヘレンも恐れおののきながら、長さが十五センチほどもある特大の見出しに目を走らせていた。意識を失って枕の上に崩れ落ちようとするところに、マシューが駆けつけた。医者と看護師がヘレンの意識を回復させようと駆け寄った。老人はひざまずいてむせび泣いた。十五歳も老け込んだようにみえるギヴンズ夫人が部屋の入り口に現れた。バニーがマシューに視線を向けると、マシューは左まぶたを少し閉じて、笑いをこらえるのに苦労していた。

「なんとかここから抜け出さんといかん！」と至上大魔術師《インペリアル・グランド・ウィザード》が叫んだ。「なんとか抜け出さんといかん、ああ、恐ろしいことだ……おれだってわからなかった、本当に……おー、マシュー、ここから抜け出せと言っとるんだ。オフィスで、連中にもみくちゃにされるところだった……ちょうど裏口から逃げおおせた時に押し入ってきやがったんだ。一万人ぐらいはいたぞ……一刻の猶予もない。急げ、わかったか！　皆殺しにされるぞ！」

「できるだけのことをしてみます」マシューは慇懃《いんぎん》になだめてみせた。「お義父さんのそばを離れませんから」そう言って、彼の相棒の方をサッと振り向いて指示した。「バニー、すぐに車を二台手配しろ。おれたちは飛行場へ直行する……ブロッカー先生、ご同行いただいて、ヘレンと子供の面倒を見てやっていただけませんか？　私たちは今すぐここから抜け出さないといけません。後日、お支払いしますので」

「もちろんそうさせていただきます、フィッシャーさん」医者は落ちついていた。「今は、フィッシャー夫人のそばを離れるわけにはいきませんから」

看護師の介護でヘレンの意識が戻った。彼女は激しく泣いて、自分の運命と父親を呪った。必ずしも決定的ではない状況証拠を真実として受け入れてしまうことがよくあることから、褐色ではないかと思われる息子の肌色は、自分の血管に潜んでいる黒人《ニグロ》の血によるものだと思い込んでいた。彼女はすがるような眼差しで夫を見上げた。

「ああー、マシュー、あなた《ダーリン》」彼女は泣いた。長い赤毛が彼女の顔を縁取っていた。「こんなことになってしまってごめんなさい。わかってさえいたら、あなたに迷惑をかけることなんかなかったのに。こんな不名誉なことで屈辱的な思いをさせることなんかなかったのに。ああー、マシュー、あなた、どうか私を許してね。私はあなたが大好きよ、私の旦那様ですもの。どうか私を一人にしないで、お願い、おいてきぼりにしないで！　彼女は手を伸ばして、夫が今にも立ち去るのではないかと恐れて、彼のコートの裾をつかんだ。

「さあ、さあ、おまえ《リトル・ガール》」マシューは、彼女の言葉に感極まって、なだめようと優しい声をかけた。「おまえは何もおれに恥ずかしい思いをさせたことなんかないよ。素晴らしい子供を産んでくれて、本当にうれしいよ」

マシューは、看護師の腕に抱かれている、丸々と太った褐色の子供に恭《うやうや》しく視線を向けた。

「おれのことは心配しなくていいよ、ヘレン。おまえがおれから離れない限り、ずっとそばにいるよ。おまえのいない人生なんて、まったく意味がない。おまえは子供の肌色には責任はない。悪いのはおれの方だ」

ブロッカー医師は訳知り顔に笑みを漏らした。ギヴンズは憤然として立ち上がった。バニーは口を開けて唖然としていた。ギヴンズ夫人は腕組みして、口を真一文字に結んだ。看護師は「あら！」と声を漏らした。

「あなたが？」ヘレンはびっくりして思わず声を上げた。

「そうだ、おれがだ」とマシューは繰り返した。心の底から重荷が消えた。それから数分のあいだ、目を白黒させている周りの面々に自分の秘密を打ち明けた。

ヘレンは安堵感が全身に行き渡るのを感じた。夫が黒人《ニグロ》だったと考えても嫌悪感はなかった。かつてはあったかもしれないが、それも、自分の遠く離れた黒人《ニグロ》の先祖のことなど意識したこともない、遠い昔のことのように思われた。マシューが自分の夫であることを誇りに思った。これまでにもまして夫が大好きになった。何と言っても、お金と美しい褐色の子供がそろっている。それ以上に望むものがあるだろうか？　世間なんてくそ食らえだわ！　社交界なんてくだらないわ！　自分が持っているものに比べたら、人種とか肌色の屁理屈ばかり言っているのは、まったくばかげたことだわ――このように思い巡らせている、ちょうど同じ時刻に、他の無数のアメリカ人もまったく同じことを考えていることを知ったなら、おそらく驚いたことだろう。

バニーはニンマリ微笑みながら言った。「とにかく、もう一度黒人《ジグウォーク》だと認めることができたのはいいことだ」

「そうだ、バニー」とギヴンズが言った。「おれたちみんな、くろんぼ《ニガー》ってことだな」

「黒人《ニグロ》ですよ、ギヴンズさん、ニグロです」ブロッカー医師は訂正しながら、部屋へ入ってきた。「実は、私もあなた方と同じなんです。私の黒人の先祖《ダーク・アンセスター》はそれほど昔ではありません。こうなったら共和党の勝利を願うだけです」

「心配御無用、先生」とバニーが言った。「確実に勝つでしょう。それに、なんと！　圧勝だ！　賭けてもいいですよ、シャーロック・ホームズ⑭やニック・カーター⑭、それにピンカートン探偵社⑭の連中を総動員しても、クレティン上院議員やアーサー・スノブクラフトを見つけることはできないでしょう」

「さあ」と、心配顔のギヴンズが声を上げた。「暴徒が押しかけてくる前にここから逃げよう」

「暴徒って何ですの、あなた《ダディ》？」ギヴンズ夫人はまだ状況が飲み込めない。

「急がなかったら、どんなものかわかるだろう」と夫はうまく切り返した。

ひんやりした秋の夜気の中を、フィシャーの大型三発機が速度を上げて南西方向に航行しながら、安全なメキシコへと向かっていた。大きくてゆったりとしたデッキチェアには、ヘレン・フィッシャーが、もう思い煩うこともなく落ち着いて体を横たえていた。そばにあるハンモックには、小さな褐色の息子、マシュー・ジュニアがすやすや眠っていた。ヘレンの傍らには、彼女の手を握ったマシューが寄り添っていた。操縦席のパイロットの近くでは、バニーとギヴンズがコンキアン⑮に興じていた。彼らの後ろには、看護師とブロッカー医師が座り、メキシコ湾岸のキラキラ光る灯《ともしび》を静かに眺めていた。ギヴンズ夫人は機体の後部でいびきをかいていた。

「ちくしょう！」バニーが最後にそろったカードを放り出して、三回続けて勝ったとき、ギヴンズがつぶやいた。「アトランタを抜け出す前に、オフィスの金庫からちょっとでも現金を持ち出す時間が欲しかったんだが――五ドルと五十三セントしか持ち合わせておらん」

「ご心配には及びません」とバニーは笑った。「金庫には一銭も残っていないはずです。そこにスチールケースがあるでしょ。金《かね》以外のものは入っていません。千ドル札以下の紙幣は一枚も入っていませんよ」

「なんてこった！《アイム・ア・サン・オヴ・ア・ガン》」至上大魔術師《インペリアル・グランド・ウィザード》は口走った(146)。「この小僧は何もかも心得てやがる」

それでもギヴンズはかなり落ち込んでいた。ほかのだれよりも深刻だった。白人優越や人種純血や外国人の脅威やカトリックやモダニストやユダヤ人について自分が唱えていたことは、すべて心底から信じていたことだった。彼が抱く偏見については、いつも真剣だった。

メキシコシティの市街地の外にあるバルブエナ空港に到着したとき、電報配達人がバニーに一通の電報をもってきた。

「マット、おまえの幸運に感謝した方がいいぞ。そのおかげであそこから抜け出せたんだからな」バニーはニヤリとしながら、電報を手渡した。「おれの女がどう言ってるか読んでみるか?」

マシューはその電報にサッと目を通して、何も言わずそのままギヴンズに手渡した。そこにはこう書いてあった。


無事到着を祈る。クレティン上院議員、ユニオン駅でリンチされる。スノブクラフトとバガリーは逃走したとのこと。グーシーとガンプはほぼ満場一致で再選される。新政府は混乱が収まるまで戒厳令を発令。私はいつ行ったらいい?

マデライン・スクラントン

「このスクラントンという女はだれのことだ?」妻に視線を向けて気づかれていないか確認してから、マシューは小声できいた。

「かわいいジョージアの褐色肌の女だ」とバニーは弾んだ声を上げた。

「何だって！」マシューはあえぐような驚きの声を上げた。信じられなかったのだ。

「おれの女は白人《コケイジャン》じゃないぜ！」とバニーは念を押した。

「それじゃ、この国最後の黒人女《ブラック・ギャル》に違いない」うらやましそうに相棒を見つめながら、マシューはつぶやいた。

「どうして彼女も白肌にならなかったんだ？」

「それはだな」バニーは少し誇ったような声で答えた。「彼女は黒人愛国者《レイス・パトリオット》なんだ。彼女にはそんな変わったところがあるんだ」

「そうか、なんということだ！」マシューは思わず声を張り上げ、頭をかいて、当惑気味に微かな含み笑いのようなものを浮かべた。「いったい**どんな黒人女《シーバ》**なんだ？[147]」

二人が突っ立っているところにギヴンズがやってきて、電報を手にして、やっと安らかな表情になった。

「おまえたち」とギヴンズは声を上げた。「今は、ジョージアよりはこっちの方がくつろげるみたいだな」

「くつろげる**みたい**、ですって？」バニーはからかうように笑った。「よくわかっておられるんでしょ、これでやっと**本当に**くつろげるってことが！」

13

投票日前夜の十一時ごろ、車体が長くて低いオープンカーが、ヴァージニア州リッチモンド[148]の近郊にある豪華な別荘の玄関先にやってきて、バリバリと音を立てて止まり、ライトが消えると、二人の男――一人は長身だが、やせて骨ばっている、もう一人はでっぷりした巨体――が車から飛び降りた。言葉を交わすこともなく、家の裏に回り、細い私道を進んで、三百ヤードほど後方の敷地にある、だだっ広い倉庫に急いだ。息せき切らして倉庫のドアの前で立ち止まり、ドアを激しく叩いた。

「開けろ、フレイザー！」とスノブクラフトが叫んだ。そうだ、二人の男とは、スノブクラフトとバガリーだった。「ドアを開けろ」

しかし返事がない。コオロギの鳴く声と木の枝の揺れる音しか聞こえない。

「ここにはいないようですね」バガリー博士は、恐る恐る肩越しに後ろを振り向いて、噴出した額の汗を、湿らせたハンカチで拭きながら言った。

「あの薄のろがここにいないとなると大変なことになるぞ」民主党の副大統領候補は大声を上げて、もう一度ドアを叩いた。「用意しておけと、二時間前に電話しておいたんだが」

そう話していたとき、だれかがカギを開けて、ほんの少しドアを横へ押し開けた。

「あんたか、スノブクラフトさん？」家の中の暗闇から眠そうな声が聞こえた。

「何をしとるんだ、すぐこのドアを開けろ」スノブクラフトは吠え立てた。「おれたちがここへ来るまで飛行機の準備をしておけと言っただろ。どうして言われたとおりにしておかないんだ？」スノブクラフトとバガリー博士は重い扉を閉めるのに手を貸した。フレイザーが照明のスイッチを入れると、明かりに照らされて、大型の三発機と、両翼の下にある二台の自動車が浮かび上がった。

「あんたたちを待っているうちに眠ってしまったみたいです、スノブクラフトさん」とフレイザーは詫びた。「だけど何もかも準備はできています」

「よし、わかった」アングロサクソン協会の会長は声を張り上げた。「それじゃ、ここからずらかるんだ。生きるか死ぬかの問題だ。三発機を外へ出して、エンジンを温めておくんだ」

「わかりました」フレイザーはおずおずと応じて、忙《せわ》しく動き回った。

「忌々しい愚かな貧乏白人の屑野郎《プア・ホワイト・トラッシュ》めが！」スノブクラフトは唸《うな》り声を上げて、悪意のこもった眼差しで、飛び立つ準備に追われているパイロットをにらみつけた。

「やつの反感を買うようなことは言ってはいけません」とバガリーは小声で言った。「ここから逃げるのに、唯一のチャンスをつくってくれる男ですから」

「黙れ、このばかたれ！　そもそも、おまえとおまえのくだらん統計学とやらがなかったら、こんなひどい目に遭うことなんかなかったんだぞ」

「あなたがそれを欲しがったのではないですかね？」統計学者は咎《とが》めるように切り返した。

「いいか、おれは、だれでも手を伸ばせる場所に、あの忌々しい報告書の要約の書類を置いておけなんて言わなかったぞ」スノブクラフトはやり返した。「そんな愚かなことは聞いたことがない」

バガリーは言い返そうとして口を開いたが、何も言わず、にらみつけたスノブクラフトをにらみ返しただけだった。二人とも、実にだらしない格好だった。副大統領候補はやつれて、帽子もかぶらず、襟カラーもつけず、まだスモーキングジャケットを着たままだった。著名な統計学者で、『アマゾン渓谷のヒップホパ族におけるオウム病の発生率と、合衆国の生命保険料率との関係』の著者は、ノーネクタイで、粗織りの半ズボンをはき、靴下ははかず、スノブクラフトの家を飛び出す際に押入れの中からひったくった狩猟服を着て、威厳ある姿からは程遠い格好をしていた。いつもかけている分厚いレンズの眼鏡を忘れたので、飛び出た目は真っ赤に潤んでいた。まったく落ち着かない様子で右往左往して、最初は、てきぱきと準備しているフレイザーを眺めていたが、今度は、長い私道を下った先にある、煌々と明かりの灯った町の方へ視線を移していた。

フレイザーが三発機の最終点検をしているあいだ、十分ほど待った。そして、格納庫から大型の三発機《メタル・バード》を出すのに手を貸した。やっとの思いで機内に乗り込んで、柔らかいクッションの座席に座ると、突然疲れが襲ってきた。

「ああ、これで一安心です」巨漢のバガリーがあえぎながら声を発して、額の汗を拭いた。

「飛び立つまで気を抜くな」スノブクラフトが不機嫌な声でたしなめた。「今夜の暴徒に続いて、何が起こるかわからんからな。これまでこれほど惨めな思いをしたことがない。貧乏白人《プア・ホワイト・トラッシュ》の屑どもの暴徒がおれの足元に押し寄せてきよって、おれをくろんぼ《ニガー》呼ばわりしよったことを考えると、それ以上に恥なことはない」

「そうですね、恐ろしかったです」バガリーも同感だった。「あなたの車が置いてあった裏庭へ連中が回らなったのが幸いしました。そうでなかったら、逃げおおせることはできなったかもしれません」

「デモかと思ったぞ」スノブクラフトがこう言った時には、彼のいつもの自信が少し戻っていた。「だからフレイザーに準備しておくように電話したんだ……このように自分の家から追い出されるなんて、まったくもって屈辱的なことだ！」

スノブクラフトは、視線をそらした統計学者を、悪意の眼差しでにらみつけた。

「準備完了です」とフレイザーが声をかけた。「どこへ向かいましょう？」

「チワワ(149)にあるおれの牧場へ向かえ、急げ」スノブクラフトはきつい調子で命令した。

「しかし――しかし、そんなに遠くまで燃料がもちませんよ」とフレイザーは言った。「おれは、おれは……いや、あんたはメキシコへ行ってほしいなんて言わなかったじゃないですか、ボス」

スノブクラフトは、口答えした男を呆れ顔でじっと見つめた。激しい怒りが込み上げてきて、しばらく口を利くことができなかった。しかし一呼吸置いてから、海賊の船長でさえ面白がるほどの悪口雑言を矢継ぎ早に浴びせかけた。そのあいだ、哀れなパイロットはどうしていいかわからず、口をポカンと開けたまま呆然としていた。

この罵倒の最中《さなか》、自動車の警笛とクラクションの音が空をつんざき、それに混じって叫び声とピストルの発射音が聞こえてきた。多くのヘッドライトの明かりが揺らめく一条の光となって、町の方向からやってくるのが、機内の三人の男の目に飛び込んできた。車の隊列はすでにスノブクラフトの別荘の玄関先まで差しかかっていた。

「えーい、はようせんか」スノブクラフトはあえぎながら叫んだ。「先で燃料を補給したらいいから、とにかく急げ！」

バガリー博士は口も利けず、恐怖のあまり真っ青になって、パイロットを機外へ押し出した。パイロットはプロペラを回しておいてから機内に舞い戻り、操縦桿を握ると、大きな機体が芝地を走りだした。

間一髪で間に合った。車の隊列がすでに私道に差しかかっていた。三発機のエンジンの唸《うな》り音が、近づいてくる群衆の立てる音をかき消した。しかし、すっかり怖気づいた二人の男は、ピストル数発の発砲を示す閃光を目にした。数台の車が飛行機のあとをつけて芝地を走っていた。今にも追いつかれてしまいそうだった。スノブクラフトとバガリーは心配そうに前方に視線を走らせた。彼らはほとんど芝地の端に差しかかっていたが、三発機はまだ離陸していなかった。追っ手の車はだんだん近づいてきた。さらにピストルの閃光が走った。一発の弾丸が操縦室をかすめた。スノブクラフトとバガリーは同時に床に伏せた。

やっと機体が持ち上がって、芝地の端で木の高さを越えて高度を上げた。二人の男は安堵のため息をついて立ち上がり、高価な布張りの座席に体を投げ出した。

その時、突然、ひどい悪臭が二人の男とパイロットの鼻を突いた。パイロットは訝《いぶか》しげな目で肩越しに振り向いた。スノブクラフトとバガリーは、鼻にしわを寄せ、額にもしわを寄せて、怪訝《けげん》そうに互いに一瞬チラッと目を合わせた。二人は座席に腰を下ろしたまま、ぎこちなく体を動かすと、罪悪感の表情が非難の表情に取って代わった。スノブクラフトは慌てて後方の機室に退いた。一方、統計学者はいくつかの窓を荒々しく開けて、副大統領候補のあとに続いた。

十五分後、二つの包みが後方の機室の窓から放り投げられた。二人の男は浮かない顔をしていたが、ホッと胸をなでおろして座り直した。スノブクラフトは、フレイザーの褐色のデニム地のスーツを着ていた。統計学者は、いつもスノブクラフトの執事が着ていた白地のズボンに無理やり体を押し込んでいた。フレイザーは振り向いて、彼らを見てニヤリと笑った。

三発機は闇を突っ切って数時間飛び続けた。時速百マイルで町から町を通り過ぎた。明け方近く、ミシシッピ州メリディアンの上空を飛んでいたころ、エンジンが点火しなくなってきた。

「どうしたんだ?」スノブクラフトは心配そうに、パイロットの耳元で声を上げた。

「燃料がなくなってきています」フレイザーは険しい表情で答えた。「すぐ着陸しないといけません」

「いや、だめだ、ミシシッピ州ではだめだ![150]」バガリーは心配で青ざめ、あえぎながら言った。「おれたちだとわかったら、リンチにかけられてしまう」

「だけど、もうあまり長くは飛べません」とパイロットは訴えた。

スノブクラフトは唇を噛んで、必死に頭を絞った。確かに、ミシシッピだろうが、他の南部の地だろうが、とにかくどこかに着陸して、一か八かやってみることはできるだろう。しかし何をやればいいんだ? エンジンがさらに頻繁に点火しなくなった。フレイザーは燃料節約のためにスピードを落とした。エンジンをアイドリングさせているだけだった。パイロットは振り返ってスノブクラフトの顔色をうかがった。

「まったくもってまずいことになった」とアングロサクソン協会の会長は言った。その時、突然ある考えがひらめいた。「フレイザーが燃料を入れているあいだ、後部座席に隠れておればいいんだ」と提案した。

「もしだれかが後部座席をのぞいたとしたら?」バガリーは、両手を白いズボンのポケットに突っ込んだまま、悲嘆に暮れた面持ちで問いかけた。「こんな大きな機体が農村地帯に着陸したら、あたりに住んでいる連中はきっと怪しむでしょう」

そう話していたとき、左手がポケットの中の何か硬いものを感じた。軟膏《なんこう》入りの缶ではないかと思った。不思議に思って取り出した。靴クリームの入った小さな缶だった。確かに、スノブクラフトの執事が主人の靴を磨くのに使っていたものだった。それを見るともなくぼんやり眺めてから、ポケットに仕舞おうとしたとき、突然一つの妙案がひらめいた。

「こういうのはどうです、スノブクラフトさん」バガリーは興奮気味に声を上げた。ショボショボした目がいつもよりも飛び出ていた。「この手しかありませんよ」

「どういうことだ?」スノブクラフトは小さな缶に目をやりながらきいた。

「つまり」と科学者は説明した。「今では本物のくろんぼ《ニガー》はきわめて少なくなったので、三、四人のくろんぼ《ニガー》がいても、だれも気にかけることはないだろうし、それはミシシッピ州だって同じでしょう。たぶんめずらしいと思うでしょう」

「ずばり何が言いたいんだ?」

「こうしてみてはどうでしょう――この黒い靴クリームを頭や顔や首筋や手に塗ったら、だれもスノブクラフトやバガリーだとは思わないでしょう。声をかけてくる者には、二人は黒人《ダーキー》で、この国から連れ出そうとしている、とか何とか、フレイザーに説明させるのです。それからガソリンを満タンにして再び出発し、ガソリンでクリームを洗い流せばいいんですよ。残された唯一のチャンスですよ、スノブクラフトさん。このままだと、私たち、きっと殺されてしまいますよ」

スノブクラフトはギュッと口を結んで、しばしこの提案をよく考えてみた。そして、ばれずに逃げおおせる唯一の方法だと判断した。

「よし、わかった」とうなずいた。「急ごう。ここにあまり長居はできん」

彼らは丹念に互いの頭や首筋や顔や胸や手や腕に靴クリームを塗った。五分後には、二人組の黒人女《マミー》の歌手によく似た姿になった。スノブクラフトは急いでフレイザーに指示した。

飛行機はゆっくりと旋回しながら着陸した。しかしその地域は少しなだらかな起伏になっていたので、格好の着陸地点が見つからなかった。それでも一刻の猶予も許されなかったので、フレイザーは最善を尽くした。大きな機体は丸太の上や雑草の中をガタガタと揺れながら走っていき、木々の茂みに向かって直進した。パイロットは素早く左へ舵を切ったが、頭から溝に突っ込んだ。機体は完全にひっくり返り、片翼が木っ端微塵に砕けた。そしてフレイザーは、エンジンの下の残骸に巻き込まれて、ほんの少しのあいだ、弱々しい声で助けを求めていたが、動かなくなってしまった。

揺すぶられて傷だらけになった二人は、機室の窓から何とか安全なところまではい出した。そして、ミシシッピ州の朝日を浴びながら物憂げに突っ立って、飛行機の残骸を呆然と眺めてから、訝《いぶか》しげな目で互いを見つめ合った。

「こうなった以上」傷む片側の大きな尻をさすりながら、バガリー博士は涙声で訴えた。「いったい、どうすればいいんですか?」

「黙れ」スノブクラフトは吠え立てた。「おまえさえいなかったら、おれたちはこんな目に遭わずに済んだんだぞ」

ミシシッピ州ハッピーヒルは町じゅうが沸き立っていた。ここ数日間、大統領選挙投票日の午後に始まることになっている「真の信仰キリスト信徒教会」の大きな野外伝道集会の準備に追われていたのだ。信徒はみんな、投票日の深夜まで伝道集会が続くことを期待しながら、数マイルにわたって散在する町や周辺地域から集まってきていたのだった。

「ノーモア黒人《ブラック》会社」の事業が南部の他の地域にもたらした混乱は、この州のこの地域だけは免れていた。地域住民は、ごくわずかの例外を除いて、旧い住民ばかりであることから、どの住民も、少なくとも五十年前までさかのぼって思い出せる限り、由緒正しい家系の、純血の白人《コケイジャン》だった。住民はそのことを誇りにしていた。しかし、それ以上に誇りにしていたことがあった——ハッピーヒルが「真の信仰キリスト信徒教会」発祥の地、すなわち聖地であるということだった。そのことは取りも直さず、合衆国におけるあらゆるキリスト教宗派のなかで、徹底した根本主義者《ファンダメンタリスト》であることを大いに誇ることであった。それ以外に、この町が誇っていたと思われることは、異常に高い非識字率とリンチの数の多さだった。しかし、これらのことはだれも恥ずかしいとは思わなかったが、口の端に上ることはめったになかった——どの地域にも、このように、何の疑問もなく、ごく当たり前のように受け取られているものがあるはずだ。

人種転換はジュニアス・クルックマン施術院の計らいによるものではあるが、だれも頼んでいないのに勝手に押し進められたことによって、合衆国から黒人《ニグロ》が消えていなくなった——はるか以前は、ハッピーヒルは、周辺に住んでいたごく少数の黒人《ニグロ》だけでなく、不運にもその地域を通り抜けようとした黒人《ブラッカムーア》の行商人をも一人残らず追い払っていた[151]。南北戦争時に、白人住民《コケイジャン・インハビタント》の誇り高き勇敢な祖先が、黒人《ニグロ》を南軍に入隊させようとするあらゆる試みに対して激しく抵抗して以来、雑貨店や郵便局の入り口には標識が打ちつけてあった——**NIGER REDE & RUN. IF U CAN'T REDE, RUN ENEYHOWE**（「黒人はこれを読んだら立ち去れ。読めなくても、とにかく立ち去れ」）ハッピーヒルで読み書きのできる住民はときどき、たいていは博識に伴う誇らしい態度で、標識から少し離れて立って全体を眺め回しながら、その言葉を綴ってみせるのだった。

その地域の親切なもてなしを求めてくる黒人《ブラッカムーア》を落胆させる方法は簡単なものだった——目障りな黒人《イシオピアン》は絞首刑か銃殺刑に処せられ、その後、死体は焼かれた。雑貨店と郵便局の真向かいに、一メートル五十センチほどの高さの太い鉄柱が立っていた。そこですべての黒人は焼き討ちにされた。鉄柱の片側の面に、ハンマーとノミで彫られたV字型の刻み目が長く重なって付けてあった。それぞれの刻み目は、処刑された黒人《ニグロ》を表していた。この柱は町の陸標のひとつで、町の後援者たちが誇らしげに訪問者に指し示してみせるのは、市民として無理からぬことだった。物知りな年配の市民が、嚙みタバコで茶色くなった唾を飛ばしながら、たびたび語っていたことによると、このハッピーヒルで唯一の黒人問題《ニグロ・プロブレム》は、町の退屈を紛らわすのにじゅうぶんな数の黒人《サンズ・オア・ドーターズ・オヴ・ハム》を確保するのがむずかしくなったことだというのだ。

当然のことだが、この州だけでなく全米から黒人《ニグロ》すべてが消えていなくなったというニュースを耳にして、ハッピーヒルの住民も、はなはだ遺憾なこととして受け取っていた。彼らは、昔から恒例となっていた行事がなくなった町の姿を想像してみた。今では、昔の宗教と、盛大な信仰復興集会終了と同時に決まって秘かに執り行なわれる性の饗宴のほかには、自分たちを刺激してくれるものは残っていなかった。

そういうことから、この田舎町の素朴な住民は、新たな情熱をかき立ててくれる宗教に飛びついた。この田舎町には、メソディスト、バプティスト、キャンベライト、そしてもちろんホーリーローラーの教会[152]があった。実際には、ホーリーローラーの信徒がいちばん多かった。しかし、何か新しいものを求めている住民にとっては、昔の宗教はすべて、あまりにも平凡で退屈なものとなっていた。もっと刺激のある信仰——全員が自称禁酒主義者でありながら、全員が飲んでいる強いコーンウイスキーを認めてくれる信仰を求めていた。

いつでも、どこでも、社会の要求さえあれば、新しい宗派が現れて要求に応えるのが常である。ハッピーヒルも例外ではなかった。数週間前のある日、アレックス・マクフュールという、ひとりの牧師が町に現れて、新しい信仰、真の信仰——悪魔の企みからすべての民を救う信仰——の教祖であると名乗った。そして既成宗派は衰えたと断じた。既成宗派は軟弱になってしまい、無神論やモダニズムに色目を使っているが、マクフュール牧師に言わせれば、無神論とモダニズムはどちらもまったく同じもの、というのだった。彼が住民に語ったところによれば、メリディアンで、ある夏の夕刻、罪[153]を犯したために寝込んでいると、神の天使が現れて、悔い改めて世の中を回り、真の信仰であるキリストの愛を説くようにと告げられた、というのだ。彼はもちろんそうすると約束すると、天使が右手の手のひらをマクフュール牧師の額に当てた。すると、すべての病気や悩みがたちどころに消えた。

ハッピーヒルやその周辺の住民はありがたい思いで一心に耳を傾けていた。この男は正直なうえに雄弁で、しかも明らかに白人《ノルディック》だ。背が高く、ほっそりしていて、ほんの少しX脚で、それに、赤毛の頭髪はくしゃくしゃで、青い目はきつく、頬はこけ、下顎が突き出ていて、腕はサルみたいに長く、熱弁を振っている最中に、その腕を上下に振る姿はとても印象的だった。田舎暮らしの住民には、彼の説教は道理に適っていて、町から約一マイル先にある、眺めのいい自然の円形競技場で執り行なわれた初めての信仰復興集会には、大挙して住民が押しかけた。

新しい教義を理解するのは少しもむずかしいことではなかった。歌うことと、木桶の底を叩くこと以外に、音を奏でることは認められなかった。椅子もなかった。だれもかれも、マクフュール牧師を真ん中にして取り囲み、地面に腰を下ろした。この聖職者は、即興で作った歌から始めて、信徒は、彼のあとについて、彼が歌ったとおりに歌いながら、いっせいに体を左右に揺すった。そして牧師は突然歌をやめ、昔ながらの地獄の火による業罰の説教に移った。その中で、悪魔、地獄の苦しみ、姦淫、飲酒や、その他の悪徳への言及がひときわ際立っていた。説教が佳境に入ったとき、眼球を天の方に上転させて、口から泡を吹き、四つんばいになって這い回り、集まった信徒一人ひとりを順番に抱擁して回ったが、とくに豊満な女性は見逃さなかった。これが、信徒も教祖と同じことをせよという合図になった。男の信徒も女の信徒もしばらくのあいだ、触れ合い、抱き合い、転げ回り、叫び声を上げていた

――「キリストは愛だ！……キリストを愛せよ！……おー、イエスの腕の中で幸あれ！……おー、我が恋人イエスよ！……父なる神よ！」このような信仰復興集会はしばしば、闇夜に、松明に照らされてほのかに明るくなった場所で執り行なわれた。松明はいつもタイミングよく、抱き合ったり転げ回ったりし始める頃に燃え尽きてしまうので、この新しい信仰は急速に広まった。

アレックス・マクフュール牧師は、ハッピーヒルで、きわめて短期間で、これほど都合よく事が運ぶとは思わなかった。どの家も牧師の自由な出入りを認めた。一般に聖職者について言えることだが、彼はとくに女性に人気があった。男たちが野良仕事に出かけているあいだも、この神の使者は各家庭を訪問し、キリストのメッセージを伝えて女性信徒を慰めた。独身であることから、このような職務上の訪問をきわめて頻繁に行なった。

アレックス・マクフュール牧師は、彼の小さな山荘で、罪深く神経が衰弱している病人と内謁《ないえつ》も行なった。山荘では、古くなった整理ダンスから取り外した白い大理石の天板をかぶせた祭壇を組み立てていた。祭壇の周りには、明らかに福音主義者の手によるものとわかる、数人の奇怪な肖像が描かれ、祭壇の後ろの壁には、大きく見開いた片目を描いた、大きい正方形の白い油布がかけてあった。悪行から永遠に足を洗いたいと希《こいねが》う罪人は、告白や願い事をしているあいだ、その目をじっと見つめるように命じられた。祭壇の上には、厚さ三インチほどの、ぞんざいに綴じられた手稿が載せてあった。それこそ、マクフュール牧師がイエス・キリストから直接啓示を受けて書いたと言い張る「キリスト信徒教会」の『聖書』にほかならなかった。彼を訪ねてくる信徒の大半は、中年の主婦層と、アデノイドや精神を患った若い女たちだった。だれひとりとして、満足しないで帰路に就く者はいなかった。

神の御業に仕える結果、マクフュール牧師の懐が豊かになっていくものの、まだ満足していなかった。バプティストやメソディストやホーリーローラーの教会の前を通るたびに、嫉妬や野心が込み上げてくるのを感じざるをえなかった。この地域の住民が一人残らず彼の信徒になることを願っていた。他の教会を廃業に追いやってしまえるほど、神の御業を手際よく伝えたかった。天から直接下ってくるメッセージの助けを借りて、唯一これだけはできるとわかっていた。住民を引きつけられるのはこれだけだと思っていた。

集会では、メソディストやバプティストのような疑い深い輩や異教徒を一人残らず納得させるために、天から啓示が降りてくることについて説き聞かせた。彼の信徒集団はまもなく期待で神経が高ぶったが、神はどういうわけか、神の右腕となったマクフュールの祈りにはなかなか応えてはくれなかった。

マクフュール牧師は、全能の神の怒りを買うようなことをしたのではないかと思い始めていた。訪問者がいない時には、静かな寝室で長時間、一心に祈ってみたが、どんな啓示も得られなかった。おそらくイエスの注意を引く何か特別な事態が起こっているのかもしれない。彼が行なっている信仰復興集会よりもはるかに大きなことが起こっているのかもしれない。

ある日、だれかがもってきた『警告《ザ・ウォーニング》』紙に目を通していると、突如、妙案がひらめいた――もし神が、集会でリンチ刑に処せるくろんぼ《ニガー》を送り届けてさえ下されば！　まさにこれこそ、アレックス・マクフュール牧師の権威をはっきりと立証できることになる。

そう思って、さらに一心不乱に祈ってみたが、黒人《アフリカン》は現れなかった。二日後の夜、祭壇の前で、両手に『聖書』を握りしめて座っていたとき、一羽のコウモリが窓から飛び込んできた。部屋の中を急旋回してから飛び去った。マクフュール牧師は羽が起こした風を感じた。青目が潤み、険しい表情になって、背筋をまっすぐ伸ばした。そして「お告げだ！　お告げだ！　おー、神に栄光あれ！」と叫んだ。「神がおれの祈りに応えてくれたのだ！　おー、神様、感謝いたします！　お告げだ！　お告げだ！」　めまいを催し、目がかすみ、痙攣を起こして祭壇越しに倒れて、意識を失った。

翌日、前夜の出来事を知らせるために、ハッピーヒルの町中《まちなか》を隅から隅までくまなく歩き回った。「神の天使は」と切り出して、ぽかんと口を開けて聴いている住民に説いて聞かせた。「窓から飛び込んできて、『聖書』の上に止まり、私の額に口づけをした。そして神が私の祈りに応えて下さり、お告げを届けると約束して下さった」この話を証明するために、マクフュール牧師は額の赤くなった部分を指さした。祭壇の大理石の天板で頭を打った時の傷だったが、神の使者が口づけをしたところだと証言した。

素朴なハッピーヒルの住民は、ほとんどもれなく、マクフュール牧師は天界の権威者に気に入られていると確信した。不安ながらも待ちわび、話題にすることと言えば、「お告げ」のことだけだった。彼らは、大統領選挙の投票日当日に予定されている信仰復興大集会を待ちわびていた。その日にこそ、神が約束を実行して下さることを一心に願っていた。

ついにその審判の日がやってきた。田舎町の善男善女が、近隣はもとより、遠路はるばる、馬や農作業用の荷馬車や、泥のこびりついたオンボロ車でやってきた。二十四時間前に起こったことを聞いていなかったので、多くの信徒は、ギヴンズとスノブクラフトに投票するために投票所に立ち寄った。しかし大半は、説教が執り行なわれる神聖な森へと直行した。

アレックス・マクフュール牧師は、何重もの同心円状に広がって、上方に向けた顔を眺めながら、密かにほくそ笑んでいた。彼の賢明な教えをしっかりと聞いて高められたいと願う彼らの必死の思いが伝わってきた。集会で初めて見る住民がたくさん混じっていることに気づいて、満足げだった。自分の影響力がますます拡大していることを示すものだ。そう感じながらも、彼は恐る恐る空を見上げた。本当にお告げは下ってくるのだろうか？　神は自分の祈りに応えてくれるのだろうか？　もう一度祈りをつぶやいてから、務めに取りかかった。

この日の彼は、実に威厳のある姿だった。左胸に大きな赤い十字架を付けた白い長衣をまとい、古《いにしえ》の預言者にもほとんど引けを取らないようにみえた。密集した聴衆に囲まれた小さな輪の中で歩き回り、体を前後に揺らし、両腕を振り上げ、頭を振り、目をグルグル回しながら、天使来訪の話を五十回も繰り返した。この男はまさに生まれつきの役者で、神に仕える者や法廷の呼び出し役や独立記念日の弁士に特徴的な、低くこもった口調になっていた。聴衆の最前列の中には、八人の若い女性と、桶叩き役の白髪交じりの老人であるヨウブルーからなる「ハッピーヒル真の信仰聖歌隊」がしゃがみこんでいた。彼らはうめき声を上げたり、「アーメン」と唱えたり、不規則な間隔で「はい神様」を連呼していた。

そして福音伝道師は、説教を締めくくるに当たって、しゃがれた鼻声で歌を歌い始めた。


私はあなた方を罪から救うためにハッピーヒルへやってきた。

救いの扉は開かれ、あなた方も入ることを許されている。

おー、栄光あれ、ハレルヤ！　あなた方も入ることを許されている。

イエス・キリストはこの白人たちを救うために、私を遣《つか》わされた。

そして、イエス・キリストの加護の下、不名誉の極みからあなた方を救い出そう。

おー、栄光あれ、ハレルヤ！　私たちはこの人種を救わねばならない。


ヨウブルーは桶を叩き、八人のシスターたちが体を揺らしながら、牧師に合わせて歌った。それに会衆一同が加わった。

突然、マクフュール牧師は歌うのをやめて、緊張した面持ちで上方を向いている会衆をにらみつけ、長い腕を太陽の方向に差し向けながら、叫んだ。

「お告げは必ずや届くことを皆に知らせよう。そうだ、お告げはもうすぐ届けられる――ウーッ。主は復活され天におられる。そしてお告げはもうすぐ届けられる――ウーッ。もし――ウーッ――信仰があるのなら――ウーッ。ああ、イエス様――ウーッ。兄弟姉妹たちよ――ウーッ。信仰を持て――ウーッ――そして主は――ウーッ――皆の祈りに応えて下さる……ああ、キリスト様――ウーッ。ああ、幼子イエス様――ウーッ……ああ、主よ――ウーッ――私たちの祈りに応えたまえ……私たちを救いたまえ――ウーッ。私たちにお告げを送りたまえ……」

会衆は牧師のあとに続いて声を張り上げた――「私たちにお告げを送りたまえ！」そして牧師は再び、即興で作った賛美歌を歌い始めた。

主はお告げを送りたもう。
ああ、主はお告げを送りたもう。
愛らしい幼子イエス・キリスト様。
主はお告げを送りたもう。

何度も繰り返してこの一節を歌った。会衆もマクフュール牧師に加わったことで大音量となった。そして突然、牧師は、耳をつんざくような叫び声を上げたかと思いきや、四つんばいになって会衆の間を這い回り、次から次へと抱擁しながら、「キリストは愛！……主はお告げを送りたもう！……ああ、イエス様！　お告げをお送りたまえ！」と悲鳴を上げた。その悲鳴に会衆の悲鳴が入り交じり、口づけや抱擁や転がり回りが、真昼のぎらつく日差しの中で、緑に囲まれた森の集会場いっぱいに繰り広げられた。

太陽が天頂に近づいたころ、アーサー・スノブクラフト氏とサミュエル・バガリー博士は、目立たない服装、黒く塗った肌という奇妙な姿で、町に通じていることを祈りながら、埃っぽい道をとぼとぼと歩いていた。人里離れたところにある農家や丸太小屋を迂回し、汽車を捕まえられるところに早くたどり着きたい一心で、三時間も歩き続けていたことになる。木っ端微塵になった飛行機の周りで当てもなく二、三時間、無為に時間を過ごしていたのだが、ようやく重い腰を上げて本街道に向かったのだった。坂を上ったところで突然、かなり大きな家並みが目に飛び込んできたとき、どうしても頭から離れない不安な思いで、気が削《そ》がれがちになりながらも、小躍りして喜んだ。

「町だ！」スノブクラフトが思わず叫んだ。「さあ、顔からこの忌々しいものを拭き取ろう。たぶん電報局があるはずだ」

「いや、早まったことをしてはだめです」とバガリーは注意した。「この靴クリームを拭き取ったら、どうしようもなくなります。今はもう、私たちのことがこの界隈全域に知れ渡っていることでしょう――ミシシッピ全域に広まっているかも。このまま黒人《ニガー》のふりをして出ていきましょう、そうすればきっと難なく迎え入れられるでしょう。長く留まっている必要はありません。顔写真が町じゅうに配られている限り、偏見と無知の温床でしかないこんな町に姿を現すのは自殺行為にしかなりません」

「じゃあ、おまえの言うようにこのままで行こう」スノブクラフトはしぶしぶ同意した。彼は肌から靴クリームを拭き取りたかった。二人は歩き続けながら大量の汗をかいていた。汗と靴クリームが混じって、とても気持ち悪かった。

小さな集落に向かって歩いていくと、左手の方角から甲高い声や歌声が聞こえてきた。

「何ですかね、あれは？」バガリー博士はうわずった声を上げてから、立ち止まって聞き耳を立てた。

「野外伝道集会のようだ」とスノブクラフトが答えた。「これはおおいに見込みがあるぞ。きっとおれたちを丁重にもてなすだろう。こんな田舎に住んでいる連中は、実に熱心なキリスト教徒だからな」

「人が集まっているようなところには出ていかない方が賢明だと思いますよ」統計学者は言い含めるように言った。「どんな連中かわかりませんから」

「おい、黙れ、いいか！」スノブクラフトは吐き捨てるように言い返した。「これまでおまえの言うことはみんな聞いてきた。だいいち、おまえさえいなければ、こんな面倒なことに巻き込まれんで済んだんだぞ。統計学だって！

ちゃんちゃらおかしいぞ！」

野原を横切って、歌声が聞こえてくる方向へ急いだ。まもなく峡谷の端にたどり着いて、集会を見下ろした。そのとき、ほぼ同時に、二人がいる方向を見上げていた何人かの会衆の目に留まったとたん、彼らは叫び声を上げた。

「お告げだ！　見ろ！　くろんぼ《ニガー》だ！　主を称えよ！　お告げだ！　やつらをリンチにかけろ！」他の会衆もいっせいに声を上げた。マクフュール牧師は豊満な女性を放して、目を大きく見開き、胸をそらして仁王立ちになった。おれの祈りが聞き届けられたのだ！「やつらをリンチにかけろ！」と叫んだ。

「ここから逃げた方がよさそうです」バガリーは震えながら言った。

「そうだな」会衆が彼らの方に向かい始めたとき、スノブクラフトはうなずいた。

二人の男は柵を越え、茂みを通り抜け、溝を越えて、全速力で走った。体を使うことに慣れていないので、息を切らして、ゼーゼーと息苦しそうだった。一方、マクフュール牧師は、熱狂した会衆のあとをついて、必死で追いかけた。

群衆は二人のヴァージニアの貴族に少しずつ距離を縮めた。バガリー博士がつまずいて、地面の上に大の字に倒れた。十二人の男女が彼の上に襲いかかったとき、疾走するスノブクラフトに大声で助けを求めた。やせこけたスノブクラフトは走り続けたが、まもなくマクフュール牧師と数人の会衆に追いつかれた。

二人の男は、引っ張ってこられながら、ハッピーヒルに毒づいていた。熱狂した村人たちは、凱旋行進のあいだ、つねったり、引っ張ったり、面白半分に殴ったり蹴ったりした。必死で許しを請う二人に対して、だれも気にかけているような素振りはいっさいしなかった。ハッピーヒルは、あまりにも長いあいだ、黒人《ニグロ》をリンチにかけることを待たされていたのだ。神が自分たちの祈りを聞き届けて下さったというのに、善男善女が今さら躊躇できるだろうか？

バガリーは泣き叫び、スノブクラフトは大金を見せて、見逃してほしいと懇願した。金《かね》は取り上げられて、会衆に分配されたが、二人は自由の身にはなれなかった。黒人《ニグロ》ではないと言い張っても、棍棒で叩かれて苦しめられるだけだった。

ようやく、浮かれた凱旋行進が、ハッピーヒルの雑貨店と郵便局の前に立っている、長いあいだ使われていなかった鉄柱のところにやってきた。その柱がスノブクラフトの目に留まるやいなや、その意味を察知した。とにかく何とかしなければ。

「おれたちはくろんぼ《ニガー》じゃない」と群衆に向かって叫んだ。「服を脱がせて見てみろ。そうすればわかる。なんてことだ！　白人をリンチにかけるな。おまえたちと同じ白人だ」

「そうなんです、みなさん」バガリー博士は泣いて訴えた。「私たちは本当に白人です。メリディアン〔ミシシッピ州東部の都市〕の仮面舞踏会を抜け出してやってきたんです。そして飛行機が木っ端微塵になってしまいました。あなたたちにこんなことはできません。私たちは白人だと言っているじゃないですか」

群衆は一瞬鎮まった。マクフュール牧師も納得したようだった。確かめたい衝動に駆られた群衆の手が二人の服を剥ぎ取ると、下に白い肌が現れた。たちまち謝罪が憎しみに取って代わった。二人は雑貨店に連れていかれ、靴クリームを洗い流すのを許された。そのあいだ、群衆は少し失望して、突っ立ってこれからどうしようかと考えあぐねていた。だまされたと感じた。だれか、自分たちの楽しみを奪ったことに対する罰を受けなければならない。彼らはマクフュール牧師に目を向けた。牧師は震えながら見回した。

緊張が高まっていたところへ、突然、おんぼろのフォード車が近づいてきて、群衆の最後尾で止まり、ひとりの若者が新聞を振りかざしながら飛び降りた。

「これを見てみろ！」と彼はわめいた。「連中は、民主党の候補者がくろんぼ《ニガー》だったことを見破ったぞ。ここを見てみろ――ギヴンズとスノブクラフトだ。ほれ、やつらの写真だ。昨夜、やつらは飛行機で逃げたんだ。そうでなかったら、暴徒にリンチにかけられていただろう」情報をもたらしたこの若者が、逃げた民主党の大統領候補の記事を読んで聞かせたとき、居合わせたすべての男や女や子供が、彼の周りを取り囲んでいた。聴衆は当惑して顔を見合わせ、姿を消した候補者たちの顔写真に呪いの言葉を浴びせた。

顔を洗ってすっきりしたアーサー・スノブクラフト氏とサミュエル・バガリー博士は、どちらも五セント煙草（店で売っているものでは、いちばん高価なものだった）を吹かして、再び雑貨店のベランダに現れた。二人は、すんでのところで免れたあと、胸をなで下ろしていた。

「やつらはおれたちのことを知らないと言っただろ」スノブクラフトは、小ばかにしたように、しかし力のない声で言った。

「とにかく、おまえさん方はいったいだれなんだ?」マクフュール牧師が突然そばに寄ってきていた。彼の手には新聞が握られていた。群衆は固唾《かたず》をのんで見守っていた。

「あのう、あのう、おれは、あーっ、つまり……」スノブクラフトはしどろもどろだった。

「これはおまえの写真じゃないのか?」福音伝道師は大声を上げて、新聞の第一面に載っているよく似た写真を指差した。

「いや、違う」とスノブクラフトは嘘をついた。「しかし、それにしても、おれによく似ているのでは?」

「まったくおまえの言うとおりだ!」マクフュール牧師は険しい口調で言った。「これはおまえだろ!」

「違う、違う、違う、おれじゃない」アングロサクソン協会の会長は必死で否定した。

「いや、おまえだ」群衆が二人の不運な男に迫ってきたとき、マクフュールが吠え立てた。「ぜったいおまえだ。それに、この新聞によると、おまえはくろんぼ《ニガー》だ。新聞は嘘をつかない」信徒の方を振り向いて命令を下した。「やつらをつかまえろ。私が思っていたとおり、やつらはくろんぼ《ニガー》だ。神は裁きを下されるだろう。くろんぼ《ニガー》が民主党公認の大統領候補になるとは！」

群衆がさらに迫ってきた。バガリーも、自分は本物の白人だと抗議したが、無駄だった。群衆は、当初からやりたかったことを実行に移せるだけのじゅうぶんな証拠をつかんだのだった。彼らは、二人の男の顔をめがけて拳骨を振り回したり蹴飛ばしたり、地味な服を引きはがしたり、ポケットの中をくまなく捜して、彼らの身元を証明するカードや書類を見つけた。マクフュール牧師が沈着冷静な態度を示さなかったら、「真の信仰キリスト信徒」は、直ちに二人の不運な男を八つ裂きにしていただろう。福音伝道師は、いっそう激昂した信徒たちを制して、儀式は古《いにしえ》のしきたりに従って執り行なわれなければならないと諭した。

そういうわけで、性急な信徒たちは賢明な助言に従った。二人の男は胸も張り裂けんばかりに絶叫して抵抗したものの、裸にされ、手ぐすねを引いて待ち構えていた屈強な数人の作男たちに押さえつけられ、男や女が鬼畜のような恐ろしい叫び声を上げるなか、耳や男の部分が切り落とされた。残忍な執刀行為が完了すると、ひとりのいたずら好きの男が、切り落とした耳を二人の背中に縫いつけたあと、彼らを解放して、走れと命じた。耐えられない痛みを負っているにもかかわらず、この機にうまく逃げおおせればという思いに駆られていた。逃げること以外に術《すべ》はなかった。体から血を流しながらも、群衆が開けた通路をよろめきながら進んで、土埃《つちぼこり》の舞う道を走って一目散に逃げようとした。二、三フィートほど行ったところで、戦闘的な牧師の合図で、六発ほどの連発拳銃が発射され、二人のヴァージニア人は、会衆が大笑いするなか、前のめりに地面に倒れた。

儀式の準備は終わった。まだ命を失ってはいない二人の犠牲者は、つまみ上げられて、鉄柱まで引っ張ってこられ、背中合わせに縛りつけられた。少年少女もはしゃぎながら、木くずや紙くずや細い若枝や小枝を集めていた。一方、彼らの誇るべき両親は、丸太や箱や石油や、リンゴ酒の樽から取った樽板を運んできた。これらの燃料が、うめいている二人の男の周りに、首が埋まるまで積み上げられた。

すべて準備が整ったとき、群集は後ろへ引き下がり、この儀式の進行役であるマクフュール牧師が薪の山に火をつけた。炎が燃え上がったとき、放心状態の二人は、繋がれた鎖を引っ張ったがだめだった。バガリーは意を決して口を開き、ひっきりなしに悲鳴を上げるものの、そのたびに炎が彼の肉体を舌なめずりした。群衆は歓声を上げ、マクフュール牧師は満足げに顔を輝かせていた。炎がいちだんと激しく燃え上がり、犠牲者の姿がまったく見えなくなった。火は威勢よく音を立てて燃え盛り、強烈な熱さのために、観衆はさらに後ずさりした。体を焼く臭いが田舎町の澄んだ大気中に漂ったが、多くの鼻孔が後ろめたそうに膨らんだ。炎が弱まると、二つの焼け焦げた肉塊を支えている真っ赤に焼けた鉄柱が現れた。

会衆の中に、白人に変身した二、三人の黒人《ニグロ》が混じっていた。昔、自分たちの人種が苦しい思いをしたことを覚えていたので、二人の男の救出に向かおうとしたものの、自分たちの身に危険が及ぶのを恐れて控えた。それでも彼らは、他の者たちとは違って、あまり楽しんでいないようにみえたので、「キリスト信徒」の何人かから険しい視線を向けられた。探るような眼差しに気づいて、白肌になった黒人《ニグロ》たちは叫び声を上げ始め、焼け焦げた体を棒で突いたり、石を投げたりした。これによって信用を回復し、完璧なアメリカ人ではないのではないかという疑いを拂拭《ふっしょく》した。

火あぶりの刑が終わり、燃えかすも冷えたとき、マクフュール牧師の信徒の中でとりわけ冒険心のある者たちが、鉄柱のところに飛んでいって、人差し指や踵や歯といった骸骨の記念品を求めて、二つの体を手探りで捜し始めた。牧師は誇らしげにその様子を眺めていた。これこそ人生最大の望みだ。明日は、自分の名前が全米の新聞紙面を飾ることになるだろう。神が本当に自分の祈りに応えてくれたのだ。ポケットの中に手を突っ込んで、スノブクラフトのポケットから引き抜いた百ドル紙幣のなめらかな手触りを感じたとき、もう一度、小さな声で感謝の言葉をつぶやいた。至福の時を味わっていたのだ。

後日譚

グーシー政権最後の日々、合衆国公衆衛生局長官であるジュニアス・クルックマン博士が、本物の白人《リアル・ホワイト》と、彼が「ノーモア黒人《ブラック》」の施術で変身させた白人との皮膚色素の違いについて、論文を発表した。その中で、多くのアメリカ人が驚いたことだが、ほとんどいかなる場合も、新しく白人《コケイジャン》になった者――いわば「新しい白人《ニュー・コケイジャン》」――は、色の明暗の度合いが、元々の白人《コケイジャン》――いわば「旧い白人《オールド・コケイジャン》」――よりは二、三度白い、そして、おおよそ人口の六分の一がこのグループに属すると発表した。旧い白人《オールド・コケイジャン》も決して白肌だったのではなく、むしろ、砂色や赤色を淡《あわ》くしたような薄いピンク色であるというのだ。旧い白人《オールド・コケイジャン》が「白斑《はくはん》」にかかった場合は、皮膚はもっと色白になると指摘した。

三百年以上ものあいだ、皮膚の白さを崇拝するように教え込まれてきた社会にとっては、この発表はにわかに信じがたいものだった。黒人《ブラック》が白人よりも肌が白かったら、世の中はどうなるのか？　上層階級に属する多くのアメリカ人も、自分たちの非常に青白い顔色を疑いの目で見るようになった。極端な白さは黒人《ニグロ》の血を引いている証拠であり、かつては最下層階級に属していた証拠が本当のことであるならば、あまり白くない方がいいだろう！

クルックマン博士の驚くべき論文は、全米じゅうに、再び肌色の明暗を調査する運動を巻き起こした。日曜雑誌の付録には、皮膚色素のことなど何も知らない三流記者のペンになる、この話題に関する長い記事が掲載されていた。青目でない青白い者たちのことが噂に上るようになった。漫画週刊誌も、だれもが関心のあるこの問題の特集号を組んだ。ミシシッピ州選出のボッシュ上院議員は、再選を目指そうとしているとき、連邦議会議事録の中で、数回にわたってこの問題に言及した。その議事録には、ところどころに「拍手」という言葉が挟んであった。ポピュラーソングの『白人より白い』が全米じゅうで口ずさまれていた。労働者階級間でも、二、三か月後に、非常に青白い同僚の労働者に対して、ある種の偏見が生まれた。

新しい白人《ニュー・コケイジャン》はますます自分のことが気になるようになり、どんな公共の場でも、真っ白な顔《リリー・ホワイト》に向けられる好奇な視線を不快に思うようになった。彼らは、ますます被るようになった侮辱や差別について、新聞に怒りの手紙を書いた。雇い主は給与を減らそうとし、公共機関の責任者は、隔離しようすることに対して激しく抗議した。グーシー大統領に仕える代議員団は、こうした社会現象を非難し、それに対して、政府が何らかの対策を講じるように要請した。「白人に対する偏見撤廃連盟《DWWPL》」が、カール・フォン・ベイアドという人物によって創設されたが、彼は、かつて黒人《ニグロ》として、「全国社会的平等連盟《NSEL》」の代表者であったビアード博士と同一人物だと告発する者もいた。連盟本部はニューヨークのタイムズスクウェアに設けられが、まもなく、極端に青白い皮膚の人間も他の人間とまったく同じなので、抑圧されるべきでないことを証明しようとする報告が詰まった郵便物が届けられた。カッツン・プロッド博士という人物が、社会に対する永遠の贈り物は、必ずしも極端に青白い肌色の人種から届けられるものではないことを証明する本を書いて、その中で、エジプトやクレタ島が発展の極みにあった時代には、ノルウェー人をはじめ、他の北欧人も野蛮な状態にあったと指摘した。著名な人類学者であるハンデン・ムーツェ教授（『アイヌに見られる左利きの知的障害者の性生活』という、好評を博した本はよく知られている）は、極端に青白い肌の市民についての長い研究の成果として、彼らは知的に劣っていて、彼らの子供は、学校では他の児童たちから隔離すべきであるという結論に至ったと指摘した。ムーツェ教授の結論は、データを集めるという大仕事に丸三週間も費やしたことから、信頼できると見なされた。四つの州議会は、直ちに青白い肌の子供たちを隔離することを要求する法案の審議を開始した。

上層階級のアメリカ人は、肌をなるべく黒くする方法を求め始めた。海岸で裸になって何時間も日光浴をして、かなり日焼けして家へ飛んで帰り、浅黒い肌でおしゃれをして、彼らよりも色白く、そのために彼らほど恵まれていない仲間たちを見下して威張り散らすこと――このようなことが流行となった。美容院も、「黒パウダー、エジプト・パウダー、アフリカ・パウダー」という名前のおしろいを売り出した。

サリ・ブランディン夫人――昔は、「ブロードウェイ・オートマット[154]」の蒸気保温戸棚[155]の係をしていた、ハーレムのマダム・シセレッタ・ブランディッシュのこと――は、この機会をとらえて、肌染色剤の開発研究を始めた。一週間、仕事を休んで、公立図書館で関連する本を調べて家へ戻ったところ、彼女の仕事を妨げる新製品がチェコスロバキアからやってきていることを知った。

しかし、ブランディン夫人はあきらめなかった。彼女にはその知識があったので、三、四週間後には、肌の色素をできるだけ長期間にわたって薄茶色に保っておけると思える肌染色剤を開発した。彼女の若い娘にじゅうぶん効果があった。非常によかったので、使用してから一か月もたっていないのに、娘は若い百万長者から求婚された。

近隣のすべての若い女性に無料で分け与えた。ブランディン夫人の染色剤は大評判になり、彼女の名前がハーレムじゅうに知れ渡った。そこで、家の正面にある居間で店を開業した。すると朝から夜遅くまで客足の途絶えることはなかった。染色剤は「ブランティンのエジプト染色剤」という商品名で特許を取った。

次期大統領であるホーンビルが就任するまで、彼女の「エジプト染色剤店」は、全米に店舗を展開するようになり、三回の特許権侵害訴訟にも勝った。多少名の知れた人ならだれでも肌染色剤を使用していた。それを持っていない女性は若い男性から敬遠された。それを持っていない男性は、経済的にも社会的も決定的に不利だった。白肌の顔は極端に見かけなくなった。アメリカは決定的そして積極的に混血志向《ムラート・マインディッド》となった。

ブランディン夫人が開発した商品の模造品が、墓場の雑草のごとく出回るようになった。二年後には、異なった種類の染色剤や人工日焼け薬を製造する十五もの会社があった。ついに、「ズル日焼け薬《ズル・タン》」が社交界の名士たちの間で評判となり、かわいい若い未婚女性がショーウィンドーの前で立ち止まって、墨を顔にこすりつける光景をよく見かけるようになった。フロリダやカリフォルニアの企業心旺盛な保養所経営者たちは、社交界の顧客を獲得するために、接客嬢として、生まれつき黒人《ブラック》の女たちをアフリカから雇ったが、そのうち、白人女性たちから家庭の平和を乱す恐れがあると抗議が殺到した。

ある日曜日の朝、クルックマン公衆衛生局長官は、愛読している新聞のグラビア印刷のページに目を通していたとき、カンヌ[156]の海岸の砂浜で、肌も露わな最新水着を着た、幸せそうなアメリカ人の団体写真が目に留まった。その中にハンク・ジョンソンと、チャック・フォスターと、バニー・ブラウンと彼の本物の黒人女性の妻、元至上大魔術師《インペリアル・グランド・ウィザード》ギヴンズとその夫人、マシューとヘレン・フィッシャーを認めた。全員、彼らの足下で、砂山で遊んでいる幼いマシュー・クルックマン・フィッシャーとまったく同じ黒い肌をしていることに気がついた。

クルックマン博士はけだるそうな笑みを浮かべてから、そのページを妻に手渡した。

注

（1）スカイラーは、一九二九年一一月二日付の『ピッツバーグ・クーリエ』紙（一頁）に掲載された記事、《科学者によって主張された人種転換》（Racial Metamorphosis Claimed by Scientist）を踏まえている――

《科学者によって主張された人種転換――日本人の科学者は、
黒肌を白肌に、またインディアンを日本人に
変えることができると述べている》

――

一〇月三一日、ワシントンDC発――十五年にわたる入念な研究と実験を重ねた結果、彼は、今では、黒人《ニグロ》を白人《ホワイト・マン》に、インディアンを日本人に、小人《こびと》を巨人に、そして潜在的犯罪者を正直な市民に変えることができると主張している。その科学者というのは、ブラジルから合衆国に到着したばかりの日本人の医師《バイオロジスト》ノグチ・ユウザブロウ博士で、彼のこの発言がここワシントンで大反響を引き起こした。

ノグチ博士は、彼の方法によって、人間の身長や肩幅を調節でき、ヒョウの黒点やシマウマの縦縞も消せると述べた。そして、この研究成果を日本人種《ジャパニーズ・レイス》のために生かすと付け加えた。彼自身は、身長一八〇センチ以上、体重九〇キロで、男女に関係なくすべての日本人を、彼と同じ水準にしたがっている。

ノグチ博士は、日本の別府市というところにあるノグチ病院の院長である。彼が言うには、彼の方法は、太陽光線、紫外線、特別食、内分泌腺機能の調節を用いて行なうというものである。

彼は、人種的特徴は内分泌腺からの分泌と身体的環境の組み合わせで決まると断言した。広範囲にわたる世界旅行を通して、彼が獲得した知識を踏まえて、乳幼児の成長を停止させたり促進させたりして、身長や肩幅や他の身体的特徴を調節することによって、要望どおりの容姿にすることができると明言した。

ただ、ノグチ博士によれば、彼が提案する人種転換は一夜にしてできることではなく、数世代かかるということである。しかし、「時

間をもらえれば、日本人をも長身碧眼金髪の人種に変えることができる」と付け加えた。彼が言うには、日本政府は彼の実験に多大の関心を示しているということである。

（2）一九一〇年、英仏海峡の電話の新しい海底ケーブル開発に関わったハンガリー人。

（3）一九〇〇―四〇。思想家、左翼雑誌『モダン・クウォータリー』(*Modern Quarterly*) の創刊者［一九二三］・編集者。

（4）テキサス州の白人実業家の娘で、一九二八年にスカイラーと結婚。本書第Ⅲ部、注4を参照。

（5）禁酒を規定する憲法修正第一八条成立（一九一九（一九一七年議会可決））を受けて、アメリカ議会は一九一九年に、「国家禁酒法」(ヴォルステッド法)を制定した。しかし、非合法なアルコールの製造・販売がなされ、それらを扱う数多くの「もぐり酒場」(speakeasy) が生まれて繁盛した。（修正第一八条・国家禁酒法は一九三三年、修正第二一条によって廃止された）

（6）ミニーは白肌の混血女《イャラー・ウィミン》ゆえ、黒肌のマックスには自分はもったいない存在だと思っていい気になっている、とマックスは感じていた。

（7）gold certificate（金証券）のこと。一八八二―一九三三年にお金として使われた。

（8）これはあくまでも口先だけのことである。

（9）白人も黒人も、人種の壁を超えて、互いに対等に酒を酌み交わしながら楽しんでいる、という意味。

（10）本書第Ⅰ部、注5で説明したように、禁酒法時代であるゆえ、表向きの取り締まりは厳しかった。

（11）「黒人ばあや《マミー》」とは、南北戦争以前の南部の奴隷制社会において、白人の主人夫婦や子供たちに仕える黒人女性の家内奴隷で、精神的な母親像となっていた。奴隷制以後も、「古き良き南部」を象徴する神話的存在となった。「黒人ばあや《マミー》の歌」(mammy songs) として、例えばアル・ジョルソンが歌った『マミー』などが流行した。本書第Ⅰ部、注106を参照。

（12）「クルックマン」(Crookman) という名前から、ペテン師 (crook) を連想させる。

（13）人種差別をなくすこと。

（14）ニューヨーク・ハーレム街のホテル。スカイラーがハーレムにやってきたとき、ジャマイカ出身のマーカス・ガーヴェイ（一八八七―一九四〇）の「世界黒人開発協会アフリカ社会連合」(Universal Negro Improvement Association and African Communities League［UNIA-ACL］) が所有・運営するこのホテルの部屋に滞在した。ガーヴェイは、ＵＮＩＡ-ＡＣＬを拠点にして、黒人のアフリカ帰還運動を展開したが、失敗に終わっている。ちなみにホテルの名前は、女性の黒人奴隷で詩人となったフィリス・ウィートリー（一七五三―八四）にちなんで付けられた。

(15) 皮膚色素をつくる部位の損失を不規則に引き起こす、慢性的な皮膚疾患。

(16) クルックマンが言及する大学時代の社会学の恩師とは、一八七六年にワシントンＤＣに設立された黒人大学、ハワード大学の教養学部教授ケリー・ミラーのこと。スカイラーは、一九六七年四月六日、ニューヨーク市にあるChristian Freedom Foundationにおいて、《アメリカの黒人《ニグロ》の未来》とする講演を行ない、その冒頭で次のように述べている――「博識なハワード大学教養学部長ケリー・ミラーが、約四十年前に、『アメリカの黒人《ニグロ》は、出ていくか、白人になるか、このままやっていくか、のいずれかを選択しなければならない』と書いたことがある」。もっとも、ミラーとスカイラーには師弟関係はない。

(17) 一八六三―一九四七。自動車会社「フォード・モーター」の創設者。

(18) 本書第Ⅲ部、四六六頁参照。

(19) 顔を黒く塗った白人が黒人に扮して、歌や踊りを交えた演劇を行なっていた。

(20) 一八六八年に設立された慈善友愛団体（Benevolent and Protective Order of Elks）。このような団体に所属することは、自分の社会的・経済的地位の高さ、素養の高さを示すことになると見なされた。

(21) 白人の肌色。

(22) ウイスキーとして出されたものの、実に質の悪い密造酒だった、という意味。

(23) 白人となった以上、もうハーレムには立ち寄らないと決めていた。しかし、おそらくほとんど無意識的に行先を「ハーレム」と告げている自分に気づいて、そのことを自分に納得させるために、ハーレムへ向かう理由を考え出した、ということ。

(24) スカイラーが一九二五年六月号（Vol. VII, No. 6［一三六―一三七頁］）の『メッセンジャー』に掲載した戯曲に、《コーヒーハウスにて》（“At the Coffee House”）というのがある（本書第Ⅱ部、注44でも言及している）。そこで、コーヒーハウスのことを“A cellar in Greenwich Village”という言い方もしている。当時、コーヒーハウスは、ニューヨーク・マンハッタン区のグリニッチヴィレッジやイタリア人街（Little Italy）で流行っていた。

(25) 二人は第一次世界大戦に従軍していた。

(26)「ビール通り」(Beale Street)は、ブルース発祥の中心とされるテネシー州メンフィスの黒人街だった地域にあった通りで、一九二〇年代の禁酒法時代には、もぐりの酒場や賭博が横行した。五番街一三三丁目はハーレムの黒人街の通りで、まさに「ビール通り」に比肩する通りだったという意味。

(27)一九一九に成立した、いわゆる「国家禁酒法」のこと。下院司法委員長のアンドリュー・ヴォルステッドにちなんで名づけられた。本書第I部、注5を参照。

(28)「金《かね》はどんどん貯まっていっているから、いくら使っても大丈夫なんだろ?」の箇所の英語は次のようになっているが、正しくない——"We're makin' money faster'n we can take it in, ain't we?" 普通は次のような英語になる——"We weren't making money and that we were spending it faster than we could take it in." おそらくジョンソンの知的レベルに対するスカイラーの揶揄が込められていると読める。

(29)アメリカの石油王、ジョン・ロックフェラー(John D. Rockefeller, Sr.[一八三九—一九三七])のこと。「スタンダード・オイル」の創業者。

(30)右で述べられているように、クルックマンは、アメリカの人種問題の複雑さ・根深さをまったく知らないで育った。したがって、彼の事業はアメリカの人種問題を解決できる、と単純に考えていて、どうして白人が激怒するのか理解できない。スカイラーは、人種主義の責任は白人にある、というよりも、白人も「人間」(human race)であるという観点から人種主義をとらえている。「人間」(human race)ならばだれでも、権威や影響力を与えられた環境では、人種主義的な行動を取りうる、ということをほのめかしていると読み取れる。

(31)「カラミティ・ジェーン」(Calamity Jane)とは西部開拓時代の女性ガンマンのことであるが、ここでは、いつも災難(calamity)が起こるのではないかと恐れている悲観論者(心配性)のチャックをハンク・ジョンソンがからかっている。

(32)ウサギにとって猟犬は天敵であるゆえ、抱くようなことは決してしないが、ウサギがクルックマン夫人を目にすれば、あまりの美貌ゆえ、完全に我を忘れて見とれるあまり、つい猟犬を抱いてしまうようなことになりかねない、という意味。

(33)「全米社会的平等連盟」(National Social Equality League)については、本書第I部、注50を参照。

(34)「ブロンクス区」は、ニューヨーク市の五つの行政区のひとつ(他の四つは、ブルックリン区、マンハッタン区、クイーンズ区、スタテンアイランド区）。第一次大戦後、とくに「東欧系ユダヤ人」――「ロシア系ユダヤ人」とも呼ばれる――の移民が大量流入し、「ユダヤ人区」と呼ばれた時期もある。

一九世紀末から二〇世紀初頭にかけて大量移住したイタリア系移民は、大都市のシカゴにも生活の拠点を築き、とくに、一九二〇年代から三〇年代にかけて、彼らが組織した犯罪組織が横行した。とくに、禁酒法の時代に、酒の密売を手がけて「暗黒街の帝王」となったイタリア系アメリカ人のアル・カポネは有名。

(35) アトランタの黒人街。黒人文化の中心地であった。

(36) スカイラーは明らかに、「白人騎士団《ナイト・オヴ・ノーディカ》」を「クー・クラックス・クラン」（ＫＫＫ）に重ねている。ヘンリー・ギヴンズ尊師の肩書、至上大魔術師《インペリアル・グランド・ウィザード》（Imperial Grand Wizard）は、ＫＫＫ団の統括者の肩書“Grand Wizard of the Empire”を踏襲している。

(37) Ｍ・Ｗ・ペプローによれば、ギヴンズ尊師は、一九一五年に、アトランタでＫＫＫ団を再結成したウィリアム・ジョセフ・シモンズを戯画化しているということである。シモンズはメソディスト派の巡回牧師だったということである（M. W. Peplow　六五―六六頁）。

(38) キリスト教信者としてふさわしい振る舞いをしているかどうかは関係なく、あくまでも彼女がキリスト教徒だと名乗っている以上、そういうことになっている、という意味。以下で、彼女の言動から、キリスト教徒としてふさわしくないことがわかる。ギヴンズ夫人のようなキリスト教徒に対するスカイラーの皮肉がこもった表現となっている。

(39) 英語は、“not always stating the exact truth”という、裁判官が用いるような表現を用いている。それゆえに、「いつも嘘をつく」ギヴンズ夫人への婉曲的な皮肉表現となっていると解釈できる。

(40) 「地の塩」とは、新約聖書 マタイによる福音書五章一三節（「山上の垂訓」の一節）に出てくる言葉。塩はものの腐敗を防ぐものであるように、人間も世の中の腐敗を防ぐ役目を果たす存在になるように、という諫めが込められている。

(41) 垢抜けした美人のヘレンに向かって、洗練されていない田舎者の母親のようになれ、という父親の忠告を聞いて、二人は、父親が冗談を言っているのではないかと思い、顔をうかがったが、そうではなかった、ということ。

(42) スカイラーは“titian blonde”という表現を使っている。“titian”とは、イタリアの画家ティツィアーノ・ヴェチェッリオのことで、彼は「赤毛」女性を描いたことから、“titian hair”という表現がある。しかし、それは「ブロンド」（金髪）とは異なる。マシューがニューヨークのホンキー・トンク・クラブで彼女を初めて目にしたときも、“titian haired girl”（原著五頁）、また“strawberry blonde”（原著七頁）としていた。

(43) 現在のロサンゼルス国際空港のこと。一九三〇年にロサンゼルス市の正式な空港となり、四一年に「ロサンゼルス空港」、四九年に「ロサンゼルス国際空港」と改名された。

(44) サンドルはクルックマンに施術を受けて白人に変身した人物。本書第I部、一六頁を参照。

(45) いわゆる「ハニートラップ」のこと。

(46) クルックマンの活動ができるように議員たちに袖の下を使うには大金が必要であるが、幸いなことにじゅうぶんあるということ。

(47) 反社会的なことを平気でやってのけるハンクの性格がうかがい知れる。

(48) スカイラーは、サントップ・リコライスに、アフリカ帰還運動を展開したジャマイカ人マーカス・ガーヴェイを重ねている。ガーヴェイについては、本書第I部、注14を参照。

(49) NAACPの機関紙『クライシス』を重ねている。

(50) スカイラーは、ビアード博士にW・E・B・デュボイスを重ねている。「全米社会的平等連盟《NSEL》」は、「全米黒人地位向上協会《NAACP》」に重ねている。ジェフリー・F・ファーガソンは、「シェークスピア・アガメムノン・ビアード」という名前について、シェークスピア、そしてホメーロスの『イーリアス』と『オデッセイ』や、ペトロニウス『サテュリコン』に描かれたアガメムノン、さらにデュボイスの特徴的な顎ひげ《ビアード》から連想して付けた、とする（J. F. Ferguson 二二三頁）。

(51) ビアード博士がいかにおおかたの黒人を軽蔑しているかを述べてきたことからすれば、この一行は矛盾しているように思われる。ただ、ビアード博士は、黒人解放の指導者として生涯をささげて戦っていると思われるものの、そうではなく、黒人女性などの個人的な好みといった点で、あくまでも博士個人にとって「確かに」（In a real way）「同胞を愛している」としていると読める。しかし、それに続く一節を読めば、やはり、黒人指導者としてのビアード博士の矛盾であるとスカイラーが見なす点を揶揄していることから、この一行が含まれるパラグラフ全体、スカイラーは、ビアード博士の活動の曖昧さを透かせて見せようとしていると言える。

(52) ビアード博士（W・E・B・デュボイス）は、社会主義の思想に傾倒しているが、実際には、労働者のための社会活動をしたがらない偽善者であることをほのめかしている。社会主義者は反戦主義者であるべきところ、ビアード博士（デュボイス）は、戦争になれば戦争支持に回るように、主義・信念の一貫性を欠く人間である、ということになる。実際、デュボイスは、第一次世界大戦を支持し、黒人が参戦することに賛成した。

（53）原語では"the champion of the darker races"となっているが、ちなみに機関誌*The Crisis*には、*A Record of the Darker Races*という副題が付いている。

（54）会議机の椅子は、以下にあるように、会議で演説する賓客用なので、それ以外の参加者用の椅子が壁に沿って並べてある。

（55）ヒースの木の根から作られたパイプ。

（56）デュボイス（ＮＡＡＣＰ）は労働者階級のことをのことを考えず、中流階級以上の黒人階級に偏っていると批判されたことなどから、一九三四年にＮＡＡＣＰを辞し、『クライシス』編集からも退いている。

（57）ビアードの皮肉。もちろん、ビアード自身、自分がいちばん有能であることを承知している。

（58）小説家・詩人・批評家、ＮＡＡＣＰの役員でもあったジェームズ・ウェルダン・ジョンソンに重ねている。代表作として、『元黒人の自伝』がある（J. B. Ferguson 二一五頁参照）。

（59）傍点の箇所の英語は"I beg your august permission..."となっている。ここで"august"という非常に改まった単語を使うのは、堅苦しい英語表現そのものに対する揶揄であると読める。このようなスカイラーの使い方もやはり、ビアードが聴衆をいかに小ばかにしているかを言い表すものである。

（60）ギニア湾岸にあった旧ドイツ保護領。第一次大戦後、イギリスとフランスによって分割統治がなされた。

（61）ジャクソンが訴えるような黒人の権利は、白人大富豪のようなごく一部の白人にしか与えられていない、ということは、全米社会的平等連盟《NSEL》（ＮＡＡＣＰ）は、ほとんどの白人に与えられていないものを要求していることになる。白人大富豪は、自分たちが法を犯すようなことはない、仮に犯した場合でも、自分たちは法を超越している、と考えている。「信じられないことに法律に抵触してしまった」という表現は、そのように思い込んでいる白人に対するスカイラーの皮肉である。また、スカイラーにすれば、心理的に抑圧された不幸な白人女性のみが家庭を離れて社会正義のために働く、ということであるが、英語表現からすれば、黒人男性に対する白人女性の強い性的憧れがあることを暗にほのめかしている。

（62）西アフリカ、ナイジェリア南部の都市。

(63) ウィリアムズはじゅうぶん白人として通るのに、それをおくびにも出さないで黒人であることにこだわっていることをスカイラーは揶揄しているとも読める。

(64) 黒人大学であったハワード大学の最初の黒人の学長であったモーディカイ・ジョンソン(Mordecai Johnson)を重ねている(任期は、一九二六―六〇)。かつてサウスカロライナ州チャールストンのバプティスト教会の牧師を務めていたことから、「牧師」という肩書を付けていると思われる(J. B. Ferguson 二一五頁)。

(65) モーティマー・ロバーツに、タスキーギ専門学校の校長ロバート・ラッサ・モトンを重ねている。モトンは、一九一五年、ブーカー・T・ワシントンの死去に伴い、校長に就任した。「ダスキー・リヴァー農業学校」は、タスキーギ専門学校に当たる(J. B. Ferguson 二一五頁)。

(66) ブーカー・T・ワシントンと共に「全米黒人ビジネス同盟」で活動したチャールズ・クリントン・スポールディングを重ねている(J. B. Ferguson 二一五頁)。

(67) 黒人の人権組織であった「全米都市同盟」の幹事を務めたユージーン・キンクル・ジョーンズを重ねている。『ノーモア黒人《ブラック》』では、「全米都市同盟」は「黒人《ニグロ》統計局」となっている(J. B. Ferguson 二一五頁)。

(68) 多くの黒人労働者を低賃金で酷使して自分たちの富を築いてきたことに対する罪悪意識ととれる。

(69) 「ノーモア黒人《ブラック》会社」の活動を指している。

(70) マーカス・ガーヴェイの貿易会社「ブラック・スター・ライン社」の会計不正疑惑に絡んで、ガーヴェイは郵便詐欺罪で告発されて収監され、のちに生まれ故郷のジャマイカへ強制送還された。

(71) かつてのイギリス領ギアナの地域。

(72) おそらく、残っている資金を手にしてアトランタへ行こうとしていた、という意味と解される。

(73) “Gunga Din”とは、イギリスの小説家・児童文学者・詩人のジョゼフ・ラドヤード・キップリングの詩、《ガンガ・ディン》への言及。この箇所は、その詩の最後の一行「君は私よりも立派な男」(You're a better man than I am, Gunga Din!)をそのまま引用して使っている。

(74) アルベルト・アインシュタイン(一八七九―一九五五)のこと。ドイツ生まれの理論物理学者で、相対性理論などを提唱した。

一九二一年には、光電効果理論の解明によりノーベル物理学賞を受賞。本書第Ⅱ部、注109を参照。

(75) アメリカはプロテスタントの国であったことから、カトリック信仰を嫌っていた。とくに南部は、カトリックに対する反発意識が強かった。

(76) アジア諸国進出の脅威。

(77) YMCAは同性愛の温床でもあるという評判があった。

(78) 若い男女がキスし合ったり抱き合ったりすること。

(79) スティーヴン・グローヴァー・クリーヴランド第二十二代（一八八五―八九）、第二十四代（一八九三―九七）大統領。政治的腐敗の改革などを行なったクリーンなイメージの大統領として定評があった。

(80) バチカン（ローマカトリック教会）は、かつてユダヤ人を迫害していた。

(81) ニューヨーク・マンハッタンのイーストサイドの高層集合住宅街。

(82) 黒人街ハーレムの通り。

(83) マシューは、二人の経営者は正直者ではなく、本当のことを話さないのを見透かしていて、あとで従業員を前にして、うそのつき方の手本を示してやるという意味を込めた、皮肉たっぷりの言葉を返している。

(84) 質問や異論を吹っかけて、事を複雑にしないように、静粛にしているように、といった意味であると解釈できる。

(85) 本書第Ⅰ部、注29に示したように、合衆国の石油王とされるジョン・ロックフェラー一族の財閥を指す。マシューは、合衆国は企業家・実業家の国であると同時に、労働者の国でもあることを強調するために、引き合いに出している。

(86) ウラジミール・レーニン。ロシアの政治家・革命家。

(87) レオン・トロッキー。ロシアの政治家・革命家。

(88) 紡績会社から金をもらっている牧師は、会社の改善策がほんのわずかであっても、それは、従業員に対する二人の雇用主の想い・寛容さの現れであると、説いて聞かせている。

(89) 独立革命当時の政治家・弁護士。

(90) 黒人奴隷を南部諸州から北部の自由州さらにカナダ・フォートエリーまで逃がすために活動した秘密結社。

(91) マスコミや政府関係者など。

(92) 黒人のこと。

(93) 南北戦争敗北そして共和党主導の再建期を経て、奴隷制度とそれに代わる隔離制度を維持したい南部白人層の支持を得た民主党が南部を支配していた。

(94) 「やる気があればだれでも裕福になれる」という考えは、上層の支配階級が下層の労働者を働かせるために用いた嘘である。ここに挙げられたような政策が実行に移されれば、もはやそのような嘘が通じなくなり、労働者はもう働かなくなる。それによって、支配階級が、自分たちの富や権威を維持できなくなる、という脅威を感じていることを暗に指摘している。

(95) 一九二〇年前後、共産主義が入り込むことに恐怖を感じた政府が、過激な外国人を国外追放したり、共産党員の疑いがあるとする人物を令状なしに逮捕したり、労働運動に対する弾圧などを行なった。

(96) デュボイスなどの黒人指導者を指していると解釈できる。

(97) 「リトル・フェアリ」(little fairy) は、情報源となった人の名前を明らかにしたくない際に使う表現（一般には「リトル・バード」[little bird] を用いる)。「フェアリ」には「同性愛者」(homosexual) という意味もあることから、以下に続くような会話になっている。

(98) ジュリアス・シーザーが刺殺されたとき、腹心のブルータスが暗殺者の一味に加わっていたことを知って、死に際につぶやいた台詞――「ブルータス、おまえもか?」を使っている。ウィリアム・シェークスピア作『ジュリアス・シーザー』(一五九九) の台詞。リコライスが自分（ボンゾ）を裏切って、バニーが約束しているお金をもらえないようにするのではないかと懸念して、リコライスに皮肉交じりに返した言葉。

(99) 黒人の話し方の特徴として、回避的な答弁、曖昧な受け答えをするというのがある、という意味合いを込めたマシューの言葉と考えられる。バニーは、犯罪的な行為を大胆に敢行したことを見抜かれて、やはり気おくれして答えに苦慮したと思われる。したがって、はぐらかすような返答をしたということであろう。

(100) ここを離れて北部へ行く計画はそのまま実行するという意味。「北部へ行くのか」と尋ねられたマシューは、“Yes, she is”といった直接的は返答をするのではなく、バニーと同じように、「まったくくろんぼ《ニガー》みたい」に、“Nothing different”と遠回しの返答をしていることになる。

(101) マシューは、ローマ帝国五代皇帝の「暴君ネロ」に言及している。西暦六四年のローマの大火の犯人はキリスト教徒であるとして迫害したことから、暴君として知られるようになった。

(102) 「モロニア」（Moronia）という名前は、「低能」（moron, moronic）という言葉を連想させる。

(103) 「多くの人が集まっているだろう」と思い込んでいい気になっている、という意味。

(104) ポイント（point［要点］）ということだが、酒類密造者《ブートレガー》が、液量の単位（pint［〇・四七三リットル］）や、ビールなどを注ぐ「一パイント入りの容器」という表現を用いることから、「酒類密造者《ブートレガー》の言い方」をしている。いわば寒くなるようなダジャレである。「眼鏡をもってきていないのでよく見えない」という言い方に何か意味があるのではなくて、単なるジョークである、ということ。

(105) 一九一五年にサンフランシスコで開催された。この博覧会で、ハワイアン・ミュージックが初めて披露された。スカイラーがその音楽のことに言及しているかどうかは不明。

(106) この時代の俳優・歌手であったアル・ジョルソン（Al Joelson〔一八八六―一九五〇〕）――リトアニア生まれのユダヤ人（白人）――が、顔を黒く塗って黒人を面白おかしく演じる（つまり黒人を笑いの種にする）「ミンストレル・ショー」のエンターテイナーとして人気を博していた。ジョルソンの歌のひとつに『マミー』があった。『ノーモア黒人《ブラック》』のこの場面は、そのようなアル・ジョルソンに対するパロディであると解することができる。

(107) 『ノーモア黒人《ブラック》』出版時（一九三一）の大統領は、共和党のハーバート・フーヴァー第三十一代大統領（在任期間は一九二九―一九三三）。本書第I部、注126を参照。

(108) 聖書には、「契約の塩」（旧約聖書　レビ記 2:13）、「永遠の塩の契約」（旧約聖書　民数記 18:19）、「塩の契約」（旧約聖書　歴代誌下 13:5）、「［エリシャは］『新しい器を持って来て、それに塩を入れなさい』と命じた」（旧約聖書　列王記下 2:20〔エリシャがエリコの水を清める「エリシャの奇跡」について〕）、「地の塩」（新約聖書　マタイによる福音書 5:13）など、「塩」への言及が多いことから、この『どうして古い塩入れが……』という歌も聖書に関わるものではないかと考えることができる。

(109) 売春その他の不道徳な目的のために、州境または国境を越えて婦女子を輸送することを犯罪とする連邦法。一九一〇年に成立した法律で、その合憲性は一九一三年の最高裁判所で認められた（田中英夫編集代表『英米法辞典』東京大学出版会、一九九四年第三版を参照した）。

(110) ニューヨーク・マンハッタン南端を走るバワリー通り一帯の地域で、外国移民（とくにアイルランド系やイタリア系移民）やホームレスが住み、安宿や酒場が多く、密造酒や犯罪や暴力が横行する荒廃した地域と見なされていた。

(111) ヴァージニア州人口動態統計局書記官のウォルター・A・プレッカーやピアニスト・作曲家のジョン・パウエルたちが、一九二二年に、白人優越主義者の組織である「アメリカ・アングロサクソン協会」（Anglo-Saxon Clubs of America）を州都リッチモンドに設立し、一九二四年の「ヴァージニア州人種保全法」の成立のために活動した。

(112) 「アメリカ・アングロサクソン協会」代表ジョン・パウエルを重ねている（M. W. Peplow 六五頁を参照）。

(113) 「どうも肌が浅黒い（suspiciously swarthy）」ことから、読者は、スノブクラフトはアングロサクソンではないのではないかという疑問を抱くように仕かけるスカイラーの皮肉表現のひとつと考えられる。また「スノブクラフト」（Snobbcraft）という名前からすれば、彼は、自分のイメージを「必死につくり上げてようとしている（craft）俗物（snob）」であると、スカイラーが暗にほのめかしているともとれる。

(114) Buggerieという名前から、彼は「男色」（buggery）ではないのかと思わせる。ここにもスカイラーの皮肉が働いているととれる。以下でも、スカイラーはバガリーの「フォルセット」・「ソプラノ」調の声に言及することからして、バガリーは男性同性愛者であることをほのめかしている。

(115) アンドレ・ホイードによれば、フロイトにとって「足」が「ペニスのシンボル」であることから、バガリーのこの著書は非白人のペニスのサイズを考察したものであると解釈している。A. Hoyrd. "Of Racialist and Aristocrats: George S. Schuyler's *Black No More* and Nordicism." Ed. D. A. Wiliams 三二頁。

(116) 批評家、大学教授など、知識人・文化人・有識者と称される人たちに対する皮肉。

(117) 「全国委員会」（National Committee）とは、全米の党組織を統率する委員会のこと。

(118) おそらく不正に入手した資金のこと。

(119) いわゆる売春宿のこと。

(120) スカイラーはかつて、一時《いっとき》だけ社会党に入党していた。

(121) 共和党の要綱も矛盾したものであることを暗ににおわせている。

(122) 労働組合などを指していると考えられる。

(123) エイブラハム・リンカーンの「ゲティスバーグ演説」（一八六三）の締めくくりの箇所から、一部を変えて引用している。

(124) 「素朴な美徳」（simple virtues）とは、忠誠心、質素倹約、公明正大、品位品格といったものだと考えられる。この箇所の英語が“basic virtues”であれば明確だが、“simple virtues”である以上、それに対して“complex virtues”というものがあるのかと考えた場合、「美徳」については、そのような区別ができない。この使い方にも、二人の候補者の「美徳」などないことをほのめかす、スカイラーの皮肉な使い方と考えることも可能である。

(125) ローズヴェルトとは、指導力を発揮してアメリカの発展に功績のあった大統領として名高い、二十六代大統領セオドア・ローズベルト（任期は一九〇一—〇九）であると考えるのが自然であろう。しかし、一九一九年に死去していることから、年代的にグーシー大統領との接点があったとは考えにくく、したがって「グーシーを褒めていた」とは言えないのではないかとも考えられる。そうかと言って、フランクリン・ローズヴェルトということにしても、『ノーモア黒人《ブラック》』出版時（一九三一）は、第四十四代ニューヨーク州知事（任期は一九二九—三二）で、まだ大統領にはなっていなかった（大統領としての任期は一九三三—四五）。

(126) グーシー大統領の一期目は「誠実で手際のよい務め」ではまったくなかったので、このような発言は、公約というよりも、嘘と取られかねなかった、ということ。このような言及からすれば、スカイラーはおそらく、グーシー大統領に、共和党選出の第三十一代大統領ハーバート・フーヴァー（任期は一九二九—三三）を重ねていると考えられる。大統領就任の年の十月に起こったニューヨーク株式市場の株価暴落に始まった大恐慌に対して策を講じることができず、経済恐慌をますます悪化させてしまったと批判された。

(127) 「リンチ刑に処する」という意味。

(128) どちらの党も言行不一致の偽善的な党であることから、「社会分析の才能」を持ったビアード博士なら、どちらも支持しないだろう、という意味。

(129) ビアードは、自分が中心になってデータをまとめている、と言おうとしたが、思い直して、あくまでも助手として手を貸しているだけであると、しぶしぶ認めていることになる。すべてが自分中心に動いていて、すべて自分の思い通りに処理し、すべて自分の手柄としてとらえていた——いわば自尊心・虚栄心の塊であった昔のビアードの性格の一端をのぞかせる表現である。すべてが思い通りにならなかったことを痛切に思い知らされたがゆえに、もう自慢しても始まらないと悟っているので、言い直しているということである。

(130) クルックマンの産科病院で子供を白人にする施術を受けさせざるをえないという意味。

(131) 本書第Ⅰ部、注73を参照。

(132) 六世紀のイギリスに作られた「アングロサクソン七王国」のひとつである「ウェセックス王国」の王。八四九—九九（王在位期間は八七一—九九）。

(133) 一六〇七年、イギリスが「ヴァージニア植民地」を建設したとき、接触したとされる先住民「ポウハタン部族」の酋長の娘。ジョン・スミス船長が「ヴァージニア植民地」の建設を請負って「ヴァージニア会社」に加わり、最初の入植地「ジェームズタウン」建設に関わった折に、ポウハタン族につかまって処刑されようとしたが、ポカホンタスが身を挺して守ってくれたということである。

(134) 「ソプラノ調の声」ということも、バガリーは女性的であり、つまりは同性愛者であることをほのめかしている。

(135) 二人は白肌（pale）の白人ということになっているが、いっそう青白くなった（two shades paler）という意味。

(136) 手紙の書き手は、スノブクラフトを「リトル・ワン」（Little One）と呼んで子ども扱いしている。スノブクラフトにすれば最大の侮辱表現となる。

(137) 「共和党」（Grand Old Party）のこと。

(138) 最初の方で言及されていたように、二人は同性愛者ではないかという噂を立てられていた。

(139) 「先祖返り」については、本書第Ⅱ部《人種的偏見についての甘くないいくつかの真実》（三四四、三四九頁）参照。

(140) メフィストテレスは、一六世紀ドイツの『ファウスト伝説』に登場する悪魔・堕天使。ゲーテの『ファウスト』に登場する。

(141) 医者は、マシューをてっきり白人だと思っている。しかし、ギヴンズの祖先に黒人がいたことの証明として、「先祖返り」が本当に起こったと分析している。

(142) イギリスの作家アーサー・コナン・ドイルの推理探偵小説の名探偵。

(143) 一九末から、いわゆるダイムノベルを中心に登場したアメリカの探偵。多くの作家によって描き続けられている。

(144) 一八五〇年に、アメリカの私立探偵・スパイであったアラン・ピンカートンが設立した。

(145) 二人のプレーヤーが四十枚のカードを使って行なうトランプゲーム。

(146) "I'm a son-of-a-gun"という下品な言葉を口走った、ということ。もちろんギヴンズは、自分のお金を持ち出したことを喜んでいる。その喜びの気持ちを抑えきれないことから、つい下品な表現を使ったということになる。

(147) 「シーバ」(sheba)というのは、旧約聖書(列王記上一〇、歴代誌下九)に登場する「ジバの女王」(Queen of Sheba)から来た表現で、王国はエチオピアにあったとされる説があることから、黒人女性を指す言葉として使われたと考えられるが、本来はあくまでも蔑視表現である。

「**どんな黒人女《シーバ》なんだ?**」というマシューの言葉は、「『黒人愛国者』になりたがるなんて、どんな黒人女なんだ?」「白人になろうとしないのは、どんな黒人女なんだ?」という意味である。「普通の黒人ならだれもが白人になりたがる」「黒人のままでいたいと考える黒人はとるに足りない」というマシューの先入観を覆すような黒人がいたことに対する驚きを込めた発言ととれる。しかしそこには、白人になったとしても、黒人であった時と変わらない、いや、黒人だった時の方が幸せだったという自分の思いも複雑に交錯していることを表白する表現とも読み取れる。「シーバ」という黒人女性蔑視の表現を使ったとしても、いやあえて蔑視表現を使うことによって、逆説的に、自分を見失わずにいる「シーバ」に対する敬意さえ感じている自分の姿を垣間見せている(「当惑気味に微かな含み笑いのようなものを浮かべた」のはそのためである)。ここにも、肌色によって自分のよって立つ場が決まると考えて神経をすり減らしている白人・黒人双方に対するスカイラーの痛烈な皮肉がうかがえる。

(148) 州都で、アメリカ・アングロサクソン協会が置かれていたところ。本書第Ⅰ部、注111を参照。

(149) メキシコの都市。

(150) 合衆国南部の中で、ミシシッピ州は人種差別の最も激しい州とされていた。

(151) ハッピーヒルの住民は、これまで自分たち独自のやり方で黒人を処分してきたのに、クルックマンが頼まれもせず勝手に黒人を処分したとして、憤慨している。

(152) ペンテコスト派の一分派。

(153) 原著では"[his] sinning ways"となっている。男性が繰り返して犯しやすい罪——例えば、姦淫、ギャンブル、飲酒など——について、とくにファンダメンタリストのキリスト教徒がよく用いる表現。

(154) 当時人気のあった大衆向けレストラン。

(155) 食べ物を蒸気で保温しておく戸棚。
(156) マシュー一行はメキシコを拠点に自由に動き回っていて、フランスのカンヌまでヴァカンスに行っていると考えられる。

第Ⅱ部［翻訳］

雑誌・新聞・編纂書掲載のエッセイ・コラムなど

ジョージ・S・スカイラー 著
廣瀬典生 編訳

1

《下層社会の光と影――社会的のけ者「ホーボヘミア」の考察（季節労働者の世界）》

『メッセンジャー』五（一九二三年六月）

「ホーボヘミア」（HOBOHEMIA）とは、政治組織あるいは地名を指す言葉ではない。それは一つの社会集団のことである。社会的権力や権威をひけらかす人間や彼らの追随者には、「最下層民《マドシル》」と呼ばれる最底辺層の社会集団と見なされている。しかしホーボヘミアン（Hobohemian）[1]自身は、「エルクス慈善保護会[2]」のことを指す、よく知られた英語表現（Benevolent and Protective Oder of Elks［BPOE］）をもじって、自分自身を「この世で最も立派な人間」（the best people on earth）と考える。ホーボヘミアンは、「堅物《スティフ》」と呼ばれる融通の利かない型苦しい人間や、「牧　師《サーム・シンガー》」など賛美歌を熱唱する信心深い人間や、奴隷同然に働く事務労働者「ホワイトカラー奴隷《ホワイトカラー・スレイヴ》」や、そのほか社会の上層部を構成する「名　士《ジェントリー》」を、ことごとく軽蔑の目で見る。

ホーボヘミア集団にはあらゆる種類の人間がいる――若者に年配者、利口者に愚か者、強者に弱者、黒人《ブラック》に白人、勤勉家に怠け者、そして男に女。実際には、他のどんな社会集団ともまったく変わらない。ただ、ホーボヘミアンには、おおよそ共通の特徴があって、その点で他の集団とは著しく異なる――第一に、彼らは放浪熱に浮かされている。第二に、機械化された文明社会の統制に逆らっている。

大氷河時代が遠ざかり、われわれ人間の祖先である猿《サル》がけたたましい鳴き声を上げて、ジャングルの木々の間を飛び回っていた生活に終止符を打ち、堅く乾いた地面に降り立って、ココナッツの木々の向こうにはどんな暮らしがあるのか見てみたいと出かけていった時以来ずっと、人間は旅人として生きてきた――空間を繋ぎとめる者として、冒険を求め、また生きていくために必要なものを求めて、場所から場所へと移動した。ヒト族が現在の容姿となって、この地球上に群がるようになってから百万年あるいはそれ以上になるが、一定の場所に住み着くようになった期間は、その二十分の一にも満たない。人間の体格は運動、格闘、旅に適応しているのであって、新しい機械文明がゆっくりと、しかし確実に昔の生活様式を一つ残らず食いつぶしていくにつれ、大きく制約されるようになった生活には適応できなくなった。動き回って新しい場所や人を見てみたい欲求が、いわゆる(3)人類《ヒューマン・レイス》の中に備わっている。確かにその欲求の強さは人によって異なる。それでもわれわれは一人残らず放浪熱に取りつかれることに変わりはない――その欲求を満たす術《すべ》〔例えば旅に必要なお金など〕がないとしても、それで逡巡して控えるよりも、欲求の方がはるかに勝る。春の到来とともに、家や家族や親族や結社《ロッジ》〔おそらく「フリーメイソン」友愛結社〕や仕事や教会の、金メッキを施した鉄鎖を引きちぎって、大きく広々とした戸外に飛び出して旅をしたい衝動に駆り立てられることのない人間は、いったいどれほどいるだろうか?

ホーボヘミアンは、慣習に縛られた隷属状態に反旗を翻した社会集団である。彼らは、鉄やレンガやコンクリートや石でできた、都会と呼ばれる谷間や洞穴でだらだらと無為の日々を送ることを嫌う。また農作業を繰り返すだけの単調な生活にも何ら魅力を感じない。そういうことよりも、自分たちが住む広大な国土を見てみたいと強く欲するのだ。数多くの村や町や都市を訪れ、素晴らしい景色を見て楽しみ、広い川の岸辺に体を横たえ、陽光きらめく川や、サラサラ流れる小川や、水の澄んだ澱《よど》みで沐浴する。入り組んだハイウェイや、曲がりくねった細道や小道をてくてく歩き、深々と冷え込んだ森の中で、ホーボヘミアン仲間が野宿している「たまり場《ジャングル》」の焚き火を囲んで、体を横たえ手足を伸ばして談笑を交わす。冴《さ》え渡る十月の月明かりの下で、刈りたての干草の中で眠りに就き、芳しい香り漂う田舎の空気を吸い込む。若さではちきれんばかりの世代の人間や、成熟期に達して世故にたけ、世の中を冷ややかに見つめる人間や、年老いて世間の酸いも甘いも知り尽くした達観の境地で、人生の冬に立ち向かう世代もいる。人生の一時《いっとき》だけホーボヘミアンとして生き、まもなく「まともな」人間社会の囲いの中に戻りたいと思う者もいれば、来る年も来る年もホーボヘミアンの生活を送り、自分の家や仕事や教会や結社《ロッジ》や組合の短調な生活には、生涯にわたって拘束される気にはなれない者もいる。しかし、多かれ少なかれ、次から次へと新しい場所に移動する衝動に駆り立てられる。社会は彼らを、「渡り労働者《ホーボー》」「放浪者《トランプ》」「路上生活者《バム》」「ごろつき《ヴァガボンド》」など、蔑《さげす》むような呼び方をする。しかしホーボヘミアンはこのような呼び名《ニックネーム》を誇りに思う。「国際同友交流協会《IBWA》」（放浪者同盟《ホーボーズ・ユニオン》）（Hoboes' Union（一九〇五―〇六年設立））の機関紙は『ホーボー・ニュース』と呼ばれ、ホーボヘミアンはいつも、放浪者仲間に向かって「やあ、兄弟《ボー》」と声をかける。「義務」を背負わされる文明社会の中で、自由気ままな生活を楽しむホーボヘミアンをうらやむ社会は、本来ならば大切にするはずと思われるものをほとんど擲《なげう》って獲得した彼らの自由を奪おうと企む。路上生活者取締法や不法侵入取締条例などが、彼らを法の網にかけるべく制定されたり、選挙法の居住条項が彼らの選挙権を剥奪したりする。「法の裁き《コールヴェイ》」を受ける羽目になった不運なホーボヘミアンによって無数の道路が建設される。いわば、彼らはアメリカの強制労役者である。社会の支配階級から、彼らの下役人を通して、間違いなく過酷な扱いを受ける。機械化された社会の単純作業に奴隷のように従事させられている大多数の労働者にとって、彼らは見せしめとなり、単調な生活と決別すれば、ホーボヘミアンのような不運な目に遭うのだということを思い知らされる。

サマーセット・モーム(4)は、最近の面白い短編集のひとつ、『木の葉のそよぎ』〔一九二一〕の最初の異国情緒溢れる短編の冒頭で、「上手に旅する人は故郷に留まる。というのも、自分の幻想を失うことはないからである」と言っているが、多くの真実を含んでいる。心を虜《とりこ》にする神話や幻想は、自ら望んだことであるにしろ、あるいは必要に迫られてのことであるにしろ、自宅の暖炉のそばを離れなくてもじゅうぶん楽しむことができる。しかし旅、そして新しい出逢いや交友は、他のいかなる方法をもってしても成しえないほど、心を大きく開いてくれるのだ(5)。こうしたことから、われわれもようやく理解できるようになる――徒歩や貨物列車で移動する輩《やから》は、知的潤いの枯渇した砂漠のようなアメリカでお目にかかりたいと憧《あこが》れる、包容力のある人間である、と。

ホーボヘミアンにとっては、無神論、あるいは少なくとも不可知論が行動規範となる。ホーボヘミア社会では、他のアメリカ社会と比べて、人種的偏見はきわめて少ない。「ジャングル」と呼ばれるホーボー野宿地《ホーボー・キャンプ》、「ホーボー・ホテル」に当たる安宿《フロップ・ハウス》あるいは「ホーボー連合会館《ホーボー・ユニオン・ホール》」には、五指に余る国籍の人間をよく見かける。そして無政府主義者《アナーキスト》もいれば、共産主義者《コミュニスト》や労働組合至上主義者《サンディカリスト》もいる。テロリストもいれば社会主義者《ソーシャリスト》もいるし、そのほか、ありとあらゆる種類の反逆者がいる――ホーボーは生まれつき、社会の拘束に逆らう人間だから、まったく当然のことである。

家を離れない者たちの間では、ホーボーの大多数ははなはだ無能な人間であると考える向きがある。彼らに対するこの先入観はなかなか消えない。しかし事実はまったく異なる。実は、筆者の私がこれまで出会った最も優れた思想家は、放浪者《ナイト・オヴ・ザ・ロード》の中に見つけることができたのであり、今もそう言える。彼らは、丈の長いダブルのフロックコートを着る必要はないし、エナメル革靴を履く必要もないし、片メガネをかける必要もないし、偉大な哲学者か研究者であることを証明する大学の学位で猫背になる必要もない。この「お祭り騒ぎの地《ザ・ランド・オヴ・ザ・スプリー》」〔アメリカ合衆国〕に広く散らばる、数えきれないほどの「野宿地《ジャングル》」の焚き火の上で「ごった煮《マリガン》」（シチュー）をかき回している人間は、「高等教育」の分野における並の経済学者や社会学者に有利な条件を与えておいても、確実に彼らを打ち負かしてしまう。

ホーボヘミアンは、自分たちの集団の中に一つの確固たる世界を築いている。独自の言葉や道徳や哲学を持っている。「放浪者《トランプ》」とは、歩いて進む人間、すなわち徒歩旅行者のことである。「路上生活者《バム》」とは、しばらくのあいだ、「目抜き通り《メイン・ステム》」（大通り《メイン・ストリート》）で出くわす歩行者に「物乞いをして《パンハンドリング》」（施し物を求めて《ベッギング》）生活する人間のことである。「目抜き通りを流す《クルーズ・ザ・ステム》」とは、通りを行き来して、懇願《ベッグ》あるいは「物乞いをする《パンハンドル》」ことである。ホーボーは「列車に飛び乗ったり《グラビング・ア・ラトラー》」（旅客列車《パッセンジャー・トレイン》）、「サイドドア・プルマン」（有蓋貨車）に乗ったり、「連結棒の上に乗ったり《ライディング・ザ・ロッヅ》」（ブレーキ梁《ブレイク・ビームズ》）、また車内に身を潜めたり、無蓋貨車に積んだ石炭の上に乗ったりして移動する。ときにはトラックに同乗させてほしいと頼む。深夜の長距離トラックの運転手は、話し相手ができたと、たいていは喜んで乗せてくれる。しかし列車移動の場合は、次の町に到着する前に、途中で、無愛想な車掌によって「列車《ラトラー》」から「厄介払いされる《デイッチト》」ことが少なくない。そうなった時は、降ろされた場所からいちばん近くにある「野宿地《ジャングル》」を探す。近くに見つからない時は、その夜は、おあつらえ向きの納屋か倉庫で「一泊する《フロップス》」（眠る《スリープス》）。翌朝、「食べ物《フィード》」を手に入れる問題が起こってくる。運よく農家の台所から食べ物をただでもらうこともある。朝食にありつくためにちょっとした手伝いもする。幸運にも「野宿地《ジャングル》」が近くにあれば、問題は難なく片づく。気心の知れた話し相手がいるし、食べ物にありつけるし、それに、しばし身を休めることができる――何よりも、「元気を回復すること《プット・ヒム・オン・ヒズ・フィート》」が必要なのだ。

「野宿地《ジャングル》」のだれもが、できる範囲で「積立金《キティ》」、すなわち「共有資金」に寄付して、「ごった煮シチュー《マリガン》」用のいろいろな食材やパンやコーヒーを共同購入する。もし「積立金《キティ》」に寄付しないで三食食べてばかりいると、「野宿地のハゲタカ《ジャングル・ブザード》」と見なされて、「消えうせろ《ビート・イット》」と厳しい裁定が下る。「野宿地《ジャングル》」に滞在する者は、「積立金《キティ》」に自分の割り当て分を寄付するために、出かけていってじゅうぶんなお金や食糧を「調達する《ラッスル》」義務を負っている。それに従わないホーボーはたいてい「追放《ザ・ゲイト》」される。多数決原理はホーボヘミア社会にもあるのだ。

金欠になった時は仕事を求めるのが常である。「長期滞在《ロング・ステイク》」のホーボーもいれば、「短期滞在《ショート・ステイク》」のホーボーもいる。長期の場合は、「出ていく《プル・アウト》」まで数週間あるいは数か月間滞在する。短期の場合は、数日働けば「すぐに出ていく《ビート・イット》」。素早く、しかもたえず動き回るために、必要以上の荷物は所持しない。櫛《くし》、石鹸、タオル、それにおそらく「一着の《デック》」オーバーオールがカバンの中身である。

冬には、ニューヨーク、シカゴ、フィラデルフィア、ボストン、セントルイス、カンザスシティ、シアトルなどの都会を目指す。とくに南カリフォルニアは、放浪者仲間にとっては、冬の数か月を過ごすうえで人気の地である。しかし、やはり南部諸州には行きたがらない。脚力以外に自分を守る確実な武器(6)がない不運な放浪者に対して残忍な扱いをする「アメリカのアルメニア(7)」という、とても悪い評判があるからである。

〔チャールズ・〕メイソン氏〔一七二八―八六〕と〔ジェレマイア・〕ディクソン氏〔一七三三―九九〕によって定められた、悪名高き境界線(8)以南において、もてなしの精神を発揮するのは、虐げられた黒人《ブラック》でしかない――これが放浪者たちの間で一致した見解であると思われる。筆者の私も、親切な黒人《ニグロ》から食べ物の施しを受けたり、彼らに「泊めてもらったり《フロップ》」したことがあると、ホーボーから何度も聞いている。経験の浅いホーボーにとって、「施し物《ハンドアウト》」をもらえるのは黒人《ニグロ》の小屋しかないと、口をそろえて言っている。

しかし白人については、百パーセント自分たちと同じ肌色であっても、「メイソン・ディクソン線以南では《ビロウ・ザ・ライン》」、放浪者を「警察《ロー》」に突き出したり、自分たちの玄関口から必死に追い払おうとしたりするという点で見解が一致している。南部の司直《ジャスティス》の手にかかった（不当な扱い《インジャスティス》を被った）不運な白人のホーボーは、黒人《ブラック》と同じ仕打ちに遭う。ただ、同人種へのわずかばかりの配慮ということで、黒人《ブラック》とは別の刑務所へ入れられる。

南部《ディクシー》の「法と秩序《ロー・アンド・オーダー》」の手先〔白人警官〕がホーボへミアンを逮捕した場合にはどうなるかを知るうえで、最近の格好の事例として、神も見放すほど法律が冷酷なフロリダ州で起こったマーティン・タバートの事例が記憶に新しい(9)。似非神秘主義者、変人、イスラム教托鉢僧、映画、黄禍《イエロー・ペリル》、百万長者の「貧乏白人《プアホワイト》」(10)の土地である南カリフォルニアも、今日《こんにち》では、広く知られた気候を満喫するために、冬になれば移動してきていたホーボーにも我慢できなくなってきた。エミール・クーエ(11)の有名な表現を用いれば、「日に日にあらゆる面でますます悪くなっている(12)」。

北部各地の都市にはたいてい安い宿泊施設やホテル街があり、そこでホーボヘミアンは、冬将軍が去り、コマドリがさえずり始めるまで冬ごもりをする。一年のうちでホーボーがいちばん「まとも」なのはこの時期である。たいてい仕事にありつけるし、小銭ではあるが、この時期を乗り切るだけの額はじゅうぶん持ち合わせているし、身なりもかなりきちんとしているし、ひげもきれいに剃り、糊のきいた「礼装用の《ボイルド》」（糊をきかせてアイロンがけした）ワイシャツを着ることもある。そして急進的な活動家の講演、大集会、公開討論会、無料の夜間学校、映画館、賭け玉突き場、劇場などに出かけていく。安定した雇用がなくても、たいてい臨時雇いの仕事や町の雪かきなどでお金を稼いで「目標に達する《メイク・ザ・グレイド》」ように努める。

太陽が通りの両側を照らすようになり、ハーディガーディ〔弦楽器〕が機械仕かけの旋律を奏でるようになり、「制服のポリ公《ハーネス・ブル》」（制服警官）が大きなコートを着用しなくなったとき、ホーボヘミアンはその年の旅程を立て始める。たいていは大都市から出発するサーカス団と行動を共にする者もいれば、木こりとして山へ「向かう《シップ》」者、「保線区員《ガンディ・ダンサー》」として鉄道作業員の飯場に「向かう《シップ》」者や、州道建設の労働者、すなわち「シャベル作業員《シャベル・スティフ》」になる者もいる。

また「列車をつかまえたり《グラビング・ア・ラトラー》」「列車から飛び降りたりして《ヒット・ザ・グリット》」、持ち金を使い果たすまで各地を訪れる者もいる。そして、秋の気配が感じられるようになると、収穫の時期を迎えた西部そしてカリフォルニアの農園地帯に押し寄せる。あるいは北へ向かって進み、カナダまで旅する者もいる。それらの土地では、ホーボーは実質的に経済を支える最も重要な人材となる。**季節労働者がいなければ、トウモロコシ、小麦、オート麦、ホップなどの作物を収穫す**

ることができない。農園主は、収穫作業を完全に季節労働者に頼っている。農作業は短期間なので、彼ら以外に労働力を確保するのがむずかしいのだ。この時期、ホーボーが何の妨害も受けずに貨物列車に乗れるというのも、「儲けの君《プリンス・オヴ・プロフィット》」なる農園主にとって、ホーボーがいかに貴重な存在であるかということを証明している。

他の時期であれば、貨物列車の「制動手《シャック》」に「見つかってしまった《ランプ》」ついていないホーボーは、拳銃を突きつけられて、列車のスピードが落ちていなくても「突き落とされる《ディッチト》」。車掌にしてみれば、自分とはまったく関係のないホーボーの人生など、どうなってもいいのだ。ときには、乗務員に捕まって、気が遠くなるほどの長距離にわたって、シャベルで釜に石炭を放り込む作業を強いられる。

収穫期が終わり、サーカス団が冬営地へと移動し、道路建設も終われば、ホーボーも都会へ戻っていく。「好景気《グッド・タイムズ》」で経済不況のない時期には、遅れてやってきたホーボーには、手ごろな「寝ぐら《フロップ》」を見つけるのはむずかしい。ホーボー地区にあるどの木賃宿にも空室のないことがよくある。昨年の冬のニューヨークのバワリー街(13)がその例だ。夕刻の六時以降に部屋を見つけるのはほとんど不可能だった。一文無しという断末魔の苦しみを味わいながら「町に辿り着いた《ヒット・ザ・タウン》」ホーボーや、「酔っ払いの浮浪者《スモーク・バム》」(エチルアルコールとソーダ水とを恐ろしいほど混ぜてつくった「スモーク」と呼ばれる安酒で酔っ払った「浮浪者《バム》」)は、教会や市営の宿泊施設に「宿《フロップ》」を求めざるをえなくなる。教会の場合は、「牧師《サーム・シンガー》」の長々とした説教を聴かされることになるし、市営の宿泊施設となると、憩いの場というよりも、刑務所同然である。当然のことながら、できるものなら両方とも敬遠される。

ホーボヘミアンは、慈善団体のことなら何でも知っている。YMCAは、腹を空かせ、一銭もなく、疲れた足を引きずる「さすらい人《ヴァガボンド》」にとっては**最後の**頼みの綱となるべきところである。しかし、慈善団体を名乗っているにもかかわらず、そのような「ちゃんとした《リスペクタブル》」組織から、たとえあったとしても、じゅうぶんな援助は期待できないと覚悟している。白い襟カラーをつけず、一銭も持たずに「Y」〔YMCAのこと〕へ行った者ならだれでも、疑いの目で見られることはじゅうぶん承知している。ＹＭＣＡの職員は、放浪者《マン・オヴ・ザ・ロード》に対して、身元保証書か推薦状を持っているかときいてくる。いずれも持っていないとわかると、「市営の宿泊施設に行ってみたらどうだ？」と提案してくる。まさに「キリスト教の組織《クリスチャン・オーガニゼーション》」だ！　救世軍の方がはるかにましだが、その団体とて、戦中戦後を通じて贅沢な食事に嘴《くちばし》をつけたので、かなり「ちゃんとした《リスペクタブル》」ものになってしまった。優しく親切で慈悲深い紳士や、刺激を求める社交界の美女が集う教会もあるが、彼らは、腹を空かせた者に讃美歌集や祈祷書あるいは小冊子を渡して、喉が切断されてしまったのではないかと思うほど、その惨めな者の胃袋が空っぽの時でも、「神の存在を見た《ファウンド・ゴッド》」かどうか、しつこくきいてくる。かつて、「ヴォルステッド禁酒法惨事以前」（ＢＶＤ）[14]、国じゅうが悲嘆に暮れていた時期のことであるが、腹を空かせた惨めなホーボー《プア・デヴィル》は、当時はどこにでもあった酒場にふらりと立ち寄り、カウンター席で提供を受けたご馳走で腹を膨らませていた。しかし、「悲しいかな、哀れなホーボー《プア・ボー》たちよ、あのような時代は永遠に過ぎ去ってしまったのだ」。酒類密造者はもうただ飯は提供してくれないのだ。

　おそらくホーボヘミア集団のことをまったく知らない人にとっては、興味をそそられることではないかと思うのだが、実は、男の放浪者《ナイツ・オブ・ザ・ロード》と同じく、「連結棒の上に乗ったり《ライディング・ザ・ロッヅ》」できる女の放浪者《レイディーズ・オヴ・ザ・ロード》も多くいるのだ。女の放浪者はいろいろな年齢層にまたがっていて、たいていは男に変装しているのだが、男の仲間と連れだって旅していることも少なくない。女のホーボー《レイディ・ボー》とはまったく気づかない男たちと一緒に貨物列車に乗って何百マイルも旅した、という話を聞いたこともある。もちろん女の浮浪者《フィーメイル・バム》は、フィラデルフィアやニューヨークやシカゴなどの大都会では一般によく見かける。捕まった時はたいてい、「更生《コレクション》」施設（!!?）[15]、郡刑務所、「女子少年院」や、そのほか「強情な《ウェイワード》」女を監禁するために設けられた文明社会の付属施設[16]など、犯罪の掃き溜めに送致される。このような裏社会の多くの女たちから聞いた話によると、彼女たちが悪事や堕落というものに初めて手を染めたのは、皮肉にも今挙げたような場所だったのであり、しかも、悪や堕落の手ほどきをしたのは、そこにいる女監督官や守衛など、州公務員の虫けら連中《ヴァーミン》だった、というのだ。

ホーボヘミア集団には、おそらく百万人以上の人間がいる。これでもかなり控えめに見積もった数字である。その中には、優に十万人あるいはそれ以上の黒人《ニグロ》のホーボヘミアンがいる。至るところで黒人《ニグロ》のホーボーに出くわす。白人と一緒にいるところを見かけられることもあるし、もちろん黒人《ニグロ》と一緒のこともある。綿花の地〔南部のこと〕で虐げられ搾取される黒人《ニグロ》が、ともかくどんな手段を用いてでもKKK団の拠点から離れようとするのは当然のことである。ときどき黒人《ニグロ》のホーボーは、白人ならあえて求めないようなところで「施し物《ハンドアウト》」を手にすることがあるし、ときにはそれが逆の場合もある。年配のホーボーの間には、黒人《ニグロ》に対する偏見はほとんどなく、黒人《ニグロ》は「野宿地《ジャングル》」に迎えられて、「マリガンシチュー《マリガン》」を提供される。しかし、南部白人の大半を占める「白人の下層民《クラッカー》」にとっては、非難の声を浴びせることができる唯一の存在である。彼らは、黒人《ニグロ》に対する執拗な抗議活動《プロパガンダ》を繰り返し、我が物顔に振る舞い、黒人《ブラック》のホーボーは「出ていけ《ウォーク》」と通告する。

黒人《ニグロ》のホーボーはたいてい、立ち寄る町ならどこにでもある黒人《ニグロ》の裏社会に居場所を求める。それまでの辛い経験から、そのような場所にのみ本当のキリスト教精神があることをよく心得ているからである。屈辱を覚えるような詰問をされることもなく、サンドイッチやシチューを買うための小銭を「ねだる《バム》」こともできる。「施し物《ハンドアウト》」をもらえるかどうかはおおかた、頼んだ相手がお金を持っているかどうかによる。その相手がどんなに「悪い《バッド》」人間であっても、だれも他人のことを突っ込んで詮索するようなことはしない。改めて言うまでもないことだが、「ならず者《ラッツ》」「間抜け《トミー》」「飲んだくれ《ラウンダーズ》」「ホモ《ファゴッツ》」「女たらし《ブルズ》」「麻薬中毒者《ホップ・ヘッヅ》」「偽札造りの男《グリーン・グッヅ・メン》」「金庫破り《ピーター・メン》」「アル中《ディップス》」など、「文明」の落とし子である様々な流れ者《フラットサム・アンド・ジェットサム》は概して、筆者の私が出会った中では、最も心を大きく開く人間だった。「上層社会の人間」や「社会の柱石となる人間」によって、太陽の下では拒絶され、月明かりの下では求められる彼らは、一文無しになって腹を空かせた貧しいホーボヘミアンの一番の理解者になる。しかしながら、ホーボヘミアンはこのような類《たぐい》の人間とは混同視されない、まったく別の社会集団に属している。もちろん重なる場合もあるが、しかし大半は明らかに異なる。片や、広く世間を渡り歩き、人生を気楽に考え、ときおり仕事に就いたりもする。それに対してもう片方の人間は、各地の都市部にある裏社会に閉じこもり、スト破りのために会社側から送り込まれた労働者、詐欺師、人種純血主義者《ピュアリティ・スクォッド》、売春斡旋《ヴァイス・コミッション》、「コカイン《コーク》」の売人、社会改革論者《リフォーム・ガッシャー》、「黒人向上論者《アップリフト・クランク》」として関わることが、唯一の存在意義となっている。

黒人《ニグロ》のホーボーがYMCAから心づけを受ける可能性は、白人のホーボーと比べると少ない。YMCAの黒人《ニグロ》支部でさえ、「ちゃんとしていること《リスペクタビリティ》」を重視するのだ！　そうなると、行先は裏社会しかないということになる。髭《ひげ》を伸ばし、風呂にも入っていないような「泊り客《ゲスト》」を相手にする多くの簡易宿泊所でさえ、「くろんぼ《ニガー》」を嫌うのだ！

黒人《ブラック》の放浪者は、場所によっては、「列車から飛び降りた《ヒット・ザ・グリット》」際、直ちに困難に遭遇することがある――白人のホーボーなら決して経験しないようなことである。黒人《ニグロ》のホーボーはしばしば、黒人《ニグロ》が見当たらない、おそらく住むことを許されていないような「町にやってくる《ヒット・ザ・タウン》」。町のところどころに、黒人《ニグロ》の立ち入り禁止を知らせる掲示板があったりする――そこには「くろんぼ《ニガー》に告ぐ、これを読んだら立ち去れ」と書いてある。それにふざけ半分の言葉が付け足されている――「読めなくても、とにかく立ち去れ」とか、「くろんぼ《ニガー》に告ぐ、日が沈むまでこの町に留まってはいけない」といったものである。他の場所には、親切な市民は一人としていない。黒人《ダーク・ジェントルマン》が最初に市民の敵意を感じるのは、下層の地元住民の群衆が彼を追ってくるのに気づいた時や、食糧調達のために店に入った時である。ときには、農夫の妻から、敵意を抱いた者たちの集まりを避けるようにと忠告される。「憎悪合衆国《ユナイティッド・ヘイツ》」にはそのような町が何百もある。

騎士道精神を重んじる南部で、黒人《ニグロ》のホーボーが「法と秩序《ロー・アンド・オーダー》」の番人〔白人警官〕に捕まった時は、完全に「不運な《アウト・オヴ・ラック》」ことになる。所持金を調べられ、所持していれば所持金以上の法外な罰金を科せられる。道路建設の労働力を必要としない時は、農園主がやってきて罰金を肩代わりし、その分、自分の農園で働かせる。その仕事が終了する前に服役期間が満了した場合は、その地域の裁判官が自ら農園まで出向き、架空の罪をでっち上げて、あと数日あるいは数週間延長して働かせる。オハイオ川やミシシッピ川の蒸気船では、多くの黒人《ブラック》の季節労働者が乗組員として働いているし、鉄道の保線作業はすべて彼らが維持管理している。実際、黒人《ブラック》の季節労働者は、南部の経済を支える重要な人材である。しかし北部への脱出が増えるにつれて、その重要性も減ってきた。

白人のホーボヘミアンについて言われていることは、黒人《ブラック》にもおおかた当てはまるので、詳しく説明する必要はない。しかし違いもある。黒人《ニグロ》のホーボーは、南部の悲惨な状態から逃れたいがために季節労働者になる。一方、白人のホーボーはたいてい、機械の奴隷として型にはまった生活を強いられることへの抵抗を示す。白人のホーボーにとって、放浪熱は、機械文明のおぞましい単調さに対する解毒作用となる。黒人《ニグロ》のホーボーの場合は、絶望的な重労働を強いる現代の封建体制からの逃避である。白人のホーボーは機械の恩恵に与っているが、黒人《ニグロ》のホーボーは決してそうは言えない。したがって、今のところ、黒人《ニグロ》のホーボーには、**技術を身につけた人材**は、白人と比べてそう多くない。黒人《ニグロ》が北部の都市に移動するようになるにつれて、組織化された複雑な製造・機械作業にますます関わるようになるであろうが、それによって、白人の場合と同じように、逃げ出したい欲求が確実に起こってくる。したがって、黒人《ニグロ》のホーボーの数の増加が見込まれる。

戦闘的な労働組合至上主義者《サンディカリスト》の組織であった「世界産業労働者組合《I・W・W》」[17]の活動方針は、「お上《ベスト・ピープル》」にとても恐れられており、とくに西部ではおおかた、ホーボヘミアン、森林伐採労働者、鉱山労働者、収穫作業員などで構成されている。全米に散らばる黒人《ニグロ》も、数こそあまり多くはないが、その構成員である。森林伐採の野営地や製材所や鉱山や収穫期の農地では、「世界産業労働者組合《I・W・W》」が搾取された労働者を立ち上がらせ、賃上げを勝ち取った。明らかに組合は恐れられているのだ！

ニューヨークやフィラデルフィアやシカゴなどには、「国際同友交流協会《I・B・W・A》」[18]すなわち「放浪者同盟《ホーボーズ・ユニオン》」の会館があって、組合員証を所持しているホーボーが町にやってきた時はそこに宿泊できる。会館はいわば屋内《インドア》の「野宿地《ジャングル》」だ。ニューヨーク市バワリー街三五〇丁目にある「ホーボー会館」は、昨年の冬、最初の「ホーボー・カレッジ」としてスタートした。経済学や社会学や歴史などのコースが学べるということである。この「ホーボー会館」は、「百万長者のホーボー」で、セントルイスに住み、「国際同友交流協会《I・B・W・A》」の機関紙である『ホーボー・ニュース』を刊行しているジェームズ・イーヅ・ハウ〔一八七四―一九三〇〕によって運営されているということである。有名なホーボーには、いわゆる放浪詩人のハリー・ケンプ〔一八八三―一九六〇〕がおり、ケンプの自伝『放浪人生』〔一九二二〕が近頃出版された。もうひとり、『アンデスを放浪する』〔一九一七〕の著者である作家のハリー・フランク〔一八八一―一九六二〕がいる。ほかにも、文学、犯罪、政治、ビジネスの分野で有名になった数多くのホーボへミアンがいる。犯罪と政治とビジネス部門はほとんど重なっている。

一文無しの仲間を助け、パンを分け与えることを、ホーボへミア社会の倫理規定としている。筆者の私は、社会から嫌われている白人のホーボーが黒人《ニグロ》のホーボー仲間と最後に残ったパンを分け合っているのを見かけたことがある。おそらく「まともな《ベスト》」人間なら、腹を空かせたホーボーに向かって、シチューの代金を渡してやることなどせずに、「どうして働かないのか?」とか、「『神を見たこと』があるか?」といったことをきくだけである。ホーボへミアン一人ひとりの責務として、安心して「施し物が得られる」家とそうでない家、「ポリ公《ブル》」によってひどい暴力を受ける恐れのある町、彼らが自由に歩き回れる町などの情報を、仲間内で用いる象形文字で提供し合うことがある。これらの情報は、水槽、フェンス、倉庫などに書かれている。「野宿地《ジャングル》」の焚き火を囲んで、言葉を交わす折には、三つの質問だけ許される――「どこへ行くんだ?」「どこから来たんだ?」「おまえの名前は?」

ホーボへミア集団の哲学は、陽気なペルシャの詩人〔オマル・ハイヤーム〕の、次のような詩行に実にうまく表現されている。

ある者はこの世の譽《ほまれ》、ある者は
来たるべき預言者の楽土《らくど》をねがふ。
ああ取れよ、正金《まさがね》を、手形を捨てよ。
遥かなる太鼓《たいこ》の音を意とすることなかれ(19)

2

《黄禍《イエロー・ペリル》 ――一幕劇》[20]

『メッセンジャー』七（一九二五年一月）

場面 ニューヨーク・北ハーレムの七番街にあるアパートの居間《パーラー》

日時 限定なし（四六時中の出来事）

登場人物

女

マーサ……………………メイド

ジョニー………………家賃担当の男

ジョージ………………靴担当の男

フランク………………コート担当の男

サミー……………ドレス担当の男
ヘンリー…………帽子担当の男
チャーリー………宝石担当の男
フィリス…………プードル犬

夕刻七時ごろ。部屋には赤々と明かりが灯っている。舞台後方には、レースのカーテンと緑色のブラインドのかかった二つの窓。窓と窓の間には自動ピアノが置かれている。その上には、きちんと積み上げられた巻き取り楽譜の束。その前には長椅子。左手には二つのドアがあり、観客に近い方は玄関に通じ、もう一つは浴室に通じる。この二つのドアの間に、模造の動物毛皮で覆われた大きな書斎机。その上には、数冊の本と大衆雑誌。左手の二つのドアとちょうど向かい合って、右手にも二つのドア。観客に近い方は台所に通じ、もう一つは寝室に通じている。この二つのドアの間に書き物机。ピアノの両側には一つずつ椅子があり、一つは書き物机の前に、もう一つは書斎机のそばに置いてある。書斎机の上には、趣のある衝立で隠すように電話が置いてある。舞台前方の中央にはソファーベッド。頭の方は台所に通じるドアの方を向いている。ベッドの近くにはスモーキング・キャビネット。キャビネットの片方の扉が開いていて、禁酒法以前によく見かけた形のクォート瓶と数個のウイスキーグラスが見える。ソファーベッドの後ろにはフロアランプが置いてある。

　ソファーベッドには、白人として通る八分の一黒人《オクトルーン》の女が寝そべっている。つやつやとした黒髪、ぽっちゃりとしたベビーフェイスには厚化粧。華奢《きゃしゃ》な手とすらりと伸びた脚。小さな青色のリボンのついた、ピンク色のシルクのパジャマ。足には同じ色のかわいらしい室内履き。「粋な」類《たぐい》の雑誌をパラパラとめくりながら、ときおり吸い口が金色の煙草をふかしている。腕には金時計。青色のソファーピローの上で、フワフワした白毛のプードル犬が眠っている。そこにはフロアランプの明かりしかない。幕が上がると、彼女は腕時計に目をやって時刻を確認し、体を起こして、吸殻をごみ箱に投げ入れ、雑誌を書斎机の上に放り投げ、あくびをして、けだるそうに背伸びをする。

女：あーあー！……マーサ！（メイドを呼ぶ）

マーサ：（台所のドアを開ける）はい、奥様！（マーサは固めにストレートパーマをかけた黒髪の暗褐色の女。エプロンを着け、メイド用の帽子をかぶっている）

女：ちょっと食料品店へ行って、ライウイスキーのクォート瓶を一本買ってきてくれるかしら。もうほとんどなくなってるの。お金は化粧ダンスの上よ。今夜も、だれかやってくるかもしれないから。

マーサ：はい、奥様。

女：出かける前に、居間に少しハタキもかけておいてね。それにフィリスの散歩も忘れないでね……こっちももう少し明るくした方がいいわね。

マーサ：はい、奥様。（マーサは電灯のスイッチを入れてから、台所へ消える）

女：（突然ドキッとして）そうだった！　家賃だ。忘れるところだったわ！（電話の方へ歩み寄る）ブラッドハースト○○○七七番をお願い。いいえ！　ラインランダーじゃなくて、ブラッドハーストよ！　ブラッドハースト○○○七七番よ！　そう、その番号、ブラッドハースト○○○七七番！　もしもし！　ラッセルさんはいらっしゃるかしら？（とても甘い声で）ラッセルさんをお願いできるかしら？（マーサがハタキを手にして入ってきて、部屋を掃除し始める。女に目をやりながら、頭をゆっくりと横に振って、訳知り顔で苦笑いを浮かべている）まあ、もしもし、ジョニー！――あのね！　ダーリン、今夜、少し気分がすぐれないの――いいえ、たいしたことないわ。実はね、パパァー、すぐに五十ドル送ってほしいの、おねがーい。そう、部屋の代金なの――そのとおりよ――明日は一五日でしょ？　お金がないなんて、バカなこと言わないでちょうだい――ジョン――

五十ドル入用なだけ――やっとわかってくれたわね――そうなの、ごめんね、ジョニー、今夜は来たらだめよ――主人が帰ってくるの――だめ！　ことを荒立てたくないわ――いい子ね――それじゃあ、金曜日の夜にね――バイバイ、だーい好きよ。（女は受話器に音を立ててキスをしてから、受話器を置いて、大きくため息をつく）マーサ、これで一つ片付いたわ。男に言い聞かせるのは骨が折れるわ。私の家賃の支払いを遅らせようとするのよ。そんなこと、信じられる？　**この私**に対して、家賃の引き延ばしをしようとするなんてね！

マーサ：奥様にはかないませんわ。どのようになさいますの？　あの人たち、だんだんとわかりかけたりしていませんの？

女：（書斎机のそばの椅子に体を投げ出しながら）そんなことありえないわ。男を扱うことなんか簡単よ、みんな**間抜けな連中**だから。十歳ぐらいの坊やを扱うようにすればいいだけよ。とてもたやすいことよ。

マーサ：まあ、奥様は本当にハーレムの男の人たちをすっかりご存じですわ。弁護士とか、牧師とか、新聞の編集者のような有力な人たちをどのようにしたら扱えるのか、私にはわかりませんわ。（マーサはソファーベッドの埃《ほこり》を払っている）

女：それはね、そんな男たちについて知っておかないといけないことなんて、あまりないのよ、ニューヨークで一番のおバカさんってこと以外にはね――そう呼ばれることも、たいしたことなのよ。もっとも、結婚している男は最悪だわ、とくに社会の指導者やビジネスマンと呼ばれるような男たちはね。たまには私の手に負えない男もいるけど、そんな男でもどのように扱えばいいか、ちゃんと心得ているわ。（女は高笑いする）

マーサ：（台所へ向かいながら）それでは、お酒を買いにいってきます。（台所から声をかけて）他に何かご入用なものはございませんか？

女：ないわ、ウイスキーだけでいいわ。男ども《ジョンズ》には優しくしすぎちゃだめなのよ――すぐ図に乗っちゃうからね。

「ぞんざいに扱う」というのが私のやり方なの。

マーサ：（外出用の服を着て台所から出てくる）奥様ならきっとうまくなさるでしょうね、奥様は肌色の淡《うす》い混血女性《ハイ・イエロー》ですから。私も奥様とおんなじ色になりたいですわ。シカゴの『ディフェンダー』紙（一九〇五年創刊の黒人週刊紙）が宣伝していたものを手当たり次第に試してみたんですけど、二年前にジャマイカから来た時とまったくおんなじで、相変わらず真っ黒ですわ。奥様は白人に「なりきって」生きようとはされなかったのですか？奥様ならどこでも問題なくやっていけますわ。（女は寝室に入っていく）

女：（青色の部屋着をだらりと羽織って戻ってきて）確かに、一、二年、下町で暮らしたことがあるわ。だけど男を引っかけるにはここの方がいいのよ。下町じゃ、ひとりの白人女でしかないわ。だけど、ここでは、羽振りのいいビジネスマンや専門職の男や社会の名士にちやほやしてもらえるわ、だって、私は混血女《ハイ・イエロー》でしょ。そうよ、ここの方がずっと簡単なの、競い合うことも少ないから。私は小学校も卒業していないのに、大卒や社交界の貴婦人方でも私には勝ち目なんかないわ。ウインクするだけで、百人もの黒人男《ブラック・メン》があとを追いかけてくるのよ。

マーサ：私にはとても理解できないことですわ！

女：簡単なことよ。あのね、このような黒人男《ダーキー》はみんな、白人女に夢中なの。だけど、偉くなって出世なんかしたら、そのことを黒人仲間《シャイン》には知られたくないの。それに白人に知られるのも恥だと思うのよね。だから、妥協するってことで、できるだけ肌の白い黒人《カラード・ウーマン》女を見つけては自分のものにしようと思うのよ。もちろん、そのことだって認めようとしないわ。だけどそんな人たちの行動を見ていればわかるわ。私には何もかもお見通しよ。（女はスモーキング・キャビネットの扉を開けて、飲み物をグラスに注いで飲み干し、煙草に火をつけ、ソファーベッドの上にゆったりと体を横たえる。メイドは含み笑いを浮かべながら、寝室へ入っていく）

マーサ：（寝室から出てきて）おいで、フィリス！（マーサは犬にリードをつけて、玄関のドアを開けて出ていく）

女：（考え事をしているような顔つきで）さて、来週のパーティに着ていく服さえ新調できたら、もう完璧よ。あの黒人《ダーキー》男が毛皮のコートをもってきてくれさえすれば、みんなイチコロよ。私の前で気取った態度をひけらかすんじゃないの？　そんないいかっこしいのプライドをずたずたに引き裂いてやるわ（電話が鳴って、受話器を取る）もしもし！　もしもし！（驚いたように）あら、ラッセルさん！　わかりました。それじゃあ、彼に上がってきてって言って下さいな。（受話器を置く）なんてことなの！　今夜はここには来ないように言っておいたはずなのに。この薄らバカときたら、忌々しいったらありゃしないわ！（苛立って右往左往する。玄関ベルが鳴る。ドアを開けると、身なりをきちんと整えた、抜け目なさそうな、つややかな肌の黒人《ブラック・フェロー》男が立っている）まあ、ジョニー！

ジョニー：（女にキスをして）やあ、スウィートハート！

女：（咎めるように男の顔の前に人差し指を立てて左右に振る）今夜は来ないでちょうだいと言っておいたと思うけど？　いつも私を困らせるようなことをするのね！

ジョニー：（申し訳なさそうに）いや、どうしても来ないといけなかったんだ、わかってくれよ。ハーレムでこれほどの大金を持ち運びする人間はだれも信用できんのだ。おれの召使を遣《つか》わすこともしなかったんだ。ほれ！（数枚の紙幣を女に手渡して、ソファーベッドに腰を下ろす）

女：（お金を数えながら）だけど、メッセンジャーボーイに届けさせることだってできたでしょ。こんなおバカな不動産屋さんを見たこともないわ。私の幸せを考えてくれることなんか、ちっともないんでしょ。あらっ！　どういうこと？　五ドル足りないわ。

ジョニー：それは、ハニー、おれは……。

女：あら、ちょっと待ってよ！　どういうことなの、私のお願いを聞けないっていうの？　五十ドルって言ったでしょ。お願いしたとおりにならないのなら、だれか他の人に頼むわ。このハーレムできれいなママちゃんを求めている黒人《ニガー》はあなただけじゃないからね。よく考えてごらんなさいな。喜んであなたの代わりをしてくれる男の人はわんさかいるのよ。（女は書斎机の上にお金を放り投げる）あなたがそんな安っぽい人だったら、もうさよならよ！

ジョニー：（完全に狼狽して、女の前にひざまずく）そんな、ハニー、おれを見捨てるつもりはないよな？　それじゃあ、おれには妻《ワイフ》しかいなくなってしまうじゃないか。

女：（ジョニーを押しのけて、部屋の反対側へ移動する）まあ、いい気味だわ。（電話が鳴って、受話器を取る）もしもし！　もしもし――だれ？――繋いでちょうだい――まあ、もしもし、今夜はあなたが来るとは思わなかったわ――そうねえ――ちょっとだけならいいと思うけど――ええ、それじゃ上がってきてちょうだい。（受話器を置く）ほらね、（ジョニーの方を振り向いて）今夜は夫が帰ってくるかもしれないって言ったでしょ。さあ、どこかへ隠れて！（ジョニーは慌てふためいて立ち上がり、血相を変えて見回しながら隠れ場所を探す。挙句の果てに玄関ドアの方に進もうとする）そっちはだめでしょ。なんてバカな人なの！　そっちから入ってくるでしょ。夫が帰ってくるって言っておいたのに、あなたがぐずぐずしてるから、こうなってしまったのよ。（女も大慌てで部屋を見回す。玄関のベルが鳴る）早く！　台所に隠れて、鍵をかけるのよ！　急いで！（ジョニーは台所へ急ぐ。再びベルが鳴る）今行きまーす！（と甘い声で言う。ソファーベッドの上にあるジョニーの帽子をつかんで、台所へ急ぐジョニーに向かって投げる）そこから出てきちゃだめよ、ほんとに大バカなんだから！　鍵をかけ忘れないでね！（ジョニーは鍵をかける。再びベルが鳴る）

玄関からの声：いったいどうしたんだ？　ドアを開けてくれ！

女：ちょっと待ってね、ダーリン！（ドアを開けると、牧師の服を着て、ブリーフケースを提げた背の高い褐色肌の男が立っている。男は怪訝そうにあたりを見回す）ダーリンったら、私にキスしてくれないの！（彼女の腕を男の首に回す）あなたは私の愛しい牧師さんじゃなくって？

男：シーッ、そんなに大きな声を出すな。私がここへ来たことはだれにも知られたくないんだ。君に会えてとてもうれしいよ！（男は女を抱きしめる）

女：あら、ジョージ、何をもってきてくれたの？

ジョージ：（ブリーフケースの中に手を入れて、ウイスキーの瓶を取り出しながら）ほれ、戦前物だぞ、どうだ？

女：（ビンをキャビネットの中へ仕舞いながら）もってきてくれたのはこれだけなの？　靴を頼んでおいたはずだけど？

ジョージ：まあ、そう慌てるな、落ち着け。（ブリーフケースの中に手を伸ばして、高価な靴を取り出す）ほれ、約束の靴だ。

女：（ジョージを抱きしめて）まあ、ジョージ！　あなたはなんて優しいの！　あなたはハーレムの男百人分の値打ちのある人だわ！

ジョージ：そうだろ、わかったかい、ハニー！（ジョージはコートを脱ごうとする）

女：あのね、ジョージ！　悪いけど、今夜はあなたとゆっくりできないの。夫が帰ってくるの、私を困らせたくないでしょ。

ジョージ：（しぶしぶ腰を上げながら）それなら仕方がない。しかし、おまえはいつも私を追い払おうとしているみたいだ。

女：まあ、そんな泣き言を言わないで！　私の方が悲しくなっちゃうわ。あなたは何もかも私のことを気遣ってくれているわ。だけど、夫が私の首を切り落とすことになるかもしれないなんて、どうでもいいことでしょ……あなたっていう人は。それにこんな安靴！

ジョージ：（激昂して）安靴だって！　いったいどういう意味だ、安靴とは？　十五ドルもしたんだぞ！

女：それがどうだっていうの？　ここを慈善施設とでも思っているの？　さあ、とっとと出ていってちょうだい！（電話が鳴る）　ああ困ったわ！　ほらもう帰ってきたじゃない。（電話に出る）もしもし！　もしもし！――ええ――わかったわ。今どこなの？――五分ほどしたらということね――ええ――それじゃまたね（受話器を置いて、取り乱したように慌ててジョージの方を振り向く）とにかく早くして！　ここから出ていってって言ったのに。　寝室へ入って！　急いで！

ジョージ：（同じく慌てふためいて）わかった。急いで夫を追っ払ってくれ。今夜、教会の礼拝があるんだ！（ジョージが寝室へ急ぐ）

ジョニー：（台所のドアを開けて）そろそろいいかい？

女：（激しい口調で）ドアを閉めて、鍵をかけなさい！（ジョニーが台所へ引っ込む。玄関のベルが鳴る。女がドア開けると、大きな包みを手にした小柄な黒人《ブラック・フェロー》男が立っている）

新しい訪問者：やあ、元気かい！（女を抱きしめながら）ほれ、もってきてやったぞ。

女：まあ！　何なの？

訪問者：（包みを開けて、毛皮のロングコートを取り出す）どうだ、気に入ったか、スウィーティー？

女：まあ、フランク！　あなたはハーレムの男百人分の値打ちのある人だわ！　なんて優しい人なの。いくらしたの？

男：（大見得を切って）六百ドル！

女：（大感激して）あなたにすれば決して安い買い物じゃなかったでしょ？　お金の工面をしないといけなかったんで

しょ。

フランク：まあ、おれは結社《ロッジ》の会計係をただでやってるんじゃないってことさ。すべての資金はおれが握っているから、それを君にも回せるんだ、結社《ロッジ》のユニフォームの調達や会合開催に使うのと同じようにさ。

女：（期待を込めて）フランキー、今夜は会合があるの？

フランク：いいや、今夜はおまえと一緒だ。

女：まあ！　だめよ、今夜はだめよ、だめ、だめ。もうすぐ夫が帰ってくるの。すぐ帰ってちょうだい。私を困らせたくないでしょ？

フランク：来たとたんに帰れとはどういうことだ。おれはここを動かんぞ！

女：（涙声で）ああー、フランキー、だめ！（電話が鳴る）

フランク：いいや、梃子《てこ》でも動かんぞ。何の見返りもないんだったら、六百ドルも使うわけがない。だれにでもするようなことじゃないぞ。

女：（受話器を取って）もしもし！　もしもし！　ええ、私よ——だめ、ちょっと待って——うーん——じゃあいいわ。

フランク：（驚いて）だれだ？

女：私の夫しかいないじゃない。今夜帰ってくるって言ったでしょ。さあ、隠れて。

フランク：（部屋を右往左往して）どこへ隠れりゃいいんだ？　どこへ隠れりゃいいんだ？（フランクは台所や寝室のドアを開けようとするが、鍵がかかっている。そこで、右手にある窓を開けて、避難階段に出る。女は急いで後《あと》を追い、サッシを引き下ろしてから、ブラインドを下ろす）

女：オー・マイ・ゴッド！　もうむちゃくちゃだわ！　何とかしなくっちゃ……（玄関ベルが鳴る。ドアの方へ走っていって開けると、小脇に包みを抱えた黒人《ブラック》の大男が立っている）まあ、あなた。こんなに早く来てくれるなんて思っていなかったわ。まだ着替えてもいないのよ。（二人は抱き合う）サミー、何をもってきてくれたの？

サミー：（ニヤニヤしながら）もちろん、おまえの欲しがっていた物に決まっているだろ。（サミーは包みを開けて、新しいドレスを取り出す）七十五ドルにしては、けっこういかすだろ、ええっ？

女：（うっとりして）まあ、とっても美しいわ！ サミー、あなたはハーレムの男百人分の値打ちのある人だわ。ちょうど欲しいと思っていた物だわ。ああ、あなたって、優しいのね（女はサミーにキスをする）

サミー：（誇らしげに）まあ、たいしたことないさ。おまえのような女の子が欲しがっているものだったら、何でも手に入れられるぞ。

女：ほんと？

サミー：本当だとも！……何か飲み物はあるか？

女：もちろん。私が飲み物を用意しておかない時って、これまであった？（二つのグラスに飲み物を注ぐ）サミー、悪いけど、今夜はゆっくりできないの、夫が帰ってくるの。

サミー：（ムッとして）おい！ おれをだれだと思ってるんだ？ 何のためにこれを買ってきてやったと思ってるんだ？（ガウンを指さして）このために女房から二十ドルも工面しなけりゃならなかったんだぞ。

女：ねえ、サミー、おりこうにしてちょうだい！ 今夜は夫が帰ってくるから仕方ないのよ。今朝まで知らなかったの。私を困らせないでね、お願いだから。（女は恐る恐る、二つのドアと右手にある窓の方に目をやる）

サミー：（怪訝そうに）おれはここを一歩も動かんぞ。動かんと言ったら動かん。（玄関のベルが鳴る。サミーは慌てて部屋を見回す）どこへ隠れたらいいんだ？

女：オー・ゴッド！ どこでもいいから。（サミーは二つのドアの方へ駆け出すので、女は左手にある窓を指さしながら）

夫を追っ払うまで避難階段へ出ていて！

サミー：（窓に向かって突進しながら）わかった！　わかった！（サミーは窓を上げようとするが、動かない）この窓、いったいどうなってるんだ？（再び玄関のベルが鳴る）

女：早く！　早くして！（女は窓を押し上げるのに手を貸して、サミーを押し出してから、サッシとブラインドを下ろす。また玄関のベルが鳴ると同時に、ドアを蹴飛ばす音がする）

声：早く開けろよ！

女：（ドアの方へ飛んでいって）今すぐ開けるから！（ドアを開けると、小柄で細身の褐色肌の男が立っている。髪をなでつけ、これ見よがしに深赤色のネクタイを身に着け、腕時計をしている。甲高い声の持ち主で、気取った歩き方をする。帽子の箱を持っている）まあ！　何か御用でもあったの？　どうして電話してくれなかったの？

細身の男：君を驚かそうと思ってさ。（帽子の箱を置いて、女を抱きしめる）

女：お願いだから、キスはほっぺにして。いつも言ってるでしょ……何を持ってるの？　私にくれる物？

細身の男：ぼくのかわいこちゃん《シュガー・ランプ》、何だかわかってるだろ！（男は箱を開けて、豪華な帽子を取り出す）どうだ、本当にきれいだろ？

女：まあ、ヘンリー！　ちょうど私の欲しかった物だわ。あなたは、ハーレムの男百人分の値打ちのある**男**《ひと》だわ。

（女はヘンリーを抱きしめながら、顔を横へ向けた）お願い、ほっぺたにね！

ヘンリー：さあ、とっても楽しい一時《ひととき》を過ごそうじゃないか、いいだろ《ダーリン》？　ほら、ぼくたちは外出することはないとわかっているから、普段着で来たんだ――いつも君のことを考えてるんだ。

女：ヘンリー、今夜はだめよ。

ヘンリー：（驚いて）ええっ、ハニー！　今夜は、君のために特別にＹＭＣＡの仕事を早く切り上げてきたんだ。一

緒に過ごさせてくれないか？（ヘンリーは跪《ひざまず》き、女に両腕を回して自分の方に引き寄せる。女はヘンリーを押しのける）

女：だめ、できないわ！　夫が帰ってきて、あなたのような男《ひと》といるところを見られたくないの！

ヘンリー：（そそくさと立ち上がって）わかった、君はとても意地悪な女だ。ぼくをこのように扱うのは、まったく卑劣千万なやり方だと言ってもいい。そう、そうか、そういうことか。この帽子のために二十ドルを工面するのにどれだけのことをしたか、君にはわからないだろ！（ヘンリーは両腕に顔をうずめて、両肩を激しく震わせながらむせび泣く）。ぼくを邪険に扱うなんて、ひどいったらありゃしない。君は薄情、薄情な女だ！

女：（これ以上聞いていられないというふうにうんざりして）もう、しっかりしなさいよ、めそめそばかりして！　夫が帰ってくる前に、ＹＭＣＡへ戻りなさい。さあ早く！

ヘンリー：（憤然として、腰に両手を当てて）結局、これがぼくに対する君の態度ってことだろ、ええっ？　二度とこんなところに来るもんか！

女：やっぱりね、そんなことを言って、結局、女《ひと》を簡単に裏切ってしまうって思ってたわ。だから、あなたに犬を買ってもらったってことよ(21)。（玄関のベルが鳴り、ヘンリーはびっくりして立ち上がり、慌てて部屋を見回す）急いで！　ベッドの下よ！　夫だわ。早く！（ヘンリーはベッドの下に潜り込む。足が震えて床をカタカタいわせる）足をじっとさせておきなさい、情けない人ね。（再びベルがなる）（大きな声で）ハーイ、ちょっと待ってね。（ドアを開けると、警官の制服を着た大きな黒人男《ブラック・マン》が立っている）まあ、あなた《ディア》！　あなたが来てくれないのでとっても寂しかったわ。

警官：（女にキスして）寂しい思いをさせたな、ハニー。（低音の声がよく響く）

女：どうして電話してくれなかったの、チャーリー？（チャーリーは書斎机のそばの大きな椅子に腰を下ろして、帽子を

脇にポイッと放り投げる。女はチャーリーの膝の上に座る）

チャーリー：おれのかわい子ちゃんをびっくりさせたかったからだ。

女：ほんとにびっくりしたわ。今夜は来てくれるとは思っていなかったから。（ベッドの下に隠れているヘンリーは足をじっとさせることができない。チャーリーと女はカタカタという音を耳にする）上の階の子供たちよ、ハニー。（と言って、チャーリーを抱きしめる）

チャーリー：ああそうか、何かなと思って……。（コートと帽子とガウンに目を向けながら）たくさん新しい物を買いそろえたじゃないか。

女：そうよ、今日、ダウンタウンへお買い物に行ってきたの。

チャーリー：おれもだ。どうだ、これ、気に入ったか？（チャーリーは箱の中からダイヤモンドの指輪を取り出す）きれいだろ？

女：（指輪をはめながら）まあ、チャーリー！　あなたはなんて素敵な人なの。ハーレムの男百人分の値打ちのある人よ！（女は指輪をはめた手を明かりにかざす。指輪が光る）

チャーリー：（女にキスをして）それを買うために酒類密造者たちを脅して金を巻き上げなきゃならんかったんだぞ！

女：チャーリー、帰る前に何か飲んでいく？

チャーリー：どういう意味だ、帰る前にとは？　今夜はここに泊るつもりだ。（大きなフラスコ瓶を取り出して）ほれ、スコッチだ。一三五丁目のドラッグストアの店主からせしめてきたんだ[22]。（女は強い酒をグラスに注ぐ）

チャーリー：さあ、エキサイティングな夜を過ごそうじゃないか！

女：私にはもうじゅうぶんエキサイティングな夜になっちゃってるわ！（二人はスコッチを飲む。ヘンリーの足がまたカタカタと音を立てる。警官は聞き耳を立てる）

チャーリー：何の音だ？
女：上の階の子供たちでしょ、そう言ったでしょ、ハニー！
チャーリー：そうだった、忘れてた！（玄関のベルが鳴る。女はドアの方へ向かう）
女：マーサだわ。（ドアを開けると、包みを抱えたマーサが犬のフィリスを連れて立っている）
マーサ：（チャーリーに目を向けてから、包みを女に手渡す）お酒です。
チャーリー：また密造酒か、ええっ？　よくやったぞ！
マーサ：ええ、またお酒です。（マーサが犬のリードをはずすと、犬はすぐさまベッドの下にいるヘンリーの足の方に駆けだす。マーサは台所の方へ行こうとする）
女：（慌てて）マーサ、自動ピアノに巻き取り楽譜をセットしてくれる？　荷物をピアノか椅子の上に置いたらいいわ。
マーサ：（訝しげに）はい、奥様！（マーサはピアノの方へ行く。電話が鳴る。チャーリーと女が同時に手を伸ばす。電話の近くにいたチャーリーが受話器を取る。チャーリーが電話に出る。マーサが荷物を下ろす）
チャーリー：もしもし！（ヘンリーの足がコトコト音を立てると、フィリスがヘンリーの周りを嗅いで回る）そうだが──なんだって？──避難階段にだって！（女はギクリとする）──わかった、おれがそいつらを始末する！
（チャーリーは受話器を置く）
女：どうしたの？（すっかり動揺している）
チャーリー：（拳銃に手を伸ばして）二人の泥棒が避難階段にいると、門衛が言っとるんだ（マーサは最初に台所の扉の方へ走り、それから寝室の扉の方へ走る。チャーリーは左手の窓の方に走り、大声で叫ぶ）おまえら、入ってきやがれ！（女はぐったりと椅子に身を沈める。サミーは窓を上げて部屋に這い込む）手を挙げろ！　もう一人、そこから出てこい！（フランクはもう一方の窓を上げて、サミーと並んで手を挙げる。女は玄関ドアから飛び出していこうとする）どこへ行くんだ、コリーン？　戻ってこい！　こんな虫けらなど、おれが始末してやる。（二人の男に拳銃を突きつけたまま、女が着ているローブをつかむ）

女：（再び椅子に身を沈めて）オー・マイ・ゴッド！　オー・マイ・ゴッド！

マーサ：こっちの二つのドアは、中から鍵がかかっているので、開けられません！（ヘンリーは犬を足で蹴飛ばす。その足がチャーリーの目に留まる）

チャーリー：ははーん！　何か変なものがあると思っとったんだ。その下から出てきやがれ！（ヘンリーが姿を現す）この薄汚い腰抜けヤロウ！　ここで何をしとったんだ？

マーサ：台所と寝室に入れません。

チャーリー：部屋から出てこい、さもないとぶっ殺すぞ！（二つのドアが開いて、ジョニーとジョージが帽子をかぶり、両手を挙げて出てくる。警官は自動ピアノの方へ行けと指図する）

マーサ：（テーブル越しに気を失っている女の方に駆け寄って）気を失っておられます！　お医者様を呼ばないと！（女の意識を回復させようと試みる）

チャーリー：きさまら、ここで何をしとるんだ？

男たち：（声をそろえて）コリーンに会いにきたんだ！

チャーリー：（コリーンの方を向いて）ははーん！　そういうことか！　この女、おれに六股をかけてやがったたってことだな、ええっ？（コリーンはマーサの介抱で意識を取り戻し、慌てふためいて立ち上がる）

コリーン：私、こんな男《ひと》たちなんか知らないわ、チャーリー。本当に知らないのよ。会ったこともないわ。（ヒステリックになって）ほんとよ、私はいい女《こ》よ。（女はソファーベッドの上に体を横たえ、両手をもみ合わせながら泣き

じゃくる）

男たち：（声をそろえて）この女はうそつきだ。おれの女だ！（男たちは咎めるように女に指を突きつける。マーサは自分の持ち物をつかんで、玄関から飛び出していく）

ジョニー：おれは家賃を払ってやったんだ！

ジョージ：おれは靴を買ってやったんだ。

フランク：おれはコートを買ってやったんだ。

サミー：おれはドレスを買ってやったんだ。

ヘンリー：（甲高い声で）ぼくも婦人帽を買ってあげたんだ。それにぼくだと思ってもらうために、犬もあげたんだ。（片手を腰に当て、もう一方の手で髪をなでつけた。他の男たちはヘンリーに今にも突っかかっていくかのようにヘンリーをにらみつける。ヘンリーは尻込みする）みんな、ちょっと待ってくれ！　落ち着け、落ち着いてくれ！

チャーリー：（拳銃をポケットに仕舞い込み、帽子に手を伸ばしながら）まあ、おれたち全員が阿呆《アホウ》ってことだな。この警棒をこの女の頭に叩きつけてやりたいところだが、そんなことをすれば、おれの女房が聞きつけるだろう。

ジョニー、**ジョージ**、**フランク**、**サミー**：おれの女房もな！

ヘンリー：台無しだ、まったく台無しだ。（他の男たちは今にもヘンリーに突っかかっていくかのようにヘンリーをにらみつける。ヘンリーは尻込みする）ちょっと！　ちょっと！　みんな、何も悪気なんかないんだ。悪気はないんだ！

チャーリー：それじゃ、それぞれ自分のもってきた物をこの女から取り返そうじゃないか。おれたちはこの女の言いなりになっていた哀れな男《モンキー・マン》ってことよ、ハーレムの他の男どもと同じようにな。（それぞれ自分の物に向かっていっせいに駆け寄る。チャーリーは憮然とした面持ちで腰を上げる）

ジョニー：（テーブルの上のお金をかき集めて飛び出していく）おれの金《かね》だ！

ジョージ：（ジョニーに続いて、靴を振り回しながら）おれの靴だ！

フランク：（ジョージに続いて、コートを振り回しながら）おれのコートだ！

サミー：（フランクに続いて、ドレスを手にしながら）おれのドレスだ！

ヘンリー：（フィリスを抱きかかえ、帽子を拾い上げて玄関から飛び出していく）ぼくの帽子だ！　ぼくの犬だ！

チャーリー：（コリーンの指から指輪を抜き取ってから、肩で風を切って出ていく）おれの指輪だ！

コリーン：マイ・ゴッド！

（幕）

3

《黒人《ニグロ》と白人《ノルディック》文明》［抜粋］

『メッセンジャー』七（一九二五年五月）

私は明らかに皮膚の色の黒い《セイブル・ヒュー》アメリカ市民であり、いろいろな肌色の我が同胞《ブレスレン》が抱いている目標や願望を完璧に理解し共感もしているけれども、ここアメリカだけでなく、どこへ行っても、黒人《ニグロ》の無責任な煽動者《プロパガンディスト》が、白色人種《コケイジャン》との平等について、まったく根拠のないことを煽り立てているのを聞くと、もう黙ってはいられない。思うに、われわれ黒人《ニグロ》の指導者《リーダー》や代弁者《スポークスマン》は、あまりにも極端なことを口走っているのだ。しかし実際には、白色人種《コケイジャン》の現代文明には、アフリカや他の地域の黒人《ニグロ》によって開発発展させられた、いかなる文明をもはるかに凌《しの》ぐことを立証するものが山ほどあることを認めなければならないのではないだろうか。比類なき白人社会と最も広く接している新世界アメリカにおいてでさえ、われわれアメリカの黒人《ニグロ》は、この接触を通して大きな利益を得ているとはとうてい言い難い。確かに、われわれの中にも、ギャングや政治家や新聞記者や麻薬中毒患者もいる。しかし、こういう者たちには白い血（私は**白い血**を見たことはないが）が注入されていること、また強力な環境の力が働いていることが大いに関係しているのだ。こう言えば当然、多くの黒人びいき《ニグロファイル》は私に猛反発するだろう。しかし、冷静に順序立てて、公正かつ客観的に事実を調べてみれば、マーカス・ガーヴェイ(23)とて、私の言うことは正しいと認めるだろう。

「しかし、有名なアフリカの芸術はどうだ?」と、返答に窮した友人たちは反論して、「見事な彫刻や、立派な陶器や、手の込んだ鉄製装飾品や素晴らしい織物があるじゃないか!」と迫るだろう。しかし、なんとばかげたことか! 手工芸品が機械で作られたものに比肩しうるとでもいうのか? それでは、白人製作の映画、漫画、絵看板《ビルボード》、新聞日曜版はどうだ? ジャングルの村でアフリカの立派な仮面を目にすることができるのはほんの十数人程度に限られているが、百万人もの白人《ノルディック》が毎日、新聞掲載の漫画《マットとジェフ》(24)を目にしている。アフリカの黒人《ブラック・ピープル》は、白人の援助がないと、例えばアメリカの白人が日々取り囲まれているような逸品をつくることはできないだろう。アフリカの黒人《ブラック・ピープル》にはそのような技術や能力がないのだ——怠惰がはびこっているだけである。よほど必要性に迫られない限り、何も生み出せないだろう。ただ呑気に気楽に浪費三昧の生活を繰り返すだけなのはわかりきっている。これらの黒人《ブラック》を、神によって定められた十時間労働に就かせるには、立派な宣教師や、政府の権限を付与された人たちがいつも行なっているように、説教や武力に物を言わせるしかない。

以上の私の議論の流れからして、アフリカ人は政治的にも立ち遅れていることに、自然と耳を傾ける用意をしていただけたと思う。残念ながら認めざるをえないことである。アフリカでは絶対君主制が政治の形態である。民主主義の恩恵はすでに実証済みであるにもかかわらず、まだ導入されていない。きっとおわかりいただけると思うが、暗黒大陸《ダーク・コンティネント》には、フィラデルフィアやシカゴのように統治の行き届いた社会は存在しない。民主主義でないために、結果的に、最も聡明で有能な黒人《ニグロ》がすべてを治めている。もっと文明の進んだ白人の国《ノルディック・ランド》では、トラック運転手や皿洗いレベルの知能の持ち主でも政治家になれるが、暗黒大陸《ダーク・コンティネント》にはそのような機会はない。コンゴでは、ジョン・E・ハイラン〔ニューヨーク市長（在職期間は一九一八—二五）〕やカルヴィン・クーリッジ〔第三十代〕大統領〔在任期間は一九二三—二九〕のような、先見の明のある人物が権力の座に就くことはありえない(25)。当地の市民が機会を与えられたとしても、このような人物を選ぶにはあまりにも鈍感すぎる。次のような民主政治の慣行はまだアフリカ社会には浸透していない——例えば、票の水増し、票の買収、賄賂、ネガティヴキャンペーン、選挙を有利にするために選挙民を一時的に別の選挙区に移住させたり、選挙区を勝手に改変する《ゲリマンダー》ことなどが挙げられる……。

……………………………………

しかし、思うに、われわれの最大の欠陥は戦術だ。進化し続ける白色人種《コケイジャン》のクレグ＝ヨルゲンセン銃やモーゼル銃によって文明化を阻まれているところならどこでも、未だに、ヤリや弓矢や投げヤリや吹き矢や、そのほか、子供時代に遊んだおもちゃのようなものに頼っているありさまだ。言ってみれば、単なる小売りの殺害方法以上に進化していない。いつになったら、アフリカ人はこのような武器を卒業して、ライフルや迫撃砲や戦車や毒ガスや細菌兵器や飛行機や戦艦を使えるようになるのだろうか？　優れた人種による一定の支援がなければ、ぜったい無理だと思われる。優れた人種は戦い方を確実に知っているのだ！　五年間で一千万人を殺害したのだ——アフリカ人が一人を殺すのに対して、三千人も殺せるのだ。鈍い炸裂音、砲弾の飛来音、耳をつんざくような爆発の轟音。そして厳かな大聖堂が木端微塵になる。賢明な白人《ノルディック》は、病院や孤児院や女性老人ホーム、それに町全体を、瞬時にして破壊することができる。そのような進歩に対しては、感動のあまり、だれも声が出ない。なんという種族だ！

それでもなお、黒人《ニグロ》の多くの代弁者《スポークスマン》は言い張るだろう——この新世界では、後進地域には見られないような改善がなされている。つまり、ここでは、われわれは劣った存在ではない、と。しかし、この新世界でうまくやってきたことを認めるにしても、白人《ノルディック》の基準に到達しているだろうか？　私はそうは思わない……ここアメリカでも、われわれは遅れていて無能であるから、白人はわれわれと一緒に野球やゴルフやテニスをやろうとしない。学校や大学や懸賞付ボクシングで、不本意ながら、しぶしぶやるだけである。白人がこういう態度をとるのも、われわれ黒人《ニグロ》が劣っていることをたえず証明してみせて、われわれに恥をかかせたくないからである。黒人《ニグロ》の優秀な若い男女を責任あるポジションに就かせるのを拒むのも、同じ理由からである。私の知人の何人かの黒人活動家《アジテーター》は、黒人《ニグロ》との競争を恐れるあまり、そういう態度をとるのだろうと、厚かましくも白人を告発している。しかし、もちろんこのように考えるのはばかげている——というのも、広く知れ渡っている白人《コケイジャン》のフェアプレイの精神について、われわれが学校で習ったり、新聞で読んだりしていることと矛盾するからである。付け加えれば、白人《ノルディック》文明の根底にある本当の精神をわれわれがつかむことができないのは、これほど大進歩を遂げている中で、われわれが遅れをとっていることに原因があると思われる……差別が行なわれていると反論してもまったく無駄である。なぜなら、政府高官たちは公平なので、身を落としてまで、そんな卑しい行為を同胞市民にすることはありえないからだ。われわれの方も、この国の政治に参加する権利と義務を行使できないでいるのだ。出来の悪い弁護士やビジネスマンは大勢いるのに、黒人《ニグロ》として知られている大統領はいないし、黒人《ニグロ》の国会議員、それに知事や市長もいない。われわれにはそのような地位に就ける能力のある人物がいない、と取り立てて言う必要はない——ハイラン・ニューヨーク市長やクーリッジ大統領を見ればわかるだろう！[26]　われわれに対する白人の態度が国政に参加させるのを拒んでいるという、昔からある議論も危険な大嘘《おおうそ》である。白人はわれわれの音楽やダンスを取り入れているではないか？　実在の人物であれ想像上の人物であれ、黒人ばあや《ブラック・マミー》[27]のことをあれほど愛着を込めて延々と語り継いでいるではないか？　それに、ばあやの記念碑を造ろうという話まで出ているではないか？　白人との親密度が北部よりも強い南部にわれわれを留めておこうと連邦最高裁判所が判決を下したり、南軍が戦ったりしたではないか？　四百万人あるいは五百万人もの混血《ムラート》の存在は、白人がわれわれの血となり肉となっていることを証明しているではないか？　こういうわけで、南部には黒人《ニグロ》の血縁者のいない白人はほとんどいないのだ！　だから、われわれに対する白人の偏見のことをのべつ幕なしに騒ぎ立てるのは、なんと意味のないことか！　白人《ノルディック》の正義感を激しく中傷して非難しても何もならないのだ。われわれが新世界に降り立ってから五百年になる(28)。しかし、努力してやってきたのに、われわれには、「クレディット・モビリエ」(29)や、「ホッグ・アイランド」(30)や、「一九一八年の航空便飛行機疑惑」(31)や、「ティーポット・ドーム」(32)といった成果は何もない。われわれには、マーカス・ガーヴェイや、ロスコー・「クラッキング」・シモンズ(33)がいるし、この国の牧師の数が他の人種と比べていちばん多いが、そのほかは、たいした記録は残しておらず、恥ずかしい限りである。

…………………………………

いや、われわれは黒人同胞《ブラック・ブラザーズ》に失望する必要はない。白人《コケイジャン》もかつては、われわれとほとんど同じ境遇の立場にいたことを思い出してもらいたい。タキトゥス(34)の考えによると、ゲルマン人は永久に文明化されることはないだろうということだった……かつてヨーロッパ全体にわたって北欧系部族《トライブズ・オヴ・ノルディックス》が住んでいたのだが、彼らは気楽にのらくらと生活を送るだけで、それ以外のことはほとんど何もしなかった……人びとは、大聖堂やステンドグラスや詩や音楽や馬上の槍試合や博覧会に多くの時間を費やしていたのだ。しばらくは白人種《ホワイト・レイス》も失敗を運命づけられているように思えた。旅芸人、吟遊詩人、太った僧侶、腹を空かせた山賊、痩せこけた騎士が、国じゅうを放浪していた。平和な市民がよく真昼に襲われて金品を奪われた。メンフィスやピッツバーグのような、無法行為には無縁な都市の安全感覚は皆無だった。建物の立地に最適の場所は、城や聖堂や修道院が占拠していた。そのような怠惰な状態の中でも、当時の白人は本当に幸せだったとされている。なんと哀れな光景であったことか！

しかし、ありがたいことに、十字軍遠征や極東との交易やアメリカ大陸発見によって、後世に対する責任感がようやく芽生えてきた。怠惰や不品行な浮かれ騒ぎは完全になくなった。森は切り倒され焼き払われて、大都会の広いスラム街で質素な生活を送ることになった……今日のヨーロッパ人やその親戚筋に当たるアメリカ人は、あらゆる点ではるかに有能になった。人口も増え（したがって軍隊や監獄も多くなり）、他の人たちに混じって、無法者も都市部に入り込んだ――その中から、刑務所行きの者もいれば、警察官になる者もいるし、また銀行家やブローカーや国会議員になる者も出てきた。争いごとははるかに少なくなったが、いっそう大きな効力を生むものとなった――勝者にとっても敗者と変わらない負け戦となった……。

以上、これまで述べてきたことから、わずか二、三百年の間に、白色人種《ノルディック》がどのような道程《みちのり》を歩んできたかをじゅうぶん示すことができたのではないかと思う。黒人《ニグロ》にも同じことができない理由があるだろうか？　もちろんわれわれ黒人《ニグロ》も少しは進歩してきている。黒人《ニグロ》のホテル経営者、キャバレー所有者、保険仲買人、医者、企業家がすでに、わずかな期間に多くを儲ける類まれな才能を発揮している。他の者もできるだろうし、もっとうまくできるようにならないといけない。われわれも白色人種《ノルディック》の節約術と進取精神を培うことがぜったい必要である。したがって、われわれも、アムリットサル[35]や、世界戦争や、ウェストヴァージニア州の産炭地[36]や、ニューヨークの労働搾取工場、それにバワリー街[37]のようなものを世界に向かって披露することができるように、タスキーギ専門学校の学校長ロバート・「ラスティ」・モトン少佐（?）[38]の言葉にならって、「謙虚に出しゃばらないように」しないといけないのだ。そうすれば、われわれも白人《ノルディック》文明の域に達することができるようになるだろう。

1920年代のスカイラー（『メッセンジャー』ではこの写真が使われていた）

4

《「黒人芸術《ニグロ・アート》」という戯言《ホウカム》》

『ネーション』一二二（一九二六年六月一六日）

広く言いふらされたカル・クーリッジの奥深さ[39]や、ハイラン市長の「進歩の七年間」[40]、あるいはよく報じられるニューヨーク市民の素養の高さ[41]といったものと同じように、「アメリカでつくられた」黒人芸術《ニグロ・アート》はありえないものである。アフリカの数多くの黒人諸国《ブラック・ネーションズ》では、黒人芸術《ニグロ・アート》はこれまでも存在していたし、現在も存在するし、将来も生み出されるであろう。しかし、この共和国の一千万人もの黒人《カラード・ピープル》の間に、そのようなものが生まれてくる可能性を示唆するのは明らかにばかげたことである。グリニッチヴィレッジやハーレム、そしてその周辺から出てきた熱心な唱道者たちが、黒人芸術《ニグロ・アート》の偉大なルネッサンスがすぐそこまで来ており、人種や民族や国民や公民権運動の擁護を余暇活動《ホビー》としている人たちに導かれて姿を現すのを待っている、と宣言した。黒人《ニグロ》の「特異な」心理を表現する新しい芸術様式が、今にも市場に溢れださんばかりだった。要するに、ホモ・アフリカヌスの芸術が、待ち構えている世界を驚かせようとしていた。疑いの目を向けていた人たちも今か今かと待っていたが、今もまだ待ち続けている。

確かに、黒肌の人たちの音楽が起源となって、プロテスタントの賛美歌や聖書を基にした、黒人霊歌《スピリチュアル》として知られている奴隷の歌が生まれた。ブルースとして知られている、悲しくて辛い運命を歌った労働歌や世俗歌、ラグタイムから派生した、ジャズとして知られている音楽（この誕生には白人も手を貸した）、サウスカロライナ州チャールストンの公共市場あたりをうろついていた浮浪児によってつくられた、一風変わった踊りである、いわゆる「チャールストン」といったものについても、起源は黒肌の人たちの音楽である。以上のものに関してはだれも否定できないし、あえて否定しようとしない。しかしこれらの歌や踊りは、この国の特定の地域に住むある社会階層の人間によってつくられたものであって、北部の黒人《ニグロ》や西インド諸島の黒人《ニグロ》やアフリカの黒人《ニグロ》にはなじみのないものである。黒人種《ニグロ・レイス》全体の特徴を表してはいないのである。〔アメリカ合衆国南部〕アパラチア地方の山岳民や、〔クロアチア〕ダルマチア地方の農夫の音楽や踊りが、白色人種《コケイジャン・レイス》全体の特徴を表していないのと同じことである。南部の貧しい農民層が音楽的な貢献をしたと言いたいのなら、それはそれで結構。環境が似ていれば、どの人種グループであっても似たものをつくり出したと思われるのだ。南部の貧しい農民層が他の住民よりも肌色が黒いのは単なる偶然にすぎない。そう言えば、ロシア音楽の短調の旋律が南部黒人《サザン・ニグロ》の短調の旋律に非常によく似ていることを思い浮かべられるだろう。

アフリカ系アメリカ人《アフラメリカン》の文学や絵画や彫刻について言えば、仮にそのようなものがあったとしても、アメリカ白人の文学や絵画や彫刻と同種のものである。つまり、多かれ少なかれ、ヨーロッパの影響の跡を留めている。演劇の分野で、黒人《ニグロ》について黒人《ニグロ》によって書かれたもので、何らかの価値のあるものは、たいがい白人によっても書かれていた。アフラメリカンの学者の重鎮であるW・E・B・デュボイス〔一八六八―一九六三〕は、ハーヴァード大学とドイツの複数の大学の産物であり、アフラメリカンの彫刻家の第一人者メタ・ウォリック・フラー〔一八七七―一九六八〕は、有数のアメリカ美術学校の卒業生であり、オーギュスト・ロダン〔一八四〇―一九一七〕の教え子でもあった。一方、アフラメリカンの最も著名な画家ヘンリー・オッサワ・タナー〔一八五九―一九三七〕は、パリ在住のアメリカ人画家の長老であり、フランス政府から勲章も授かっている。今も、これらの芸術家の作品は、熱っぽい口調で「黒人の魂《ニグロ・ソウル》を表現している」と語られるようなものではなく、その点では、オクタヴァス・コーエン(42)やヒュー・ワイリー(43)が書いたものと変わらない(44)。

ちょっと立ち止まって、アフラメリカンは油煙《ランプブラック》を塗ったアングロサクソンにすぎない、と考えてみれば、以上のことは容易に理解できる。ヨーロッパからの移民が、われわれの学校や、政治や、広告宣伝や、道徳改革運動や、レストランなど、新しい環境に晒《さら》されてから二、三世代後には、(外国語の出版物の影響があったとしても)もっと旧い家系のアメリカ人と見分けがつかなくなる、ということであれば、三百年にわたって、社会的向上を唱える活動家(45)が「アメリカニズム」と呼ぶものに晒されてきた黒人《サンズ・オブ・ハム》についても同じく見分けがつかない、ということになるのではないか。暗褐色からピンク色までさまざまな皮膚の色は別にして、アメリカの黒人《ニグロ》はまったく普通のアメリカ人である。黒人《ニグロ》と白人がこの国の同じ地域の出身者であれば、同じようなことを話したり考えたりし、また同じような行動をする。テーマ不足をきたしている作家の中に、黒人《ニグロ》の田舎者や剽軽者《ひょうきんもの》の愚かな言動をとらえて、彼らこそ本物のアフラメリカンの特徴的な姿を見せていると読者に押しつける者が二、三人いるだけで、それが一般的な姿ということになり、アメリカ黒人《ブラック・アメリカン》はアメリカ白人とはまったく「異なる」という考えが広まってしまった。一般のアメリカ白人は、「黒人《ニグロ》」という言葉を聞いただけで、次のような人物を合成してできたような、型にはまったイメージを思い浮かべる——バート・ウィリアムズ(46)。ジェマイマおばさん《アーント・ジェマイマ》(47)。トムおじさん《アンクル・トム》(48)。ジャック・ジョンソン(49)。フロリアン・スラッピー(50)。そのほか、漫画家によって描かれた、いろいろな怪物。一般のアメリカ白人が、アンディ・ガンプ(51)、ジェームズ・ジェフリーズ(52)や、ループ・ゴールドバーグ(53)が描く漫画を合成したような姿に似ていないのと同じように、一般のアフラメリカンは、このような型にはまった姿には似ても似つかない。

また、アフラメリカンは、アメリカ白人の行動や考えを形作るのと同じ経済的、社会的勢力に晒されている。何人かの白人や少数の黒人《ニグロ》が信じ込ませようとするような、異なった世界に住んでいるのではない。コネティカットの目覚まし時計がジャンジャン鳴って、グランドラピッズ製のベッド[54]から飛び起きて食べる朝食は、通りの向かいに住んでいる白人が食べるものと変わらない。スパルタクス[55]やロビン・フッド[56]や赤毛のエイリーク[57]の子孫と並んで、製材所や鉱山や工場や店で、同じ仕事あるいは類似の仕事に精を出し、同じような服装をし、同じ言語を同じ程度で話し、同じ聖書を読み、バプティスト、メソディスト、米国聖公会やカトリックの教会に所属し、エルクス慈善保護会〔一八六八年設立〕やフリーメーソン〔一七後半―一八世紀初めに設立〕やピシアス騎士会〔一八六四年設立〕のような友愛結社の会員であり、同じ教育、あるいは類似の教育を受け、同じような造りの家に住み、同じ車種の車を所有し（あるいは乗り）、また毎晩、映画のスクリーンを通してハリウッド版の生活を見、同じ種類の煙草を吸い、同種の他愛もない雑誌記事をむさぼり読むとき――要するに、近隣の白人とまったく同じように、同じ政治的、社会的、道徳的、経済的刺激に反応するとき、アメリカ黒人《ブラック・マン》とアメリカ白人の間の「人種的違い」について語ることはまったくナンセンスである。黒人新聞《ニグロ・プレス》に目を通してみれば（立派なアメリカ英語で書かれている）、一般の白人新聞に見られるような、犯罪のニュース、スキャンダル、個人広告〔交際や連絡を求める記事〕や人物批評、また生活向上などの記事が、同じ割合で掲載されている――付け加えれば、白人新聞を読む黒人《ニグロ》が、黒人新聞《ニグロ・プレス》を読む黒人《ニグロ》よりも多い。確かに、黒人嫌い《カラーフォービア》の白人大衆によって引き起こされる劣等感を埋め合わせるために、黒人新聞《ニグロ・プレス》の読者には、ほんのわずかな人種的味付けが施される[58]。しかし、同じ文化的、経済的レベルの黒人《ブラック》と白人の家庭には、類似の家具や文学作品や会話がある。そういうことからすれば、アメリカ黒人《ブラック》がいったいどうして、アメリカ白人のものとは異なる美術作品や文学作品を生み出すことができるというのか？

イギリス人のサミュエル・コールリッジ＝テイラー〔一八七五―一九一二（作曲家）〕、エドワード・ウィルモット・ブライデン[59]、クロード・マッケイ[60]、ロシア人のプーシキン〔一七九九―一八三七（ロシアの詩人・作家）〕、ポーランド人のジョージ・オーガスタス・ポルグリーン・ブリッジタワー〔一七七八―一八六〇（ヴァイオリニスト）〕、アラビア人のアンター・ビン・シャダッド〔五二五―六〇八（兵士、詩人）〕、そのほか、スペイン人のファン・ラティノ〔一五一八頃―九六頃（詩人）〕、フランス人のデュマ父子――大デュマ〔一八〇二―七〇（小説家・劇作家）〕と小デュマ〔一八二四―九五（小説家・劇作家）〕、それに、アメリカ人のポール・ローレンス・ダンバー〔一八七二―一九〇六（詩人・小説家・劇作家）〕、チャールズ・W・チェスナット〔一八五八―一九三二（小説家・エッセイスト）〕や、ジェームズ・ウェルダン・ジョンソン〔一八七一―一九三八（作家・詩人・ジャーナリスト）〕のような人物を考えてみれば、すべて黒人《ニグロ》である。しかし彼らの作品は人種よりも国の特徴を示している。すべて彼らの環境の心理や文化を描き出している――たまたま彼らの皮膚の色が黒かっただけである。他の国の黒人芸術家《ニグロ・アーティスト》はそれぞれの国の芸術の基準とは異ならないのに、アメリカの黒人芸術家《ニグロ・アーティスト》はどうして異なるのか？　今の子供たちが受けている教育や住んでいる環境を調べることによって、次世代には、この地域にはどのような白人市民が生活しているかを予見できるのであれば、今の大人が一世代昔に受けていた教育や住んでいた環境から、今の姿があるのだと結論づけることはむずかしいことではないはずだ。しかも教育や環境は、黒人《ブラック》と白人にとってほぼ同じである。以上のことを踏まえて、黒人芸術《ニグロ・アート》という戯言《ホウカム》の流行を改めて検討してみれば、「何でまた？」という疑問が自然に口をついて出るのもうなずける。

　このナンセンスはおそらく、長年にわたって黒人嫌い《ニグロフォービスト》たちによって押しつけられ、また最近では聖人《セインティッド》のようなハーディング大統領[61]によって更新された古い神話――黒人《ニグロ》と白人のアメリカ人の間には「根本的にして、永遠に超えることのできない違い」[62]がある、という神話――の最後の抵抗である。この神話に手を貸す黒人《ニグロ》がいたとしても、何も驚くことではない。奴隷所有者の口やかましい子孫、マディソン・グラント〔一八六五―一九三七。優生学者〕やロスロップ・ストッダード〔一八八三―一九五〇。優生学者〕のような「科学者」[63]、そしてクー・クラックス・クラン団に大量の資金調達を行なっている愛国者たちによって、世界じゅうに発信されてきており、今でも大多数の自由な白人市民はそう信じ込んでいる。白人大衆を大いに喜ばせることだが、黒人《ブラッカムーア》は劣っていて本質的に異なるという、この根拠のない前提に基づいて、黒人《ブラッカムーア》は特異な存在であるという公準が打ち立てられた――芸術を通して人生を描こうとするとき、それは必然的に特異な芸術でなければならない。そのように考えることが大多数のアメリカ人にとって結論的なものになったとしても、もののよくわかった者たちにすれば、高笑いしてはねつけてしまうようなことなのだ。

5

《幸いなるかな、ハムの子孫は》［抜粋］

『ネーション』一二四（一九二七年三月二三日）

冒険やスリルや笑いがほとんどない今の機械時代は、だるくて単調な時代である。人間には冒険やスリルや笑いが必要なので、いわゆる新聞四コマ漫画をむさぼり読んだり、劇場や懸賞金付きボクシングの試合や、ゴルフのトーナメントに出かけていく。また読書をしたり、煙草の煙がムンムンとした騒々しいキャバレーに行ったり、スラム街をうろついたり、狩やハイキングや山登りをしたりする。一般のアメリカ人の冒険やスリルや笑いは散発的で、たいていはお金を払って得るものである。生涯を通じて、一貫して冒険やスリルや笑いを味わえることなど思いも寄らない。しかし、アメリカ合衆国には、途絶えることなく楽しみを満喫するという、うらやましい限りの特権を享受している市民グループがある……。

私はもちろんアフリカ系アメリカ人《アフラメリカン》のことを言っているのだ。みなさんは驚かれたのではないだろうか？　しかし本当のことだ。みなさんはこれまで、黒人市民《ブラック・シチズン》は惨めで哀れな存在——機械文明の残虐な罠に捕えられて連れてこられた、アフリカのジャングルの無力な子供と見なしてこられたはずだ。しかしたいていは、まったく事実に反している。本当は、黒人市民《ブラック・シチズン》は、この自由の地に留まっていられることを心から喜んでいるのだ。例えば、ほかならぬこの私のことを考えていただきたい。私は皮膚の色の黒い、れっきとした黒人《ニグロ》である。しかし私はそのことを後悔していない。後悔しているのなら、自分の運命を嘆くような陰気な顔をしているだろう。ガーヴェイ主義者と共にアフリカへの移住を口やかましく要求するようなこともしない。それよりも私は、ここアメリカで満足のいく生活を送っている。少し同情の入り混じった愉快な気持ちで白人の兄弟姉妹を眺めているのだ。気の毒な人たちだと密かに呟《つぶや》いているのだ。そして、私は、せっせと私の生得権である冒険やスリルや笑いを求めて町じゅうを駆け回っているのだ。白人《ノルディック》のアメリカ人と立場を入れ替わるか、って？　ぜったいそんなことはしたくない！

劇場へ行くことにしたとしよう。鷹揚《リベラル》な〔スカイラーの皮肉〕北部や東部の劇場ならば、チケット売り場の窓口に進んで、最前列の特等席を頼む。販売係は、私にはなじみのある、あの表情を浮かべる。彼はチケットに手を伸ばす。それを渡されて席についてみると、周りには黒人《ニグロ》の観客ばかりかたまって座っている。私はせせら笑いが込み上げてきて抑えることができなくなる。この哀れな販売係は、他の業務に加えて、黒人《ブラック》の聖職者が白人のいかさま師の隣の席に陣取ることがないように、特別警戒を怠ってはいけないのだ――もちろんそんなことは決して起こりえない。それよりも確実にありうるのは、私が求めている席は予約されている、あるいは売り切れている、という返事が返ってくることだ。そこで私は脇に寄って、販売係を観察できるところに立つ。まもなく白人男性がやってきて、私が頼んだ席のチケットを買って、劇場へ入っていく。私が販売係に目を向けると、販売係は窓格子の間から私を見る。私は微笑んでみせる。彼は顔を赤らめる。当惑の表情が彼の顔全体に広がる。これが私の報酬となる。それによって私は歓喜に満たされる――ただ、彼の当惑の表情だけで。

今度は、私は南部にいると想定してみよう。私は若い女性を劇場へ連れていきたいと思う。彼女は七十五年にわたって、商人や医者や教師を輩出した旧家の出である。彼女自身も大学を卒業している。そのような同伴者がいれば、普通なら最前列の特等席のチケットを買わないといけない。そうでなければ居心地のいい階上席でもよい。しかし黒人《ニグロ》は劇場の天井桟敷にしか座れないので、私はお金を節約することができる。黒人を辱めることを意図した厳格な制約があるおかげで、かえって本当に助かる。私は紳士気取りの俗物ではない。天井桟敷には気さくに話せる人たちがいて、子供のように人前をはばかることなく、思い切り笑ったり泣いたりしている――冷たい礼儀作法のようなもので抑えられることはないのだ。私は演劇を楽しむとともに、天井桟敷の観客をも楽しむ。こうして、ニューヨークで支払う三分の一の値段で、二倍楽しめることになる。天井桟敷にいる一握りの白人が、下方にある彼らの席から軽蔑の眼差しを向ける。これに対しては、かつての私なら憤慨していた。しかし今はユーモアのセンスを身につけているのだ。

……………………

私はアメリカの黒人《ニグロ》のことを書いた物語を読んでいる。それを書いた白人作家は方言の意味を理解し、心理を酌《く》み取って伝えようとしている。彼は黒人の集合的記憶《レイシャル・メモリー》の背景を描く――ジャングル、ヒョウ、ワニ、トムトムや、そのほかアメリカの黒人《ニグロ》の知らないようなものばかりだ。原始的本能やうわべだけの文明についての描写が多く散りばめられている。無知な作者と簡単にだまされてしまう編集者には、等しく呆気にとられる。幼い子供がいろいろ空想するのを見て笑うのと同じだ。私にはこういう駄作をむさぼるように読む多くの人たちのことも可笑《おか》しくて笑ってしまう。

もう一つ、私の日頃の楽しみは、私や私の同胞に対する白人兄弟《ホワイト・ブレスレン》の態度を観察することだ。私には、黒人《ニグロ》の詩人、請負業者、労働組合の指導者、ジャーナリスト、ソーシャルワーカー、医者、小説家といった多くの知人がいる。皮膚の色が真っ黒な電話交換手や、褐色肌のレンガ工場の監督責任者も知っている。黒人《ニグロ》がありとあらゆる種類の職業に就いているのは不思議なことだとは少しも思わない。しかし白人は、黒人《ニグロ》がそのような多くの職をこなしていることを耳にすると、相変わらず驚嘆の声を上げる。彼らにしてみれば、成功を収めている黒人《ニグロ》は、訓練されたアシカか、チェスの天才児と同じような、奇人変人ということだ。「なんと素晴らしいんだ！」とか、「見事だ、黒人《ニグロ》の小説家とは！」といった驚嘆の声を上げている。私はそのような美味を少しずつ何日も食させてもらえるのだ。

就職活動はいつも大きな楽しみを味わわせてくれる。私は就職活動をする必要はない。ただ、楽しむためにやるだけだ。白人だけが就けるとわかっているポジションについて問い合わせる。その際、応対した白人の表情を観察したり、たびたび言葉に詰まりながら言い逃れをしたり、口ごもって言い訳めいたことを言ったりするのを聞いて、密かに楽しむ。ある時、製糖会社のニューヨーク支店の良さそうな仕事のオファーをもらったことがある。それは、私の代わりに友人が電話で確保しておいてくれたポジションだった。ただ、友人はうっかりして、私が黒人《ニグロ》だということを告げなかった。私はマンハッタン南端にあるバッテリー公園ビルの宮殿のようなオフィスに入っていくと、わざとらしい馬鹿丁寧な面談にけっこう時間を取られた。面談の最初から最後まで、とても楽しい思いをした――もちろん私はその仕事に就くことはできなかったが。

………………………………………………………………………

このようなことが、毎日、毎年、そして一生涯続くのだ。アメリカの黒人《ニグロ》はだれでも、毎日同じような経験をしている。もちろん、大半の黒人《ニグロ》は非常に敏感なので、彼らが直面する多くの場面を楽しむことなどとうていできない。

楽しめるようになるためには、ユーモアのセンスを磨かないといけない。しかしほとんどすべての黒人《ニグロ》はこのようなスリルを味わっている。それは彼らの社会的遺産なのだ。だから彼らはアメリカを気に入っているし、忠実な市民として、合衆国憲法によってどの市民にも認められている独立と自由を守るために、自分たちの血を流す覚悟もできているのだ。私はどうかと言うと、騒音や煙や石造りや鉄筋や機械類のどれにも我慢することなど、とうていできない——もし私の黒い肌色のおかげで味わえる気晴らしや息抜きがなかったならば。三倍も幸いなるかな、われわれハムの子孫は。

6

《我ら黒人《ニグロ》からアメリカへの最高の贈り物》

チャールズ・S・ジョンソン編『選集　――黒檀と黄玉』（一九二七年）

さまざまな機会をとらえて、雄弁な黒人《イーシオップ》が立ち上がり、合衆国の賢明な国民に向かって、われわれの比類なき文明に対する同胞の素晴らしい貢献について、よどみない弁舌や切れ味鋭い文章で訴えかける――一六一九年にジェームズタウンに連れてこられた十九人の不運な黒人《ディンジ》、あるいは一四九二年、この神聖な海岸に辿り着いた、かの有名なコロンブスにおそらく随行していたと思われる黒人《ニグロ》の船乗りから始めて、それ以後、現在に至るまで、黒人同胞《ブラック・ブレスレン》がこの国にどれほど多くの贈り物をしたかを跡づける――黒人《ニグロ》によって摘み取られた莫大な量の綿花のこと。黒人《ブラック》労働者が建設した何百もの道路や堤防のこと。黒人《ニグロ》女性が磨いた何マイルにも及ぶ床のことや、彼女たちが洗濯した大量の衣類のこと。理由を明らかにされないまま黒人《サンボ》が兵士として参加した数多くの戦争のこと。また黒人《サンボ》が創作した踊りや料理のこと、あるいは黒人《サンズ・オブ・ハム》によって作曲され、少しもありがたいと思っていない国に提供された黒人霊歌《スピリチュアル》や労働歌のことなどを取り上げて証言する。同胞人種の代弁者《スポークスマン》であることを自ら任ずる、もっと博学な黒人《イーシオップ》は、まず序論として、さらに歴史をさかのぼって、エデンの園や、バビロンの壁や、エジプトのピラミッドや、エチオピアの宮殿などに言及し、前口上を語りながら、折に触れて、黒人種《ニグロ・レイス》のために、かつてこの地球上に住んでいた重要人物を一人残らず取り上げることを忘れない。最後には、公正、平等、正義、人道主義など、盛んに語られるものの、どこにも存在しないものを求める力強く熱のこもった訴えを行なってから、黒肌《セーブル》の聴衆の拍手喝采の嵐の中で終える——そして献金皿をじっと見つめる。

このようなことは前世紀〔一九世紀〕には定期的に行なわれていた。成功裡に終わる黒人《ニグロ》の会合では、士気を鼓舞する演説が少なくとも一つ、あるいはそれ以上が定番となっていて、ほぼ毎号にわたってそのような演説を掲載していない出版物は購読するに値しないと見なされる。このようなことが一般的になっているので、白人の聴衆や雑誌もはや無関心ではいられない。ここ数年、「アイオワ州キーオカックの疲れた婦人社交クラブ」や「食料品店経営者商工会議所」や「ホットドッグ売り社交クラブ」が、もっぱら卑しい黒人《スモウク》だけにテーマを絞った午後の文学的集いの時間を持つのはめずらしいことではなくなった。機会をとらえて、モロニア大学[64]のへぼ役者《ハムボーン》教授〔Prof. Hambone〕[65]やリンチ利用連邦協会[66]の油煙《ランプブラック》博士〔Dr. Lampblack〕[67]のような著名なアフラメリカンの弁士が演壇に立ち、ほぼ一時間を費やして、黒　人《ブラッカムーア》が偉大な共和国に贈り物をしてきたこと、それゆえに抑圧される理由はないことについて、とうとうと熱弁を振るうのだ。演説に続いて、たいてい、黒人の歌い手《チャーコール・シンガーズ》たちの魂のこもった歌声で、厳選された本物の黒人霊歌《スピリチュアル》のレパートリーが披露され、そのあとにはおそらく、若い黒人《ニグロ》詩人が、陰気な闇に包まれた豚の胃袋路地《ホッグ・モー・アレー》で煩悶する疲れ切った黒人《ブラック》の売春婦について書いた、心を揺さぶるような自作の朗読を始める。

黒人《ニグロ》の記者が爪を噛み、つかめるだけの髪の毛をかきむしっていたのはそう昔のことではない——気合いを込めて書いた原稿を、白人雑誌や新聞の手厳しい編集者がいつも読まずに突き返してくるからであった。アフラメリカンはいつの時代にもこの国に大きな貢献をしているのであり、陪審員による正規の法手続きによらないで、黒人《スペード》を「私刑《リンチ》にかけて」焼き殺すのははなはだ遺憾である、といったことを切々と訴えていたのだ。ただし、みなさん《マイ・フレンズ》、今はこのようなことはないということだけは付け加えさせていただく。雇われ黒人《ニグロ》記者に加えて、彼らよりも敏腕な記者仲間がおおぜい集まって、ついに自分たちで雑誌や新聞を刊行するようになった。彼らは、ジャズや、チャールストンや、黒人ばあやの歌《マミー・ソング》や、複雑な踊りであるが広く流行したブラックボトム(68)のような音楽や踊りの人気に便乗して読者大衆の要求に乗った。現在全国的に名が通っている高級な定期刊行物だったらほとんどどれでもいいから、手に取ってみてほしい。そこには必ずと言っていいほど、黒人《ニグロ》によるアメリカへの贈り物のことや、習慣や考え方では他のアメリカ人とまったく変わらないほど驚くべき進歩を遂げていることや、あるいはまた人種隔離《ジム・クロー》の乗り物での不当な扱い、といったことについて健筆を振るう黒肌《セーブル》の知識人の長文の記事が掲載されている。白人《クラッカー》の編集者はこのような記事に対して気前よく原稿料を払うのであり（昔、黒人《ニグロ》の編集者が払っていた額よりも多い）、その結果、黒人文士《ブラック・スクリブラー》は、黒人弁士《レイス・オレーター》と並んで、今では、四部屋の豪華なアパートで、高価なラジオ、チッカリング製(69)のピアノ、ボンドストリート(70)の高級ブティックの衣服、薄手の帆布生地、戦前物のスコッチウイスキー、それに肌色の薄い黒人《ハイ・イエロー》の愛人に囲まれての贅沢三昧の暮らしをしている。

それはそれでおおいに結構なことである。白人《ベカーウッド》が自分たちの面白くない生活にうんざりすれば、刺激や楽しみを黒人《クロウ》に求めるのはしごく当然のことである。それはおそらく、精力溢れる黒人《ブラック》と交わりたいという白人の強い願望があることを広く認めることにもなる。しかしながら、不思議なことに、われわれ黒人《ジガブー》によるこの国への主たる貢献については、黒人《ダスキー》の文士や全米行脚する鼻息荒い弁士は見落としているのだ。彼らはどうやら考えたこともないようだ。高い執筆料や講演料をとって、熱心な聴衆に伝えるべく、黒人《ニグロ》の新しい贈り物をさらに見つけようと、頭の中をかき回したり、公共図書館の書棚を漁《あさ》ったりしても、どこにでもある主たる贈り物を見落としている。かび臭い書物から目を上げて、周りを見回しさえすればよいのだ。しかし彼らはそうしようとはしなかった。

ここで、そのような活動家《プロパガンディスト》が、ペンとノートを手にして、「それでは、この国への貢献で、まだ挙がっていない大事なものとは、いったい何なんだ?」と、興奮気味に私に問いかけてくる姿を想像できる。そう言われても、私の方としては、だれの目にもあまりにも明らかなこの「秘密」を進んで打ち明けるつもりはない。しかしそれでも、褐色肌《ブラウニッシュ》の知識人が情報に対してお金を払える――進んでそうしたいと思っておられる――ということなら、私はただ、一クォートの上質のライウイスキーと、毎年功労のあった黒人《クーンズ》にばらまかれる、数多くのメダルの一つぐらいを頂きさえすれば、それ以上のものを要求することはない。そこで、他の人たちがするのと同じように、立ち上がって、略式夜会服の上着から埃《ほこり》を払い、角縁の鼻メガネをかけ直して、もったいぶった態度を取っておいてから、次の魔法の言葉を厳かに発することになる――それは「お世辞」という言葉だ!

みなさん、そういうことだ――われわれがアメリカにもたらした最高の贈り物は「お世辞」なのだ。言わせていただくならば、白人《バックラ》をおだてることなのだ。われわれがただ近くにいることによって、われわれの行動によって、われわれの強い願望によって、支配者集団の人種的エゴ意識を膨らますことである。こう申し上げれば、「どうしてだ?」と、喧嘩腰で、胡散臭《うさんくさ》そうな顔をして詰め寄られることになるかもしれないが、懇切丁寧に説明させていただく。だれかが言っていることだが、真似ることは本心からのお世辞なのだ。真似され手本にされることは、実に気持ちよく、自分はとても有力な存在であると感じさせてくれるのであり、人間である以上、まったく自然な感情なのだ。アフリカ大陸《ダーク・コンティネント》の黒肌《ディンジ》の同胞はアメリカの兄弟たちに、驚くべき進歩のヒントを求めていると、著名なアフリカの族長の書いた記事が進取的な黒人《ダーキィ》新聞に掲載されたとき、われわれ黒人《ニグロ》が胸を張ってみせる姿を想像すればいい。お世辞はなんと気持ちのいいことか――まさにプライドの源泉である。そして、プライドは進歩や成功にはぜったい欠かせないものであると、われわれは教えられてきた。このことがすべて黒人《ダーク》のアメリカ人について言えるのであれば、白人《ピンク》のアメリカ人についてはどれほど当てはまるのだろうか?

新聞や政治演説や教会の説教を通して精力的に語りかける活動家《プロパガンディスト》の影響をたえず受けていたことから、黒人《カラード》の兄弟たちも（『向上《アップリフト》』(71)からの表現を借りれば）前進し、ロジャーズ製〔アメリカの銀食器メーカー〕の銀食器やハヴィランド製〔フランスの陶磁器メーカー〕の陶器を使って食事をし、張りぐるみの長椅子に寝そべり、ラジオから静かに流れてくる《ビール・バケツ・ブルース》を聴きながら、派手な装飾を施したフロアランプの明かりの下で、少々際どい小説を読むところまでに至った。こういうことが、一般に知られている進歩というものである。

それでは、虐げられた黒人《ニグロ》が、お世辞を振りまく同胞の活動家《プロパガンディスト》の影響で、以上のような物質的幸福を得ることができたというのであれば、高貴な白人《レッドネック》〔一般にredneckとは「下層白人《クラッカー》」あるいは「貧乏白人《プアホワイト》」のこと〕が、無言あるいは声に出してごまをする何百万人もの黒人《ブラック》に囲まれていたとき、はるかに高い水準の生活に一足飛びに到達できたのは不思議なことだろうか？　少しも不思議ではない。

例えば、イザドア・シャンカーゾフを見てみるがいい。彼の故国ロシアで、あらゆる手段を使って《バイ・フック・オア・バイ・クルック》（彼の場合はおそらくよこしまな手段を使って《バイ・クルック》）アメリカへの渡航に必要なお金を手にした。ロシアではまったく取るに足りない人間で、だれからも相手にされず、社会の最下層で生きることを余儀なくされた人間だった。当然のことながら、彼の劣等感はとても強かった。アメリカにやってきて、自由の女神の庇護の下で生活を始めたのであるが、相変わらずイザドア・シャンカーゾフであり、博打打ちや小利口に稼ぐけちな商人の格好の餌食にされていた。しかし今は、社会階層のかなり高いところまで上《のぼ》っている。知能的には未成年だが、もはや最下層にはいない。つまり、彼は白人なのだ！　一夜にして優れた人種の一員となったのだ。エリス島が彼を変貌させたのだ。人生で初めて、だれかよりも偉くなったのだ。この素晴らしい合衆国で、黒人《ブラッカムーア》がいなければ、その縮れ毛をした最下層の者たちに代わって自分が最下層の人間になることはよくわかっている。しかし、アメリカが四方八方から彼に向かって、おまえは白人であり、白人として、黒人《ニグロ》の科学者や芸術家や聖職者やジャーナリストや商人にさえ禁じられている、しかるべき権利や特権を与えられているのだ、と声をかける。イザドアがよりしっかりとした足取りで歩いている理由が、だれにでも理解できることだろう。

もうひとり、サイラス・レヴィティカス・ダンベルを見てみよう。彼はすっかり盛りを過ぎて老け込んでしまったアングロサクソン系の人間である。ブルーリッジ山脈〔アメリカ南東部を走る山脈〕の堅固な要塞に囲まれて、彼の血統は、二百年以上にわたって、黒人《ニグロ》やインディアンに汚染されることなく守られていた。こうして彼は、質素倹約の生活や教育とは無縁な、頑健な人間として育った。サイはとうとう山奥の生活に嫌気がさして、近くのとある町に下りてきた。そこで十二時間交代制の製糸工場に働き口を見つけた。工場の雇い主は彼に温情を示して、彼が必要とするものを何からなにまで取りそろえ、その分、彼の薄い給料袋から定期的に差し引いていた。そして手取りとして残った二ドルほどの給料は、コーンウイスキー〔ほとんどトウモロコシを原料にして作られるウイスキー〕や活動写真に使った。サイはそれまで、自分は少しも値打ちのある人間だと考えることができなかったが、仕事仲間からはそうではないと教えられた――「おまえは白人だぞ」と言われた。だから「黒人《ニガー》を抑えつけておく」という神の使命を帯びているのだと。おまえは白人女性を守り、白人の優越的立場を維持しなければならないと念を押された。そのようにして、この国は白人の国であることを学んだ。何も持っていなくても、その教えは少しも悪い気がしなかった。まもなく彼は十ドルのお金をかき集めて、KKK団の白装束を買い、真夜中の集会に参加し、十字架を燃やし、KKK団聖典《クローラン》に書かれた儀式を繰り返して行ない、アングロサクソンのさらなる純血を目指して、身を持ち崩した白人の売春婦を鞭打ちの刑に処したり、横柄で鼻持ちならない黒人《ジガブー》をリンチ刑にかけようと見張りを怠らなかった。こうして、古代ギリシャ人やローマ人のように、自分とは異なる人種のだれよりも自分は優れていると信じるようになった。黒人隔離《ジム・クロウ》が四方八方に存在することから、そのような信念が弱まることはない。自分に降りかかる困難がどんなものであれ、今では、確実に自分よりも劣っていると思える黒人《ダーク・フォーク》のせいであると、仲間や政治家から叩き込まれているのだ。

さらにもうひとり、ツンと澄ました女の子だったドロシー・ダンスを取り上げておこう。彼女は十二年間、御殿のような校舎の公立学校へ通っていた。今は十八歳になり、卒業して、学校で修めたラテン語やギリシャ語や英文学や古代史や幾何学や植物学を、今働いているスパゲッティ工場の梱包係としての毎日の仕事に活かそうと考えていた。彼女が幼稚園に入る前のことだったが、両親には蝶よ花よと大事に育てられ、お利口にしていなければ、大きくて真っ黒な黒人《ニガー》にさらわれるぞ、といつも厳しく言い聞かされ、恐怖心を植えつけられていた。しかし、アメリカの普通教育によって自由な考えを叩き込まれた今は、当然、異なった考え方をするようになっていた——すなわち、大きくてがっしりとした真っ黒な黒人《ニガー》に暗い通りで出くわしても、彼女の内にはまだ美徳が残っていたなら救われるのだ、ということであった。ルーマニアやスコットランドやデンマークやモンテネグロだったら得られなかったであろう一つの価値観が彼女には備わっているのだ。彼女は今、貞潔な白人女性として知られる高貴な種族の一員である。そしてあらゆる面で優れていると確信している。なぜなら、教育によって、黒人《ニグロ》は劣っており、ふしだらで、病的で、怠け者で、進歩がなく、醜く、体臭がきつく、社会・産業構造の最底辺層に属している、ということを学んでいるからだ。当然、彼女は人種的誇りを意識して胸が一杯になっている。どんなに下落しようとも、永遠に白人女性で居続けることができるのだ。

　これだけの実例を挙げればじゅうぶんだろう——この偉大な共和国にわれわれが存在するということが、白人市民《ホワイト・シチズン》にとっては計り知れないほどの精神的支えとなってきた、ということをかなりうまく確認できたと思う。犯罪者や農奴や間抜けな人間の子孫であったとしても、そうでない白人と共に、他のあらゆる人種に対して優越感を持つことができ、同じ人種間では互いに対等である、ということを常に確認することによって、元気づけられ有頂天になっているのだ。数多くのミュージックホールの舞台で、顔を黒く塗って黒人《ブラック》に扮した白人の役者が、幻の黒人《ブラック》の波止場人足や農夫のばかさ加減を披露することによって、白人は虚栄心をくすぐられるのだ[72]。腹が割れるほど大笑いしながら、自分はこのような間抜けではないぞと密かに満足感を味わうのだ。彼らの本や雑誌には、道徳や美しさや上品さや教養《カルチャー》は白色人種《コケイジャン》だけのものである、とはっきりと書かれていたり、暗に示されている。彼らは至るところで、黒人《スモーク》が有害化学薬品を使って黒肌を白肌に、また縮れ毛を直毛にしようと試みているのを観察しているし、「白人《ホワイト・フォーク》のように」あれをやり、これをやろうと、黒人《ニグロ》が互いに言い合っているのをいつも耳にしている。ピンク色がかった皮膚の黒人《ブラック》は、白人《ノルディック》と同様に、黒人《ブラック》の間でもいつも重宝がられていることを、白人《クラッカー》はめざとく見抜いている。また、黒人《ニグロ》がよく使う表現――「あいつはまったく黒人《ニガー》みたいに振舞ってやがる」――は、黒人《ニグロ》仲間同士がぶつけ合う最も辛らつな非難表現であることを、白人《クラッカー》はよく知っている。さらにまた、「優れている」という言葉を耳にすれば、それがどんなものであれ、人種意識の強い黒人《ニグロ》は「白人《ホワイト・フォーク》のようなもの」として分類している、とわかっている。彼らが黒人街《ニグロ・ゲットー》をうろついていると、黒人《ニグロ》女性はフォード車に、混血《ムラート》女性はキャディラック車に、白人女性はパッカード車にそれぞれたとえられているのを耳にすることも少なくない。それほどのお世辞を聞けば、白色人種《コケイジャン》は自分を大いに自慢したくなり、黒人《ニグロ》が彼らに与えた非常に高い地位に応じて生きようと考えるのは、何ら不思議なことではない。エレベーターを操作する者も、学校の教師も、レンガ職人も一人残らず、白人は、この偉大な文明の創造者として、自分をシェークスピア[73]やジュリアス・シーザー〔ガイウス・ユリウス・カエサル〕[74]やナポレオン〔一七六九―一八二一（フランス第一帝政の皇帝）〕やエジソン〔一八四七―一九三一（アメリカの発明家）〕やワーグナー〔一八一三―八三（ドイツの作曲家・指揮者）〕やテニスン〔一八〇九―九二（イギリス・ヴィクトリア朝時代の詩人）〕やレンブラント〔一六〇六―六九（オランダの画家）〕と同一視するようになっても、驚くことではない。したがって、アメリカ社会では、淡い肌色《ピンク・カラー》を誇示する者はだれでも、皮膚の色素がなく、典型的な白色人種《コケイジャン》の容貌をしているおかげで、自分は他のすべての白人と対等だと信じ込んでいるのだ。

この国では、当然のことながら、民主主義が他のどの国よりも発達している。すべての白人《ホワイト・フォーク》が平等であるという考え――肌色を人間の価値の尺度とし、市民権の基準とする――によって、最下層にいる者たちも努力して最上層の者たちの仲間入りをしたいと思うようになった。このような大きな衝動が働いて、アメリカは物質社会のユートピア、希望と機会の国となった。そのような幻想を支えるために、ここにアフリカ人が連れてこられていなかったら、アメリカは明らかにまったく違ったものになっていただろう。しかし、黒人《シャイン》は敷土台となって、すべての白人がおしなべてその上に立って、星に向かって手を伸ばせるようにする役目を担うことになったのだ。ここにこそ、アメリカに対する黒人《ニグロ》の最高の贈り物がある、というわけである。われわれの十倍もの数の白人を鼓舞して、偉大な成功へと導いたこと、他国に存在するような、完全に意気阻喪させてしまうほどの破壊的な社会階級制度の実施は控えて、代わりに、無数の白人《オフェイ》の希望やプライド意識を喚起させることになった、肌色に基づく階級制度を導入したこと――以上のことが、実にわれわれが大いに誇れる贈り物なのだ。

7

《我らの白人《ホワイト・フォークス》について》

『アメリカン・マーキュリー』第一二巻四八号（一九二七年一二月）

I

黒人《ニグロ》に関するおびただしい数の厳めしい学術書が白人《ホワイト・フォーク》によって書かれている。ごくわずかでも感情を煽られるようなことがあると出版を急ぎ、尊大な態度で黒人《ブラッカムーア》のことを洗いざらい世間に公表するのだ。内容は広範囲に及び、黒人の脅威《ブラック・メナス》を恐れるあまり、過剰に反応して、その恐怖を闇雲にまくしたてるものや、白人文明の真っ只中で息苦しそうにあえいでいる黒人の兄弟《ダーク・ブレスレン》の悲劇を取り上げたものから、少数過激派の自由主義者《リベラル》による泣き言めいた話や、「礼儀正しく振舞う」ことを心得、自分たちの主人の機嫌を損ねないようにするだけの自尊心あるいは知性を兼ね備えていたトムおじさん《アンクル・トム》やベッキーおばさん《アーント・ベッキー》の死を嘆く、南部奴隷所有者の憂い顔の子孫による、いやに感傷的な話に至るまで、千差万別である。百二十年あるいはそれ以上にわたってコツコツと書き綴られてきて、今日では、全米の図書館の書棚や書庫には、アメリカの他のどの人種よりも、黒人《ニグロ》に関する書物や書類がぎっしりと並べられている。白人《ノルディック》が黒人の兄弟《ブラック・ブラザー》をどのように考えているかについては文献が豊富にあることから、この問題についてまったく何も知らないということはない。たとえそれらを読んでいなくても、この輝かしい国では、様々な黒人隔離法《ジム・クロウ・ロー》や、その類《たぐい》のものによる状況を実際に目の当たりにしていることから、白人《ノルディック》の態度や見解をいつでも学ぶことができる。

集められた大量の証拠から判断すれば、われわれ黒人《イーシオップ》は、幼稚で、怠け者で、不品行で、原始的で、救いがたいほど信仰に凝り固まっていて、性的不能者で、途方もなく体臭がきつく、生まれつき音楽好き《ミュージカル》であり、慢性的に興奮しやすく、知能は低く、加えて殺人を犯す性癖が顕著な人種、ということになる。われわれは自治や自制の能力を欠き、白人《ホワイト・フォーク》に導かれなければ無責任な行動に走ってしまう。白人《ホワイト》女性を強姦する性癖もあり、鶏肉《チキン》やジン酒やスイカをとりわけ好む。不承不承ながらやっと、われわれも人類の一員として認められたものの、類人猿より一目盛か二目盛上だけで、人類の中では最下層の位置しか与えられていない。有能な家事奉公人にはなれるが、組織の上に立つ責任者にはとうていなれない。これほど進んだ時代でも、大半のアメリカ白人《ノルディック・アメリカン》の目には、黒人《クーン》はすべて同じに見える。最高位に属する黒人《ニグロ》でも、最下位に属する白人《ホワイト》よりも高い位置は決して与えられない。要するに、証拠を積み上げて検討してみれば、いくら公正に判断できる者でも、黒人《ニグロ》は、人類の中で恥ずべき特質をほぼすべて占有していると結論づけざるをえない。しかし同時に、とくに南部生まれの白人の友人《ポーク・スキンド・フレンズ》には深く愛され(75)、完全に理解されている、と言われている。

白肌《ペイル》の隣人がこのような態度をとる以上、卑しい黒人《モウク》は、人生の競争で、平均的な白人《ペカーウッド》の十倍もの数の障害物を乗り越えなければならない。この世を最適条件下で生き抜いて成功するのははなはだむずかしい。生存手段を大きく支配する側の人間の態度と向き合わなければならないとなると、その葛藤は実に大変なものとなる(76)。当然、状況をよく見渡せる黒人《ニグロ》には根深い敵意や憎しみがある。これまでもずっとあった。揺り篭から墓場まで、侮辱や中傷や差別といった絶え間ない集中砲火を浴びせられている以上、彼らから敵意や憎しみ以外のものを期待することなど、とうてい無理である。もちろん公の場では白人《ホワイト・フォーク》が好きだと言う黒人《ニグロ》もいる。しかし、だれも聞いていないところでは、大多数は発言をがらりと変えて、本音を打ち明ける。鷹揚な黒人《リベラル・ブラック》でさえ常に不信感を抱いており、優越人種の機嫌を損ねるようなことは何もしないように、また何も言わないように警戒心を怠らない。鈍感な黒人《ブラック》の場合はそうでないかもしれないが、そのような気持ちでは親愛の情が芽生えるはずがない。

一九一七年から一八年〔合衆国の第一次世界大戦参戦〕、多くの黒人《ニグロ》は、アメリカ《アンクル・サム》のために鬨《とき》の声を上げていた。しかし、それはあくまでも表向きの態度であって、ありえないことではあるが、仮に、カイザーの軍隊〔ドイツ軍〕が、テネシー州メンフィスやジョージア州ウェイクロスやミシシッピ州メリディアンのような美しい都市に攻め入ったとしても、おそらく涙を流すことはなかっただろう——このような黒人《ニグロ》の態度はよく知られている。

戦後になって、報道機関や教会に属する上層階級の黒人《ニグロ》は、黒人《ディンジ》が忠実でありさえすれば、白人《ホワイト・フォーク》は黒人《ディンジ》の地位改善のためにどれほどのことをしてくれるかについて、額に汗して声を張り上げて諭すことによって、黒人《ディンジ》をできるだけおとなしくさせておこうとした。しかし彼ら以上に見識のある黒人《イーシアップ》はまったく懐疑的だった——後になって、そのような懐疑的な態度をとらざるをえなかったのも当然のことだったと理解されるようになる。

民主主義のための戦いが繰り広げられている最中《さなか》、数回にわたって、私は、各地の黒人《サンボ》個人の考えを探ってみた——少し驚いたのだが、戦争にだれが勝っても、自分たちにとっては何も変わらない、ドイツであっても、自分たちの扱いは合衆国の白人《ノルディック》と何ら変わらないだろうし、あるいはむしろずっと大事に扱ってくれるかもしれない、と彼らの多くが考えていたのだ。もののわかった実に多くの黒人《ニグロ》は、アメリカがひどく打ちのめされることは、アメリカ国民《ソウル・オブ・アメリカ》にとっておおいに結構なことだと声を潜めて言っていた。従軍して戦った黒人《ブラック》兵士でさえ、ジョージ・クリール氏の政府広報機関《プロパガンダ・ミル》のパンフレットを読んでいる際、冷ややかな薄ら笑いを浮かべたり、辛らつな言葉を発しているところを、ときどき目撃されていた(77)。

もちろん、白人《ノルディック》に対する黒人《ニグロ》の態度は、居住地域や、生活状況や、所属階級によって異なる。南部を旅していても、かなり念入りにやらないと、特定の地域における人種関係について実態をつかむのはむずかしい――状況がどれほど悪くても、南部の白人《ホワイト》と黒人《ブラック》の間には、かなり強い愛郷心があるからだ。白人《ホワイト》は、自分たちの地域の黒人《ニガー》は世界じゅうで最も優れていて、周辺地域の黒人《ニガー》はすべてならず者《ゴリラ》だと決めつけている。黒人《イーシアップ》の方も、同郷の白人《ホワイト・フォーク》のことをよく言う。しかしその一方で、「貧乏白人《プア・ホワイト》」とも呼ばれる下層階級《クラッカー》の白人には徹底的に呪いを浴びせる。実は、黒人《イーシアップ》から必ず真実を引き出すいい方法がある――自分たちの地域を称える話を息の切れるまでさせてみる。そうしておいてから、学校や、裁判所や、選挙権や、経済的機会や、都市環境の改善や、健康状態などについて、さりげなく質問を差し挟んでみる。黒人《ニグロ》が話に乗ってくれれば、白肌《ペイラー・ヒュー》の住民には決してこびへつらってはいない本音を吐露することになる。

奇妙なことに、大多数の白人《ノルディック》は、すべての黒人《ニグロ》に、自分たちは何か神格化された存在――知性、能力、教養、道徳の手本――と見なされている、と思っているようだ。確かに、黒人《ブラッカムーア》は、肌漂白剤や直毛アイロンを使って白人に似せようとしていることや、黒人《ニグロ》同士が相手の努力や成功をけなし合う傾向があることをとらえて、このような奇妙な結論に到るのもうなずける。白人は、そのような黒人主義《ニグロイズム》を、「くろんぼ《ニガー》は値打ちのない人間」「それ以上にくろんぼ《ニガー》から何が期待できるというのだ?」「白人《ホワイト・フォーク》みたいになったらどうだ?」といった意味として受け取ってきたと思われる。

確かに、黒人《ニグロ》は黒人《ニグロ》の同胞を皮肉な目で懐疑的にとらえる。往々にして、同胞に対する強烈な批判は、白人《ホワイト・フォーク》が突きつけるどんなものよりも辛らつである。この点、合衆国のユダヤ人兄弟《ジューイッシュ・ブラザー》に似ている。しかし黒人《クロウ》は、貧乏白人の同志《レッド・ネックト・コムラド》にも同様に批判的である。白人《ホワイト・フォーク》はごくまれに、黒人主義《ニグロイズム》に見てとる間接的な追従《ついしょう》は、身を守るための変色[78]、不快感や無益感、そして集団規律といったものが合わさったようなもの、という受け止め方もしている。しかし大半は、白人の目の前にいる個々の黒人《ニグロ》がその白人を自分より優れた存在と見なしているということでは決してない――権力を除いては。

もし南部の白人《ホワイト》が、いつものようにもっともだと思える理由を並べ立てて、自分は黒人《ニグロ》のことはよくわかっていると世間に向かって吹聴したとしても、アフラメリカンの方も、同等、あるいはもっと大きな証拠を示して、下層白人《クラッカー》について内部情報をつかんでいると言い放つ。黒人兄弟《ブラック・ブラザー》は、下層白人《クラッカー》のことはよくわかっているので、下層白人《クラッカー》の知性や勤勉さや能力や名誉心や道徳心について何ら思い違いをすることはない。黒人《ブラック》は、長い年月にわたって、白人《ホワイト・フォーク》と一緒に、白人《ホワイト・フォーク》のために働いてきたのだが、無益にただ働きしてきたのではない。平均的な白人《ノルディック》は、黒人《ニグロ》が実際にどんな生活をしているのかとか、どんなことを考えているのかについて、何も知らないのに対して、黒人《ニグロ》は白人《ノルディック》のことをよくつかんでいる。実際、医者、歯医者、弁護士、企業家、保険ブローカーなど、上層階級に属する黒人《ニグロ》であってももれなく、一度や二度は、白人《ホワイト・フォーク》のために家事奉公人として働いたことがあり、冷ややかに距離を保って、彼らの乱痴気騒《らんちきさわ》ぎや執念深い態度や、愚かな言動をじっくりと観察すると同時に、白人《ホワイト》の労働者階級《プロレタリアート》とも接触して、彼らの目に余る愚行や、とかく顕著な低能ぶりを完全に把握していた。

実際、労働運動の責任者や急進主義者にとっては大いに当惑させられることだが、合衆国の黒人《ニグロ》の間には、白人《ホワイト》の労働者階級《ワーキング・クラス》に対して大きな疑念や反感がある。貧乏白人《プア・ホワイト》の尊大な態度は、彼らの肌色がたまたま白かったという偶然の事情による以外の何ものでもない。黒人《ニグロ》は、貧乏白人《プア・ホワイト》の態度を、単なる無知や、仕事獲得競争の不安のせいだとしている。肌色の偏見を捨て、黒人《ニグロ》と手を組んだとしても、白人《ホワイト》の労働者が失うものは何もないのに、そのような態度をとり続けていると考えている。いわば南北戦争以来、黒人《ニグロ》はそのことを白人《ホワイト》の労働者《プロレタリアート》にわからせようと努めてきた。しかし、最下層の白人《コケイジャン》は態度を改めるどころか、ますます頑迷固陋になっている。労働団結を図るよりも、肌色の優位性という空虚な考えにいっそうしがみついている。ユダヤ人の労働者も、労働団結は考えられるものの、肌色の偏見から逃れることはできない。

　ごく自然なことだが、黒人《ニグロ》は裕福で影響力のある白人にははるかに好意を寄せている。確かに黒人《ニグロ》は、彼らからかなりの便宜や情けを受けてきた。しかし、例えばリンチや人種暴動のような集団危機の際には、群衆が姿を現すと、実際に加担はしないものの、かと言って、群衆を制止することもなく、いつもその場から逃げるように立ち去ってしまうような上層階級の白人《ノルディック》を当てにできないことは、片時も忘れたことはない。上層階級の白人は、この国の社会的経済的生活全般にわたって指図したり統制したりしてきたものの、黒人《ニグロ》の地位向上に反対する法制化については、ほとんど問題にしようとはせず黙認してきた。個々の黒人《ニグロ》に対しては親切で援助の手も差し伸べるが、黒人《ニグロ》大学だけでなく高校までの学校も含めて支援している者たちを除いては、大多数の黒人《ブラック》がどのような生活を送っているかについては、少しも気にかけたりしない。学校基金を割り当てるうえで、明らかに不平等であっても認めるし、黒人《ニグロ》居住地域にじゅうぶんな保険衛生調査がなされないままになっている状況に対しても、見て見ぬふりをしているし、黒人《ブラック》に関する限り、義務教育法が未施行のままになっていることも容認している。日雇い労働者の劣悪な労働環境、また南部の刑務所の酷い環境や、囚人《チェイン・ギャング》に対する過酷な扱いに対しては、ほとんど、あるいはまったくと言っていいくらい、告発の声を上げることはない。黒人《ニグロ》が関係する司法制度を下級役人が踏みにじっていることに対しても見て見ぬふりをしている。そして、選挙権を行使して身を守る手立てが黒人《ニグロ》に与えられているのに、黒人《ニグロ》のために責任をもって取り計らおうとはしない。

　上層階級の白人《ホワイト・フォーク》は、民主主義の仕組みからして、貧乏白人《プア・ホワイト》を強制的に規則に従わせることはできないと言い張るが、黒人《ニグロ》にすれば、彼らの方便でしかない——ほかにも重要と思われることがあっても、先延ばしにしたい時は、いつも何らかの手立てを講じる、ということを黒人《ニグロ》は見透かしている。白人の支配階級が多くの黒人《ブラック》に援助の手を差し伸べることができないとしても、少なくとも堂々と、誠実さや公正さや公平な扱いの側に加わることによって、他人に手本を示すことができる、と道理のわかった黒人《ブラック》なら思える。しかしおおかたは、傍観する方を選び、黒人《ニグロ》を白人の群衆のなすがままに任せている。黒人《ニグロ》が上層階級の白人に不振の目を向けるのは不思議なことだろうか？

とくに、北部の白人《ホワイト・フォーク》の態度が黒人《ニグロ》をまごつかせ激怒させている。黒人《ブラック》にとって、北部の白人は南部の白人以上に危険だと頻繁に感じている。自由や正義や平等や民主主義のことをのべつまくなしにしゃべりまくり、黒人《セネガンビアン》[79]がポトマック川以南[80]で黒焦げに焼かれたり、ベルギー人が植民地のコンゴの村を焼き討ちにしたりするたびに、憤りの声を上げる者たちである。しかし、彼らの周りにいる黒人《ブラック》に対しては、南部の下層白人《クラッカー》と同じくらい残忍である。寛容《リベラル》な時は、黒人《ニグロ》は自分たちと変わらない善良な市民であると——まるで敬意を表しているかのように！——声を張り上げ、社会の中で黒人《ニグロ》を公平に扱って機会を与えてやりたい、と八百万の神にかけて誓う。しかし、黒人《ニグロ》が仕事を求めて彼らのところにやってきた時は、その黒人《ニグロ》の教育レベルがどのようなものであれ、モップとバケツとベルボーイの制服を渡すだけである。そして散発的な例を除いては、彼らが定めた低位置に黒人《ニグロ》は永久に留まっていることを確認する。

公共の場に入ろうとしたり、親睦の集いに出席しようとした黒人《ニグロ》ならだれでも経験的に知っているのだが、大多数の北部の白人は、南部の白人兄弟《サザン・ブレスレン》とほとんど変わらない偏見を抱いている。南部の下層白人《クラッカー》とは異なり、彼らは不承不承、下働きの単純労働であっても、とにかく生計を立てる機会を黒人《ニグロ》に与える——ヨーロッパ移民の制限が、北部の黒人《ニグロ》の産業分野進出をかなり助けている。しかし、商業市場では、一般事務の分野で働く能力には欠けるという印象があるようだ。現在、黒人《ニグロ》にとって、ニューヨーク市は天国のように考えられ、寛容で自由な雰囲気が全米に知れ渡っている。しかしそれでも、南部の町で魅力的な黒人《ニグロ》女性が近寄ってくる白人の男から逃れるよりも、有能な黒人《ニグロ》の若者が北部の商社でまともな職に就く方がむずかしい。

もののわかったアフラメリカンには、肌色の偏見を持った人間は明らかに、ホーリー・ローラー〔ペンテコスト派の一分派〕やKKK団と同じようなインテリ階級〔スカイラーの皮肉〕に属しているようにみえる。肌色や髪質に基づいてのみ人間を評価するのは明らかにナンセンスなことなので、大半の白人《ノルディック》は精神的に正常ではない、とアフラメリカンは判定せずにはいられない。面白さと反感の入り混じった気持ちで、黒肌《ブラック・スキン》に対する白人《ホワイト・フォーク》の愚かな反応を眺めているのだ。ほとんどどんな公共の場でも、誇り高き白人《コケイジャン》の大多数が自らをものわかった人間であると自負しているとしても、黒人《ニグロ》が入ってくるのを見て、自分たちの夜が完全に台無しにされたと感じているのを観察すれば、黒人《ニグロ》には辛らつな笑いが込み上げてくる。この愚かさは何も英国系アメリカ人《アングロサクソン》に限ったことではない。ユダヤ人、アイルランド人、ギリシャ人、ポーランド人、ロシア人、イタリア人、ドイツ人、それにアメリカ英語をほとんど知らず、国の習慣もそれ以上に知らない者たちでさえ、黒い顔《セーブル・カウンテナンス》を見て、顔を真っ赤にして怒りを露わにする。

Ⅲ

白人は効率のよさや倹約のことを大声でまくし立てるのだが、二つの人種が夜に限らず昼日中《ひるひなか》も密接に関わり合っているにもかかわらず、人種別学という二元的な学校組織、人種隔離《ジム・クロウ》の客車や路面電車や待合室、公園や図書館、それに墓地までも人種分離されていて、そのために相当な額を費やしているという経済的浪費の状況を見て、黒人《ニグロ》は呆気にとられている。実は、家系図を調べてみると、とくにアングロサクソンの純血のことで大騒ぎしている綿花の土地〔アメリカ南部〕では、相当数の白人と黒人《ブラック》は血縁関係にある。南部はこの偽善的な二重基準を維持することによって自身の進歩を遅らせているのを、黒人《ニグロ》は決して見逃さない。今では、より安い労働力とより低い税金という条件提示のために、ニューイングランドの製材町や北部の石炭採掘場の生活水準まで脅かしている――黒人《ニグロ》が低賃金の仕事を横取りするのではないかという恐れから、南部白人の労働者も低い生活水準を甘んじて受け入れることによって決まってしまうような条件提示である。その結果、この愚かな制度の影響は、黒人《ニグロ》がほとんど住んでいない地域にも及んでいる。

　道理のわかった黒人《ニグロ》ならほとんどだれでも、肌色階級制度の解体は合衆国を妨げることにはならず、むしろ救済することになると思っている。黒人の兄弟《ブラック・ブラザー》を、パイの載ったカウンター(81)から遠ざけておきたい思いに駆られるあまり、白人は、並外れた能力を持つ数多くの黒人《ブラック》をこの国から排除していることになる。この神聖な国の海岸に降り立って以来、黒人《ニグロ》が受けてきた厳しい修行や試練によって、他のどの人種よりも、弱虫や無能者の比率が低い。黒人《ニグロ》は、一般の白人が一年で味わう数よりもはるかに多い苦難を一週間で味わうことになるので、常に抜かりなく、巧妙かつ強《したた》かに対処できるよう警戒心を怠らない。このような経験を通して、黒人《ニグロ》は確実に、この共和国において、現在の位置よりもさらに重要な位置にふさわしい存在になった。大半の白人からは消えてしまった開拓者魂を、黒人《ニグロ》は今も保持している。行動力や独創性も兼ね備えており、それらは今日、ビジネスや政治の世界で必要とされている、まさに重要な資質である。しかし、頑迷固陋な狭量さや偏見が黒人《ニグロ》の行く手を阻んでいる。

　自由主義的《リベラル》な白　人《コケイジャン》に対する南部白人《ホワイト》の問いかけ――「あんたの娘さんをくろんぼ《ニガー》と結婚させたいのか？」は、おそらくずばり要点をついている。これが、肌色に関わるすべての問題のまさに核心だからである。経済的・政治的競争の不安は一つの要因であるが、その上から、性的競争の不安が覆いかぶさっているのである。経済的・政治的平等は確実に社会的平等へと繋がる。しかし黒人《ニグロ》と白人の異人種間結婚を強制する法律はない。嫌悪感は生まれつき持っている先天的なものとする科学者の声高な説明が正しいとするならば、そのことに関して何も恐れる必要はないはずだ。もしアングロサクソンが望むならば――そしてもし、黒人《ニグロ》問題の権威が断言するように、実際に黒人《イーソップ》は嫌悪感を催すような存在だと見なすようであるならば、アングロサクソンにはすでに複数の民族の血が混じっているものの、現在の段階での純血は保たれるはずだ。

しかし、生来の嫌悪感は実際にあるのかどうか、アングロサクソンは本当にあると**考えている**のかどうかについては、黒人《ニグロ》はかなり懐疑的である。黒人《ニグロ》は、合衆国のほぼ三十の州で、いわゆる人種の異なる者同士の結婚を禁じる法律が制定されているという事実、またアメリカ黒人《ニグロ》の半分は明らかに、多かれ少なかれ白人《コケイジャン》の血を持っているので、黒人《ブラック》でも白人でもないというさらなる事実と、生来の嫌悪感はあるという考えとの折り合いをつけようとしている。黒人の兄弟《ダーク・ブラザー》は、有名な「血一滴ルール」が可笑しくて腹を抱えて笑う。「血一滴ルール」とは、完全に純血とされる白人《ノルディック》と見分けがつかない可能性があったり、実際に見分けがつかないことがあるにもかかわらず、はるかに遠い先祖に黒人《ニグロ》がいた人間はすべて黒人《ニグロ》と規定するという、人類学に対するアメリカの著しい貢献である。ヴァージニア州での最近の出来事に黒人《ニグロ》は歓声を上げている――新しい「人種保全法」〔一九二四年の異人種間結婚禁止法〕が施行されたことによって、州当局の系図学者以外にはだれにもわからないのだが、五十名の白肌の子供が黒人《ニグロ》だということで、白人の学校への通学を禁じられ、黒人《ニグロ》の学校へ通うように命じられる事態と相成った。それに対して、同じような状況下でも、テキサス州やオハイオ州では、焦《こ》げ茶色のメキシコ人やインディアンは白人として分類され、彼らの子供は白人の学校へ通っていたのだ。一七世紀以降、この国における人種混淆がどれほど進んだかということに詳しい黒人《ニグロ》は、ジョージア州やヴァージニア州のように、他のすべての州でも人種保全法が制定されるのを見届けたいと思っている。そうなれば、系図学者は全国レベルで忙しくなるだろうし、「黒人《ニグロ》」人口も少なくとも現在の四倍にはなるだろう。

黒人《ニグロ》は、白人紳士が黒人《ブラック》女性の低い倫理性について駄弁を弄しているのを、広い見識と観察によって培われた忍耐強い寛容の精神をもってじっと耳を傾けて聴いている。いくつかの地域では、これら高潔な白人紳士は、自分たちの黒人《ニグロ》の召使の耳に届くところで、不義密通のことを何のためらいもなく話題にしている。しかし、黒人《ニグロ》の召使は、人種隔離支持者の際どい会話を聴きながら、腹の底は煮えくり返っている。もちろん白人は黒人《ニグロ》の言い分に耳を傾けるはずがない。実のところ、黒人《ニグロ》の側にも言い分があると理解しているかどうか疑わしい。多くの明らかな理由から、黒人《ニグロ》は非常に面白い情報を胸の内にしまっておいて、たえず含み笑いをしている。この国のどの人種も性道徳を独り占めにしないことはよくわかっている。いつかアメリカ黒人《ブラック》の中から、バルザック〔一七九九—一八五〇（フランス作家）〕のような人物が出てきて、原作と同じくらい興味深くて楽しい『人間喜劇』〔バルザックの作品群の名称〕をもう一巻書き上げるだけの材料を集めることができるだろう。

黒人《ニグロ》の政治参加に対する白人の態度は、道理のわかった黒人《ディンジ》には、実にばかばかしく思える。黒人《ニグロ》もアメリカ市民として、アメリカの生活を営んでいることから、政治に何が起こっているのか、よくわかっている。もし黒肌の兄弟《スーディ・ブレスレン》が投票を行なうことに対してまだ信頼が持てないということならば、白人大衆《ペッカーウッド》についても、その点で信頼が持てないことになる。黒人《ニグロ》は、再建期を覆っていたとされる恐怖に対して、元南部連合支持者たちの叫び声やうめき声を聞かされていた——南部において、黒人《ニグロ》の政治家が力を握った州など一つもなかったはずなのに、彼らが、大々的に不正取得にのめり込んで、公的資金を浪費していた、というのだ。しかし、慎重に調査した結果、まったく同じことが白人の政治家に当てはまらないような州や共同体を、国全体の中で一つも見つけることはできなかった。もし黒人《ニグロ》が一クォートのコーンウイスキーと二ドルで票を売るとしても、それは彼ら黒人《ニグロ》だけではないということもわかった。確かに、黒人《ニグロ》で構成される国のどの立法府も、連邦議会を含むこの国の立法府と何ら変わるところはなく、毎年愚かな法律を生み出している。政治的閑職を求めるうらぶれた白人《ノルディック》の法律家が、有能な黒人《ニグロ》と競い合わないようにするためという理由だけで、南部では黒人《ニグロ》は投票権を剥奪されている、と結論づけざるをえない。一票を賢く生かすことができないから黒人《ニグロ》は選挙権を与えられていない、という言い訳は、国内情勢を見渡したあとでは、道理のわかった黒人《ニグロ》からみれば、はなはだ笑止千万なことである。

南部の白人も含めて、黒人《ニグロ》についての白人の驚くべき無知蒙昧は、すべてのアフラメリカンにとって、尽きない楽しみの種である。知性的で道理をわきまえていると自称する白人が、小説や歴史や詩を書いたり、微積分の問題を解いたりできる黒人《ニグロ》のことを聞いたり、あるいは直接出会ったりすると驚きを禁じえない。このような認識の甘さゆえ、凡庸な黒人《ニグロ》であっても、第一級の天才と高く持ち上げられ、その結果、彼らは調子に乗って太ってふんぞり返る。だまされやすい白人によく付け込まれて、意見を求められることもなく、黒人種《ニグロ・レイス》の指導者と見なされてしまう。大半の白人にはとても信じられないことのようだが、白人と同じく、黒人《ニグロ》の中にも、教養ある洗練された社会集団が存在するのだ。私は、アフラメリカンの間に広まっていた話を面白可笑しく思い起こす――南部のとある町〔オクラホマシティ〕の裕福な白人女性が黒人《ニグロ》の家政婦に、ニューヨークには、カール・ヴァン・ヴェクテンの『くろんぼ天国《ニガー・ヘヴン》』〔一九二六〕[82]に述べられているような黒人《ニグロ》の家庭があるというのは本当かと尋ねた。ニューヨークだけでなく、自分たちの町〔オクラホマシティ〕にもそのような家庭はあるというメイドの答えに対して、その白人女性はまったく信じられないと唖然としたというのだ。

Ⅳ

白人の知識人グループの中に出入りを許されている黒人《ニグロ》は、残念に思うよりも、安堵して自分たちの社会へ戻っていく。というのも、彼らにすれば、大半の白人知識人は、内容よりも形式を重んじ、情報はたくさん持っているが、常識はそれほど豊かではない。それに、本当に洗練され教養ある人間だけでなく、アフラメリカンの主な性格として、最下層に属する惨めなアフラメリカンにさえ備わっていると考えられる、ユーモアのセンスや、やんわりとした皮肉も欠いているのだ。

いわゆる洗練された白人は、麻雀から「そんなことは知らないね！」のゲームなど(83)、次から次へと無造作に流行を追いかけ、また、政治活動がどんなものであったとしても、支持者を求めて近づいてきたなら、深く考えることもなく、いとも簡単に関わりたがる。セックスに執着し、気分や反応やコンプレックスや性衝動の昇華についての長い学位論文をもち出してきては延々と議論している。彼らにとっての人生は、永遠に精神分析治療のようなものに思える。黒人《ニグロ》の観察者は、これを性欲減退の確かな兆候と見る。平均的な黒人《シャイン》のように、強壮で精力的な人間は生きることに懸命になっているので、人生の過程についてあまりにも過度に感傷的な思いに耽るようなことはしない。知的な黒人《ニグロ》のグループが居間に寝そべって、煙草をくゆらしたり、合成ジンを飲んだりしながら、自分たちのコンプレックスや衝動抑制のことを話題にしている光景など想像だにできない。

また、黒人《ニグロ》は、おおかたの白人とは違って、あらゆる悩みや苦しみにもかかわらず、時間の楽しい過ごし方を心得ている、と認識している。白人《クラッカー》が楽しもうと必死に努力している光景を眺めるのは、黒人《ブラック》にとっては飽きない楽しみ事である。白人《ノルディック》はありとあらゆる楽しみ事を真剣にとらえるのだ！　彼らは、泳げる時は必ず、英国海峡やメキシコ湾を泳ぎきろうとする。踊れる時は必ず、どのカップルがいちばん長いあいだ踊っていられるかを競い合う、いわば舞踏マラソンを挙行する。チャールストン踊りコンテスト、ゴルフコンペ、コーヒー飲み競争《コンテスト》、フランクフルト食べ競争《コンテスト》をやらないと気が済まない。要するに、いつも極端に走るのだ。他方、黒人《ニグロ》は、自意識や自己顕示欲をあまり外に表すことなく、自身で楽しむ方法を心得ている。

白人《ノルディック》が気楽に過ごそうとする努力は異様《グロテスク》なものである。いわば解放された白人の努力は、数ある中でも最悪である。黒人《ニグロ》の場合は、どこでもそうなのだが、自分たちが楽しい時間を過ごしているのを周りに印象づけようとする時に限って、声を張り上げたり騒いだりするようなことはない。例えば、グリニッチヴィレッジ〔ニューヨーク・マンハッタンにある地区〕で羽目を外して楽しむ彼らの様子を見ればわかる。羽を伸ばしたい白人《ホワイト・フォーク》が、ニューヨーク滞在時には必ずハーレムへ直行するのは理由がないことではない。あまり解放されていない白人は、キャバレーへ行き、そこで黒人《ニグロ》が踊ったり跳ねたりしているのを座って観賞する。もう少し賢明な白人なら、黒人《ニグロ》のダンスホールへ行って楽しみ事に飛び入り参加する。思う存分楽しむことができる唯一の時間は、楽しみを束縛されたり押しつけられたりしない、いわゆる黒人街《ブラック・ベルト》へ行った時だけだと言っているのを耳にするのはめずらしくない。

おそらく以上の理由から、白人の兄弟《ホワイト・ブレスレン》にとって黒人《ブラック》は、投票所で真剣に考えることなどまったくしない、ただ能天気な子供同然でしかないということになる。しかし、白人《ホワイト・フォーク》が、ビリー・サンデイ〔一八六二―一九三五〈福音伝道者〉〕、ジッドゥ・クリシュナムルティ〔一八九五―一九八六〈インド生まれの宗教的指導者〉〕、コナン・ドイル〔一八五九―一九三〇〈イギリスの推理作家。名探偵シャーロック・ホームズを生み出した〉〕、至上魔法師エヴァンス《インペリアル・ウィザード・エヴァンス》[84]、ウィリアム・ヘイル・トンプソン[85]のようなペテン師の言うことを聞くために押し寄せ、共和国に広がるでたらめな戯言《ホウカム》をすべて真剣に呑《の》み込もうとすることを思い起こして、黒人《サンボ》は、自分たちだけで知的幼稚性を独り占めにしてはいない、と結論づける。

黒人《ニグロ》は、白人の小人《リリパット》に鎖で繋がれた黒肌のガリヴァー[86]、肌色の偏見の牢獄に放り込まれた囚人、また頑迷固陋の森の中の世間知らずである。しかし、それにもかかわらず、物事を達観し、斜《はす》に構えて自分自身を笑い、自分の窮地を笑い飛ばせる人間でもある。どの人種グループよりも、ユダヤ人よりも、物事を自分が見たいように見るのではなく、ありのまま冷静に見る能力を発達させてきた。白人階級《オフェイ・ジェントリー》の矛盾した言動を綿密に調べ上げ、それによって黒人《ニグロ》は、この低能者《モロン》の共和国で本当に賢くなれるのだ。白人《クラッカー》の**インテリ**が、アングロサクソンの昔からのスローガンや理念である、正義や民主主義や騎士道精神や名誉や公正な精神といったものに、怪訝そうに軽蔑の眼差しを向けるようになったのは、ほんの数年前のことだ。黒人《ニグロ》は、肌色や社会的地位や経済的富によって制限されていることを承知していることから、それらに対していつも懐疑的だった。

黒人《ニグロ》は、「おまえたちよりも神聖だ」という白人《ホワイト・フォーク》の態度にはうんざりしている。白人は優れているという主張の根拠は何かと黒人《ニグロ》は問う。昔からの黒人《ブラック》の歴史を白人のものと並べて比較しても、何ら恥じることはないはずだ。

黒人《ブラック・マン》も、白人と同じだけの人類文明を築いた実績があるということをよく知っている。そして、アフリカで拡大している君主共産制社会よりも今日の西洋社会が優れているということを疑問視している。白人《コケイジャン》と比べても知能的にも肉体的にも決して劣っていないこともよく知っている。アメリカにおける黒人《ニグロ》が置かれている状況が、平均的な黒人《ニグロ》を、平均的な白人《ノルディック》よりも抜け目なく機敏で、機知に富み、知性的で、それゆえに面白味のある存在にしているのだ。もし知性を測る最高基準が、変化する敵対的な環境の中で生き抜く能力であり、しかも生き抜くことだけでなく、健康や裕福さや文化の面で常に改善しているのであるならば、黒人《ニグロ》は確かに高い知性を持っていると認めざるをえない。肌色に基づいた偏見による打撃を乗り越える闘いを通して、黒人《ブラック》は結束して士気を高めてきた――そのような黒人《ブラック》の潜在能力はまだじゅうぶん評価されてはいない。

V

黒人《ニグロ》は黒肌《ブラック》で醜いと白人《ホワイト・フォーク》が言っているのを耳にしたとき、黒人《ニグロ》は腹の底で笑っている。白人はいつも人種の純血のことを口にして、それにこだわってばかりいるものの、まさに白人のおかげで、多種多様な肌色や髪質や容姿の黒人《ニグロ》が生まれ、そのような黒人《ニグロ》の中にこそ、合衆国で最もハンサムなアメリカ人が見つかるのだ。合衆国はまさに人種の坩堝《メルティング・ポット》であり、実に壮麗な眺めを呈している。確かに醜い人もいる。しかし、美人の割合が白人《オフェイ・プレスレン》よりもだんぜん多い。この事実を確認するにはただ、白人の人混みの中に飛び込んでおいてから、すぐにおしゃれな黒人《ニグロ》街の大通りへと繰り出せばよい。黒肌《ブラック》？　まあ、それはそうだが、それにしても、なんと美しいことか！　ほぼありとあらゆる色と見事に混ざり合っているではないか！　なんと滑らかな肌で、なんと柔らかで丸みのある顔立ちであることか！　肌色は褐色、チョコレート色、黄褐色、ピンク色など様々だ。この黒人のアメリカ《アフラメリカ》——まさに多彩な美が織りなす世界だ。肌色に対する嫌悪を露わにしているアングロサクソンをさえ魅了するのだ。

黒人の兄弟《ダーク・ブラザー》は、自分たちはアメリカ人であり、アメリカ文明に不可欠な存在であると見なしている。黒人《ダーク・ブラザー》にとって、アメリカ文明は白人の文明ではなく、白人と黒人《ブラック》の文明である。その一部は自分たちのものであるのは当然だと感じている。なぜなら、それを完成するために、三百年もの間、一生懸命働いてきたからだ。黒人《ブラック》は他のだれとでも対等な分け前を望んでいるだけである。それでも、国民生活に対して行なった黒人《ブラック》の貢献は、これまで認められた以上のものであると感じている。見識のある黒人《ニグロ》の間では、自分たちと同等の見識を持った白人《ノルディック》がもっと勉強をして、今もなお黒人市民《ブラック・シチズン》の上にのしかかっている障壁を取り除く社会的な価値観と必要性に目を大きく見開いてくれるように望んでいる。それによって、国は何ら失うものはなく、むしろ一歩前へ進むことによって、実に多くのものを獲得できるようになる。奇妙に思われるかもしれないが、多くの黒人《ニグロ》は、変化をもたらす支援をしてくれる勢力として、見識のある南部白人を頼りにしている。南部白人《オフェイ》は、彼らが考えているほど黒人《ニグロ》を理解していないのだが、少なくともかなりよく知っている。そして、反対のプロパガンダがあるものの、両者の間にはいくらかの友好感情もある。新たに出現したこの南部白人の一団は、声を大にして訴えることができるほど強くなり、尊敬もされるようになってきていて、今後、ますます影響力を持つようになるだろう。

アフラメリカンは白人《コケイジャン》よりも寛容であるゆえ、すべての白人《ホワイト・ピープル》は変わることはなく、いつまでも同じまま、ということでは決してない、と認める用意ができている。そして、大多数の下層白人《クラッカー》について、偏見に凝り固まった愚か者と呼ぶにふさわしいとすることに異論はないが、そのような非難をすべての下層白人《クラッカー》に当てはめることはできないと戒める黒人《ニグロ》の弁士や編集者の言葉を聞いたり読んだりすることもめずらしくない。黒人《イーシオップ》は、ことのほか高潔で寛容で、偏見を持っていない個々の白人《ピンク》を指し示すことができる。あえて言わせていただくならば、この点において、黒人《イーシオップ》は、大多数の白人《オフェイ》――今日でも、彼らの目には、すべての黒人《クーン》がみんな同じに見える――よりも、数段上にいることになるのだ。

8

《合衆国における異人種間結婚》

『アメリカン・パレード』一（一九二八年秋季号）

現在も根強くはびこるアメリカ合衆国最大の神話のひとつが、異人種間結婚とその影響を中心に展開するものである。上層社会では、これほどタブー視されているものはないが、しかし弁舌であれ文書であれ、その見解が示される際には、次のようなものになる。


ⓐ二つの人種の間には、とくに性的関係に対する生来の嫌悪感がある。

ⓑまともなアメリカ白人ならば、男であれ女であれ、だれも黒人《ニグロ》とは結婚しない。

ⓒ合衆国では異人種間結婚はまれなことで、ほとんどは最下層の黒人《ブラック》と白人に限られる。

ⓓ異人種間結婚は必ず悲劇に終わる。


しかし、よく調べてみれば、以上のことはまったくでたらめである。実は、合衆国では、異人種間結婚について包括的な調査はこれまで行なわれてこなかった。この国有数の図書館を回ってみればわかることだが、この半世紀、この問題について書かれた記事はたった一つしかなく、しかも、それが掲載されたのは黒人《ニグロ》雑誌の『メッセンジャー』であった。この問題は、二十から三十冊はあろうかという書物の中で言及されてきたが、おおかたの結論は調査に基づくものではなく、単なる意見、しかも偏見に満ちた意見から引き出されたものである。合衆国国勢調査局でさえ、提供できるような事実は持ち合わせていない。

それでは考えてみよう——両人種間には、性的関係に対する生来の嫌悪感があるのだろうか？　まずその点を検証してみようではないか！　これまで書かれた書物の中でも、激しい偏見に満ちた一冊である『皮膚の色の境界線《カラー・ライン》』〔一九〇六〕で、その著者である南部人の大学教授ウィリアム・ベンジャミン・スミス〔一八五〇—一九三四（チューレーン大学教授・数学者）〕は次のように書いている。

どんな時でも、どんな危険を冒してでも、またどんな犠牲を払ってでも、南部が、黒人《ブラック》と白人の間に通行不能な社会的溝を開けたままにしておくのはまったく正しい。こうしなければならないのも、南部の血筋、南部の特質、南部の白人《コケイジャン》の家系を守るためである。

もしわれわれのテーブルに黒人《ニグロ》が同席し、われわれの賓客として、また社会的に対等な人間として彼らをもてなし、他のすべての関係における皮膚の色の境界線を無視した場合、性的関係や、われわれの息子や娘の結婚や、われわれの種の繁殖において、その境界線は確実に維持できるだろうか？　答えは明らかに「ノー」である。社会を分ける真ん中の壁が崩壊すれば、たちどころに生命の潮流が交ざり合って、その流れがどんどん広がっていくのは、日の目を見るよりも明らかなことである。

人種問題に造詣が深いスミス氏でさえ、生来の人種的嫌悪感のことは何も語っていない。それどころか、人種間の壁が取り払われたならば、黒人《ブラック》と白人は手に手を取り合って教会に駈けつけ、祭壇で結婚式を挙げることになると認めている。

この国で、「生来の人種的嫌悪感」の話はナンセンスであると認めているのはスミス氏だけではない。「わが父祖の地」で白肌と純血を保つべく奮闘している現在の指導者たちとて、すべての州がもれなく異人種間結婚禁止法を可決することを提唱しながらも、生来の人種的嫌悪感などないことを暗に認めている。サウスカロライナ州選出の上院議員コールマン・ブリーズ〔一八六八―一九四二〕や下院議員アラード・ガスク〔一八七三―一九三八〕も最近、コロンビア特別区における異人種間結婚禁止法の可決を求めた。ヴァージニア州人口動態統計局書記官であったウォルター・A・プレッカー(87)も、ヴァージニア州《オールド・ドミニオン》の公金を使って、人種の純血を提唱する文書を発送している。ロスロップ・ストッダードは、白人の純血を守ることに生涯をかけて自分の才能を注ぎ込んでいると思われる。ジョン・パウエル(88)は、実は黒人《ダーク》の血が流れている南部人ではないかと疑われているのだが、合衆国のすべてのアングロサクソンによる協会を組織するという壮大な構想を思いついた。それに誤報がいっぱい詰まった傑作『白人のアメリカ《ホワイト・アメリカ》』〔一九二三〕の著者アーネスト・コックス少佐(89)もいる。以上の紳士はすべて、いわゆる二人種間のさらなる**社会的**障壁を一貫して支持しているのであるが、しかし白人の黒人《ブラック》に対する生来の嫌悪感、あるいは黒人《ブラック》の白人に対する生来の嫌悪感などまったくないことを認めているのである。

プレッカー博士、コックス少佐そしてパウエル氏は、おおいに売り込まれた人種保全法〔異人種間結婚禁止法〕がヴァージニア州で可決させることに意欲を燃やし、州民の家系の徹底調査を実施した。ところが、ヴァージニアには、この百年間、先祖に黒人《ニグロ》のいないインディアンは一人もいず、大西洋岸地域にもほとんどいないという、彼らにとっては実に残念な調査結果を公表しなければならなかった。この公表結果は、長いあいだ、インディアンの先祖を誇らしげに自慢し、不滅のポカホンタスの子孫であると断言していたヴァージニアの最初の入植者の血が流れている多くの旧家〔First Families of Virginia（FFV）〕をかなり落胆させた。事実、この法案が提出されたとき、リッチモンドの『ニュース・リーダー』紙が、法案が通れば、存命の人であれ、亡くなった人であれ、黒人《ニグロ》として**分類される**人がいると書き立てて物議を醸した。

二名の連邦上院議員、一名の合衆国フランス大使、五名の将軍、二名の合衆国大統領、二名の陸軍省長官、最も著名な南部の小説家三名、ヴァージニア州知事三名、一名の下院議長、二名の司教、三名の連邦下院議員、一名の海軍少将、二名のヴァージニア州最高裁判事、そして多くの南部連合軍司令官。

両極の二人種間には嫌悪感や反感が存在するというのは事実ではないどころか、逆に、かなりの親近感が存在することが、科学者の調査でも証明されている。ジャン・フィノー〔一八五八―一九二二〕も『人種的偏見』〔一九〇七〕の中で次のように述べている。

科学が口を挟む以前から、人間は様々な人種と混ざり合ってきた。混血の旺盛な繁殖力と、最も遠く離れた者たち同士の性的和合によって、異人種交配が進んだ。民族移動が始まった時からこの現象は続いている。現代のヨーロッパ白人の血の中に、四世紀の終わりにわれわれの大陸（ヨーロッパ）に住んでいた黒人《ニグロ》の血が流れている。

フィノーの説明はおそらく、実に数多くの白人が明らかに黒色人種《ニグロイド》の容貌をしていることを言い当てている。著名な社会学者エドワード・B・ルーター〔一八八〇―一九四六〕は、彼の著書『アメリカの人種問題』〔一九二七〕の中で、「アメリカにおける黒人《ニグロ》と白人の人種混淆は、黒人《ニグロ》がアメリカにやってきた当初から始まっていた」という事実を明らかにしている。植民地時代における白人と黒人《ブラック》の人種混淆に言及して、次のように語っている――「厳しい法律や不寛容な世論も、人種混淆にはあまり効き目がなかった。法律や世論は異人種間結婚抑制の方向に働きはしたが、人種混淆を食い止めることはできなかった。人目を忍ぶ人種混淆は増加傾向にあり、白人の召使と黒人《ニグロ》奴隷との間に生まれた非嫡出子が多くの地域社会において深刻な重荷となった」。

人類学者フランツ・ボアズ〔一八五八―一九四二〕も、一九〇九年五月発行の『サイエンス』誌掲載の記事《アメリカにおける人種問題》の中で以上の見方を確証している。

初期の人種混淆は、言語や文化が異なるものの、ほとんど同族の人種同士に限られていたということでは決してなかった。それどころか、アジアやアフリカからヨーロッパに流入してきた人種は言うに及ばず、南ヨーロッパ、北ヨーロッパ、東ヨーロッパ、西ヨーロッパの様々な人種も、長く続いていたこの人種混淆に加わってきた……。

きわめて明らかなことであるが、われわれの法律は（黒人《ニグロ》集団の中に）白人の血が大量に流れ込むのをかなり遅らせるかもしれないが、人種混淆の漸次進行を食い止めることはできない……人種間に性的嫌悪感がないことは、混血人《ムラート》口の数からして一目瞭然である。

合衆国において、「白い血」（というような誤解を招く言い方を許されるならば）が黒人《ブラック》の中に流れ込んでいる量は、著名な人類学者メルヴィル・ハースコヴィッツ〔一八九五―一九六三〕の詳細な調査によって明らかにされている。『アメリカのニグロ』〔一九二八〕の中で、ハースコヴィッツは次のように述べている。

アメリカの黒人《ニグロ》の八十から八十五パーセントが純血のアフリカ人の子孫であるというのは間違いで、わずか二十パーセント少しが純血の黒人《ニグロ》であって、実際には、ほぼ八十パーセントが白人あるいはアメリカ・インディアンとの混血で……三分の一あるいは四分の一（正確には二十七・三パーセント）の黒人《ニグロ》にはアメリカ・インディアンの血が混じっている。

いわば「生来の」人種的嫌悪、毛嫌い、反感の問題を追究していくと、ユダヤ人学者にはよく知られている『ミドラーシュの話』〔創世記　ラバ　一八〕の中に、異人種間には互いに引き合う感情が昔から存在したことを示す、次のような一節に行き当たる。

ユダヤ人がバビロンに戻ったとき、彼らの妻は、捕らわれていた歳月の間に、褐色肌や、ほとんど黒肌になっていた。そこで相当数の男たちは妻と離婚した。離婚された妻はおそらく黒人《ブラック》と結婚したのであり、このことは、黒人《ブラック》のユダヤ人が存在することをある程度説明することになるだろう。

南アフリカの作家サラ・G・ミリン〔一八八九—一九六八〕は、彼女の著書『南アフリカの人々』〔一九二七〕の中で、この問題に少し紙幅を割いている。それによれば、南アフリカに住む、教養が高く洗練されたイギリス人の多くが、ホッテントット族〔南アフリカに住むコイコイ族の旧称で、今日では差別用語となっている〕の女性と結婚して大家族を養っているということである。このことは、『タイタス・アンドロニカス』第三幕・第二節における、シェークスピアの言葉——「真っ黒《コール・ブラック》はもう一つ別の色よりもよい」——の裏づけともなるだろう。ドイツの皮膚科医であり、歴史上最初の性科学者とされるイワン・ブロッホ博士〔一八七二―一九二二〕は、彼の著書『我らの時代の性生活』〔一九〇九〕の中で、同じようにこの問題に触れている。

白人の男たちは昔から黒人女性《ネグロ》や混血女性《ムラート》に目がない……根深い人種的憎しみを抱いているにもかかわらず、アメリカでさえ、人種的フェティシズムゆえに、このような数多くの結合が生まれている。黒人女性《カラード》はアメリカの男性に強力な誘引力を及ぼす。気位の高いアメリカの女性でさえ、とくにシカゴでよく見かけられるのだが、黒人男性《ニグロ》に対してある程度の好感を抱いている。

かなり昔の二つの格言もこのような誘引力に光を当てている。一つは、ロンドンの編集者、美術品・古書収集家であったヘンリー・G・ボウン〔一七九六―一八八四〕が編集して、一八六七年にロンドンで出版した『格言ハンドブック』にあるもので、「黒人《ブラック》の男は白人《フェア》の女の目には宝石である」というものだ。もう一つは、フランスの文法学者であり、百科事典の執筆・編集者であったピエール・ラルース〔一八一七―七五〕の『世界百科事典』にあるもので、「美しさを求めるなら白人の女を、快楽を求めるならエジプト人か黒人女《ニグロ・ウーマン》を選べ」という男性への助言である。『千夜一夜物語』の翻訳をしていたリチャード・バートン卿[90]は、白人の王女が逃げて黒人《セーブル》の愛人の腕の中に飛び込む話の多さに驚いて、その理由について、第一巻の中で長い脚注をつけている。それに神に仕える聖職者でさえ、黒人女《ブラック・ウェンチ》の魅力から逃れることはできなかった。アイルランド系アメリカ人作家・編集者・ジャーナリストであったフランク・ハリス〔一八五六―一九三一〕を信じるならば、彼の『我が人生』（第八巻一六章・a節）の中で、スコットランドの宣教師デイヴィッド・リヴィングストン[91]が取った経路を辿るアフリカの旅で出会った混血女性《ムラート》の数の多さに言及して、「宣教師の足跡を辿っていることが、われわれの間で次第に冷やかしのように思えてきた」と書いている。

＊＊＊

異人種間の生来の嫌悪感という神話はこれくらいにしておこう。私は最近、合衆国にはどれほどの数の異人種カップルがいるのか、そしてそれぞれの地域において、一般にどのような性格をしているのか、またどのような態度を示しているのか、といったことについて調査に乗り出した。公立図書館の文献を漁《あさ》ってもだめだったし、連邦や州や地方自治体のいかなる情報源からも、本当の事実や数字をつかめなかった。そういうわけで結局、自分で直接、できるだけ多くの地域を訪ね歩いたり、各地の信頼できる個人にアンケート用紙を送付したりして、統計データを集める必要があった。私の情報提供者は、約百か所の地域在住の編集者、医者、ソーシャルワーカー、学生、労働組合幹部であり、全員、それぞれの市町村に長年住んでいる住民である。「自由な」地域において、とくに拠点となる町には、もれなく黒人と白人《ブラック・アンド・タン》のカップルがいると考えられる——「自由な」地域とは、そのようなカップルが住んでも、刑務所送りにはならない地域、ということである。どれくらいの数が分布しているかについては、次のリストを見れば、概要をつかむことができる——ユタ州ソルトレイクシティ（三十五）、ワシントン州シアトル（二十五）、オハイオ州シンシナティ（百）、カンザス州カンザスシティ（十）、イリノイ州シカゴ（一千）、ニューヨーク州ニューヨーク（五百）、ペンシルヴェニア州ピッツバーグ（百二十）、マサチューセッツ州ボストン（五十）、オハイオ州クリーヴランド（一千百）、ミネソタ州ミネアポリスとセントポール（百）、ワシントン州タコマ（十五）、オハイオ州コロンバス（十二）、カリフォルニア州ロサンゼルス（二十）、ミネソタ州ダルース（十）、オハイオ州スプリングフィールド（六）、カリフォルニア州サンフランシスコとオークランド（十）、コロラド州デンヴァー（六）、オクラホマ州オクラホマシティ（二）、ニューヨーク州ヨンカーズ（四）、ペンシルヴェニア州ハリスバーグ（六）。

一般にこのようなカップルはすべて文明社会の屑という扱いをいつも受けているとされることから、私はとくに時間をかけて彼らの性格や評判に着目した。ここにいくつかの典型的な調査結果を紹介しておく。

オハイオ州シンシナティ――「彼らは信頼できる物静かな人たちだから、人目を引くようなこともほとんどない」

カンザス州カンザスシティ――「三組は社会的にも地位が高いが、他は普通の一般人である。州の西部地域では、農業従事者に異人種間結婚をしている人が多い。裕福な家の白人女性が黒人《カラード》の農民と結婚しているケースがいくつかあり、その逆のケースもある」

オハイオ州クリーヴランド――「良いカップルである。ほぼ平均的な生活をしている」

ニューヨーク州ニューヨーク――「良いカップルである。非常に優れた教育を受けた人たちが多い。一組のカップルは高校の教師をしている」

ミネソタ州ミネアポリスとセントポール――「同人種同士のカップルと変わらない平均的な生活をしていて、特別視されるようなこともはるかに少ない」

ユタ州ソルトレイクシティ――「非常に良いカップルである。周りから距離をとって、自分たちだけで暮らしている」

カリフォルニア州サンフランシスコとオークランド――「大半は非常に良いカップルである。たいてい白人の夫と黒人の妻のカップルである」

ペンシルヴェニア州フィラデルフィア――「異人種間結婚のカップルは最優良市民に属している」

マサチューセッツ州ボストン――「良いカップルである。ここボストンでは、ほとんどは黒人《ニグロ》男性とアイルランド系女性のカップルだと思われる。女性の二人はユダヤ系の女性である。三組は黒人《ニグロ》女性と白人男性のカップルである……上層階級の黒人《ニグロ》男性の中には、白人女性と結婚している人がいるし、弁護士もいれば医者もいて、どちらも全国的に知られている」

以上のカップルのほとんどは、白人女性と黒人《ブラック》男性のカップルであるが、おそらく五分の一は白人男性と黒人《ブラック》女性のカップルであると思われる。クリーヴランドの調査結果では、一千百組のカップルのうち、少なくとも六十パーセントは後者に属する。

もちろん、九千万人以上のいわゆる白人と約千二百万人の黒人《ニグロ》とされる人がいる国にしてみれば、異人種間結婚によるカップルの数は極端に少ないと思われる。それにしても、白人と黒人のカップル《ブラック・アンド・タン・カップル》が一緒に暮らす困難さは抜きにして、結婚すること自体どれほどの大事業達成ということになるのかをよく理解するために、結婚に至るまでの障壁がどれほどのものであるのかについて検討してみよう。同人種同士の一般のカップルであるならば、社会の祝福の声を耳に響かせながら、バラの絨毯《じゅうたん》の上を教会の祭壇に向かって進む。しかし、異人種間結婚のカップルの場合は、牧師が待ち受ける祭壇までの道程《みちのり》には、大きな石やレンガなどの瓦礫《がれき》が一面に散らばっている。結婚を認めているのはコロンビア特別区と次の十九州だけである――メイン州、ニューハンプシャー州、ヴァーモント州、マサチューセッツ州、ロードアイランド州、コネティカット州、ニューヨーク州、ニュージャージー州、ペンシルヴェニア州、オハイオ州、イリノイ州、ミシガン州、ウィスコンシン州、ミネソタ州、アイオワ州、カンザス州、ワイオミング州、ニューメキシコ州、ワシントン州。

その他の州は禁じており、罰則も定めている。ノースダコタ州では、二千ドルの罰金刑から、最高で十年の禁固刑を科している。アリゾナ州、アーカンソー州、ミズーリ州、ネブラスカ州、カリフォルニア州、ノースカロライナ州、そしてユタ州では、刑罰を科すことはないが、結婚は無効としている。ミズーリ州、ネブラスカ州、カリフォルニア州、ユタ州、そしてコロラド州に住んでいるが、これらの州以外で結婚していたカップルもいる。しかし、彼らがいかに裕福で、教養もあり、法律を順守する善良な市民であったとしても、これらの州の法律は彼らの結婚を認めていない。

異人種間結婚を禁止する法律は、黒人《ブラック》と白人間の結婚にだけ限定しているのではない。アリゾナ州、カリフォルニア州、ミシシッピ州、ミズーリ州、モンタナ州、ネヴァダ州、オレゴン州、そしてユタ州では、白色人種《コケイジャン》と黄色人種《モンゴリアン》のカップルも結婚の契りを結ぶことは禁じられている。ネヴァダ州とノースカロライナ州とサウスカロライナ州では、アメリカ・インディアン《アメリンディアン》と白人種《コケイジャン》は結婚することができない。また、オクラホマ州やノースカロライナ州では、高貴な野蛮人《ノーブル・レッドスキン》〔すなわちアメリカ先住民〕と、ハムの子孫〔すなわち黒人〕とは、法律上、愛の契りを結ぶことは禁じられている。テキサス州では、「ヨーロッパ系の血を引くアメリカ人やその子孫と、アフリカ系の血を引くアメリカ人やその子孫との間での」結婚は無効とされ、そのようなケースに対しては、**最高で**五年の禁固刑が科せられる。しかし実に妙なことだが、承知したうえで自分とは異なる人種と結婚をした人には、刑執行が猶予される[92]。アフリカ系の人とそうでない人との結婚を禁じているオクラホマ州では、その法律が制定されたのは、思いがけず自分の土地に石油が出たために裕福になった非常に多くのアメリカ先住民《アボリジナル・アメリカン》を黒人《ニグロ》と結婚させないようにするためだったと言われている。異人種間結婚によって金持ちになるようなことがあったとしても、人種純血を声高に主張する人たちにとっては、そのような結婚を「白人だけのため」ということにしておきたかったのだ。しかしながら、オクラホマ州の数多くの「インディアン」はまさに混血《ムラート》——すなわち、インディアン《レッド》と黒人《ブラック》との間に生まれた子供や孫たち——である。オクラホマ州やテキサス州において、もしそのことを知ったならば、「インディアンの血」をそれほど誇りに思わない白色人種《コケイジャン》が少なくないと思われる。

相思相愛ながら、不幸にも相異なる人種であるために結婚できない地域が広範囲に及んでいるにもかかわらず、それでも満足できないことから、その地域をさらに広げるために並々ならぬ努力が払われてきたし、今もなお払われている。サウスカロライナ州選出のコールマン・ブリーズ上院議員やアラード・Ｈ・ガスク下院議員、またアーカンソー州選出のハティ・キャラウェイ上院議員〔一八七八－一九五〇　連邦上院議員に選ばれた最初の女性〕も、今のところうまくいっていないが、この二年にわたって、コロンビア特別区に異人種間結婚禁止法を制定するための活動をしている。一九二七年には、ＫＫＫ団とその同調者がどうやら手を組んだらしく、禁止区域を、コネティカット州、メイン州、マサチューセッツ州、ミシガン州、ニュージャージー州、そしてロードアイランド州にまで広げようとした。しかし提出された法案は、過激なリベラル派の活動家たちによる猛抗議のあとで、法案検討委員会でことごとく廃案となった。

＊　＊　＊

正式に結婚し、法律を遵守して生活を送っていた異人種カップルでも、上に挙げた二十九の州ならどこにでもいる職務に忠実な法の手先の罠にかかって、異人種間結婚に対して処罰のない州でさえ、内縁関係ととられて収監されたり、重い罰金を科せられたりすることもある。そのようなカップルにとってはどれほどの試練であるのか——それを考える格好の事例として、「ヴァージニア州人種保全法」〔異人種結婚禁止法〕がある！　ノースカロライナ州・ラーレイの一九二八年五月四日付の『ニュース・アンド・オブザーヴァー』紙に、ヴァージニア州アマーストでの出来事について、次のような長い記事が掲載されている。

二十二歳の白人女性メアリー・ホール・ウッドさんは、夫のマックス・ハミルトン・ウッドさんとともに、アマースト郡刑務所で、ほぼ一年間、自由を奪われた生活を送っていたが、火曜日に、当地の巡回裁判所から、黒人《ニグロ》と結婚しているという罪で有罪判決を言い渡された。それに対してメアリーさんは本日、刑務所内で、上級裁判所に上訴したと発表した。

ウッド夫人は「ブルネット髪の色白で、きれいな女性と見られている」と紹介されているが、最愛の男性と結婚した罪で、二年の刑務所送りになっていた。夫の祖先には、オーストリアではなくアフリカ出身者がいることが発覚するまで、夫は完全に白人に「なりすまして」暮らしていた。この記事は、キリスト教を標榜する文明〔アメリカ合衆国〕の歴史に対する、次のような貢献をして締めくくっている[93]。

二歳になると言われている一人娘がいて、夫婦が収監されてからいなくなり、本日、母親が語ったところによると、居所がつかめないということである。

カップルのどちらも法律上黒人《ニグロ》であっても、異人種間結婚の不明確な領域《ノーマンズ・ランド》で妨害を蒙る危険性がある。例えば、一九二六年一月二七日付のニューヨークの『アムステルダム・ニュース』紙によれば、ミズーリ州カンザスシティにおいて、サミュエル・A・デュー判事が、人類学者の役目をも併せて引き受け、エドワード・ヘイターと彼の妻フェイ・ヘイターに対して、妻があまりにも色が白いという理由で、二人それぞれに五百ドルの罰金を科した。この著名な裁判官は、ヘイター夫人の証言も、検察官の証言――カルヴィン・クーリッジ大統領[94]とまったく同じ色白であるが、彼女は法律上では黒人《ニグロ》、すなわちアフリカ人の血を引いている――も、両方とも無視した。そしてこの法の番人は「帽子を脱ぎなさい」[95]と命じた。白肌の黒人《ニグロ》女性の髪《クラウニング・グローリー》の毛を見たとき、夫婦は一千ドルを払わされた。夫人はルイジアナ州生まれで、彼女の父親は、人種混淆に対しては当然反対の立場をとる白人だったと思われる。このカップルが結婚して六年もたっていた時のことである。『ザ・ユニオン』紙の創刊者・編集者W・P・ダブニー（一八六五―一九五二）も、オハイオ州シンシナティでの同じような出来事に言及して、「警察が黒人《ニグロ》男性と一緒にいる色白の混血女性《ムラート》を白人だと思って逮捕することはよくある」と書いている。そのような出来事はこの自由の国アメリカの他の地域でもめずらしことではない。

法律上どちらも黒人《ニグロ》であるカップルに対する裁判所の対応が以上のようなものであるとするならば、カップルのどちらか一方が法律上白人である場合、裁判所の対応はどのようなものになるのだろうか？　一九二八年四月一四日付のシカゴの『ホイップ』紙が、「異人種間結婚の若いカップルが第二審の裁判で敗訴」という見出しで長文の記事を掲載している。それによれば、前年の二月に、十八歳の黒人《ニグロ》レスター・アーノルドが「国立児童自立支援施設から一ドル九十五セント分の切手を盗んだ」として逮捕され、ライルという名前の判事によって禁錮六十日の判決を言い渡された、というのである。しかし記事はさらに続く――

彼の若い妻が出廷して、彼女が白色人種《コケイジャン》であるとわかったとき、裁判官は判決を覆し、少年に矯正施設へ一年間の入所を命じた……（そして次のようにその理由を述べた）――「その期間内に彼女がこの男のことを忘れて、彼女と同じ人種のまともな若者と出会うことを希望する」

妻は「きれいな金髪女性」と紹介されていて、結婚して六か月になるということである。どうやらこの若い女性は親を見習っただけらしい。というのも、「彼女の母親も二度目の結婚で黒人《カラード・マン》と結婚した」と、この記事を締めくくっているからである。

＊＊＊

異人種間結婚禁止の法律がない数少ない州でも、結婚は容易なことではない。一九二五年一一月上旬、ニュージャージー州モントクレアの白人男性の一団が、コロンビア大学とリンカーン大学の卒業生で、羽振りのいい黒人《ニグロ》の建築請負業者宅の前庭で十字架を燃やした。その前日、彼は、二十歳の金髪の電話交換手で、保険会社役員の娘と一緒に、結婚証明書を申請したというのである。この「黒人《ニグロ》」は、ミシシッピ州のプルマン旅客列車の寝台車両に乗ることが認められるくらい皮膚の色が白い。

一九二六年四月下旬、ニューヨーク州マホパック在住の白人の若者が、きれいな十七歳の混血女性《ムラート》を妻として娶《めと》ることに決めた。ということで、結婚証明書の取得のために、二人でニューヨーク州ピークスキルに赴いた。結婚の幸福切符を手にして結婚相談所から出てきたとき、二人は過激なＫＫＫの一団に取り囲まれて、結婚しないようにと迫られた。この脅しに屈しなかったので、ＫＫＫ団は、この新郎《ベネディクト》を追跡する折はいつも、断りなく彼のアパートに踏み込むことを申し伝えるように、という書面を彼の伯父に送付した。しかし、新郎はウィンチェスター銃を装備していることを聞きつけて、頭巾とシーツで身を覆った勇猛な男たちは姿を現すことはなかった。

これより三か月先の七月、ニュージャージー州キャムデンで、白人女性と黒人《ブラック》男性が結婚証明書を申請して手に入れた。彼女は成人女性だから、自分のしたいことはじゅうぶん承知していた。しかし彼女の祖母の考えは違っていて、できるならば孫の精神鑑定をしてほしいと願い出た。鑑定の委託を受けた二人の白人医師は、当然のことながら「知的発達が遅れている」と診断した。その診断結果に基づいて、彼女はただちにヴァインランドにある知的障害者施設に収容された。彼女はまだそこにいるかもしれない。

一九二八年初頭、コネティカット州の小さな町ロックヴィルにおいて、噂話が好奇心をそそるスキャンダルに発展した。メイフラワー号入植者の子孫であり、南軍将校の孫娘であるビアトリス・フラーが、この前の戦争〔第一次世界大戦〕で、民主主義を守るために戦った黒人《ニグロ》の労働者、クラレンス・ケレムに伴われて、結婚証明書を申請した。予期していたとおり、KKK団から嫌がらせを受けた。町の指導的な立場にいる市民は恐ろしさのあまり目をぎょろつかせた。しかし、カップルはひるむことなく、神聖な結婚に向けて準備を進めた。女性の母親は反対することなく進展を見守った。ケレムの黒人《ニグロ》の父親と白人の継母（彼の実母も白人だった）も反対を口にすることはなかった。それに対して最後に立ちはだかったのが、コネティカット州《ナツメグ・ステート》にはこのようなカップルを阻む法律がないと、口角泡を飛ばして非難した教会管区の聖職者団体だった。聖職者のだれもがこのカップルの結婚に反対した。しかし二人は宗教婚ではなく民事婚を挙行した。最新の情報でも、コネティカット州が結婚を認定する権限を維持しており、その権限はますます強まっているという。『ニューヨーク・ジャーナル』紙の創刊者ウィリアム・ランドルフ・ハースト〔一八六三―一九五一〕の右腕であった編集者アーサー・ブリスベーン〔一八六四―一九三六〕は、さっそくこの結婚を取り上げ、二千万人の読者に次のように告げた――

白人黒人《ブラック》を問わず、読者諸賢は、今回のケースは、男と女、また両人種のすべての人たちの利益に決定的に反する、ということに同意されるだろう……ハイネは、もしそのような結婚が認められないのならアメリカには本当の自由はないと思った。しかし彼は明らかに間違っていた。

一九二八年晩春のころ、ニューヨーク市の公立高校の二人の教師――黒人《ブラック》男性と白人女性――がペンシルヴェニア州フィラデルフィアで結婚した。たちどころに激しい非難の声が上がった。策略や厳しい追及といった手段を使って、それぞれ別々に辞職届に署名するよう説き伏せられた。しかし直接担当した下級の公務員による一方的なやり方はあまりにも露骨な権力行使に当たるという結論に至り、その高校の管理運営の関係者も、いかなる罪も犯していなかったことを認めて、二人を復職させた。

＊＊＊

異人種間結婚のカップルが結婚証明書を手に入れて、厳かな誓いの言葉を交わしたあとでも、悩みがすべてなくなったというわけにはいかない。それどころか、新たに多くの問題が持ち上がってくる。結局、白人《コケイジャン》社会にも、黒人《アフロ・アメリカン》社会にも迎え入れてもらえないのだ。二人には白人の友人が何人かいて、時折、援助してもらったり訪問してもらったりすることもある。しかし、優性人種〔白人種〕が関わってくる限り、社会生活は、孤立した地域やアメリカ最東端以外には考えられない。われわれの自由なキリスト教社会の多くの地域では、どれほど性格が立派でも、どれほど裕福であっても、また、どれほど広い教養を身につけていようと、黒人《ニグロ》同士のカップルの場合と何ら変わることなく、住宅を賃貸したり購入したりすることは非常にむずかしい。

もちろん地域によっては、異人種カップルにアパートあるいは一軒家を貸すことに同意する人もいるだろうし、カップルの白人《ホワイト・パーティ》の方が契約して、アパートあるいは一軒家を手に入れることもあるだろう。しかしながら、後者の場合、あとで異人種カップルであるとわかったら、どこかへ引っ越せとあからさまに要求されることにもなる。ニューヨーク市でのことだが、ユダヤ人の男性と褐色の混血女性のカップルは、どちらも洗練され知性豊かな人間であるが、セントラルパークに面したアパートを手に入れることができたのは、妻を夫の家政婦と装ったからだった。

大都市では、異人種間結婚のカップルはたいてい、黒人《ニグロ》が多く住む地域に住んでいる。他と比べて、面倒なことや金銭的困難がはるかに少ないので、アパートや一戸建ての家を借りやすい。そのため、黒人《ニグロ》の方が白人市民よりも彼らのことをよく知っている。カップルはどこに住んでいるのか、どんな姿をしているのか、子供がいるとすれば何人ぐらいか、一般にどのような行動をとるのか、といったことを簡単に説明できる。白人でそのような情報を持っているのはごく少数に限られる。多くの白人にきいても、そのようなカップルは合衆国には存在しないときっぱりと言い切る。通りを歩いている異人種間結婚のカップルを見かけたとしても、白人《ノルディック》の多くは、色の白い方《ホワイト・パーティ》は白色人種《コケイジャン》ではなくて八分の一黒人《オクトルーン》だと思って自分を納得させる。黒人《ニグロ》は、若干の例外を除いて、これらのカップルと親しく付き合おうとしないが、ただ彼らの邪魔をしない。一方、白人《ノルディック》（あるいはユダヤ人）の場合は、そのようなカップルが近所に引っ越してきたことを知ったなら、数は多くないが、いつも過激な住民がいて、「何か対策を講じないといけない」と声を上げる。場所によってはおそらく、マーカス・ガーヴェイのたわごとを鵜呑みにしている狂信的な黒人《ブラック》（あるいは混血《ムラート》）が一人ぐらいはいるだろう。しかしそのような反発に対しては非難の声が上がるだけで終わってしまう。

　黒人《ニグロ》男性の方が黒人《ニグロ》女性よりもこのようなカップルに対しては寛容であると思われる。とくに妻の方が白人《コケイジャン》であればなおさらそうである。同じく、一般に白人女性の方が白人男性ほど異人種間結婚には反発を感じていない。多くの黒人《ニグロ》女性の態度については、カナダ・モントリオール在住の黒人《ニグロ》女性からの報告書の中にわかりやすく書かれている。そこでは異人種間結婚のカップルが多く、ほとんどは黒人《ブラック》の夫と白人の妻のカップルということである。その中で報告者は涙ながらに問いかけている――「もしすべての黒人《カラード》男性が白人女性と結婚し、白人男性がだれも黒人《カラード》女性と結婚しなくなると、私たちはどうなるのでしょう?」もうひとり別の黒人《ニグロ》女性で、ボルティモアの『アフロ・アメリカン』紙のコラムニストであるパレスタイン・ウエルズ女史が、コネティカット州における最近の異人種間結婚について次のようにコメントしている――

実は私は、合衆国における異人種間結婚について、夫を獲得することが次第に困難になっているのではないか、と密かに思っています。女性にとって夫を得ることが困難な時代ではありますが、それがさらにむずかしくなると思われます。褐色肌《ブラウン・スキン》の男性を密かに求めているすべての白人女性《オフェイ》が、私たちと真っ向勝負をすることになれば、どれほど恐ろしいことになるか、ということを考えてみなければなりません。

しかし、たいていの異人種間結婚カップルが黒人《ニグロ》社会の中に好意的に迎え入れられなかったとしても、彼らの子供世代の場合はそうでないこともある。マサチューセッツ州ボストンの若い男子大学生からの報告書には次のように書かれている――

もう一つ不思議なことがあります。異人種間結婚の両親から生まれた混血《ムラート》の子供は、容姿が整っていれば、何の疑問も持たれずにボストンの黒人《ニグロ》の上層社会に受け入れられるのです。もっともそれは、単に母親が白人であるという理由によるだけだと思います。男か女かは関係なく、ボストンの上の方の（黒人《ニグロ》の）社会に属する若者は富裕層の人間と見なされ、その結果、最富裕層とされる黒人《ニグロ》家族と結婚していることもあります。しかしなかには、彼らの母親がアイルランド人の料理人や洗濯女であるケースもあるのです！

彼らが社会に受け入れられるかどうかは、どれほど皮膚の色が白いか、またどれほど髪の毛が真っ直ぐかによって決まる。右のケースと違って、仮に子供たちが非適出子であるとわかっていても、このことはおおかた黒人《ニグロ》社会全体について言えることである。とくにアフリカ系アメリカ《アフロ・アメリカ》社会の女性にとって、白い皮膚の色(96)は、アメリカ白人社会における外国の肩書き(97)と同じくらい、社会的に有利に働く。産業、商業、政治、そして社会生活において、完全な市民権を得る確実な指標は皮膚の色素がないことである、と合衆国が黒人《ニグロ》市民に叩きこんできたからこそ、なおさらそういうことになるのだ。

＊＊＊

以上のことと関連して、次の点について考えてみるのも面白い——これらのカップルの周りで破綻するのはすべて同人種同士の普通の結婚であるのに比べて、彼らが来る年も来る年もカップルでいられるのには訳があるのだろうか、ということである。もちろん彼らの運命は、一般の人たちと比べるとはるかに困難である。結婚生活における家族の危難や緊急事態に加えて、白人・黒人《ブラック》双方の社会からの追放、異人種間結婚に付きまとうよからぬ評判、白人種《コケイジャン》の純血を守るという大義名分をかかげる戦闘的な白装束姿の番人〔白装束に身を包んだKKK団のこと〕ゆえに、二人で人前に出るには煩わしさが伴い、危険に晒されることも少なくない。広範囲にわたって、友人訪問や休暇のために二人で旅行などとうていできない。ときどき行なわれていることであるが、白人《ホワイト・パーティ》の方が「偽って黒人《カラード》で通している」場合、逮捕されたり、集団暴行に見舞われたりする。「自由な」地域で、異人種間結婚が法律で認められていたとしても、異人種同士のカップルは、特別客室の代金を支払えるほど裕福でなかったら、二人で旅行するのは煩わしいことである。友人とホテルで会うとなると、周りの目を気にしなければならない不愉快さを味わうことになりかねないことから、それを避けるために、直接友人の家に泊めてもらうこともある。

しかし、そのような煩わしさがあるにもかかわらず、異人種間結婚のカップルが破綻する割合は、同人種同士の結婚よりも少ないように思われる。合衆国国勢調査局の統計では、一九二六年には、百組の結婚に対して十五組の割合で離婚しているのであるが、その年の三千八百二十五組の婚姻無効に関わりなく、同人種同士の離婚は三・一パーセントの増加であるのに対して、異人種カップルの場合は一・二パーセントの増加に留まっている。過去十五年間の新聞のファイルを詳しく調べてみると、異人種間結婚のカップルの片方あるいは両方が離婚あるいは婚姻無効の申請をしたものについては、六件も見当たらない。そして今では、黒人と白人《ブラック・アンド・タン》のカップルの数が一万組に近づいていると推定されている。離婚申請がなされ、破綻が確認されたうえで申請の数が公表されることを考えてみれば、新聞で報じられている程度しか離婚申請はないと考えてもさしつかえないだろう。これらのカップルが多く住んでいる地域における調査結果から、別れて暮らすという合意に至る一般的な手続きによって人生のパートナーシップを解消することがきわめてまれであることがわかる。以上のことから考えて、次のような結論を導くことになる――すなわち、法的な手続きを得たものであってもなくても、これらのカップルの離婚率は〇・五パーセントを超えることはない。

異人種同士の夫婦にとって、結婚は一時の出来心によるものではないらしい。真剣に深く愛し合ったうえでのことである。ある一組のカップルの言葉を引用すると、「私たちは真剣に愛し合っていたので、お互いのために、必要ならば、何もかも進んで捨てることができました」というのである。もう一組のカップルが私に語ってくれたことによると、「私たちはあまり他人と付き合う必要はありません。我が家で二人だけで互いに満足して生活しています。私たちのことは放っておいてもらって、迷惑をかけないでほしいということを願うだけです」というのだ。カナダの商家の娘で、北部の都市に住む黒人《ニグロ》と結婚している白人女性にとっても、「私たちの社会生活も私たちの家を拠点にしています。この家を単に簡易宿泊所として使っているのではありません。本当にここで**生きて**いかなければならないのです」というのだ。社会における自分たちの立場を理解し、二人の関係に重圧が加わることを承知し、また感情的になることもわかっているので、互いにできるだけ楽しく、不快感を与えないように相当努力しているように思われる。二人とも世間に逆らって生きていることがわかっているので、その分、しっかりと寄り添っている。世間はいつも二人を別れさせようと企んでいると考えて、彼らは、それぞれについてもたらされる陰口や噂を無視するようになっている。ニューヨーク州バッファローから情報を寄せてくれた人によれば、「二人はいつも本当に仲睦まじくしているみたいです」ということである。

＊＊＊

以上、合衆国における今日の異人種間結婚について述べてきた。これに関して白人よりもはるかによくわかっている黒人《ニグロ》の間でも、異人種間結婚は減少しているが、願っていると、やがて実現できると信じるようになる、という印象が一般的である。冒険を冒すカップルの進路にたちはだかる大きな障壁のために、異人種間結婚の数は決して多くない。しかし、異人種間結婚の悪霊が白人《ノルディック》優越主義の提唱者の目の前になぜ大きくのしかかるのかについては、あくまでも彼らにとっては他には考えようがないのも当然だと言える問題が絡んでいるからである——それは、合衆国における皮膚の色の問題を追究する者には見逃しようのない事実、すなわち、本質的に性の問題が絡んでいる、ということである。一般の白人とこの話題について議論する折には、この問題の経済的・社会学的側面に触れたあとに、彼らから一様に次のような質問が返される——「あなたの姉妹（あるいは娘）をくろんぼ《ニガー》と結婚させたいのか？」この質問にはたいてい次のような発言が続くのが常である——異人種間結婚を法律で認めることになれば、人類種族の能力を低下させ、文明を荒廃させることになる、というのである。

このような発言は事実をまったく知らないことによると思われる。実際にはすでに、異人種間結婚のカップルから生まれた子供たちからなる才能豊かな大きな集団が形成されており、文明の発展に多大の貢献をしている——例えば、ナポレオン・ボナパルト〔一七六九—一八二一〕政権下に西ピレネー軍の司令官であったトマ＝アレクサンドル・デュマ将軍〔一七六二―一八〇六〕。彼の息子はフランスの小説家〔アレクサンドル・デュマ・ペール（一八〇二―七〇）〕で、孫はフランスの有名な劇作家〔アレクサンドル・デュマ・フィス（一八二四―九五）〕。ロシアの小説家そして詩人であったアレクサンドル・プーシキン〔一七九九―一八三七〕。アメリカの教育者ブーカー・T・ワシントン〔一八五六―一九一五〕。メキシコの解放者で、第二代大統領であったビセンテ・ゲレロ〔一七八二―一八三一〕。アフリカ系アメリカ人の指導者であり文人のW・E・B・デュボイス〔一八六八―一九六三〕。イギリス人の作曲家サミュエル・コールリッジ＝テイラー〔一八七五―一九一二〕。ハイチ人の建築家でありエンジニアのフェリックス・フェリア〔生没年不詳〕――新世界に築かれたアステカ時代以来の最大の建造物である要塞シタデル・ラフェリエールを造った。奴隷制廃止論者であり雄弁家のフレデリック・ダグラス〔一八一八―九五〕。アルゼンチン共和国の初代大統領ベルナルディーノ・リヴァダビア〔一七八〇―一八四五〕。ブラジル人作家マジャード・デ・アシス〔一八三九―一九〇八〕。スペイン人画家セバスチャン・ゴメス〔一六四六―八二〕。

それ以外の地域における異人種間結婚の状況について、例えば、ブラジルの外交官であるオリベイラ・リマ〔一八六七―一九二八〕は、一九二四年七月発行の『ミッショナリー・リヴュー・オヴ・ザ・ワールド』誌の中で、「南アメリカにおける異人種間結婚」について次のように語っている。

　異人種間結婚は、もし認められれば、差し迫って深刻になる恐れのある「黒禍《ブラック・ペリル》」に終止符を打つことになるだろう……南アメリカにはこの脅威はない。産業の発展や富の蓄積と関連して、社会論争が持ち上がることがあるかもしれないが、厄介な人種問題で悩まされることはない。北アメリカの社会にとって、異人種間結婚ははなはだしく不快なものである。しかし、そのような問題がイスパノアメリカ〔ラテンアメリカのスペイン語圏〕には見られず、異人種間結婚によって有害な結果が生じることはないというのは、ブラジル白人の私にとっては、非常に喜ばしいことである……私は、異人種間結婚は社会的にベストのものであるという強い確信を持っており、生物学がそれに反対する根拠は見当たらない。私の社会学的センスに訴えかけ、生物学の観点からしても結婚に異を唱えることはない……南アメリカにおいて、何世紀にもわたるわれわれの経験から学んだことはと言えば、人種融合を成し遂げること以外に真の理解は生まれない、ということである(98)。

異人種間結婚について、賛成であれ反対であれ、合衆国における皮膚の色の問題への影響を考えてみれば、われわれは、明らかにアフロ・アメリカンの味方ではないウィリアム・P・ピケット〔一八五五―没年不詳〕の考え方を無視するわけにはいかない。彼の著書『ニグロ問題――エイブラハム・リンカーンの解決』〔一九〇九〕の中で、先祖のアフリカへアメリカの黒人《ダーク・アメリカン》を強制移住させる提案をして、次のように語っている――

黒人《ニグロ》は、結婚したい相手との結婚を禁じられており、社会的特権に与ることはない。社会的平等が否定されているので、政治的立場も低い地位に甘んじなければならない。政治的平等が否定されているので、仕事上の進展も妨げられ、教育もじゅうぶん受けられず、永遠に地位の低い、単純労働にしか就くことができない。

また、合衆国憲法修正条項第一九条に述べられたような女性の経済的・政治的解放が、将来の異人種間結婚に及ぼすであろう影響を無視するのは賢明なことでない。人がどんな意見を持っていようと、われわれの国民生活における最も興味深い現象のひとつがここに確実に存在するということである。

9

《黒人《ブラック》の兵《つわもの》ども》［抜粋］

『アメリカン・マーキュリー』第二一巻八三号 （一九三〇年一一月）

Ⅲ

◇パップ・エクルズ

パップ・エクルズを徴兵したとき、徴兵官は酔っ払っていたに違いない。パップは少なくとも四十歳にはなっていた。次から次へと語って聞かせる尽きない昔の話の内容から判断するのはむずかしいとしても、だれでも一目見れば年齢を言い当てることができたはずである。小柄で褐色肌、ガニ股でゴリラそっくり。頭はとてつもなく大きいナツメグを思わせる。充血した小さな目は寄り添っていて、しかもびっくりするほど前に飛び出ている。鼻はほとんど顔全体に広がっている。耳はゾウのように大きく、カリフラワーの花蕾球《からいきゅう》のような形に変形して膨れている。顎《あご》はじゅうぶん発達しておらず、唇《くちびる》はフランクフルトソーセージのような形をしている。肩幅はとてつもなく広く、腕はサルのように長い。かつて鎖に繋がれて働かされていた囚人《チェイン・ギャング》生活の癖が抜けず、足を引きずってヨロヨロ歩く格好は、中隊でいちばん有能な教練指導官のいかなる努力をもってしても矯正できるようなものではなかった。

パップがその中隊に配属された初日から、兵士はとうてい勤まらないことは一目瞭然だった。オハイオ州シンシナティのスラム街から引っ張り出され、非行、犯罪、酒にはもう慣れっこになっていて、軍事刑務所行きの警告を繰り返し受けながらも、改まることはなかった。酔っ払うのはよくあることで、その時は、周りの兵士たちに自分の昔話を語って聞かせていた。

「こんな忌々しい軍隊にこれまでやってきたくろんぼ《ニガー》の中で、忌まわしさと悪さにかけては、おれの右に出るやつはいねえはずだ。おれには他人のことや他のことはどうだっていい。**だれも**おれにかまわん方が身のためだぜ。おまえらの心臓をつまみ出して、喉に詰め込んでやるぞ……おれほどなげえあいだ、囚人《チェイン・ギャング》暮らしをしたくろんぼ《ニガー》は、世界じゅうのどこを探してもおらんからな」

中隊の兵士はこぞって度肝を抜かれた。いっせいにパップから大きく後ずさりした。兵士になる前のパップを知っている者たちは、ナイフやカミソリや銃の扱いが上手《うま》かったパップのことを、息を潜めて小声で話して聞かせた。

パップは、思い出に耽る気分になった時は、延々と昔の話をした――つまり二、三杯酒を飲んだ時だった。兵舎の自分の寝台《バンク》にまたがって座り、口の端から声を出し、自分が面白いと思ったことを言う時には、ときどきタバコの脂《やに》で黄ばんだ噛み合わない歯をむき出しにして、ぞっとするような薄ら笑いを浮かべるのだった。食堂の小型ナイフを手にし、身ぶり手ぶりを巧みに交えて、何時間もぶっ通しで、彼が犯した数々の殺人や強奪の生々しい話をして、兵士たちを楽しませるのだった。

例えば、オハイオ州コロンバスの怪しげな居酒屋で、ある夜、男の首を切り落として、切り取った頭をカウンターの手すりの下に蹴飛ばしたという。また、アーカンソー州では、ひとりの白人を撃ち殺し、またイリノイ州ケアロでは、もうひとりの白人を刺殺したという。ノースカロライナで囚人《チェイン・ギャング》として一年の刑期を送っていたとき、ツルハシで守衛の頭を叩き割って逃走した。彼が言うには、男や女に関係なく、数多くの黒人《ニグロ》を殺したので、本当のところ、いったい何人殺したのかわからないくらいという。

もちろん彼の話を疑う者もいた。例えばワシントンのスラム街出身の若い新兵のベアは、いつも突っ立って話を聞きながら、パップを嘲笑《あざわら》い、ときどき、話の主はただのほら吹きだと当てこすった。ある給料日の夜、たまり場の小屋でサイコロ賭博《クラップス》をしていたとき、その新兵がパップをうそつき呼ばわりした。老兵は目を細めて相手を睨《にら》みつけながら、スッと立ち上がると、座っていた箱を持ち上げて、ベアの頭の上に振り落とした。そして床の上でのたうち回ってどうすることもできなくなった新兵の顔に、おまけの十二文キックを食らわせた。動作が素早くて一瞬の出来事だったので、ベアに致命傷を負わせる前に、周りで見ていた兵士が協力してパップを引き離さなければならなかった。

自慢の優れた腕前を初めて披露したことによって、所属部隊の中でも一筋縄ではいかない兵士連中を一人残らず唸《うな》らせることになった。中には、ベアの弱みに付け込んだという声もあったが、パップに正面切って言う者はだれもいなかった。そういうわけで、この小柄で屈強な老兵が睨《にら》みを利かせば、最も勇ましい兵士でも怖気《おじけ》づいた。他の兵士たちには容赦なくまくし立てる下士官でさえ、パップに対しては声を出せなかった。パップは中隊の中で好き勝手に振る舞い、酔っぱらって仲間に食ってかかるなど、あまりにも傍若無人振りが行きすぎたために、衛兵所でわずかの時間を過ごす以外は、相手にされず一人放っておかれた。

ある日、部隊は、町で催されるカーニバルで、軍事訓練とパレードを行なうために出かけていった。その頃は、ホノルルには、アーラ公園あたりをうろつき回る若い中国人やハワイ人の、少々厄介なならず者集団が横行していた。パップは、部隊にやってきた最初の夜に、彼らと親しくなった。似たような連中なので、意気投合した。翌朝、起床ラッパの直前に、パップは気持ちよく酔っ払って千鳥足で兵舎に戻ってきて、二本の曲がった黒い指を突き出して言った。「おれも日本人野郎も、ちょうどこんなもんだ」

ホノルルのことをよく知っている兵士仲間がパップに、アーラ公園のチンピラ連中には近づかないようにと忠告していたが、パップは忠告を無視した。翌日の夜も出かけていった。安物の赤ワイン入りのデミジョン瓶を数本買えるくらいのお金を持っていたので、丁重に迎えられ、腰を据えてゆっくり飲もうと、狭くて埃っぽい路地を見下ろす二階の一室に通された。

ならず者の一団は床に腰を下ろして、赤ワインを飲みながら、犯した犯罪の武勇談を語り聞かせたり、流行歌を歌ったりしていたが、デミジョン瓶が空になるにつれて、次第に喧嘩腰になってきた。パップは、彼らが犯した犯罪は軽微なものでしかないと嘲笑って、「おまえらシナ人連中は悪《わる》にはなれんな……肝っ玉が小さい」とすごんでみせた。この発言が反発を呼んだが、かろうじて殴り合いの喧嘩には至らなかった。

しばらくしてサラが入ってきた。彼女は性格のきつそうな中国系ハワイ人の女であり、かなりかわいい顔をしているが、大きな口を開けると歯が数本しかない。彼女が入ってくるなり、ワインが気に入って気分よく酔っ払っていたパップは、彼女を口説き始めた。ゴリラのように乱暴につかみかかったりもした。パップは気づいていなかったのだが、連中の中に彼女の夫がいたので、彼女は抱きつこうとするパップを振り払った。しかしパップは執拗に繰り返したので、夫が間に割って入った。パップは夫に殴りかかったが、失敗して、他の連中の間に大の字に倒れ込んだ。小柄な男たちが拳や棍棒《こんぼう》を手にして襲いかかった。容赦なく殴ったあと、二階のベランダから路地へパップを放り投げた。

翌朝の八時ごろ、兵舎に繋がる通りを横向きになって、ふらつきながら足を引きずって歩き、頭を振りながら独り言をつぶやいていた。帽子はボロボロになり、頭は瘤《こぶ》だらけで、片方の目は閉じていて、鼻は切れて出血していた。軍服はあちこちが破れており、サンゴ色の埃がついて灰色に変色していた。

「パップ、どうしたんだ?」とだれかが叫んだ。「おまえより扱いにくい連中に出遭ったのか?」

「そういうことだ」腫れ上がった口元からうめき声を出した。「きっと日本兵の大軍がいっせいに後ろからおれに飛びかかってきやがったんだ！」

「引っ返して退治してきたらどうだ？」と別のひとりが言った。

「もうこりごりだ」と力を振り絞って答えてから、痛々しそうに足を引きずりながらテントの中へ消えた。

それからというもの、パップは自分にできるだけの模範兵になった。メンツを失った彼からはもう昔の武勇談は語られることもなく、自分の数々の悪行を自慢する姿も見かけなくなった。

Ⅳ

◇壊れたグラス

昔、いつになく大金の給与を手にしたレイン・イン・ザ・フェイスなる、われわれの部隊のギャンブル王が、仲間と祝杯を上げたいということで、一団を率いて町に出かけた。トーテム・ポールで路面電車を降りて、われらの幹事はなかなか行き届いた居酒屋へ案内した。そこはシアトルのアフリカ系アメリカ人《アフラメリカン》が足しげく通うようなところではなかった(99)。われら五名は長いカウンター席に進んでウイスキーを注文した(100)。

バーテンダーはわれわれに冷ややかな視線を向けてから、われわれのあとから入ってきていた白人の常連客に愛想よく応対した。しばらくして、やっとわれわれの方に向き直り、語気を荒げて「あんたら、サムを探しとるんかい？」ときいてきた。

「サムってだれだい？」とレイン・イン・ザ・フェイスがきき返した。レイン・イン・ザ・フェイスは厳めしい表情をした如才のない黒人《ブラック・フェロー》で、目ざとい白人《ノルディック》なら、「頭の切れるくろんぼ《スマート・ニガー》」と評するだろう。ジョージア州サヴァンナの生まれで、ヤマクロー・インディアンのちんぷんかんぷんな言葉を流暢に話せる。高卒であることを自慢しており、日曜日の朝の床屋談義では、最近の出来事を得々と解説して聞かせた。

「赤帽のサムだ」白人の常連客の酒を出し終えたところで、常連客にそっとウィンクしてみせながら、白いジャケット姿のバーテンダーは答えた。「一日の仕事を終えて、さっき帰っていったところだ」

「まあ、やつは戻ってくるかもしれん」と答えて、レイン・イン・ザ・フェイスはそっとわれわれにウィンクしてみせた(101)。「こうして待っているあいだにウイスキー五杯は飲めたぞ」

バーテンダーは顔をしかめながら、われわれの前にウイスキー五杯を置いた。われわれはそれを飲み干した。すると、バーテンダーは、空になった五つのグラスを寄せ集めて、一つずつ床に投げつけて粉々に砕いた。

「あんたらのような連中が飲んだ時は、こうするようになっているんだ」とバーテンダーは言った。

「それじゃあ」レイン・イン・ザ・フェイスはめったに見せない薄ら笑いを浮かべながら言った。「もう一杯ずつ注文するぞ。あんたがグラスをどうしようが、おれたちには関係ない」

再び五つのグラスにウイスキーがなみなみと注がれ、あっという間に飲み干され、カウンターの上に戻された。グラスが一つずつ、これ見よがしに床に投げつけられて粉々にされた。バーテンダーはわれわれを睨《にら》みつけて、手を腰に当てた。

「次はビール五杯」とレイン・イン・ザ・フェイスは注文した。「大きなグラスはもっと高くつくだろ！」

ビールが出され、グラスは直ちに壊された。バーテンダーは明らかにこの勝負にうんざりしていた。

「あんたらを相手にする店に行ったらどうだ？」とバーテンダーは尋ねた。

「おれたちを相手にするような店にしか行けないのなら、どこへも出かけていかんだろ」とわれわれの幹事が答えた。

「まあ、どうだっていい」とバーテンダーは応じた。「ここは黒人《カラード》を相手にしないんだ。店主の命令だ」

「しかし、おれたちは軍服を着ている、ちゃんとした兵隊なんだぜ」とレイン・イン・ザ・フェイスは言い返した。

「どっちだって変わりはない、あんたら黒人《カラード》は」

「わかった」とわれわれの幹事は言葉を返したが、突然、一つの考えがひらめいたのだった。「ひとまず出ていくが、また戻ってくる」

バーテンダーが一見してわかるほどに安堵の気持ちを全身に漂わせるなか、われわれは店を出た。しかし、街角で額を寄せ合うと、レイン・イン・ザ・フェイスは、バーテンダーを懲らしめてやろうと言って、通りを四ブロックほど行った先にある黒人《ニグロ》の酒場に連れていった。第一大隊の兵士たちで満席だった。彼らのほとんどは金《かね》を使い果たしていたが、もっと飲みたがっていた。レイン・イン・ザ・フェイスは四十人ほどかき集めて、われら五人を先頭に、締め出しを食らった酒場に引き返した。

総勢四十五人がカウンター席に押しかけ、長い真鍮製の手すりに足をかけて一列に並んだ。バーテンダーはびっくり仰天した。

「あんたら、何が欲しいんだ?」とバーテンダーは消え入りそうな声で言った。

「全員にビール」とレイン・イン・ザ・フェイスは注文して、マホガニー製カウンターの上に五ドル金貨をポンと放り投げた。

バーテンダーは頭を引っかきながら、ばつが悪そうにニヤッと笑ってから、泡立つラガービールを用意した。われわれはそれを一気に飲み干して、グラスを置いて、しばらく待った。

「あんたらの勝ちだ」とバーテンダーは言った。「店のおごりでもう一杯飲んでくれ」

◇ジャクソン軍曹

黒人《カラード》の予備役将校訓練キャンプ(102)の計画が持ち上がっているというニュースが飛び込んできたとき、連隊のだれもが、機関銃中隊のジャクソン軍曹ならそこへ配属されるだろうと思っていた。彼は長身ですべすべ肌の黒人《ブラック》であり、今回が二度目の徴兵で、連隊の人気者だった。ミシシッピ州の小さな田舎町に生まれたが、幼いころ北部に連れていかれ、ニューヨークの技術専門学校を卒業した。特級のライフル銃兵であり、ピアノが上手で、連隊の野球チームの遊撃手であるとともに、彼が指揮をとっていた分隊は前年に機関銃コンテストで優勝している。

彼は、自分の名前がリストの最初にあったので、すっかり悦に入っていた。その夜、彼が私に語ったことによると、今回の戦争によって、二つの人種間によりよい理解が生まれる、ということだった。われわれはその二年前、フィリッピン偵察部隊の任務のための試験を受ける許可を申請したが却下されていたので、われわれは、軍服にもっと多くの線章を取り付けることはできないと思っていた。しかし今は、自分を大佐か少佐だと思っている。

予備役将校訓練キャンプへの長旅の途上、彼はますます楽観的になり、最下層のアフラメリカンにも新しい夜明けが訪れてきている、と威勢よく声を張り上げていた。まもなく、「四分間弁士《フォア・ミニット・マン》」のように、民主主義について意味のないことをとうとうと弁じ立てていた。彼より年上の下士官たちは冷ややかな笑みを浮かべて、彼の弁舌を黙って聞いていた(103)。

訓練キャンプでは、ジャクソンは本領を発揮した。千人もの若い黒人《ニグロ》の将校候補生がいて、ほとんどが大卒で、大多数は新しい夜明けがすぐそこまで来ていると信じていた。彼らが愛国心のことを口にしているのを人が聞いたなら、アメリカ人やイギリス人やベルギー人よりも、ドイツ人が黒人市民《メン・オブ・ゼア・カラー》に対してひどい仕打ちをしていると思ったことだろう。彼らに懐疑的な者たちが、民主主義のために世界が安全になったあとも(104)、黒人《ブラック》と白人の親しい関係は生まれないだろうと口を挟むのは大いに憚られた。訓練キャンプには、ジャクソン軍曹ほど弁の立つ愛国者はいなかったからだ。

黒人《ニグロ》の将校候補生は、すべての兵科〔歩兵科、砲兵科、工兵科、あるいは騎兵科など〕が整った陸軍師団で将校になれると約束されていても、実際には歩兵教連しか受けていない——しかしジャクソンは、そのことに対しても疑心暗鬼になることはなかった。

六百名の候補生が将校となったとき、彼は大尉になった。有頂天になって、高貴な身分の英国人の目に留ったアメリカ人よろしく、兵舎をふんぞり返って歩き回っていた。算術や馬の知識があるので、砲兵か工兵に抜擢されるだろうと思っていた。

しかし、派兵先の東部の大きなキャンプに到着してみると、兵隊のいない大隊——名前だけの組織——に配属されたことに気づいた。一方、歩兵隊将校としてはじゅうぶん務まるが、算術が苦手な以前の下士官仲間は、じゅうぶんな数の兵士がそろっている黒人《ニグロ》の砲兵部隊に配属された。ジャクソンはそのことをまだ見抜くことができなかった。しかし彼もやっと歩兵部隊に配属され、彼の士気は高揚した。ドイツ軍《カイザー》に一撃を食らわせてやりたくてウズウズしていると言った。

クリスマス休暇に許可を取り、余生を送るためにミシシッピ州へ戻っていた両親に会いにいった。人種隔離法《ジム・クロウ・ロー》は戦争に伴う愛国主義的熱狂には屈していないので、ジャクソンは黒人用客車《カラード・コウチ》に乗って故郷に入った。列車から降り立つと、駅にたむろしている多くの白人に気づいた。

「大尉の軍服を着たあのくろんぼ《ニガー》を見てみろ」とだれかが叫んだ。ジャクソンはスーツケースを提げて、黒人用《カラード》待合室を急いで通り抜けた。駅の入り口で、集まった兵士と一般市民が彼を待ち伏せしていた。

「おれたちがおまえに敬礼せんといかんとでも思っとるのか、ええっ、このくろんぼ野郎《ニガー》」と彼らはすごんでみせた。ジャクソンは彼らを押しのけて前に進もうとしたが、押し返された。

「おい、くろんぼ《ダーキィ》、どこでその軍服を手に入れたんだ？」と彼らは尋ねた。「どうしておれたちに敬礼をさせてくれないんだ？」

すっかり彼を取り囲んでいたので、ジャクソンは途方に暮れて左右に視線を走らせた。彼を取り巻くどの顔にも優しそうな表情はなかった。

「悪いが、通してくれたまえ」彼は精一杯威厳のある態度を取った。

「あーそーか、おまえはドロンしたいということだな、ええっ？」と彼を取り囲んだグループのリーダーがからかった。「それじゃあ、ちょっと土産物をもらうまで待ってもらおうか」

リーダーは手を伸ばして、片方の肩章から記章を引きちぎった。別の手がもう一つの記章を引きちぎった。だれかが帽子をつかみ取った。器用な指が特級ライフル銃撃手のバッジを外した。ウズウズしていた手が彼の腕を押さえつけて、同じようにウズウズしていた拳が彼を殴った。どっと笑い声が上がった。

ジャクソンは突然ぐっと引っ張られて解放された。群衆の間をかきわけてどうにかこうにか抜け出した。通りに出ると、あとを追ってくる一団を走って振り切った。ジャクソンの父親の友人であるサンダーズさんが、彼を自分の車の中に引っ張り込んで助けてくれて、猛スピードで走り去った。それから回り道をしてジャクソンを家まで送り届けてくれた。「ウィルバー、家でじっとしておれ」という言葉を残して、その白人は走り去った。

ジャクソンの姿はひどかった。仕立てのよい軍服は汚れて破れていた。あざと引っかき傷だらけで、片足の革脚絆がなくなっていた。母親が傷の手当てをし終えるか終えないかに、電話が鳴った。父親が受話器を取った。「デイヴ」

親切そうな声が受話器から聞こえてきた。「手遅れになる前に、あんたの息子さんに町を離れるように言った方がいい。連中が追いかけてきとるぞ」

父親の服を着て、スローチ・ハットを耳まですっぽりかぶったジャクソンは、次の列車に乗って町を離れた。クリスマスの日と翌日の丸二日間、汚い、ぎゅうぎゅう詰めの客車に揺られて、安全な土地に辿り着いた。

元旦の翌日、休暇で離れていた将校も戻ってきて任務に就いた日に、食堂をにぎわせる剽軽者《ひょうきんもの》で、陽気な少尉が、ワシントンにあるクリール新聞社の愛国的な宣伝文〔本書第Ⅱ部、二七八頁と注77を参照〕を大声で読み上げていた。それを冷ややかな笑みを浮かべて聞いている兵士が数人いた。そこへジャクソンが入ってきて席に着いた。彼は押し黙ったまま食べ物を口に運んでいた。そこへ突然、だれもが驚いたことに、次のように口走った。「どうか、そんなでたらめなものを読むのはやめてくれ！」

第一次世界大戦時に中尉となる（1917年）

10

《人種的偏見に関する、いくつかの甘くない真実》

サミュエル・D・シュマルハウゼン編『見よアメリカ！』（一九三一年）

支配集団は……だれよりも有能で優れた人種である……と自分たちの立場を表明する。このような見方は、被支配人種の地位が、過酷な労働と、それに見合わない低賃金を強いられて、低くなればなるほど、なおいっそう強化される……その結果、そのような見方を裏返して、搾取される被支配集団は、手に負えないほど乱暴で、狡猾で、怠け者で、臆病者で、自治や自衛の能力を欠く、生まれつき劣った人種、と見なされるようになる。しかも必然的に、強圧的な支配権力に対するいかなる反抗も、神そのものに対する反逆、神の定めた律法への背徳、と受け取られることになる……これが支配集団の階級理論となったのであり、今日もまったく変わっていない。そこから省かれるものは何もないし、それにつけ加えられるものも何もない。（フランツ・オッペンハイマー(105)著『国家論』〔一九一四／一九二二〕より）

アメリカ合衆国に現存する黒人《ニグロ》に対する人種的偏見を、ありのまま冷静に観察できる人ならだれでも、一様に同じ結論を引き出している――つまり、その責任は、所有者階級と彼らの思想警察(106)の両肩に重くのしかかっている、というものである。人種的偏見は、この階級にとって利益となり、白人プロレタリアートの気分をよくさせるものとして、今も存続してはびこっている。ますます経済的搾取を受けている白人プロレタリアートの注意をそらすための煙幕、いわば「燻製《くんせい》ニシン」として使えるし、実際よく使われている。隔離や差別によって人種的偏見を示すことによって、経済的、知的、性的優位を競う白人との争いから、黒人《ニグロ》を事実上排除している。しかしそれでも、現在の二人種体制下では、黒人《ニグロ》の存在が白人にとって脅威となっていることに変わりはない。労働者階級の白人は、色素のない肌をしているということだけで、自分は偉いと思って気分よくなれるのだ。肌色の違いがなければ、黒人《ニグロ》よりも偉いとは感じないだろうし、だいいち感じることもできない。これらの白人大衆は、製造業者から仕事を奪われ、商人からは金銭をだまし取られ、地主からは法外な地代を取られたとしても、ただ一つ、そのような上層階級の白人と分かち合えるものを持っていると感じている。すなわち、それが色素のない肌である。一億二千万人のうち、五千ドル以上の年収を手にしているのはわずか四百万人だけの国〔合衆国のこと〕であっても、人種的偏見が、残りの白人を、最下層よりも心理的に高い位置に据えることになる。銀行家は、その日暮らしを送っているような下層の白人に、「われわれ白人は団結しなければならない」と声をかけさえすればいい。そうすれば下層の白人は完全に人種的偏見に凝り固まって、際立って明確な階級区画線の存在を忘れてしまう。

これに関連して思い起こされることがある――南部に住むある白人少女が、近隣の黒人《ニグロ》住民が大挙して北部へ移動するニュースを聞いて、さめざめと泣いていた。その理由を尋ねられると、「くろんぼ《ニガー》がみんな離れていったら、比べられる人がだれもいなくなるので、もう私たちは偉いと思えなくなっちゃうじゃない！」と答えたというのだ。

考えるに、ある特定の地域における人種的偏見の広がりと深まりは、大半の白人の心の中に植えつけられた黒人《ニグロ》の固定観念が影響していると思われる。円い唇や縮れ毛や黒肌が自分たちと比べて目立っても、もし全体的に自分たちと変わらなければ、人種的偏見はほとんど感じないだろう。しかしながら、ジャングルに住む知能程度の低い子供、化石人類**ピテカントロプス・エレクトゥス**以上に文化的レベルを高めることができない怠け者、生まれつきの強姦魔、また、いつも陽気で愉快な存在だが、仲間はずれにされたり、哀れに思われたり、笑われたりする惨めな人間、といったイメージが結びついて、人種的偏見は敵意に満ちたものとなって広まる。この後者の固定観念こそ、アメリカの白人がおおかた心の中に抱いているものである。

このような黒人《ニグロ》の固定観念は、噂や伝聞、黒人《ニグロ》に対する隔離・差別状況の観察、学校の教科書、黒人をけなす《ニグロフォビック》演説、政治家や、専門職に就いている白人《ノルディック》や、偽科学者の書き物の影響による。これら間違った情報源は、ほとんどの場合、われわれの社会を支配する経済的階級によって練り上げられ、牛耳られ、広められると言ってもいい。もしこの支配階級が、思想統制親衛隊《イエニチエリ》――すなわち新聞社や大学教授や牧師――を使って、(一九一六年十一月から一七年四月のように) 半年間で平和から戦争〔第一次大戦〕へと国民感情を入れ替えることができるのであれば、最も激しくて残忍なかたちの人種的偏見であっても、支配階級が求めさえすれば、確実に終わらせられるだろう。

合衆国総人口の九十五パーセントが白人プロレタリアートであるが、法律を作ったり施行したりすること、学校の教科書を選定すること、毎年投票で政治家を選ぶこと、警察の方針、日刊紙の社説や記事の方針、あるいはまた日々の糧を得るうえで仕事仲間を選ぶ、といったことに対しては、実質的に何の影響力も持っていない。合衆国だけでなくどこでもそうだが、「笛吹きに金を払える者だけが曲を注文できる」――すなわち、金《かね》や権力のある者だけが口も出せる、ということである。

所有者階級は総じて、あらゆる情報源を握っているにもかかわらず、この状況――ますます高まる人種的反目――を変える努力は、ほとんど、あるいはまったくしないので、おおかたのアメリカ人は、現状は受け入れられていると思って納得してしまっている。われわれのビジネス文明においては、善か悪か、正当か不当か、騎士道的精神に基づいているか不誠実な行為かといった基準ではなく、損か得か、貸しか借りか、資産か負債か、といった基準で何もかも測られるので、アメリカの富豪たちも、人種的偏見に対する現在の姿勢は利益をもたらすので望ましいという結論を変えることはできない。

しかし、人種的偏見を煽り、いつまでも維持しようとする考えの背後にある利益追求の動機は、所有者階級に属する人間や中流階級の突撃部隊⒄の人間一人ひとりによってはっきりと認識されて行動に移される、ということではない。実際、黒人《ニグロ》の召使に優しく接し、南部に黒人《ニグロ》学校を寄贈する白人富豪はたくさんいる。残念なことだが、そのような個人は例外であって、黒人《ニグロ》全体の権利を守るために積極的に自らの影響力を行使しようとする者はほとんどいない。これら諸悪の根源は、偽科学、偏った歴史、根拠のない風評、もっともらしいプロパガンダといった、ほとんど不透明色の掛け布によって覆い隠される。それを見通すことができるのは、明晰な洞察力を持ち、まったく先入観のない人間だけである。

当然、長年にわたって悪循環が繰り返されてきた。何度も結果自体が原因となってきたことから、元の原因と結果が覆い隠されてしまった。うわべだけの理屈やまったくの偽りによって、本質が見えなくなってしまっているのだ。世間の風評や教科書や新聞を通して大半の白人が吸収する人種的偏見は、知らずしらずのうちに広く蔓延して深く入り込むので、寛容な白人でさえ、黄金律⒅に基づいて黒人《ニグロ》に接することができなくなる。しかしながら、一般的に言えば、人種的偏見が相変わらず存続している責任は当然、所有者階級にある。過去十年あるいは十二年にわたる数多くのリンチや人種暴動にもかかわらず、財閥階級の側には、教育あるいは経済的圧力によって諸悪を食い止めようとする協力態勢はまったく見られなかった。

ユダヤ人やカトリック教徒や東洋人や先住民のインディアン《アボリジナル・インディアン》に対してさえも偏見があるという事実は無視できないものの、皮膚の色に基づいた偏見ほど残酷で理不尽なものはない。移住あるいは死のほかに、そこから抜け出す術《すべ》はない。偏見の圧力があまりにも厳しいものになったとき、ユダヤ人なら、自分の住まいのゲットーを離れ、自分の名前や外国訛りや宗教を変えることによって、異邦人の中へ紛れ込むことができる。カトリック教徒なら、プロテスタントに改宗すればいいし、その逆も言える。外国人なら、市民権を取得して、完全にアメリカ人になれる——すなわち、アメリカの基準に合わせることができる。今日でも貧乏人が金持ちになれる可能性はあるが、しかし黒人《ニグロ》だけは現状のまま留まらざるをえない。不運にも黒人《ニグロ》は、科学の力を借りて自由に皮膚の色素を制御する方法を見つけることができない。人種混淆も、徐々にではあるが確実に進行してはいるが、法的・社会的障壁によって著しく遮られている。

こうして黒人《ニグロ》は、富や教育でさえ解き放つことができない罠に陥ってしまっている。富や教育を手に入れる努力をしても報われない同胞が無数にいることに気づかないことがあっただろうか？　動産として扱われる奴隷の身分から解放されたことから、黒人《ニグロ》は単純に思い込んでしまった——自由の身であることを保証する法律文書《ドキュメント》や、奴隷解放を命じる合衆国憲法修正条項〔第十三条〕は、それらの後ろ盾となっている連邦政府の総力を挙げて制定された、神聖にして厳かなものである、と。そして、自分に必要なことはただ、土地や仕事を手に入れ、教育を受け、アメリカの美徳として称えられる質素倹約、勤勉、信頼、愛国心を実践し、アメリカ白人《ヤンキー》文明の社会的・道徳基準や身嗜《みだしな》みの基準に合わせさえすればよいだけであり、そうすれば自分も合衆国という家族の一員として喜んで受け入れられると、それ以上深く考えることもなく想像を膨らませてしまったのだ。

確かに、以上のことを成し遂げたことは、一八六五年以後の黒人《ニグロ》の歴史をよく知っている人ならだれも否定しないだろう。もちろん、できたこと、あるいはすべきであったことをすべてやったとは決して言えない。しかし、上り坂に行く手を阻む巨石が大量にころがっていたことを考えてみれば、実によくやった。さまざまな不利な条件にもかかわらず、成し遂げるに至った記録は、図書館の書棚にぎっしりと並べられた数多くの分厚い書物を開けばわかる。今日、黒人居住地域《ブラックベルト》は白人居住地域《ホワイトベルト》よりもみすぼらしく、混み合ってはいるが、そうなっているのも、人種差別・隔離の歴史を考えれば、だれにでもわかることであって、黒人《ニグロ》特有の特徴とされるものとは何ら関係なく、結局、どこへ行っても、白人居住地域《ホワイトベルト》の複製でしかない。

それにもかかわらず、アインシュタイン(109)のような能力をもった社会学者の見解では、黒人《ニグロ》に公然と向けられた偏見が少なくなってきたという証拠はまだまだ乏しい。事実、黒人《ニグロ》は、南北戦争以後のこの国の歴史において、これまでなかったほど広範な差別を受けている。かつては、社会のつまはじき者ではなく、れっきとした一個の人間のとして扱われていると確信できた地域もあったが、今は、ほとんどエルサレムのハムのように少なくなっている(110)。実際、合衆国では、特別に黒人《ニグロ》のために営業している場所を除いては、どの一級ホテルも、レストランや遊園地も、黒人《ニグロ》に門戸を閉ざしている。どれだけ多く見積もっても、五大湖畔や大西洋・太平洋岸やメキシコ湾岸にある遊泳場で、黒人《ニグロ》を締め出さないところは二十箇所を越えることはない。

黒人《ニグロ》の経済問題、とくに就業問題は、この五年間にあまりにも深刻なものになったので、傑出した黒人《ニグロ》指導者が総動員で問題を解決すべく、さまざまな企てを試みたものの、まだ実現していない。黒人《ニグロ》は、白人《アングロサクソン》の誉れ高き騎士道的精神の威光〔スカイラーの皮肉表現〕が働いて得られた単純労働に限定されている――いわゆる「黒人の仕事《ニグロ・ジョブズ》」として知られるようになったものである。例外もあるが、ごくわずかしかないゆえ、いっそう「黒人の仕事《ニグロ・ジョブズ》」が目立って、黒人の置かれている立場が当然のごとく受け取られている。最近はとくに、慢性的な失業や技術革新に伴う失業に追い込まれて飢えている白人労働者が、隔離された「黒人の仕事《ニグロ・ジョブズ》」の領域へ侵入してきたことによって、黒人《ニグロ》の不安定な状況はさらに深刻なものとなっている。

黒人《ニグロ》の住宅問題も、以前ほど深刻ではないものの、依然として大きな問題である。人種的偏見の仕組みによって、われわれの共同体の中でも最も望ましくない居住地域に押し込められて、法外な家賃を請求されるだけでなく、加えて、貧しいゆえに逃れることができない過密状態を強いられることから、死亡率がひどく高くなるという、大きな代償も支払わされることになる。合衆国の都市や町において、それぞれの特定区域を黒人《ニグロ》が購入したり借りたりするのを阻止しようという何らかの合意が、地主や不動産業者の間で交わされていないところはほとんどない。実際、いくつかの都市では、新しく開発されて、望ましい居住区域となったところは、すべて白人に限定されている。現在も、実質的に多くの住民を抱えている共同体ならどこでも、渋々ながら住むことを承諾された貧民窟に根を張って生きるか滅びていくかの境地に立たされている黒人《ニグロ》と、黒人《ニグロ》の近隣住民なしで住み続けたいと思う白人との間に、昔から変わらない非情な戦いが続いている。いくつかの都市では、特定の場所に黒人《ニグロ》を隔離する市条例が制定されている。しかし、全米黒人地位向上協会《NAACP》の精力的な活動のおかげで、連邦最高裁判所の決定によって無効とされた。

アメリカ国民は大いに啓発を受けているにもかかわらず、アメリカで最も効果的に人種的偏見を教え込む機関の一つである人種別学《ジム・クロウ》の学校は毎年増え続けている。ただ、黒人《ニグロ》や黒人《ニグロ》に友好的な白人がしっかり監視していることによってのみ、全米を席巻するのを何とか食い止めている。もっとも、権謀術数に長けた隔離主義者《マキアヴェリアン》が寸暇を惜しんで奔走し、アメリカ特有の制度である黒人隔離《ジム・クロウイズム》の非常に醜い部分や、明らかに不公平な部分については取り除いたりしている——しかしそれでさえ、ほとほと嫌気がさしている黒人《ニグロ》を巧みにだまして、黒人隔離《ジム・クロウイズム》を有無を言わせず無条件に受け入れさせる方策であることに変わりはない。彼らには、思い切って大々的に変革しようとする勇気がないのだ。

白人優越主義を唱える煽動《プロフェッショナル》家がしきりに声を張り上げて、すべての州議会が異人種間結婚を禁じる法律を制定するように訴え続けている。すでに二十九の州で異人種間結婚禁止法が制定されている。また、とくに第一次世界大戦後、アメリカの旅行者が、ヨーロッパをはじめ、行った先々で、人種的偏見の導入を促そうと試みている。

実際に国を支配統括している者たちからは、黒人《ニグロ》を再奴隷化しようとする、このような活動《キャンペーン》に対しては反対の声は上がらなかった。また、人種問題に対する国民の意識を変えるために、時を選ばず影響力を行使しようとした証拠は何もない。ここにきて、大きな大衆運動も起きているが、その指導者の目論見を阻止すれば、運動は直ちに自壊するだろう。しかし支配階級は阻止しようとしない。

だが、最近、ジョージア州における「黒シャツ隊」〔KKKに似た組織〕が憂き目に遭うという、異例なことが起こった——彼らの活動はまさに官公庁によって阻止されたがために自壊したのだ。この白人優越主義組織は、黒人《ニグロ》を職場から追い出し、その代わりに白人の失業者を採用するという明確な目的のために結成されたものだった。そのような活動が成功していれば、おびただしい数の黒人《ニグロ》労働者を、資本家のポケットマネーでまかなわれる慈善団体に委ねることになったことだろう。さらに、黒人《ニグロ》を南部の商工業から締め出していれば、支配階級にとって貴重な「燻製ニシン」を手放すことにもなっただろう。

実際にはどうなったか？　黒シャツ隊の週刊広報紙『黒シャツ隊』は、アトランタの街頭やニューススタンドから警察によって排除され、ジョージア州の諸都市では、官庁が黒シャツ党の会合開催を許可せず、彼らが新たに会員を募る動きを少しでも見せれば、組織の代表者を収監すると警告した。すでに弱体化したKKK団の指導者の力添えもなかったことから、黒シャツ党の活動も衰退した。

われわれが四足動物を軽蔑しているとしても、人間も動物であることに変わりない。富や権力を手に入れるための闘いは、帰するところ、それぞれがつつがなくくつろいで完璧に自分の五感を満足させることができる安全な暮らしを目指している。金銭自体を欲しているのではなく、金銭で買えるものを欲しているのだ。中でも、最高に素晴らしく、最も大切で必要なものは、性的満足である。性的衝動や歓びは、人類の種保存のために人間に与えられた創造主の誘惑物である——つまり、繁殖と育成と保護を意味する。

資本主義文明において、子孫の未来は、両親の社会的・経済的立場に基づいて決まる度合いがますます大きくなっている。できるだけ子供に輝かしい未来を保証し、家族の社会的地位を存続させる手立ては、両親からもたらされる。上層階級の家族（所有者階級集団）は代々、財産や土地を引き継ぐことによって彼らの権勢を維持してきている。そうしなければ、子孫はプロレタリアートの子孫と肩を並べるところから人生を始めなければならないし、合衆国でますます際立ってきた社会の階層化がむずかしくなる。こうしたことから、所有者階級が厳しい相続税、また階級間結婚、そしてとくに異人種間結婚に猛反対する理由がわかる。

過去二百年にわたって、白人の所有者階級を現代世界の黒人《ブラック》や白人の労働者の君主に祭り上げた偶発的な諸事情が組み合わさって、人種的偏見の蔓延を大いに助長した。所有者階級は、ライフル銃や大砲や機械技術の力を借りて支配しながら、すべての人種のプロレタリアートに対して自分の利益に繋がる支配を維持していくために、搾取される白人の労働者に頼った。白さを闇雲に崇拝することこそ、この支配を続け拡大していく最も効果的な方法のひとつとなった。この仕組みの最たる例は、オーストラリアや南アフリカや合衆国に見られる。厳格さや鮮明さの点で程度の差こそあれ、人種の隔離線がある限り、白人労働者は、ひどく搾取されていたとしても、いつも白い肌色に頼ることによって、黒人の仲間《ダーカー・ブレスレン》よりも優れていると感じることができ、結局は、彼らを抑圧する上層階級に手を貸すことになる。人種隔離線が壊されれば、根底にある階級区画線がむき出しになって、所有者階級の支配が脅かされる。一般に、もっと攻撃的で階級意識の強いプロレタリアートは、所有者階級が「燻製ニシン」として使えるような異なる人種集団が存在しない国に住んでいる。また、人種的偏見は**生まれつきのもの**という主張に対する反証として注目に値するのは、次のようなことである――つまり、ドイツ、スカンジナビア半島諸国、ポーランド、オーストリアやロシアのような、ほとんど黒人《ニグロ》がいない白人諸国には、黒人《ニグロ》に対する偏見が比較的少ないのだ。そもそも黒人《ニグロ》が少なければ、合衆国のように黒人《ニグロ》がたくさんいる国よりも、（もし生まれつきのものというのであれば）偏見は逆にいっそう強くなるのではないか。

人種混淆が合法化されれば人種隔離線はたちどころに消えてなくなるはずなのに、以上の点から、所有者階級が至るところで人種隔離線の存続に相当な注意を払っている理由が理解できる。というのも、人種的偏見は個人的なものではなく、おおかた社会的なものである。対峙する両極が引き寄せられるように、相異なる両人種も引き寄せられる。容姿がほんのわずかしか違わない人々の間でしか性的魅力を感じないと主張する人もいるが、客観的証拠を重視するならば、まったく逆である。ジャン・フィノー〔一八五八―一九二二〕も『人種的偏見』の中で次のように述べている。

科学が口を挟む以前から、人間は様々な人種と混ざり合ってきた。混血の旺盛な繁殖力と、最も遠く離れた者たち同士の性的和合によって、異人種交配が進んだ。民族移動が始まった時からこの現象は続いている。現代のヨーロッパ白人の血の中に、四世紀末にわれわれの大陸（ヨーロッパ）に住んでいた黒人《ニグロ》の血が流れているのだ。

フランツ・ボアズ〔一八五八―一九四二（人類学者）〕は、一九〇九年五月発行の『サイエンス』誌掲載の記事《アメリカにおける人種問題》の中で、このフランス人〔フィノー〕の考えを裏づけて、次のように言っている――「人種間に性的嫌悪感がないことは、混血人口《ムラート》の数からして一目瞭然である」

傑出した社会学者であるE・B・ルーター〔一八八〇―一九四六〕も彼の著書『アメリカの人種問題』〔一九二七〕の中で次のように述べている。

アメリカにおける黒人《ニグロ》と白人の人種混淆は、黒人《ニグロ》がアメリカにやってきた当初から始まっていた……厳しい法律や不寛容な世論も、人種混淆にはあまり効き目がなかった。法律や世論は異人種間結婚抑制の方向に働きはしたが、人種混淆を食い止めることはできなかった。

そしてメルヴィル・ハースコヴィッツは、ほんの二、三年前に行なった研究〔『アメリカのニグロ』(一九二八)〕によって、次のような結論を導き出した。

アメリカの黒人《ニグロ》の八十から八十五パーセントが純血のアフリカ人の子孫であるというのは間違いで、わずか二十パーセント少しが純血の黒人《ニグロ》であって、実際には、ほぼ八十パーセントが白人あるいはアメリカ・インディアンとの混血である。

はたして何人のアメリカ白人が、遠いか近いかの程度の差はあれ、確実に黒人《ニグロ》の血を引いているのか、ということについては、推測の域を出ない。

黒人《ニグロ》と白色人種《コケイジャン》間の性的関心はよく知られ認識されている。関心が非常に強いので、黒人《ニグロ》に対する偏見にもかかわらず、所有者階級の治安部隊《ポリス》や他の下部組織は、二つの人種に属する個人同士の接触を阻止するために、至るところで監視を怠らないようにしなければならない。人種問題の多くの例外的事項のひとつに、黒人嫌い《ニグロフォービア》の白人《コケイジャン》ではあるが、個人的には黒人《ニグロ》の愛人や恋人を持っているということがある。この点に触れて、イヴァン・ブロッホ博士〔一八七二—一九二二〕は、彼の著書『我らの時代の性生活』〔一九〇九〕の中で次のように述べている。

白人の男たちは昔から黒人《ニグロ》女性や混血《ムラート》女性に目がない……根深い人種的憎しみを抱いているにもかかわらず、アメリカでさえ、人種的フェティシズムゆえに、このような数多くの結合が生まれている。黒人《カラード》女性は白人男性に強力な誘引力を及ぼす。気位の高い白人女性でさえ、とくにシカゴでよく見かけられるのだが、黒人《ニグロ》男性に対してある程度の好感を抱いている。

一方、アイルランド系アメリカ人作家・編集者・ジャーナリストであったフランク・ハリスは、彼の『我が人生』の中で、スコットランドの宣教師デイヴィッド・リヴィングストンが取った経路を辿るアフリカの旅で出会った混血《ムラート》女性の数の多さに言及して、「宣教師の足跡を辿っているということが、われわれの間で次第に冷やかしのように思えてきた」と語っている。

リチャード・バートン卿や、『人類学の未踏領域』〔一八九八〕を出版した匿名の作者〔著者はジャコウバス・Xである。本書第Ⅱ部、注114を参照〕のような権威筋によれば、白色人種《コケイジャン》と黒人《ニグロ》の性器には特定の肉体的相違があることから、両者間の性交の歓びは大いに高まると報告されている。もちろんここで議論できるようなことではないが、多くの人によって実証済みとのことである。白人男性が黒人《ブラック》女性に魅《ひ》かれることはよく知られており、人種的偏見が非常に強い南部でもよく見られる。一方、おびただしい数の白人女性も、たえず密かに「人種隔離線を越えている」。

今や、支配階級は、その階級の女性によって存続しているだけである。それゆえに、ありとあらゆる種類のタブーによって、彼女たちの行動が制限されたり妨げられたりしている。その一方で、君主たる男性の方は、外を徘徊し、気に入った異人種の女性を見つけたなら追いかけ回している。上層階級の男性と隷属階級の女性の子孫は、生涯にわたってこの隷属階級の社会集団に属することになる。ただ例外もいくつかある。例えば、インディアン《レッドスキン》と黒人《ニグロ》との結婚は違法とされているが、オクラホマの裕福なインディアンについては、白人の男性あるいは女性との結婚が認められている。他方、プロレタリアートの黒人《ニグロ》は、右で述べたような性的関心を考えれば、所有者階級の白人と結婚することもありうる――その結果、全体の搾取体制が崩壊することになる。このことから、次のような事情も理解できる――南部の農園地帯の中心であっても、白人男性は黒人《ニグロ》女性と婚姻外の親密な性的関係を公然と持つことができ、非難されたとしても軽く済まされる。しかし、黒人《ニグロ》男性がそのような自由を行使すれば、激怒した白人のキリスト教徒から、レイプを犯したと濡れ衣を着せられて、縛り首や焼き討ちにされてしまう。白人男性が黒人《ブラック》女性に欲望を抱く一方で、黒人《ブラック》男性が白人女性に興味を示すことはないと考えるのは、まったくナンセンスなことである。そのように考えるのは、白人《コケイジャン》男性の不安を表白していることにほかならない。

この国では、白人優越主義の崇拝《カルト》によって広範囲に維持されている搾取体制を弱体化させないためにも、白人女性は黒人《ニグロ》男性から隔離されなければならない。それゆえに、黒人男性《ブラック・マン》が合衆国に連れてこられて以来ずっと、「立派な人びと」の煽動や強要によって、反黒人法《アンチ・ニグロ》の制定や、リンチをはじめとするさまざまな抑圧行動が、黒人《ニグロ》を標的にし、合法・違法に関係なく、黒人男性《ブラック・メン》と白人女性との性的関係を妨害しようとした。このような事情がよくわかっている南部人でさえ、婚姻の平等と社会的平等は同じであるという考え方こそ、すべての問題の核心であると認めている。いったんその要塞が崩壊したなら、人種的な「燻製ニシン」が失われ、階級の隔離線が太く鮮明に現れてくる。

この点に関して、南部人のウィリアム・P・ピケットは、彼の著書『ニグロ問題――エイブラハム・リンカーンの解決』の中で、次のように述べている。

> 黒人《ニグロ》は、結婚したい相手との結婚を禁じられており、社会的権利に与ることはない。社会的平等が否定されているので、政治的立場も低い地位に甘んじなければならない。政治的平等が否定されているので、仕事上の進展も妨げられ、教育もじゅうぶん受けられず、永久に地位の低い、単純労働にしか就くことができない。

もうひとり、南部人の大学教授ウィリアム・ベンジャミン・スミスは、彼の著書『皮膚の色の境界線《カラー・ライン》』の中で、次のように述べている。

もしわれわれのテーブルに黒人《ニグロ》が同席し、われわれの賓客として、また社会的に対等な人間として彼らをもてなし、他のすべての関係における皮膚の色の境界線を無視した場合、性的関係や、われわれの息子や娘の結婚や、われわれの種の繁殖において、その境界線は確実に維持できるだろうか？　答えは明らかに「ノー」である。社会を分ける真ん中の壁が崩壊すれば、たちどころに生命の潮流が交ざり合って、その流れがどんどん広がっていくのは、日の目を見るよりも明らかなことである。

これらの「生命の潮流」がすでにかなり進んでいることが、リッチモンドの『ニュース・リーダー』によって明らかにされた。いわゆる「人種保全法」〔異人種間結婚禁止法〕の提唱を巡って激しく議論されている最中に、『ニュース・リーダー』が、著名なヴァージニア旧家《F・F・V》の中に、存命の人、亡くなっている人も含めて、その法律が成立すれば、黒人《ニグロ》として分類される人たちがいるという記事を掲載し、ヴァージニア州全体《オールド・ドミニオン》を震撼させた。

二名の連邦上院議員、一名の合衆国フランス大使、五名の将軍、二名の合衆国大統領、二名の陸軍省長官、最も著名な南部の小説家三名、ヴァージニア州知事三名、一名の下院議長、二名の司教、三名の連邦下院議員、一名の海軍少将、二名のヴァージニア州最高裁判事、そして多くの南部連合軍司令官。

そのような状況下では、二つの人種を社会的に隔離しておくために、合衆国のほとんどすべての地域で、ありとあらゆる努力が払われているように思われるだろう。しかしながら、白人女性と黒人《ブラック》男性とが親しく交わらないようにしておくために払われる努力は、白人男性と黒人《ブラック》女性を引き離しておくために払われる努力とは比べものにならないくらい大きい。公共施設であれ、あまり人の出入りのない二人だけの密かな待ち合わせの場所であれ、両人種の人間同士が落ち合うかもしれないような、あるいは落ち合いたいと思うような場所が、闇社会の集団や黒人《ニグロ》の政治家の縄張りの中に含まれていなければ、表向きの理由があろうがなかろうが、警察によって直ちに閉鎖される。「進歩的な《リベラル》」北部においてさえも、多くの都市では、「異人種カップル《ミックスト・カプル》」が通りで一緒にいるところを見られたなら、警察に逮捕される。向こう見ずに「隔離線を越えた」白人女性と黒人《ブラック》男性に対しては、経済的制裁が科せられることも少なくない。他方、白人男性と黒人《ブラック》の恋人のカップルの場合は、法的に夫婦として認められた関係でなければ、最も激しい黒人嫌い《ニグロフォーブ》の地域であっても、危害を蒙ることはない。

しかし、この自由の国《ランド・オブ・ザ・フリー》の生活のうわべだけしか見ていない者は言うに及ばず、異人種同士の関係を深く研究している者の間でも、このような事実はすべて広く知られていないとしても、黒人《ニグロ》への公正さを求める訴えに対して返答を迫られた折には、とくに白人の男性は本音をぶちまける――「あんたの娘をくろんぼ《ニガー》と結婚させたいのか！」確かに、娘が望まなければ、黒人《ニグロ》と結婚することはないだろう。そもそも人種隔離を煽る活動をしている黒人嫌い《ニグロフォーブ》が強調するような人種的・性的嫌悪感があるというのであれば、異人種間結婚を阻むために、黒人《ニグロ》から市民権を剥奪する必要などまったくないと思われる。

以上のようなことを考慮すれば、ここで、所有者階級の思想警察部隊によって仕組まれた黒人《ニグロ》の固定観念像のことを今一度考えてみるのは、興味深く面白いことである。黒人《ニグロ》の固定観念像がつくられた理由は実にはっきりしており、抑圧目的であることも明らかである。それがなかったならば、三世紀にわたって共存し、この文明を共に建設してきた二つの人種の間に当然芽生えるはずの自然で自由な友情や愛情、寛容精神や相互理解の発展を阻むことはできないだろう。固定観念像がなければ、ビロード製の柔らかい手袋は脱ぎ捨てられ、鉄拳が露《あらわ》になるだろう(11)。

入念に仕組まれた黒人《ニグロ》の固定観念像は、たいていミュージカル・コメディや道化芝居《バーレスク》の舞台で見られる。白人は黒人《ニグロ》の道化役者の所作を笑って楽しむものの、自分たちはそんな道化役者とは違うぞと思って、気分よく自己満足感を味わう。しかし、舞台以外の場所では、生身の黒人《ブラック・フォーク》の中に見かけることはめったにない。

アメリカ黒人《ニグロ》の肌色、背丈、容姿や髪の毛などは、白人以上に千差万別である。暗黒のアフリカ大陸《ダーキスト・アフリカ》においてさえ、気候や地理的相違ゆえに、ナイジェリア人のような真っ黒な肌色から、ホッテントット族のような黄色の肌まで、さまざまな肌色の原住民がいるし、背丈についても、赤道直下の熱帯林に住む一メートル二十センチ丈の小人族《ピグミー》から、二メートル十三センチ丈のマサイ族までいる。容姿については、平たい鼻と分厚い唇のベニ族から、目鼻立ちのくっきりしたフラニ族やソマリ族やエチオピア人がいる。アメリカでは、社会学上黒人《ニグロ》と分類されるが、自在に「白人として通っている」何十万人もの黒人《ニグロ》から、混血の痕跡が奇跡的とも言えるくらいまったく見られない二百万人ほどの黒人《ニグロ》に至るまで、さまざまな黒人《ニグロ》が両極端にまたがって住んでいる。

それにもかかわらず、アメリカは、黒人《ニグロ》の固定観念像をつくることにひたすら執着し続けている。アフリカの未開人の写真は、しばしばわれわれの輪転グラビア写真のページに掲載されるが、どんなに有名であっても、また称賛に値するような素晴らしいことをしたとしても、黒人《ニグロ》市民の写真を見かけることはない。もちろん、固定観念像の黒人《ニグロ》を描いた漫画は、とくに南部の新聞にはよく掲載されている。ニューヨークの某有力新聞の日曜版には、『ハーレムーブロンクスーワシントンハイツ地区』という写真欄があり、多くの写真が掲載されるのだが、二十五万人の黒人《ニグロ》が住む地域であるにもかかわらず、白人グループの中に混じって写っている写真がうっかり掲載されることはあっても、黒人《ニグロ》の写真が掲載されることはめったにない。数年前に、南アフリカ・ケープタウンの『タイムズ』紙が、亜大陸の国民と発展について、グラフ雑誌の特集号を刊行した際、白人人口の四倍に当たる黒人《ブラック》が住んでいるのにもかかわらず、黒人《ニグロ》についてだれ一人言及されていないし、写真一枚も掲載されていなかった。アメリカの学校の地理の教科書でも、描かれた黒人《ニグロ》の一般的な姿は、槍や矛で武装したジャングルの未開人か、港湾作業員か、仕事着《オーバーオール》や裾《すそ》の長いだぶだぶの婦人用ガウンを着て、頭にバンダナを巻いた農園の下働きだけである。したがって、文明社会の他の人間と同じような服装の黒人《ニグロ》を想像することはできない。

広く行きわたっている黒人《ニグロ》の固定観念像によれば、黒人《ニグロ》は白人《コケイジャン》よりも知的能力が劣り、異常な好色家で、性欲が激しすぎて、法を犯してまでも若い白人女性を襲おうとする傾向がある。黒人《ニグロ》女性はまったくふしだらと見なされており、黒人《ニグロ》文明も薄っぺらなベニヤ板のようなものにすぎず、タムタムの最初の鼓動でヒビが入って、奥にある野蛮さが露《あらわ》になるだろう。やる気のない怠け者であり、自治の能力に欠け、選挙権を行使するには不向きである。白人の士官に導かれなければ、兵士としても劣っている。体臭は白人にとっては実に不快で、二つの人種の密接な接触は耐えがたい。黒人《ニグロ》はいつも陽気で、天性の歌手やダンサーである。黒人《ニグロ》全体が性病にかかっている。コソ泥の類ではあるが、盗みをやめたくてもやめられないくらい、窃盗癖がひどい。混血《ムラート》は子供のできない体質で、黒人《ニグロ》や白人よりも肉体的に劣っており、また不品行で信用できない。白人の両親のどちらかが持っている黒人《ニグロ》の先祖の痕跡がいくら遠く離れたところからのものであったとしても、ときおり「先祖返り」〔本書第Ⅱ部、三四九頁参照〕が起こる。黒人《ニグロ》は自分の自由のために闘わなかったので、自分の権利を享受する資格がない。今日の複雑な機械技術を身につけることができないので、家僕《かぼく》や肉体労働者や農園の下働きにしか向いていない。黒人《ニグロ》を教育することは不可能で、教育を受けた黒人《ニグロ》でも、白い象、あごひげのはえた女性、あるいは恐竜の卵のように、まったく無用の長物である――以上が、白人が抱く黒人《ニグロ》の固定観念像である。

　両人種への大規模な知能テストはこれまで実施されたことはなかったので、どちらの知能が優れているかを直ちに判定することはむずかしい。しかし、よく知られていることだが、民主主義のための戦いであった第一次世界大戦の最中、合衆国軍によって実施された知能テストでは、ニューヨーク州やインディアナ州の黒人《ニグロ》の召集兵が、ジョージア州やルイジアナ州やミシシッピ州の白人の召集兵よりも高い得点を取った。また、インディアナ州《フージャー・ステイト》の黒人《ニグロ》の召集兵の知能の平均点が、テストを受けたすべての白人の召集兵の平均点よりも高かった。黒人《ニグロ》の非識字率は、一八八〇年の七十パーセントから、一九二〇年の二十二・九パーセントへと大幅に下がり、今日では、おそらく十パーセント以下になっているだろう。黒人《ニグロ》の大学卒業生は一万五千人近くになっており、そのうち、四十人が博士号を取得しており、六十五人が優等学生友愛会《ファイ・ベータ・カッパ》(112)のメンバーであり、オックスフォード大学の「ローズ奨学金」(113)をもらっている黒人《ニグロ》学生が一人いる。

黒人《ニグロ》が他の人種よりもセックスが上手であるとしても、そのことについて激しい非難を巻き起こすことは何もない。どちらかと言えば、それは健康の証《あかし》である。唯一確かめられる人生の目標は子孫を残すことである。もっと多くの白人もセックスが上手であれば、このことにそれほど神経質になることはなく、精神的にも健康になるだろう。『植民地における愛の技法』〔一八九三出版〕の自由訳〔英語版は『人類学の未踏領域』〔一八九八〕〕(114)は、この問題の解明の手がかりとなる。

黒人《ニグロ》女性の習慣は質《たち》の悪いものではないし、堕落したものでもない。彼女は、われわれの大都会の売春婦のような、手の込んだやり方を何ら用いることなく、〔自然な〕性行為を行なう……彼女は慄然として同姓愛を嫌い、道徳的にも肉体的にも汚れていない。

ヴァージニア州フィーバスのジェームズ・W・アイヴィは、この問題に関する文書をよく読んでいて、私宛の手紙に次のように書いている。

性に関する権威筋の間ではおおかた一致した見解であると思われるが、黒人《ニグロ》は、他のどの人種よりも、自然に性的欲求を満たすことができる。だれもが指摘していることだが、アフリカの女性は、ヨーロッパ人に毒されていなければ、レズビアンや舐《クンニリングス》など、「セックスのテクニック」についてはまったく何も知らない。

レイプの性癖と言われていることについて言えば、国家警察の記録の調査が行なわれ、白人と黒人《ニグロ》の男性について記録されているケースの比率が正確に確認できるまで、判断を控えておいたほうがいいだろう。しかし、ある著名な黒人《ニグロ》がニューヨーク市の警察記録を一年分だけ調査したことがあり、過去三十年間に黒人《ニグロ》がその罪に問われた以上に、わずか一年間で、実際にレイプを犯したり、あるいは未遂に終わったことのある白人の数の方が圧倒的に多かったということを見つけだした。

黒人《ニグロ》の文明は奥にある野蛮さを覆い隠す薄いベニヤ板にすぎないというのは、仮に本当だとしても、黒人《ニグロ》を火あぶりにする白人については何と言えばいいのだ！　ヘンリー・ハヴロック・エリス[115]やアルベルト・アインシュタインの向こうずねを蹴飛ばしたなら、黒人《ニグロ》もほんの少しのあいだ、野蛮になるだろう[116]。だれであっても、野蛮さは皮膚の下のそれほど深くないところに隠れている。だれでも思い起こすことができるだろうが、一九一七年に、わがアメリカの青年を、仕事もしない怠け者ではなく、軍人に仕立て上げる時が来た、とウォール街〔アメリカ合衆国の金融市場の中心〕が決めたとき[117]、牧師を含む我が国の立派な文化人でさえ、「ドイツ兵《ハンズ》」の血の匂いを求めて鬨《とき》の声を上げたのではなかったか。

白人《コケイジャン》は、黒人《ニグロ》はやる気のない怠け者だと非難したかと思うと、「くろんぼ《ニガー》のように働く！」と言ったりもする！　やる気のない怠け者の人間は、まもなくこの非情な機械文明の中に埋もれていくのであるが、しかしそれでも、無知文盲《ビナイティッド》の黒人《ニグロ》が「白人区域内に侵入して」きて、「あまりにも生意気に」なり、「白人の真似」をしたがっているというようなことを方々で耳にする。もし白人が完全な節約家や野心家で、黒人《ニグロ》が白人を真似しているのなら、どうして黒人《ブラック》が怠け者でやる気のない人間になりえようか？　もちろん、確かに、黒人《ニグロ》の中にも、白人〔とりわけ有閑階級の人間）の中にいるような、やる気のない怠け者もいる。おそらくわれわれはすべて、やる気がなく怠け者になれるくらいゆとりがあることを願っている。

エジプト、インド、アビシニア、バストランド、ウガンダ、ナイジェリア、ソンガイ、そのほか、過去・現在を問わず、大小、数多くの王国の格好の実例があるにもかかわらず、黒人《ニグロ》には自治能力はない、と今でもよく耳にする。セテワヨ国王〔一八二六―八四（ズールー王国第四代国王）〕、ソマリ〔不詳〕、メネリク二世〔一八四四―一九一三（エチオピア帝国皇帝）〕、トゥーサン・ルーヴェルチュール〔一七四三―一八〇三（ハイチの独立運動指導者）〕、モシーシュ〔バスト王国国王（Moshoeshoe〔一七八六頃―一八七〇〕）〕、シャカ・ズールー〔一七八七―一八二八（ズールー王国初代国王）〕など、偉大な黒人《ニグロ》の指揮官は、はるかに強力に武装したヨーロッパの軍隊と戦い、少なからず打ち倒したあとでも、黒人《ニグロ》は劣った兵士であって、黒人《ブラック》の指揮下では戦えないだろう、と今でもよく耳にする。

仮に一般の黒人《ニグロ》は賢明な投票をするにはあまりにも無知であるとしても、白人が長年にわたって、コールマン・ブリース[118]やトム・ヘフリン[119]に投票してきたことをどう考えればいいのか？　すべての黒人《ニグロ》が同じ程度の知能であると考えない限り、もっと賢明な黒人《ニグロ》を投票箱から排除していることをどのように説明するのか？

おそらく黒人《ニグロ》は、体を洗っているにもかかわらず、白人には不快な体臭を持っているのであろう（黒人《ニグロ》の方も、白人は黒人《ニグロ》に不快な体臭を持っていると申し立てている）。しかしながら、この体臭が合衆国の黒人種統合《レイシャル・インテグリティ》を維持する手立てにはならなかった。黒人《ニグロ》は、この国に住んでいるあいだに目だって肌色が淡《うす》くなっているだけでなく、数えきれないほどの白人家庭も、黒人《ブラック》の乳母、メイド、料理人、家事手伝いなどと共に苦労して生活を送ってきたと考えられる。黒人《ニグロ》の不愉快な体臭が、過去十年にわたって毎夜ハーレムのキャバレーに押しかける白人の顧客を追い出したのではなく、一九二九から三〇年のわずか一年の不景気がそうさせたのである。

白人が想像する好きな黒人《ニグロ》の姿は、いつも陽気で満足そうな表情を浮かべ、すり足で踊り回ったり、歯を見せて笑ったり、大声で笑ったり、黒人霊歌《スピリチュアル》を歌ったり、タップダンスを踊ったりしていることである。白人がそう思うのはきわめて当然のことである。黒人《ニグロ》に対する白人の接し方が正しく適切なものであったのなら（どうして白人が間違っていることがあろうか?）、黒人《ニグロ》が歯を見せて笑ったり、歌ったりすることは、その裏づけにすぎないのではないか。ただ、このような固定観念像に合わせようとしない黒人《ニグロ》は、「たちが悪い」、「生意気」というレッテルを張られる。近づいてよく観察してみれば、アメリカの黒人《ニグロ》は陽気というよりも、むしろ辛らつであり、そうなるのも当然のことである。

多くの梅毒学者会議での結論によれば、いわゆる文明国のかなりの人間が、ある程度の梅毒にかかっており、黒人《ニグロ》が性病にかかるのは時間の問題、ということである。かなり多くの黒人《ニグロ》が苦しんでいるというのは本当かもしれないが、この会議報告からすれば、黒人《ニグロ》文明は薄っぺらなものにすぎないという非難を否定することになるだけである。おそらくこのことも、白人の真似をしていることを示すもうひとつのケースにすぎないのではないか。

黒人《ニグロ》の犯罪が減少している一方で、白人の犯罪が増加しているという南部の警察裁判所判事による最近の報告もあることからすれば、黒人《ニグロ》には犯罪の性癖があると言われることについて、思い煩う必要もなくなるだろう。おそらく、時間がたてば、黒人《ニグロ》の中から、アル・カポネのような人物や、悪徳裁判官も出てくるだろう。窃盗行為に及ぶ黒人《ニグロ》も必ずいる。しかし、彼らの横領行為が軽いものであるならば確実に、非難されるよりも称賛を得ることにもなる。白人と比べても犯罪件数が多いとは言えないということだが、手の届くところに大金などないから、大罪を犯す機会もないのだ。

ブーカー・T・ワシントン、アレクサンドル・デュマ、プーシキン、アントニオ・メイシオ〔一八四五―九六（キューバ革命軍の指揮官）〕、デュボイス、マシャード・デ・アシス、サミュエル・コールリッジ―テイラー、そしてトッヅ将軍〔不詳〕のことを考えてみさえすれば、劣った混血《ムラート》の話はもうまじめに受け取れなくなる。多くの混血《ムラート》の子供たちは彼らの両親よりも劣っているというのは、残念ながらそのとおりかもしれない。しかし、おそらく白人の父親が彼らの母親を見捨てることによって、悪い手本を示したのであろうし、あるいはたぶん、白人社会（その子供たちは黒人《ブラック》社会と同じほど白人社会に属しているのだ）が、立派な市民になる機会を彼らに与えるのを拒んできたのであろう。

だれも、「先祖返り」のケースなど一つも見たことはない。もし白人の母親が黒人《ダーク》ではないかと疑われるような子供を産んだときは、原因は黒人《ブラック》の血にあるのではなく、黒人《ブラック》の男にある。ポルトガルやスペインやイタリアのような、かつて何万人もの黒人《ニグロ》がいたが、今は一人もいない国で、このようなケースがなかったのは不思議である。それでも、この神話はおそらく、白人女性を脅して肌色による区画線《カラー・ライン》の白人側に留めておく目的として使われている。それ以上に不思議なのは、遠く離れたところに白人《コケイジャン》の先祖がいた黒人《ブラック》のどのカップルにも、コウノトリに白人の子供を運んでもらうことは決してなかったということである。「先祖返り」は黒人《ニグロ》の血の方に働くのみで、白人の血の方に働かないことからすれば、「先祖返り」の法則など当てにならない、ということである(120)。

インディアンが自分たちの自由のためにどれほど果敢に闘ったかということはいつも聞かされている（インディアンの奴隷についてはめったに語られない）。その一方で、黒人奴隷は、泣きごと一つ言わず、囚われの身であることを受け入れていたとされている。しかし、この国の動産としての奴隷の身であったあいだには、三十以上の奴隷暴動や陰謀も起こったし、中には深刻な事態に発展したものもある。ジャマイカやハイチやオランダ領ギアナやブラジルでは、成功裏に終わった奴隷暴動があったことも記録されている。フロリダがまだスペイン領土であったとき、逃亡奴隷とインディアンの「無法者」がはるか離れたサヴァンナまで北上して農園を襲ったことがある。この脅威が奴隷制による支配を大きく揺るがしたので、その脅威に終止符を打つために、フロリダがスペインから買い取られた（一八一九年）。約二十年後（一八三七年）、セミノール族の混血《ムラート》の首長オセオラ（一八〇四―三八）が、アングロサクソン・の・騎・士・道・的・精・神・に・則・っ・た・休・戦・交・渉・のために捕えられた(121)。連邦軍には、百四十一の黒人《ニグロ》歩兵連隊、七つの騎兵隊、十二の重砲連隊と、一つの軽砲連隊があった。以上のことからすれば、黒人《ニグロ》が自分たちの自由のために戦ったことがなかったとは決して言えない。

すでに右で述べたことだが、黒人《ニグロ》を産業界の外縁に締め出しておいて、搾取されている白人プロレタリアートが革命を起こす危険性を見事に防止する役目を担わせる――所有者階級には、その産業予備軍として黒人《ニグロ》を低賃金で雇っているという、黒人《ニグロ》とのあからさまな共謀意識が働いているように思える。この国の第一線で活躍している論説委員のひとりが、つい最近、全米配給の長文のコラムの中で、この点を認めている。少なくとも白人労働者に与えられているのと同じ機会を黒人《ニグロ》に与えない口実として、黒人《ニグロ》は頼りにならず、機械のこと、あるいは機械の周辺のことは黒人《ニグロ》の性分に合わないというような昔の作り話に頼る傾向がある。しかし、一八五〇年代までさかのぼってみれば、黒人《ニグロ》奴隷だけが職人として働いていた南部の紡績工場もあった。その時と比べてみて、今日の黒人《ニグロ》の方が機械を扱う仕事は性分に合わないと言えるだろうか? 付け加えておくと、黒人《ニグロ》の教会や公民館や学校へ金銭を寄付している白人の博愛主義者であっても、黒人《ニグロ》に生活費を稼ぐための機会を与えることはほとんどないのだ。

黒人《ニグロ》に対する以上のような非難はすべてばかばかしいことである。支配階級の考えを行動に移す思・想・警・察・によって入念に育まれた黒人《ニグロ》の奇妙な固定観念像は、明らかにこけおどしにすぎず、まったく見えみえで、突《つつ》けば簡単にばらばらに壊れてしまう。国を支配統治する人間が、共産主義者《コミュニスト》の扇動者《アジテーター》を一掃したり(122)、外国人をアメリカに帰化させたりするように、人種対立を終わらせるためにもっと真剣になって取り組めば、短期間で反黒人《ニグロ》の煽動活動《プロパガンダ》を中止し、反黒人《ニグロ》の法律や規制を廃止するために大いに力を発揮することができるだろう。黒人《ニグロ》の身と家庭が安全であるように取り計らうことができ、仕事や教育や政治や社会の面で公正に扱うことを黒人《ニグロ》に保証できるようになる。白人はただ、公平や公正や寛容の手本を自ら示してみせるだけだ。黒人《ニグロ》が求めるのはそういうことだけであり、白人大衆も右へならえということになるのである。

白人がこのようなことを何もしないこと。黒人《ニグロ》が受けているおびただしい苦しみに対して冷淡で無関心でいること。黒人《ニグロ》の権利が関与するところに法律が及ばないようにし、黒人《ニグロ》がタブーを犯せば直ちに法的あるいは非合法的な懲罰を科そうとすること――こういったことが、強く願っているとは言わないまでも、進んで人種的偏見をいつまでも維持させようとしている確実な証拠となっているのである。

11

《アンクル・サムの黒人《ブラック》の継子》

『アメリカン・マーキュリー』第二九巻一一四号　（一九三三年六月）

I

リベリアは、人種意識の強いすべての黒人《ニグロ》や、黒人《ニグロ》に友好的なすべての白人にとって、希望であると同時に絶望でもある。建国当初は、黒人《ブラック》にも自治能力があることを立証する輝かしい新生国のように思えた。しかし今日では、そう思っているのは、ガーヴェイ主義者のような少数のアフリカかぶれ《アフラマニアック》の狂信的異端分子だけである。

リベリア独立の強力な唱道者としてそこへ赴いたアフラメリカンはおそらく、アメリカ介入の必要性を思い知らされることになるだろう。黒《ブラック・メン》人によって統治されている国についにやってきたという感慨に浸りながら、首都モンロヴィアに降り立ったとしても、公衆衛生施設の欠如、未舗装で石がごろごろしていて、曲がりくねり、草ぼうぼうで、照明のない道路、鼠《ねずみ》の大群、それに怠惰や腐敗の雰囲気が全体に漂っていることに衝撃を受けるだろう。

そこに見るのは、完全に腐敗した状態のアメリカ民主主義、完璧な無能ぶり、野蛮な残虐行為を合わせたような政府。怠惰でやる気がなく放埒《ほうらつ》な支配階級。国の商業・貿易はドイツ人やイギリス人やフランス人やオランダ人やシリア人の手に握られている。唯一の銀行はアメリカ関連企業のファイアストーン会社に牛耳られている。リベリア人は救いようがないほど信頼が置けないことから、だれもリベリア人を雇おうとはしない。読み書きができるリベリア人は一人残らず、政府高官の仕事を目指す一方で、農業は衰え、日ごとにジャングルに人が押し寄せ、開拓地へと変貌していく。恐怖に晒《さら》された原住民は、近隣のヨーロッパ列強国の植民地へ逃げ込むか、収税吏を逃れるために原始林の奥深くに隠れる。

アメリカ公使館で、リベリア市民になる前にもう一度考え直すように忠告されたとき、戸惑いを覚える。ここは黒人の国《ブラック・マンズ・ランド》――白人の抑圧から逃れたい黒人《カラード・フォーク》たちの安息の地ではないのか？　八百ドルの現金を手にして到着し、直ちに帰化したアメリカの黒人《ニグロ》が、一週間後には、地元の詐欺師に持ち金をすべて騙《だま》し取られ、アメリカ公使館に駆け込んで、助けを求めても無駄だったという話はとうてい信じがたい。四百ドルのお金を手にし、十二歳の息子を連れて船から降り立った黒人《カラード》の女性が、二週間後に、息子ともども毒を盛られて、持ち金も奪われたという話には驚かされる。田畑を耕す夢を抱いてやってきたアフラメリカンの農夫が、自分の作った作物を町まで運ぶ道路がないことを思い知らされたという話を、その農夫本人から聞かされて愕然《がくぜん》とする。手仕事であれ専門職であれ、リベリアではお金を稼ぐことはできず、モンロヴィアの港にアメリカの貨物船が着くたびに、立ち往生のアフラメリカンが合衆国へ戻る機会を懇願しているという話を聞いて驚かされる。

ほどなくして、「スウィート・キャンディ」というあだ名のアフラメリカンの噂を耳にすることになる。スウィート・キャンディは黒人としての自己意識の強い黒人《ニグロ》で、リベリアに骨を埋めるつもりでやってきて、キャンディの店を営んでいた。最初はかなりうまくいっていたが、やがてリベリアの兵隊が彼の小さな店を頻繁に訪れて、キャンディを鷲《わし》づかみにするようになった。役所に不満を申し立てたものの、一笑に付されるだけで取り合ってくれなかった。兵隊に近づくなと警告しても、彼らは聞く耳を持たなかった。ついに堪忍袋の緒が切れて、兵隊に向かって数発の銃弾を放ったところ、それに対して兵隊は、上官たちを先頭に、逃げ込んだ彼の弁護士の家まで追ってきた。わめき散らす暴徒が家を取り囲んだが、彼の照準は実に正確なものだったので、彼に向かって突撃することはできなかった。そこで兵隊が家に火を放ったため、哀れなスウィート・キャンディは焼き殺されてしまったという。

Ⅱ

リベリアの状況はいつもそれほどひどいというものではなかった。合衆国からの初期入植者たちには欠点もあったが、かなり勇敢な者たちで、勤勉と倹約と野心によって、知識の欠如を埋め合わせることができた。開拓者は、大量の生姜《ジンジャー》、米、ココア、砂糖や煙草を栽培し、大群のヤギや羊などの家畜を育てた。ヤシ油やコーラナッツやピアサバ繊維をそろえて出荷していた。一八五八年からモンロヴィアで大品評会を開催するようになり、農産物や家畜や手工芸品を展示した。一八九〇年に開かれた最も大規模な品評会では、新天地で初めて栽培された綿花や、二百から三百ポンドもある山芋《やまいも》が展示された。船荷は、外国船だけでなく、リベリア人の船員が乗り組んだ四隻のリベリア船籍の船によって運ばれ、リベリア国旗を掲げた船がリヴァプールやニューヨークの港に姿を現した。合衆国の南部諸州で奴隷制の下に生まれて移住した多くの農園主は富を蓄えた。しかし今日では、彼らの農園は絶えず侵入してくる低木の茂みの中に消え、製材所や製糖所や住居は荒廃してしまっている。

アメリカはリベリアの父親になったが、母親にはなれなかった。奴隷所有者を含めたアメリカの白人は、解放奴隷となった黒人の自由民《ブラック・フリードメン》を帰還させる目的で、一八一六年に「アメリカ植民地協会」を設立した。不朽の名声を誇る、かの偉大な大統領ジョージ・ワシントンの甥に当たるブッシュロッド・ワシントン〔一七六二―一八二九〕が初代協会長となった。その協会員の中にいた北部の慈善家たちは、合衆国における黒人《ブラック》解放奴隷の居心地の悪い立場に心を痛め、南部の奴隷所有者たちは、ますます拡大する綿花の需要に伴って、日毎に重要性を増す奴隷に対する解放奴隷の影響を恐れた。

サミュエル・ベーコン牧師〔一七八一―一八二〇〕、ジョン・バンクソン〔生没年不詳〕、S・クロジア医師〔生没年不詳〕の三人の白人に伴われた八十八人の入植者からなる最初の一団が、一八二〇年にアフリカに到着した。彼らは現在のシエラレオネに上陸したが、悪天候のために、あとで、米艦船アリゲータ号で、現在のモンロヴィアの反対側に位置するプロヴィデンス島に移動させられ、一八二二年一月七日に上陸した。そして四月に本土を横断し、原住民の領主たちから購入した小さな区画の土地に居を定めた。入植者が原住民と奴隷狩り部隊との間に入って緩衝になってくれると喜んだ領主たちは後に、海岸沿いの百五十マイルの細長い土地を入植者に譲った。

海岸沿いの奴隷商人は、狩り集めた先住民を煽動して入植地を襲わせた。しかし、一八二二年一〇月と一二月の血みどろの戦いでは、攻撃を仕かけた側が撃退された。一八二六年の後半、アメリカの白人ジェフディ・アシュマン(123)率いる百人の入植者が、横帆・二本マストの米軍艦三隻の援護を受けて、二人の富裕な奴隷商人セオドア・カノット〔一八〇四―一八六〇〕とドン・ペドロ・ブランコ〔一七九五―一八五四〕の私軍を完全に打ち負かし、モンロヴィアから七十マイル南方にあった彼らの基地を破壊した。一八三九年には、気性が荒く好戦的なクル族が敗北を帰し、その年の後半には、ジェームズ・ブキャナン大統領(124)の従弟《いとこ》で、植民地の初代知事〔任期は一八三九―四二〕となった、フィラデルフィア出身のトマス・ブキャナン〔一八〇八―四二〕に率いられた入植者は、屈強な部族であったゴラ族との数回にわたる戦闘に勝利した。そのほか、一八五一年、一八六一年、一八九三年、一九一五年、一九一七―一八年、一九三一年に、主にクル族やブジ族やグレボ族との間で戦闘や小競り合いがあった。

入植者は条約を結んで購入した海岸沿いの土地に住み着いた。グランドケープマウント周辺のヴァイ族との条約では、そのようにして獲得した土地は、外国人あるいは外国の政府に売り渡してはならないと取り決められた。この取り決めは後に、リベリア共和国憲法に明記された（第五条一三節）(125)。

この植民地を形成する大きな目的は、離散し虐げられたアフリカの子供たちに住み処《すみか》を提供し、この暗愚の大陸を再建して文明化することであり、黒人《ニグロ》や黒人《ニグロ》の子孫以外の何人《なんぴと》も、この共和国の市民権は認められない。

不運なことに、トマス・ブキャナン知事は一八四一年に黄熱病で亡くなった。その時、彼は合衆国を口説いて、リベリアから現在のナイジェリアに至る土地をすべて買い上げ、広大な土地全体をアメリカの植民地にして、解放された自由黒人《フリードニグロ》の帰還地にしようと考えていた。もし彼が生きていれば、おそらく実現しただろう。なぜならば、彼の提案は、〔奴隷の反乱に〕神経をとがらせていたアメリカの奴隷所有者たちに受け入れられたと思われるからである。彼らは一八六〇年に至るまで、ワシントンを自由に操ることができたのだ。彼が提案したとおりに実行するじゅうぶんな先見の明が合衆国にあったならば、広大なアフリカの領土を非常に安い価格で獲得でき、直ちに貴重な製品市場や原料の供給地となり、南北戦争以前も以後も、解放された黒人《ニグロ》に関わる煩わしい問題を解決する手立てとなったであろう。

西アフリカはフィリピンよりも天然資源が豊富であり、それほど遠くない。一八四一年当時は、どの地域もほとんどヨーロッパ列強国の支配下に入っていなかった。しかし、当時のアメリカ人は、自分たちの土地からインディアンを追放したり、西部開拓や、メキシコ領土強奪を企てたり、差し迫った南北衝突の予行演習(126)をするのにあまりにも忙しかったので、アフリカではまったく何もしなかった。

土地に対してフランスの野心が高まっていることに驚いたリベリアは、一八四二年に、残っていた沿岸の重要な地域を買い占めた。しかしながら、イギリスの商人が自国の歳入法を無視して、原住民に品物を密輸し続けた。アメリカ植民地協会から要請を受けた合衆国がイギリス《グレート・ブリテン》政府に説明を求めた。イギリス《グレート・ブリテン》の回答は、「リベリアは単に慈善協会の商業的実験にすぎないので、国家としての主権を承認することはできない」というものであった。合衆国はそれ以上議論することをやめてしまい、植民地協会は植民地を手放さざるをえなくなった。一八四六年一月、協会はリベリア人に対して次のように告げた。

> リベリア共同体《コモウェルス・オヴ・リベリア》の人民にとって、外交関係も含めた自治全体を、自身たちの手に委ねられるべき時が来た。

こうして、一八四七年七月二六日、リベリアは憲法を制定して、リベリアを、自由な独立国家であると宣言した。アメリカの白人サイモン・グリーンリーフ〔一七八三—一八五三〕(127)が起草した憲法は、ほぼ合衆国憲法に則した政治形態を規定した。不運にも、原始的なアフリカ国家の統治にはまったく不向きなものであった。起草者はリベリアを見たことがなく、リベリアが必要とするものについてまったく何も知らなかった。

まもなくイギリス《グレート・ブリテン》やフランスやロシアがこの新生国家を承認した。初代大統領となった「八分の一黒人《オクトルーン》」のジョセフ・ジェンキンス・ロバーツ(128)は、イギリスを歴訪し、ヴィクトリア女王所有のヨットの上で女王の出迎えを受けた。あとで女王は軍艦をリベリアに寄贈した。それは、新しいものに入れ替えた際に、もう用を成さなくなった最初の古い軍艦であった。フランスも友好的な態度を示した。しかし奇妙なことに、合衆国は一八六二年までリベリアを承認しなかった。とはいっても、拿捕《だほ》された奴隷船から救出された約一万三千人の黒人《ニグロ》（コンゴ人）を帰還させるために、六万七百七十八ドル九十八セントを支出した。不運な目に遭ったこれらの人たちの教育や研修や生計の手はずが整えられ、議会は彼らの支援のための費用として、一人当たり百五十ドルの充当を認めた。

入植者にとって、これが思いがけない大きな授かり物となった。彼らはそのコンゴ人たちをリベリアの指導者層の家族に割り当て、彼らを使ってジャングル開拓や作物植え付けの仕事に従事させた。コンゴ人支援のために合衆国が充当した金銭が、リベリアの上層階級間で分配されたことになる。まさにこのことが、彼らのかつての主人であった白人が黒人農奴《ブラック・サーフ》を食い物にしていたように、貴族階級の体《てい》を成したアメリカ系リベリア人《アメリコ・ライベリアン》が出現する起点となった。リベリア共和国のモットーが「自由を愛する心がわれわれをここに導いた」というものであるにもかかわらず、貴族階級は今もなお存続している。

まもなく社会は明確に階層化された。最上位には「旧家の」家族が位した。「混血《ムラート》」という呼ばれ方もされ、広い私有地と多くの奴隷を所有し、政府をも牛耳っていた。彼らの下には、彼らほど資産が多くない自由農民が位し、はるか下には、部族社会を捨てた現地民とコンゴ人が配置された。山岳奥深くの地域には、ほぼ一世紀にわたって、海岸沿いの政府権力に抵抗していた約二百万人もの戦闘的な原住民が住んでいた。

まもなく、この階層に基づいた、皮膚の色による差別が始まった。支配階級は混血《ムラート》で、多くの場合、アメリカの奴隷制下で仕えていた白人の主人の子孫が、黒人《ブラック》よりも恵まれた機会を持ち、その機会を最大限利用した。しかし、そのうち、その黒人《ブラック》たちが、混血《ムラート》の貴族階級、とくに混血《ムラート》の大統領に反対し始めた。一八五五年の大統領選においても、二年任期を四期〔一八四八―五六〕務めた「八分の一黒人《オクトルーン》」のロバーツ大統領に対して、黒肌のスティーヴ・A・ベンソン〔一八一六―六五〕が対立候補として出馬した[129]。その選挙戦の最中にリベリアを訪れた白人のアメリカ人は、ひとりのリベリア人から次のようなことを聞かされた。

連中は、おれたちくろんぼ《ダーキー》は、自分たちのことを自分たちで面倒を見るのに適していない――そんなことはできない、というようなことを言ってやがる。ロバーツはとてもいい男だが、しかしあいつは黒人《ブラック》というよりも白人だ。それに対してベンソンはまったくの黒人《カラード》だ。政権を取るとか、法律を作るとか言っても、それらを維持しなければ何もならない。いいか、おれは今回、ベンソンに投票するつもりだ。おれたちはくろんぼ《ニガー》のままか、それとも猿になってしまうのかを見極めたいからな。

「純血」の黒人《ニグロ》であるベンソンが選ばれた。それ以来、アメリカからの移住が減り、原住民との結婚がなされるようになったために、沿岸地域住民の皮膚の色が目だって黒くなり、皮膚による差別の問題は今ではほとんどなくなっている。

Ⅲ

南北戦争後にリベリアへ移住したアメリカ黒人《ニグロ》はほとんどいなかった。かなりまとまった数に上る最後の入植者の一団は、一八六五年に移住した約三百人の西インド諸島の黒人《ニグロ》で、ほとんどはバルバドス島民〔西インド諸島東部の島〕であった。新しい血を補給されることなく、「旧い」家系はいつのまにか権勢を失い、アフリカの圧力が感じられるようになった。原住民の女性は妾《めかけ》として容易に手に入れられるようになった。原住民の男性も誘われたり強制連行されたりして、何の見返りもなく働かされた。容赦なく照りつける灼熱の太陽の下で働くよりも、日陰のベランダでハンモックにのんびりと横たわっている方が居心地よかった。

一八七一年までに政府は財政難に陥り、イギリスから利子七パーセントで五十万ドルの融資を受けることになった。しかしリベリアが手にすることができたのは、そのうちのほんの十万ドルにすぎなかった。しかも、銀行家や代理人が差し引いた後は、一部は物品によるものだった⑽。その事実を知って逆上した市民は、エドワード・J・ロイ大統領〔一八一五－七二〕を直ちに暗殺した。市民はこの第五代大統領が借り入れるに当たってかなりの手数料を懐にしたことを責め立てた[131]。リベリアは一八七四年にこの債務の履行を怠った。一八八三年には、イギリス政府は、多くの武力威嚇の後、現在のシエラレオネに当たる地域で、三十年前にリベリアが十万ドルで購入したシェルブロとガーリナスの土地を獲得した。一九〇二年、国民が賄賂の噂を耳にしたとき、リベリアにある採鉱権をリベリア人株主が関係するイギリスの企業に売却する試みは失敗に終わった。

なお資金を緊急に必要としていた。外国との競争や、地元の富豪が農業生産の質改善に失敗したために、リベリアの砂糖やココアやコーヒーやヤシ油の貿易が減退した。余暇生活が労働に取って代わり、自分で金銭を稼ぐよりも借金の方が楽になった。一九〇六年、ロンドンのアーランガー金融会社から、もう一つのイギリス企業で、ハリー・S・ジョンソン卿が社長を務めるリベリアゴム開発会社を通して、六パーセントの利率で五十万ドルの融資を受けた。そのお金の一部は、ジョンソンによるリベリアの天然資源や民族の調査のために使われ、調査結果は後に二冊の本にまとめられて出版された。ゴム会社はまた、その一部を借り入れて、激しい熱帯雨が瞬く間に破壊してしまった道路の修復に当てた。結局、リベリアは融資の三分の一しか手にすることができなかった。ゴム会社は最後に破綻してしまったが、リベリアの国庫には、保安隊を組織するのにじゅうぶんな資金が残った。保安隊は、目に見える利益のない課税に反対する奥地住民を容赦なく抑圧する「リベリア・フロンティア警察部隊」となった。

まもなくリベリアは再び破産し、また新たな資金融資を求めた。今回はイギリスには慎重になったことから、一九〇八年に合衆国へ代表団が派遣された。一九〇九年、アメリカの調査委員会のメンバーが国状調査をしたうえで何らかの提言をするために派遣された。その結果、一九一二年、五パーセントの利率で、イギリス《グレート・ブリテン》、フランス、ドイツ、合衆国による百七十万ドルの国際融資がなされた。しかし、それぞれの国の役人が融資業務に当たるために、一人ひとりに相当な額の手当を支払わなければならなかった[132]。一九一三年には、対外債務の合計額が二百万ドルを超えた。

そして、フェルナンド・ポー島〔現赤道ギニアのビオコ島〕の「若僧《ボーイズ》」の騒動がもち上がった。リベリアとスペインの両国政府間で、千二百マイル南方に位置するスペイン領で、黄熱病多発のフェルナンド・ポー島にあるココアやコーヒーのプランテーションへ労働者を供給する合意がなされた。リベリアの政治家たちは、今一度いくばくかの現金が入ってくると考えると小躍りして喜んだ。スペインが「若僧《ボーイズ》」一人当たり五十ドルを支払い、その島に蔓延する黄熱病やイチゴ腫や象皮病や睡眠病にかかる危険性がある中を生き延び、二年間の肉体労働を終えてリベリアに戻ってきた男たちから「追徴課税」を徴収する絶好の機会ができたことになった。直ちに二百六十人の「若僧《ボーイズ》」がフロンティア警察部隊によって拉致され、スペイン人の農園主に引き渡された。文明列強国は互いに殺戮し合うことにかまけていて、この奴隷貿易の復活に目を向けることはなかった。しかし、リベリアの政治家が懐を肥やす一方で、国庫はあいかわらず空っぽのままであった。

一九一九年、チャールズ・D・B・キング(133)が大統領に選出されたとき、合衆国から五百万ドルの「軍事」融資を受ける交渉を始めた（リベリアもドイツに対して宣戦布告していたのだ！）。彼は三人の実力派のリベリア人を引き連れ、一万五千ドルの経費を使ってアメリカへ赴いたが、八か月滞在した後、米軍艦リッチモンド号で戻ってきた。どういうわけか、上院が融資を承認しなかったのだ。

そこへマーカス・ガーヴェイが登場し、彼によるアフリカ帰還運動《バック・トゥ・アフリカ》が展開されることになった。彼は、白人諸国の手からアフリカを奪還するという壮大な計画の司令部としてリベリアを利用したかった。状況調査を行ない、リベリアの政治家に提言するために調査団を派遣した。一九二三年の大統領選が間近に迫っており、役職に就きたがっているリベリア人の中には、ガーヴェイの構想に有利な政権を樹立するために、ガーヴェイの代理人と五万ドルの票買収の合意をとりつけた者もいた。

しかし、時がたっても送金はなかった。必死に要請するリベリアの共謀者たちの電文が、ニューヨークのハーレムのくすんだ建物内にある、ガーヴェイの「世界黒人開発協会《UNIA》」〔一九一四年設立〕の司令部に殺到したが無駄だった。なぜならちょうどその時、この「アフリカの暫定大統領」〔ガーヴェイのこと〕は、アンクル・サムの手先から活動資金をだまし取ろうと代金引換郵便詐欺を働いたために、アンクル・サムの手の中にあったからである(134)。一部を五万ドルの賄賂資金に当てることにしていたリベリアの償還基金は、ガーヴェイが刑務所行きを免れる無駄な努力のために使われなければならなかった。キングが再選されると直ちに、ガーヴェイ主義者をリベリアから永久に締め出すために憲法改正を行なった。

そこへハーヴェイ・サミュエル・ファイアストーン(135)、すなわち「ゴム男」の登場となる。彼がイギリスのゴム生産の独占を打ち崩したがっていることを知ったリベリアの政治家は、彼と連絡を取るために、ひとりの元閣僚を合衆国へ遣《つか》わした。〔ゴム採集のためのゴムの木園用の〕百万エーカーの土地利権の見返りとして、ファイアストーンは、彼が管理するアメリカ金融公社を通じて五百万ドルの融資資金を集めることに同意した。その合意書に署名したのは、当時リベリア国務長官であったエドウィン・バークレイ(136)であった——もっとも、バークレイは現在大統領になっていて、声を大にしてそれを非難している。

唯一の歳入が「若僧《ボーイ》」をスペインに売ることに頼っていた不作の数年後に、いくばくかの現金が入ってくるのではないかと考えて、リベリアの政治家は小躍りした。最初の現金授受とともに華やかな時期が訪れた。尊大な役人たちが石だらけの道路を、高級車の中で揺すられながら通りすぎ、キャバレーの騒音が原住民の地域から轟いてくるドラムの音と張り合った。

しかし祝賀ムードも長続きしなかった。融資の処理が重くのしかかり、関税による歳入も減少していった。さらに追い打ちをかけるように、国内の原住民に対する強制労働や、フェルナンド・ポー島へ「若僧《ボーイ》」を売っていることに対して、国際的な非難の声が上がった。アメリカ人とイギリス人とリベリア人の三名からなる国際委員会がつくられ、リベリアの「招き」によって非難事項の調査に乗り出した。その調査報告は実に衝撃的なものだったので、キング大統領、アレン・N・ヤンシー副大統領(137)と、数人の政府高官が辞任に追い込まれた。

またもや財政的に破綻したリベリア政府は国際連盟に援助を求めた。一九三一年の夏、調査委員会がモンロヴィアへ派遣された。ジュネーヴに戻るやいなや、白人の行政官就任、衛生改善、フロンティア警察部隊の再編成、山岳奥地の原住民に対する非情な食糧要求の中止、強制労働や偽装した奴隷制の終結を要請する「援助計画」が起草された。ファイアストーン会社は、五百万ドルの融資を分割して二百五十万ドルを渡していたが、リベリアの債務不履行を恐れて、残りの二百五十万ドルの融資を停止した。しかし、今回の援助計画をすべてダメにしてしまうことを恐れて、〔国際連盟の要請をも受けて〕とりあえず十万ドルの融資を行なうことに合意した。しかし一九三二年一二月一五日、リベリア議会は融資の遅れにしびれを切らし、自分たちの俸給を確保したいがために、債務履行を怠って、自分たちの方から、交わしていた合意を破棄してしまった。一九三三年三月、合衆国は、アメリカ陸軍少将であり陸軍法務部長のブラントン・ウィンシップ〔一八六九―一九四七〕をモンロヴィアへ派遣し、財政的もつれをほぐす任務に当たらせた。その問題は現在のところ収まっている。

Ⅳ

リベリアはヴァージニア州ほどの大きさで、形も似ており、緯度も比較的同じである。しかしほとんどジャングルや湿地帯や原生林に覆われている。数多くの河川から水を受けており、かなりの水力電力を供給することができる。天然資源として、金、鉄、石油、ダイヤモンド、銅、亜鉛、貴重な森林資源がある。生産物としては、生姜、米、コーヒー、ココア、コーラナッツ、ゴム樹脂、ヤシ油、オウギバ、ココナッツ、天然ゴム、象牙、ベッコウ、山羊、羊、家畜、馬、ロバが挙げられる。森林や谷や台地には、象や藪牛や鹿やチンパンジーや猿やヒョウが群がっている。川や湖には魚が豊富にいる。

この国は海抜二、三マイルのところから、次第に盛り上がり、高い山脈まで続く。その山脈は場所によっては、一万フィートの高さになる。人が思うほど不健康ではなく、気候も過酷なものではない。沿岸地域でさえ、一年で最も暑い時期でも、たいてい夕方にはそよ風が吹く。山岳奥地では、夜には焚火や毛布さえあれば心地よい。海岸沿いの平野でのみ蚊帳《かや》が必要である。美しい公園のような台地がたくさんあり、人を寄せつけない毒気を放つ沼地も数多くある。そして蔓《つる》に覆われ、枝の絡み合った数百フィートの巨木が林立する広大な原生林がある。リベリアは西アフリカで最も美しい国であるという一般の考えにはうなずける。確かに狩猟をするには素晴らしい国である。

沿岸近くにある五万エーカーになるファイアストーンのゴム農園以外は、共和国全体には、道路という名に値するものは百マイルもない。高速道路といっても、広い獣道同然であり、自動車で四十五マイル行くのに約四時間もかかる。他の唯一の移動手段は徒歩やカヌーによってであり、頑丈な運び手の両肩にかけられたハンモックに乗らないならば、徒歩で行かなければならない。ハンモックに乗るのは、ラクダの背中に乗っての旅、あるいは小型船で海へ乗り出すのとよく似ている。

山岳奥地には二百万人近くの原住民が、十から十二の部族・民族に分かれて生活していると推定されている。それぞれの部族・民族は異なった方言を話しており、約四十マイルごとに違ってくる。町は十から十五、あるいは二十マイル離れており、それぞれ、半径が三から四マイル以内に、ジャングルに埋もれた農業集落によって囲まれている。彼らが仕えるリベリア人の主人や心得違いの宣教師によって堕落し腐敗してしまっている場所を除いては、原住民は身体的にも道徳的にも優れている。

「文明化した」沿岸地域の町とはきわめて対照的に、原住民の村落は小屋の回りの水路によって水はけがよく、よく掃き清められていて、ごみもほとんどない。小屋は蔓《つる》を織り合わせた頑丈な柱の骨組みの上にアリ塚の硬くなった粘土を積み上げて造られている。壁は非常に厚く、日中でも内部は涼しく、夜は暖かい。ヤシの葉でふいた屋根は円錐形で急勾配になっている。大きめの小屋には三から四部屋ある。

原住民は彼らの主人とは違って、経済的にも社会的にも自己充足している。米、綿花、キャッサバ、コーヒー、野菜、穀類を栽培している。糸を紡いで染め、自分の服を織る。家畜を飼育し、頑丈なカヌーや精巧な吊り橋を造り、網やバスケットを作り、鉄鉱石を採鉱して精錬し、陶器や装飾品を作り、象牙を集め、革をなめす。宗教について言えば、ヴァイ族やマンディゴ族がイスラム教徒であることを除いては、おおかた精霊信仰である。また教育制度は、子供たちが立派な大人になれるように適切に対応するようになっている。

リベリアの政治家は、原住民の大首長あるいは王を任命することによって彼らを統括している。かつては原住民によって選出されていたが、リベリア人は、そのようなことでは説得しにくい頑固な男が権力を握ることも少なからずあると、経験から学んでいる。野党に友好的とされる大首長を退位させるうえで、内務長官は奇妙なアフリカの言い回しで次のように伝える――「おまえの行く手に丸太が倒れてきた。その丸太を取り除くまで、おまえは大首長になることはできない」

政治家は、大首長を牛耳ることによって、呪術師や「ヒョウ結社」――原住民の「KKK団」――をも牛耳っている。呪術師とは牧師と医者を合わせたような存在であり、「ヒョウ結社」は野蛮な友愛結社で、そのメンバーが夜中にヒョウの毛皮を羽織り、鉄の鉤爪《かぎつめ》を付けて徘徊し、評判のよくない原住民の体を切り裂く。一九三〇年には、とある地域で、一か月以内に二十人もの男が連れ去られ、ずたずたに切り裂かれた体が後日ジャングルの中で発見された。いくつかのケースとして、内地歳入徴収官（白人）によって派遣された警察官が、税金を集めて自分の懐に入れておこうと密かに企んでいるアメリカ系リベリア人《アメリコ・ライベリアン》の役人に唆《そその》かされた呪術師によって遣《つか》わされた「悪魔」に追い払われた、というようなこともある。これらの呪術師に教わって、リベリア人は、おそらくイタリアのボルジア家(138)以上に毒殺術に精通している。

原住民はきっちり罰金を取られ、重税を課され、作物や家畜を奪われ、もし逆らえば、殴られたり撃たれたりした。リベリア人部隊が近づいてくれば、大急ぎで走って逃げた。「道路工事」のために強制的に働かされた。また役人の農場にも連行されて働かされた。兵隊は好き勝手に原住民の女性をかどわかし、賃金を支払うこともなく荷物運搬人を徴用し、そのほかにも、我が物顔に蛮行を働いた。筆者は、奥地の何人もの村長から、兵隊の報復から村人を救ってほしい、とモンロヴィアの「アメリカ人」（アメリカ大使）に頼んでくれと懇願された。また、別の村長が目に悔し涙を浮かべて話すには、兵隊が彼の村人たちを荷物運搬人として連れていったので、そのような仕打ちに対して陸軍長官に苦情を伝えるために使者を送ったところ、兵隊が戻ってきて、村長の小屋数軒を破壊したということである。一九三一年には、税金を払わないとされる原住民を罰するために、クル沿岸地域に遠征隊が派遣された。そして六百人以上の男女や子供たちが殺害され、彼らの小屋に火が放たれて焼かれた。

小屋一軒あたりの年間の税金は五シリングであるが、その三倍あるいは四倍も取られることも少なくない。しかもイギリス銀貨で支払わなければならず、その代わりにその額に相当する作物を渡して支払うのはむずかしい。それを海岸沿いの取引業者のところまで運ぶ手段がないからである。したがって、原住民は税金を払えないこともある。そうなればまた、加算税、より多くの食糧調達、さらには村人の目の前での村長への鞭打ち、といったかたちで制裁を受けることになる。

そのような仕打ちに対して、原住民に残された道は逃げることしかない。村から立ち去って、茂みの奥深くに隠れたり、ギニアや象牙海岸《アイヴォリー・コースト》にあるフランスの植民地に逃げ込む。筆者が体験したことだが、二百人の村へ入ったところ、村の造りが立派であるにもかかわらず、人一人いないことがあった。ある時など、口外しないことを条件に、一面に生い茂ったジャングルの中を川沿いにかなりの距離を連れていかれ、逃亡した村人がひっそりと暮らす場所に入ったこともあった。

V

キリスト教の宣教師たちは開拓当初からリベリアにいる。外国生まれの白人二百人のうち、四分の三は宣教師である。今では、英国国教会派、バプティスト、メソディスト、ルーテル派、カトリックなど、約六十の宗派がある。もちろんリベリア人は根本主義者《ファンダメンタリスト》である――彼らが病気にかかった時など、呪術師が用いる原住民の迷信を多く取り入れてはいるが、根本主義者《ファンダメンタリスト》であることに変わりない。天候に関係なく、毎日曜日には教会は満席になる。

数多くのミッショナリースクールでは、約四百人の子供たちが学んでいる。ミッショナリースクールのほぼ半分は沿岸地域にあるが、校長や職員はたいてい白人で、彼らには黒人《カラード》の補助員がついている。中には、アメリカ黒人《ニグロ》の宗派で、合衆国からやってきた黒人《ニグロ》の宣教師によって運営されているものも少しある。概して、これらの宣教師は思いやりがなく、頭の回転が鈍い、無能な輩《やから》である。子供を扱うように原住民に接したり、気の毒そうに振る舞ったり、また軽蔑したりする。賛美歌を歌わせ、いろいろな方言で祈りの言葉を鸚鵡《おうむ》返しのように繰り返させ、アメリカ系リベリア人《アメリコ・ライベリアン》の非道な行為には目をつぶらせる。彼らが読ませる本には白人の天使の絵が満載されていて、イエスの肖像は古代スカンジナビア人の神のようなものであると思い込ませるようになっている。このような教育に晒された原住民の子供たちは、当然の成り行きとして、やがて自分たちの両親の原始共産制社会のような簡素な生活を軽蔑し、白人のものならどんなものでも称賛するようになる。これらの学校の卒業生は、リベリアの中で最も信頼できない原住民に属している。

実際、宣教師の仕事は、まさにもうひとつの詐欺商法のように思える。神に仕える善男善女であるはずが、気楽な生活を送り、彼らに仕える大勢の裸足の黒人《ブラック》の若者たちにハンモックを担がせたりする。合衆国にいれば週給三十ドルにもならない者たちが、伝道所では、まるで小さな国の国王のように暮らしている。彼らに言わせれば、原住民は暗愚な子供たちであり、数千年にわたって生き抜いてきたにもかかわらず、暮らし方は完全に間違っているという。彼らはこれら先住民の迷信を否定するが、しかし、ヘブライの子供たちは燃え盛る炉の中に入っていっても、傷一つしないで出てくるとか、大勢の人間が篭《かご》一杯の魚とパンだけで食べていけたとか、ヨナが大きな魚に飲み込まれて、その話をするために生きていたとか、死者は蘇《よみがえ》る、といった話をして聞かせている。原住民の信仰も同じくらい不合理だが、彼らが自分たちの精霊信仰にしがみついていることも不思議なことではない。

ミッショナリースクールのカリキュラムの中には当然、職業訓練が含まれているはずだが、リベリアの中に有能な職人を見つけるのは不可能に近い。大工や石工はシエラレオネから連れてこられなければならない。数人の宣教師が筆者にこっそり打ち明けたところによると、職業訓練の面で、彼らが七十五年かかってもできなかったことを、ファイアストーン会社が五年でやったということである。パルマス岬やモンロヴィアには、宣教師の「大学」もあるのだが、実際には二流の高校レベルである。

リベリアにある四十から五十の公立学校の新学年度には、二千名ほどの子供を入学させるのであるが、四年生以上にはめったに進級しない。リベリア大学はせっせと法律家を養成していて、法律に携わる者の数は多くなっているが、依頼人は少ないので流行《はや》らない。国民教育省は集票組織である。そこでは、学校組織のことはほとんど知られていない。集められた試験用紙も採点されないまま、束ねられて押入れに放り込まれ、鼠《ねずみ》や白蟻《シロアリ》の食欲を満たすだけである。

リベリア人は恐喝の達人である。クル族の船乗りは、以前モンロヴィアに住んでいたのだが、今は〔シエラレオネ〕

フリータウンか、〔ガーナ〕アクラか、〔ナイジェリア〕ラゴスに住んでいる。モンロヴィアでは、稼いだ金銭でポケットを膨らませて帰るたびに「追徴課税」を払わされるからである。リベリアの都市では、資金不足の役人に、百から二百ポンドの「罰金」を取られるのが普通である。かつてモンロヴィアで、車を運転していた白人がスピード違反で逮捕されたことがある。道路状態からして、このようなことが起こるのがまったく不思議である。しかし実際に逮捕されたのだ。そして二十五ドルの罰金を取られた。裸足の交通警官がジョーという名前の男から借りた装置でスピードを計測したという証言を、裁判官は聞き入れたのだ。ただし、裁判所にジョーは出廷しなかったし、その装置というものも提出されなかった。

別の白人運転手も、子犬をはらんでいる雌犬をひき殺した罪で逮捕された。裁判官はその運転手に、雌犬に関して十ドル、生まれる予定だった六匹の子犬に関して、一匹当たり十二シリングの罰金を命じた。六匹という計算は、このメス犬が最初に二匹、二回目には四匹の子犬を出産していたことから決められた数字だった。黒人《ブラック》の事務職員が治安を乱したとされたなら、一月《ひとつき》分の給料全額の罰金を取られるのが普通である。

役人は集めた金銭を国庫にはめったに納めない。ある年など、国庫に納められるべき領事館費用一万五千ドルのうち、千四百ドルしか入ってこなかった。政府が国境の税関を閉鎖してしまったので、そこから入ってくる金銭がわずかしかないというのが理由だ。税関の役人は豪華船の船長を脅かして罰金を科していたのだが、冷蔵庫の中の食べ物や蓄音機や安物の銃器で済ませることもあった。合衆国からやってきた黒人《ニグロ》の司祭がどの役人に頼んでも、税関から手荷物を返してもらえなかった。そこで当局者に十シリング渡すと、何の検査もされずトランクは戻ってきた。

一九二四年以来、野党の「人民党」が結成されており、党首はトマス・J・R・フォークナー〔一八六九―没年不詳〕という、三十年以上前に合衆国からやってきて帰化したアメリカ系リベリア人《アメリコ・ライベリアン》である。いっそう進歩的になってきている若いリベリア人の多くは人民党に所属しており、その政党が力をつければ、リベリアにかなり希望が持てるようになる。現与党の「真正ホイッグ党」は三十年以上も政権を握っており、六つか七つの貴族階級の家系が支配している限りは、その政党を覆すことは残念ながら不可能である。リベリアがやっていることと比べれば、ニューヨークのタマニー派(139)や、南部の寡頭政治(140)など幼稚なものである。

リベリアには一万五千人の有権者しかいないが、一九二七年の選挙では、キング大統領は二十四万三千票を獲得し、それに対してフォークナーは九千票であった。シヌーという町の住民は四千人ほどしかいないが、選挙人登録機関が、有権者の資格ありと見込んだ住民の選挙人登録のために、一人当たり二セントで、合計九百四十八ドルの請求書を発行した。一九三一年の選挙戦では、バークレイ大統領は、彼の政党の取り巻きの間に、白紙の不動産証書を何千枚も配った、とフォークナーに告発された。この証書は、実際に不動産はないゆえに投票もできない真正ホイッグ党員から登録係に渡されたが、受けつけられた。五つの郡のうち、うまくいかなかったのは一つの郡だけだった——その郡とはメリーランド郡である。そこでは人民党が千六百六十九票を集めたが、真正ホイッグ党は三百六十七票にすぎなかった。このことは国務長官によって直ちに修正された
——国務長官は、投票は無効であると宣告し、やり直し選挙を要求する前に、人民党の指導者たちを煽動罪で逮捕した。

近い将来に武装反乱が起こる可能性があることを察知したバークレイ政権は最近、大統領批判に対しては七年の禁固刑を科すという治安維持法を可決した。それを承知のうえで大統領を批判したひとりの編集者は直ちにむさ苦しい牢獄に放り込まれた。グレボ部族国家代表のF・M・モライス博士がリベリアの脅威を国連に訴えるためにジュネーヴに赴いたのであるが、今はジャングルのはるか奥地で過酷な獄中生活を送っている。同じような境遇に晒されている人たちがほかにもいる。このような措置が革命を阻止できるかどうかは今のところ不明である。今、リベリアで必要なことは、数年間のアメリカ介入と、友好的な監視、それと併せて、できれば賢明な指導に基づいたアフラメリカンの農夫や職人たちの移住と、後にそれらの人たちがわれわれのアフリカの継子たちに何か新しい生活を浸透させる

ことである——これが、リベリアのアメリカ人の間で一致した見解である。

12

《ブラック・インターナショナルの台頭》

『クライシス』第四五巻八号（一九三八年八月号）

リンカーンが奴隷解放宣言（一八六二年九月二二日、六三年一月一日）（北軍に所属していた二十五万人の黒人《ブラック》兵士は、それが紙屑として葬られてしまうことから救った）に署名（一八六三年一月一日）してから今日に至る三世代（一八六三―一九三八）は、世界史上、最も重大な時代となっている——このあいだに、かつてない大転換や、想像もつかなかったような連帯・団結を目の当たりにした。また素晴らしい可能性を秘めた驚くべき発明も生まれている。しかし同時に、それまで人類が思いもしなかったような残虐行為、征服、迫害や抑圧、そして搾取をも目撃している。

とくに黒人《カラード・ピープル》にとっては、より重大な時代となっている——この七十五年間に、ヨーロッパの銃器改造、西洋の驚くべき科学技術の進歩や、近代交通やコミュニケーションの発達による距離や孤立の解消の結果として、世界じゅうの黒人《ピープル・オブ・カラー》の力や威信が確実に衰退の一途を辿ってきているのだ。しかしそれ以上に重大なことが起こっているのを見逃すことはできない——それは、七十五年にわたって、「ホワイト・インターナショナル」の興隆が見られる一方で、それと対峙する「ブラック・インターナショナル」が次第に台頭してきたということである。おそらくまだ強力な対抗勢力にはなっていないが、白人世界が痛切に思い知らされるほどの実に大きな潜在力を秘めている。黒人世界《カラード・ワールド》に関する限り、人によっては、この三世代を、劣等意識にも変化が見られるようになった時代ととらえるかもしれない。黒人《ダーカー・レイシズ》の運命の衰退は、彼らに対する白人世界の態度や、黒人《カラード・ピープル》の自分自身に対する態度にすぐに反映された。人種関係の観点で自己評価するうえでの重要な要素――それは、われわれ人間には、現在の自分の立場をどう思うかによって、**本当に思うようになってしまう**傾向がある、ということである。自分の立場についての自己評価が希望や絶望を大きく決定づける。政府やミッションスクールの管理によって、黒人《カラード》の教育が白人の統制を受けることと相まって、黒人《カラード・レイス》は心理的に自己防御の立場に置かれ、第一次世界大戦までその状態が続いた。そういう観点からすれば、ここで、**外の**世界を変え、それによって**内の**世界も変えることになった政治経済的変化を辿ることが重要となる。

一八六三年当時は、アフリカ大陸において、南アフリカ、シエラレオネ、セネガル、ボーア共和国、西海岸沿いの駐屯地や砦、南地中海沿岸のバーバリ諸国(141)を除く地域は、ヨーロッパ人にはほとんど知られていなかった。ヨーロッパは周辺の事情に突き動かされるところまでいっていなかったし、アフリカ征服を成し遂げるための軍備がじゅうぶん整ってはいなかった。

七世紀には、黒人《ダスキー》のムスリムが北アフリカ全域を征服していた。彼らはモンバサ、マリンディやソファラに植民地を築き、強力な商業国家に発展させた。そしてスペインやポルトガルに侵攻し、スペインを七百年ものあいだ支配し、白人ヨーロッパの自由を脅かした。一四五三年には、トルコがコンスタンチノープルを征服した。一五一七年から五一年にわたって、彼らはエジプト、アルジェリア、チュニジアやトリポリに統治を拡大し、時にはウィーンまで進撃して包囲した(142)。一五世紀のヨーロッパの「発見の時代」を契機に、黒人《ダーカー・レイシズ》の運命は衰退し始めてはいたが、一八七五年までその進行はゆっくりとしたものだった。一九世紀初頭には、黒人《ダスキー》のバーバリ諸国は何万人もの白人を捕虜にし、ヨーロッパ海軍の目の前で彼らの国旗を揚々と翻していた。
奴隷貿易がアフリカの優れた君主共産制経済を弱体化させたが、黒人《ブラック・メン》がなおも支配していた（奴隷貿易から利益を得ることもあった）。ヨーロッパは、民族主義・国家主義を反映した悲惨な戦争を終わらせるためにも、ナポレオンを撃退するためにも、アフリカを知る前に蒸気時代を開始するためにも、まずはその「異教徒」〔ムスリム〕を倒さなければならなかった。それ以前は、奴隷のことや、アフリカ大陸《ダーク・コンティネント》から聞こえてくる虚実不明な話にしか関心がなかった。

アフリカへの関心は、一七八八年に始まったアフリカ内陸部への探検によって蘇《よみがえ》った[143]。興味深いことに、このような探検の時代は、ジェームズ・ワット[144]や、イーライ・ホイットニー[145]の時代、そして「独立宣言」〔一七七六〕や『人間の権利』〔一七九二〕[146]の時代と呼応した。フランスは、一七九三年から一八〇三年にわたってエジプトを占領し、イギリスがフランスに続いた。しかし、その地に、ほとんど独立したひとつの国家がメフメト・アリー[147]の下につくられ、一八二〇年以降、その支配はスーダンまで及んだ。一八〇二年から一八一一年の間に、記録に残っているものとしては最初のアフリカ横断が二人のポルトガル人の奴隷商人《ニグロ・トレーダー》、ペドロ・バプティスタとA・ホセによって成し遂げられた。二人は、アンゴラから東方を目指してザンベジに到達した。一六五二年四月六日にオランダによる最初の白人の永住の地となってから、百五十年以上を経た一八一四年には、イギリスがケープ植民地〔喜望峰〕を正式に併合した。

◇アフリカにとってのワーテルロー

ヨーロッパのワーテルローがアフリカにとってのワーテルローになった[148]。しかしその結末はまだずっと先のことだった。貿易権と政治的支配権を求めるキリスト教国とムスリム勢力は、聖戦や奴隷制度禁止に見せかけた戦いをまだ続けていた[149]。ムスリムは奴隷貿易を続け、アフリカから労働力を奪っていると非難された。キリスト教諸国は、権力経済〔植民地主義政策に基づく経済〕を発展させるうえで、現地で奴隷にした黒人《ブラック》の労働者が供給する原料〔象牙やヤシ油や金やダイヤモンドなど〕を必要とした。そういうわけで、「キリスト教徒の」探検家、貿易商人、そして宣教師がアフリカに押し寄せることになった。

一八六三年、スコットランドの探検家デイヴィッド・リヴィングストンが、ザンベジ川やニアサ湖を探検し、探検期間中に混血《ムラート》をもうけた。イギリスの探検家ジョン・スピーク〔一八二七－六四〕は「ナイル川の謎を解決していた」[150]。イギリスの探検家サミュエル・ベイカー〔一八二一－九三〕はアルバート湖を「発見」〔一八六四〕していた。ウェールズ出身の探検家で、複数の新聞の海外特派員も務めたヘンリー・モートン・スタンリー〔一八四一－一九〇四〕はまだリヴィングストンを「見つけて」いなかったし[151]、ヴィクトリア湖やタンガニーカ湖やコンゴ川の「ミステリー」を解明していなかった。付け加えれば、まだ、ジョージ・オーガスト・シュバインフルト[152]やポール・ベローニ・デュ・シャイユ[153]の時代であり、屈強な黒人《ブラック》兵士の大軍をかかえる豊かで強力な黒人《ブラック》王国や、ティンブクトゥ〔マリ中部の町〕のような神秘的な都市や、蒸しかえる暑さのジャングル奥地で執り行なわれている変わった宗教儀式の話に胸を躍らせていた時代であった。

一八七五年当時でも、イギリス《グレート・ブリテン》は、アフリカ大陸のほんの二十五万平方マイルを統治していただけだった。フランスは十七万平方マイル、ポルトガルは四万平方マイル、スペインは一千平方マイル、そしてオランダ人〔ボーア人〔アフリカーナ〕〕がつくったトランスバール共和国〔一八五二〕とオレンジ自由国〔一八五四〕は、十五万平方マイルを統治していただけであった。トルコもエジプトにはまったく漫然と幅を利かせていただけだった。アングロ・エジプト・スーダン、トリポリ、チュニス、モロッコ、アビシニア、ザンジバルやリベリアは独立していた。アシャンティ、ダオメー、ベニン、ウガンダ、カゼンビ、ムスタ・ヤンボのほか、数え切れないくらいのムスリム・スルタン王国や異教徒王国はまだ自由を謳歌していた。ボーア人は好戦的なズールー人に年貢を納めていたし、一八六七年から翌年にかけて、エチオピア人に対してイギリスの軍事行動が成功して初めて、この山岳王国のエチオピアは白人世界から何を期待するかを察知した。

一八六九年に、地球上で最も豊かなダイヤモンド採掘地がバール川渓谷で発見され、スエズ運河が開通した。この二つの出来事がアフリカに対するさらなる関心を集めることになった。二年後には、イギリスが黄金海岸《ゴールド・コースト》地域の獲得を完了した。フランスはすでに、一八五四年にセネガルを、一八六二年には紅海の入り江のオボクを手に入れていた。一八七三年にイギリスはアシャンティ王国を打ち破り、その二年後には、デラゴア湾に英国国旗《ユニオンジャック》を掲げた。だれにも想像できないような速さで事態が進展していたが、この史上最大の土地強奪の前夜、西アフリカ問題を検討しているイギリス議会庶民院は、「さらなる領土拡張、あるいは政権委譲、あるいはまた現地の部族にいかなる保護をも約束する新しい条約など、すべて得策ではない」と提言できた。なんと鈍感な英国人《ブリトン人》であったことか！(154)

今や、経済競争、政治的必要性や、次々に生み出される発明などによって、列強国間の駆け引きが激化した——合衆国政府は、南部敗北後、フランスにメキシコからの退去を迫り、他のヨーロッパ列強国には、南アメリカの領土強奪の目論見は断念するように迫った。一八七〇年にはプロシアがフランスに勝利し、土地に飢えたドイツ帝国が遅まきながら植民地獲得競争の表舞台に登場した。イタリアがカリブのような公爵領や男爵領の寄せ集めに代わって国家となり、国威を高めるために外国の領地を探し始めた。

プロシアに敗れたフランスは、必然的に野望をヨーロッパからアフリカに切り替えた。若いドイツや貪欲なベルギー王レオポルド二世〔一八三五―一九〇九〕の野望は、帝国主義志向の世界の先導役となった。ドイツやベルギーにとって、開発可能な領土は、アフリカと南太平洋しかなかった。イギリス、フランス、オランダ、スペインやポルトガルは、他のものをすべて手に入れていた。ベルギーのレオポルド王二世が一八七六年に招集した国際会議(155)を機に組織した「アフリカ国際協会」[156]は、実体は、アフリカの植民地化をさらに押し進めようとするレオポルド王の目論見を反映したものであり、こうしてレオポルド王は、肥沃な「コンゴ自由国」[157]を奪い取った。そしてその略奪を真っ先に承認したのが合衆国であった。一八七九年には、ズールー族の軍事力が破壊された。ドイツ帝国は、一八八四年一一月一五日から翌春二月二六日にかけて、アフリカの盗まれたすべての土地の「適切な」分割ルールを確認するための帝国主義会議〔ベルリン国際会議〕を招集した。しかし、犯罪者たちが協議しているあいだにも、ドイツの政府役人は、ドイツ皇帝《カイザー》の紋章を、アフリカ南西部、トーゴランド、カメルーンやアフリカ南東部に取り付けに回っていた。他国の不意をついた、まさに典型的なゲルマン流儀に驚いたイギリス、フランスとポルトガルは、彼らの行動を加速させることになった。武力《ビュレット》、騙《だま》し、酒《ジン》、キリスト教といった手段を用いて、一九〇〇年までに、白人諸国は、残っていたアフリカのすべてを征服あるいは併合し、彼らに刃向った現地先住民の国王たちは追放されたり、死に追いやられたりした。

◇南北アメリカ

一八六三年から七六年にわたって、アフリカの諸王国がヨーロッパの大袋の中に放り込まれたのであるが、その期間、アメリカ合衆国では、南北戦争終結〔一八六五〕によって解放されたアメリカ人〔アメリカ黒人〕が、約束された完全な自由平等に向かって立ち上がり、憲法修正条項第一三条[158]、第一四条[159]と第一五条[160]が制定され、南部再建に始まる政治力の結集が図られた〔一八六五―七七〕。暗黒時代は過ぎ去り、完全な市民権をはじめとする諸権利を今にも獲得できるところまで辿り着き、白人同胞と腕を組んで真に偉大な文明の創造に向かって前進するように運命づけられている、という希望が解放民〔アメリカ黒人〕の胸に湧き起こった。

南方のメキシコでは、混沌とした状態が広がっていた。スペイン語圏アメリカでは、独裁支配が続き、黒人《ブラック・メン》は彼らに課せられた国家建設の役割を担っていた。ブラジルやキューバでは、奴隷制度がまだ継続していた。不幸なハイチは、お決まりの内部衝突と専制のために引き裂かれていた。東洋《オリエント》では、イギリスがインド人の大規模な反乱を切り抜けたところだった(161)。マレー半島、インドシナ半島や香料諸島《スパイス・アイランズ》では、紺碧の海に囲まれた中で眠り込んでいて、まだ原住民支配が続いていた。中国は、イギリスやロシアやフランスの侵攻にもかかわらず、なお勢力を保ち、朝鮮、満州、モンゴル、チベット、台湾《フォルモサ》や隣接する土地に勢力を伸ばしていた。小国の日本は、マシュー・ペリー大佐(162)によって鎖国の扉をこじ開けられてからは、「われわれは導入し適応すれば、達人になれる」という、日本のひとりの外交官(163)が語った古典的政策に従って、失われた時を埋め合わせるべく急いでいた。

鉄道や蒸気船はまだ初期の段階にあった。産業や商業に革命をもたらし、今では当然のものとなっている電灯、電話、自転車、自動車、飛行機、映画、加硫処理したゴム、蓄音機、ラジオ、テレビや、そのほか、数え切れないほどの発明品や製造工程も、まだはるか先のことであった。石油の使用は石油ランプや潤滑油に限られていた。食料品の製造や流通の大変革は起こっていなかった。連発銃、機関銃や潜水艦はまだなかった。まったく思いがけない事態が重なった結果として、すでに白人国家を有色人国家《カラード・ネーション》の支配者として君臨せしめていた世界経済もまだ初期の段階で、国家産業が必要とするものはまだ国内のものでまかなわれていた。

植民地争奪戦は、強盗の威信を賭けた争奪戦であるだけでなく、新しい経済力の基本的要求を満たすのに必要な原料(あるいは戦争物資)の争奪戦であった。それがなければ、どの国も大国になることはできない、あるいは大国の地位を保ち続けることはできない。西洋において、一八七五年以前の百年間、そしてそれ以後も、何年にも及ぶ驚異的な科学技術の進歩によって、国際的な皮膚の色の境界線《カラー・ライン》がしっかりと引かれたのであるが、それが最近になってはじめて、したたかにして抜け目のない日本人《ニッポンニーズ》の挑戦を受けた(164)。黒人《ブラック》も褐色人《ブラウン》も黄色人《イエロー》も、四方八方、至るところで、一様に非難中傷され隔離《ジム・クロウド》された。至るところで白人は有色人《ダーカー・ピープル》の上に立っていた。「科学」が、白人に満足のいくように有色人《カラード・フォーク》の「劣等性を証明」することによって、白人による強奪や搾取や抑圧を正当化した。歴史はアーリア人の理論を踏まえて書き直された。いわゆる社会科学が帝国主義と結びつけられた。「道徳」を教えるという名の下に有色人《カラード・ピープル》の心を蝕《むしば》む教会によって、これらすべてが祝福された。

◇模索するアメリカの黒人

「一八七七年の大幅な妥協」――大統領選挙において、不正直なラザフォード・ヘイズ（一八二二―九三）を第十九代大統領にすることを南部の白人が認めることへの見返りとして、北部共和党は実質的に再奴隷化を容認する――と呼ばれる密約によって裏切られた黒人の解放民《カラード・フリーメン》は、クー・クラックス・クランによる迫害やアメリカ社会の無関心に直面して、次第に権限や特権を失っていった(165)。一九〇〇年までには、連邦議会でたった一人の黒人《ニグロ》の声が聞かれただけであり、その人物もまもなくいなくなった(166)。おおいにもてはやされた南部白人と北部白人の間のこの妥協は長く尾を引いた。

それにもかかわらず、黒人のアメリカ《カラード・アメリカ》には、希望や楽観論や純真さが豊富に備わっていた。成功するために必要なものは、教育と宗教と節約だけだった。何かを開発して建設しなければならない。「君のいるところにバケツをおろしたまえ」――共和党が船で、あとはすべて海だ。リンカーンの名前は黒い皮膚《ダスキー・ハイツ》の下で心躍らせた。白人の言うことはすべて福音であった(167)。

われわれには歴史がないことについて白人が言ったことには、おそらく**一理あった**！　結局、おそらく黒人《カラード・フォーク》は劣っていたのだ。それでは、われわれの歴史はどこに**あった**のか？　われわれの先祖はご主人様のために木を切り倒したり、水を汲み上げたりすること以外に、何を**した**というのだ？　われわれは文明を築いたことはないというのは本当ではなかったのではないか？　われわれの「教育」によって教わったのは、そういうことではなかったのではないか？　われわれが誇りに思うものは何かあったのか？——すべすべした黒肌や柔らかい縮れた髪の毛はどうだ？　われわれの皮膚の色が淡《うす》いほど優れているという白人の言い分は、論理的に正しかったのではないか？　肌色が淡《うす》ければ完璧に近づくことになったのではないか？　そういうことだから、黒人《ニグロ》のことは何もかもすべて馬鹿にして、白人のことだけをすべて賛美しよう、というわけだ。黒肌は滑稽で、黄肌〔日本人や中国人のアジア系を指す〕は洗練されてはいるが、**もちろん無色肌ほどではない**と言い張ろう、というわけだ！　肌の浅黒い《ダスキー・ヒュード》乙女を仲間はずれにしておいて、そこへ黒人《ブラック》の男が現れたら、乙女に向かって「君は石炭を注文したのか？」と冷やかそうというわけだ。確かに再建下で黒人《ニグロ》は政治に関わるようになったが、白人《ホワイト・フォーク》が言うように堕落し、官職の責任を任せるにはあまりにも無知だった、ということではなかったか？

　このように、アフラメリカンの胸の内を探ってみれば、それは、怯えている、確信が持てない、無知、というものであった——しかしまだ希望は捨てていない、ということもあった。インドや中国やマラヤやアフリカでも、宣教師の教えを受けた者たちも同じように模索していた。

　そこへ、他の事態が起こった。マルサスによって予測されたような世界人口、とくにヨーロッパ人口が爆発的に急増した。世界の面積は一インチも広がっていなかった。それどころか、度を超えた、何の計画性もない、手当たり次第の開拓が、耕作可能な土地を減らしていた。国際貿易競争が激化し、資本主義がさらに国内の大々的な開発を押し進め、競争もさらに激化した。パニックが起こり、失業者が増え、労働革命が起こるといううわさが広まった。次から次へと作り出される製品の市場が足りなくなった。市場が足りなくなれば仕事も減る。仕事が減れば海外移住の必要性が起こってくる。合衆国が白人の外国人労働者にとって大きな労働市場となった。白人宗主国の下層中流階級は、自分たちの息子を、植民地政務官や陸軍士官や下級役人として、アフリカやアジアへ送り出した。合衆国では、増加する移民が黒人《ニグロ》をますます経済的周辺へと追いやった。

一九〇〇年から一九二〇年にわたって、政治経済的な帝国主義の社会的結末が見られるようになった。求職競争が激化するにつれて、皮膚の色の違いによる差別や隔離がどんどん広がり、帝国主義が強化された。リンチの回数が最高値を更新した。「祖父条項」(168)や「スプリングフィールドの人種差別暴動」(169)が、今後の展開を予兆させるものとなった。そして一九〇四年の、ロシアに対する日本の勝利〔日露戦争〕が、黒人《カラード・ピープル》の間に、自分たちに有利なように力の均衡が再び変化するという希望を抱かせた。一八九九年にパリで開催された「パン・アフリカ会議」や、一九〇五年の「ナイアガラ運動」(170)や、一九〇九年の「全米黒人地位向上協会《NAACP》」の設立は黒人《ニグロ》の意識の転機となった。他のところでも、褐色人も黒人《ブラック》も黄色人も、男女を問わず、強要される白人のイデオロギーを冷ややかに見定め、自己の考えを再生する運動を開始していた。

◇反乱の始まり

世界大戦が始まった。南部の黒人《ブラック》が産業地帯の北部へ移住し、何百万人もの褐色肌や黄色肌や黒肌の労働者や兵士がヨーロッパの波止場や戦場へ赴くよって、黒人《ニグロ》の考えに弾みをつけ、世界じゅうの有色人《ピープル・オブ・カラー》の連帯という新しい構想を思いついた。二十五万人の軍服姿の黒人《ダスキー》のアメリカ人は、フランスへ赴いては侮辱や中傷を受け、帰国しては撃ち殺された。（もちろん何百万人もの〔白人〕は故国に帰還して大儲けしたのだが(171)）

ウッドロー・ウィルソン(172)のスローガン(173)は、抑圧されたアフリカ人やアジア人の感情や考えを刺激した。植民地を脱出した黒人《ダーク》たちは、ロンドンやニューヨークやボンベイやバタヴィア〔オランダによるインドネシア支配当時、首都ジャカルタの名称〕やシンガポールやカイロのサロン《セラー》やコーヒーハウスで構想を練って計画を立てた。マハトマ・ガンジー〔一八六九―一九四八〕は政府に対する非協力主義によって世界に衝撃を与えた。白人は結束して**いなかった**し、有色人世界《カラード・ワールド》は学んだし、帝国主義の鎧にひびが入っていた。オスヴァルト・シュペングラー(174)や、セオドア・ロスロップ・ストッダードは、沈痛な面持ちで西洋の没落と有色人《カラード・ピープル》の台頭について記した。ソビエト・ロシアが腐敗した独裁政治《ツアーリズム》から抜け出し、血に染まった帽子を国際舞台に投げ入れ、抑圧者から譲歩を勝ち取るべく、すべての被抑圧者との友愛を唱えた。人種暴動の嵐がアメリカで吹き荒れ、他の地域でも起こった。アメリカの黒人《ニグロ》は、シカゴやワシントンDCや〔テキサス州〕ロングビュー〔以上三市の人種暴動は一九一九年に起こった〕や〔オクラホマ州〕タルサ〔一九二一年の人種暴動〕で、白人の武器を手にして反撃した。何千人ものインド人がイギリスの支配《ラージ》に対して戦いを挑み、刑務所行きとなった。南アフリカでは、クレメンツ・カダリー(175)が指揮する黒人《ブラック》労働者の果たし状を残忍なボーア人〔アフリカーナ〕に叩きつけた。デュボイスの指導の下に開催された四回のパン・アフリカ会議(176)は、黒人《ニグロ》世界の優秀な頭脳を集めた。

　黒人《ブラック》の学者たちは黒人《ニグロ》の歴史をまとめ上げた。かつては単なるパンフレットにすぎなかった黒人《ブラック》新聞が、アメリカの最有力紙に対抗して、はじめて彼らの考えを一つにまとめた。黒人《ブラック》雑誌は、世界における黒人《ニグロ》の位置や、他の有色人《カラード・ピープル》との連帯を真剣に議論した。黒人《ブラック》弁護士は白人の法廷で声を張り上げた。マーカス・ガーヴェイ(177)は、まったく何も知らないが夢見る《ロマンティック》同胞の想像力をかき立て、かつてはたえず屈辱感にさいなまれていたところで、皮膚の色に対する誇りを培った。黒人《ダスキー》の医者が病院長になった。ほかに信じるものがなくても、自分をますます信じることができるようになった証《あかし》として、黒人地域《アフラメリカ》全体に続々と事業が起こされた。再び黒人《メン・オブ・カラー》が多くの州議会で議席を獲得し、連邦議会でも議席を回復した。黒人《ブラック》の煽動者《アジテーター》が社会主義《ソーシャリズム》や共産主義《コミュニズム》の言葉を連呼して、資本主義体制の転覆を公然と企んだ。

　アメリカやアジアや海洋諸島では、黒人《ダーカー・メン》は白人文明を批判し糾弾するようになった——かつては、その文明が自分たちに押しつけた使い古しの粗悪品をとても大事にして、ありがたいとさえ思っていたのだが。今日では、トリニダードやジャマイカ、〔オーストラリア〕バサーストや〔南アフリカ共和国〕ケープタウン、ナイジェリアや黄金海岸《ゴールド・コースト》における黒人労働者《カラード・ワーカー》は、ストライキを敢行している。デトロイトやシカゴでは座り込みをし、ニューヨークやピッツバーグではピケを張っている。黒人労働者《カラード・ワーカー》は目にしている――白人が中国やエジプトにおける治外法権を放棄し、ビルマやインドにおける自治を認めたことを。かつては尊大だった白人が、今や、上海の砲弾炸裂穴の中でうずくまっており、イギリスの駐中国特命全権大使(178)が南京から上海へ向かう途上、〔彼の乗った車が日本軍の戦闘機に〕マシンガン攻撃を受けて負傷し、アメリカの砲艦が、白人《コーカシアン》の側から報復攻撃に打って出ることなく揚子江の底に沈められて、パニックに陥って麻痺している(179)――黒人労働者《カラード・ワーカー》はこのような状況をも目にしているのだ。

◇新しい黒人《ニュー・ニグロ》の登場

ついに新しい黒人《ニュー・ニグロ》が登場した。おそらく勇気という点では、一八六三年に拘束を解き放ち、無知や煽動活動《プロパガンダ》や無気力や迫害と戦った旧い黒人《オールド・ニグロ》と変わらないが、彼らよりも広い見識を持ち、過去の歴史を知り、現在を理解し、未来も恐れない。彼らの支配者〔白人〕を闇雲に尊敬することはもはやなくなったが、支配者を現在の状況に至らしめた力の蓄積と知性には敬意を払って分析できるようになった。自分の世界について幻想を抱くことも少なくなった。

世界の中で力の均衡が変わりつつあると気づいているが、それは、アフリカやインドやマラヤやカリブ海や中国の同胞たちも同様に気づいていることである。白人労働者の組織に対しては間違いなく疑いを抱いている――いかに誠実なものであったとしても疑わざるをえない。白人労働者がプロレタリアートとブルジョワというマルクス主義者の区分を忘れて、資本主義者と共に「ホワイト・インターナショナル」に加わっている。第二、第三の「ホワイト・インターナショナル」も、植民地の奴隷労働に基づいたヨーロッパの産業体制を恒久化するために、有色人《カラード・ピープル》を見捨てて彼らの主人の言いなりになっている。ロシアも公言していた革命的役割を放棄して、フランスとイギリスの労働者と共に、エドゥアール・ダラディエ(180)とネヴィル・チェンバレン(181)を支持している。そして、最大の不名誉として、無防備なエチオピアに対して容赦のない略奪が行なわれ、しかもローマ法王は、それを傍観しながら拍手を送っていた[182]――新しい黒人《ニュー・ニグロ》は、このような光景をすべて目の当たりにしてきているのだ。

植民地の現地民や彼らの資源を失うのではないかと気にかけることこそ、もう一つの世界戦争を避けることであると、新しい黒人《ニュー・ニグロ》はわかっている。ホワイト・インターナショナルによる抑圧に対して戦うために、ブラック・インターナショナルによる解放が必要であると信じている。すべての有色人《カラード・ピープル》の利益共同体が現れてきているのを目にして歓迎している。もはや無知ではなく、恐怖に晒《さら》されることもなく、自信を欠くこともなくなり、じっと待ち構えて構想を練り、計画を立てている。新しい黒人《ニュー・ニグロ》は白人世界の頭上に吊るされた「ダモクレスの剣」である。至るところで新しい黒人《ニュー・ニグロ》は行進しており、それを止めることはできない。そのことを新しい黒人《ニュー・ニグロ》自身が最もよくわかっている。

1930年代のスカイラー

13

《だれが「ニグロ」で、だれが「白人」か？》

『コモン・グラウンド』第一巻一号（一九四〇年秋季号）

合衆国において、人種に関する迷信ほど広く流布したものはなく、一連の迷信の中でも、これほどわれわれの考えを歪め、われわれの歴史の流れを大きく左右したものはない。「ニグロ」という言葉は、気分よくさせたり、怖がらせたり、数多くの途方もない反応を呼び起こすが、条件付けの力[183]として非常に強力なものだったので、われわれの生活様式全般がそれによって形作られた。そのために、われわれの社会的・経済的発展を遅らせ、戦争を行ない、火星からの訪問者が見れば呆気に取られるような行動を取った。コンゴやボルネオの原住民と同じような根拠のない一連の迷信だったら、後進性を示すものということになるのだが、ここ合衆国では、どういうわけか、すべてまったくまともなものにみえるのだ。

われわれは次のように考えている――人類は、はっきり区別して定義できる「人種《レイス》」と呼ばれるグループに分けられる。そして劣った者と優れた者に分けられる。優れている方は肌の色素がなく、そのグループ特有の容姿をしている。肌色の黒いグループは、文明への貢献を何もしていないのに対して、肌色の淡《うす》いグループは、すべてにわたって貢献している。したがって、肌色の異なる者同士の交配は、社会的にも文化的にも悲惨なものとなる……こういう理由で、肌色に基づいているとされる、巧妙につくられた非情な階級制度——民主主義と理性を一様にあざ笑う制度——を設けた、ということである。このような人種的迷信にとらわれていれば、表向きには何としても避けたいと願っていても、最終的に社会崩壊をきたすことになるかもしれない。「一国が分裂して対立していれば立ち行かなくなる」というリンカーンの言葉を思い出していただきたい。それは地理的な意味以上のものを含んでいるのだ。すなわち、北部と南部の対立だけでなく、黒人《カラード》と白人、新移民と旧移民といった対立関係にも当てはまる。以下では、肌色の問題に限定して述べたいと思う。

火星からやってきた宇宙人が「ニグロ」という言葉を正確に理解するとすれば、人間の考えに多大の影響を及ぼす言葉であり、意味も明確で、定義も厳密だが、人類学や法律学や一般人の認識では、一致した見解がない、ということになるだろう。「ニグロ」とは「黒人《ブラック》」を意味するが、実際に「白人《ホワイト・ピープル》」と呼べる人がほとんどいないのと同じように、本当に「黒人《ブラック・ピープル》」と呼べる人もほとんどいない。皮膚の色が「暗褐色《ダーク・ブラウン》」であることから、便宜的に「黒人《ブラック》」として分類される、比較的少数のグループが世界各地にいる。しかし、インド南部には、アフリカ大陸と同じくらい、皮膚の色が「暗褐色《ダーク・ブラウン》」の人たちがいるのに、皮肉なことに、彼らはあっさりと「浅黒い白人《ダーク・ホワイト》」と呼ばれている(184)。アフリカ大陸には、インド南部のそのような人たちよりも黒肌で、容姿も「黒色人種《ネグロイド》」に近いのにもかかわらず、「白人《ホワイト・ピープル》」として分類できる人たちが多くいる。しかし、アフリカ人に関しては、ほとんど黒に近い色から浅黄色まですべて、「ニグロ」としてひとまとめにされている。

合衆国では、「ニグロ」間の肌色や容姿の相違がアフリカと比較にならないくらい大きい。多くのニグロはたびたび白人《コケイジャン》やアメリカ・インディアン《アメリンディアン》と間違われる。一つの「人種」がもう一つの「人種」に対して「生まれつきの嫌悪感」を抱いていると言いはやされてきているのに、三百二十年にわたって異人種間結婚が続いていることを考えると、そのように間違われるのも当然のことである――今ではもう、「純血のニグロ」はほとんどいないし、旧い家系の「白人」のアメリカ人にも、ほんのわずかであっても黒人の血が混じっている《タープラッシュト》。実際、一九二七年にヴァージニア州で、人種保全法〔異人種間結婚禁止法〕の改正がなされたとき、周りの人たちと何ら変わらない「白人」だった多くのヴァージニア人が、もはや「そうではない」ということが判明して、大きな衝撃が走った。インディアンの先祖がいることを自慢していたが、独立革命時以後、大西洋沿岸地域では「ニグロ」の血が混じっていないインディアンはいないということも判明した。

人類学者が、頭蓋骨の大きさや、鼻孔や顎や鼻の形や、足のかかとの色から判断しても混同してしまうのであれば、法律家にすればなおさらのことである。三世紀にわたって、法律書に「ニグロ」という言葉を散りばめてきたのに、アメリカの議会や裁判所は確実に一様に「ニグロ」とはだれなのかを決めることができないでいる。本当に「黒い人間《ブラック・パーソン》」なのだろうか？　それだったら、白人《コケイジャン》の先祖がいることを認めている八十パーセントの「ニグロ」をどのように分類すればいいのだろうか？　白人《コケイジャン》の容姿に近づくにつれて、「ニグロ」の割合が減るのだろうか？「白人」の血「一滴」だけでは、「ニグロ」は「白人」になれないのなら、「ニグロ」の血「一滴」だけで、「白人」が「ニグロ」になってしまうのは、どうしてだろう？　身体的見地から互いに気に食わないというのなら、どうして法律や条例を設けてまで両人種を分けておく必要があるのだろう？「ニグロ」の血が八分の一の人の方が、「白人」の血が八分の一の人よりも優れた社会的地位を与えられるべきなのか？

これらの問題の深さや、政治家や法律家の知識が限られていることを考えてみれば、混乱や混同が非常に大きいのも不思議なことではない。**例えば、アメリカ人にとって、法律上、同時に「白人」と「ニグロ」の両方でいられることは可能である。しかし、「白人」と結婚できるくらい「白く」ても、「ニグロ」の学校や大学へ行かないといけない。**インディアナ州では、「ニグロ」の先祖とわかっている子孫の子供は「ニグロ」の学校へ行かないといけないが、仮に「ニグロ」の血が八分の一以下であれば、「白人」と結婚しても法律上問題はない。ノースカロライナ州では、同じような制度が定着している。ネブラスカ州、ノースダコタ州、メリーランド州、ルイジアナ州、ミズーリ州、ミシシッピ州やサウスカロライナ州では、「ニグロ」の血が八分の一以下であれば、「白人」と結婚できるし、法律上「ニグロ」ではないので、法律や社会の制裁を受けることはない。一方、アリゾナ州、モンタナ州、ヴァージニア州、ジョージア州、アラバマ州、オクラホマ州、アーカンソー州やテキサス州では、このような結婚は無効とされている。

ヴァージニア州ではもっと奇妙なことになっている。もしインディアンが自分の保留地の外に出れば、「ニグロ」になってしまうのだ！　インディアンの血が四分の一あるいはそれ以下で、「ニグロ」の血が十六分の一以下なら、そのインディアンは「インディアン部族」と見なされる——それも、インディアンの保留地に留まっていることが条件となっている。その外へ出てしまえば、自動的に「ニグロ」となるのだ。したがって、明らかに黒人《ブラック》だとわかっている男性が「インディアン部族」の女性と結婚したければ、女性が保留地を離れるだけで、法律上「ニグロ」となって、自由に結婚できる。しかしそのような結婚はオクラホマ州やルイジアナ州では認められていない。これらの州では、インディアンと「ニグロ」の結婚はタブーとされている。一方、隣接するテキサス州では認められている。しかしちなみに、テキサス州は、インディアンの妻は「白人」の普通客車あるいはプルマン式車両に乗れるが、夫の方は、隔離された《ジム・クロウ》「ニグロ」の車両に乗らなければならない。テキサス州では、ポーター、メイドあるいは囚人でない限り、プルマン車両に乗ることはできない。数年前、「ニグロ」の女性の大学学長が、メキシコシティで開かれた教育会議から戻ってきたとき、プルマン車両に乗る許可を得るには、エプロンを身に着けざるをえなかった[185]。もしメキシコ人だったら、おおかたのメキシコ人は彼女よりも肌の色が黒いけれども、難なくプルマン車両に乗れただろう。

アメリカ人が自分たちの迷信をとりわけ大事にしている様子は、傲慢で心の余裕がない《ユーモアレスネス》ことを暴露している。政治

家や法律家が時間とお金をかけて、血の分量という摩訶不思議なことの分析にとらわれている一方で、三分の一の国民が「衣食住に事欠いている」ありさまだ。ニューヨークの有名なラインランダー裁判のように、「黒人《レイス》」であるかどうか陪審員がはっきり確認できるように、法廷の場で服を脱がすことが認められてきた[186]。また、かつてアーカンソー州の法廷では、「白人」かどうかを判定するために、靴を脱がせて裸足の足を調べるのは当然とされたこともあった。

ミズーリ州カンザスシティでは、「ニグロ」の夫婦にそれぞれ五百ドルの罰金刑が科された。裁判官は妻の長い金髪を見て、「白人」と裁定したのだった。法律上も夫婦だったし、妻には「ニグロ」の先祖もいたのだが、彼女の父親がルイジアナ州の裁判官として知られていたのだ！

数多くの州法では、今では「白人」として分類される何百万人ものアメリカ人が、周りの人たちと容姿がまったく違わないのに、実際には「ニグロ」である。異人種間結婚を禁止する植民地時代の最初の法律が、初めてアメリカに連れてこられた黒人《ブラック・メン》がジェームズタウンに降り立ってから十一年後〔一六三〇〕に制定された。つまり、このことから考えれば、われわれの歴史の最初から人種混淆があったことになる。実際、多くの奴隷所有者が白人の無給労働者〔白人奴隷〕と黒人奴隷との結婚を奨めていた。そうすれば、動産の数を増やせるのであった——もっとも教会は、生まれてきた子供たちを売り払って教会の維持資金に充てることに対して、良心の呵責に駆られることもあったのだが！[187]　一世代を平均二十年とすると、一六一九年以来、十六世代が経過したことになる。建国の父祖の子孫には、その時に結婚したそれぞれの夫婦から少なくとも六万五千人の子孫が生まれた計算になる——このようなことからすれば、アメリカ愛国婦人会《DAR》[188]が、DARコンスティチューションホールで予定されていたマリアン・アンダーソン[189]のコンサートを拒否したのは、はるかに非難されてしかるべきことである[190]。

少し前にヨーロッパからやってきた移民も、黒人《ターブラッシュ》との混淆を免れることはなかったと思われる。**地中海のヨーロッ**

パ人も黒人の血を引いている《ダーク》と疑われており、またセルゲイ・ラフマニノフ(191)は、白人の中でも最ももてはやされている北欧系《ノルディック》白人のことを「漂白されたニグロ」と呼んでいる。サッフォー(192)は、当時の人たちによって「小柄な黒人女《ニグロ》」と呼ばれていた。ニコラウス・ヨーゼフ・エステルハージ伯爵〔一七一四―九〇（オーストリア軍元帥）〕は、フランツ・ヨーゼフ・ハイドン(193)を最初に見たとき、「まあなんと、こやつは黒人《ブラッカムーア》？」と声を上げた。ベートーヴェン〔一七七〇―一八二七（ドイツの作曲家）〕の複数の伝記作家によれば、彼はハイドンよりも肌色が黒かったということである。英国国王ジョージ三世のお后〔シャーロット女王〕が当世風の衣装を身に着けて、ニューヨークのウォルドルフ＝アストリア・ホテルに現れた姿が参列者の度肝を抜いた(194)。スウェーデンのグスタフ四世アドルフ〔一七七八―一八三七〕は「くろんぼ《ニガー》」と呼ばれていた。一三世紀のフランドル女伯のマルグリット〔一二〇二―八〇〕には複数ある呼び名の中でもとりわけ、「黒人メグ《ブラック・メグ》」と呼ばれていた。

また、アフリカやインドの多くの国民も、肌色と容姿の点で、白色人種《コケイジャン》あるいは黄色人種《モンゴリアン》と親密に交わっていたことを示すいかなる特徴をも兼ね備えている。一方、ガストン・マスペロ〔一八四六―一九一六（フランスの考古学者）〕によれば、先史時代には、黒人種《ネグリティック・レイス》がアジアに広く住んでいたとのことである。**面白いことに、アメリカ人が「ニグロ」と呼んでいる人種集団が、コーカサス地方の中心部に広く住んでいたことが、ソヴィエトの科学者たちによる先ごろの調査で判明したが、実は、そこはまさに「白人種《ホワイト・レイス》」誕生の地とされているところだ！**

アメリカの迷信は「人種的な」ものではなく、元来「社会的な」ものであるというとらえ方は、一八一九年にサウスカロライナ州の法廷が下した裁定に基づいていると思われる――つまり、そこで「ニグロ」という言葉が「奴隷」という意味を持つようになった。このとらえ方を受け入れるならば、今日われわれが取っている社会的・法律的・「科学的」な観点も合点がいく。動産としての奴隷の売買は儲かるものであるとわかったとき、人種差別の煽動活動《プロパガンダ》が同時に始まり、それを維持しようと喚《わめ》き立て、奴隷売買に付着する疑念を和らげようとした。奴隷売買が続いたのも、「ニグロ」階級の経済的搾取が続いたからであった。この搾取は、犠牲者を中傷することによって「正当化」されてきたし、それは今も変わらない。他のだれかよりも「優れている」というのは、偉くなった気分になれるので、アメリカのほとんどの「白人」は、「人種的違い」という迷信や「ニグロの劣等性」という神話を進んで受け入れたのだ。「ニグロ」が多ければ多いほど、「白人」の立つ位置はそれだけいっそう確固としたものとなる。だから、包括的な「血一滴」ルールということになるのだ(195)。目に見えなくても、得体の知れない不可解なブードゥー教的力が働いて、聖人と罪人、羊と山羊、「白人」と「ニグロ」を分けることになるのだ。人種主義がアメリカの偉大な宗教としてキリスト教に取って代わったのも、何ら不思議なことではない。かつて「白人の」教会が奴隷制度を容認し、今日も、肌色に基づく階級制度《カラー・カースト・システム》を支持している。

こうしてわれわれは、あらゆる統計学的法則をはねつける、客観的根拠のない無用な「ニグロ」統計学を示されることになった――この統計学によって、大手保険会社は、不運な人たちから「白人」以上に高い保険料を要求することによって富を蓄えたのだ(196)。**そうして愛国者が民主主義擁護のために吠え立てる一方で、「ニグロ」は恐ろしさのあまり投票所には近づけない**(197)。また、「ニグロ」の学校、「ニグロ」の鉄道客車やバスの仕切り、「ニグロ」の待合室が存在するのだ。また、「不動産業者」と地主の「合意」に基づく「制約約款」によって、ヒトラーが設けたと非難するような、明確にして慎重に区画されたゲットーに「ニグロ」を閉じ込めている。また、四十もの州では財政が厳しく、男女共学を実施するにも資金が乏しいと嘆く一方で、人種別学という、もっとお金のかかる二重の教育体制の維持には、惜しげもなく資金を費やしている。また、「ニグロ」を技能職や専門職からほとんど締め出しておきながら、黒人《ブラック》社会の中にいる技能職や専門職のニグロのことはさておいて、「ニグロ」が「白人」の生活水準に達していないと非難している。また、軽蔑の意を込めて言うのだが、「ニグロ」の疾病率や死亡率が高いのにも関わらず、有望な「ニグロ」の若者をほとんどの医学部から締め出している。そしてまた、陸海軍を維持するために税金を課しておきながら、「ニグロ」の優れた軍事的手腕を発揮する機会を奪っている。

われわれはほとんど存在しない戯言《たわごと》を大げさに騒ぎ立てておいて、今や、アリ塚のように積み上げた戯言《たわごと》が総崩れする危険に晒《さら》されている。

われわれが道理をわきまえた国民であり、われわれの指導者に本当に勇気があれば、「ニグロ」とか「有色人」とか「人種」といった言葉を、われわれの語彙や文書からなくすことができるだろう。そして、すべてのアメリカ人を、旧移民・新移民、白人・有色人といった区別なく、独自の展望や抱負や課題を持った個人と見なして対等に関わり合うことができるようになるだろう。学校でヒトラーのような人種主義を教えることをやめ、法律からも削除することになるだろう。誇れる民主主義を台無しにする屈辱や憎しみを生むことに終止符が打たれるだろう。人種統合が必要になったとき、分離主義の助長に歯止めがかかるだろう。そして永遠の契りで結ばれた未来の偉大な国民の夢を実現して、ヨーロッパに向けてのメッセージの中で訴えている人類の兄弟愛を、ここアメリカでも実践することになるだろう。

14

《論説と批評《ヴューズ・アンド・レヴューズ》――彼らの闘いはわれわれの闘いでもある》

『ピッツバーグ・クーリエ』（一九四三年五月二九日）

合衆国のすべての少数人種《マイノリティ・グループ》は、悪質な反動分子によって押し進められている、アメリカ生まれの日系アメリカ人の市民権剥奪の動きに対して、深く憂慮すべきである。

ファシスト支持組織であるカリフォルニア州生まれの白人による友愛団体「ネイティヴ・サンズ・オヴ・ザ・ゴールデン・ウエスト」が、二度も連邦裁判所から却下されたものの、日系アメリカ人に投票権を与えない活動を今も続けている。カリフォルニア州議会は、「人種」だけを理由に、即座に、しかも私が思うに憲法に反して、日系アメリカ人を、ナチスが「保護拘置」と呼んだ状態に置いて以来、保管されていた彼らの農機具を接収するのを認める法案を可決した。同じく、四月二八日(198)には、「人種」だけを理由に、八十人の日系アメリカ人の公務員を解雇できるようにする州の権限を強化する法案を可決した。

＊　＊　＊

ミシシッピ州選出の鼻持ちならない連邦下院議員ジョン・E・ランキン（一八八二―一九六〇（民主党））は、戦争期間中は、この国のすべての日系アメリカ人を拘束する法案を下院議会に提出している。同じような法案が、テネシー州選出の上院議員アーサー・トマス・スチュワート（一八九二―一九七二（民主党））によって、上院議会に提出されている。「カリフォルニア在郷軍人会《カリフォーニア・ステート・アメリカン・リージャン》」が「ネイティヴ・サンズ・オヴ・ザ・ゴールデン・ウエスト」と結託して、現在強制収容所に拘束されている日系アメリカ人を、カリフォルニア沿岸地域の自宅に帰さないようにする活動をしている。激しい人種的優越主義を煽る扇情的ジャーナリズム《イエロー・ジャーナリズム》の中でも最悪のものである『デンヴァー・ポスト』は、日系市民や非市民が「丁重に扱われ」「大事にされている」と言われている収容所なるものに対して、徹底した誹謗中傷を行なっている。最近では、サンフランシスコで、ジョン・L・ドゥイット中将（一八八〇―一九六二）が、「ジャップはジャップだ……アメリカ市民だろうがなかろうが関係ない」と言い放ったが、その一言が効いて、日系アメリカ人をカリフォルニア沿岸地域に戻して有用な仕事に就かせる計画を頓挫させてしまった。

＊＊＊

「人種」という理由だけで、アメリカ生まれの、れっきとしたアメリカ市民としての権利を剥奪する動きがどんどん加速している。もっと不吉なことには、「ネイティヴ・サンズ・オヴ・ザ・ゴールデン・ウエスト」は、同じくれっきとしたアメリカ市民である黒人《アフロ・アメリカン》からも市民権を剥奪する提案をしている。これが、日系アメリカ人の虐待を憂慮すべきもう一つの理由である。戦争が終われば、日系アメリカ人を（ほとんどが行ったことのない）日本に「送還する」話が持ち上がっている。セオドア・G・ビルボ上院議員(199)が、黒人《アフロ・アメリカン》について強く主張しているのも、まさにこのことである。

このような企みは実現の見込みはないし、また実現の可能性もないと考えるのはやめるべきである。黒人《ニグロ》はもはやこの国の経済に不可欠な存在ではないし、教育が向上し、闘争心や政治力が強まるにつれて、影響力の大きい多くの白人や白人団体から、黒人《ニグロ》は厄介者、社会的障害者と見なされるようになってきている。もし戦後の不景気がやってくるならば、さらに憤懣《ふんまん》はつのり、失業やもっと激しい労働市場争奪戦が加速されるだろう。

われわれはこれまで、共産主義者《レッヅ》やナチスが、民族・人種の願望や感情を冷たく無視して、全市民をどのように強制移動させてきたかを見てきた。また、何十万人ものアフリカ人が毎年、南アフリカの金やダイヤモンドの鉱山に送り込まれて働かされてきたかを知っている。戦争が終われば、そのような強制移住のための移送手段がじゅうぶん確保されることにもなるだろう。煽動主義《デマゴーガリ》や人種的排外主義《レイシャル・ショーヴィニズム》の威力を知っているまっとうな人間ならば、ここアメリカでも、そのような恐怖が沸き起こるのは必至だと見ている。

＊＊＊

七万人の日系アメリカ人市民について先例が確立すれば、何百万人もの黒人《アフロ・アメリカン》市民から市民権を剥奪するのもたやすくなる。したがって、日系アメリカ人の運命を心配しようがしまいが、彼らの問題をわれわれの問題としてとらえないといけない。

日系アメリカ人はこれまでわれわれの問題に理解を示さず、いつもわれわれを避けようとしてきたことから、われわれも彼らのことには無関心でよい、という声が黒人《カラード・フォーク》の間から聞こえてくる。このような意見は必ずしも正しくないが、仮に正しいとしても、われわれの問題としてとらえることに変わりはない。要するに重要なのは、われわれは、だれの問題であろうと、「人種」すなわち「皮膚の色」に基づく差別に対しては全力で闘わないといけないということだ。われわれは、オランダ人、ベルギー人、ノルウェー人、ギリシャ人、ロシア人、イギリス人、フランス人、中国人を救うために、金銭や命を費やし、いろいろな苦難を味わっているが、これらの国民はわれわれの問題に理解を示してこなかった。それどころか、われわれにとって最悪の搾取者もいた——過去にも現在も。われわれの同胞は、ビルボ、トマス・コナリー[200]やジョン・E・ランキンのような反動的な人間を守るために戦っているが、そのような「黒人差別主義者《レイス・ベイター》」がわれわれの大義を擁護したことがあったなどと、だれ一人として言う者はいない。

＊＊＊

日系アメリカ人は、州に背いて罪を犯したから収容所に送られるのではない。カリフォルニア沿岸地域の七万人の日系市民が何百万人もの白人を危険に晒《さら》しているという主張は、まったくでたらめである。彼らは勤勉でつつましく、礼儀をわきまえた最良の市民である。アメリカで生まれた日系市民の子孫が何千人もいる。また異人種間結婚をしている日系市民の子孫も何千人にも上り、金髪や青い目をしていて、私と同じように、日本人だとはわからない市民も多くいる。彼らは農業やビジネスに従事し、公務員の仕事や専門職にも就いている。子供たちの教育に熱心で、大学まで進学させて、できる限りアメリカの基準に見合う教育を身につけさせようとしてきた。それにもかかわらず、「人種」という理由だけで、強制収容所に拘束された。拘束の理由は、ヒトラーの下で、ユダヤ人が投獄され、拷問にかけられ、殺害された理由とまったく同じである。

彼らの闘いはわれわれの闘いでもある……そのことをできるだけ早く理解するに越したことはない。

15

《白人問題《コケイジャン・プロブレム》》

レイフォード・W・ローガン編『黒人の求めるもの』（一九四四年）

アングロサクソンの支配階級、その追随者、共犯者、そして犠牲者は、奇妙にも物の見方を裏返しにして、黒人問題《ニグロ・プロブレム》の存在を信じるようになった(201)。情報や教育の媒体を統括している者たちは、実に熱心かつ入念に、この虚構を全世界に吹き込むことに成功した。それは法律となり、組織化された既成の宗教にも受け入れられた。われわれの文学にも浸透し、われわれの考えを歪め、われわれの習慣や制度の中に深く埋め込まれた。このプロパガンダは大成功を収めたので、その影響を被った不運な被害者〔黒人《ニグロ》〕も少なからず、多くの人が守護天使や幽霊や悪霊の存在を信じているのと同じくらい深く、自分たちの問題であると思い込むようになっていた。それはまさに「待て、泥棒！」の最高テクニックである(202)。――やましい心を持った搾取者の巧妙さを大いに証明するものである。黒人問題《ニグロ・プロブレム》など実際には存在しないのに、白人問題《コケイジャン・プロブレム》は確実に存在するのだ。

たえず黒人問題《ニグロ・プロブレム》として取り上げることは、人類にとって何か大きな問題が、いわゆる黒人《ニグロ》(203)と呼ばれる人種によって生み出されてきて、現在も生み出されている、ということが前提になっている。しかしこれは支配階級の典型的な傲慢以外の何ものでもない。そして、われわれの文明社会の中に広まって信じ込んでしまっていることについてもおおかた言えることだが、実は何の根拠もない。黒人《ニグロ》の国が他の人種の脅威となっていたのは、もう何世紀も前のことである。最後のムーア人[204]が一四九二年にヨーロッパから退去した。それ以来、産業面では立ち遅れているが、社会的に複雑なアフリカの国が数多くある中で、おそらくバーバリ海岸の海賊[205]を除いては、どれ一つとて、他国に危害を加えたことはない。だいいち、危害を加える手段がなかったし、それにそもそも意図などなかった。ヨーロッパ人が聖書と銃を携えてやってくるまで、世界から隔絶して、おおよそ平和裏に暮らしていた。

いわゆる黒人《ニグロ》が大西洋横断の奴隷貿易を始めたのではない――黒人《ニグロ》の中にはそれで利益を得た者もいたのだが。おおよそ千年ものあいだ、だれの領土にも侵入したことはない。人種隔離法《ジム・クロウ・ロー》を制定したことがあったとしても、ごくわずかにすぎない。人種隔離《ジム・クロウ》の慣行を確立したことなどまったくない。白人の隔離地区《ゲットー》を設けたこともほとんどない。白人に対して差別行為を行なったことはないし、白人よりも黒人《ブラック》の方が優れていることを証明するためのプロパガンダに何世紀も費やすようなことはしていない。黒人《ニグロ》の書き物で、そのような傾向のものが最後に出たのは一〇世紀に入ってからだった。近代において、黒人《ニグロ》が白人の文化を一つでも破壊したという記録や、白人女性を無差別に強姦したり誘惑したりしたという記録や、白人男性を奴隷として連れ去ったという記録を探しても見つからない。他方、一八一五年以降の世界史は、ほとんどすべてのアフリカやアジア諸国に対する、白人列強国《コケイジャン・パワーズ》による戦争や軍事行動や遠征への言及で埋め尽くされている。

十億人以上の黒人《カラード・ピープル》の暮らしを支配する国際資本家は、事実上すべて白人である。また、国際資本家のために働くのも、すべて白人の技術者や仲介業者や法律家であり、陸将や海将であり、芸術家や作家である。黒人《カラード・ピープル》はそのような選ばれた集団からはおおかた締め出され、労働が長期に及んで辛く、賃金は少ないか、ほとんど支払われない社会の経済的周辺に追いやられている。あちこちで散発的に見られる例外も、むしろ以上の点を強調することになるだけである(206)。長期にわたる白人《コケイジャン》の残忍な軍事支配勢力による征服や奴隷化や搾取や蔑《さげす》みに対する、黒人《カラード・フォーク》の人として自然な嫌悪感と敵愾心をとらえてのみ、黒人問題《ニグロ・プロブレム》がこれまでずっと存在していたし、今も存続している。

ハイチ、エチオピア、リベリア、エジプトのような偽装植民地(207)を除いて、すべての黒人《ニグロ》の国は長いあいだ制圧を受けてきた。国の支配者は殺害されたり国外追放になったりした。また、国民は、現在ナチスの支配下にあるヨーロッパ諸国の人々のように、鎖に繋がれたり搾取されたりした。ラテンアメリカやアジアにおける有色人《カラード》諸国は、白人列強国《コケイジャン・パワーズ》――主に英国《アングロサクソン》と、英国《アングロサクソン》の帝国主義に追随する衛星国――による武力侵略と占領の直接の犠牲者であるか、あるいは、白人の国際銀行家の支援や、税収によって維持されている軍部の支援を受けた地元の独裁勢力によって、間接的に支配されている。そのような機会がある場所で、また機会がある時には、他の白人《コケイジャン》諸国も同じようなことをした――あるいはそれぞれの国の力に応じたことをした。こうして、ロシアはシベリアの人々を支配下に置き、スペインは大量殺戮行為によって南北アメリカやフィリッピンへの帝国の道を切り開いた。ドイツとイタリアは残りのアフリカやアジアをつかみとった。デンマークはカリブ海に浮かぶ二、三の島を取り込んだ。ポルトガルやオランダやベルギーはアジアやアフリカの一等地を手に入れて、原住民を支配した――ただ、付け加えておくと、これらイギリスの衛星国の不当利得の一部を、日本人が乱暴に盗み取った。

実は、白人《コケイジャン》にとって問題となった唯一の国が日本だった。日本は一九四〇年代の初めまでは、大英帝国《アングロサクソンダム》の雇われガンマンだった。ロシアを敗北させ、中国を弱体化させ、転覆させて誑《たら》し込むことに手を貸した。しかし、日本人《ニッポニーズ》の盗賊が自分のために独自行動をとり始め、かつての雇い主によって教えられ、装備させられ、資金提供を受けたとおりに行動した時になってはじめて問題国となった。

黒人問題《ニグロ・プロブレム》という考え方が高価な配当支払いの虚構として片づけられる可能性が出てきた代わりに、白人問題《コケイジャン・プロブレム》はじゅうぶん現実味を帯び、実際に世界的な問題となっていることが明らかになった(208)。手短に言えば、世界の有色人種《カラード・ピープル》が直面する問題は、白人種優位の神話に基づいて自らの行動を正当化しようとする白人《コケイジャン》によって侵略されたり、支配下に置かれたり、没収されたり、搾取されたり、迫害されたり、辱めを受けたりすることなく、自由に平和に安全に暮らすにはどうすればよいか、ということである。要するにそれは、暮らしている都市が合衆国〔アラバマ州〕のバーミングハムであれ、〔ザイールの〕ボマであれ、〔スペインの〕ボナレスであれ、自分たちの状況をしっかりとわきまえて敏感に反応する有色人種《カラード・ピープル》にとっては、最大の関心事となっている。軍事侵略やあくどい実利主義を覆い隠す虚構や偽善に吐き気を催している。有色人種の世界《カラード・ワールド》全土にわたって、白人問題《コケイジャン・プロブレム》は本質的にまったく同じものである――どこであれ、有色人種《カラード・ピープル》の今の夢は、白人問題《コケイジャン・プロブレム》から完全に解放されるということでしかない。

黒人《カラード・マン》がアインシュタインのように聡明であり、イエス・キリストのように高徳であったとしても、場所に関係なく隷属状態を甘受しなければならない。どこに住むか、どんな仕事をするか、だれと付き合うか、どんな手段を使ってどこへ旅するかといったことについて、また自分の指導者を選ぶ権利、教育、結婚相手、さらに多くの地域では、自分の亡骸はどこへ埋められるのかといったことに関して、様々な制約が付きまとう。その問題は、ミシシッピ州あるいはシエラレオネと比べて、ケニアあるいはオーストラリアの方がひどいが、全体の様式はどこも変わらない。ロンドンで宿泊や食事をする場所を見つけるのがむずかしいのは、ワシントンDCと変わらない。トランスバール共和国だろうが(209)、テキサス州だろうが、産業階層の最底辺にいる――ただ、戦争が始まって、その体制が危うくなり、だれもが民主主義に少しでも貢献することを求められる時だけは例外である。新聞やラジオや映画は主に白人《ホワイト・ピープル》の娯楽や便益のためのもので、黒人《カラード・ピープル》のためのものではほとんどないと思っている。おおかた世界じゅうで、白人から社会ののけ者と見なされていることを痛感するようになってきた。フィージーであろうとフロリダであろうと、黒人《ブラック・マン》が背負い込むものは、自分の住む世界を文明化された地獄(210)にしてしまう、卑劣な肌色階級制度《カラー・カースト・システム》である。他方、白人が背負い込むものは、自分の道徳や倫理を入念に人種的虚構に仕立て上げようとすることに伴って生まれてくる罪悪感である。

「ニグロ」という言葉自体、アングロサクソン文明の拠り所となっている白人優越の考えと同じく架空のものである。しかし、それにもかかわらず、十字軍以降、他者を中傷するために考え出された言葉の中でも最も有効なものの一つとなった。豚のような肌(211)を誇ることができない者たち(212)の間にある国家的・言語的・文化的・身体的相違を完全に無視し、新鋭の社会学者や民俗学者の研究成果にも目を向けることなく、つくり出された言葉である。有色人種《カラード・ピープル》間に見られる明らかな違いを考えることなく、有色人種《カラード・ピープル》の類似性や同一性の虚構を受け入れやすくして、世界じゅうに散らばって暮らしている有色人種《カラード・ピープル》をひとからげにして、すべて同じように扱う政策にいとも簡単にすり変えてしまうのである。

かつてアメリカで流行した短い歌《くろんぼ《クーン》はみな瓜二つ》(“All Coons Look Alike to Me”)は、すでに法律の中に織り込まれ、慣習や伝統によって培われた英国系アメリカ人《アングロ・アメリカン》の肌色哲学(213)を音楽に乗せて語っている。一九世紀末から二〇世紀初め(一八八〇―一九二〇)にかけて流行したアメリカのポピュラーソング《おいらはくろんぼ《クーン》、くろんぼ《クーン》、くろんぼ《クーン》よりも白人《ホワイト・マン》になりたい》(214)でも、同じように肌色哲学が歌詞で表現されていた(215)。「くろんぼ《ニガー》」(つなぎ服にジャンパー姿の下層階級の労働者の「黒人《ニグロ》」という言葉も、肌色哲学の意味合いを帯びて、白人《コケイジャン》――とくにアングロサクソン――の世界全体に伝播している。それほどではないにせよ、衛星国ベルギー、オランダそしてフランスの支配階級や、そのほか白人の貴族社会の間にも広まっている。ほとんどどこでも、黒人《カラード・ピープル》は「くろんぼ《ニガー》」、あるいは、それほどあからさまに辛らつではないものの、同じ意味の言葉で呼ばれている――「土人《ネイティヴ》」、「くろんぼ《カーフィル》」、「百姓《フェラー》」、「黒ちゃん《ボーイ》」、「苦力《クーリー》」といったもので、同じ目的で使われた。合衆国では、大文字の「N」を使って「ニグロ」(Negro)をまともな人間としてとらえる、といった子供だましのような小手先の工夫が、ほとんどすべての人を欺いてきたと思われる――〔プロパガンダに騙《だま》されることなく〕現実を見極めることができる人は、当然のことながらごく少数しかいなかった。

もちろん、「白人《ホワイト》」「白色人種《コケイジャン》」という言葉の意味も同様に科学的根拠を欠いているが、同じくプロパガンダの目的として役に立つものである。肌色が非常に淡《うす》いピンク色の白子《アルビノ》を除いては、実際には白人《ホワイト・ピープル》は存在しない。白色の皮膚はおそらく病気にかかっているか、壊死したものであろう。「白色人種《コケイジャン》」という言葉が、人種的純血、あるいは異様に肌色が淡《うす》い〔青白い〕ことを意味するとされているのなら、それは明らかに誤った使い方である。なぜならば、「白色人種《コケイジャン》」の語源となった人類集団「カフカス人」の原住地――いくばくか空想癖のある科学者によれば、そこから現在のヨーロッパ人が移住してきたということである――には、約百五十から三百もの異なった「人種《レイス》」あるいは種族《タイプ》がいたからである。文化人類学者のルース・ベネディクト[216]の説明では、「カフカス人に特徴的な頭長幅指数や身長はないし、特別な髪の色や目の色もない。鼻はローマ鼻あるいは凹型をしているし、皮膚の色でさえ千差万別である」。もちろん「アーリア語」が言語の名称であり、インド＝イラン語を用いる者はすべて、容姿とは関係なく、アーリア人ということになる。一方、「北欧系白人《ノルディック》」は、純血人種と見なされている北ヨーロッパの金髪人種の呼称であるが、元はアフリカから、氷河の後退に伴って北上してきたバンツー族[217]が漂白されているとする複数の人類学者の説によって、いくぶん説得力を弱めている。

しかしながら、問題の核心は、「ニグロ」と「コケイジャン」、「ブラック」と「ホワイト」といった、あくまでも一般的な言葉が、両人種間に存在すると信じるように教え込まれている大きな溝を強調するためのプロパガンダの便利な用語にされてしまっている、ということである。これらの分類は、植民地支配による隷属と搾取の線にいいあんばいに沿っていて、その結果、アジア人とアフリカ人は勝手に一塊にされて、「後進的な民」「未開人」「野蛮人」「原始人」とされた――「文明」という偽装の下で、騙《だま》し取りと奴隷化の格好の餌食になったということになる。

現在の帝国主義列強国が海賊行為と征服の翼に乗って台頭してくる以前、アフリカ諸国がまだ損なわれずに権勢を誇っていたとき、黒人《カラード・ピープル》は、サラセン人、ムーア人、エチオピア人、アフリカ人、そのほか、華やかさ、伝統、栄光や力を誇る雄姿を想像させる国家主義的な名前で呼ばれたり、特定の場所の名前で呼ばれたりしていた。奴隷貿易開始以前には、ヨーロッパ人は、これらの民を、兵士、商人、医者、船乗り、芸術家として理解していた。しかし、彼らがマンディンゴ族、ヨルバ族、フラニ族、ヴァイ族[218]ではなくなり、一様に奴隷の身の上になったあとは、「ニガー」、あるいはより重みのある言葉で「ニグロ」になった。これらの用語はそのうちに、「隷属」や「劣等」と同類語となり、現在もそのまま使われている。

奴隷は財産の一部、「所有物」のことである。当時の知識人は、奴隷は人間で魂を持っているのかどうか白熱した議論を延々と繰り返していた。「ニグロ」あるいは「ニガー」という言葉は、奴隷はなお「物」でしかなく、生まれつき劣った、ロボットのような集団の一員であり、知性、教育、技能、職業、地域に関係なく、本質的にみんな同じで、白人が犯罪者や無能者であったとしても、どんな場合でも、そのような白人よりも低い身分で居続けなければならない、といった意味を含んだ言葉である。したがって、いわゆるニグロ人種とは、一様に捕われ、貧困や最下層の生活を強いられた身の上に対して一様に恨みを抱き、進歩や発展を妨げる白人問題《コケイジャン・プロブレム》の世界から逃れる決意をますます強くしている以外は、何ら共通するものを持たない、すでによく知られた様々な人間の集合体である。

人種的虚構は、白人の主導権拡張に伴って、着々と世界じゅうに広まった。合衆国やカナダやオーストラリアで生活する東洋人《オリエンタルズ》を排除する英国系アメリカ人《アングロ・アメリカン》の移民政策は、白人優越主義政策の一環として組み込まれて、アジアの現地民《エイジアティックス》にも適用された。これらの有色人《カラード・ピープル》が白人の土地から排除された一方で、白人《コケイジャン》の宣教師、兵士、船乗り、詐欺師、商人、セールスマン、投機家が文明の松明を掲げて、南太平洋やアジアに押し寄せ、ルネ・マラン[219]の名言を借りると、「〔松明が〕触れたものはすべて焼き尽くす」ことになったことは特筆すべきことである。

彼らが上陸したところはどこであっても、強力な武器にものを言わせ、自らの特権を主張して自分たちのものにする。ほどなくして、至るところに派遣された軍隊や、ときたま訪れる巡洋艦に守られて、日本や中国に、白人《コケイジャン》の特別居留地や大邸宅などの「勢力圏」が設けられた。インドはイギリスの暴挙に屈した。かつての中国王朝であったチベット、満州、ビルマ、マラヤ、コーチシナ、アンナン、カンボジア、トンキンやラオスは、白人を領主として仰いだ。かつて東インド諸島に君臨していた独立王国は、オランダの略奪者の支配にあえいでいた。その軍事政権は残忍で腐敗していたので、一八一一年、イギリスのジャワ遠征によって英国国旗《ユニオン・ジャック》の下に一時的に政権が移った時に副総督となったトマス・スタンフォード・ラッフルズ〔一七八一―一八二六〕――シンガポールの建設者として名高いイギリスの植民地行政官――には、そのような悲惨な状況はあまりにも衝撃的なものだった。太平洋上の多くのパラダイス――紺碧の海洋に浮かぶ、美しくのんびりとしたエメラルドの楽園――は、砂糖やパイナップルの大農園、あるいは不在地主が採掘権を握る鉱山となり、地元農民がそれらの働き手となった。

白人は「閣下《サーイブ》」「地主《ツーアン》」「主人《マスター》」となり、「土人《ネイティヴ》」の美しい女性を囲って、現地社会と交わることなく贅沢三昧の暮らしをしていた（白人が故国へ戻る際には、現地民の女性は捨てられた）。それに対して「土人《ネイティヴ》」はどうかと言えば、土地は略奪され、作物は横取りされ、労働者は搾取され、指導者は貶められたり投獄されたりし、文化は蝕《むしば》まれて破壊され、家族や友人はアルコールやアヘンによって身を蝕まれ、栄養失調や病気のために短命となった。このような帝国主義と共に、数々の人種隔離《ジム・クロウイズム》や屈辱的行為が横行した。こうした状況からして、アジア現地民《エイジアティック》の有色民《カラード・フォーク》が白人支配に対して反乱を起こすのは決してめずらしいことではない。彼らにとっての白人問題《コケイジャン・プロブレム》は、ジョージア州やトリニダードや南アフリカの奴隷《サーフ》にとってもまったく同じものである。

ラテンアメリカに目を転じてみると、そこにも本質的に同じ問題がある――天然資源や公益事業の経済的・財政的所有や管理は、この地域でも、外債と助成金の資金提供に支えられた白人あるいは混血《メスティソ》の政治家によって取り仕切られている。そしてその成り行きは決まりきっている——白人が自分たちを取り囲む小さな地域を設けて贅沢三昧に暮らし、現地民の「アフリカ系インディオ」(220)を「スピック」(221)と呼んで見下す中で、貧困に打ちひしがれて身を亡ぼしていく現地民の光景が広がるだけである。とくに特徴的なことを挙げておくと、かなり肌色の濃いラテンアメリカ人諸国は、民主主義の理念に従った国造りに失敗したと見なされている。それに対して、アルゼンチンやチリやコスタリカのような「白人」諸国は、同じように周期的に国内暴動によって引き裂かれ、外国の支援を受けた独裁者によって支配されているものの、成功したと称えられている。経済的支配のもっと暗い側面は、白人あるいは白人に近い売国奴の間に、他の地域で広く行き渡った白人優越《ノルディック・シュペリオリティ》というナンセンスが広まっていることである。ウォルドー・フランク(222)とドナルド・ピアソン(223)による最近の指摘によると、今のところ、幸い数は限られているが、ブラジルでも広まっているということである。

ほとんどのラテンアメリカ諸国が慎重を期して、白人あるいは白人に近い外交官と領事だけを、イギリスや合衆国に派遣しようとしていることは特筆すべきことである。この点について、ハイチの事例は大いに参考になる。合衆国は、一八〇四年〔ハイチ独立〕から一八六二年六月五日までハイチを承認しなかった——ハイチよりも商業的重要性のない二十一か国〔コロンビア、アルゼンチン、チリ、メキシコなど〕にはアメリカ公使館があったし、イギリス《グレート・ブリテン》も含めて、他の国々も承認していたのだが、アメリカの態度は変わらなかった。その理由は明白である。ミズーリ州選出のトマス・ハート・ベントン上院議員(224)は、承認反対の意見を端的に述べている。

> ハイチに対するわれわれの政策は……三十三年間……変わっていない。ハイチと貿易はしているが、両者の間に外交関係はない……われわれは混血《ムラート》の領事や黒人《ブラック》の大使を受け入れていない。それはなぜか？　十一の州〔アメリカ南部の州〕が平和を維持したいがために、黒人《ニグロ》反乱の成功の果実を州内で見せつけられたくないからである。黒人《ブラック》の大使や領事とい

った政府高官が……アメリカも同じように成功を成し遂げることを期待して彼らを待っている合衆国の黒人《ブラック》同胞に、手の内にあるものを示すことを、合衆国は許さないだろう。事実を見せつけられたり、語られたりすることは一切許さないだろう——つまり、彼らの雇い主である主人夫婦殺害のために、合衆国の白人の中にも同調者を見いだすことになるからである。

ジョン・クィンシー・アダムズ大統領(225)は直ちにこの提案に同意した。

一八五二年後半、「部分的承認」の手はずが整えられていたとき、スールーク皇帝(226)が、アメリカ人を在ボストンのハイチ領事に任命したことによって、手はずを駄目にした。ダニエル・ウェブスター国務長官(227)は承認をほのめかしながらも、領事の肩書きを持った被任命者の受け入れを拒否したが、「アフリカ人の血を引いていない」人ならだれでも商務代理人として快く迎え入れられるだろうと述べた(228)。ハイチがワシントンへ派遣する外交代表は、他の外交団のメンバーと見分けがつかないほど白肌であることを約束したとしても、合衆国は断固としてはねつけた——奴隷所有の南部が連邦から脱退することによって、アメリカの外交政策に対する影響力を失うまでは。この外交姿勢は今もなお、他の諸国に対する外交の教訓となっている。

アメリカの「進出」がきわめて著しいカリブ地域では、肌色による人種差別《カラー・ライン》がアメリカ《ヤンキー》帝国主義と歩調を合わせてきた。キューバ、パナマ、プエルトリコは、この段階における白人問題《コケイジャン・プロブレム》を熟知している。イギリス領西インド諸島の海軍と空軍の基地引渡し以来、黒人嫌い《ニグロフォービア》のアメリカ人宣教師たちは、イギリスの植民地だった時でも知られていなかった黒人隔離政策《ジム・クロウ》を設けて実施することを迫り、「土人《ネイティヴ》」を驚かせた。

白人問題《コケイジャン・プロブレム》の普遍的特質と国際的影響を理解してはじめて、大きな相違と変化はあるものの、アメリカ合衆国の様式にいかに忠実に追随したものであるかが見えてくる。ここ合衆国では、いわゆるニグロは、白人が大多数を占める中でごく一部の少数派である。彼らは白人と同じ言語を用い、同一の文化を持っている。彼らは白人と共にやってきた――また、ほとんどの白人よりも以前にやってきていた。両人種は文明発展に大きな貢献をし、双方の人種はその文明を自分たちのものであるととらえている。アメリカ生まれの黒人《カラード》は外国との繋がりを事実上持っていないことから、おそらくおおかたの白人以上にアメリカ人である。支配階級は大多数の白人に、自分たちが政府を支配しているのだと信じ込ませているが、少数派の黒人《カラード・マイノリティ》にはこの幻想すら抱くことを認めない。黒人《カラード・ピープル》が市民権や特権を完全に享受できないようにするために用いられる無数の手練手管が、そのことをじゅうぶん立証している。

イギリスにおける有色民《カラード・サブジェクト》の位置は、イギリス本国で生まれたとしても、同様に好ましくないものであり、ある意味でもっと悪い。ヨーロッパの他の諸国とは異なり、どの支配階級も、有色民《カラード・パーソン》を個人としても受け入れようとはしない。そのような例外を認めれば、肌色による階級制度《カラー・カースト・システム》を台無しにしてしまうからというのが、おそらくその理由であろう。例外もあるにはあるが、あまりにも少ないので、かえってその制度がいっそう際立つのである。公正、平等、そして機会を要求する有色人《カラード・ピープル》の声が至るところで高まる中で、どのようにして国際的な二人種主義を維持するのか――白人のスポークスマンに言わせれば、まさにそのことが「黒人問題《ニグロ・プロブレム》」ということになる――インドシナやアフリカではフランスが、東西インド諸島ではオランダが、ビルマ、マラヤ、インド、アフリカ、そしてカリブ海ではイギリスが突きつけられているのも同じ問題である。

白人問題《コケイジャン・プロブレム》を追究してみれば、黒人嫌い《ニグロフォービア》が白人の上層中流階級をはるかに越えて広がり、最下層まで至っているのがわかる。しかし、偏見の流行をつくり出すのは、服装や住まいや髪型と同じく、支配階級や、思想・文化統制の憲兵隊とでも言うべき知識階級であることにも気づくだろう。これらの少数者が多数者の考えをつくり上げているのであって、その逆ではないことを、驚くほど正確な世論調査が立証している。肌色による人種的偏見が大多数の人たちの奥深くまで根を張っていることはあまりないという証拠がたくさんある。一つには、一般庶民の間には、肌色に関係なく、親交を結ぼうという自然な傾向がいつも認められてきた。その証拠に、アメリカの歴史を見れば、偏見を避けようとする弛《たゆ》まぬ努力や、アメリカ黒人《ニグロ》の肌色が次第に淡《うす》くなっている状況が認められる(229)。

黒人《カラード・ピープル》と白人《ホワイト・ピープル》が平等に関わり合うことを禁じるために制定された数多くの法律や行政規則は明らかに、多数者ではなく、少数者によって起草されて成立したものである。人種隔離《レイシャル・セグリゲーション》を迫るのは「社会の柱石となる人々」だった。「アメリカ社会において影響力ある人々」が反対していれば、人種別学《ジム・クロウ》の学校や、鉄道列車の隔離された客車や、バスの仕切り席や分けられた待合室は存在しなかった。「影響力ある人々」は、「人種的純血の唱道者であることを自ら任じる人々」（「社会の柱石となる人々」）に難色を示してこなかった(230)。一般の人たちは、認められたところなら例外なくどこでも、自由主義の国なら当然あるべき姿である民主的な関係を築いてきたのである。

三世紀も続いてきた黒人嫌い《ニグロフォービア》の考えにすっかり洗脳されたあとでも、国の至るところで、深く根を張ったどんなに強い嫌悪や敵意をもってしても、一万五千組の異人種間結婚や数知れない密かな関係を阻止することはできなかった。両人種が一緒に住んでいて、両方の「人種」の両性間で親密な異人種関係が存在しない地域社会を見つけるのははなはだむずかしい。すでに承知の事実であるが、非常に強い黒人嫌い《ニグロフォービア》の感情が支配している地域に住んでいた白人が、他の、もっとリベラルな地域に引っ越すことによって、すぐにその社会になじんで、まったくと言っていいほど摩擦もなく、不満の声もめったに発することもなく、黒人《ニグロ》と一緒に食事をし、バスや列車に並んで乗り、一緒に働いて生活を送っている。大都市における黒人《ニグロ》ゲットーの増加は、住居をわざと少なくすることによって、そのぶん、より大きな利益を目論もうと企む貪欲な不動産業者に主に原因がある。ほとんどのゲットーも、増え続ける黒人《ニグロ》の移住に伴ってますます広がるままにされているという事実をとらえれば、当初の住居規制の背後には、原則よりも利益優先の目論見があったことが一目瞭然である。

合衆国政府は、これらのことに関しては、例外なく支配階級の思惑に屈してきた。人民の政府だということを、だれも真剣に取り上げて議論してこなかった。黒人《カラード》と白人は一緒になって、植民地時代や共和国になってからの初期の戦争を戦ってきたのだが、連邦政府は、南北戦争やそれ以後の戦争では、彼らを別々の部隊に隔離した。第一次世界大戦後も、黒人《カラード》の水兵を、軍艦の食堂部門の任務に限定した。理由は容易に推察できることだが、黒人《ニグロ》が陸軍や海軍の士官学校への入学や、一般市民の軍事訓練キャンプへの参加を認められるのは非常にむずかしいことだった。ほとんどすべての黒人《カラード》の陸軍兵や、大部分の黒人《カラード》水兵でさえ、港湾作業など、肉体労働の「兵役」部門に仕えていたのは、決して偶然のことではない。この方策の理由については、ユダヤ人のケースについて赤裸々に述べている、フランスの将軍アンリ・ジロー〔一八七九―一九四九〕の次のような指令をそのまま引用しさえすればよい――「ユダヤ人の予備役の将校や下士官は、おおかた特別の非戦闘員部隊と作業部隊に割り当てられるだろう。この方策は、ユダヤ人全体が退役軍人の称号を獲得するのを避けるために必要なことだと思われる。称号を獲得するようなことになれば、終戦後、彼らに与えられた地位に偏見を抱かせることになるからである」。同じ論法は、アメリカやイギリスの規制の背後にも確実にあるのだが、生来備わった偽善が邪魔をして、そのようなあからさまな言い方ができないのだ。

パナマ運河地帯は、おおかた黒人《ニグロ》労働によって建設され〔一九一四年完成〕、アメリカ陸軍省によって独裁的に運営されているが、「銀」と「金」という婉曲表現を用いた厳格な黒人隔離《ジム・クロウ》の機構となっており、当然、白人が価値のある金属の名前〔すなわち「金」〕の方に入れられる。実際には、それは、二つ設けられた公共の場所、分離された住宅環境、給与や昇進の二重基準のことである。アメリカ国民は、このようなことにはもう終止符が打たれるべきだとは言わなかった。また、陸軍省がプエルトリコ国家警備連隊を二つに分け、肌色の淡《うす》い島民を一方の部隊に、黒肌《ダーク・フォーク》の島民を別の部隊にして、しばしば兄弟が別々にされるというような事態が起こるということに対しても、アメリカ国民は声を上げなかった。

隔離や差別が合衆国官公庁で制度的に実施されてきた。身分証明の写真は申請書類としては〔黒人《ニグロ》を拒否する罠としては）もう要求されなくなったが、黒人《カラード》の公務員は特定の業務、とくに一般市民と顔を合わせなければならないいろいろな事務職に就くことは決してないことも起こっている。同胞市民の公正な扱いを妨害するために工夫されたこれらの仕組みを実施するのに、税金で働いている公務員が、どれほどの時間と労力を使っているか、ということが、複雑に入り組んだ巧妙な仕かけを調べる者には知りたいところである。白人の優越主義を守るために、同じような細心の注意が、他のあらゆる政府機関でも見られる。ただ、これも、白人の一般市民の強い意向に基づいて実施されているのではない。併せて指摘しておくと、五十年前に黒人《ニグロ》が就いていた公職は多くの場合、今では就くことができなくなっていることは見逃せない事実である。

合衆国連邦最高裁判所は確かに、アメリカ白人の大衆の圧力からは大きくかけ離れている。しかしそれでも、信条や肌色に関係なく、すべての市民の完全な市民的権利を保証する憲法修正条項〔第一四条〕を歪曲し、元の片鱗もないくらい捻じ曲げてしまった。憲法解釈によって、黒人市民《カラード・シチズン》を制度的に半人前の人間の位置に下げてしまった。人種差別《ディスクリミネーション》を糾弾しながらも、州権に追従して、人種隔離《セグリゲーション》を一貫して支持してきた――少数の弱者に適応される際には、「隔離」と「差別」は分けて考えることはできないとじゅうぶん承知しているにもかかわらず、そのような態度を取ってきたのだ[231]。どの集団もまだ、司法機関の玄関前に押しかけて、あのヒトラーが猿まね的にそっくりそのまま模倣したとされる異人種間結婚禁止の法律――現在、三分の二の州で実施されている――を承認する不当な決定をせよと迫ったことなどない。司法機関はあくまでも、われわれの支配階級の黒人嫌い《ニグロフォービア》の考えに基づいて行なったのである。

議会は、いつも忠実にアメリカの資産階級の利益を代表して、コロンビア特別区を治めている。したがって、世界で最も偉大な民主国とされる国のこの首都において、黒人市民《カラード・シチズン》は今も社会ののけ者であるし、これまでもずっと社会からつまはじきにされてきた。どんな民衆蜂起をもってしても、コロンビア特別区におけるこの恥ずべき状況に終止符を打ち、それによって少なくとも共和国の一つの場所で、黒人《ニグロ》が自由に振舞えるようにすることは、これまでもなかった。確かに、この特別区にも、ニューヨーク州やイリノイ州やコネティカット州やニュージャージー州のような、革新的《リベラル》な公民権法を導入しようと思えばできる。これらの州の大多数の白人《ホワイト》市民は投票を行なって決めているのであり、革新的《リベラル》、寛容的という点では、特別区の住民と大差はない(232)。それどころか、他の州と違って、特別区の住民は投票を行なわない〔首都の住民は特別区の代表者を選出しない〕ので、特別区の行政に影響を及ぼすことがないのだ(233)。

　政権を執っている者たち〔政治家〕は、革新的《リベラル》という点では、それを操っている者たち〔金融業者や実業家や商人〕と大差はないということがわかっても、白人問題《コケイジャン・プロブレム》を追究している者たちにとっては驚くようなことではない。金融業者や実業家や商人といった、ごく一部の者が、機械産業や技術専門職、商業や金融業の職域から黒人《ニグロ》を締め出すことによって、おそらくこの問題に大きな貢献をしたことになる。この「非情な大量虐殺的方策《コールド・ポグロム》」は、黒人《カラード・ピープル》に対して、他のいかなる人種差別政策よりも悲痛な思いをさせることになった。それは、白人の労働組合が責められるような方策ではない。アメリカの実業界は白人の労働組合のせいにしているが、そもそも十年前まで組合を組織している生産業界や商業界はほんのわずかしかなかった。おおかたはオープンショップ制を取り、何も邪魔されることなく自由に採用したり解雇したりした。徹底して人種的優越主義に基づいた方策を選択した。そうするのも、組合のない白人労働者が黒人《ニグロ》と一緒に働くのを嫌がるからだと公言して憚らなかった。偉大な実業家ヘンリー・フォード〔一八六三―一九四七〕によって人種を超えた雇用方式が採用され、それが見事に成功を収めたとき、このような弁明は真っ赤な嘘であることが暴かれた。

　明らかに、熟練労働者でつくる二十から三十の数はあろうかという組合は、黒人《カラード》労働者を組合員から除外する、そうして生計を立てることから締め出す、という法律上の規定あるいは慣習上のきまりを採用することによって、白人問題《コケイジャン・プロブレム》をさらにむずかしいものにした。ここアメリカでは、法廷（?）や大多数の雇用主によって支持され後押しされた[234]。産業界における肌色による差別《カラー・ディスクリミネーション》に対抗して、企業や金融機関が一貫して反対の立場をとっていれば、差別の足がかりを見つけることはできなかっただろう。戦争の非常時に、何千人もの雇用主が人種差別の障壁を低くしたが、ほとんど抗議も受けず、生産を減らすこともなかった。こういうことであるならば、何年も前にできたはずである、ということを示している。

数多くの労働組合は、これまでも肌色による差別《カラー・ディスクリミネーション》の罪を犯してきたし、今もなお犯している。黒人《カラード・ピープル》を社会の経済的周辺に置き去りにしておくことに大きく関わってきた。しかし、ほとんど認識されていないことだが、労働組合は全体的に、組織化されたビジネスや宗教や教育よりも革新的《リベラル》であった。黒人《ニグロ》を締め出す労働組合が二十もの数になるとしても、彼らを受け入れようとしない教会や学校が何千もある。それに、控えめに言っても、黒人《カラード》を歓迎しない実業界や職能団体も同じほどの数に上る。

しかしながら、人種の平等に対して、一般の白人の反感は明らかに高まっている。本質的に、白人優越のプロパガンダがますます深く浸透するにつれて、人種関係はいっそう悪化している。そして、国の指導者がアドルフ・ヒトラー〔一八八九―一九四五〕やパウル・ヨーゼフ・ゲッベルス〔一八九七―一九四五（ナチス政権下の啓蒙宣伝大臣）〕やアルフレート・ローゼンベルク〔一八九三―一九四六（ナチスの理論家）〕を非難する一方で、政府や法廷や実業界の白人優越主義的《アーリアン》方策[235]がますます広がっている。自由や民主主義を称える声が一段と高まっている時に、アメリカは南アフリカと同じように、二人種主義《バイレイシャリズム》を広く受け入れているのだ。たいていの場合、それは、法的にも実際面でも黒人《ニグロ》を排除することである――合衆国とて、強い要望がなされたとしても、同等の質と量がそろった二つの設備を維持できるほど資金的余裕はないからである[236]。

こうしてアメリカは、少しより高度な規模ではあるが、アフリカやアジアのやり方に従っている。白人支配者の基本的な考えはどこも同じである。それは国家的な問題ではなく、世界的な問題である。しかし、奇妙なことに、白人問題《コケイジャン・プロブレム》が悪化するにつれて、その問題を追究しているいっそう多くの権威筋によって、白人優越の考えや、人種的神秘主義全体がますます否定されるようになっている。一つの人種の優越性が強く否定されるだけでなく、人種の概念そのものが事実上否定されている。この現象はとりわけ第一次世界大戦から現れた。人種的優越の基盤を覆す数多くの本や記事が書かれて刊行された。州法や連邦法の中の反差別の条項が年ごとに増えていった。最も激しい黒人嫌い《ニグロフォーブ》でさえ、黒人《カラード・ピープル》に偏見を持っていることを否定したり、肌色による差別《カラー・ディスクリミネーション》への反対を表明したりする人もいる。冷静に問題をとらえた高校や大学のテキストが書かれて読まれている。それほど遠くない昔に、実に多くの新聞がしていたような、人種的反目を煽り立てる《ウエイヴ・ザ・レッド・シャーツ》ことも、まれにしか見られなくなった。代表的な雑誌はすべて、人種問題については「適切なもの」となっている——少なくとも黒人嫌い《ニグロフォーブ》の態度をひけらかしてはいない。産業別労働組合会議《CIO》〔一九三五年、次にあるAFLから分離した〕に加盟しているすべての労働組合は、それぞれの組合会則に反差別条項を設けている。アメリカ労働総同盟《AFL》〔一八八六年結成のアメリカの労働組合〕[237]加盟の組合の中には、この問題についてもっと革新的《リベラル》な姿勢を示しているものもある。いろいろなキリスト教団体の公式見解は、肌色の問題について、イエス・キリストの精神を吹き込み始めた——もっとも、実践は程遠く、理想には及ばないが。過去二十年間において三回だけ、連邦下院議会は反リンチ法を成立させ、最近では人頭税を否決した。両人種を交えた委員会が設けられ、全米で盛んに活動するようになった。強姦や窃盗や放火など犯したことのない黒人《ニグロ》のことが、南部の新聞のニュース項目として挙がっているのもめずらしくなくなった。

しかし、あいにく、この劇的な突然の変化が訪れるのが遅すぎた。賽《さい》は投げられていた。人種差別は雪だるま式にますます膨らみ、加速度がついているので、決定的にして革命的な方法《プログラム》でしか、それを食い止めることはできない。確かに、合衆国に限らず諸外国でも、この流れを黒人問題《ニグロ・プロブレム》というよりも白人問題《ホワイト・プロブレム》と理解し、それに対して何らかの措置を講じようとする白人《ホワイト・ピープル》が、まだ数は少ないものの、次第に増えている。しかし、ありふれた改善策では食い止めることができないくらい、あまりにも奥深く洗脳が進行してしまっている。数冊の本、記事、パンフレット、数回の儀礼的《ポライト》な委員会(238)、時折のラジオ演説、政治家の格調高い表明演説――こういったものは、世論を改めるのにはじゅうぶんでない。一六一九年から一九一九年に及ぶ人種的虚構を悟らせることはできない。そして一夜にして兄弟愛や隣人としてふさわしい社会正義に気づかせることは期待できない。

アメリカ建国当初、すべての植民地には、多くの黒人《ニグロ》や白人やインディアンの間に、親交、人種的混淆や異人種間結婚がごく一般的に見られた。この過程が公に妨げられず続けられていたならば、今のような白人問題《コケイジャン・プロブレム》はなかっただろう。しかし、権力を握った者たちが、二人種主義《バイレイシャリズム》を強いる法的な――また法制外の――ありとあらゆる手立てを講じてきた。長年にわたって、肌に色がついていないことは、社会的に優れ、経済的に有利ということになった。白人であることの有利さにも関わらず、民主主義の礼服をまとっていながら、次第に厳格に管理された機構になっていく封建主義的体制の中で、自分たちの自由や希望を次第に失うようになった。彼らがますますプロレタリアートの地位に下降していくにつれて、それだけいっそう、白人としての優越的な地位を奪われない一つのものに必死にしがみついていた。これによって、他のだれよりも一インチ高く持ち上げられた――溺れる寸前の者にとっては、一インチも一マイルも変わらなかった。肌に色がないおかげで、彼らは行きたいところはどこへでも行くことができた――お金を持ってさえいればのことだが。また結婚したい人と結婚できた――お金を持ってさえいればのことだが。住みたいところに住むことができた――お金を持ってさえいればのことだが。問題はもちろん、お金を手に入れることだった。それでも、理想郷《ユートピア》は手の届くところに置かれているという、持って生まれた運命のことを考えると慰められた。

長期に及ぶ固定観念による状況に慣らされて、人々は自分たちの習慣を変えるのはいっそう億劫になっている

――その習慣が間違っているのは疑いの余地がないと証明済みであるにもかかわらず、そうなっている。人々は正しいことによって動かされるのではなく、正しいと**信じている**ことによって動かされる――一般の白人は、人種差別や二人種主義《バイレイシャリズム》は正しいものだといつも教えられてきたゆえに、そう信じ込んでいるのだ。こうして、白人優越のプロパガンダがまさにフランケンシュタインの怪獣となり、彼ら以上の知能を持ち合わせた支配階級は、狙い通りにいったことから、心置きなく葬りたかったのだが、そうすれば何が起こるか怯えている。もちろん、彼らはかつてほど変化に前向きでないことは認められなければならない――ドイツアフリカ軍団[239]がアレクサンドリアに猛攻撃を加え、ドイツの装甲車がモスクワの郊外まで迫り〔一九四一〕、われわれの太平洋艦隊の半分がパール・ハーバーの海底に沈む〔一九四一年一二月八日〕、といった事態が起こった時は、変化に積極的になっていたのだが[240]。

他方、いわゆる黒人問題《ニグロ・プロブレム》は実際には白人問題《ホワイト・プロブレム》であると悟っていたのは、若干の白人だけだったのに対して、そのことを知っていた黒人《カラード・ピープル》は何百万人にも上る。奴隷解放からしばらくのあいだ、アメリカ黒人《カラード・ピープル》の間には、自分たちの低い地位に対しては自分たちにも責任があり、自分たちがしなければならないことは、アングロサクソン社会の要求に応えることであり、自分たちの実力を発揮して個人として受け入れられるだろう、という考えもあった〔ブーカー・T・ワシントンなどへの言及ととれる〕。他の国々の聡明で野心的な黒人《カラード・フォーク》も、白人の言うことと行なうことが異なると気づく前に、同じような考えを持っていた。確かに、偉大な白人兄弟《ビッグ・ホワイト・ブラザー》をほとんど信用していない懐疑的な少数派もいて、彼らは移住することを唱えた〔マーカス・ガーヴェイなどへの言及ととれる〕。しかし、その主張は、楽観主義者がいっせいに上げる声によってかき消された。

しかしながら、黒人《ニグロ》の識字能力が高まるにつれ、また本や旅行や経験を通して問題の核心を痛切に感じ取れるようになるにつれて、幻滅感や悲観論にとらわれることになった。そして、民主主義のための戦争は結局、白人の民主主義のための戦争であった――とはいうものの、白人の民主主義もほとんど実現しなかった――ということを思い知らされてからほどなくして、大いなる覚醒が訪れた。プロパガンダの大氾濫が静まったとき、彼らは「元の正常な状態」に戻れたと悟った。増幅した幻滅感が黒人《ニグロ》の集団意識を強め、不健全ということでは白人のものと基本的に変わらない、まったくそっくりの連帯組織をつくった——つまり、白人の人種的排外主義《レイシャル・ショーヴィニズム》に対抗する黒人《ニグロ》の人種的排外主義《レイシャル・ショーヴィニズム》を生み出したのである。それによって、本来は一つの人民であるにもかかわらず、二つの人民の間の溝を危険なまでに深くすることになった〔ブラック・インターナショナルへの言及ととれる〕。アフリカの歴史や文明を追究する者にとって、黒人《ニグロ》ビジネスの振興、黒人《ニグロ》新聞の支持と発展、黒人教会《ニグロ・チャーチ》の力、反白人の考えの拡大——これらは、社会的排斥や経済的差別に対する対抗姿勢の表れである。人種という概念は人類学的虚構として始まったのだが、社会学的事実になった。肌色に基づく人種差別の問題に対する一つの「解決策」として掲げられた社会経済的な二人種主義《バイレイシャリズム》は、心理的な二人種主義《バイレイシャリズム》を生み出すことになったのであり、それは、まったく違った「解決策」をもたらすことになるのである。

　両人種間に生まれた敵意は、バルカン半島の国家間で頻発している民族紛争にますます酷似したものとなっている。黒人《ニグロ》は、アメリカの生活と制度の中にいながら、それらから離れている存在として見られていることから、自分の立場を〔バルカン半島の状況と〕同じものと見なすようになっている。健全な協調よりも、自分たち自身の行動によって白人問題《コケイジャン・プロブレム》を解決しようと考えている。黒人《ニグロ》も環境の産物である以上、そのように考えるのも無理からぬことで、彼らを責めることはできない。このような反応は、合衆国の黒人《カラード・ピープル》に限られることはなく、白人による征服、搾取、そして蔑《さげす》みの犠牲者になっているところならどこにでもある。黒人と白人《カラード・アンド・ホワイト・ピープル》はみんな同じであると考えることができるように両者を立て直す何らかの方法を見つけなければ、悲劇に終わるだけの展開となっている。

　黒人と白人《カラード・アンド・ホワイト・ピープル》の関係を立て直すにはどうすればいいのだろうか？　それには、革命的な再教育プログラムが要求される。つまり、人種的虚構だとわかったうえで、それをよりどころとしている本、雑誌、新聞、映画や、現在のあらゆる法律や規則が積み重ねられた多くの人種的プロパガンダを全面的に破棄するだけでなく、われわれの社会制度を抜本的に改造することが求められる。もちろん、黒人隔離《ジム・クロウ》の法律や制度の完全な撤廃や、いわゆる人種を理由に結婚を禁じる人種汚染(241)の法律の廃止、合衆国憲法の条文や精神を完璧に実践すること、そして、産業や商業や専門職における人種差別の障壁の痕跡をすべて完全になくすことも含まれる。「黒人《ニグロ》」や「白人《ホワイト》」や「白人種《コケイジャン》」や「北欧系白人《ノルディック》」や「非ユダヤ系白人《アーリアン》」といった言葉は、研究者や科学者の間で使われる場合を除いては、流布しないようにしなければならないだろう。いわゆる「人種」という概念で人口統計を集めることに終止符を打たなければならないだろう。州・連邦を問わず、あらゆる機関における官職はすべての人に開かれており、実力に基づいてのみ選ばれ、昇進も決められなければならない。われわれは、国民福祉の観点から誘拐や放火や殺人を禁じる法律をつくったのとまったく同じように、肌色の偏見や差別を禁じる抜本的な法律がおそらく必要となるだろう。

　アメリカだけでなく、世界じゅうの黒人《カラード・ピープル》が、これ以下のことだったら何でも受け入れるだろう、というのはきわめて疑わしいことであり、仮にそうなったとしても、満足しないと思われる。残された道は、世界的な規模での人種戦争《カラー・ウォー》に流れていくことになる(242)。すでに有色人《カラード・ピープル》の間には、自分たちはひどい扱いを受けてきたので、もう白人とは関わり合いたくない、といった険悪なムードが広がっている。そしてこのムードは、科学の発達によって距離の縮まった今日の世界に急速に広まっている。

　今こそ、一般市民が力を合わせて考え行動する時である。個人的レベルでは、白人と黒人《ホワイト・アンド・カラード》は今もかなり仲良くやっているが、社会的レベルでとらえれば、徐々にではあるが変化しつつある前者の影響が完全になくなるまで、なおいっそう優越的立場を維持するであろう。そして、かつて友人で、今も友人になりうる人々が互いに敵として向かい合うことになる。もし強者の心の中に誠実さと決意さえあれば、これまで夢想だにしなかったほど広範に、寛容な精神、相互の理解と尊重、そして正義が行き渡った新世界をつくる時間はまだある。確かにこれは、白人世界の側において、一八〇度の転換を意味する。しかし、人種問題は白人世界自体が招いた問題であることから、正しい道は白人の心の変化だけである。アメリカや世界において、もう一つの道は争いと混乱だけである。われわれは至急に選択を迫られている。

16

《論説と批評《ヴューズ・アンド・レヴューズ》　――原子爆弾投下》

『ピッツバーグ・クーリエ』（一九四五年八月一八日）

（このコラムはスカイラー氏個人の見解であって、『ピッツバーグ・クーリエ』の公式見解ではないことをお断りしておきます――編集部）[243]

原子爆弾は、未来の戦争と平和や、われわれが冗談半分に文明と呼んでいるものの進歩に対して、新しい思考回路を切り開いた。槍や剣や盾や弓矢に代わって銃器を導入した時以上に、また馬車や帆船に代わって蒸気機関を導入した時以上に、そのすさまじい威力を実感することになるだろう。とてつもない原子力を初めて使用したのが戦争だったというのは、いかにも人間らしい。人間を千人単位で殺せることに満足せず、今度は、複数の都市をまるごと瞬時に葬ることができるようになった。したがって、次の点は留意しておいた方がよい――軍事施設だけに狙いを定めるというような口実はもう使えない、ということだ。ヒロシマの上空をかすめて飛びながら、二十万から三十万人にもなろうかという日本人の母親や父親や子供たちを無差別に殺戮《さつりく》するために、われわれの爆撃機一機が恐ろしい原子爆弾を投下した。ワルシャワやロッテルダムやロンドンや、その他の産業中枢拠点を爆撃したドイツの蛮行を嘆き、また上海で数千人の罪なき人々を虐殺した日本の残忍さを槍玉《やりだま》に挙げて非難したのは、ほんの昨日《きのう》のことではなかったか。日本の殺人者《ニッポニーズ・ゴリラ》によってアメリカ兵が虐待され首を切り落とされたことに対して、キリスト教徒として抗議の態度も示した。しかし今回は、一撃で二十万人を皆殺しにしたわれわれのパイロットの行為に対しては、英雄的快挙という称賛以外の声は聞かれない。

＊＊＊

原子爆弾投下は、日本人の労働者や家族を殺戮する以上のことも引き起こした。ロシアを刺激して、極東の分捕り品を分配する際に仲間外れにならないように、かつての同盟国である日本に対して遅ればせながら宣戦布告に踏み切らせた。戦争で疲弊したロシアの公式見解によれば、彼らを再び大虐殺行為《ホロコースト》に走らせた理由はただ、戦争をもっと早く終わらせたいだけ、ということだった。しかしスターリン〔一八七八―一九五三〕は明らかに、一九三九年当時とは違うことを感じている。当時は、ヒトラーと条約〔独ソ不可侵条約〕を結び、フォン・リッベントロップ(244)と勝ち誇ったような笑顔を作って写真を撮らせていた。条約締結から約四週間後、ポーランドがナチスの猛攻を受けて、瀕死の状態に陥ったところを見計らって、フランスに対するムッソリーニのやり方を真似て(245)、ポーランドへ侵攻し、不運な国土の半分を奪い、二百万人のポーランド人をシベリアの強制収容所に移送して重労働を課した。もちろんポーランド人だけを区別しなかった――ロシア人も同じような扱いを受けた。ナチスの捕虜収容所と同じような実録を、ソ連の捕虜収容所についても集めることができるだろう。

＊＊＊

原子爆弾は確実にアングロサクソンを最高位に引き上げ、おそらく今後何十年もそこに君臨させることになるだろう。そしてとくに重要なことは、原子爆弾の秘密製法はロシア人には明かされていないのだ。たとえ知ったとしても、今すぐ作れるわけにはいかないだろう。スターリンをはじめとする共産主義者《コミュニスト》が現在恐れているのは、今度は、自分たちを抹殺するために原爆が使われて、自分たちの殺人政権が永遠に葬り去られることである。イギリスのマシンガンを突きつけられたズールー族のように、原爆を前にしてはなすすべもない(246)。いわば、ロシアはたちどころに二流の国家に成り下がってしまうのだ。北海沿岸、地中海、あるいは太平洋のどこかの暖水域に港を確保する目論見はあきらめざるをえない。また中国を併合し、ビルマやインドに通じる道を設けるという計画も断念せざるをえない。原子爆弾を積んだアメリカ《ヤンキー》の爆撃機一機は、ロシアの爆撃機二千機に相当するからだ——もちろん、ロシアがその数だけの爆撃機を所有していればの話だが。そして、ヒロシマのように、ロシア産業の中枢部がすべて一夜にして破壊されることにもなりかねない。

＊＊＊

以上のことが何を意味するかと言えば、どこかの国がウラン爆弾以上の破壊兵器を発明して完成するまでは、アメリカに導かれたアングロサクソンが我が物顔に振舞うということである。それは、二世紀昔に銃器を用いて確立した白人帝国主義の流儀であると認めないわけにはいかない。ハリー・トルーマン(247)、トム・コナリー(248)、ジミー・バーンズ(249)、ヘンリー・ルイス・スティムソン(250)、セオドア・ビルボ(251)、そのほか、陸海軍の将校などのように、途方もない悪魔の兵器を自在に操る者は、宗教的狂信を伴う人種隔離や肌色に基づく差別《カラー・ディスクリミネーション》を信じ、彼らの先祖がつくった人種差別の壁《カラー・バリア》を低くする考えなど微塵もない、人種的傲慢さにとりつかれた、まさに二流の狭量な人間である。ほんの数カ月前、今名前を挙げた紳士のひとりが、セントルイスやワシントン特別区における黒人《ニグロ》の「侵攻日《プッシュ・デイズ》」のようなものを勝手に想像して激しく非難し、木曜日ごとに黒人《ニグロ》が白人を手荒に扱うのではないかと思われるので、自分の娘を首都の路面電車でダウンタウンへ行かせる恐怖を口にしていた。

＊　＊　＊

明るい側面を考えてみるならば、原子エネルギー放出には驚異的な可能性がある。（地球が原子爆弾の無差別使用に耐えて生き残ったと仮定してのことだが）世界じゅうの面倒な仕事をすべて引き受けてくれるので、肉体労働の必要はいっさいなくなるだろう。アフリカ、ロシア、ドイツ、シャム〔タイの旧称〕、ジャワ、そしてアメリカのミシシッピ州で奴隷働きをさせられている人たちも、一日の大半をのんびり暮らせる。義務といっても、ただ、彼らを監視する政治家や執政官にゴマをすって、おとなしく従ってさえいればいい。セネガル人が朝食後に飛行船に乗り、ニューヨークで昼食を食べ、ホノルルで夕食を取ることも可能になる。ノースカロライナ州ダラムやジョージア州アトランタの黒人《ニグロ》の保険会社の重役が、月や火星で休暇を取ることができるようになる——もっとも月や火星の黒人《ニグロ》地域に制限されるという条件付きではあるが。全米黒人地位向上協会《NAACP》の幹部も、星間輸送ライン不全に対して抗議し、黒人旅行者《カラード・ツアリスト》用のじゅうぶんな滞在用施設の確保を要求するテレビメッセージを送信できるだろう。アルゼンチンで朝に摘み取られたブドウ、デンマークのしぼり立ての牛乳や乳脂《クリーム》、中国の南京やサルマカンド〔ウズベキスタンの都市〕の珍味——これらが同じ日の食卓に並ぶだろう。ディヴァイン神父[252]の言葉を借りれば、こういうことは「本当に素晴らしい！」[253]

17

《黒人《ニグロ》は白くなりたいのか》

『アメリカン・マーキュリー』第八二巻三八九号（一九五六年六月）

黒人《ニグロ》についての一般的な考えには、どれも事実に反する傾向がある。黒人《ニグロ》はみんな白くなりたがっているということも例外ではない。ともかく、そう思われている割には、事実とはかなり異なる。実は、昔も事実とはかなり異なっていたし[254]、今後もそういうことになるだろう。それよりも、現在広がりを見せているアメリカ黒人《ニグロ》の戦闘的な動きには、何かもっと重大なことが起こる兆しをうかがわせるものがある。

心が折れるほどの幻滅を味わい、国内外における白人《アーリアン》の尊大不遜な態度を見せつけられてきたために、黒人《ニグロ》がかつて戦闘的な行動を起こす方向で思い描いていたかもしれない夢や希望はすべて、長らく消えてなくなっていた。

しかし、教育の普及、黒人《ニグロ》の報道機関や教会の影響力、アフリカの歴史や進出に関する知識の増加のおかげで、どの活動領域でもまだハンディキャップはあるものの、アメリカ黒人《ダーカー・テンス》[255]は状況をかなり広く見渡せるようになった。巧妙にして大々的な迫害や追放や排斥や侮辱を重ねて蒙ってきたために、黒人の同胞《ダスキー・ブレスレン》は白人の優越主義に対して相当な幻滅を感じるようになった。

黒人《ニグロ》が進歩した結果、黒人《ブラック》の間で不評だった自分たちの黒い肌色に対する意識も大幅に消えた。かつては色の淡《うす》い肌と「申し分のない」（すなわち白色人種《コケイジャン》と同じ）髪や容姿の者たちによって支配されていたが、黒人社会《カラード》は大きく変化した。黒人社会《カラード》の現在の指導者たちは、黒人《ニグロ》としてしか「通らない」のであり、だれもそのことを不幸だとは思っていないように思われる。

確かに、髪の毛を真っ直ぐにしたり、たくさん化粧品を使って顔色をできるだけ白くしたりすることに対するアメリカの黒人《ニグロ》のこだわりは今も残っている。当然のことながら、それは、黒人《ニグロ》は白人のようになろうと試みているという、決して理不尽とは言えない考えを生んだ。半世紀前に始まった、この一儲けできる試みは、数多くの黒人《カラード》や白人の事業を拡充し、とくに黒人《カラード》女性の容姿を「改善する」ことによって自尊心を高めた。白い肌や生まれつきの自然な直毛は今も社会的に有利なものとなっている。

最初に直毛や皮膚漂白を試みた人たちは、スパルタ人を思わせる勇気をもって、この国の容姿端麗の基準——すなわちありとあらゆる雑誌や絵看板《ビルボード》からじっと視線を投げかける見目麗しい姿——に近づきたいあまり、原始的な化学薬品による苦痛にひるむことなくじっと耐えた。当初の粗悪な薬品は効き目の強烈な苛性化合物だったので、ちょくちょく縮れ毛を赤く焦がしたり、髪の生え際の頭皮をやけどさせたり、黒い肌を傷めたりした。

激怒したシカゴの男性が、髪の毛が熱いタオルに引っついて抜けたとして、損害賠償を求めて理髪師を訴えた。「望ましい」肌色になることを願って、軽度の砒素を服用するという極端なことをする者もいた。よく試されたのが、「まともな」容貌になることを夢見て、幼年期に低い鼻をつまんで高くすることだった。本来は人種の誇りを前面に打ち出す黒人《ニグロ》新聞でありながら、「三分間きっかりで」黒人《ブラック》を白くすることを保証する魔法の万能薬の巨大広告を掲載していた。今日でも、類似品だが、あまり強すぎない薬品について、使用者の目が肥えたことも考慮して、宣伝も控えめになっている。黒人《ニグロ》新聞も、この種の宣伝だけに頼るのをやめ、昔のように大きく紙面を割くようなことはなくなった。

黒人《ニグロ》作家リチャード・ライト(256)は、「バンドン会議」(257)の報告として、最近出版した『カラー・カーテン』〔一九五六〕の中で、以上指摘したような黒人《ニグロ》の慣行はなくなっていないことを示す、面白おかしいエピソードを紹介している。ある白人女性の作家が、彼女の知り合いで、ボストンから来ていた黒人《カラード》女性のリポーターと同じ部屋に泊まったのだが、そのリポーターをブードゥー教の女司祭と勘違いしたというのだ。実は、リポーターが、夜毎、電気を消した暗い部屋で、髪の毛を真っ直ぐにするために、スターノ製〔アメリカの燃料メーカー〕の缶入り固形燃料の薄気味悪い青白い炎の上に櫛をかざして温めていたのだ。ライトが説明して作家の不安を解消してやったとき、彼女はもう一つ、リポーターが毎朝一時間もバスルームにカギをかけて閉じこもり、出てきたときには、肌色が少し淡《うす》くなっていることを思い出した。

一方、早合点されると困るので、ここで言っておいた方がいいと思うことが一つある——つまりそれは、金髪を好む紳士のあこがれである、ウェーブのかかった髪をした色白の美女にできるだけ近づこうと奮闘するアメリカ人女性に、大手の白人化粧品会社が大きく依拠している、ということである。しかし、白人女性も劣等意識を持っていることを示す証拠として、このことを指摘する者はだれもいない。

また、太陽の下であれ、何か器具を使ってであれ、数多くのアメリカ白人が日光浴に夢中になっているものの、白人が黒人《ニグロ》になりたがっている証拠にはなっていない。熱狂的な日光浴ブームが始まったころ、ワシントンDCにある、とある大手百貨店が、店員に接客態度に気をつけるようにという注意書きを掲示した。というのも、最も大切な顧客の中には、よく日に焼けた南部人(258)も混じっているからであった。それは、黒人《カラード》の顧客が歓迎されるようになる以前のことであり、黒人《ダスキー》の外交官の妻たちが首都の社交界に出入りする以前のことだった。

今日の黒人《ニグロ》社会では、白人《ノルディック》と見分けがつかない妻を娶《めと》ることは、もはや社会的到達度を示すものではなくなった。ダンスパーティでは、若い黒人女性《ブラック・ガール》はもう壁の花ではないし、コーラスラインの中に混じっている一人の黒人女性《エボン・ラス》も黒人《ニグロ》を愚弄するような爆笑の対象ではなくなった。黒人《ニグロ》の信者が極端に少ない教会は残ってはいるが、ほとんどなくなった。アメリカの黒人《ニグロ》社会はいつも、肌色に基づく階級制度《カラー・カースト・システム》が完全なかたちで残っている東インド諸島やラテンアメリカやカリブの諸国民の先を進んでいる。

「イエロー・タクシーや、金紙幣《イエロー・マニー》〔gold certificates（金証券）のこと〕や、黄褐色の混血女《イエロー・ウィミン》」を好む黒人《ニグロ》の伊達男《ダンディ》の昔の自慢の種[259]も消えた。今ではタクシーは色とりどりであり、だれでも利用できる。金証券もローズヴェルト大統領によるニューディール政策によって消滅した。発言力や教育やお金のある黒人女性《ブラック》の社会的地位も上がった。最近アメリカを訪れたブラジルの黒人《ブラック》が感嘆の声を上げた――「世界じゅうのどこを探しても、黒人女性《ブラック》がキャディラックを運転しているところなんて、他にないのではないか？」

危惧の念を抱いている白人のアメリカは今、黒　人《ブラウン・スキン》の戦闘的態勢や連帯――些細な対立を超えて、人種の誇りに訴える連帯――を非難しているけれども、それらを生み出した責任は、やはり白人のアメリカ自身にある。白人のアメリカは、法律によって、また慣習的に、「血一滴ルール」を課していた。疑似科学によれば、一滴の強力な「黒人《ニグロ》の血」を持っている者ならだれもが黒人《ニグロ》とされ、その一方で、「白人の血」の一滴はあまりにも弱いので、黒人《ニグロ》を白　人《コケイジャン》にすることはできないのだ！　これが科学なのだ。合衆国連邦最高裁判所がもっと確実な社会科学を用いて、人種隔離撤廃の判決を言い渡したとき、南部人を激怒させた[260]。

他の多人種国家における厳密な肌色の等級づけは、白人以外《ノン・ホワイト》の人種間の区分も設けた。アメリカの「血一滴ルール」の完全論者は、白人以外《ノン・ホワイト》の人間を区分することなく、最下層民として一つにまとめた。このアメリカ独特のやり方は、五十年前に流行った『くろんぼ《クーン》はみな瓜二つ』と題した歌の中にまとめて示されている。

淡《うす》い黒肌をしていて、まともな行儀作法や、少しの読み書き能力を身につけている者たちは（たいてい、往々にして親族でもある白人農園主の屋敷内の奴隷として仕えていた時に身につけた）、ラテンアメリカのように、白人集団の中に加わることはできなかった。白人とは別に、自分たちだけで、黒人《ブラック》の農業労働者、そして無産階級《プロレタリアン》の集団としてまとまらなければならなかった。こうして、彼らの間から初代の黒人《ニグロ》指導者を選び、大衆を訓練して向上《アップリフティッド》させ、人種の誇りや、自分たちの運命に対する憤りを植えつけることになった――つまり、今なお多くの黒人嫌い《ニグロフォーブ》の不安を煽る黒人《ブラック》団結の化け物《ホブゴブリン》は、結局白人がつくり出したもの、ということになる。

南北戦争後、白人の血縁筋にあたる混血黒人《ムラート》の結束が、南部の敗北によって彼らと同じように解放された新興の下層白人階級《クラッカー》の残虐さを幾分和らげることになったのは、社会関係がいつもいっそう個人的なものであった南部においてであった。

自由黒人《フリー・ニグロ》であれ奴隷であれ、肌色の淡《うす》い黒人《ニグロ》に加えて、混じり気のない《アンミックスト》相当数のヨーロッパ人が拉致され、動産として奴隷にされ、貪欲な奴隷商人によって黒人《ニグロ》として売り飛ばされた。奴隷商人はたびたび不運な白人奴隷《ノルディック・ボンズマン》の髪の毛を縮らせて、白い皮膚と青い目を見て驚く買い手の良心の呵責を静めようとした。当時、縮れた髪の毛はアフリカ人の血が流れている証《あかし》であることは、人種のことに詳しい南部人によって広く信じられていたし、今もなお、黒人《ニグロ》の先祖がいたことを示すわずかな証拠として、執拗にとらわれている。これらの白人の多くは動産として扱われた黒人《ブラック》と混ざり合ったのである。

南部の新しい指導者による戦後の活動に関する、ある解説によれば、面白いことに、戦前の自由奴隷はほとんど市民権を享受しなかったが、奴隷州であってもあまり痛みつけられなかった。自由な白人と一緒に列車や駅馬車や蒸気船に乗っていたし、ときには奴隷所有者でもあった。白人女性との結婚もめずらしくなかった。また、裕福な白人の子息たちのために私立学校を経営していた例もある。戦争が勃発した時には、自由黒人《フリー・ニグロ》の身であり、自分で装備を整えることができた混血黒人《ムラート》が、一個大隊を組織して、ニューオーリンズの南軍に志願したこともある。多くの黒人《ニグロ》が南部連合部隊で戦っていたのにもかかわらず、今日では、南部《ディクシー》のすべての州兵部隊から締め出されている。

黒人隔離《ジムクロウイズム》や反異人種間結婚、そしておおいに言い広められて知れ渡ることになった南部の「生活様式」はおおかた、マグノリアに囲まれた屋敷が「風と共に消滅し《ゴーン・ウィズ・ザ・ウィンド》」、松林の山岳地域に住んでいた住民〔すなわち下層階級の南部人《クラッカー》〕が力を握るようになった後に始まった。振り返ってみると、皮肉なことに、最初の反奴隷制運動は南部に起こったのであり、農園主の少数独裁政治家を大いに激怒させたのは、実は、北部人のハリエット・ビーチャー・ストウ〔一八一一―九六〕の『アンクル・トムの小屋』〔一八五二〕ではなく、南部人のヒントン・ヘルパー〔一八二九―一九〇九〕の『迫りくる南部の危機』〔一八五七〕であった。ヘルパーが北部へ逃れなかったならば、その本と共に焼き討ちにされていたことだろう。

完全な市民権の即時実現を目指す黒人《ニグロ》の現在の動きは、彼らが白くなりたいことを示しているのだろうか？　白人の家庭や社交界の内側《プライヴァシー》に入り込みたいのか？　ことさら白人《ノルディック》の配偶者をあこがれるのか？　声高な黒人嫌い《ニグロフォーブ》の中には、そう思うと応じる者もいる。黒人《セネガンビアン》の「雑種化」に英雄的な貢献をしてしまってから、当然のことだが、立場が逆にならないようにと、ヒステリックになっているのだ。しかし、「雑種化」が実のところ白人の「生き方」に脅威になるというのなら、それに対処するにはもう遅すぎる。

本当のところ、黒人《ニグロ》が白くなりたいと思っている証拠はほとんどない。黒人《ニグロ》を中傷する者たちが言い立てるように、たとえ黒人《ニグロ》が社会的そして知性的に完全に成熟していないとしても、クロード・マッケイが「文明化された地獄」[261]と呼んだものを経験しているために、白人との親交をいつまでも待ち望むことはない。彼らがいっせいに声を上げて求めているのは、あくまでも、白人が享受している「機会の自由」だけである。

支配集団側のスポークスマンによって、教会や報道機関や文学や政治を通して、一世紀以上にわたってとめどなく、病的で、無知で、道徳観念がなく、野蛮極まりないと、悪口雑言を浴びせかけられてきたグループにすれば、そのようなことは簡単に忘れられるものではない。アメリカの海岸に降り立った他の多くの人間と同じように、黒人《ニグロ》も新しい環境に容易に適応できた。しかし化学薬品を用いても、彼らの皮膚色素を変えることはできなかった。そこで彼らは開き直って、白くなりたいという切なる思いに駆られていると受け取られる以上に、凄みをきかせた排他的態度を取るようになった。

良かれ悪しかれ、黒人《ブラック》市民は、白人市民がいる中で成長してきた。黒人《ブラック》市民はますます自己中心的に、懐疑的に、敏感に、そして誇り高くなった。今や、黒人《ブラック》の連帯は、かつて黒人《ニグロ》のことは「よくわかっている」と豪語していた多くの白人に衝撃を与えている。

この連帯は共産主義者《コミュニスト》によって刺激されて急成長したのではまったくない——もっとも共産主義者《レッツ》はそれに付け込もうとはしてきたが。百二十五年以上前、黒人《ニグロ》は、遠く離れたいろいろな地域からやってきた代表者がフィラデルフィアに集まって最初の会議を開いた(262)。一八二七年には、学識のある二人の黒人《カラード》——一人は大学出——が、『自由のジャーナル』(263)という黒人《ニグロ》最初の新聞を創刊した。以後のあらゆる会議のテーマは変わることがなかった——それは、合衆国憲法下で、即時に完全な市民権を確立するということであった。会議では、自分たちの母国であると考えるアメリカから離れるのに反対するグループと、アメリカには失望したので、どこか黒人《ブラック》の理想郷《シオン》となるところに移住したいと欲するグループとの間で、活発な議論が交わされた。そして奴隷解放がその議論に終止符を打った。

南北戦争後、黒人《ニグロ》を恐怖に陥れて、事実上再奴隷化するという強力な活動が、一八九〇年から一九一〇年にかけて頂点に達した。リンチや、契約労働や、黒人隔離法《ジム・クロウ・ロー》や、職業上の差別待遇や、公民権剥奪などの状況からすれば、黒人《ニグロ》が白人を見直すはずがなかった。状況改善は期待できないと悟った黒人《ニグロ》は、同胞の結束を促し、共通の目標と、目標実現のための戦略に焦点を絞ることになった。

二〇世紀初頭、週三回の割合でリンチが起こっていたとき、それに対して何らかの手立てを講じなければならないという目的で、「ナイアガラ運動」(264)が起こされた。その後、時を移さず、「全米黒人ビジネス同盟《NNBL》」(265)、「全米黒人地位向上協会《NAACP》」、「全米都市同盟《NUL》」（一九一〇年設立（一九二〇年にこの名称に変更））、「全米黒人健康週間《NNHW》」(266)、そして『黒人《ニグロ》歴史ジャーナル』（一九一六年創刊）を刊行する「黒人の生活と歴史研究協会《ASNLH》」（一九一五年設立）が相次いで設立された。

それ以前には、今では一千万人の信徒を誇っている「黒人教会《ニグロ・チャーチ》」が、白人教会の人種隔離に対する抵抗から設立された。リチャード・アレン(267)によってフィラデルフィアに最初の教会（セントジョージ・メソディスト聖公会）が設立されたのが一七八七年であったことから、「黒人教会《ニグロ・チャーチ》」は文字通り、共和国誕生とともに生まれたことになる。早くも一八二〇年には、「アフリカ・メソディスト聖公会」が、アンリ・クリストフ国王（一七六七―一八二〇（一八一一年に即位））のハイチや西アフリカで伝道活動を行なった。初期の教会は、黒人《ニグロ》に集会所や法廷として場所を提供した。それに学校も創設した。どのグループも、それぞれが設立した教会を基盤にしており、尊い伝統を捨てたいとは決して思っていない。自分たちで築いたものには誇りを持っているのだ。

目標は、白人の世界で白肌になることではなく、自由になることである。黒人《ニグロ》は、三世紀以上にもなるアメリカでの暮らしと犠牲のあとでは、自分をよそ者と見なすことなどできない。黒人《ニグロ》が人種集団として根絶したいと思っているということなど、まったく根拠がない。黒人《ニグロ》は白人とそれなりに親交を結びたいと熱望しているのではなく、異人種間結婚を通して姿を隠したいと願ってもいない。異人種間結婚が法律で禁じられていないところでも、「異人種同士《ミックスト》の」夫婦を見つけるのは容易ではない。国全体で二万五千組もない。

多人種国家では、人目を忍んでの、また法制外の性的関係はこれからもあとを絶たないだろう。もし最大のロマンスが最大の危険を伴うものであるならば、合衆国にはまだ手のつけられていないたくさんの文学的素材があるだろう。ここには、日本以上に多くの蝶々夫人《マダム・バタフライ》(268)がいるのだ。

善かれ悪しかれ、アメリカにおいて、他とは明確に区別できる内向き志向の同種族社会が展開してきている。ベルギーのワロン族とフラマン族、インドのイスラム教徒とヒンズー教徒、モロッコのユダヤ人とアラブ人といった人種関係と同じように、アメリカの両人種も互いに排他的であるように思える。

今や、両人種はそれぞれの種の保存に強い関心を持っている。ほとんどの白人は黒くなりたがっていないし、ほとんどの黒人《ニグロ》も白くなりたがっていない。すべての国民の公益のために両者間で協力し連携するうえで、いつも必要な措置が講じられるだろう。しかし、完全な「人種の坩堝《るつぼ》」という理想主義者の展望は、控えめに言っても、霞んでいて遠くまで見渡せないのだ。

注

（1）スカイラーは「ホーボー」（hobo）あるいは「ボー」（ˈbo）という表現も用いている。本書では「ボー」は「ホーボー」とした。

（2）本書第Ⅰ部、注20を参照。

（3）本書第Ⅱ部、注203と、第Ⅲ部、四六六頁を参照。

（4）一八七四－一九六五。イギリスの小説家・劇作家。

（5）家に留まっていれば居心地がよい。というのも、信じたいように信じられるからである。しかし、旅に出てみれば、新しい経験に直面することになり、信じていたことが覆されるという辛い経験をすることにもなる。しかしそれでも、旅は視野を拡大してくれる、という意味。

（6）すなわち素早く走って逃げること。

（7）オスマン帝国の少数民族であったアルメニア人は、一九末から二〇世紀初頭にかけて迫害され、第一次大戦中には、砂漠地帯にある収容所に強制移住させられて虐殺された。

（8）メリーランド・ペンシルヴェニア州間に引かれた、いわゆる「メイソン－ディクソン線」のこと。北部と南部の境界線とされた。

（9）一九二一年、ノースダコタ州在住の青年タバートが故郷からはるか遠く離れたフロリダ州で貨物列車に飛び乗ったところを、放浪罪で逮捕され、過酷な強制労働を課せられて死亡したというもの。

（10）いわゆる成金階級に言及していると思われる。かつて、貧農の土地に石油が出て、一躍金持ちになった家族を描いた人気ホームコメディ《ビバリー・ヒルビリーズ》（一九六二）を連想させる。

（11）フランスの催眠療法士、自己暗示法の創始者（一八五七－一九二六）。

（12）クーエの著書『自己暗示』（一九二二?）の中に、自己暗示の言葉として「日に日に私はあらゆる面でよくなっている（Day by day, in every way, I'm getting better and better）というのがあるが、スカイラーはその言葉をもじっている。

（13）本書第Ⅰ部、注110を参照。

（14）本書第Ⅰ部、注5と27を参照。

(15)「『更生《コレクション》』施設」といっても、「刑務所」と変わらないことを、スカラーは感嘆符や疑問符を付けて暗に皮肉って言及している。

(16) おそらく精神病棟。

(17) 一九〇五年にシカゴで組織された急進的な国際社会主義団体。

(18)「世界産業労働者組合《I・W・W》」ほど急進的ではなかった。

(19) あくまでも現世を楽しむことをうたうオマル・ハイヤーム（一〇四八—一一三一）の『ルバイヤート』からの一節に示されたホーボヘミアの哲学は、人種間でせめぎ合う人間の窮屈な営みをも冷ややかに眺めながら、それに縛られない自由な生き方を提示している。なお『ルバイヤート』の翻訳は、エドワード・フィッツジェラルドの英訳を基にした竹友藻風による邦訳を使用させていただいている（西村書店、一九四七。Rpt. マール社、二〇〇五年。一四頁）。

(20) ここで言う「黄禍」は、アジア人種（黄色人種）に対する恐怖を意味するのではない。本書第Ⅲ部、五〇一—〇四頁を参照。

(21) 人を簡単に裏切って、女のもとを去ってしまうので、その孤独を癒すために犬を買ってもらった、という意味。

(22) チャーリーは警官であることから、禁酒法をかいくぐって酒を売っているドラッグストアの店主を脅したという意味。

(23) ガーヴェイについては、本書第Ⅰ部、注14を参照。

(24) 漫画家バッド・フィッシャー（一八八五—一九五四）によって、一九〇七年から新聞に連載された漫画。

(25) ハイラン市長やクーリッジに対するスカイラーの皮肉。《『黒人芸術《ニグロ・アート》』という戯言《ホウカム》》の冒頭の一節を参照（本書第Ⅱ部、二五六頁）。

(26) この箇所も、ハイラン市長やクーリッジ大統領に対するスカイラーの皮肉。

(27) 本書第Ⅰ部、注11と106を参照。

(28) どの時点から数えて五百年になるのかは不詳。最初のアフリカ人がヴァージニア・ジェームズタウンのイギリス植民地に連れてこられたのは一六一九年である。

(29)「ユニオン・パシフィック鉄道建設のために、一八六三年に設立された会社であるが、一八七二年に、国会議員が関わった建設費をめぐる不正が発覚し、一大スキャンダルとなった。

(30)「ホッグ・アイランド」（Hog Island）は、ニューヨーク市「ファー・ロッカウェイ」（Far Rockaway）沖にあった沿岸砂州であった。リゾート地になっていたが、一八九三年の「ハリケーン・サンディ」（Hurricane Sandy）によって、ホテルなどの建物もろとも、水中に葬られてしまった。

(31) 一九一八年五月一五日、アメリカ郵政公社の支援のもと、初めて航空便輸送を実施したが、気象状況、パイロットの経験不足など、さまざまな要因が重なって、途中で不時着して、結局は失敗に終わった。

(32) ワイオミング州の国有油田ティーポット・ドームの採掘権を巡り、内務長官アルバート・B・フォール（一八六一―一九四四）が関与した汚職事件。

(33) 黒人新聞『シカゴ・ディフェンダー』などに関わったジャーナリストであり、黒人人権活動家であったロスコー・コンクリング・シモンズ（一八七八―一九五一）のこと。

(34) 五五年頃―一二〇年頃（帝政期ローマの政治家・歴史家）。

(35) インド・パンジャブ州の都市で、シーク教の総本山がある。一九一九年にイギリス軍によるアムリッツアル大虐殺が起きた。

(36) 一九一九年に炭鉱労働者の争議が起こった地域。

(37) 本書第I部、注110を参照。

(38) 一八六七―一九四〇。タスキーギ専門学校校長ブーカー・T・ワシントン（一八五六年生まれ）が一九一五年に死去したあとを受けて校長となり、一九三五年まで務める。Robert Motonのミドルネームは、Russa（ルーサ）であるが、スカイラーがRusty（「さびた」という意味）としているのは、スカイラーの皮肉。また、南部人の肩書によく用いられるMajor（少佐）というのは、モトンがヴァージニア出身の南部人であることも考えられるが、それに疑問符を付けていることから、これも、モトン（あるいはタスキーギ専門学校）に対するスカイラーの皮肉が込められていると考えられる。

(39) 第三十代大統領カルヴィン・クーリッジのこと。クーリッジ大統領は極端な寡黙さゆえに、沈思黙考して政治の秘策を打ち出すのではないかとの誤解を招いていた、というスカイラーの皮肉。

(40) 一九一八年に就任したニューヨーク市長ジョン・ハイランが退任した二五年に出版した市政七年間の自画自賛の回顧録『進歩の七年間』（*Seven Years of Progress*）に述べられていること。スカイラーはそのような進歩はまったくなかったととらえている。

(41) スカイラーにすれば誤報であるということ。

(42) 一八九一―一九五九。サウスカロライナ州チャールストン生まれの作家。ユダヤ系アメリカ人。

(43) 一八八四―一九六八。オハイオ州ゼインズヴィル生まれの作家。中国系アメリカ人を主人公とする探偵小説などを書いた。

(44) スカイラーが一九二五年六月号（Vol. VII, No. 6［二三六―三七頁］）の『メッセンジャー』に掲載した戯曲に、《コーヒーハウスにて》（"At the Coffee House"）というのがある（本書第I部、注24でも言及している）。作家活動に励むものの、まったく売れなくて途方に暮れている男に、かつてリポーターの仕事をしていた女が、「グリニッチヴィレッジのコーヒーハウス《セラー》」で、売れるための手ほどきをする話である。彼女によれば、彼の作品が売れないのは、何もかも自分の目で確かめた素材でないといけないと考えて書こうとするからであって、売れるようにするためには、「インディアン、南洋、あるいはジャングルの生活など、何か珍しいものを思いつかないといけない」というのである。そして、オクタヴァス・コーエンやヒュー・ワイリーに加えて、アーヴィン・S・コブ（ユーモリスト、コラムニスト、短編作家［一八七六―一九四四］）の名前を挙げて、「彼らのストーリーには、実際に見かけるような黒人《ダーキー》がいると思う?」と問いかけ、「書き手たちが、自分たちになじみのある素材となるまで待っていると、アメリカの文学的生産活動は縮小し、ほとんどなくなってしまう」と忠言する。そこで売れるためには、「面白おかしいことを方言で書き、鶏やスイカや剃刀やジン酒や歌うたう黒人ばあや《シンギング・マミーズ》」、また「学識ある黒人《ダーキー》から白人文明の薄いベニヤ板が崩れると、その下から野蛮人の姿が現れる」といったものを題材にすることを提案する。そこには、類型化された黒人像が、文学作品などを通して、実際の姿としてアメリカ人に植えつけられてきたと批判するスカイラーの風刺の視座が働いているのであるが、スカイラーは、この戯曲の中で、このような文学的活動を「ライティング・ゲーム」（writing game）と揶揄している。

(45) 社会的・人種的向上を指導するアフラメリカンの活動家。

(46) 一八七四―一九二二。黒人のコメディアン。

(47) 一八九三年のシカゴ万博で製粉会社のパンケーキ焼きをデモンストレーションした黒人女性。白人家庭に使える陽気な黒人女性という類型化された黒人女性像がつくり上げられた。

(48) ハリエット・ビーチャー・ストウ（一八一一―一九六）の『アンクル・トムの小屋』（一八五二）の黒人主人公。白人に従順に仕える類型化された黒人像がつくり上げられた。

(49) 一八七八―一九四六。黒人初の世界ヘビー級王者。

(50) オクタヴァス・ロイ・コーエンの探偵小説の黒人主人公。

(51) 漫画家ロバート・シドニー・スミス(一八七七―一九三五)などの漫画に登場する人物。
(52) 一八七八―一九四六。白人の元世界へビー級王者で、ジャック・ジョンソンに敗れた。
(53) 一八八三―一九七〇。新聞漫画家。
(54) ミシガン州グランドラピッズは「家具の都」として有名。
(55) 紀元前一〇九年ごろ―紀元前七一年。古代ローマの奴隷反乱の指導者。
(56) 一二世紀ごろのイギリスの伝説的義賊。
(57) 九五〇―一〇〇三頃。最初のグリーンランド入植者と言われる。
(58) 黒人新聞が「黒人芸術《ニグロ・アート》」の考えを神話化して、黒人の人種的誇りを少しばかりかき立てる、という意味。
(59) 一八三二―一九一二。デンマーク領西インド諸島の生まれで、アメリカ系リベリア人として、新生国家リベリアへ移住した教育者・外交官・政治家。デンマーク領西インド諸島はかつてイギリス領であったことから、スカイラーはブライデンを「イギリス人」としている。
(60) 一八八九―一九四八。ジャマイカ生まれで、ハーレム・ルネッサンスの代表的な詩人。ジャマイカはイギリス領であったことから、スカイラーはマッケイをイギリス人としている。
(61) ウォレン・G・ハーディング第二十九代大統領の在任期間は一九二一―二三年。大統領在任中には汚職事件が頻発したり、彼自身についても、K・K・K団に関係しているのではないか、また混血ではないかといった噂がたったり、いくつかのスキャンダルがあったとされている。在職中に死去していることから、故人に礼を示すうえで"sainted"(天国にいる)という形容詞を用いていると も考えられるが、ハーディングに対するスカイラーの皮肉の意味合いの方が強い。
(62) 黒人の数学者、科学者、エッセイスト・コラムニストであったケリー・ミラー(一八六三―一九三九)が、ハーディング大統領に宛てた一九二一年一一月二九日付の公開手紙のタイトル"Is Race Difference Fundamental, Eternal and Inescapable?"からとっている。
(63) グラントとストッダードについては、本書第Ⅲ部、五〇八―一一頁を参照。
(64) Moronia InstituteのMoroniaは、「間抜け」を意味するMoronという言葉を思わせる。

(65) Hamboneとは、黒人に扮して、黒人訛りを話すへぼ役者のこと。
(66) "Federal Society for the Exploitation of Lynching"とは、リンチに関する恐ろしいエピソードを紹介することによって、聴衆の同情を誘っておいて、そこに付け込む、ということを意味していると考えられる。
(67) 《「黒人芸術《ニグロ・アート》」という戯言《ホウカム》》（本書第Ⅱ部、二五八頁）を参照。
(68) 一九二〇年代のアメリカで流行った尻振りダンス。
(69) アメリカ最古のピアノ・メーカー。
(70) ロンドンのウエストミンスターにある街路。高級ショッピング街として知られる。
(71) 『向上《アップリフト》』（*Uplift*）は実際にあった新聞（あるいは雑誌）かどうかは不詳。
(72) 「幻の」というのは、黒人《ブラック》の波止場人足や農夫の実際の姿とは違って、あくまでも白人が作り上げた黒人《ブラック》の固定観念像であって、そのような黒人《ブラック》に扮した白人の役者が、いわゆる「ミンストレルショー」などの舞台で、黒人《ブラック》全体を見下げるために誇張して、演じていた。それによってますます、彼らの姿が黒人の実像として、白人の文化の中に刷り込まれて生き続けていた。
(73) 一五六四―一六一六。イギリス・エリザベス朝演劇を代表する劇作家。
(74) 紀元前一〇〇―紀元前四四。共和政ローマ期の政治家・軍人。
(75) 「白人の友人《ポーク・スキンド・フレンズ》」とは主に、「貧乏白人」（poor white）「赤首」（red neck）と呼ばれる、南部の最下層の白人を指す。
(76) スカイラーの言う「生存手段」（means of existence）とは、マルクスの言う「生産手段」（means of production）に当たると考えられる。黒人が生存するための手段（社会で成功するための手段）を白人が支配している中で、黒人として精一杯生きるのはむずかしい、という意味。
(77) カンザスシティの新聞編集者であったジョージ・クリール（一八七六―一九五三）は、ウィルソン大統領の命を受けて、第一次世界大戦を支持する世論を高めるための広報委員会《CPI》（Committee on Public Information［一九一七―一九］）の委員長となり、政治宣伝活動を行なった。
(78) 黒肌を白くして、黒人であることを隠すこと。
(79) スカイラーは「黒人」を意味する言葉として「セネガンビアン」（Senegambian）（セネガンビア［Senegambia］は西アフリカの国）

をよく用いている。

(80) ポトマック川より南方はアメリカ南部となる。

(81) 白人が享受しているさまざまな特権、という意味。

(82) 本書第Ⅲ部、五四〇―四七頁を参照。

(83) 〔"Ask Me Another"とはゲームの種類だと思われるが、不詳。

(84) K・K・K団の「皇帝」となったハイラム・ウェズリー・エヴァンス(一八八一―一九六六)のこと。在任期間は一九二二―三九。「至上魔法師」(Imperial Wizard)とは、KKK団最高位の呼称。

(85) 一八六九―一九四四。シカゴ市長。在任期間は一九一五―二三、二七―三一。市長として非常に評判が悪かった。

(86) アイルランド作家ジョナサン・スウィフト(一六六七―一七四五)の代表作『ガリヴァー旅行記』(一七二六)の主人公。「小人《リリパット人》」は、ガリヴァーが遭遇する「小人の国」の国民。

(87) 一八六一―一九四七。一九二二年に、白人優越主義者の組織である「アメリカ・アングロサクソン協会」(The Anglo-Saxon Clubs of America)を創設し、一九二四年の「ヴァージニア州人種保全法」の成立のために活動した。

(88) 一八八二―一九六三。ピアニスト・作曲家であるとともに、白人優越主義者・隔離主義者として、プレッカーと共に、「アメリカ・アングロサクソン協会」創設した。

(89) 一八八〇―一九六六。白人優越主義者で、プレッカーやパウエルと共に「アメリカ・アングロサクソン協会」を創設した。

(90) 一八二一―九〇。イギリスの探検家・軍人・外交官・人類学者でもある。

(91) 一八一三―七三。探検家・医師でもある。

(92) 白人とは区別がつかないほど白肌の人を黒人だとわかって結婚しても罪に問われないが、白人だと思い込んで結婚していれば禁固刑が科せられることになる。

(93) 人種が異なる者同士の結婚を有罪として夫婦を収監し、収監期間中に、政府当局は、夫婦の子供の面倒も見ようともしないことから行方不明にさせてしまった――「貢献」というのは、そのようなアメリカに対するスカイラーの皮肉がこもった表現。

(94) この裁判が行なわれた際には大統領職にあった。

(95) すなわち、「人類学者の役目」をも引き受けた裁判官が、黒人であることを証明する「縮れ毛」かどうか確かめようとした。

(96) 傍点の箇所の英語は、"Color—or absence of it—"となっている。しかし「社会的に有利に働く」のは、"Color"（黒肌）ではなく、"absence of it"（無色）であることから、スカイラーの表現が矛盾している。したがって、"Color"を省いて訳出した。もちろんスカイラーは、「混血」の肌色の美しさは魅力的であり、両人種のあこがれの的となっていることを強調していることから、"Color"を「混血の肌色」とすることもできるが、少し無理がある。

(97) アメリカ合衆国には貴族制の伝統はないので、ヨーロッパのように、「伯爵」（Count［Count of Monte Cristo］）、「侯爵夫人」（Duches［Duchess of Pomerania］）、「妃」（Lady［Lady Diana Spencer］）など、重みのある肩書きを用いることに憧れている。

(98) ブラジルをはじめとする南米諸国には、二人種、三人種だけでなく、原住民族も含めて、黒肌と白肌の間には無数の多種多彩な肌色の人種が存在する。人種的理解を求めるならば、異人種間結婚以外にそれを実現できるものはない、という趣旨。

(99) スカイラーが所属していた二五歩兵師団は、ハワイの前にはワシントン州シアトルに駐屯していた。

(100) Rain—in—the—Faceはアメリカ先住民族であったダコタ・スー族（Dakota・Sioux）七部族連合の一派「ラコータ族」（Lakota）の族長（一八三五－一九〇五）の名前からとっていると思われる。ラコータ族のレイン・イン・ザ・フェイスは、一八七六年六月二五日の「リトルビッグホーンの戦い」（先住民側の呼称は「グリージーグラス川の戦い」）で、第七騎兵隊司令官ジョージ・アームストロング・カスター将軍（一八三九－七六）と戦った。詩人ヘンリー・ワズワース・ロングフェロー（一八〇七－八二）は、《レイン・イン・ザ・フェイスの復讐》と題した詩で、カスター将軍を死に至らしめたのは、将軍の心臓を切り取ったレイン・イン・ザ・フェイスであったとして、レイン・イン・ザ・フェイスを伝説的英雄に仕立て上げている。

(101) バーテンダーとの間で会話に上ったサムとは、この店で働いているただ一人の黒人であると考えられる。バーテンダーは、黒人のサムに用事があってきたのかという趣旨の質問を投げかけることによって、この店は黒人には接客しないことを間接的に念を押して、レイン・イン・ザ・フェイス一行《いっこう》を追い払おうとしている。

(102) 一九一七年七月一日に黒人将校養成のために設けられたアイオワ州フォート・デモイン訓練キャンプのこと。このキャンプのことについては、第Ⅲ部、四九〇－九二頁、第Ⅲ部注24、25、26を参照。ジャクソン軍曹はそのキャンプに参加する候補生に選ばれたということである。

(103)「四分間弁士《フォア・ミニット・マン》」とは、アメリカがドイツに宣戦布告して、第一次世界大戦に参戦することを広く国民に訴えるために、一般市民がボランティアとなって、映画館の幕間の四分間を利用して、戦争支持を訴える演説《プロパガンダ》を行なった。この役目は、ウッドロー・ウィルソン第二十八代大統領（在任期間は一九一三―二一）のお墨付きがあった。

(104)傍点の箇所については、本書第Ⅱ部、注173と、第Ⅲ部、注28を参照。

(105)一八六四―一九四三。ドイツのユダヤ人で、社会学者、政治経済学者。一九三八年にアメリカへ亡命。

(106)以下に、「思想統制親衛隊《イェニチェリ》――すなわち新聞社や大学教授や牧師――」とある。

(107)黒人に対して直接、暴力やリンチの行動に出る階級。

(108)「他人にしてもらいたいと思うことを、他人にもせよ」

(109)アインシュタインについては、本書第Ⅰ部、注74を参照。スカイラーはアインシュタインの名前に言及することが多い。本書でも、第Ⅱ部のこの箇所以外でも名前を挙げている（三四八、四〇〇頁）。デュボイスは、アインシュタインに『クライシス』への寄稿を依頼し、一九三二年二月号に、《アメリカの黒人《ニグロ》のみなさまへ》と題するアインシュタインのメッセージが、デュボイスの紹介記事に続いて、ドイツ語とデュボイスによる英訳が左右に並べられて掲載された。デュボイスは次のように紹介している――「単に数学的頭脳の持ち主であるだけでない。人類の前進のすべてに共感的理解を示すことができる、まさに深く生きている人間《リヴィング・ビーイング》である。……ユダヤ人として、人種的偏見とはどういうものであるのかを知っているからこそ、それを憎んでいる……以下の言葉を『クライシス』に『この上ない敬意』（Ausgezeichneter Hochachtung）を込めてお送りいただいた」。スカイラーがたびたびアインシュタインに言及するのも、類似の境遇にも関わらず偉大な科学者となったアインシュタインに対する称賛や共感が、ひときわアメリカ黒人の間で強かったことの証左として受け取れる。アインシュタインのメッセージは次のようなものである――「とくに身体的違いによって個人が識別されるとき、社会的少数者が共存する社会的多数派によって劣った階級として扱われるのは、普遍的事実のように思える。しかしながら、そのような運命の悲劇的側面として、これらの少数集団は、社会的・経済的関係において自動的に不利な立場を蒙る、ということだけでなく、厳然たる事実として、このような扱いを受ける人たち自身が、多数派によって暗に示される影響ゆえに、おおかた偏った評価を黙って受け入れしまい、自分たちと同じような人たちをも劣っていると見なすようになる。この二つ目の、いっそう重大な弊害は、少数集団自身の、いっそう緊密な連帯や意識的な教育的啓発によって取り組むことができるのであり、それによって、少数集団の魂の解放が実現できるだろう。この方向に向かって進むアメリカの黒人《ニグロ》の確固たる努力に対しては、称賛と支援を惜しむ人はだれもいなであろう」（四五頁）

(110) ユダヤ人は豚肉そして豚のもも肉を塩漬けにしたハムを食べることを禁じられている。

(111) 支配階級によってつくられた黒人の固定観念像がなければ、支配者の残虐さや非情さがむき出しになる、という意味。

(112) 大学の学生・卒業生の中でも選ばれた成績優秀者によって構成される会。

(113) イギリス連邦、アメリカ合衆国、ドイツからの留学生を対象にした奨学金。

(114) 著者はジャコウバス・X（Jacobus X）で、英語版は「アメリカ人類学会」（American Anthropological Association［AAA］）から出版されている。

(115) 一八五九－一九三九。イギリス生まれの医師、性科学者、社会活動家。代表作に『性の心理』（一九三三）。

(116) 黒人のために力を尽くしたこれら著名な人物を蹴飛ばすようなことをすれば、どの黒人であっても黙ってはいないだろう、という意味。

(117) ウォール街の資本家が第一次戦争への参戦を決めた張本人である、とスカイラーは理解している。

(118) 一八六八－一九四二。サウスカロライナ州知事などを経て連邦上院議員を務めた。激しい人種差別主義者として知られていた。本書第Ⅱ部、二五九、三〇四頁も参照。

(119) 一八六九－一九五一。アラバマ州選出の連邦上院議員。白人優越主義の提唱者として知られていた。

(120) 白人の先祖にあった「黒人の血」が作用して有色の子供が生まれるが、先祖の「白人の血」が作用して「白人」の子供が生まれたというようなケースがないことからすれば、「先祖返り」などないということである。

(121) 「アングロサクソンの騎士道的精神に則った休戦交渉」というのは、セミノール族に対するアメリカ合衆国の計略であったという趣旨のスカイラーの皮肉。

(122) スカイラーは、当時のアメリカ人と同じように、反共産主義者、反社会主義者であった。

(123) 一七九四－一八二八。第四代・第六代・第七代植民地代理人を務めた。任期はそれぞれ、一八二二－二三、一八二四－二四年八月一五日、一八二四年八月一五日－二八年三月二六日。

(124) 一七九一—一八六八。第一五代大統領。任期は一八五七—六一。
(125) リベリアは、一八四七年七月二六日に憲法を制定して独立。
(126) 南北戦争突入に至るまでの様々な利害衝突。
(127) スカイラーはジェームズ・グリーンリーフとしているがサイモン・グリーンリーフの誤り。
(128) 一八〇九—一八七六。任期は一八四八—五六年と、一八七二—七六年。
(129) 一八五四—五六年にはロバーツ大統領の下で副大統領を務め、一八五六—六四年に大統領を務めた。
(130) 結局、リベリアは七パーセントの利子で、五十万ドルを返還しなければならなかった、ということになる。
(131) 大統領自身も、銀行家や代理人による、いわゆるピンハネに関わっていたことになる。
(132) 一国からだけの融資であると、融資業務担当の役人一人の担当手当で済むが、四か国となると、四人分、すなわち四倍の業務担当手当の支払いをしなければならなかった。
(133) 一八七五—一九六一。第十七代大統領(在任期間は一九二〇—三〇)。
(134) 警察に身柄を拘束されていた、という意味。
(135) 一八六八—一九三八。タイヤ製造会社社長。トマス・エジソンと共に、アメリカ産業界の指導的役割を担っていた。
(136) 一八八二—一九五五。第十八代リベリア大統領(在任期間は一九三〇—四四)。詩人、作曲家でもあった。
(137) 一八八一—一九四一。副大統領としての在任期間は一九二八—三〇。
(138) イタリア貴族の家系で、家秘伝の猛毒を用いて敵を毒殺したとされる。
(139) 当時の民主党内部の政治団体。汚職やボス政治で政治を支配しようとした。
(140) 地域のボスが権力を握る「政党派閥組織」(ポリティカル・マシーン)に言及していると考えられる。
(141) モロッコ、アルジェリア、チュニジア、トリポリ地域を含む旧称。
(142) 一五二九年の「第一次ウィーン包囲」のこと。オスマン帝国軍がウィーンへ攻め入ったが、オーストリア軍の抵抗に遭い失敗した。一六八三年の「第二次ウィーン包囲」でも敗北を帰した。
(143) 一七八八年に、イギリスに「アフリカ内陸部発見促進協会」が設立された。

(144) 一七三六―一八一九。スコットランドの機械技師で、一七六九年に蒸気機関を開発した。

(145) 一七六五―一八二五。一七九三年に綿繰り機を発明した。

(146) 『人間の権利』は、人間の自由・平等を詳述したトマス・ペイン（一七三七―一八〇九）の著書。

(147) 一七六九―一八四九。エジプト総督（一八〇五―四八）。

(148) 一八一五年の「ワーテルローの戦い」――ベルギー・ワーテルローにおけるイギリスとオランダ連合軍そしてプロイセン軍がナポレオン一世率いるフランス軍に勝利した戦い――は、ヨーロッパからナポレオンの脅威を取り除くものであっただけでなく、以後、アフリカ大陸の覇権をめぐって、欧米列強国間での植民地獲得争いに繋がった、という意味。

(149) イギリスは一八三四年、フランスは一八四八、オランダは一八六三年に植民地における奴隷制度を廃止し、奴隷貿易についても、イギリスが一八〇七年、アメリカは一八〇八年（一月一日）、フランスも一八一五年に廃止した。ただ、法律で表向きに禁止したとしても、キリスト教精神や人道主義に基づいたものではなく、結局はアフリカを植民地化し、現地民の労働力を確保するうえでの政策転換であったのであり、そのことからすれば、スカイラーが言うように「聖戦や奴隷制度禁止に見せかけた戦い」であった。

(150) ナイル川の源流はヴィクトリア湖であるとした。一方、イギリスの探検家リチャード・バートンは、タンガニーカ湖が源流であるとし、二人の間で大論争が起こった。

(151) リヴィングストンは第三次アフリカ探検で、連絡が途絶えて消息を絶ったとされたことから、スタンリーが探索の要請を受けた。そして一八七〇年にタンガニーカ湖畔の町でリヴィングストンを見つけた。

(152) 一八三六―一九二五。植物学者で、中央アフリカのピグミー族をはじめとする原住民や動植物の存在を確認した。

(153) 一八三一―一九〇三　。フランス系アメリカ人の人類学者で、中央アフリカのゴリラやピグミー族の存在を確認した。

(154) 「史上最大の土地強奪」の時代を迎えているにもかかわらず、領土併合は厄介であると決定するようなイギリス議会の政治的愚かさを考えると、「なんと鈍感な英国人《ブリトン人》であったことか！」ということである。もちろん、「土地強奪」を否定的にとらえるスカイラーの皮肉表現。

(155) アフリカ植民地分割を話し合う「ブリュッセル地理会議」のこと。

(156) アフリカ内陸部（コンゴ）の探検調査を行う組織。

(157) 正式名は「コンゴ独立国」だが、ベルギー国王レオポルド二世個人の領地であったことから、実状は、「自由国」「独立国」という名称とは程遠いものだった。

(158) 一八六五年成立(奴隷制度と強制労働の禁止)。

(159) 一八六八年成立(市民的権利、法の平等な保護および適正な法手続き)。

(160) 一八七〇年成立(投票における人種差別の禁止)。

(161) 一八五七―五九年、イギリスの植民地支配に対して、インドで起こった民族解放闘争――「インド大反乱」――のことに言及していると思われる。

(162) 一七九四―一八五八。一八五四年に日米和親条約を調印。

(163) スカイラーが誰に言及しているかは不詳。

(164) 日露戦争(一九〇四―〇五)によって、白人国家ロシアが有色人国家の日本に敗北したことに言及していると思われる。セオドア・ロスロップ・ストッダードの『白人世界の優越に対する有色人の台頭』(一九二一)の中で、このことを指摘している。本書第Ⅲ部、五〇八―一一頁を参照。

(165) 「一八七七年の妥協」では、一八七六年の大統領選挙で、当選がかなり有力視されていた民主党のサミュエル・ティルデン(一八一四―八六)ではなく、共和党のヘイズを支持するとの密約を交わした。歴史的に見れば、北部に対して政治的・経済的譲歩をすることへの見返りとして、黒人奴隷を解放した戦争から一一年後に、白人優越の権利を南部に返してもらう、というものであった。本書第Ⅲ部、五〇七頁を参照。

(166) おそらく共和党下院議員のジョージ・H・ホワイトを指していると思われる(任期は一八九七―一九〇一年三月)。一九〇〇年一月、ホワイトは、リンチを「連邦犯罪」として罰することを規定した反リンチ法案を提出したが、下院司法委員会で葬られた。これに失望して、六月に、一九〇一年から始まる第五十七回連邦議会(一九〇一―〇三)には出馬しない表明を行なった。ホワイトが一九〇一年三月に退いてから、一九三五年にアーサー・W・ミッチェル(黒人最初の民主党議員。任期は一九三五―四三)が議会に登場するまで、黒人議員はいなかった。ホワイトが議員を務めた第五十六回議会以前にいた黒人議員の数は、ホワイトを含めて二十二名で、すべて南部州選出の共和党議員。内訳は下院議員が二十名で、上院議員は、ハイラム・ローヅ・レヴェルズ(黒人最初の上院議員。

任期は一八六九—七一）と、ブランシェ・K・ブルース（任期は一八七五—八一）の二名。黒人最初の下院議員は、ジェファソン・F・ロング（任期は一八六九—七一）と、ジョセフ・H・レイニー（任期は一八六九—七九）以上をまとめるに当たって、次の資料を参照した。Ragsdale and Treese, *Black Americans in Congress, 1780-1989*.

(167)「君のいるところにバケツをおろしたまえ」というのは、ブーカー・T・ワシントンが一八九五年にアトランタで行なった演説の中の言葉。すなわち困窮している黒人は白人に救いを求め、また白人は黒人に救いの手を差し伸べることによって、両者の友愛を図ることを訴えた、いわゆる「アトランタの妥協」演説の言葉。その友愛関係確立のために、ワシントンは、公民権・選挙権といった法的権利の要求の一時停止をも唱えた。ワシントンは白人からは歓迎され、W・E・B・デュボイスなどの黒人知識層からは批判された。本書第Ⅲ部、四七五—七六頁を参照。

(168)南北戦争以前に投票権を有していた者の子孫には投票権を認めるというもの。その時代に投票権を有していたのは白人のみであったことから、この条項によって黒人の投票権は剥奪されたことになる。一九一五年六月、オクラホマ州憲法の「祖父条項に対する異議申し立て」で、裁判に勝訴した。

(169)一九〇八年、イリノイ州スプリングフィールドにおいて、一方的に強姦の嫌疑をかけられた二人の黒人に対する白人の暴動が起こった。それに対して黒人の側も暴力に訴えて抵抗した。この暴動が契機となって、全米黒人地位向上協会《NAACP》の設立に繋がった。

(170)W・E・B・デュボイスが中心となって、ナイアガラの滝に近いカナダ領フォートエリーで、人種差別撤退や公民権確立や教育の重要性を確認する会議を開催した。本書第Ⅲ部、四六五頁を参照。

(171)丸括弧の中の英語は、“Millions of others made big money at home”となっているのであるが、文の流れから考えて、なぜスカイラーはこの英文を書き加えたのか不明である。したがって、訳文では、丸括弧付にし、“others”を「白人」としておいた。ちなみに、この評論を編集しているジェフリー・B・リークは、この箇所を省いている。Leak, *Racl[e]ing to the Right:Selected Essays of George S. Schuyler*　二九—三六頁。

(172)一八五六—一九二五。第二十八代大統領。任期は一九一三—一九二一。

(173)例えば、一九一六年の再選時の選挙戦のスローガンが「ウィルソンはアメリカを戦争に巻き込ませなかった」というものだったが、翌年一七年四月六日には、ドイツに宣戦布告した。その際のスローガンが、「世界は民主主義のために安全でなければならない」というものだった。本書第Ⅲ部、注28を参照。

(174) 一八八〇―一九三六。ドイツの哲学者。『西洋の没落』（一九一八―二二）。

(175) 一八九六―一九五一。南アフリカの黒人労働運動の指導者。

(176) 一九一九年（パリ）、一九二一年（ロンドン、ブリュッセル、パリ）、一九二三年（ロンドン）、一九二七年（ニューヨーク）。

(177) ガーヴェイについては、本書第Ⅰ部、注14、70を参照。

(178) ヒュー・ナッチブル＝ヒューゲッセン卿（一八八六―一九七一）。

(179) 日中戦争が始まってから五か月後の一九三七年一二月一二日、日本海軍機が、南京在住のアメリカ市民を救出するために揚子江を航行していたアメリカの砲艦『パナイ』を撃沈した。

(180) 一八八四―一九七〇。第二次世界大戦開戦時にフランス首相。

(181) 一八六九―一九四〇。第二次世界大戦開戦時にイギリス首相。

(182) これは、ムッソリーニによる第二次エチオピア戦争（一九三五―三六）への言及である。

(183) 人の態度や考え方に影響を及ぼす力。

(184) すなわち、皮膚の色にもかかわらず、白人として分類されている、ということ。

(185) つまり、ニグロのメイドに扮するということ。

(186) ニューヨークの名門家の御曹司が家政婦のアリス・ジョーンズ・ラインランダーと結婚したが、混血女性であると知って婚姻取り消しの訴訟を起こした。しかし、一九二五年の裁判において、裁判官と陪審員（全員が白人男性）は、妻の乳首の色から、夫は妻が黒人であることを知りえたことを確認し、また妻の弁護士の巧みな反対尋問によって、妻の損害賠償請求を認める逆転判決が下された。結果は、妻の方も離婚を承諾した。

(187) キリスト教の教えに従って、このような人身売買をやめさせ、子供たちの面倒を見るのが教会の務めであるのは当然のことであるが、教会も加担していたという、スカイラーの痛烈な皮肉表現。

(188) 革命期のアメリカ人子孫が一八九〇年に組織した白人団体（the Daughters of the American Revolution）。

(189) 一九〇二―一九三。黒人霊歌《スピリチュアル》を歌うアフリカ系アメリカ人のアルト（コントラルト）歌手。

(190) 一九三九年の出来事。拒否の理由は、アンダーソンが黒人であるからである。建国の父祖の子孫、すなわちDARのメンバーには、混血が多くいるのに、そのような行為にでたDARは「はるかに非難されてしかるべき」というのである。
(191) 一八七三―一九四三。ロシアの作曲家、ピアニスト、指揮者。
(192) 紀元前六〇〇年ごろの古代ギリシャ・レスボス島の女性抒情詩人。
(193) 一七三二―一八〇九。オーストリアの作曲家。一七六一年に、エステルハージ家の副楽長として雇われた。
(194) シャーロット女王は混血であったと言われている。
(195) すなわち、「血一滴」でも混ざっていれば、「黒人」とされて、黒人の数が増える。それによって、白人の立ち位置もいっそう確固としたものになる、という意味。
(196) 保険会社というのは、顧客に起こりうる不測の事態を予想して、保険料を算定する。黒人は「劣っている」ゆえに、例えば犯罪や事故を起こしやすいと判定して、白人の顧客よりも高い保険料を要求する、という意味。
(197) 例えばナチスや共産主義に対して、民主主義のキャンペーンを行なっている一方で、黒人の投票を遮っている、ということ。なお、この章の太字の箇所は、再販された『ニグロ・ダイジェスト』第一巻第四号（一九四〇年一一月）六七―七二頁で、火星人が見た感想として、イタリックになっている箇所である。
(198) スカイラーのオリジナルな記事では四月二八日となっているが、この記事を収録しているJ. Bean編の*Race and Liberty in America*（一七六―七八頁）では、四月二三日となっている（一七六頁）。どちらが正確か不詳ゆえ、ここではオリジナルな記事に従っておく。
(199) 一八七七―一九四七。ミシシッピ州知事の在任期は一九一六―二〇。一九二八―三二。連邦上院議員の在任期は一九三五―四七。
(200) 一八七七―一九六三。テキサス州選出の連邦下院議員（一九一七―二八）、上院議員（一九二九―一九五三）。
(201) 以下で述べられるように、「白人問題」を「黒人問題」とすり替えてしまった、という意味。
(202) 「待て、泥棒！」と叫んだ方が、相手を「泥棒」に仕立てることになる。それによって、相手に責任・罪を転嫁することになる。ここでは、本来、白人が「泥棒」であるはずが、その白人が先に「待て、泥棒！」と叫ぶことによって、すべて「黒人が悪い」、つまり黒人に問題があると押し付けてしまった、という意味。

(203) スカイラーは、「**いわゆる**黒人《ニグロ》（*so-called* Negro）〔イタリックは廣瀬による〕」という表現をよく用いる。それは、「人種」という概念は、白人優越を確立するための作為的なものであるという、スカイラーの基本的考えを反映している。
(204) アフリカ北西部に住んでいたイスラム教徒。人種的には白人種《コーカソイド》に属する。
(205) アフリカ大陸北部沿岸地域で、合衆国の船舶などを襲う海賊が横行した。
(206) ごくわずかの黒人は、エリート階級に属し、社会を統括しているのであるが、彼らだけが目立つために、それだけ彼らのようなケースはまれであることを証明することになる、という意味。
(207) ハイチなどの国は自治国家ではあるが、それは名ばかりで、実際は白人国家の植民地である、という意味。
(208) いったん株を買えば、何もすることなく配当を受け取り続けるのと同じように、いったん「黒人問題」ということになれば、ずっとその考え方が維持されて大きくなる、という意味。
(209) 一八九九年に始まったイギリスとの「ボーア戦争」に負けて（一九〇二）、共和国は滅亡した。やがて、南アフリカ連邦の誕生（一九一〇）とともに、その州の一つになった。
(210) 「文明化された地獄」とは、クロード・マッケイの詩『アメリカ』（一九二二）の中の言葉――「アメリカは私に苦いパンを食べさせ、私の喉にアメリカの虎の牙を食い込ませ、私の生命《いのち》を奪う。それでも思い切って言おう、私の若さを試す、この文明化された地獄（cultured hell）を愛する、と……」アメリカの人種主義の苦しみの中で、なおアメリカを愛していることを詠んでいる。
(211) すなわち白人の肌。
(212) すなわち世界じゅうの有色人種。
(213) 人種の優劣は皮膚の色によって決まっているという考え。
(214) ニューマン・ホワイトによれば、この歌は、一九一九年に、ノースカロライナ州東部の小さな町で、ひとりの黒人がバンジョーを奏でながら歌っていたものを書き留めたもので、明らかに、一九〇五年ごろに流行っていた当時のミンストレルショーの歌の流れを引いている。この歌は次のようなものである。

Coon, coon, coon, and I wish my color would fade;
Coon, coon, coon, I like a brighter shade,

Coon, coon, coon, in morning, night or noon,
I'd rather be a white man than a coon, coon, coon.
Ho! ho! and I wish my color would fade.
(To be repeated over and over again)
Newman I. White, *American Negro Folk Songs* 三七八頁。

(215) "coon"とは「アライグマ」のことであるが、黒人蔑視の表現として使われた。これらの歌は「クーン・ソング」と呼ばれて、黒人の類型像を広めるものとなった。

(216) 一八八七－一九四八。日本文化を分析した『菊と刀』（一九四六）がある。

(217) バンツー語系言語を話す種族で、ニグロイド系人種。

(218) いずれも西アフリカの民族。

(219) 一八八七－一九六〇。ギアナ出身の両親を持つフランスのコンゴ植民地の公務員。小説『族長バトゥアラ』（一九二一）などがある。

(220) アフリカ人の血が混じったインディオ。

(221) メキシコ人やプエルトリコ人などのスペイン系アメリカ人に対する蔑称。

(222) 一八八九－一九六七。小説家。歴史家、文芸批評家。ラテンアメリカ文学研究者。

(223) 一九〇〇－九五。社会人類学者。

(224) 一七八二－一八五八。上院議員の任期は一八二一－五一。

(225) 一七六七－一八四八。第六代大統領。任期は一八二五－二九。

(226) 一七八二－一八六七。ハイチ帝国皇帝。ハイチ帝国は、スールーク皇帝が一八四九年に帝政を樹立してから帝政崩壊の一八五九年までの国家。

(227) 一七八二－一八五二。国務長官の任期は一八五〇－五二。

(228) すなわち、「商務代理人」としては迎え入れるが「領事」としては迎え入れない、ということ。

(229) すなわち人種の壁を越えて結婚したり、密かな関係を結んでいるアメリカ人が増えているということ。

(230) スカイラーは、「社会の柱石となる人々」と「アメリカ社会において影響力のある人々」というように、二つのグループに分けているが、曖昧な分け方である。おそらく「社会的エリートが人種隔離を唱道し、政治的・経済的エリートは社会的エリートに反対しなかった」と解せられる。

(231) 一八九六年の最高裁による「プレッシー対ファーガソン判決」の原則「分離しても平等」(separate but equal) などを念頭に置いていると思われる。「プレッシー対ファーガソン判決」については、本書第Ⅲ部、四八三―八四頁を参照。

(232) この箇所の英語は、"...people [in New York, Illinois, Connecticut and New Jersey] are no more liberal and tolerant than the inhabitants of the nation's capital"となっている。おそらくスカイラーは、アメリカの白人は総じて「革新的、寛容的」とは言い難いが、ここに挙げた四州や特別区は、南部や西部の諸州と比べてみれば、それほど悪くはない、という意味を込めてこの表現をしていると思われる。

(233) 特別区の住民は投票を行なわないので、革新的な公民権法がないことの責任を負う必要はない。一方、政治家は特別区の住民の選挙によって選ばれることはないので、住民におもねることなく、自分たちで自由に決めることができる。したがって革新的な公民権法がない責任は政治家にある、というスカイラーの皮肉が込められている。

(234) 「法廷」のあとに括弧付で疑問符をつけているのは、アメリカでは、法廷までも人種主義に加担したことを指摘するスカイラーの痛烈な皮肉が込められている。

(235) ナチスの人種政策では、ユダヤ人に対して、ヨーロッパ北方人種であるアーリア人種の優越性を唱えた。

(236) 本書第Ⅱ部、注231で言及したような、一八九六年の最高裁による「プレッシー対ファーガソン判決」の原則「分離しても平等」(separate but equal) を踏まえて、列車や学校や病院などの設備をまったく同等にするというようなことは、資金面から考えても不可能であることから、「分離しても平等」を実践することは決して成り立たない、ということ。

(237) 一九五五年、AFLとCIOは合同してAFL―CIOとなっている。

(238) "polite committees"は形式優先の会議ということで、スカイラーの皮肉表現。

(239) ナチスの陸軍元帥エルヴィン・ロンメル(一八九一―一九四四)のアフリカ侵攻軍団(一九四一―四三)。

(240) 第二次大戦の勝利が確実なものになると確信するようになったものの、人種間の平等に対する白人の関心が薄れていることを指摘している。

(241) 「人種汚染」もスカイラーの皮肉表現。

(242) すなわち有色人種と白人との戦いが起こるということ。

(243) 当時、太平洋戦争について、同じ有色人種である日本側を支持・擁護する黒人ジャーナリズムに対して、政府やＦＢＩの取締りが厳しかったことから、このような『ピッツバーグ・クーリエ』の但し書きが付けられたと推測できる。スカイラーは、同じ有色人種ということから日本を支持・擁護するという観点は決してとらない。

(244) 一八九三―一九四六。ヒトラー内閣の外務大臣（一九三八―四五）。

(245) ムッソリーニは、西部戦線におけるドイツの勝利を見届けて、まさに火事場泥棒のようにフランスに侵攻した。

(246) 一八七九年、大英帝国と南アフリカのズールー王国のとの戦いで、槍と盾で刃向うズールー軍は、銃器を用いるイギリス軍に敗北を帰した。

(247) 一八八四―一九七二。第三十三代大統領（在職任期は一九四五―五三）日本への原爆投下の責任者。

(248) 一八七七―一九六三。原爆投下時は連邦上院議員。

(249) 一八八二―一九七二。原爆投下時に国務長官。

(250) 一八六七―一九五〇。原爆投下時に陸軍長官。

(251) 一八七七―一九四七。ミシシッピ州知事を経て、原爆投下時は連邦上院議員。過激な人種主義者。

(252) 一八七六―一九六五。アフリカ系アメリカ人の宗教的指導者。

(253) 以上の「原子エネルギーの放出」の「明るい側面」への言及にも、明らかにスカイラーの皮肉が込められている。

(254) Jeffrey B. Leakは、この*American Mercury*の評論を編纂書*Rac[e]ing to the Right*に収録した際、オリジナルなものにあるこの傍点の箇所を削除している。これまでのスカイラーの主張と矛盾すると誤解される恐れがあると考えたのであろうか。

(255) "darker tenth"とは、アメリカ総人口の一割が黒人、という意味。

(256) 一九〇八―六〇。『アメリカの息子』（一九四〇）、『ブラック・ボーイ』（一九四五）などが代表作。

(257) 一九五五年四月にインドネシア・バンドンで開催された第一回アジア・アフリカ会議のこと。

(258) 南部は北部よりも日差しが強いから日焼けした人が多いということ。
(259) 本書第Ⅰ部、七頁を参照。
(260) 一九五四年五月一七日、アール・ウォーレン首席判事（一八九一―一九七四）によって言い渡された人種別学違法判決――「ブラウン判決」――に言及していると思われる。拙訳・著『リリアン・スミス「今こそその時」――「ブラウン判決」とアメリカ南部白人の心の闇』（彩流社刊）を参照。
(261) 本書第Ⅱ部、注210を参照。
(262) 一八三〇年九月一五日、九つの州から四十人の黒人が集まって開催された「全米黒人代表者会議」(National Negro Convention) のこと。黒人はカナダに土地を購入して移住するという課題を中心に、黒人の置かれた状況を自ら改善することを検討した。以後、北部の自由黒人を中心とした人権活動のネットワークが出来上がり、以後、当会議は、一九六四年まで数回開催された。
(263) 『自由のジャーナル』(*Freedom's Journal*) は、米国聖公会の牧師であったピーター・ウィリアムズ・ジュニア (Peter Williams, Jr.〔一七八六―一八四〇〕) をはじめとする自由黒人によって、ニューヨーク市で刊行された最初の黒人新聞（週刊）。長老派教会牧師のサミュエル・コーニッシュ (Samuel E. Cornish〔一七九五―一八五八〕) とジャマイカ生まれのジョン・ラスワーム (John B. Russwurm〔一七九九―一八五一〕) が編集に携わった。
(264) 本書第Ⅱ部、注170を参照。本書第Ⅲ部、四六五頁を参照。
(265) 一九〇〇年、ブーカー・T・ワシントンによって設立された。
(266) 黒人の健康改善を目指して、ブーカー・T・ワシントンが全国規模で始めた運動。
(267) 一七六〇―一八三一。一八一六年に黒人の独立した宗派である「アフリカン・メソディスト聖公会」を組織した。
(268) ジャコモ・プッチーニ（一八五八―一九二四）作曲のオペラ『蝶々夫人』（一九四〇）で有名になったヒロイン。長崎を舞台に、没落藩士の娘であった蝶々夫人とアメリカ海軍下士官との、いわば異人種間同士の恋愛の悲劇をテーマとしている。

第Ⅲ部［考察］

「人種」という概念の虚構性を見透かす

——ジョージ・S・スカイラーの「プープーイズム」
あるいは「ホウカム」の感性——

廣瀬典生 著

序

ジョージ・S・スカイラーのテーマ
――「人種」という「虚構」概念――

◇ジョージ・S・スカイラー略歴

ジョージ・S・スカイラーが一九六六年に出版した自伝、『保守主義の黒人――ジョージ・S・スカイラー自伝』によれば、スカイラーは、一八九五年二月二五日、ロードアイランド州プロヴィデンスに生まれる（二頁〔この点については後述する〕）。そしてニューヨーク州シラキュースで育つ。地元の公立高校在学中、「シラキュースに未来はない。黒人《カラード》は型にはまった生活しかしていないように思える」（三二頁）と考えるに至り、一九一二年、十七歳になった時点で高校を中退し、「自分の見たい世界を見ることができ、自分を高めてくれるように思える」軍隊（三二頁）に入る。アメリカ軍の黒人連隊の一つ「第二十五歩兵師団」に配属されて、ワシントン州シアトルやハワイの駐屯地などで軍隊生活を送り、一六年には伍長に昇格している。一九一七年四月にアメリカの第一次世界大戦参戦を機に、七月一日に黒人将校養成のために設けられたアイオワ州フォート・デモイン訓練キャンプの参加者に選ばれる〔キャンプは、正確には、七月一日ではなく、六月一七日に開設され、翌一八日に始まった〕。配属された十二歩兵中隊の教練教官に任命され、約四か月後のキャンプ終了時には将校（位は中尉）となる。

一九一八年一一月に復員後、ハーレムで職探しなどをしながら日々を送っていたが、今一度今後の自分の方向を探るべく、いったん故郷シラキュースに戻る。その折には、知的刺激を求めて、当地で活動していた社会党に入党している（一九二一年一一月）。会合は「まったく退屈なもの」でしかなかったが、定期的に出席し、社会主義に関する本を渉猟していた。しかしやがて「社会党に飽き、偏狭なシラキュースに飽きて」、一九二二年一二月、新しい人生の活路を求めてニューヨーク（マンハッタン）に出てくる（『スカイラー自伝』一一三―一八頁）。

ニューヨークでは、戦後不況の中、港湾労働者、真鍮《しんちゅう》工場のローラー作業員やレストランの皿洗い（pearl diver）、鉄道線路や枕木交換の作業員などの仕事を転々とする。そうこうしているうち、一九二三年に、黒人月刊誌『メッセンジャー』（一九二八年廃刊）の編集助手の職を得、それを機にジャーナリストとしての人生をスタートさせる(1)。翌二四年には、黒人週刊紙『ピッツバーグ新報《クーリエ》』のニューヨーク支局通信員の職にも就き(2)、以後、当紙の主要なポストを務める（当紙との関わりは、一九六六年まで四十二年に及ぶ）。そして没年の一九七七年まで、『ネーション』『アメリカン・マーキュリー』『モダン・マンスリー』『クライシス』『ニグロ・ダイジェスト』『フリーマン』など、数多くの雑誌や新聞、また数冊の編纂書に、エッセイ、論評、書評、戯曲や短編などを寄稿するフリーランスのコラムニスト、エッセイストとして活動した。一九三一年には、小説『ノーモア黒人《ブラック》』と、リベリアの現状を小説化した『今日の奴隷――リベリア物語』を出版している。

付け加えておけば、一九二八年に、テキサス州の白人実業家ダニエル・コグデル(3)の娘ジョーゼフィン・コグデル(4)と結婚し、三一年には、後にピアニストとなる娘フィリパをもうけている。

スカイラーの全作品を通して一貫しているテーマ――それは、「『人種』という概念は虚構」という認識である。本論は、二人種主義に固執する白人・黒人双方を風刺・揶揄するスカイラーの「プープーイズム」（pooh-poohism）あるいは「ホウカム」（hokum）の感性を通して、人種という概念の根拠のなさ、虚構性そして作為性を見透かすスカイラーの基本的視座《スタンス》を明らかにすることを目的とする。

1

「黒人問題《ニグロ・プロブレム》」ではなく「白人問題《コケイジャン・プロブレム》」

まず、人種概念の虚構性・作為性をとらえるスカイラーの基本的視座《スタンス》を概括しておくために、黒人の歴史家でハワード大学教授であったレイフォード・W・ローガン(5)編纂による、一九四四年出版の『黒人の求めるもの』に寄せたスカイラーのエッセイ《白人問題《コケイジャン・プロブレム》》〔本書三九七—四一八頁〕を見ることから始めたい。

◇『黒人の求めるもの』における「異人種間結婚」の問題

第一次世界大戦時と同様に、第二次世界大戦参戦（一九四一）においても、合衆国市民としての義務を理由に徴兵を課せられた黒人は、この機に乗じて、これまで差別や隔離によって制約されてきた合衆国市民としての権利要求の声をいちだんと高めた。そのような状況をとらえて、ノースカロライナ大学出版局は『黒人の求めるもの』を企画し、一九四四年に出版する。

出版局の取締役《ディレクター》で南部白人のウイリアム・T・カウチから内容や執筆者選びを一任されたローガンは、《黒人は第一級の市民権を求める》と題した自身の章の冒頭で次のように述べる。

合衆国における黒人問題は今や、二百四十年にわたる奴隷制と二つの世界大戦に伴う黒人の北部移動から生じた国家的問題となっている。それは国内的には最大の失態であり、国際的には最大のハンディキャップである。コモンセンス、民主主義の理想に対する献身、国家安全の必要性、そして世界情勢におけるわれわれの道徳的指導力が求めるのは、黒人問題の即時改善そして抜本的な解決である。（『黒人の求めるもの』一頁）

そしてローガンは、様々なかたちの「人種隔離」を速やかに撤廃して、「第二級の市民権」しか与えられていない黒人が、次のような「第一級の市民権」を享受できるように訴えた――（一）機会均等、（二）対等な労働に対する対等な報酬、（三）法の下での平等な保護、（四）平等な選挙制度、（五）人間の尊厳に対する対等認識、（六）社会的隔離の撤廃（一四頁）。

このような訴えは、ローガン以下、十三名の執筆者の共通認識であった。

しかし実は、この編纂書は、出版の経緯からしてきわめて異例なものであった。つまり出版者側と執筆者側の考えは相容れないことを、双方が妥協したうえでの出版となった。右派あるいは保守派（四名）、穏健派あるいはリベラル派（五名）、左派あるいは急進派（五名）の執筆者の顔ぶれから、意見は偏らないと考えていたカウチが、出そろった原稿に目を通して、程度の差こそあれ、おおかた人種隔離の即時撤廃を求めていることを知り、出版を見合わせる意向を示してローガンに打診してきた。それに対して、ローガンは法的措置も辞さない構えで抵抗した。そこで、《出版社の序文》を組み入れて、内容は不本意なものであるというカウチの意思を明確にしておくという妥協のうえで上梓にこぎつけたのであるが（K. R. Janken, vii-xxix）、そのような経緯は人種問題の複雑さを改めて浮き彫りにすることになった(6)。

カウチにすれば、「人種」に関して、ここ十年、数多くの著書やパンフレットや雑誌・新聞の記事に見られる次のような指摘は「まったく間違っている」（xv頁）というのである。

人種概念はナチズムに原因がある。人種は「現代の迷信」「誤った考え」「人間の最も危険な神話」である。人種の概念に何ら科学的根拠はない。人種間には能力の違いを示す科学的根拠は何もない。知能検査でも本質的に同じであることを証明している。南部の黒人の状態は、能力が本質的に異なるからではなく、習慣や伝統や偏見に起因している。（xiv頁）

カウチにとって、以上のような考え方は、「平等」「自由」「民主主義」「人権」といった概念が何を意味してきたか、それらにどのような意味が付与されるのかといった点で、「完全な誤解」に基づいている（xv頁）。すなわちこのような概念については、それぞれ価値判断を行なう「公正さ」の基準があり、公正さは「機械的な平等に基づいては機能しない」（傍点は廣瀬による。以下における傍点はすべて廣瀬による）。公正であるためには、「区別や識別がなされなければならない。区別や識別が人によっては間違っていると考える方向になされるのであれば、いかなる善悪の存在も否定する社会では、いったいだれがそのようなことを真剣に判定する役目を引き受けるのか」――自ら投げかけたこの質問に対して、カウチは、「私こその役目を引き受けることができるし、現に引き受けている（I can and do）――なぜならば、私は、善悪の基準は文明にとって必要だと考えるからである」と言い切っている（以上、xxiii頁）。

カウチは、以上の考えを、白人リベラリストの観点に立って表白していることになる――白人リベラリストは、「質よりも肩書きを重んじる偽の優越意識」（xiii頁）と闘う「真の優越意識」（xiii頁）の持ち主であり、「偽の優越意識」にしがみつくあからさまな人種主義者と違って、理性・知性の持ち主であり、理性・知性に基づいた善悪の公正な価値判断ができる人間であることを自負する。しかしそうであったとしても、白人リベラリストこそ公正な価値基準を提示できるとする考え方の根底には、「〔現在の〕黒人の状態は劣等性が生み出したもの」（x頁）という認識、すなわち白人種優越の論理が厳然としてある。そしてそのような優越意識は結局、人種隔離主義の考えと結びついている。

私は別のところで……南部の多くの慣習や慣行や差別はその地域に相当な負担となっており、取り除くべきであると詳細に論じてきた。しかしまた、「南部の黒人の子供たちを白人の子供たちの学校に通わせることほどの厳罰は想像できない」ということを論じてきたし、私の意見を変える理由はない。この本の多くの筆者が考えるように、人種隔離の完全撤廃を一夜にして成し遂げることができたとしても、その結末はだれにとっても破滅的であり、白人以上に黒人にとっていっそう破滅的なものとなる。（xx頁）

人種共学を「厳罰」と言い切るカウチの人種隔離の提言からすれば、リベラリストとて、「偽の優越意識」にしがみつく白人も含む、おおかたの白人の意識と変わらない人種的優越主義を保持していることになる。黒人の改善に力を貸すといっても、人種統合ということにはならない。〔白人と黒人の間の〕障壁は黒人にとって非常に大きなハンディキャップとなっている」ということは認めるものの、「それを取り除くことは何かさらに悪い結果を生じることになる」（xii頁）という言い方をしている。しかし「何かさらに悪い結果を生じる」「白人以上に黒人にとっていっそう破滅的なもの」としながら、なぜそうなるのか、どのようにそうなのかを明らかにすることはない。それどころか逆に、黒人以上に白人にとって「破滅的なもの」ということについては明確に述べている。つまり白人にとって「悪い結果」とは、「異人種間結婚」による人種混淆にほかならない。カウチは次のように述べる。

……文化的統合を生物的統合から切り離し、黒人が文化的統合を成し遂げる支援をして、生物的統合を黒人に否定させる権利は、白人にはないのか。生物的統合は権利と見なされうるのか……。

南部の白人があらゆる障壁を取り払って人種混淆を受け入れれば、どのような問題が解決できるというのか。すべての南部人が一夜にして一つの皮膚の色にされたなら、何か得られるものがあるのか……いつの日か、社会工学者がすべての人間を、互いに見分けがつかないくらい似ていて、しかも等しく優れているようにできるかもしれない。しかしその日が来るまで、背が高かろうが低かろうが、頭の形が丸かろうが長かろうが、皮膚の色が黒かろうが白かろうが、それぞれのいい特質を認めて、それを活かすことを学ぶことが何よりも必要である。（xxii頁）

黒人と白人はそれぞれの立場におけるそれぞれの分際を守ることが必要であると主張して、カウチは人種の「生物的統合」を否定しているのである。

◇ローガンの異人種間結婚観

ローガンは、このような白人リベラリストの論理を最初から見抜いていた（以下、二七—二八頁）。黒人のために経済的、政治的、教育的平等に賛同する白人であっても、それを実現する段になると、公的隔離の廃止は異人種間結婚を招くことになるという理由で公的隔離の廃止に反対している、と喝破する。実際には、合衆国の比較的自由な地域を見ればわかるように、社会的な交わりが異人種間結婚に繋がるということはきわめて少ない。エレノア・ローズヴェルト夫人なら「異人種間結婚はカップル間の個人的なこと」と公然と認めるだろうし、生物学者や人類学者の中には、異人種間結婚によって劣った子供が生まれることはないし、実のところ「純血の人種」は存在しないという結論もある。しかし多くのアメリカ白人は、公的隔離の撤廃は異人種間結婚に繋がるという、「現実的な、あるいは想像上の恐怖」を払拭《ふっしょく》することはできない、というのである。ローガンにすれば、異人種間結婚に反対する理由は、あくまでも白人の心理的な問題にある。そして、「結局、多くの南部人は奴隷制という『天与の制度』廃止にも適応してきた」ことを鑑みれば、「法律や世論が変わって、より多くの異人種間結婚がなされるようになるであろう――もちろんわれわれは〔『黒人の求めるもの』出版から百年後の〕二〇四四年にはこの世にはおらず、人々は好きなようにやっているだろう」と言うように、百年後には、白人の人種意識や社会的態度が変化して、異人種間結婚も法律上何の問題もなく自然と受け入れられる状況になっていると予言している（以上、二七―二八頁）。

◇デュボイスの異人種間結婚観

二〇世紀を代表する黒人解放の思想家・指導者のひとりであったW・E・B・デュボイスも、『黒人の求めるもの』の中の《黒人解放のための、私の発展的プログラム》と題するエッセイで、異人種間結婚を肯定している。ドイツ留学時代に「肌色による偏見の余地がない」環境に浸りながらも、「アメリカにおける責務に固執していた」ことから、青い目をした白人のドイツ人女性から受けたプロポーズに対して、「黒人が白人の新妻を連れてアメリカに帰るのは身勝手なことであり、彼女をひどい目に遭わせることになるということを、率直に改まった口調で答えた」と言い、もちろんそのようなアメリカの状況を「彼女は理解できなかった」と付け加えている。しかしデュボイスは、フランスやイギリスやドイツの男女との「制約のない社会的交わり」を通して、「自分の著しく偏狭な人種意識」から脱却できたのであり、ヨーロッパで身につけた新しい社会学による理論武装によってアメリカの黒人問題と取り組む決意を固めて帰国の途に着いたというのである（以上、四二頁）。そして、異人種間結婚はまったく個人の選択の自由の範疇に属するものであって、それが他人の同等の自由を侵さない限り「議論の余地のない権利」であり、「人種あるいは肌色がたまたま異なる二人の人間が結婚をしてはいけない科学的な根拠などまったくない」とする（以上、六五―六六頁）。

このようなデュボイスの観点は、この観点の基底を成し、二〇世紀の人種問題を包括する定理ともなったデュボイスの考え――すなわち、一九〇三年出版のデュボイスの代表作『黒人のたましい』（以下、*SOBF*とする）の中の言葉を引用すれば、「二〇世紀の問題は、皮膚の色による境界線《カラー・ライン》の問題」（*SOBF*一七頁。引用は木島始、鮫島重俊、黄寅秀訳〔二九頁〕による。以下も同じ）――に裏打ちされたものである。南北戦争が終結して、二百四十年にわたる奴隷制度に終止符が打たれ、人種平等が合衆国憲法によって宣言されて以降、黒人問題が「黒人の北部移動から生じた国家的問題」（『黒人の求めるもの』一頁。ローガンの言葉）となった状況の中で、黒人の間で人種意識が先鋭化し、黒人としての自尊心・プライド意識が芽生え、自己実現をだれよりも黒人自身の力で成し遂げる覚悟が明確に感知されるようになった。デュボイスにとっては、そのような黒人としての自我意識の芽生えは、同時にアメリカ人としてのよって立つ場の確保を目指す闘いに繋がる。

〔黒人は〕いつでも自己の二重性を感じている。――アメリカ人であることと黒人であること。二つの魂、二つの思想、二つに分裂した努力、そして一つの黒い身体のなかで闘っている二つの理想……。アメリカ黒人の歴史は、この闘争の歴史である。すなわち、自我意識に目覚めた人間になろうとする熱望、二重の自己をいっそう立派ないっそう真実の自己に統一しようとする熱望の歴史なのである。（*SOBF*一一頁、邦訳一六頁）

デュボイスにとっては、異人種同士で結ばれたいとする黒人（と相手の白人）が、「個人の選択」、「人種あるいは肌色の異なる二人の人間が結婚をしてはいけない科学的な理由などまったくない」という論拠で、境界線を打ち砕くには、相当な覚悟が必要であることを痛感している。このような論拠を自覚したうえで、自己統一に向けて「闘争《ストライフ》」する覚悟を持つことこそ、黒人にとって自らを解放に向かわせる起点となった。

デュボイスは、皮膚の色の境界線を挟んで、いわばせめぎ合う覚悟を、政治的・法律的・社会的・文化的活動に展開させた。一九〇五年には、デュボイスが中心となって、ナイアガラ瀑布に近いカナダ・オンタリオ州のフォートエリー(7)で、人種差別撤退や公民権確立を確認する会議（Niagara Conference）を開催し、政治的平等、市民的自由、経済的機会の公平性、また小学校から大学までの教育の充実などを訴える「ナイアガラ運動」（The Niagara Movement）の宣言を行なった。そして一九〇九年には、黒人のさまざまな不平等・不公平を法廷に持ち込んで黒人の権利獲得を目指すために、「全米黒人地位向上協会《NAACP》」——デュボイス自身の言葉を使えば、「血と埃まみれの戦いから立ち上がり、黒人が普通の人間でいられる権利を求める戦闘的な組織（a fighting organization）」（Du Bois《黒人芸術の基準》三一七頁）——を設立し、その機関誌『クライシス』の編集を手がけた（一九一〇—三四、四四—四八）。

◇スカイラーの立場——「黒人問題《ニグロ・プロブレム》」ではなく「白人問題《コケイジャン・プロブレム》」

『黒人の求めるもの』において、《白人問題《コケイジャン・プロブレム》》（二八一—九八頁、本書三九七—四一八頁）と題したエッセイで、ローガンやデュボイスと同じく、もうひとり、異人種間結婚を肯定しているのが、ジョージ・S・スカイラーである(8)。しかし、ローガンやデュボイスは、アメリカ黒人としてのよって立つ場を確立するための闘争《ストライフ》——二〇世紀の黒人の歴史の根幹をなす、皮膚の色の境界線を挟んでのせめぎ合い——を通して訴える問題としてとらえているのに対して、スカイラーの場合は、正面からの闘い方をしない。皮膚の色の境界線を挟んでのせめぎ合いではなく、スカイラーの意識の中では、最初から境界線を往来し、跨ぎ、すり抜けている。それはなぜか？——答えは、スカイラーにとって、「人種」という概念は実体のない「虚構」だからである。

スカイラーの言葉を使えば、「人種という概念は人類学的虚構として始まったのだが、社会学的事実になった」（二九七頁、本書四一六頁）。つまり、あくまでも白人優越の論理を維持し、白人支配を正当化したいがために、「虚構」

を「事実」として歪曲・捏造した白人の作為である。いわば「人種問題」は黒人の側の問題ではなく、このような歪曲・捏造による作為的な論理に固執する白人側の問題であるとする。

《白人問題《コケイジャン・プロブレム》》の中でスカイラーは、「黒人問題《ニグロ・プロブレム》」という「虚構」、「有色人種《カラード・ピープル》の類似性や同一性の虚構」も含めて、「人種的虚構」という表現を九回用いている。「ニグロ」という「架空の」言葉という表現を加えると十回になる。また「いわゆるニグロ」「いわゆる黒人問題《ニグロ・プロブレム》」という表現を七回用いている。また二重引用符を付けて「人種」（"race"）としている箇所もある。いずれも、「人種」という概念は、白人優位を確立するための作為的なものであるという、スカイラーの基本的考えを反映している。そして人種優越主義に基づいて、自らの支配・搾取を正当化するための「プロパガンダ」（「プロパガンダ」という言葉を九回用いている）を強め、慣習の固着化や法制化によって、既成の事実として認識するようになった。しかし、それが黒人のみならず、白人にも重くのしかかる、いわば「白人問題《コケイジャン・プロブレム》」となっているというのである。しかもその問題には、白人の「罪悪感」を伴っていることも指摘している——「黒人《ブラック・マン》が背負い込むものは、自分の住む世界を文明化された地獄[9]にしてしまう、卑劣な肌色階級制度《カラー・カースト・システム》である。他方、白人が背負い込むものは、自分の道徳や倫理を入念に人種的虚構に仕立て上げようとすることに伴って生まれてくる罪悪感」（二八四頁、本書四〇〇—〇一頁）ということになる。

スカイラーは次のようにも述べている。

長期に及ぶ固定観念による状況に慣らされて、人々は自分たちの習慣を変えるのはいっそう億劫になっている——その習慣が間違っているのは疑いの余地がないと証明済みであるにもかかわらず、そうなっている……一般の白人は、人種差別や二人種主義《バイレイシャリズム》は正しいものだといつも教えられてきたゆえに、そう信じ込んでいるのだ。こうして、白人優越のプロパガンダがまさにフランケンシュタインの怪獣となり、彼ら以上の知能を持ち合わせた支配階級は、狙い通りにいったことから、心置きなく葬りたかったのだが、そうすれば何が起こるか怯えている。（二九六頁、本書四一四―一五頁）

「人種」という虚構を事実として正当化する白人も、作為的な正当化行為であることを意識下のどこかで引きずっているゆえに、その部分がいつの間にか制御不能になるところまで増幅し、反転して白人に襲いかかる。そして白人はその重荷に耐えられない恐怖や不安や罪悪感にさいなまれる。しかしそれでも、そのような感情から逃れるためには、さらに何重にも心の扉を閉めきり、心の壁の上塗りを繰り返して、白人優越主義を当然のこととして受け入れる生き方を身につけてきた。白人は自らつくった問題にとりつかれているということである。

◇ローガンやデュボイスとスカイラーの違い

今一度、ローガンやデュボイスとスカイラーの違いを整理しておこう。ローガンやデュボイスにとっては、皮膚の色のせめぎ合いを通して、黒人としてのアメリカ人のよって立つ場を確立するのに対して、「人種」という概念は、あくまでも白人が自らの優越・優位性を強調し、白人支配を正当化するために人為的につくりだした「虚構」ととらえるスカイラーにすれば、デュボイスのように、黒人の自己認識の「二重性」――すなわち、「アメリカ人であることと黒人であること」――ではなく、「アメリカ人」と「黒人」とは完全に重なっている。スカイラーは、アメリカ黒人のことを、「アフリカ系アメリカ人」（African-American［African American］あるいはAfro-American［Afro American］）といった「ハイフン付」、あるいは「二語」ではなく、「アフラメリカン」（Aframerican）と表記する。これも、黒人のアイデンティティの二重性を否定し、黒人・白人と区別できない一個の完全なアメリカ人であることはあまりにも明々白々な事実である、ということを強調する戦略的な用語として受け取れる。つまり、そもそも白人が、恐怖や不安や罪悪感から逃れるべく、さらに黒人を遠ざけようとすることとは裏腹に、境界線をいとも簡単にすり抜ける白人や黒人がおびただしい数になることを証明する明らかな事実――すなわち人種混淆の事実――があるのはどういうことか？――スカイラーは、この疑問を正面から突きつけて戦いを挑む、というよりも、実に数多くの事実を積み上げて、「白人問題」のからくりを透かせてみせて、からくりの自然瓦解を起こさせる戦略をとる。スカイラーは次のように述べている。

> 白人問題《コケイジャン・プロブレム》を追究してみれば、黒人嫌い《ニグロ・フォービア》が白人の上層中流階級をはるかに越えて広がり、最下層まで至っているのがわかる。しかし、偏見の流行をつくり出すのは、服装や住まいや髪型と同じく、支配階級や、思想・文化統制の憲兵隊とでも言うべき知識階級であるということにも気づくだろう。これらの少数者が多数者の考えをつくり上げているのであって、その逆ではないということを、驚くほど正確な世論が立証している。肌色による人種的偏見が大多数の人たちの奥深くまで根を張っていることはあまりないという証拠がたくさんある。一つには、一般庶民の間には、肌色に関係なく、親交を結ぼうという自然な傾向がいつも認められてきた。その証拠に、アメリカの歴史を見れば、偏見を避けようとする弛《たゆ》まぬ努力や、アメリカ黒人《ニグロ》の肌色が次第に淡《うす》くなっている状況が認められる。（二八九―九〇頁、本書四〇七―〇八頁）

スカイラーは、両人種間の親密な関係の具体的事実を強調することによって、その事実を押さえ込もうとする白人の「プロパガンダ」の勢いを殺《そ》ぐ。またスカイラーにすれば、デュボイスのように、「皮膚の色の境界線の問題」としてとらえ、境界線を挟んでせめぎ合うことも、黒人の側の「プロパガンダ」になりうるのであって、かえって「アメリカ人」と「黒人」の二重意識を増幅することになりかねない。

人種的優越の立場を強固なものにするために黒人を蔑み虐げる白人の論理、また皮膚の色の境界線をはさんでのせめぎ合いを通して黒人のよって立つ場を確保しようとする黒人の論理――スカイラーの「人種的虚構」の認識と「人種的混淆の事実の提示」は、二人種分離の方向に作用しかねない双方の論理を見透かしたうえで、人種の二極化構造を脱構築する。

スカイラーによる人種の二極化構造の脱構築は、前述したように、「アフラメリカン」（Aframerican）というスカイラーの用語にうかがえる。そのことは、黒人（また白人）を規定するスカイラーの用語の多様さによっても示される。《白人《コケイジャン》問題《プロブレム》》から拾ってみれば、黒人を指す次のような言葉を用いている。――ニグロ（Negro）。カラード・ピープル（colored people）。カラード・フォーク（colored folk）。カラード（colored）。カラード・シチズン（colored citizen）。ブラック（black）。ムラート（mulatto）。

白人を指す言葉としては次のようなものを用いている――ホワイト（white）。コケイジャン（Caucasian）。ノルディック（Nordic）。ホワイト・ピープル（white people）。アーリアン（Aryan）。

その他のスカイラーの著作から拾ってみよう。ニグロの規定としては次のようなものを用いている――ブラッカムーア（blackamoor）。イーシオップ（Ethiop）。クーン（coon）。モウク（moke）。ディンジ（dinge）。サンボ（sambo）。クロウ（crow）。ニガー（nigger）。ダーク・ブラザー（dark brother）。ザ・ダーカー・レイシズ（the darker races）スーティ・ブレスレン（sooty brethren）。シャイン（shine）。ブラウン（brown）。チョコレート（chocolate）。イエロー（yellow）。ピンク（pink〔白人にも使っている〕）。オクトルーン（octoroon）。セイブル（sable）。チャーコール（charcoal）。ジガブー（zigaboo）。ノンホワイト（non-white）。ダーキー（darky〔darkies〕）ダスキー（dusky）。セネガンビアン（Senegambian）。ハムの子孫（sons of Ham）。「シーバ」（sheba）。

白人の規定としては次のようなものを用いている――ポークスキンド・フレンド（pork-skinned friend）。ペイル・ネイバーズ（pale neighbors）。ペカーウッド（peckerwood）。レッドネック（red neck）。クラッカー（cracker）。タウンフォーク・オブ・ペイラー・ヒュー（townfolk of paler hue）。オフェイ（ofay）。ピンク（pink）。プアホワイト（poor white）。リリーホワイト（lily white）。

◇スカイラーの人種観の今日性

以上のようなスカイラーの観点をとらえれば、ノースカロライナ大学出版局のカウチの最も強い批判の標的となったのが、スカイラーであると思われる——カウチが序論で否定する「人種は『現代の迷信』『誤った考え』『人間の最も危険な神話』……人種の概念に何も科学的根拠はない」（xiv頁）という考えをすべて打ち出しているのがスカイラーだからである。スカイラー自身、自分の分析が「カウチ氏のほとんどの怒りを買った」（『スカイラー自伝』二五七頁）と述べていることから、自分がカウチによる批判の一番の標的になっていると意識していたと思われる。上で引用したスカイラーの言葉を使えば、スカイラーにとって、カウチはおそらく「偏見の流行をつくり出すのは……思想・文化統制の憲兵隊とでも言うべき知識階級」（二九〇頁、本書四〇七頁）ということにもなりかねない。

ローガンが、異人種間結婚肯定の論拠として、「生物学者や人類学者の中には、異人種間結婚によって劣った子供が生まれることはないし、実のところ『純血の人種』は存在しないという結論もある」（二八頁）としているのも、スカイラーのエッセイを念頭に置いた発言ともとれる。それは、出版時にローガンが予想していた百年後の人種関係でもあっただろう——「もちろんわれわれは、二〇四四年にはこの世にはおらず、人々は好きなようにやっているだろう」と（二八頁）。実際、白人のヨーロッパによるアジア・アフリカにおける植民地主義政策の正当性をだれよりも自らに納得させるために、ヨーロッパが捻り出した白い肌の優越性の論理を「人種的虚構」（二八四、二八六、二九四、二九七頁）とするスカイラーの指摘は、エドワード・サイードの「オリエンタリズム」に繋がるポストコロニアルな考えを打ち出しているととらえることができる。

2 スカイラーの「保守性」

◇黒人の「裏切り者《セルアウト》」？

ローガンは、『黒人の求めるもの』におけるスカイラーの立場を、ランドルフやデュボイスと同じく「左派あるいは急進派」に分類している。ランドルフの場合は、社会主義的思想家、労働運動の指導者をとらえての分類である。デュボイスの場合は、目覚めた黒人の自我意識を黒人解放運動へ向ける先駆的・先導的・戦闘的な役割を果たしてきたことをとらえての分類であろう。スカイラーの場合は、白肌・黒肌意識が支配的であった時代において、そのような肌色意識を脱構築するスカイラーをとらえての分類であるととることができる。しかし、おおかたのスカイラー批評では、「保守主義者」、あるいは執筆活動の後半に至るにつれて「極右主義者」というレッテルを張られてきた。「保守派」「急進派」「リベラル派」といった規定は、一般に時代の主潮から判断しての相対評価であるとすれば、第二次大戦以降、皮膚の色の境界線を挟んでの「闘争《ストライフ》」、「戦闘《ファイティング》」、せめぎ合いがますます強まっていく状況の中では、スカイラーは転向したと映るのもうなずける。

実際、一九六三年一一月一一日、ニューヨーク州サファーンにあるロックランド・コミュニティ・カレッジで行なった講演《公民権法案に対する異議申し立て》で述べたような、翌六四年制定の公民権法に対する批判[10]、さらには、人種差別撤廃・公民権確立・人権擁護のための闘いの最高指導者であったマーティン・ルーサー・キング・ジュニアをさえ、「プロパガンディスト」として否定するスカイラーをとらえて、「保守派」「右派」「極右」と非難された。キング牧師の一九六四年ノーベル平和賞受賞についてスカイラーは、「政治的プロパガンダの目的のために、善意を装った詐欺行為を働くようなことに対して、次から次へとノーベル平和賞が贈られることに慣れっこになっているけれども、キング牧師に与えられるという発表を聞いたノルウェーの有力新聞諸紙はショックを受け当惑した。私も同じショックを受けた」とする（《キング——平和には役立たず》一〇四—〇五頁）。

また次に引用する一節からもうかがえるように、極右政治団体「ジョン・バーチ・ソサエティ」のメンバーとなって（一九六一年ごろ）、機関紙『アメリカン・オピニオン』へキング批判の記事を寄稿していたことからしても、黒人の「裏切り者《セルアウト》」ととられる理由は明白である。

「聖マーティン？　マーティン・ルーサー・キング記念日」——故マーティン・ルーサー・キング・ジュニアを聖人の地位まで高めようという狂気じみた動きが急速に進んでいる……ジョージ・ワシントンやトマス・ジェファソンやエイブラハム・リンカーンが墓の中でのたうち回っているのに、キングは死して、アメリカ帝国全土に半旗を掲げる記念日を勝ち取り、有力な政治家が一人残らず列をなしてアトランタでの葬儀に赴き、そら涙を流していた。キングの棺の前にひざまずいて祈りをささげているあいだ、公共施設破壊を企む黒人《ブラック》が百もの都市に火を放ったものだ。

大篝火の煙が鎮まる前に、戦闘的マルキストから厚かましい要求が突きつけられた——社会秩序に抗議するために低能な群衆を率い、「白人の権力機構」とコミュニストの両方から、様々な共同体を混乱させる部下を養成する革命学校を運営するための資金援助を取りつけたアトランタの牧師の名前を、考えられる限りすべての公共施設、高速道路、空港や

> 校舎に付けよ、というのだ。暗殺者の弾丸によって、キングの存在から国が救われてからほんの少ししかたっていない時に、ワシントンの中心に路上生活者の町を創設するために、長年にわたって練られていたワシントン大行進が、腹心のラルフ・D・アバナシー副官(11)によって企てられた。ラルフは、ワシントンにいる期間は居心地のよいホテルに泊まっていたが、彼の愚かな部下は「復活の町」(12)のぬかるんだ地面でのたうち回っていた。しかし、この恥ずべき行動には、ワシントンまで無蓋列車に乗せられて「行進する」ロバのエサ代に至るまで、国費が賄われた。キングとアバナシー体制下の群衆は、一八一二年の英米戦争において、イギリス軍が行なったように、ホワイトハウスを焼き討ちにすることまで手が回らなかったが、危うくそうなりかけた。（《聖マーティン？　マーティン・ルーサー・キング記念日》一七―一八頁）

そもそもスカイラー自身、公民権法制定から二年後（一九六六）に出版した自身の自伝を『保守主義の黒人――ジョージ・S・スカイラー自伝』と題したように、自分は「保守主義者」であると公言している。

しかし、ここでひとつ結論を先取りしておこう――本論の観点として、皮膚の色の境界線を挟んで白人と対峙して、黒人としての自我意識を鮮明化・先鋭化するデュボイスの基本的視座《スタンス》と、境界線を意識することなく、たまたま黒い皮膚で生まれてきた一個の人間をとらえるスカイラーの基本的視座《スタンス》(13)が、黒人のよって立つ場の模索の両極をなすというよりも、相補足し合う基本的視座《スタンス》と受け取ることも可能、ということである。そして、スカイラーの基本的視座《スタンス》は、社会主義運動との接触を通して学んだ黒人団結の必要性を唱えるジャーナリストとして活動を始めた時期と、「公民権法」批判やキング牧師批判を行なうようになった時期と決してかけ離れていないというとらえ方ができる。なぜならば、スカイラーが何よりも黒人解放を最大の課題にしていたことは、デュボイスやキングと変わらないからである。デュボイスとて、以後、ブラック・ナショナリズム、汎アフリカニズム、社会主義、共産主義など、さまざまな立場をとりながらも、基本的視座《スタンス》は、ひたすら黒人の解放を目指していた。デュボイスとの関わりについては、スカイラーは「全米黒人地位向上協会《NAACP》」の機関誌『クライシス』へ十七編（一九三二―五一）のコラムや書評を掲載し、一九三七―四四年には同誌のビジネス・マネージャーも務めている。以下で述べるように、二人はそれぞれ相手との基本的視座《スタンス》の違いを理解し合っており、スカイラーは暗黙の了解のうえで、デュボイスへの風刺・揶揄を試みた。デュボイスは自分に対するスカイラーの風刺・揶揄を楽しむと同時に、スカイラーを高く評価していた。

スカイラーのキング牧師批判については、その罵倒表現は、筆者（廣瀬）には容易に受け入れがたいものがある。しかし、スカイラーにすれば、キング牧師も「プロパガンディスト」である以上、キング牧師の基本的視座《スタンス》は両人種の反発意識をますます沈潜させる、ととらえていたと解せられる。スカイラーの「公民権法」批判は、決して黒人の人権獲得を否定しているのではなく、南北戦争後の憲法修正条項やいくつかの公民権法制定にもかかわらず、「法的強制力の行使」は両人種の意識変革にはならず、かえって、対決・反発の意識・感情を増幅することになり、人種関係を悪化させることに繋がったことを指摘する。「禁酒法」による規制がかえって混乱を引き起こしたことを指摘することによって、「公民権法」もその二の前になる恐れがあると警告しているのである[14]。

黒人のよって立つ場が白人と対等なものになることを訴えるスカイラーの想いの強さは、デュボイスやキング牧師をはじめとする二〇世紀の「急進派」「リベラル派」「過激派」の黒人活動家と同等である。ただ、それを試みるうえでの基本的視座《スタンス》が異なった――もちろん、それぞれ同じ派に属する人権活動家同士の間でも、基本的視座《スタンス》に大なり小なりの違いがあったことは付け加えておく必要がある。

以下、スカイラーの「保守主義」――すなわち、皮膚の色の境界線を往来し、跨ぎ、素通りする多くの両人種の姿をとらえて、人種関係のあるべき姿を真剣に模索するスカイラーの基本的視座《スタンス》――を、スカイラーの「人種的虚構」の認識の観点からまとめることにする。

◇ブーカー・T・ワシントンの保守主義 ――スカイラーの保守主義との比較

保守主義の観点でとらえられる代表的な黒人と言えば、真っ先にブーカー・T・ワシントンが思い浮かぶ。B・T・ワシントンは、一八八一年にアラバマ州タスキーギに、黒人の職業訓練教育を施すことを主目的とする「タスキーギ専門学校」を創設した黒人指導者である（学長職は一八八一―一九一五）。スカイラーの保守主義の性格を探るべく、比較の観点からワシントンの自伝『奴隷から身を起こして』（一九〇〇、一九〇一（以下、*UFS*とする））を見ておこう。『奴隷から身を起こして』によれば、ワシントンの教育方針の中核をなすもの――それは、「単に本だけの勉強というかわりに、実学を学ぶよう指導しようと思った」（*UFS* 七四頁。引用は、川上晃次郎訳『奴隷から学長に』（一一六頁）による。以下も同じ）ということに尽きる。「黒人達を向上させるためにはこれまで行われていたニューイングランド式教育の真似事では不充分……毎日数時間本だけで教育を行うことは、時間の浪費にすぎないのではないか」（*UFS* 六九頁、邦訳一〇九頁）と考え、「何か一つでも工業の実際的知識を与え、あわせて勤勉、倹約、経済の精神をもさずける」（*UFS* 七四頁、邦訳一一六頁）ということであった。

ウィスコンシン州マディソンで開催された全国教育協会での講演では、人種問題についての当面の方策について、「人種相互間の溝を深めるようなことをしないで、あらゆる誠実なる手段に訴えて両者の融和をはかり友愛関係の育成を促進することにある」と主張した（*UFS* 一一八頁、邦訳一七五頁）。

そして、一八九五年九月十八日、ジョージア州アトランタで開催された「アトランタ博覧会」（The Atlanta Exposition）での演説では次のように訴えた。

……われわれ黒人は無智でしかも経験も全くなかったので、新時代のれいめい期に立って、根本に手をつけずに、かえって皮相的なものに取りかかったということも何等奇異とするものでもない。また、不動産や生産技術よりも国民議会とか州議会の議席の方が大きな憧憬の的であったことも、街頭政権発表演説会の方が、酪農場とか蔬菜《そさい》園へ出かけるよりも、遥かに人の関心を集めたことも少しも不可思議ではない。

航海中、何日も何日も、漂流していた船舶の視界に、思いもかけず一隻の船の姿が入った。この不幸な船のマストからは「水！　水！　水の欠乏、正に死の寸前なり」という信号が発せられた。この友船からは直ちに、「現在位置でバケツをおろせ」と返信があった。漂流船から二回目の「水、水、水の補給を乞う」という信号が発せられたが、「バケツを現在位置におろせ」と、返信があっただけだった。水を懇請する信号が三回、四回と送られたが、それに対しては、唯「貴船の位置で、バケツを海におろせ」という応答があっただけだった。遭難船々長は、最後にこの返信の意味に気がついて、バケツを海に投入して引き上げたところ、アマゾン河口の鹹味《かんみ》のない綺麗に澄んだ水が一杯入ってきた。われわれ黒人の中には見知らぬ土地で自分達の境遇が良くなることを当てにしている者とか、直ぐ隣近所の人達である南部白人との間に友愛関係を培うことの重要性を軽視する者がいるが、私は彼等に「現在の場所でバケツをおろせ」――つまり、勇敢にまわりの各種族の人達と盟友になるように努力せよ――と言いたい……。（*UFS* 一二八頁、邦訳一八八―八九頁）

書物よりも職業技術教育の重視、南部白人との融和・友愛・盟友関係の確立、また法的権利の要求の一時停止を唱えたワシントンの、いわば「アトランタの妥協」は、デュボイスの批判攻撃の的となった――ワシントンは、「黒人の思想のなかで、順応と服従というあの古くからある態度を代表しており」（*SOBF* 四〇頁、邦訳六七頁）、彼の構想は、「実際上、いわゆる黒人人種の劣等性なるものを受け入れるものである……黒人たちの人間としてまたアメリカ市民としての高度の要求をひっこめている」（*SOBF* 四〇頁、邦訳六八頁）というのである(15)。

◇『スカイラー自伝』

このようなワシントンの主張を踏まえたうえで、『スカイラー自伝』の冒頭部分の一節を読めば、確かにスカイラーも、現実をありのままに受けとめて順応・適応することによって、自分の居場所を確保することを説いている。スカイラーはそのような生き方を「保守主義」と定義している。

> アメリカ黒人《アメリカン・ニグロ》は適者生存の典型例であり、今日の黒人の立場をアメリインディアン(16)と比べてみればよくわかる。アメリカ黒人はアメリカの保守主義を顕著に示している――順応・適応能力があり、機知に富み、忍耐強く、節度を保ち、これまで獲得したものを犠牲にしてまで、途方もない危険を冒そうとは思わない。このため、永遠の救いを約束して彼を山上〔人種平等の達成〕へ導こうする改革派〔市民権獲得を指導する黒人活動家〕にとっては実に残念なことであった。わが国の発展において、次から次へと起こる混乱や変動を通して、黒人は生き残って前へ進むという基本的な目標を持って、どんな変化にも適応してきた。自分たちの中にいるごく少数の扇動家の忠告に従っていたら、黒人は絶滅の危機に瀕していただろう。維持・統合能力、また状況に応じて変化する能力は、個人的・集団的な知性の顕著な表れである。だからこそ、今後も黒人は存続することになるだろう。法律や歴史や文学を見ればわかるように、アメリカの国民生活にこれほど深い影響を及ぼした人種は他にはいない。彼らは当然フラストレーションを感じはするが、他のどの人種よりも、どんなものであれ劣等感を抱く根拠は少ない。
>
> 私は人生の非常に早い時期に自分は黒人《カラード》だと知った。しかし最初から、この事実によって苦しめられたり、束縛されたり、重圧を感じさせられることはなかった。人は、物事をあるがままに受け止め、それらを甘受し、自分の利益になるように変えようと試みるのであり、あるいは、もっといい機会が得られる別の場所を探す。以上が、私の両親や家族の保守的なものの見方だった。それは私の人生において、一貫してはいないが、ほとんど常に私のものの見方となっている。

しかし、現実をありのままに受けとめて順応・適応することによって自分の居場所を確保するというスカイラーの姿勢には、ワシントンのように、白人の存在を強く意識したうえで、自らの主義主張を控えて、白人との融和・友愛・盟友関係を築こうとする意味合いはない。スカイラーにとっては、「黒人の本分をわきまえる」というワシントンの姿勢は、白人に同化・迎合し、白人社会の中に埋没するという意味に受け取られかねない。スカイラーは、『アメリカン・マーキュリー』（第一九巻〔一九三〇年二月〕）掲載の《黒人《ニグロ》は先を見据える》と題するエッセイの中で、ワシントンが主張する経済的自立について、次のように批判している。

〔合衆国内に黒人だけの州《ニグロ・ステート》を設けることなどまったく考えられないが〕それにもかかわらず、二人種主義あるいは集団経済の提唱者が白人・黒人《ブラック》を問わず多くいる。タスキーギ専門学校の校長《セイジ》ブーカー・T・ワシントンも、それに支援と安心感を与えていたし、今日の黒人《ニグロ》指導者たちも少し違った角度から同じようなことを言っている。概略を簡潔に説明すると、その計画は、黒人が、倹約と勤勉によって……黒人《ニグロ》自身の企業を起こす、というものである。これが産業分野における人種隔離制度《ジム・クロウイズム》や失業から彼らを救って自給自足できるようにし、白人の支配と搾取から解放されるとのこと。

……………………

〔しかし〕その提唱者は次のような指摘を怠っている――〔ニューヨーク州〕ピークスキルから〔カリフォルニア州〕パサデナ間に点在する黒人《ニグロ》所有の不動産や動産は、合わせてもわずか二十億ドルの値打ちしかなく、投資資本もほとんどなく、財務や産業技術あるいは経営管理の経験もほとんど、あるいはまったくない。にもかかわらず、前世紀のあいだに白人の財閥によって確立されたチェーン店や垂直的企業合同や巨大な金融機関がすでにある中で、どのようにすれば、黒人《ニグロ》は、自給自足できる独自の集団経済を遅ればせながら今から始めて成功できるというのか？　今でも、黒人の事業《ニグロ・ビジネス》は小規模でかなり非効率であることから、気がかりな状態にある。一部、皮膚の色に基づく偏見の仕組みによって守られているところもあるが(17)、それがなければ、毎年、二万人に上る白人《ノルディック》の小企業をも飲み込む破産の淵に立たされることになりかねない。（二一四頁）

ワシントンは、アトランタの講演に関連して、政治的要求について次のように語っている――「政治的要求については、財産・知能・高い品性の取得から始って、政治上の権利の全面的承認に向かって進む、ゆっくりとしてはいるが堅実な力に依存して、慎み深く振舞うことが黒人の義務……であると私は思っている」（*UFS* 一三八頁、邦訳二〇三頁）。しかし、『スカイラー自伝』からは「慎み深く振舞う」姿勢などまったく読み取れない。スカイラーの「節度を保つ」（restrained）という言葉には、ワシントンの「慎み深く振舞う」（to deport himself modestly）という表現に含まれるような、白人の存在を意識して、一歩離れて自分の居場所を確保する、といった意味合いはない。スカイラーの場合は、人種を意識することなく、自分自身のとるべき態度を心得、だれにも気兼ねすることもなく、どこであれ自分流の生き方を思う存分貫くことの、自然で妥当で当然の正当な権利を主張している。

スカイラーの人生肯定の姿勢に見られる「プラグマティックな楽天主義」（C. Bracey, xx）は、皮膚の色の境界線を挟んでの黒人・白人のせめぎ合いをとらえるデュボイスの観点と異なる。しかし、スカイラーの場合は、仮に同化主義的姿勢を呈しているようでありながら、スカイラーには、黒人・白人という「人種」の種分け意識がないことから、黒人・白人の両方の世界に属しているという感覚と同時に、黒人・白人のどちら側からも距離を置く一個の人間としての自分をとらえる感覚が強い。

言ってみれば、あくまでもスカイラーの観点からすれば、デュボイスが主張するような、皮膚の色の境界線でのせめぎ合いを通しての政治的・社会的自立の主張がかえって黒人の分離を生じかねないのと同じように、皮膚の色のせめぎ合いをいわば意識的に回避して、白人との融和・友愛・盟友関係を築くというワシントンの経済的・政治的な位置づけも、結局は自らが人種分離を前提としていることになる(18)。

◇スカイラーの「プープー」の感性

上に引用した『スカイラー自伝』の冒頭の一節から数ページ先に、スカイラーは次のようなことを書いている——小学生になり、二学期に新しい学校に転校することになったのだが、そこで初めて「ニガー」と呼ばれ、イタリア系の同級生と取っ組み合いの喧嘩をした。そのことに対して、継父は「すべてたいして重要なことではないと鼻であしらい」、母は、「私たちの姿は神が造りたもうたもので(19)、大事なのは、頭で何を考え、また考えたことで何をするかということ」と教えられ、それからは、「自分の外見は異なるが、決して劣等感を感じたことはなかった」(一八頁)というのである。とくに継父の言葉——「すべてたいして重要なことではないと鼻であしらう(“pooh-poohed” the whole thing as of no particular consequence)」の“pooh-pooed”という言葉の音の響きが耳に残る。この単語は、何もかも吹き飛ばそうとする際の口の形を表す擬態語であり、一六〇三年にウィリアム・シェークスピアが『ハムレット』の中で“puh”として初めて用い、一九世紀初期には、「軽蔑・侮蔑を表す」あるいは「軽んずる」という意味で用いられるようになった。一九世紀には、不意に言葉の間に差し挟む発声音として盛んに用いられたために、「この表現に耽溺する人」という意味の名詞にも使われたというものである(R. Hendrickson 五三八頁)。

人種にまつわるものをすべて吹き飛ばし笑い飛ばす感性を植え込まれていた観点から、改めて上に引用した「保守主義」の説明を読み返せば、「すべてたいして重要なことではないと鼻であしらう」スカイラーは、白人だけでなく、デュボイスやワシントン、さらにはキング牧師も含めて、皮膚の色への固執から逃れられない白人・黒人の姿勢を「吹き飛ばし笑い飛ばしている」ことになる。

本論では、このようなスカイラーの感性を枠づけるために、この「プープー」(pooh-pooh) から「プープーイズム」(pooh-poohism) という言葉を造って、以下の論を展開していくことにする。

スカイラーの「プープーイズム」の観点からすれば、スカイラーの目には、デュボイスだけでなくキング牧師も含めて、政治的・法的論拠を盾にして、白人と対峙するかたち［キング牧師の場合は「非暴力主義」という戦法で対峙］で黒人の論理を主張することは、何らかの政治的・法的対応を引き出したとしても、両人種の感情をかえって頑なにし、差別・隔離感情・意識、人種的偏見をいっそう深く沈潜化させてしまうと映る(20)。つまり、このような黒人指導者は、人種優越主義を唱える白人の「プロパガンディスト」と変わらない、黒人の「プロパガンディスト」ということになる。それに対してスカイラーは、あくまでも双方の人種が境界線を素通りしている実に数多くの個別的・社会的・歴史的事実をとらえる。肌色による境界線が設けられた社会に真っ向から挑むのでもなく、白人中心の社会の中で白人から距離を保って自分の領域を静かに守るのでもない。すでに境界線を素通りしている事実を踏まえて、自分の思い通りにしたたかに生きている姿をとらえる。その生き方を支えるのは、「人種」という概念のからくりを見透かす「プープーイズム」の感性である。本論では、そのようなスカイラーの姿勢と生き方を「保守主義」ととらえておく。

本書で取り上げている《合衆国における異人種間結婚》（本書二九三―三二六頁）は、人種隔離・分離主義を脱構築し、境界線を素通りしている様々な事実をとらえているが、そのほか、次の四篇を見ておこう。

まず、スカイラーは、「一九二五年一一月一日から一九二六年七月四日」（『スカイラー自伝』一五三頁）にわたって、アメリカ南部を取材し、一九二五年一一月一四日付の『ピッツバーグ・クーリエ』以降、その現地報告記事《今日のアフラメリカ》を連載した。それは、ペンシルヴェニア州のフィラデルフィアやハリスバーグから、アーカンソー州マリアンナに至る南部諸州（テキサス州やオクラホマ州も含む）の都市について書いている。連載に当たって、『ピッツバーグ・クーリエ』は、スカイラーを報告者に選んだ理由を述べた四頁のパンフレットを発行している。それによれば、スカイラーは、「楽観主義者や悲観主義者ではなく、現実主義者」として、「客観的な観察者の目」を通して、「感傷よりも科学に基づいて」、「プロパガンディストに『影響される』ことなく、社会の正確な姿を伝えてくれる……言葉による写真を提供してくれる」（『スカイラー自伝』一五三頁）としている。実際、それぞれの都市における人種差別の実情をとらえるとともに（ＫＫＫ団の活動状況などを数字で示したりしている）、都市人口（白人に対する黒人の割合）、人種別学制度が崩れて共学制度になっている状況、学校や教会の施設、黒人が従事する職業、黒人の医者・歯科医や企業家の実数、黒人の持家や土地所有状況、黒人の貯蓄状況などについて、詳細に報告している。全体を通して提示されるのは、人種差別の重圧の下であえいでいる姿以上に、黒人自身の自助努力、また白人の協力によって、自立した生き方をしたたかに貫いている姿である。この点について、スカイラーは次のように述べている。

私にとって、白人が黒人を「憎んでいる」という神話は消えてなくなった。一般化するのは危険であると悟った——人種関係のしきたりはどこでも維持されていたが、緩やかで、定まったものではなく、その程度は場所や人によって異なっていた。そして人は人種である前に人間であり個人であることを学んだ。（『スカイラー自伝』一五七頁）

このような状況を踏まえてとらえる南部の人種問題に対する視座は、例えば次のようなリンチに関する記事（社説）（《リンチング・リーグ》〔"The Lynching League"〕）にもうかがえるように、きわめて皮肉的である（一九二七年一月七日付『ピッツバーグ・クーリエ』八頁）。しかし、そうであるがゆえに、正面からのリンチ批判以上に、より痛烈な一撃となって、リンチ行為のむごたらしさや悲惨さのイメージが増幅されるだけでなく、その行為を正当化する根拠を突き崩す。

一九二五年の「アメリカ・リンチング・リーグ」で、偉大なフロリダ州が優勝旗を手にした。地上げ屋の偉大な州《コモンウェルス》にとって名誉（あるいは不名誉）なことに、八回のリンチがあった。それに対して、僅差の七回で迫ったのが、堂々たる威容を誇るテキサス州だった。それに四回で続いたのが、われわれの昔からの友好州であるミシシッピ州で、以下、順に、三回のサウスカロライナ州、二回のアーカンソー州、そして、ジョージア州、ケンタッキー州、ニューメキシコ州、テネシー州、ヴァージニア州の各一回となる。これらは、タスキーギ専門学校によって公表された。合計二十九回になる。しかし、『クライシス』誌によって示された最新の情報では合計三十一回になる。不運な犠牲者のうち、二十二人が黒人、六人が白人、そして一人がインディアンとなっている。犠牲者のうち、二人は女性である。罪状については、殺人が八件、強姦が二件、強姦未遂が三件、警官殺害が五件、警官に対する傷害が二件、女性に対する暴行が一件、女性に対する侮辱が一件、女性への脅しが一件、そして罪状が報告されていないのが五件であった。

一九三〇年八月号（第二〇巻）の『アメリカン・マーキュリー』に掲載された《人種隔離の中を旅する《トラベリング・ジム・クロウ》》では、「平等であっても分離」（equal but separate［四二八頁］）に基づく人種隔離《ジム・クロウ》を定めた法的・政治的規範が、「紙屑」（四二八頁）同然になっている事実を列挙している。人種隔離《ジム・クロウ》を定めた法的・政治的規範は、一八九六年の連邦最高裁による「プレッシー対ファーガソン判決」に基づく。この裁判は、九二年、ルイジアナ州ニューオーリンズ発の列車内で、白人専用の客車にいた黒人男性ホーマー・プレッシーが、黒人専用の客車へ移るようにという車掌の命令を無視したがために逮捕された事件を扱っている。そして、提供される施設の条件が同じであれば「分離しても平等」（separate but equal）ということから、「市民的権利、法の平等な保護および適正な法手続き」を定めた合衆国憲法修正第一四条に違反しないと解釈された。しかしスカイラーは、この「分離しても平等」という大原則を皮肉って、事実に則して「平等であっても分離」と言い換えている。宿泊施設で嫌悪感や迷惑そうな態度を露わにされて受け入れられても、「黒人の気持ちが刑務所長以上に毅然としているか、ジョナサン・スウィフトのようなユーモア感覚がなければ、気持ちよく宿泊するのはむずかしい」（四二三頁）。

しかしスカイラーの報告には、全体にわたって、次のような「人種隔離の気まぐれ」（the vagaries of jim crow〔"jim crow"は、正確には"Jim Crow"である〕［四三〇頁］）を見透かす皮肉が散りばめられている——

「はるか遠い昔に黒人の先祖がいた黒人女性」で、白い肌色ゆえ白人として生きることも可能だが、黒人男性と結婚して、「自発的に」黒人として生きることを選んだ、いわば「自発的な黒人女性」（voluntary Negress）は、ホテル側から黒人であることを承知のうえで白人として受け入れられ、連れ添っている肌の黒い黒人の夫は「召使い」ということで、召使い用の部屋を用意されて、二人は宿泊できた（四二三頁）。

ある黒人女性は、ニューヨーク発ニューオーリンズ行きの列車が南部にさしかかると、エプロンを着けて——すなわち家政婦に扮して——寝台車に留まることができた（四二五頁）。

また日本人に見える黒人は日本人に扮して寝台車に乗っていた（四二五頁）。

締めくくりにも、列車やバスにおける「人種隔離の慣行による混乱」（四三一頁）から逃れるために、車を所有する黒人が多くなっていることを指摘し、そのために鉄道会社は多額の損益になっているという、アーカンソー州の保険代理人の言葉を紹介している。これと関連して、石油会社も顧客獲得を競い合っていることから、黒人に対するガソリンスタンドでの対応も実に丁重であると報告している（四三二頁）。

『モダン・マンスリー』第八巻一号（一九三四年二月）掲載の《黒人《ブラック》が白人と結婚する時》では、異人種間結婚に対して表向きの反感はあるが、実際にはすっかり受け入れられている状況を報告している。

確かに一般に示される反応は次のようなものである。

> 一般のアメリカ人にとって異人種間結婚は、ヘブライ人にとってのハム[21]のようなものであり、カトリック教徒にとっての破門のようなもの、キリスト教婦人禁酒協会（Woman's Christian Temperance Union）にとっての酒《ジン》のようなもの、ということになる。異人種間結婚のことが話題になった時はいつでも、保守派は顔を真っ赤にして怒り、急進派は反動的になる。最も急進的なリベラル派は、それをほのめかしただけで、しどろもどろになることが多い。ユダヤ教徒やキリスト教徒、プロテスタントやカトリック、北部人や南部人も、声をそろえて恐ろしい言葉を口にする――「おまえの娘（あるいは妹）をくろんぼ《ニガー》と結婚させたいのか？」この質問に対して否定的な答え以外は考えられないし、他にどんな答えも見つからない。（一一頁）

しかし、「手枷足枷をはめられた最初の黒人《セネガンビアン》がジェームズタウンの競売台で売られて以来、人種混淆は、厳しく取り締まる法律があったにもかかわらず、減るどころか増え続けている」（一一頁）。「いわゆる黒人の八十パーセントには、白人《コケイジャン》の祖先がいる」（一二頁）[22]。したがって、「異人種間結婚に対するアメリカ人の激しいコンプレックスは、経済的な動機があるということを考えなければ、まったく不可解なものに思える」（一二頁）。そして、白人男性と黒人女性の間には、「肌色による階級体制に対する恐怖がないゆえに、密かな関係を遮るものはほとんどない」のに対して、アラバマ州スコッツボロでの出来事（一九三一年）をめぐる裁判のような事例もある（一二頁）[23]。すなわち「若者が白人男性で、女性が黒人のケースで、しかも女性がレイプされたとしたとしても」（一二頁）事件にはならないことからすれば、明らかに矛盾であることは広く認識されている。「大昔にアフリカ人の祖先がいたことで、完全な白人が黒人になるという、奇妙なアメリカの条項のおかげで、白人の側が黒人に扮することで合法的に結婚している異人種カップルが、この国のほとんどすべての地域で見られるだろう」（一二三頁）。また「多くの南部白人は、念入りに苦心してつくられた人種の壁を壊すことに意地悪い喜びを味わっているようにもみえる」（一二六頁）。

一九四四年に出版された『アメリカン・ニグロ文学選集』（Ed. S. C. Watkins）掲載の《ジキル博士とハイド氏と黒人《ニグロ》》では、白人の黒人に対する対応が、公的な場面と私的な場面で異なることを指摘する。《黒人差別の中を旅する《トラベリング・ジム・クロウ》》で取り上げた、白い帽子とエプロンを着けたメイドに扮して豪華な寝台車で旅できたことや、東洋風の顔立ちをしている黒人教師が日本人に扮して寝台車に乗り込んだことも取り上げている（二六九頁）。最後に、「人種関係の気まぐれ」（the vagaries of race relations〔二七二頁〕）を物語る次のような例を挙げている——新婚の黒人夫婦がニューヨークのとある地域に新居を構えたが、窓ガラスが割られたり、汚物が投げ込まれたりする嫌がらせに我慢できず、街を去った。数日後に荷物を取りに戻ったところ、きれいに片づけられており、隣の白人女性が他の主婦たちと協力して暴徒を非難し、すべて片付けて夫婦の帰宅を待っていた。それ以来、夫婦は半世紀以上そこに住み続け、理髪業を営んで、最も有名で、最も愛される一組の市民となった、というのである（二七二—七三頁）。そして「この事例では、個人の考えがついに世論に打ち勝って、二つの考えがまったく同一のものになった」ということであり、「我が国の歴史を通して、成功の度合いは異なるものの、このようなことが幾度となく起こっている。もっと頻繁に起こり、さらに頻繁なものにするために闘う善意の市民の側に勇気と決意がありさえすれば、偉大な文明を築くために必要とされる、この事例に見るような国民的結束や善意がいっそう素早くもたらされるだろう」（二七三頁）と締めくくっている。

以上取り上げたスカイラー評論のいずれも、人種意識が希薄になっている実例を挙げて、人種差別・隔離への固執を皮肉っている。その実例を挙げるところにあるスカイラーの「プープーイズム」の感性（後述するように、これはスカイラーの「ホウカム」の感性と同質のものである）について、『コモン・グラウンド』第一巻一号（一九四〇年一〇月）掲載のエッセイ、《だれが「ニグロ」で、だれが「白人」か？》（本書三八五―九六頁）において、二人種主義の脱構築を端的に要約している言葉を引用しておこう。

人類学者が、頭蓋骨の大きさや、鼻孔や顎や鼻の形や、足のかかとの色から判断しても混同してしまうのであれば、法律家にすればなおさらのことである。三世紀にわたって、法律書に「ニグロ」という言葉を散りばめてきたのに、アメリカの議会や裁判所は確実に一様に「ニグロ」とはだれなのかを決めることができないでいる。本当に「黒い人間《ブラック・パーソン》」なのだろうか？　それだったら、白人《コケイジャン》の先祖がいることを認めている八十パーセントの「ニグロ」をどのように分類すればいいのだろうか？　白人《コケイジャン》の容姿に近づくにつれて、「ニグロ」の割合が減るのだろうか？　「白人」の血「一滴」だけでは、「ニグロ」は「白人」になれないのなら、「ニグロ」の血「一滴」だけで、「白人」が「ニグロ」になってしまうのは、どうしてだろう？　身体的見地から互いに気に食わないというのなら、どうして法律や条例を設けてまで両人種を分けておく必要があるのだろう？　「ニグロ」の血が八分の一の人の方が、「白人」の血が八分の一の人よりも優れた社会的地位を与えられるべきなのか？（五四頁、本書三八七頁）

アメリカ人が自分たちの迷信をとりわけ大事にしている様子は、傲慢で心の余裕がない《ユーモアレスネス》ことを暴露している。政治家や法律家が時間とお金をかけて、血の分量という摩訶不思議なことの分析にとらわれている一方で、三分の一の国民が「衣

食住に事欠いている」ありさまだ。（五五頁、本書三八八―八九頁）

……………………………………………………………………………………

われわれはほとんど存在しない戯言《たわごと》（an almost non-existent molehill）を大げさに騒ぎ立てておいて、今や、アリ塚のように積み上げた戯言《たわごと》が総崩れする危険に晒されている。（五六頁、本書三九二頁）

3 「プープーイズム」の起点

◇スカイラーの出自

上述したように、『スカイラー自伝』によれば、スカイラーは一八九五年二月二五日にロードアイランド州プロヴィデンスに生まれ、ニューヨーク州シラキュースで育った（二頁）としている。しかし没後（一九七七年没）のスカイラー研究（例えば、H. M.Williams, Jr. 二―三頁。O. R. Williams 三―四頁）によって、スカイラーは自分の出生にまつわるかなり複雑な事情を明らかにしていないことが浮き彫りにされた。ロードアイランド州には出生記録は残っておらず、むしろ記録として残っている一九〇〇年の国勢調査〔スカイラーは五歳〕によれば、シラキュースにおいて、母方の祖母〔ヘレン・フィッシャー〕が家族の筆頭となっており、母親のエライザ・スカイラーには子供がなく、しかも夫は一八九八年に亡くなっていて、ジョージはニューヨーク市生まれで、祖母の「孫養子」となっている。一九一〇年の国勢調査では、家族の筆頭は母親の再婚者、つまりスカイラーの継父〔ジョセフ・E・ブラウン〕で、ジョージは「継息子」であるとともに、皮膚の色が黒いのにもかかわらず「混血《ムラート》」と記載されている。十五歳になっていたスカイラーの出生地はマサチューセッツ州となっているが、マサチューセッツ州はその記録を持っていない。また母親には子供が三人いたが、生存者は一人〔すなわちジョージのみ〕となっている。

オスカー・ウィリアムズによれば、両親は共に「混血《ムラート》」と記載されているが、「混血《ムラート》」として記載されている両親の子供にすれば、ジョージの皮膚の色は黒かった。兄弟姉妹がいたかどうかも含めて自分の出生のことに触れたがらなかった（O. Williams 四頁）。そのような点を鑑みれば、「生涯を通じて、アフリカ系アメリカ人と分類されることに抵抗し、自分をたまたま『ニグロ』として生まれた一個の人間と見なしていたと考えられる」（O. Williams 四頁）。そして、スカイラーが自分の出生の事情に沈黙を通したということ自体、かなり自分の存在を意識していたことの裏返しの証明になるととることも可能である。それは、「人種」という「虚構」認識を踏まえて「いわゆる人種」の問題を掘り下げるスカイラー独自の基本的視座《スタンス》を培ったとも言える。スカイラーにとっては、皮膚の色によって人間を分類して優劣関係を一方的につくり上げる人間の執念深さが、恐怖や怒りを通り越して、あまりにもばかばかしくて滑稽に思えたのは当然のことだったと思われる。あるいはそのようなものに固執せざるをえない人間の営みが哀れにさえ思えたととらえることもできる。

◇スカイラーの戦争体験

もう一つ、ここで取り上げるべきことは、スカイラーの戦争体験――とくにアイオワ州フォート・デモインの「将校養成訓練キャンプ」にまつわる話である。

そもそもこのキャンプは、黒人の要請――すなわち、黒人将校養成のためにウエストポイント陸軍士官学校の門戸を開放してほしいという要請――を政府が拒みながら、黒人のみの将校養成の場ならば認めるということで、黒人部隊の下士官の中から将校候補生を選抜して設けられたものである（G. W. Patton 三二―五三頁、五四―七二頁）[24]。

しかし、『スカイラー自伝』によれば、「最初の一か月は歩兵訓練に費やされただけで……〔白人の〕キャンプなら実施される〔砲術や機関銃操作など〕残りの所定教科は、フォート・デモインの黒人将校候補生にはなかったことに対して、候補生は疑念を抱くようになった……いかにも故意に〔実施しないように〕しているとしか思えなかった。さらに悪いことに、他とは違って、訓練は三か月では終わらず、おそらく軍の優柔不断によって、もう一か月延長された。最初の一か月で、そのような傾向を察した私は、以降、個人的に興味をなくしていた」（『スカイラー自伝』八七頁）と語っている。多くの大卒の候補生の中で、高校中退のスカイラーは教練教官に任命され、四か月後のキャンプ終了時には将校となり、中尉に昇格している。しかしスカイラーにとっては、満足のいく訓練キャンプではなかった(25)。

キャンプ後、将校としてニュージャージー州のキャンプ・ディックスに配属されるものの、兵舎も白人将校とは隔離されており、しかも黒人将校には何もすることがなく、だいいち指揮を執る兵士のいない「幽霊部隊」（paper organization）を割り当てられたり、キャンプでは訓練を受けていない砲兵部隊の指揮を打診されたりした。スカイラーにとって、そのような軍の対応は「不合理で、黒人《ニグロ》将校はしょせん無能であると決めつける魂胆がうかがえた」（九二頁）というのである(26)。

そして実は、『スカイラー自伝』では語らなかった大きな出来事があった。一九一八年二月に、配属先がフォート・ディックからメリーランド州キャンプ・ミードに移っていたのであるが、七月にフォート・ディックへ鉄道で戻るためにフィラデルフィア駅で列車を待っていたとき、英語の初歩的知識から判断して、アメリカへ渡ってきて、ごくわずかしかたっていないと思われるギリシャ移民の靴磨きから、「くろんぼ《ニガー》」の靴は磨かないと大声で拒否された。将校としてのプライドを傷つけられたスカイラーは、「これ以上、こんな忌々しい国に仕えるなんて、あほらしくてやっていられない！」という捨て台詞を残して、兵役を放棄して脱走した。やがて身柄を拘束されて、ニューヨーク・ガバナー島・ウィリアムズ城での五年の拘留刑を言い渡されるが、模範囚でもあったことから、最終的に九か月に減刑される（K. Talalay 六七―六八頁）(27)。

以上、スカイラーの軍隊経験からすれば、スカイラーは、軍における人種差別をかなり深刻に感じていたと考えられる。「世界は民主主義のために安全でなければならない」(The world must be made safe for democracy)(28)ことから、黒人も合衆国市民としての責任を果たすべく参戦しながら、軍自体、アメリカの人種差別・隔離の縮図であったことに対するスカイラーの憤懣やるかたない思いが、彼の心をたえず締めつけていたと言える。

一九三〇年一一月の『アメリカン・マーキュリー』第二一巻八三号に掲載した《黒人《ブラック》の兵《つわもの》ども》(本書三一七—二七頁)は、人種隔離主義の中での軍隊における人種関係をユーモラスに描いている。その中で、大卒の黒人兵士との間にも距離を意識していたことを匂わす言及もしていることを付け加えておく。

千人もの若い黒人《ニグロ》の将校候補生がいて、ほとんどが大卒で、大多数は新しい夜明けがすぐそこまで来ていると信じていた。彼らが愛国心のことを口にしているのを人が聞いたなら、アメリカ人やイギリス人やベルギー人よりも、ドイツ人が黒人市民《メン・オブ・ゼア・カラー》に対してひどい仕打ちをしていると思ったことだろう。彼らに懐疑的な者たちが、民主主義のために世界が安全になったあとも、黒人《ブラック》と白人の親しい関係は生まれないだろうと口を挟むのは大いに憚られた。(二九五頁、本書三二四—二五頁)

戦後のアメリカ社会は、大卒の黒人兵士の予言どおりではなかったことに対するスカイラーの皮肉が込められた表現ととれる。

◇「ホーボヘミアン」としてのスカイラー

異人種間そして同人種間の距離を意識したままスカイラーの軍隊生活が終わり、戦後の不況下のニューヨークで、様々な職業を転々としていた中で味わったのが、下層の労働者階級間の、人種を超えた人間同士の連帯意識であった。ニューヨークの下町のレストランでの仕事仲間の間には、「階級差別や、人種間の、また出自の国家間の反目はほとんどなかったし、そのようなものが生まれる余地もなかった」（一九三一年四月号『アメリカン・マーキュリー』掲載の《皿洗い体験記》四九一頁）。『スカイラー自伝』の中でも、ニューヨークのバワリー街（本書第Ⅰ部、注110を参照）にある教会の地下室で下層仲間（ホーボヘミアン）と暮らしながら、人種的反目のない仲間意識が醸成されたことを語っている（『スカイラー自伝』一二八―三四頁）。そしてそのような生活は、編集業の初仕事となった一九二三年六月号の『メッセンジャー』[29]に載った『ホーボヘミア――季節労働者の世界』[30]にまとめられた（本書二一七―三〇頁）。

「ホーボヘミア」とは、政治組織あるいは地名を指す言葉ではない。それは一つの社会集団のことである。社会的権力や権威をひけらかす人間や彼らの追随者には、「最下層民《マドシル》」と呼ばれる最底辺層の社会集団と見なされている。しかしホーボヘミアン自身は、「エルクス慈善保護会」のことを指す、よく知られた英語表現〔Benevolent and Protective Oder of Elks（BPOE）〕をもじって、自分自身を「この世で最も立派な人間」〔the best people on earth〕と考える。ホーボヘミアンは、「堅物《スティフ》」と呼ばれる融通の利かない型苦しい人間や、「牧師《サーム・シンガー》」など賛美歌を熱唱する信心深い人間や、奴隷同然に働く事務労働者「ホワイトカラーの奴隷《ホワイトカラー・スレイヴ》」や、そのほか、社会の上層部を構成する「名士《ジェントリー》」を、ことごとく軽蔑の目で見る。

ホーボヘミア集団にはあらゆる種類の人間がいる――若者に年配者、利口者に愚か者、強者に弱者、黒人《ブラック》に白人、勤勉家に怠け者、そして男に女。実際には、他のどんな社会集団ともまったく変わらない。ただ、ホーボヘミアンにはおよそ共通の特徴があって、その点で他の集団とは著しく異なる――第一に、彼らは放浪熱に浮かされている。第二に、機械化された文明社会の統制に逆らっている……ホーボヘミアンは、慣習に縛られた隷属状態に反旗を翻した社会集団で

ある。〔七四一頁、本書二一七―一八頁〕

……

一文無しの仲間を助け、パンを分け与えることを、ホーボヘミア社会の倫理規定としている。筆者の私は、社会から嫌われている白人のホーボーが黒人《ニグロ》のホーボー仲間と最後に残ったパンを分け合っているのを見かけたことがある……ホーボヘミアン一人ひとりの責務として、安心して「施し物を得られる」家とそうでない家、「ポリ公《ブル》」によってひどい暴力を受ける恐れのある町、彼らが自由に歩き回れる町などの情報を、仲間内で用いる象形文字で提供し合うことがある。これらの情報は、水槽、フェンス、倉庫などに書かれている。「野宿地《ジャングル》」の焚き火を囲んで、言葉を交わす折には、三つの質問だけ許される――「どこへ行くんだ?」「どこから来たんだ?」「おまえの名前は?」

ホーボヘミア集団の哲学は、陽気なペルシャの詩人〔オマル・ハイヤーム〕の次のような詩行に実にうまく表現されている。

ある者はこの世の誉、ある者は
来たるべき預言者の楽土をねがふ。
ああ取れよ、正金を、手形を捨てよ。
遥かなる太鼓の音を意とすることなかれ。〔七四四頁、本書二二九―三〇頁〕

「ホーボヘミアン」の世界には、白人・黒人間の人種的境界線はない。「ホーボヘミアン」は、文明社会の規範や慣習に束縛されることなく、皮膚の色の境界線を跨いで行き来している。あくまでも現世を楽しむことをうたうオマル・ハイヤームの『ルバイヤート』からの一節に示された「ホーボヘミア集団の哲学」は、人種間でせめぎ合う人間の窮屈な営みをも醒めた目で冷ややかに眺めながら、それに縛られない自由な生き方を示している。それは、「プープーイズム」の感性に裏打ちされたものであると読み取ることができる。

◇スカイラーと『メッセンジャー』

自分の出自の曖昧さを引きずったまま軍隊に飛び込み、戦後も、二人種間の関係は改善されるどころか、プロパガンダの応酬がますます激しくなる中で、人種という概念で自分をとらえることの不条理や理不尽さをスカイラーは思い知った。そして、ニューヨークでの下働きや「ホーボヘミアン」の体験を通して、「人種」を超えた連帯を意識し、人種関係を醒めた目でとらえて突き崩す姿勢を培った。そのようなスカイラーの姿勢をさらに確固たるものにしたのが、《ホーボヘミア》掲載を機に本格的に関わるようになった『メッセンジャー』であった。

スカイラーが『メッセンジャー』と関わりを持つようになったのは、シラキュースからニューヨークに生活の拠点を移した折、社会主義者のフィリップ・ランドルフとチャンドラー・オーエンによって組織された「黒人自由同友会」（Friends of Negro Freedom）——黒人大衆の就労の機会や経済的条件の拡大を目指すフォーラム——に参加したことが契機となった。

『メッセンジャー』は、ランドルフとオーエンによって一九一七年に創刊された、「間違いなくマルクス主義的傾向の『科学的社会主義』」（『スカイラー自伝』一三六頁）を標榜する月刊誌であった。とくに一九一七年のロシア革命——労働者の蜂起によって帝政を倒し、ソヴィエト社会主義共和国連邦を樹立した——がアメリカの黒人をも解放する、という観点を強調して急進主義的な編集姿勢をとった。創刊者にとって、民衆解放の「民主主義」を実現した「社会主義国」は、アメリカ黒人の人権獲得闘争の手本となった(31)。

しかし、一九二〇年代初期までに、ロシア革命精神を踏まえたボルシェヴィズムへの意識は次第に薄れていた。以降、アメリカ黒人のブルジョワジーへのビジネス支援、労働組合支援など、あくまでもアメリカ国内での具体的な状況をとらえて編集する方向へと移行していった（A. McKible 四〇―四二頁）。

例えば、一九一九年五―六月号（第二巻六号）掲載のフィリップ・ランドルフによる記事《新しい群衆――新しい黒人《ニグロ》》では、最初にロシア革命とボルシェヴィズムの枠づけを行なったうえで、それと「新しい群衆」「新しい黒人《ニグロ》」の登場を結びつけて、次のようにまとめる。

新しい黒人《ニグロ》には、リンチ法との休戦はなく、人種隔離主義《ジム・クロウイズム》や公民権剥奪とも停戦はなく、黒人《ニグロ》が完全な社会的、経済的、政治的公正を実現するまで平和はない。これを達成するために、新しい群衆は、世界産業者労働組合《I・W・W》や社会主義者や超党派農民同盟《ノンパルティザン・リーグ》のような白人の急進主義者と同盟を結んで、新しい社会――階級や人種や世襲や宗教の違いなどない、平等者の社会――をつくる。（二一六―二一七頁）

しかし、同じく「新しい群衆――新しい黒人《ニグロ》」の登場を扱った、翌一九二〇年八月号（七三―四頁）掲載の《新しい黒人《ニグロ》――彼はどのような人間か？》では、ロシア革命やボルシェヴィズムへの言及はなくなっている。その記事は、アメリ労働者の連帯を促し、政治的・経済的・社会的平等の確立を訴え、「新しい黒人《ニグロ》」を定義する。「新しい黒人《ニグロ》」は、「旧い黒人《ニグロ》」と違って、「政治的利権や政治的引き立てといった偽りの安心感を抱くようなことはない」。第一に、「新しい黒人《ニグロ》」は「政治的平等」を要求し、「普通選挙権」を求める。そのためには、共和党や民主党の既成政党ではなく、労働者階級の政党を支持すべきだとする。経済的な目標として、「賃金増額、労働時間短縮、労働条件の改善」を求め、また消費者として、できるだけ安い物価を要求する。そのためには、黒人独自の組合を組織して、白人の資本家に対して、賃金増額や労働時間短縮を求めて闘う一方、黒人労働者を差別する白人の労働組合に対しては、公正を求めて闘う必要があるとする。そして、社会的目標としては、「絶対的にして無条件の**社会的平等**」を求める。それを成し遂げるためには、教育と自己防衛の必要性を唱える。自己防衛については、「自分の生命を守るために闘わない者は生きるに値しない」と言い、旧い群衆の黒人が頼った「無抵抗の論理」を否定する。そしてとりわけ、社会的平等のために、「新しい黒人《ニグロ》」は「異人種間結婚」を目標とすることを明言している。

> 異人種間結婚は、黒人《ニグロ》が思い描く道理に適い、健全で正しい唯一の目標であると新しい黒人《ニグロ》は強調する。異人種間結婚禁止の法律を受け入れることは、劣等の汚名を受け入れるに等しいと理解している。加えて、異人種間結婚禁止の法律は、黒人《ニグロ》女性を性的搾取に晒《さら》すことになり、白人の男たちとの間に生まれた彼女たちの子供から、父親の財産を相続する権利を奪い取る。統計によれば、アメリカの四百万人近い混血《ムラート》は人種混淆の結果である。（七四頁）

ジョージ・ハッチンソンが分析するように、『メッセンジャー』は、「断固として因習打破のアプローチを採用した。おおかた、アフリカ系アメリカ人の文化は、ヨーロッパ系アメリカ人の文化とは明らかに異なるという考え方を一笑に付し、合衆国文化の『混血』の特徴を強調した」（G. Hutchinson 二八九頁）。他のどんな出版物よりも「人種的そして文化的融合」を打ち出し、「本質的に人種の違いがあるという考え」に対して「皮肉を込めた脱構築」を試みた（G. Hutchinson 二八九頁）。

とくに「『混血』の特徴を強調し……皮肉を込めた脱構築」を前面に打ち出したのがスカイラーである。ランドルフによれば、「私がスカイラーに出会った時は、彼は社会主義者であった。しかし彼はそれを決して真剣に受け止めてはいなかった。彼は社会主義も含めて、何もかもからかいの対象にした。それにしても彼は魅力的な文体を持っていた」（J. Anderson 一四四頁）。スカイラーはオーエンの「シニシズムと闘争性」を持ち合わせており、ランドルフにとって、スカイラーも「痛烈な風刺の書き手」であるゆえに、「『メッセンジャー』の社会批評に刺激的な要素を加味してくれる」(J. Anderson 一四四頁) と判断したというのである(32)。

スカイラーが編集に加わってから三号目に当たる一九二三年八月号の『メッセンジャー』は、《黒人《ニグロ》のコミュニストの脅威》と題する記事 (七八四頁) を掲載し、黒人コミュニストを痛罵している。

黒人《ニグロ》のコミュニストは脅威である。労働者や彼ら自身や人種全体に対して脅威となる。なぜ? それは、彼らは破壊主義者で、理不尽で現実離れした熱狂さで、新しい黒人《ニグロ》の解放運動の士気を打ち砕いて、目的や理想を混乱させようとするからである。それほど彼らの政策や施策は、まったく無意味で、不健全で、非科学的で、危険で、ばかげている……黒人《ニグロ》のコミュニストの方策は過激主義の教義を唱えることであり……コミュニズムは、アメリカの白人あるいは黒人《ニグロ》の労働者には何の利益もない。

おそらくスカイラー (あるいはオーエン) にとって、『メッセンジャー』の編集姿勢として、社会主義・コミュニズムをアメリカの基軸とするには、アメリカは階級そして人種の絡みがあまりにも複雑であるという認識があったと思われる。異人種同士も、固定された厳格な皮膚の色の境界線《カラー・ライン》で仕切られているのではなく、混血の存在が示すように自由に行き来している。自分の人種的アイデンティティの不確かさをそのまま受け入れていたスカイラーは、それぞれの政治的・社会的立場の思惑を通すために練り上げられた「プロパガンダ」の作為を見透かし、一つの論理だけで枠づけできないことを知り尽くしていた。スカイラーの視座が皮肉的になるのも当然の成り行きであった(33)。

『メッセンジャー』の編集方針の変化としてもう一つ、付け加えるならば、スカイラーや小説家のウォレス・サーマンが編集に携わることによって〔サーマンは一九二六年に携わった〕、文芸雑誌としての性格も強めた。スカイラーは劇批評家セオフィラス・ルイスと交互に劇批評を執筆した。サーマンは、ラングストン・ヒューズをはじめ、積極的にハーレム・ルネッサンスの作家の作品を掲載した。

そのラングストン・ヒューズは、『メッセンジャー』との関わりについて、『メッセンジャー』の方針変化、そしてそれに対するヒューズ自身の感想を次のように述べている。

> 一九二六年の夏、わたしは、百三十七番通りのある下宿屋に住んでいた。その下宿には、ウォレス・サーマンとハーコート・タインズも住んでいた。サーマンは、そのころ変わった経歴をもった黒人雑誌『メッセンジャー』の編集長をしていた。この雑誌は、大戦直後に出たもので〔正確には、大戦最中《さなか》の一九一七年〕、当初はきわめて急進的、人種的、社会主義的な性格のものだった……つぎに、それは、著名な黒人女性たちや彼女たちのすてきな家庭の写真を掲載して、黒人社交の雑誌、黒人実業家のための宣伝誌といったものになった……スカイラーのメンケン流の論説は、その雑誌でいちばん興味ぶかいものだった。ある時にはAのことを、また時にはBのことを論じていたが、しかし、きまって迫力にあふれていたそれらの論説は、煉瓦のつぶてのような言葉（verbal brickbats）による攻撃だった。わたしがサーマンに『メッセンジャー』ってどんな雑誌なんだい、と尋ねたところ、サーマンは、だれでもだな、その時どきでいちばん金払いのいい人間の方針を反映する雑誌なんだよ、と言った……『クライシス』誌、『オポチューニティ』誌、それに『メッセンジャー』誌――これらの最初の二誌は、異人種間の諸組織の機関誌であり〔『オポチューニティ』は「全米都市同盟《NUL》」の機関誌〕、最後のは、何だかわけのわからないものの雑誌だった。（Hughes, *The Big Sea* 一八二―一八三頁。引用は木島始訳［三一七―一八頁、三二〇頁］による）

さらにもう一つ付け加えておけば、フォート・デモイン将校訓練キャンプの参加者で、『ボストン・ポスト』の編集スタッフとなったユージン・ゴードンは、後に（一九三〇年一〇月）、当時のスカイラーについて、ランドルフやヒューズのスカイラー評と同じことを言っている。

十三年前、私がデモインの将校教練キャンプでジョージ・スカイラーを初めて知ったとき、彼のミドルネームが「サム」〔正式にはSamuel〕であるとはわからなかった。そのことはどうでもいいことで、彼についてお話ししようと思うこととはまったく関係ない。ただ、今考えてみると、その名前が滑稽に思えてくるのだ。ジョージ・S・スカイラーのミドルネームが「サム」であることが、なぜ滑稽に思えるのか、その理由はわからない。ともかく、初めて知った時から、彼は私の興味を引いた。それには二つの理由がある。一つは、第十二中隊の中でいちばん黒肌の人間であることをよく自慢していたからである（実際、そのとおりだった）。もう一つは、（正規軍兵士にはめずらしく）物わかりがいい、というだけでなく知的だったからだ。スカイラーは、第二十五歩兵師団の中から選抜された民間出身の将校候補生の大人数の一団を引率して、教練の責任者としてやってきた。階級は伍長で、かなり気取っていて生意気だった。同時に、普通の正規軍兵士には難解すぎる教練科目を新兵に教えるうえで、一貫して行き届いた手ほどきができる非常に優秀な教官だった。当時、私は特別に彼を気に入ったというわけではなかった。今、その訳を考えてみると、彼は大人らしくない皮肉屋だったからだ。戦後、再び彼のことを耳にした時は、『メッセンジャー』編集部の一員になっていた。皮肉屋の性向は、艱難辛苦を重ねることによって叩き直されて、私には好ましいと思えるものになっていた。つまり、穏やかになったユーモアと、切れ味鋭い風刺を利かせた批評精神というものである。彼は注意深く正確な観察者であり、アフラメリカにおいて、自信過剰で思い上がって現状に満足してしまっている状況を実に効果的に矯正できる人物のひとりであることは確かだ。本当におもしろい人物である(34)。

「第十二中隊の中でいちばん黒肌の人間であることをよく自慢していた」というのは、戦後ますます高まるブラック・ナショナリズム――「黒人種」であることの自意識を、これまで以上に先鋭化し、白人と対峙するかたちで独自の文化の発揚を唱え、社会的・政治的な場を獲得する活動――に繋がる意識がスカイラーの内で醸成されていた、ということでは決してない。むしろそれとは逆に、人種隔離を強要される不条理や理不尽さを吹っ切り、様々な肌色を無視して、「人種」という概念の虚構性、白黒二色で人種を分けることの「作為性」「虚偽性」を見透かすスカイラーのとらえ方に繋がる、精一杯の皮肉を込めた「プープーイズム」の感性の発露であったと解釈できる。

◇《黄禍《イエロー・ペリル》――一幕劇》

そのようなスカイラーの「プープーイズム」は、一九二五年一月号の『メッセンジャー』掲載の戯曲、《黄禍《イエロー・ペリル》――一幕劇》（本書二三一―四八頁）でも発揮された。これは、白い肌を憧れる黒人の風潮を揶揄している。肌の白い混血女――すなわち「ハイ・イエロー」（high yellow; high yaller）――を求める六人の黒人男（不動産業者、牧師、結社《ロッジ》の会計担当、ドレス持参の男、YMCA職員、警官）と、そのような黒人男の欲望を見透かして、手玉にとって貢がせる「混血女《ハイ・イエロー》」を皮肉っている(35)。

マーサ：まあ、奥様は本当にハーレムの男たちをすっかりご存じですわ。弁護士とか、牧師とか、新聞の編集者のような有力な人たちをどのようにしたら扱えるのか、私にはわかりませんわ。（マーサはソファーベッドの埃を払っている）

女：それはね、そんな男たちについて知っておかないといけないことなんて、あまりないのよ、ニューヨークで一番のおバカさんってこと以外にはね――そう呼ばれることも、たいしたことなのよ。もっとも、結婚している男は最悪だわ、とくに社会の指導者やビジネスマンのような男たちはね。たまには私の手に負えない男もいるけど、そんな男でもどのように扱えばいいか、ちゃんと心得ているわ。(女は高笑いする)

……………………………………

マーサ：(外出用の服を着て台所から出てくる) 奥様ならきっとうまくなさるでしょうね、奥様は肌色の淡《うす》い混血女性《ハイ・イエロー》ですから。私も奥様とおんなじ色になりたいですわ。シカゴの『ディフェンダー』紙〔一九〇五年創刊の黒人週刊紙〕が宣伝していたものを手当たり次第に試してみたんですけど、二年前にジャマイカから来た時とまったくおんなじで、相変わらず真っ黒ですわ。奥様は白人に「なりきって」生きようとはされなかったのですか？ 奥様ならどこでも問題なくやっていけますわ。(女は寝室に入っていく)

女：(青色の部屋着をだらりと羽織って戻ってきて) 確かに、一、二年、下町で暮らしたことがあるわ。だけど男を引っかけるにはここの方がいいのよ。下町じゃ、ひとりの白人女でしかないわ。だけど、ここでは、羽振りのいいビジネスマンや専門職の男や社会の名士にちやほやしてもらえるわ、だって、私は混血女《ハイ・イエロー》でしょ。そうよ、ここの方がずっと簡単なの、競い合うことも少ないから。私は小学校も卒業していないのに、大卒や社交界の貴婦人方でも私には勝ち目なんかないわ。ウインクするだけで、百人もの黒人《ブラック・メン》男があとを追いかけてくるのよ。

マーサ：私にはとても理解できないことですわ！

女：簡単なことよ。あのね、このような黒人男《ダーキー》はみんな、白人女に夢中なの。だけど、偉くなって出世なんかしたら、そのことを黒人仲間《シャイン》には知られたくないの。それに白人に知られるのも恥だと思うのよね。だから、妥協するってことで、できるだけ肌の白い黒人女《カラード・ウーマン》を見つけては自分のものにしようと思うのよ。もちろん、そのことだって認めようとしないわ。だけどその人たちの行動を見ていればわかるわ。私には何もかもお見通しよ。(二一八―二一九頁、

本書二三四―二三五頁）

混血女《ハイ・イエロー》とメイドのマーサとの会話において、マーサの言葉――「私も奥様とおんなじ色になりたいですわ。シカゴの『ディフェンダー』紙が宣伝していたものを手当たり次第に試してみたんですけど、二年前にジャマイカから来た時とまったくおんなじで、相変わらず真っ黒ですわ」――は、当時、黒人の間で、肌を白くしたり、髪の毛を直毛にする製剤や軟膏が流行し、ほかならぬ黒人新聞がかなりの紙面を割いて宣伝し、相当な広告収入を得ていたことを踏まえている。ブラック・ナショナリズムの高まりと同時に、白人の容姿を憧れる黒人社会の風潮を揶揄しているのである。スカイラーは、そのような黒人の矛盾を、一九三〇年一〇月号の『ザ・ディバンカー・アンド・ジ・アメリカン・パレード』誌（二七―三八頁）に掲載した《黒人《ニグロ》が黒人《ニグロ》を見る》の中で次のように述べている。

> 片や、人種の誇りについていっそう激しくまくし立てているかと思えば、片や、高貴な白人《ノルディック》の容姿をできるだけ真似ようと躍起になっている――アフラメリカンの生活に見られる面白い矛盾だ……アフラメリカンは、ポーランドやイタリアやハンガリーの農奴と同じくらい速《すみ》やかに何のためらいもなく、誇り高きアングロサクソンの言語や習慣や文化だけでなく、美的基準も取り入れる。「黒人《レイス・マン》」の知識人たちは、聖人のような黒人《ブラック》の肌の美しさを大呼しているが、黒人《イーソップ》の一般大衆はほとんど耳を傾けることはない。確かに、人種的愛国主義のことを雄弁に唱える少数派が増えてきてはいるが、彼らとて、化学の進歩によって可能となった限りの、できるだけ多くの白人種《アーリアン》の特徴を身につけようとひたむきに努力している。

生存という観点からすれば、この現象は基本的に理に適ったことで、容易に理解できる。ほとんどの動物は、周りの環境の色に合わせることができない。だから、破滅を免れたり、彼らのエサとなる動物にそっと近づくこともできないのだ。保護色を用いる代表的な動物として、カメレオンやアマガエルやシマウマやシロクマが挙げられる。しかし口のきけない獣に限る必要はない。多くのユダヤ人もアメリカ人訛《なま》りを素早く習得したり、鼻の形を変えたり、時には名前や宗教まで変えているではないか？　また、世界大戦中に、ゲルマン系アメリカ市民が、国内の頑なな愛国心に悩まされて、塩味の堅パン《プレッツェル》やピルスナービールのことを想像させるような苗字から逃れるべく、裁判所に駆け込んでいたことをしばらく忘れることはないだろう。さらに、料理店主が、あの慌ただしい時期に、安全策を取って、塩漬け発酵キャベツ《ザウアークラウト》の名前を「自由キャベツ《リバティ・キャベッジ》」に変えたことも記憶に残るだろう。したがって、黒人が暮らす環境を考えて、何が何でも白人のオリュンポス《オリンパス・オブ・ノーディカ》にできるだけ近づきたい、あわよくば入り込みたいと思うのも、人間だからである。（二一七―二二〇頁）

◇《ダークタウン慈善舞踏会にて》における「偽黒人」（pseudo-Negro）

スカイラーは、《黄禍《イエロー・ペリル》——一幕劇》掲載の一九二五年一月号の前号に当たる一九二四年一二月号の『メッセンジャー』に《ダークタウン慈善舞踏会にて》と題する短い戯曲を掲載し、黒人社会の著名人の名前が会員登録されている「その日暮らしクラブ」（Hand-to-Mouth Club）が主催する「ダークタウン慈善舞踏会」（Darktown Charity Ball）の会場で、集まってくる名士たちを脇から観察する二人の黒人の会話を通して、肌色をめぐる問題を浮き彫りにしている。この戯曲でも、《黄禍《イエロー・ペリル》——一幕劇》のような混血女《ハイ・イエロー》を取り巻く黒人社会に見られる白肌志向をとらえて、「アメリカ黒人《ニグロ》の心理は、男女関係なく、白肌であればあるほど、ますます高く尊敬される」ことを見透かしている。《黄禍《イエロー・ペリル》——一幕劇》の混血女《ハイ・イエロー》は、「下町じゃ、ひとりの白人女でしかない」（二八頁、本書二三五頁）ゆえに、あえて白人社会の中には入っていかず、「〔自分の白肌を好む〕羽振りのいいビジネスマンや専門職の男や社会の名士にちやほやしてもらう」（二八頁、本書二三五頁）ことを選んだが、《ダークタウン慈善舞踏会にて》においても、「愚かな女」（stupid woman）ではあるが、自分の白肌のおかげで、裕福でハーヴァード大学卒の「気品漂う黒肌の男」

(distinguished looking dark man) と結婚している、いわば「自発的な黒人」(voluntary Negro) ——白肌ゆえに白人として通るが、一介の白人でいるよりも、黒人社会の中で富や名誉を得、羨望の眼差しを浴びて生きる方を選んだ黒人——を取り上げている（三七七頁）[36]。そして、この夫婦も含めて、白人社会をまねて虚勢を張って生きる「超俗物たち」(super-snobs［三七八頁］) を痛烈に皮肉っている。

しかし、クラブに会員登録しているのは黒人の著名人だけではない。その中には、白人が黒人と偽って黒人社会の中に入り込んでくる、いわゆる「偽黒人」(pseudo-Negro［三七七頁］) も含まれていることを暴いている。そのような白人は、「白人社会の中で生計を立てることができず、将来にも期待が持てなくなったとき、黒人《ニグロ》のところにやってきて、自分たちには黒人《ニグロ》になるのに必要なだけの分量の血が流れていると主張する」（三七七頁）とし、次のように、大いにプープーイズムの感性を発揮して、そのような「偽黒人《シュードー・ニグロ》」を痛烈に皮肉っている。

白人社会では、影の薄い存在でしかなく、低賃金の仕事にしか就くことができない、あるいは仕事を得られないということだったら、いっそうのこと、黒人社会の中で、高い地位に就き、たいていは儲かる仕事を得る方がずっとましである……白人の男も女も、自分たちの権利を捨ててまで、どうして黒人《ニグロ》になりたがるのか？……ともかく、人種を入れ替わる白人は気まずく思うようなことはない。行きたいところならどこへでも好きなように行けるし、恐ろしいKKK《クリーグル》も彼らを、目に見える通りの姿——すなわち白人《コケイジャン》——としか考えない。彼らは、何の価値もない人種的優越というようなものを捨てて、値打ちのある、現に存在する社会的地位に就こうとする。というのも、知ってのとおり、慈善的・教育的な団体・機関を統括する白人は、気乗りしない黒人《サンズ・オヴ・ハム》よりも、このような偽黒人《シュードー・ニグロ》を信用する。その結果、偽黒人《シュードー・ニグロ》が一番いい仕事を手にすることになる……一般の白人のプロレタリア階級にとって、白人社会でうまくやって、どんなかたちであれ生計を立てて生きていくことがますますむずかしくなっているので、人種を渡り歩くこと（ethnic migration）

がますます多くなると思う……これまでこの問題についてだれにも話したことはなかったんだが、このようにして黒人《ニグロ》問題は解決するんじゃないか、とずっと考えていたんだ。かなり多くの白人が黒人《ニグロ》として通ることによって（passing for Negroes）、いつの日にか、（黒人と白人の間の）障壁はもはやまったく役に立たないものになるということだ。（三七七頁）

◇『黒人《ニグロ》と白人《ノルディック》文明』

『メッセンジャー』掲載の《ダークタウン慈善舞踏会にて》や《黄禍《イエロー・ペリル》》に続いて、同じく一九二五年五月号の『メッセンジャー』に掲載した《黒人《ニグロ》と白人《ノルディック》文明》（本書二四九―五四頁）も、「プープーイズム」の感性を発揮して、人種関係を皮肉たっぷりに展開している――「ここアメリカでも、われわれは遅れていて無能であるから、白人はわれわれと一緒に野球やゴルフやテニスをやろうとしない……不本意ながら、しぶしぶやるだけである。白人がこういう態度をとるのも、われわれ黒人《ニグロ》が劣っていることをたえず証明してみせて、われわれに恥をかかせたくないからである」（二〇〇頁、本書二五二頁）というように、白人の優位性と黒人の劣等性という見方を逆なでしていることを透かせてみせる黒人の語り手（スカイラー）の皮肉が、人種優劣の枠組みを壊し、人種差別の根拠のなさ、差別構造を守ることに対して汲々としている白人のよって立つ場の不安定さ、あるいは、タスキーギ専門学校の学校長ロバート・「ラスティ」・モトン少佐（？）の言葉――「謙虚に出しゃばらないように」（二〇八頁、本書二五四頁）――に言及して、白人の領域から一歩退いて白人との友愛を模索するタスキーギ専門学校の姿勢をも揶揄しているのである。

4 南北戦争以後の人種概念への執拗さの深まりの歴史的概略

以上、スカイラーの個人的体験と彼の人種観の繋がりを見てきたが、本章では、南北戦争後の歴史とスカイラーの人種観の繋がりを辿ってみる。

一八六五年に南北戦争が終結し、合衆国憲法修正第一三条が、二百四十年にわたって続けられてきた奴隷制度と強制労働を禁止し、修正第一四条が黒人に市民権を認め、修正第一五条が人種による投票権の制限を禁じることになった。しかしながら、戦後の「再建」の試みは、民主国の名にふさわしくない方向に展開した。奴隷制時代の人種関係を存続させたい南部白人は、再建期十年目の一八七六年、大統領選挙をめぐり、北部共和党と「一八七六年の大幅な妥協」を行なった。一九三八年八月号の『クライシス』掲載の《ブラック・インターナショナルの台頭》（本書三七二―八四頁）におけるスカイラーの説明を引用すれば、それは、「不正直なラザフォード・ヘイズを第十九代大統領にすることを南部の白人が認めることへの見返りとして、北部共和党は実質的に再奴隷化を容認する……密約」（二五七頁、本書三七九頁）であり、それによって「裏切られた黒人の解放民《カラード・フリーメン》は、クー・クラックス・クランによる迫害やアメリカ社会の無関心に直面して、次第に権限や特権を失っていった」（二五七頁、本書三七九頁）。

そして、さらに差別を正当化するために、憲法修正条項の網の目をすり抜ける様々な手練手管を編み出した。まず、以前の奴隷制度に代わって、収穫物の一部を小作料として地主に収める「小作契約制度」が導入された。また憲法修正第一五条で認められた黒人の投票権を制限するために、例えば「識字能力検査」が実施された。これは、州憲法の条項などの朗読や説明をさせて投票資格の有無を決めるというもので、憲法修正第一五条では、「人種」や「皮膚の色」や「過去の隷属状態」を理由に、投票における人種差別を禁止していることから、それ以外の条件として、識字能力を測ることを思いついたということである。さらに、「識字能力検査」では、文盲の黒人だけでなく、文盲の白人をも投票から締め出す可能性もあるゆえ、そのような白人に対する、いわば救済策として「祖父条項」が加わった。つまり、読み書きができなくても、祖父が投票していれば識字能力検査を免除されるので、ほとんどの白人は投票することができ、黒人は除外されることになる。そのほか、投票税を課すことによって、それを支払えない黒人を投票から締め出す、あるいは予備選挙を白人に限定するといった方法がとられた。そしてついに「人種隔離制度」が編み出されたことになる。とくに一八九六年の「プレッシー対ファーガソン」裁判は、以後のあらゆるジム・クロウ法の合憲性を認めるうえで使われた「分離しても平等」の大原則を打ち立てた。このような手練手管が功を奏さない場合は、白人たちは法律の枠を超えて私刑《リンチ》という手段に訴えたのである。

◇優生学

そして、黒人と白人を区別し、優劣関係を維持するための、もう一つの手練手管が力を発揮することになった――それは、白人優越主義を「優生学」（eugenics）という科学を用いて証明することであった。「優生学」とは、遺伝子によって人間の優劣が先天的に決まっているというものであり、弁護士でもあるマディソン・グラントや、歴史家そしてジャーナリストでもあるロスロップ・ストッダードといった「優生学者」によって提唱され、広く受け入れられた。

グラントは、一九一六年出版の『偉大な人種の消滅』において、コーカソイド（ヨーロッパ系）、ニグロイド（アフリカ系）、モンゴロイド（アジア系）に分類する地球上の人種の中でも、ヨーロッパ系のコーカソイドをさらに、北欧白人種《ノルディック・レイス》、地中海人種、アルプス（アルペン）人種の三つに分け、知能が優れていることを証明する長頭（長頭蓋骨）の持ち主であり、長身かつ金髪碧眼で、精神力・指導力に長ける北欧白人種《ノルディック・レイス》を「偉大な人種」として頂点に位置づける〔次に地中海人種、最下層にアルペン人種を位置づける〕、いわば「北欧人種理論」を展開し、ヒトラーの人種主義に影響を与えた。

またストッダードは、一九二〇年出版の代表作『白人の世界覇権に対抗する有色人種の台頭』において、グラントの考えを踏襲しながら、とくに白人種と有色人種の「二人種主義」をとらえて、日本人を含む有色人種の台頭や、植民地政策や移住によって人種間の距離が縮まって、異人種間結合が増加したことにより、白人種の純血そして世界覇権が脅威に晒されていると警告した。

ストッダードによれば、一九世紀初めのアメリカは「優秀な人種の宝庫」であった。すなわち、植民地をつくった最初の人種は、「古代ギリシャ以来、自然が生み出した最も立派な人種」、すなわち「イギリス諸島と、その周辺のヨーロッパ大陸の北欧白人種《ノルディックス》であった」。「自分の良心に従ったために本国から追放された者たちであり、移住途上は困難を極め、危険に満ちていたが、勇気と進取精神と強い意志力を持った人間のみが、自ら進んで長い航海に挑み、凶暴な野蛮人が出没する未開の荒野と格闘する生活を始めることができた」。そして入植地では「優生学的選択」が切れ目なく徹底して繰り返されたために「人種的に適者」がいるだけであった。ストッダードはこの点についてグラントの言葉を引用する――「自然は一世紀以前のアメリカ人に、この離れた大陸で、有力にして同種単一の人民を生み出すのに歴史上絶好の機会を与え、その実験のために、この地上において最も優れた才能を持ち、活力に溢れ、旧世界の活力を何度も繰り返して徐々に奪い取っていく心身の病にもかからない、一つの純粋な人種を提供した」（以上、二六一―六二頁）。しかし、一九世紀後半の三十年間において、東ヨーロッパや南ヨーロッパからの移民が押し寄せ、これまでの北欧白人種《ノルディックス》に取って代わることになり、「アメリカを世界じゅうの貧困者や虐げられた者たちの避難所」と見なす「近視眼的な理想主義」が「恐ろしいほどの誤謬」であることが露呈してきたというのである（二六三―六四頁）。この点についても、ストッダードは次のようなグラントの言葉を引用する。

> 前世紀においてわれわれの社会的発展を支配した愛他主義や、アメリカを「虐げられた者たちの避難所」にした目に余る感傷主義が、人民を人種的深淵に陥れるものであるということを、アメリカ人は認識しなければならない。人種のるつぼが制御なしに沸騰するまま放置され、われわれも、国のスローガンに従い、「人種や宗教や皮膚の色のあらゆる違い」にわざと目をつぶっていれば、ペリクレス時代のアテナイ人や、初代ノルマンディ公ロロの時代の北ゲルマン族ヴァイキングと同じように、植民地時代から受け継いできた北欧人種の系譜は途絶えてしまうだろう。（二六六―六七頁）

そして、「時代の危機」と題した最終章において、「われわれの時代は重大な時期にさしかかっている。危機――最大の危機に立っている」として、白人種が有色人種に取って代わる状況が訪れていることに対して警鐘を鳴らしている。

> 前途有望にして、進歩の可能性は一見したところ無限のように思われた。しかし実は、それに相応する危険が常につきまとっていた――頂上に登りつめることには、奈落の底に落ちる危険性をも伴っていたのだ。究極の成功は究極の失敗に陥る可能性もある。大いなる成就はひたすら優性遺伝にのみよるものであり、勝ち取ったものを維持するためには、何よりもまず人種的価値の維持が絶対条件となる。文明はそれ自体、何の意味も持たない。それは単なる結果であって、そ

の原因となるものは、優勢な遺伝資源である生殖質の創造欲である。文明は体であり、人種は魂である。魂が消えてなくなれば、体は塵に帰る。

……………………………………………………………

したがって、高等な人種が異なった人種と交配した場合は、より新しく不安定な人種が生まれてくる……。

そしてもちろん、人種が原始人種に近ければ近いほど、それが優性遺伝子となる。それゆえに、黒人との交配は一様に致命的なものとなる。白人やアメリカ先住民やアジア人がすべて一様に、より原始的で全体に広がった低級な黒人の非常に強い優性遺伝子によって打ち負かされるのである。（三〇〇─〇一頁）

◇ヴァージニア州人種保全法

ヴァージニア州は一九二四年、このような疑似科学に基づいて、白人種保全のために、異人種間結婚を禁止する法律、「人種保全法」（Racial Integrity Act）を制定した。第五条で、白人を次のように定義する。

当州在住のすべての白人は今後、白人、あるいは白人とアメリカ・インディアンの混血以外のいかなる人間との結婚は違法となる。この法令の目的のために、「白人」という言葉は、カフカス人以外のいかなる人間の血の痕跡のない人間にのみ適用される。しかし、十六分の一あるいはそれ以下のアメリカ・インディアンの血が流れているが、他に非カフカス人の血を持たない人間は、白人と見なされる。白人と有色人との結婚に関して、これまで制定され施行されているすべての法律は、この法令によって禁止される結婚に適用される。

南北戦争後、ヴァージニア州は、四分の一あるいはそれ以上の黒人の血が流れている者と、四分の一あるいはそれ以上のアメリカ・インディアンの血が流れている者を「有色人《カラード・パーソン》」と定めた。しかし一九一〇年の州議会は、十六分の一あるいはそれ以上の黒人の血が流れている者を黒人とし、他のすべての人種を法律上白人とした。一九一二年には、「人口動態統計局」を設け、州内のすべての出生・死亡・婚姻の登録を義務づけ、出生証明書には、両親の人種を記載しなければならなくなった。それでもじゅうぶんでないと見なす統計局の書記官ウォルター・A・プレッカーや、有名なピアニストでもあったジョン・パウエルは、一九二二年、人種の純血を守ることを訴える「アメリカ・アングロサクソン協会」を組織し、異人種間結婚を禁止し、一滴でも非白人の血が流れていれば黒人と定義し、その法制化を求めた。しかし先住民との血の繋がりを誇る初期の入植者の家系〔FFV = First Families of Virginia〕に対する配慮から、「十六分の一あるいはそれ以下のアメリカ・インディアンの血が流れているが、他に非カフカス人の血を持たない者は白人と見なされる」という項目が加わった――いわゆる「ポカホンタス例外条項」である。一九二六年には、すべての公共の場での人種隔離を命じる法律が制定され、さらに一九三〇年改定の「人種保全法」では、四分の一以上のインディアンの血が流れていて、十六分の一以下の黒人の血が流れている者を「インディアン」として分類した――しかしそれも、白人から隔離されたインディアンの保留地に留まる限り、という条件がついていた。「ポカホンタス例外条項」は維持されるものの、実質上ここにおいて、黒人の血が一滴でも流れていれば黒人という、いわば「血一滴ルール」が確立した。（以上、『ヴァージニア百科事典』〔http://www.encyclopediavirginia.org〕を参照）。

スカイラーにとって、疑似科学に基づいて人種の区別を法制化するところに見られる手練手管はまったく意味をなさないのであり、『アメリカン・パレード』誌（一九二八年秋）に掲載されたスカイラーの《合衆国における異人種間結婚――われわれの国民生活の中で最も興味ある現象のひとつ》（本書二九三―三一六頁）は、疑似科学を盾にした人種区別の法制化に対して、理論による対抗、かつ具体的な事実に即しての反論となっている。その中で、一九二七年州議会における「人種保全法」改正の議論をめぐる次のような『リッチモンド・ニュース・リーダー』紙の記事を引用している——この法案が成立すれば、ヴァージニア州民の中に、亡くなった者も含めて、黒人《ニグロ》として分類されなければならない人たちが多くいるというものである。その人たちとは——

二名の連邦上院議員、一名の合衆国フランス大使、五名の将軍、二名の合衆国大統領、二名の陸軍省長官、最も著名な南部の小説家三名、ヴァージニア州知事三名、一名の下院議長、二名の司教、三名の連邦下院議員、一名の海軍少将、二名のヴァージニア州最高裁判事、そして多くの南部連合軍司令官。（八頁、本書二九六頁）

この引用には、皮膚の色に固執する白人の論理が白人自らの首を絞めることになる、というスカイラーの痛烈な皮肉が込められている。この引用は、一九三一年のエッセイ《人種的偏見についての甘くないいくつかの真実》（本書三四一頁）、一九三四年二月号の『モダン・マンスリー』掲載の《黒人《ブラック》が白人と結婚する時》、一九六七年四月六日、ニューヨークの「キリスト教徒自由財団」（Christian Freedom Foundation）で行なった講演《アメリカ黒人《ニグロ》の未来》にもある。「『人種』という『虚構』」の認識というスカイラーのテーマが一貫していて揺るぎないものであったことを示している。

5

スカイラーとハーレム・ルネッサンス
――スカイラーの「ホウカム」の感性――

南北戦争そして再建期を経て二〇世紀に入り、第一次大戦参戦そして終戦という流れの中で、南部の農村地帯から北部の都市部への黒人大移動、また外国からの移民の波が途絶えることはなかった。黒人は、大統領の命《めい》により、アメリカ市民として「世界は民主主義のために安全でなければならない」〔本書第Ⅲ部、注28を参照〕ようにするために戦ったものの、人種的優位の立場を保っておきたい白人の手練手管、リンチ、黒人暴動に対する容赦のない暴力による押さえ込みなど、態度が改まるどころか、ますます激しくなる一方であった。また黒人以外の人種、特に中国人や日本人の移民に対する排斥感情が増長した(37)。

黒人は、戦中・戦後を通じて騙され、裏切られたという思いに駆られ、白人に対する反発を募らせるとともに、黒人であることの自我意識を先鋭化させた。自我意識は、黒人指導者によって人権獲得運動へと導かれ、労働者の連帯意識も生まれた。ジャマイカ出身のマーカス・ガーヴェイによる「アフリカへ帰れ」を唱えるアフリカ帰還運動も、一時的であれ、黒人の心をとらえた。しかしとくに、黒人の芸術・文化活動というかたちで黒人の自我意識覚醒を促す現象が、ニューヨークのハーレムを中心に大きく花開いた――いわゆる「ハーレム・ルネッサンス」である。しかし、スカイラーにとっての「ハーレム・ルネッサンス」観は、その唱道者となった黒人たちとはかなり異なっていた。

◇アラン・ロック編纂の『新しい黒人《ニュー・ニグロ》』とハーレム・ルネッサンス

ハーレム・ルネッサンスの唱道者のひとりであったハワード大学教授アラン・ロック(38)は、一九二五年、ロック自身や白人のアルバート・C・バーンズなどによる「新しい黒人」を定義づけるエッセイをはじめ、黒人の小説・詩・戯曲のアンソロジーや、黒人霊歌《スピリチュアル》やジャズといった黒人音楽についてのエッセイ、黒人の現状・将来を分析する批評・学術論文などを編纂した『新しい黒人《ニュー・》』を出版する。編纂書の中のロック自身のエッセイ《新しい黒人《ニュー・ニグロ》》によれば、出版の目的は、「黒人たちが過去において見せ、また将来もきっと見せるであろう芸術的才能や文化への貢献を、白人にも黒人にも再評価してもらう」（*The New Negro*［1925］［以下、*NN*とする］一五一頁。引用は小山起功訳［二二二頁］による。以下も同じ）ということであった。

ロックは、「第Ⅰ部」の巻頭エッセイで、「新しい黒人《ニュー・》」を次のように定義する――かつて黒人は「実体としてよりも、むしろ神話としてしか存在せず……ときにはたあいもない感傷主義のなかで、またときには意図的な反動主義のなかで、歴史的虚構として生きつづけてきた一つの類型……一個の人間というよりは、むしろ一つの公式として存在してきた（*NN* 三頁、邦訳二〇七頁）……単なる紋切り型の公式……いってみれば黒人の影にすぎないものが、〔白人には〕実物以上に本物として映り」（*NN* 四頁、邦訳二〇八頁）、黒人自身も「隷従という劣悪な状況のもとで、身を守るために余儀なくこの類型に合致する行動を取ってきた……類型の存続にひと役かってきた」（*NN* 三頁、邦訳二〇七頁）。しかし、南北戦争と再建期を経て二〇世紀に入り、「〔黒人自身が〕黒人問題の古い殻を脱ぎ捨てることによって、精神的な解放とでもいってしかるべきものを達成しつつある」（*NN* 四頁、邦訳二〇八頁）状況が生まれた。それは、「みずからを尊び、みずからを信頼する精神の蘇生とともに、黒人社会はいやおうなしに、新しい躍動する局面へと突入していく」（NN 四頁、邦訳二〇九頁）ことであり、「この新局面こそ、外界からのありとあらゆる圧迫をはねのけていく、内側からの弾力とでもいってしかるべきもの」（NN 四頁、邦訳二〇九頁）である。南部黒人の北部への大移動によって、「黒人問題がもはや南部固有の問題」（NN 五頁、邦訳二一〇頁）ではなくなり、「より大きい、より民主的な機会に向けて邁進する巨大な大衆運動」（NN 六頁、邦訳二一一頁）となり、「農村地帯から都市へ向けての意図的な移動であると同時に、中世的なアメリカから現代のアメリカへ向けての意識的な移動でもあった」（NN 六頁、邦訳二一一頁）。とくにニューヨーク・マンハッタンのハーレムには、「アフリカ人、西インド諸島出身の黒人、そしてアメリカの黒人……南部の黒人、北部の黒人……都市出身の黒人、町や村からやってきた黒人、農民、学生、商人、専門職にある人びと、芸術家、詩人、音楽家、冒険家、労働者、牧師、犯罪者、搾取者、社会からの落伍者といった、ありとあらゆる人びとが引きつけられ、集まってきている」（NN 六頁、邦訳二一一頁）。そして、「さまざまな黒人たちが交ざり合い、お互いに作用し合うにつれて、もともと白人社会からの隔離という形で始まったものが、しだいに黒人同志の偉大なる融合をもたらす実験室（the laboratory of a great race-welding）に変わっていった」（NN 六―七頁、邦訳二一一頁）。この「黒人世界の首都」（a race capital）は「集団としての自己表現とみずからの運命をみずからの手で決定するための最初の機会をつかみかけている」（NN 七頁、邦訳二一二頁）というのである。

知性や品性を欠く存在と見なされ、たえず笑みを浮かべて白人に愛想を振りまく従順な存在でいる限り白人の温情を受けることができる、あくまでも白人にとって良い黒人の代表的存在であった「アンクル・トム」や「サンボ」の旧い黒人の影が薄くなり、自我意識・自尊心・対等意識に目覚め、自分自身の内奥から出てくる魂の声を、だれよりも自分を偽ることなく率直に表現しようとする「新しい黒人」が現れた、ということである。

◇スカイラーのニューヨーク・ハーレム

しかし、スカイラーのハーレムは、ロックがとらえるニューヨーク・ハーレムとはおおきく異なっている。スカイラーは、一九二五年一〇・一一月合併号の『メッセンジャー』（第八巻一〇号）に、《ニューヨーク――先延ばしにされたユートピア》（"New York: Utopia Deferred"）と題するエッセイを掲載している。このエッセイは、コロンビア特別区を含めた合衆国三十州について、二十九名の黒人〔一名は二つの州について執筆している〕による、《これら「黒人の」合衆国》（"These 'Colored' United States"）と題したエッセイ・シリーズ（一九二三年一月―二六年九月）の一遍である[39]。このシリーズは、一九二二年四月一九日付から二五年一月二一日付の週刊誌『ネーション』[40]に掲載されたエッセイ・シリーズ、《これら合衆国》（"These United States"）に対抗するかたちで企画されたものである。企画の理由は、『ネーション』のエッセイには、アメリカ黒人に関する内容がないからであった[41]。

スカイラーは、このエッセイで、ロックのハーレムを脱構築している。

最上の州

われわれ（？）の国において、大金持ちと極貧の対比で最大のものが、ここニューヨークで見られる。他の地域のどこにも見られない、最多にして最も異質な人たちが住んでいる。最も高い建物、収容人数が最も多い刑務所、精神科病院、一般病院、孤児院、大学、世界最大の港。この驚異的な合衆国で最大の生活向上組織や慈善団体がある。最も儲けがよく、最もよく組織化された酒類密造業者、最も強力な労働組合。共和国最大の美術館や劇場。世界一長い運河、発行部数が最も多い新聞――最上のものと最低のもの――がある。ここには、社会の屑《くず》――上流社会と下層社会の滓《かす》――が大人数で寄り集まっている。ここには、演壇や木箱の上から声を張り上げて語られる、あらゆる種類の宗教的・経済的・社会的理論《フィロソフィ》や愚論《フールソロフィ》が渦巻いている。ここでは、車や、犯罪者や、知識人や、無教養人や、政治家や、寄生者《パラサイト》の数が最も

多い……。（三四四頁）

移民のメッカ

早い時期から、アメリカの処女地から利益を上げるために、外国の賃金奴隷をかり集めることによって、津々浦々に拡大した。ニューヨークはこれまでずっと入国港となっていた――最近発布された移民制限の法的措置〔一九二四年のジョンソン＝リード移民法〕によって、移民の大波は止まった。移民の大多数は、ハーレム川より遠くの地、あるいはニューヨーク北部の諸都市までは行かなかった。したがって、ニューヨークにはいつも、多種多様な移民が住んでいた――四分の一はカトリック教徒。五分の一はユダヤ人。それに、ギリシャ人やロシア人やフィンランド人やスペイン人のほか、さまざまな国籍集団が、大きな居留地を形成していた。中国人やインドのヒンドゥー教徒の少数集団もいた。英国植民地時代のアメリカ人は少数派だった。その多くは、南部からの移住者だった（ニューヨークで出会う南部出身の下層民《クラッカー》の数は驚くべき数に上るし、彼らのプロパガンダ〔すなわち激しい黒人差別主義〕も維持している）――彼らの多くはKKK団に大挙して入団している。ニューヨーク州《エンパイア・ステート》でも、十字架を焼く行為〔人種差別の象徴的行為〕はめずらしくないが、人種的・宗教的な猛反対に遭えば、頭巾をかぶったKKK団でもどうすることもできない。タール羽の刑〔裸の上半身にタールを塗り、そこに鳥の羽毛を付けてさらし者にする私刑〕や去勢刑は行なわれていない。今のところ、KKK団《キング・クリーグルス》〔“King Kleagles”とはKKK団幹部のこと〕が影響力を行使することはほとんどない。この多種多様な住民には、かなりの寛容精神が働いている。事実、ニューヨークの寛容精神は定評がある。他では得られないくらいの言論・集会・出版の自由が認められている――これは決して言いすぎではない。街頭演説者《ソープボックサー》でも、「警察官の保護のもとで」神やエルバート・ヘンリー・ゲイリー〔U・S・スティール社の創業者のひとりで、第二代社長〕やマーカス・ガーヴェイを非難することができ、実際している。よこしまな国会議員をよこしまなソ連の人民委員に置き換えるという「転覆」計画に対しては、特別に厳しい破壊活動防止法や、便利な治安紊乱《びんらん》行為禁止条例や通行妨害禁止条例を適用して対処できる。（三四四―四五頁）

冒頭の「われわれ（？）の国」の疑問符は、れっきとした市民としての黒人の立場の再確認を、皮肉を込めて白人に迫る、スカイラーの常套表現法である。そして、相反するものが混在し錯綜したニューヨークを一つの枠にはめるのはとうてい不可能であることを際立たせる。

経済的機会は制約されていて、ニューヨークの一般の黒人は、次のような限られた職種にしか就くことができない――「ポーター、料理人、エレベーター係、メッセンジャーボーイ、日雇い労働者、ミュージシャン、お抱え運転手、メイド、洗濯女、皿洗い、港湾労働者、ウエイター、用務員」（三四五頁）。しかし現在、「ヨーロッパから渡ってきた農奴階級の従順でおとなしい白人――したがって黒人《ニグロ》よりも使いやすい奴隷――が、これらの職域に入り込んできて、黒人《ニグロ》に取って代わる恐れがある……拡大する白人のプロレタリアート化に伴って、増加の一途を辿る白人が、そのような職業をめぐって、ますますハムの子孫〔黒人のこと〕と競い合うようになるだろう」（三四五頁）。

一方、「黒人《ニグロ》ブルジョワジー」は、「医者、弁護士、歯科医、企業家、教師、縮れ毛除去業者、理髪業者、編集者、小企業の経営者など」（三四六頁）で、かなりの資産を蓄えているが、おおかたは黒人の要求や願望や気まぐれに応じる「事務職員《ブラック・コーティッド・ワーカー》」――〔奴隷のようにあくせくと事務職を務める〕ホワイトカラー奴隷（三四六頁）である。「全米都市同盟《NUL》」と「全米黒人地位向上協会《NAACP》」は、「機能しない大きな黒人組織」（Big Race Organization Impotent）であり、「労働者とは接触せず、同調することもない……両人種の好事家《ディレッタント》や『立派な』白人によって支援されたブルジョワ組織」（三四六頁）である。もっとも、デュボイス博士は『クライシス』の最新号で、「今後の三年は、黒人《ニグロ》労働者のために専念すると誓ってはいる」（三四六頁）。また「都市同盟」は「産業部門を設けて、関心を装っている」

(三四六頁)。しかし、「この問題に精通した人たちは、何か具体的な実現を見たいと思っている。彼らは、黒人《ニグロ》が何がしかの施し物を受けるのを見るよりも、黒人《ニグロ》の機会が広がることに関心を持っている」(三四六頁)というのである。また、次のような「『上流生活』コンプレックス」が見られる。

大都市ニューヨークでは、かなりの裕福さや派手さを見せつけられるので、だれもかれも、身なりに相当気を使っている。貧乏人はいつも、費用がいくらかかっても、金持ちを真似る。着こなしのよいニューヨークの伝統は白人にも黒人《ブラック》にも同じように影響している。他の州ではそれほど見られないことだ。黒人《ニグロ》の多くは流行を極端に追い求める。日曜日の午後や夕方に七番街をそぞろ歩く姿は実に印象的である。大通りの至るところで、このうえなく見目麗しい少女や大人の女性が目に留まる。彼女たちほど見事にドレスアップしている人は見かけない。行き交う人たちや、クラブのメンバーや、教会の信徒仲間に着飾った「外見」を見せびらかすために、適度な栄養も取らない黒人《ニグロ》が多くいる。ここでは、みすぼらしい姿をしていれば、社会的地位を失ってしまう――黒人《ニグロ》が直面するニューヨーク特有の経済状況のために、彼らはますます社会的威信にこだわる。一人残らずだれもが「やっきになっている」ようだ。ニューヨークの生活は、ダンス、親睦会、ピクニック、小旅行、パーティや密通の絶え間ない繰り返しである。こういうことにはかなりの出費が伴う。しかし、今黒人《ニグロ》が置かれている状況下では、それに代わりうる適当なものは何も見当たらない。(三四七頁)

ハーレムは、「ガーヴェイ一派、『アフリカの』呪術医、魔術師、祈祷師、いかさま伝道師」が集まっている「あらゆる種の行者のメッカ」となっている。また、「ハーレムでの主な楽しみ事」は「数当て賭博、すなわちニューヨーク株式市場の信用取引残高に基づいてギャンブルをすること」である。しかしめったに勝つことはなく、胴元である「黒人《ニグロ》ハーレムの新興成金」のものとなる(以上、三四七頁)。

ニューヨーク州の黒人の大多数は「ここで生まれ育ったのではない――彼らは決して同種族の集まりではない」。大多数は「『自由』という鬼火を追ってやってきた南部人である。南部山岳地域からやってきた大多数の白人プロレタリアートと同じく、ニューヨーク市はこの世のヴァルハラ〔Valhalla――北欧神話の主神オーディンの宮殿〕、すなわち、尽きない楽しみや、限りない愉快さや、異教徒の戯《たわむ》れや、永遠の豊穣を味わえる土地だと考えた。そういうものはヴァルハラの幻覚でしかないと彼らに言っても無駄だった」（三四七頁）というのである。そして次のように続ける。

……ただ、やってきて、見て、凄い複雑さに圧倒されればわかる――ゴサムはどういうところなのかを。まもなくニューヨークの単調な生活を繰り返すことになるだろう――雇用主、地主、調整食料品店、質屋を回る悪循環が延々と続く生活を。ほとんどの者はそこから抜け出そうとしても抜け出せない。多くの者は、抜け出せたとしても抜け出さない――この現代のバビロンには、何か魅了するものがあるのだ……一九二〇年には、ニューヨーク生まれの黒人《ニグロ》はわずか四千人だけだった。他は、ニューヨーク以外の土地で生まれた黒人《ニグロ》だった。外国からやってきたのは三万五千人だった。これら多集団が、他の多くの黒人《ニグロ》地域には見られないような問題を引き起こしている。多くの文士がハーレムを「黒人《ニグロ》の首都」（the capital of the Negro race）と呼んでいるのは、このように各地からやってきた黒人《ニグロ》が集結しているからである……この「黒人の首都」ということに、私は触れないでおこう。（三四七頁）

また「黒人内部の摩擦」（Intra-Racial Friction）があることを次のように指摘している。

二十五万人の黒人《ニグロ》市民が、同じところからやってきたとしても、一つにまとめられるのはとんでもないことだが、世界じゅうからやってきた黒人《ニグロ》をまとめるのは、想像もつかないことだ！　この集団を徐々に変化させる任務は、ニューヨーク生まれの黒人《ニグロ》集団に委ねられてきた。彼らが洗練さの基準を定めなければならないのだ。それゆえに、南北戦争のはるか以前から、ニューヨークの黒人《ニグロ》は、新しい集団を教化《シヴィライズ》する問題に直面していた。一つの移住の波が新しい社会に適応して洗練されたかと思いきや、別の波が押し寄せてくる。後年には、生活水準が低く、口やかましい訴訟好きの外国の黒人《ニグロ》がやってきて、ニューヨークの黒人《ニグロ》労働者よりも低賃金で働き、彼らの働き口を奪ってしまう傾向が強いことから……かなり悪印象を植えつけた……アメリカの黒人《ニグロ》はアメリカ人、イギリスの黒人《ニグロ》はイギリス人、スペインの黒人《ニグロ》はスペイン人、フランスの黒人《ニグロ》はフランス人といった、自明の事実を改めて確認することになった。考えや感情の違いは、教会や、共済組合や、パーティや、仕事に反映されている。時がたち、移民制限がなされれば、おそらく改善されるだろう。後年には、皮膚の色の違いが、新移民――すなわち西インド諸島や南部からの移民――によって、社会的分割の印として強調されるだろう。ニューヨークでは、このことは以前には知られていなかった。白人は、「皮膚の色の淡《うす》い」家政婦を募集するかたちで、社会的分割を促進している。信頼筋から教えてもらったことによると、黒肌《ブラック》のメイドは褐《ハイブラウン》色のメイドよりも手当てが低いということである。しかしこのようなことはほんの一部のこととして取り上げられるだけで――一般的あるいは顕著なことではない。（三四七―四八頁）

そして、ニューヨークでは、「人種同士の公然の付き合いはほとんどなく、異人種間結婚もめったにないが、密かな人種混淆はかなりある」（三四八頁）。しかも他の地域とは違って、「パートナーとして、白人女性が黒人《カラード》女性と同じくらいいる――白人女性の場合は、パートナーを愛しているからであるが、黒人《ニグロ》女性の場合は、お金が関係している」（三四八頁）というのである。

以上のようなスカイラーのニューヨーク（ハーレム）観は、ロックのニューヨーク（ハーレム）観――「黒人同志の偉大なる融合をもたらす実験室」（NV 六―七頁。引用は小山起功訳［二一一頁］。以下も同じ）や「黒人世界の首都」（a race capital）（NV 七頁、邦訳二一一頁）――を脱構築している。スカイラーが「多くの文士がハーレムを『黒人の首都』(the capital of the Negro race）と呼んでいるのは、このように各地からやってきた黒人《ニグロ》が集結しているからである」という説明のあとに、「この『黒人の首都』ということに、私は触れない」（三四七頁）と付け加える所以である[42]。

◇スカイラーとハーレム・ルネッサンス――《「黒人芸術《ニグロ・アート》」という戯言《ホウカム》》

ハーレム・ルネッサンスは、黒人の黒人による黒人としての自我意識形成がテーマとなっている。しかしスカイラーは黒人であることの自我意識という枠組みを壊す。両親あるいは片方の親のみならず、何世代もさかのぼって、どこかにたまたま黒人として規定される先祖がいたがために、黒人としてのレッテルを張られて一様に差別・隔離を受ける――このレッテル張りの恣意性や暴力性を見透かし、あくまでも一個の人間、ひとりのアメリカ人としての自分を見据える自我意識形成がテーマとなっている。

もちろんスカイラーもハーレム・ルネッサンスの文人のひとりである。例えば、一九二六年六月一六日付の雑誌『ネーション』（一二二号［六六二―六六三頁］、本書二五六―六一頁）に掲載したエッセイ《「黒人芸術《ニグロ・アート》」という戯言《ホウカム》》（以下、《ホウカム》とする）で、「バート・ウィリアムズ、ジェマイマおばさん《アーント・ジェマイマ》、トムおじさん《アンクル・トム》」（六六二頁、本書二五八頁）など、白人の都合によって類型化された黒人像からの脱却を力説しているからである。しかし、このエッセイの主旨である次のような指摘が大きな波紋を巻き起こした。

　広く言いふらされたカル・クーリッジの深遠さや、ハイラン市長の『進歩の七年間』、あるいはよく報じられるニューヨーク市民の素養の高さといったものと同じように、「アメリカでつくられた」黒人芸術《ニグロ・アート》はありえないものである。アフリカの数多くの黒人諸国《ブラック・ネーションズ》では、黒人芸術《ニグロ・アート》はこれまでも存在していたし、現在も存在するし、将来も生み出されるであろう。しかし、この共和国の一千万人もの黒人《カラード・ピープル》の間に、そのようなものが生まれてくる可能性を示唆するのは明らかにばかげたことである。グリニッチヴィレッジやハーレム、そしてその周辺から出てきた熱心な唱道者たちが、黒人芸術《ニグロ・アート》の偉大なルネッサンスがすぐそこまで来ており、人種や民族や国民や公民権運動の擁護を余暇活動《ホビー》としている人たちに導かれて姿を現すのを待っている、と宣言した。黒人《ニグロ》の「特異な」心理を表現する新しい芸術様式が、今にも市場に溢れださんばかりだった。要するに、ホモ・アフリカヌスの芸術が、待ち構えている世界を驚かせようとしていた。疑いの目を向けていた人たちも今か今かと待っていたが、今もまだ待ち続けている。（六六二頁、本書二五六頁）

……………………

アフリカ系アメリカ人《アフラメリカン》の文学や絵画や彫刻について言えば、仮にそのようなものがあったとしても、アメリカ白人の文学や絵画や彫刻と同種のものである。つまり、多かれ少なかれ、ヨーロッパの影響の跡を留めている。演劇の分野で、黒人《ニグロ》について黒人《ニグロ》によって書かれたもので、何らかの価値のあるものは、たいがい白人によっても書かれていた……。
ちょっと立ち止まって、アフラメリカンは油煙《ランプブラック》を塗ったアングロサクソンにすぎない、と考えてみれば、以上のことは容易に理解できる。（六六二頁、本書二五七―五八頁）

「黒人芸術《ニグロ・アート》の偉大なルネッサンスがすぐそこまで来ている」と言われるものの「今もまだ待ち続けている」というのは、明らかにロックを意識した反論であった。しかし、「『アメリカでつくられた』黒人芸術《ニグロ・アート》はありえない」「アフラメリカンは油煙《ランプブラック》を塗ったアングロサクソンにすぎない」という表現が、スカイラーの主旨を逸脱して、白人に対する同化・迎合主義者としての批判を蒙ることになった。人間は環境によってつくられるというスカイラーの視座を、

「黒人性」の否定ととられたわけである。スカイラー自身の言葉を引用すれば、「アフリカの遺産について多くのことが語られている時に、このような発言は裏切りだった」（『スカイラー自伝』一五七頁）。

◇『新しい黒人』におけるロックやアルバート・C・バーンズの黒人芸術観に対するスカイラーの否定的視座

ロックは、『新しい黒人』掲載のエッセイ《黒人の若者たちは発言する》において、「新しい黒人」でも、内発的な自己表現の才能を持った黒人の若い世代こそ「ニグロ・ルネッサンスの最初の成果なのである」（NN 四七頁。引用は小山起功訳［二五〇頁］による）とし、次のように説明する。

……彼らの言葉のなかには、黒人特有なものが含まれている。若い黒人たちは、黒人の特異な体験を特殊な形で代弁しているのである。（NN 四七頁、邦訳二五〇頁）

今や黒人的でありたいという新しい動機は、純粋に芸術のための必要性から生じるものなのである。このことは、黒人的な素材が、技術的にはっきりと区別できる何か異質なもの、すなわち、一つのきまった形式として芸術全体の素地をより豊かなものに広げていくかもしれない、何物かに進化していく顕著な傾向のなかで、最も明確に見られるし、その正当性も裏づけられている。言語のもつ趣、語句の流れ、散文や韻文や音楽におけるリズムの強勢、心象のもつ色彩と調子、感情と象徴の独特な語法や音色、これらのものを駆使して特異な貢献をするということが、黒人芸術家たちの野心であり、また約束でもある。これを成し遂げんとするいくたの動きは、すでにはっきり認識できるまでになっている。（NN 五一頁、邦訳二五五頁）

また、このようなロックの考えに影響を与えた、西洋美術やアフリカの彫刻の収集家であったアルバート・C・バーンズ（『新しい黒人』への白人寄稿者のひとり）の《黒人芸術とアメリカ》と題するエッセイは、アフリカ芸術とアメリカ黒人芸術との繋がりを力説している。一九世紀後半から二〇世紀初頭にかけて、政治機構の中央集権化、産業の巨大化・機械化、社会構造の複雑化が一段と進むことによって、個性の喪失、自らのよって立つ場を不安定と感じる意識の増幅、単調な日常生活の中での閉塞感・鬱屈感が募るなか、そのような状態から解放され、精神的潤いをもたらしてくれるものとして、いわば文明の対極にあると見なされるアフリカ大陸が発見され、アメリカの黒人も、そのようなアフリカの「原始性」を体現する存在として受け取られるようになる。バーンズはそれを次のように表現している。

アメリカで黒人固有の芸術が発達したということは、自然なことであり、また必然的なことでもあった……黒人たちの芸術は健全な芸術である。なぜなら、それは、白人の教育ではまったく無視されてきた原始的な天性から派生したものだからである。さらに、黒人の芸術は、黒人たちの個人的特性を具現するものであり、長いあいだの激しい抑圧と貧苦のなかで彼らが経験してきた苦悩や願望や喜びを反映するものであるから、偉大な芸術である。

ここで考えてみなければならない最も重要な要因は、黒人たちが彼らの原始的な祖先から受け継ぎ、今日にいたるまで保持してきた、黒人心理の性質ということである。著しい特徴は、彼らがすばらしい感受性と、豊かで自由奔放な想像力と、真に偉大な自己表現の能力を兼ねそなえているということである。

……………………………………………………………………………………

黒人たちは、人間と自然が調和するきわめて理想に近い状態を維持してきた。そして、それゆえに幸いにも、実利一辺倒な不毛のアメリカで、放浪者とされてきたのである。しかし黒人の芸術は、彼らの本性にたいへん深く根ざしたものであったから、伝統や慣習が根を引き抜き、枝葉や花までも枯らしてしまうような異国の大地にさえ、力強く息づくことができた。黒人芸術は、単なる道楽ではなく、達成のあかしであったからこそ、存続しえたのである。（NN 一九―二〇頁。引用は小山起功訳［二二四―二二六頁］による）

ロックやバーンズは、黒人芸術・文化の固有性・特異性・異質性を主張している――ロックやバーンズにとって、『新しい黒人《ニグロ》』はアメリカ黒人芸術・文化の「独立宣言」となる。しかし、スカイラーの《ホウカム》における「ホウカム」（あるいは「プープーイズム」）の感性は、黒人芸術・文化の固有性・特異性・異質性を否定している。

◇デュボイスの黒人芸術観に対するスカイラーの否定的視座

また、《ホウカム》は、デュボイスの黒人芸術観とも異なっている。NAACPの機関誌『クライシス』（一九二六年十月）掲載の《黒人芸術の基準》において、デュボイスは、ロックが『新しい黒人』に編集したカウンティ・カレン、ラングストン・ヒューズ、ジェシー・フォーセット、ウォルター・ホワイトのような、黒人の詩人・小説家・編集者・エッセイストが認められたことによって、「ここに出口がある。ここに皮膚の色の問題の真の解決法がある」と見なし、白人・黒人双方のあいだに、黒人問題で争いを続けるのは意味がないという考えが広まっていることに対して警告を発している。確かに、たまたま教育や幸運な機会に恵まれてチャンスの波に乗り、認められて成功している黒人の芸術家も少しはいる。しかし、おおかた、「黒人種に関する限り、白人社会が、芸術家から、真実や正義を故意に歪める、文学的・絵画的・人種的予断裁決を要求する」状況は変わっていないのであり、「黒人が本を出版したいのなら、白人の編集者や白人の新聞によって良しとされなければならない」。デュボイスは、そのような状況に反駁して、黒人芸術の「絶対的な裁定者」は「白人の陪審員」ではなく、黒人自身でなければならないとする。そして「美の創造、美の保護、美の実現」の偉大な仕事に着手する義務を背負った「美の伝道師」、そして「真実と正義の伝道師」となる彼らの芸術はすべて、「黒人が大切にして享受する権利獲得のためのプロパガンダ」であり、またそうあらねばならないと断言している。デュボイスにとっては、黒人芸術も「皮膚の色の境界線の問題」を追究する役割を担っており、そのことが「新しい黒人」の芸術・文化に強く反映される必要があったのである（《黒人芸術の基準》三一七―三二三頁）。

「皮膚の色の境界線」を一貫して揶揄するスカイラーの「ホウカム」（あるいは「プープーイズム」）の感性は当然、デュボイスが言うような「プロパガンダ」としての芸術の役割を否定している。

◇ラングストン・ヒューズの《黒人芸術家と人種の山》

スカイラーの《ホウカム》をめぐって、直接論戦を交わしたのが、ラングストン・ヒューズである[43]。「黒人芸術はありえない」とする《ホウカム》を受けて立つヒューズの記事が、一週間後の『ネーション』（一九二六年六月二三日付）に掲載された――《黒人芸術家と人種の山》（以下、"NARM"とする）である。

このエッセイの冒頭で、ヒューズは、「ぼくは詩人になりたいんだ――黒人の詩人にじゃないんだ」と発言する若い詩人に言及する。ヒューズにすれば、その意味するところは、「潜在意識的には『ぼくは白人詩人のようになりたい』」、さらにその背後には「ぼくは白人になりたい」という意図が潜んでいると思われるのであり、そのような彼の「白人種の規範」を絶対視する傾向をとらえ、「黒人中産階級」の家庭に属すると思われるこの芸術家が、「じぶんの同胞たちの美しさを解釈することに、興味をおぼえることがどんなに困難かは、すぐさまわかること」というのである。そして、「人種のなかで白さへ向かおうとするこの衝動、人種的な個性を、アメリカの標準にあわせる鋳型へそそぎこみ、できるだけ黒人性をすくなくし、アメリカ性を多くしたいというこの欲望」は、アメリカにおけるどんな真実の黒人芸術に対しても立ちはだかっている山」（"NARM" 六九二頁。引用は木島始訳［九七―九九頁］による。以下も同じ）であるとする。

しかしこのような詩人とは異なり、多くの黒人の「庶民」は、「アメリカの規格化に直面しながら、かれらじしんの個性を、依然として持っている」。そしてそういう庶民たちこそが、「世界に、真に偉大な黒人芸術家を、じぶんじしんであることを恐れない芸術家をおくりだす」（"NARM" 六九三頁、邦訳一〇〇頁）。ヒューズはさらに次のように続ける。

> たしかに、じぶんのグループのなかのいくらか高級な連中が押しかぶせてくる制限を、あえて逃れることのできるアメリカ黒人の芸術家には、その芸術のために未使用の材料の分野が、広大にひろがって待ちかまえている。じぶんの人種の外へ出てしまわず、「白人」文化と意識したアメリカの作法を身にそなえた上層階級のなかによしんば入っていても、それでもじぶんははっきり違うんだというくらい黒人的であるなら、黒人芸術家に、一生涯かかっても果たせないくらい創造的な仕事を供給する充分な材料がある。（"NARM" 六九三頁、邦訳一〇一頁）

つまり、「人種の山」に登ることなく、身近な黒人自身の世界の中にこそ、芸術の素材が豊富に溢れているというわけである。そして、「同胞たちの渇望に秘む『白人になりたいなあ』という昔ながらの囁きを、『どうして白くなりたいなんて思うべきなんだ？　わたしは黒人で――美しいんだ！』に変えてしまうことこそ、若い黒人芸術家の義務なのである」（"NARM" 六九四頁、邦訳一〇七頁）と結論づける。

◇スカイラーとヒューズの論戦①

スカイラーとヒューズの論戦は、黒人は周りの白人文化・芸術に同化するととらえる論点に対して、黒人は特異な文化・芸術をつくり上げるととらえる、というかたちで、以後の黒人芸術・文化の在り様を論議する際の対立軸となる。しかし二つのエッセイに限ってみれば、果たして対立軸は論戦と言えるほど鮮明なものであろうか？

この疑問を拂拭できないのはやはり、スカイラーの過激な言葉――「アフラメリカンは油煙《ランプブラック》を塗ったアングロサクソンにすぎない」――が、スカイラーの人種問題追究の意図を逸脱して、スカイラーに白人同化・迎合主義者のレッテルを張りつけるように作用したのでないかという疑問がたえずついて回ることによる。

というのも、ヒューズの説明――「同胞たちの渇望に秘む『白人になりたいなあ』という昔ながらの囁きを、『どうして白くなりたいなんて思うべきなんだ？　わたしは黒人で――美しいんだ！』に変えてしまうことこそ、若い黒人芸術家の義務なのである」――が、スカイラーにとっても、人種問題追究の中核をなしているからである。つまり、スカイラーは、「白人になりたい」黒人の心理、そしてそのような心理を抱くように仕立て上げられた人種優劣の社会的仕組みを見透かして脱構築することが自分のテーマであることを心得ている。もっとも、ヒューズの言うように、「明日のためにわれわれの塔を、造り、内から自由になって、山頂に立つ」（"NARM" 六九四頁、邦訳一〇八頁）というのではない。スカイラーの場合は、「黒人の塔」「白人の塔」という種分け意識を超えたかたちで、ヒューズと同じく「内から自由になって、山頂に立つ」ことを目指している。スカイラーにとって、そのようなテーマ追究こそ、ヒューズと同等・対等に、黒人の歴史・経験と真剣に関わることにほかならない。

◇スカイラーとヒューズの論戦②

二人の論戦は引き続き『ネーション』誌上で繰り返される。最初の論戦後、あまりにも反響が大きかったゆえ、二度目は対立軸を鮮明にする衝動が働いたのか、互いに名指しで論戦を交わすが、双方ともに相手の論点を、あえて言えば誤読するかたちで展開する。

まず、スカイラーは、ヒューズの《黒人芸術家と人種の山》を受けて、三週間後の『ネーション』（一九二六年七月一四日付［三六四頁］）に《書簡——黒人《ニグロ》と芸術家》と題する記事を寄せる。

『ネーション』編集者へ——

アメリカにおける黒人《レイシャル》芸術を擁護するラングストン・ヒューズ氏は、彼が述べる黒人《ニグロ》の大衆はわれわれにすっかりお馴染みの白人大衆と何の相違もないということを見過ごしておられる。両者とも、「怠惰な世間の動きをじっと見つめ」、また「土曜日の夜ともなるとジンをちょいとひっかけている」（強い酒を好むのも白人《ノルディック》の特徴でもあるはずだ）。黒人霊歌やブルースに「人種的」なものがあるというのなら、ジャマイカやザンビアやシエラレオネからのニグロには、それらの音楽の複雑なリズムを直ちに把握する能力が備わっているはずである。しかし実際にはそういうことはないので、やはり黒人霊歌《スピリチュアル》やブルースは、アメリカの特定の地域、すなわち南部の所産であると結論づけざるをえない。それらは、アングロサクソンの宗教的要素を取り入れてつくられたアメリカのフォークソングである。

芸術家とは、周りの生活を見て、喜劇やドラマや悲劇が素早く入れ替わることに胸打たれ、それを音楽や詩や散文や絵画や石彫刻で表現したり解釈したりする才能がある人間だと私は考える。ただ彼が使えるのは、教育や環境によって彼に与えられた素材のみである。したがって、住む場所によって、彼のつくり上げたものが、フランスのものだったり、イギリス、ドイツ、ロシア、ズールー、中国のものだったりする。この国で育ち教育を受けた芸術家の作品は必然的にアメリカのものにならざるをえない。

皮膚の色や髪質をアメリカの基準に合わせるために、縮れ毛を直毛にする整髪料や、皮膚を白くする染料に、毎年、数百万円も消費するのがアフラメリカンの大衆である。このようなことからすれば、自分は白人に見えるかどうかなど気にしていないとは思えない。ニグロのプロパガンダ芸術は、アメリカのニグロの大衆の「原始性」を「賛美する」場合でも、せいぜい劣等感に対する抗議にしかならない。そのような考えでは、芸術は決して生み出せない。

この《書簡》においてスカイラーは、ヒューズが強調する「黒人芸術」について、ヒューズはいわばアフリカのDNAを芸術の源泉としていると誤読して、それをアメリカ黒人の「原始性」と解していると読める。しかしヒューズは、「アフリカのDNA」を「原始性」ととらえてはいないし、またその賛美が「劣等感に対する抗議」であるとも考えていない(44)。ヒューズは、あくまでもアメリカに生きる黒人の生き様をとらえるのが黒人芸術家の責務であると考えている。

ヒューズは、スカイラーの《書簡》を受けて、一か月後の『ネーション』(一九二六年八月一八日付〔一五一頁〕)に掲載した《アメリカ人の芸術、それとも黒人の芸術?》と題する記事で再び、あくまでもアメリカ黒人の「人種的背景や人種的環境」が「黒人芸術」の源泉であることを強調する。

『ネーション』編集者へ――

アメリカにおいて、「黒人大衆《ニグロ》は……白人大衆と何の相違もない」というスカイラー氏の発言は、私にはまったくばかげているとしか思えない。もちろん根本的にはあらゆる人間は同じであろう。しかし、黒人《ニグロ》がこの国において隔離された集団である限り、特定の人種的・環境的違いを反映している。黒人《ニグロ》が縮れ毛を直毛にして人種的背景を忘れようとすること――そのこと自体、彼らは白人とは異なる存在にしていることになる。もし支配階級にそっくりというのであれば、白人をまねようと一生懸命になる必要がない。また、黒人霊歌《スピリチュアル》やブルースが黒人《ニグロ》のものではないと言われるが、カウボーイソングはカウボーイがつくった歌ではないとか、スコットランド民謡がスコットランドのものではないと言うのと同じように、まったくばかげているように思われる。黒人霊歌《スピリチュアル》やブルースはもちろんアメリカのものである。しかし確実にアメリカ黒人《ニグロ》のものである……。

黒人《ニグロ》ができるだけ白人のアメリカ人のようになる、ということは、経済的・社会学的な観点からはまったく望ましいことである。確かに黒人《カラード・ピープル》もこのわれわれの国で他のだれもが所有しているあらゆる機会や利益を望んでいる。しかし、アメリカが完全に黒人《ニグロ》を受け入れるまで、そして隔離や人種的自意識が完全になくなるまで、黒人《ニグロ》芸術家による真の芸術作品は、何らかのかたちで皮膚の色や特異性を表現している以上、人種的背景や人種的環境を必ず反映するものである。

しかし、ここでは、ヒューズがスカイラーを誤読している。スカイラーにとって、黒人・白人を問わず、スカイラーが見透かす「人種意識」は、「人種的背景や人種的環境を必ず反映している」からこそ生まれてくるものであり、スカイラーの場合は、白人・黒人を問わず、その「意識」に固執することこそ「ばかげているとしか思えない」。また、「黒人霊歌《スピリチュアル》やブルースが黒人のものではない」ということに関しても、スカイラーは表現様式についてアメリカの環境の影響大であるとしても、そこに込められた内容が「人種的」なものであった場合、それを否定してはいないと考えることができる。「黒人《ニグロ》が縮れ毛を直毛にして人種的背景を忘れようとすること――そのこと自体、彼らは白人とは異なる存在にしていることになる」ということは、人種にこだわる黒人の愚かさを露呈させているとスカイラーは承知している。

スカイラーは、三年後の『ネーション』〔一九二九年六月一二日付〔七一〇―一一頁〕〕に《黒人《ニグロ》作家は食べなければならない》と題するエッセイを掲載して再び、ヒューズが説明するような黒人芸術を「原始性」の強調として受け取っている〔このエッセイでは、スカイラーはジョージ・W・ジェイコブズというペンネームを使っている〕。

奇想天外なものを好んで求める白人のひとりが、ハーレムのもぐり酒場《ホンキー・トンク》で「飲みすぎた」黒人《ニグロ》の女が「羽目を外しているのを」見かけたとたん、驚嘆の声を上げた――「完全に放心状態だ。なんと心地よさそうに原始的なことか！」以前、私はバッファローで、白人の女が同じように酔っぱらって、同じように官能的に踊っていたのを見かけたことがある。どういうわけか、私には、どう見ても痛ましいほど酔っぱらっているとしか思えなかった。私は原始主義者をペテン師だと軽はずみに一蹴しているのではない。本当に奥の深い誠実な原始主義者も多くいるのは確かだ。しかしながら、イギリス人の血を引くブロードウェイの人物の説明をするために、何もドルイド〔古代ケルト人の神官〕時代以前のイギリスにまでさかのぼる必要はない。それなのにどうして、ハーレムの黒人《ブラック》を理解するためにはアフリカに戻れと言うのか？私はこの白人とドルイド時代以前のイギリスとの間に横たわる何世紀もの歳月に無頓着というのではない。ただ私は読者諸賢に次のことをわかってもらいたいだけである――つまり、今日では、同じ環境条件を与えられている以上、ハーレムの黒人もブロードウェイの白人も違《たが》うことなく、機械化されたアメリカ文化の鋳型にはまっているということだ。したがって、原始的なものにこだわるのは、小説というよりも、正確には人類学や考古学の領域に属することになる。そういうことでは、ブロードウェイを解釈することにならないのと同じように、ハーレムを解釈することにはならない。

以上のように、論戦が進むにつれて、白人への同化に対して、黒人の「原始性」――黒人の魂に植え込まれたアフリカのDNA――というかたちで、対立軸は鮮明度を濃くしている。

しかし、結論を先取りして言えば、少なくとも二人の間では、自分たち黒人のよって立つ場を認識するうえでわかり合える部分のあることをそれとなく感じながら、互いにその共通部分を明確にすべく、互いの誤読という駆け引きを演出していたのではないかとも思えてくる。つまり、意識的に対立軸を過度に際立たせること、それはまさに、対立軸を構成する概念――「黒人の同化主義」や「黒人の原始性」――が、なお曖昧で不確かなものであること、またそれらの概念形成には、白人の思惑が絡んでいることを今一度確認することでもあった――そうしたうえで、黒人のあるべき姿を共に探る、というのが論戦の様式となったと読み取れる。

ヒューズは、論戦開始時期、「一九二六年の夏……百三十七番通りのある下宿屋に住んでいた」（Hughes, *The Big Sea* 一八二頁。邦訳三一七頁）。すでに論戦相手に選ばれて、スカイラーの原稿を読んでいた（Rampersad 一三〇頁）。しかし、それまで『メッセンジャー』掲載のスカイラーの記事をよく知っており、右でも引用したようなスカイラー評（本書四九九頁）を持っていた――「スカイラーのメンケン流の論説は、その雑誌でいちばん興味深いものだった……きまって迫力にあふれていたそれらの論説は、煉瓦のつぶてのような言葉による攻撃だった」。（Hughes, *The Big Sea* 一八二頁、邦訳三一八頁）。しかし「煉瓦のつぶてのような言葉」による皮肉・揶揄・風刺を用いて、人種問題の現実を透視し、白人だけでなく、自身の肌色に思い悩む黒人をも追及しながら、その「煉瓦のつぶてのような言葉」は、場合によってはスカイラー自身にも跳ね返ってくる危険性のあることをいつも覚悟しながら用いていた。つまり、そのような言葉を吐いている自分の観点を自分の内でたえず噛みしめながら、黒人のあるべき姿を模索していた(45)――ヒューズは、そのようなスカイラーの真摯な姿勢を感じ取ったがゆえに論戦に応じたのではなかったか。今一度繰り返して言えば、二人の論戦は、そのような戦略を用いることによって、黒人のあるべき姿を協働・共謀して求め合っていたと思えてくるのである(46)。

前述したように、アメリカにおいて、「原始性」の認識は、一九世紀後半から二〇世紀にかけて、政治機構の中央集権化や産業の巨大化・機械化、社会構造の複雑化がますます進行する中で、単調で鬱屈した日常からの精神的解放を求めて、「原始性」が強調されるようになった。そして黒人がその「原始性」を体現する存在であると受け取られた。しかしヒューズは、決して白人のエゴを満足させるものとしての「原始性」ではなく、あくまでも黒人の苦痛・苦悩に耐える力や、それらを笑い飛ばす力など、黒人の内発的なエネルギーをとらえて表現した。

『メッセンジャー』を通して感じ取ったヒューズのスカイラー観からすれば、スカイラーは、「アフリカ的原始性」の賛美による白人への対抗という枠組みで自分のことをとらえるようなことはしない——あくまでもアメリカにおける黒人の体験を自分はとらえている、とスカイラーが理解してくれていると感づいていた、と思えてくる(47)。ヒューズ自身、『自伝』の中で、白人のエゴを満足させる意味合いの「原始性《プリミティヴ》」を否定していた。創作活動のパトロンを申し出た、ある富裕階級の婦人の望み——「彼女は、わたしに原始的であるように、原始人たち《ザ・プリミティヴ》の直覚を知り、感ずるようにと、望んだのだ」（*The Big Sea* 二四三頁。引用は木島始訳［四四六頁］による。以下も同じ）——に対して、ヒューズは次のように語っている。

だが、あいにく、わたしは、原始人たちのリズムが体内に脈うち、湧き立ってくるのを感じはしなかった。だからわたしは、そのようなリズムを感じているかのように生活し、書くことなどできやしなかった。わたしは、ただ、ひとりの——アフリカの表面とアフリカのリズムとを愛した——アメリカの黒人でしかなく、——アフリカのではなかった。わたしは、シカゴであり、キャンザス・シティであり、ブロードウェイであり、ハーレムであった。そしてわたしは、そうあってほしいと彼女に望まれるようなものではなかった。（*The Big Sea* 二四三頁、邦訳四四六頁）

あくまでも「アメリカの黒人」であって「アフリカの黒人」ではないことの認識は、スカイラーの論点と分かち合うものがある。そしてヒューズが「黒人《ニグロ》大衆は……白人大衆と何の相違もない」というスカイラーの論点を批判したとしても、スカイラーにすれば、黒人・白人を問わず「人種」や「皮膚の色」という概念・観念への固執が人種をつくる、ということがアメリカの人種的環境を生み出しているのであって、そのような状況の中で培われる思考・行動様式も同じになる、という意味合いも帯びてくる、ということを、ヒューズも理解してくれていると感じていたととらえることができるのである。

◇論戦後の『メッセンジャー』とヒューズ

実は、一九二六年の『ネーション』誌上でのスカイラーとヒューズの論戦後、スカイラー（そしてウォレス・サーマン）は、一九二七年の『メッセンジャー』四月号・六月号・一一月号に、この若きヒューズ（二十五歳）の三編の短編を掲載している(48)。いずれも、ニューヨークとアフリカ間を航行する貨物蒸気船「西イヤナ号」の乗組員——文明世界の人間——とアフリカとの接触を描いている。四月号掲載の《月光に浮かぶ人影》では、セネガルからロアンダに至る二〜三千マイルに及ぶ西アフリカ海岸——「熱海岸《フィーヴァー・コースト》」と呼ばれる（七〇頁）——で、ココナツ豆を運んでいた西イヤナ号の船員が「熱帯病《トロピック・フィーヴァー》」あるいは「売春宿の性病」（七〇頁）を患って、六名が「ヨーロッパの病院」（七〇頁）に搬送されたりして、停泊を余儀なくされる。その機会に、給仕係の十八歳の黒人の語り手（おそらくヒューズ自身）とジャマイカ出身のパン焼き係の同僚は、ヌヌマという名前の「港の女」（七三頁）に出逢い、三人で一夜を共にしたあと、二人は彼女を求めて張り合い、今も相手から受けたナイフの傷跡が喉元に残っている、というストーリーである。ヌヌマは「細身の浅黒い若い女で、熟れた胸をはだけ、体に一糸をまとっているだけ……ジャングルの花のように優雅で愛らしく、詩のように美しい」（七二頁）。「アフリカのフラワーガール」（七四頁）であり、語り手は、三人で一夜を共にしたヌヌマを次のように紹介する――「体は細身で褐色。月についての部族の歌を歌う。月を指さす。手が触れる。唇が触れる。黄金の夜の夕闇色（dusk-dark）の女、俺の相棒と俺……〔翌朝には〕ヌヌマの目は月光の中で大きく見開かれた……彼女の唇は花びらのようだった……両手を握りしめて、黒い顔は月光をのぞき込んでいた。二つの乳房《ちぶさ》は月光の方に突き出していた。華奢《きゃしゃ》な足には〔語り手が与えた〕赤いスリッパ。彼女の目は月を見ていた」（七五頁）。

しかし、「果てしない非情なアフリカの空」（七三頁）の下で、ヌヌマが繰り返して口にする「あたい、白人の船乗りは嫌いなの」（七二頁、七四頁）が響きわたり、ヌヌマの美が文明社会の人間の受け入れを拒否するほどの、いわば「原始」の力を帯びている。ヌヌマの美の熱《フィーヴァー》病にかかった語り手は、自分の未熟さ、狭量さ、視野の狭さを思い知らされ、そのようなヌヌマに対する畏敬の念を込めてこの回想録を綴っていると読み取ることができる。

六月号掲載の《若い彼の栄光》においても、文明社会の人間を拒絶するアフリカを描いている。アフリカ・コンゴ一帯で、「カトリック信仰の広がりに対抗するために」（六四頁）十年の宣教活動を行なってきたプロテスタントのアメリカ人宣教師夫妻が、アメリカのメソディスト系女子神学校で高校・大学を過ごしていた十八歳の娘を連れてくるために帰国し、西イヤナ号でアフリカに戻ってくる旅の途上、「アフリカじゅうで、最も魅力的な港の一つ」（六六頁）であるセネガル・ダカールに寄港する。娘が見下ろすダカールの桟橋は、まさに活気づいた多文化社会である――「ムスリムの長衣を着た原住民、フランスの植民地の役人、砂漠からやってきて、衣装、真鍮や象牙の小像、ナツメヤシや珍しい果物を交換取引している黒人の商人、女や子供たち、新聞あるいはニュースを待っている宣教師、それに、多くの港町で見かけるような、売春宿へ連れていく船乗りを物色するために遣《つか》わされた少年の案内人。日差しの強い日のダカール港の光景である」（六七頁）。娘は「まったく男を見たことがない」女学校で過ごし、「男の人と恋愛をしたこともない」（六四頁）。「痩せた体で、髪の毛は薄茶色、そばかすのある、乾燥肌の顔……まだ十八歳なのに、本を読むために眼鏡をかけると、三十歳に見える」（六四頁）。広い世界との接触がなかったそんな彼女は、西イヤナ号の乗組員にまんまと騙され弄ばれる。その結果、「アフリカでの十年がぐっすり眠りたいと思わせた」（六八頁）かのように、深い眠りについていた両親に気づかれずに船室を抜け出し、西イヤナ号の手すりを乗り越えて、アフリカの海に身を投げる。

一一月号掲載の《小さな処女》では、アフリカに拒絶される人間は、「ギリシャ人、西インド諸島民、アイルランド人、ポルトガル人やアメリカ人」といった「混成の乗組員」の中に、内陸部の村を抜け出して乗組員になった「十六歳くらいの金髪少年」である（七七頁）。荒くれの船乗りたちに、女を知らない「小さな処女」とからかわれ、いじられ役となっていたが、ひとりの乗組員から、世間を知る手ほどきを受けて、次第に馴染んできたものの、その乗組員に連れていかれたフランスワインの店で、その乗組員が同席の女のひとりの顔を引っぱたいたのを目の当たりにして、パニック状態に陥り、神経症にかかったかのように「紳士は女を引っぱたくべきじゃない」（八一頁）を繰り返し、熱帯病にもかかって、ナイジェリアのカラバルで碇を下した際、「ヨーロッパの病院」に搬送されることになる。この短編は、錯乱状態になって「女を引っぱたくべきじゃない」とわめきたてながら連れていかれる場面で終わる（八二頁）。

以上、三篇には、アメリカ黒人とアフリカの繋がりを思わせるものはない。ヒューズのアフリカは、ジャングルに覆われた原始的アフリカではなく、欧米の植民地主義の渦に呑まれそうになりながらも、最後の抵抗を示すアフリカである。『メッセンジャー』のスカイラーがそのようなものを感じ取っているヒューズを受け入れた所以でもあると思われる。

◇カール・ヴァン・ヴェクテンの『くろんぼ天国《ニガー・ヘヴン》』

スカイラーとヒューズの繋がりは、例えば、二人の論戦と同時期に出版された白人作家カール・ヴァン・ヴェクテンの『くろんぼ天国《ニガー・ヘヴン》』（一九二六）に対する二人の評価からもうかがえる。

この小説には、様々な階層の黒人が登場し、黒人社会からは距離を置いて、白人に追随するかたちで同胞人種を見下す上層階級だけでなく、皮膚の色の境界線《カラー・ライン》を意識しながらも、自分の生き方を暗中模索する黒人の姿が描かれている。彼らのあいだでは、黒人の指導者たちによって示された人種問題の解決策も話題に上る——「異人種間結婚」「人種混淆」（四六—四七頁）。「パッシング」（四八頁）——すなわち、黒色の淡《うす》い肌を利用して白人として生きる。ブーカー・T・ワシントンの「両人種の融和（conciliation）」（四九頁）。デュボイスの「挑戦的方策（aggressive policy）」（四九頁）。白人に蔑まれても一目置かれるユダヤ人のように「経済力」をつける（五〇—五一頁）。

そんな中で、例えば、図書館員として働く混血女性メアリ・ラヴは、次のような言葉を口にしている。

> 私たち〔黒人〕は、籠の中のリスのようにくるくる回っているだけで、どこにも到達できないでいるだけだわ……解決策はある？　あると考えたいこともあるけど、なくてもまったく気にすることなんかないわ……こんな問題から離れていれば、自分たちの間だけでとても楽しいことがあるでしょ。だから……思いやりのない白人が無礼かどうかということなんて、あまりたいしたことじゃないときどき考えるの。ハーレムはメッカのようなものよ。ある意味で、黒人でいるのは有利なことだってあるわ。（四九頁）

一読すれば、黒人でいることの自分をありのまま受け入れることこそが、あくまでも自らの内で皮膚の色の境界線《カラー・ライン》を壊す力になりうることをストレートに主張していると読める。

しかしマリアは、パッシングできるくらいの白肌であり、一般の黒人との間に距離を意識している存在であることを考えれば、ストレートな主張というよりも、むしろ、黒人であることの自分を今一度自分で見据えようと悶々としている表白である。

そのような彼女にとって、黒人は髪の毛を直毛にしたり、皮膚の色を淡《うす》くしたりすることに、食物や衣服以上にお金を費やす一方で、皮肉にも、白人女性も、髪にパーマネントウェーブをかけるのに伴う恐怖を体験している、というのである（七八頁）――すなわち、白人女性も黒人女性に魅かれるものがあることの証左ではないか、と自分自身に問いかけ言い聞かせることによって、黒人であることの自分を見極めようともがいている。

メアリと恋愛関係にある黒人男性バイロン・カーソウンも「くろんぼ天国《ニガー・ヘヴン》」を次のように説明している。

ニガー・ヘヴン！　バイロンはうめき声を上げた。ニガー・ヘヴン！　それがまさにハーレムだ。おれたちはニューヨーク劇場の天井桟敷に座って、階下の良い席を陣取っている白人集団を見下ろしている。ときおり、奴らはおれたちの方へ顔を上げる、しかめっ面で冷淡な顔は、おれたちを笑い飛ばしているか、あざ笑っているのだが、奴らは決して手招きしない。ニガー・ヘヴンが混んでいて席がない、何とかしてやらないとなど考えたこともないみたいだ……おれたちが奴らの上の方に陣取っているので、奴らに向かって物を落として、奴らを押しつぶしたり、このニガー・ヘヴンから急降下して、奴らの席を奪い取れるということも、奴らには思いもつかないみたいだ。そうなんだ、奴らはそんなことはまったく恐れていないんだ！　ハーレム！　新しい黒人のメッカ！　なんてことだ！（一四九頁）

これも、ニューヨークを劇場ととらえ、そこで繰り広げられる人種ドラマを、「ニガー・ヘヴン」――すなわち「天井桟敷」――の高所から、いつでも白人を押しつぶせる有利な場に陣取って、階下から黒人をあざ笑って見上げる白人を、黒人は逆にあざ笑っていると読める。

しかし、ペンシルヴェニア大学卒で作家を夢見る混血のバイロンも、ヒューズの《黒人芸術家と人種の山》において「白人詩人のようになりたい」と思っている中産階級の黒人を思わせる存在でもあって、その姿からすれば、彼の独白もストレートに読むことはできない。むしろ、メアリと同じく、白人への憧れを強く感じながらも、黒人としての自分の存在を素直に把握したいと悶々としている焦りのようなものの表白である。バイロンは次のようにも独白している。

> 他の黒人がおれとは違うように、友人でさえおれとは違うように、おれも彼らとは違う。性格も考え方も、みんなそれぞれ違うのだ。それぞれに自分自身の考えや行動の基準があるのだ。それなのに、おれたちは、偏見という強大な力によって、みんな一つに並べられるのだ。白人社会にとって、おれたちは一つの塊なのだ……。
>
> この塊に何が起こるのだろう？　偏見が次第に自動的に知らずしらず、最終的に連帯する力……攻撃的な態度をとりさえする塊を生み出す可能性はないのだろうか？……それとも、この塊は、偏見の圧力で散らされ一掃されてしまうのだろうか？（一八九頁）

一方、『くろんぼ天国《ニガー・ヘヴン》』は、この二人の若者が密かに憧れるものの、知性・教養が邪魔してどうしても溶け込めない世界をも描いている。それはキャバレー（ナイト・クラブ）で、ジャズや黒人霊歌《スピリチュアル》のリズムに身を任せてダンスに興じる黒人に見られる「原始性」の世界——すなわち、人種主義の重荷、あるいは自身の存在の曖昧さに悶々として打ちひしがれるようなことなく、窮屈な社会的束縛も意識せず、素直に自由に感情をほとばしらせ、自分自身をありのままに表現している黒人の世界である。そこでは、「美しい衣装に身を包んだ体が揺れ動き、琥珀色のサーチライトによって変貌した黒い体、黄褐色《ハイ・イエロー》、色の万華鏡」（一四頁）、「黒人男性の顔や黒人女性の両肩の色のヴァリエーション――黒肩、褐色肩、黄褐色肩、象牙色肩」（一五三頁）、「魅力的な色の万華鏡」なる多彩な肌色の黒人男女（二六一頁）、ほとんどが黒人、褐色人、黒人の血が半分入った混血《ムラート》といった、いわば「虹色人種」（一八九頁）の世界が展開されている。メアリにすれば、「とても貴重で、とても大切な物《アセット》である原始的な生得権、文明化したあらゆる人種が真剣に立ち戻ろうとする生得権」（八九頁）を再確認させられる世界である。その「原始性」の世界は、産業化・機械化・複雑化した二〇世紀初頭のアメリカ社会の窮屈さ・単調さ・存在の不確かさの感覚から解放されることを求める白人だけでなく、メアリやバイロンのような黒人の知識層、あるいは黒人の富裕層が密かに憧れるものであるが、キャバレーの黒人たちは、他人の思いとは無縁に、自分たちの体の内奥から自己充足的に自由のエネルギーを放出させている。

白人・黒人を問わず、「ニグロ」の最上の蔑視表現である「ニガー」という言葉への固執が、網膜がとらえる多彩な肌色認識を妨げ、黒と白しか認識しえないようにしている、ということを見透かすスカイラーにすれば、「色のヴァリエーション」「魅力的な色の万華鏡」「虹色人種」が展開される『くろんぼ天国《ニガー・ヘヴン》』の原始の世界は共感を誘う。

一九二七年一二月号の『アメリカン・マーキュリー』に掲載した《われらの白人《ホワイト・フォークス》について》（三八五－九二頁、本書二七六－九二頁）で、この「虹色人種」の世界について、スカイラーは次のように述べている――「肌色は褐色、チョコレート色、黄褐色、ピンク色など様々だ。この黒人のアメリカ《アフラメリカ》――まさに多彩な美が織りなす世界だ。肌色に対する嫌悪を露わにしているアングロサクソンをさえ魅了するのだ」（三九二頁、本書二九一頁）。上で言及した《黒人《ニグロ》作家は食べなければならない》において、原始主義を批判的にとらえる際、「私は原始主義者をペテン師だと軽はずみに一蹴しているのではない。本当に奥の深い誠実な原始主義者も多くいるのは確かだ」（七一〇頁）という前置きをしているが、「奥深い原始主義者」として、ヴェクテンが描く「虹色人種」を意識していたと受け取ることもできる。それは、《黒人芸術家の人種の山》において、次のように語るヒューズも感じていたのではないだろうか――「私は黒人で――美しいんだ！……黒人じしんの美の微光を捉える……恐れることも恥ずることもなく、われわれ黒い肌の個々のじぶんを表現する」（"NARM" 六九四頁、邦訳一〇七―一〇八頁）[49]。

『くろんぼ天国《ニガー・ヘヴン》』が出版されたとき、ヒューズは、本の題名に「ニガー」という言葉を使っていることに対して、「激しい憤激の爆発という現象」が巻き起こったことを次のように指摘している。

> このニガーという言葉は、身分の高いとか低いにかかわりなく、黒人たちにとっては、雄牛に向けてかざした赤い布切れのようなものなのだ。正しく使われていようと間違って使われていようと、皮肉に使われていようと真面目な気持ちで使われていようと、リアリズムのために止むを得ず使われていようと喜劇的効果のためにいたずらな気持から使われていようと、そんなことはどうでもよいことなのだ……ニガーという言葉は、そう、黒人のわたしたちにとっては、アメリカにおける侮辱とたたかいの長年にわたる苦渋に満ちた歳月を集約するものなのだ……学校で白人の子供たちが口にするニガーという言葉、職場で親方が口にするニガーという言葉、アメリカ中いたるところで聞かれるニガーという言葉！　ニガー！　ニガー！　ヒトラーのドイツで聞かれたジューという言葉と同じだ。（*The Big Sea* 二〇五―〇六頁、邦訳三六八―六九頁。この引用箇所の傍点は訳者による）

しかし、ヒューズも、「雄牛に向けてかざした赤い布切れ」ととらえる多くの黒人から距離を置いて、ニューヨークの人種劇場における「天井桟敷《ニガー・ヘヴン》」から、白人の人種主義を冷ややかに見下すアイロニカルな意味がこめられていることを指摘する。

非常に多くの黒人たちは、『ニガー・ヘヴン』というこの題名が、皮肉をこめた題名であるということを悟らなかった。つまり、この題名のことばが、隔離され貧窮に悩むハーレムに当てはめて用いられてはいるが、それと同時にまた、アメリカのさまざまな都市で、劇場の最上階の桟敷、そこでなら黒人たちがふつう入場券を買ってショウを見ても差支えないとされているたったひとつの場所――天井桟敷――を呼ぶのにも用いられているということを、黒人たちの多くが決して悟ることがなかったのである。ヴァン・ヴェクテン氏にとっては、ハーレムとは、ちょうどそのようなところ、劇場における黒人隔離の桟敷のようなところ、黒人たちが彼らじしんのショウを見たり、上演することができるたったひとつの場所なのであった。（*The Big Sea* 二〇七頁、邦訳 三七一―七二頁）

そして、ヒューズは、アイロニカルな意味合いを説明するために、次のように、スカイラーに言及しているのである――「ジョージ・S・スカイラーの『ノーモア黒人《ブラック》』〔邦訳では『黒はもうごめんだ』となっている〕における明々白々な風刺」は別として、「黒人の批評家たちには、奇妙なことにアイロニーとか風刺というものを……理解できないものが多いという状態は、カール・ヴェクテンの作品『くろんぼ天国《ニガー・ヘヴン》』が世に現れたあと、何カ月にもわたって黒人の新聞をゆるがすことになったあの激しい憤激の爆発という現象が、まあいくぶん説明してくれよう」というのである（*The Big Sea* 二〇五頁、邦訳 三六八頁）。

『くろんぼ天国《ニガー・ヘヴン》』は、スカイラーの言う「いわゆる黒人問題」を照射し、黒人の苦しみや悩みを共有し、白人に対する憤りを募らせて、人種の境界線を挟んで対峙する、あるいは戦闘的に取り組んだり、人種問題を意識的に斜《はす》に構えて醒めた目でとらえる姿勢を示したり、また、知恵や機知、あるいは自分自身を距離を置いてとらえるアイロニカルなユーモア感覚を発揮したり、さらにまた、時代のあらゆる束縛から自らを解放し、自分を自由に表現してみせる原始世界に溶け込む――そのような多様な生き方を試みている様々な黒人がそれぞれ、自分たちの進むべき方向を模索する――しかもそのような模索の仕方を自ら試みているという意味で、それぞれが自立した強《したた》かさをうかがわせる「ニガー・ヘヴン」の世界の様相を、黒人方言を散りばめたリズミカルな文章をも織り込んで描いている。

スカイラーが、過去四半世紀におけるアメリカの人種関係に「大きな革命」をもたらし、「黒人を受け入れる雰囲気をつくるうえで、他の人では成しえなかった大きな貢献をした」人物として、ヴェクテンを称賛する所以である（《ヴァン・ヴェクテン革命》三六二頁）。スカラーは次のように述べている。

> ……セントラルパーク・ウエストの賢人〔ヴェクテンのこと〕は、黒人市民《ダーカー・ブレスレン》を、嘆きむせび泣くような厄介な問題としてとらえるのではなく、もっとエキゾチックで色彩に富んだ《カラフル》アングロサクソンと見なして取り組む……。
>
> ヴェクテンの態度は、世の中全体の世論をかたちづくる教養のある洗練された少数派の中にいる黒人嫌《ニグロフォービスト》いに対して、憤然として喧嘩腰の態度をとるのではなく、無知や怠慢のために、アメリカ黒人《カラード・アメリカンズ》の芸術的・精神的・文化的才能に気づいていない人たちを哀れむように上から見下ろす態度をとる。
>
> 日雇い労働、差別、隔離やリンチの悪に対して、苦渋に満ちた喚き声を発することと、これらの黒人《ブラックス》が、もし許されるならば、精神的にも、文化的にも、われわれの文明に貢献できる多くのものを持っている、豊かな才能に恵まれたアメリカ人であると主張することとは、まったく別のことである。
>
> 彼の攻撃は大衆に向けられたのではなく、大衆に影響を与え誘導する上層階級に向けられた。彼の言葉を引用すれば、「高い段階でタブーを打ち破れば、結果として、進歩が大衆まで浸透する」（三六二頁）……。

「『くろんぼ天国《ニガー・ヘヴン》』に対する」反応は、今日の人種関係の状況を雄弁に物語っていた。白人は驚き、喜び、また信じがたい思いだった。黒人《ニグロ》の批評家には、黒人《ニグロ》をあざけるタイトルに我慢できないという者もいれば、一般の読者がやっと、黒人《ニグロ》の都会生活――その落とし穴だけでなく洗練された側面、またその悲しみだけでなく喜び――のかなり正確な姿をつかむことができると感激した者もいた。そのような社会が存在していたとは知らなかった白人の驚き、また黒人《ニグロ》自身の実際の姿が描かれていることに対する黒人《ニグロ》の素朴な喜びによって、黒人社会《カラード》と白人社会の間にある深い亀裂が明らかにされたのである。

ある話によれば、オクラホマシティに住む裕福な白人女性が黒人の家政婦に、「ニューヨークには、この本に書かれたような生活をしている黒人《ニグロ》はいるの？」と尋ねた。それに対して家政婦は次のように答えたという――「このオクラホマシティにだって、そのような生活をしている黒人《ニグロ》がいますわ！」（三六六頁）

◇スカイラーとヒューズの論戦に対する考察の締めくくり

上で引用した『ネーション』（一九二六年八月一八日付）掲載の《アメリカ人の芸術、それとも黒人の芸術？》の締めくくりで、ヒューズは、「アメリカが完全に黒人《ニグロ》を受け入れるまで、そして隔離や人種的自意識が完全になくなるまで、黒人《ニグロ》芸術家による真の芸術作品は、何らかのかたちで皮膚の色による相違を表現している以上、人種的背景や人種的環境を必ず反映するものである」（一五一頁）と述べている。ヒューズのこの言葉に着目して、次のようなリチャード・ライトの分析を参照しながら、スカイラーとヒューズの論戦を締めくくっておこう。

ライトは、スカイラーが《ホウカム》の中で言及していることと同じこと（《ホウカム》六六三頁）――すなわち、フランスの作家アレキサンドル・デュマと、ロシアの作家アレキサンドル・プーシキンは、アメリカの法律からすれば「黒人」であったが、フランスやロシアの風土に培われたゆえ、フランス人そしてロシア人である、と言っている。スカイラーは、「彼らの作品は人種よりも国の特徴を示している。それぞれの環境の心理や文化を描き出している――たまたま彼らの皮膚の色が黒かっただけである」（《ホウカム》六六三頁、本書二五九―六〇頁）という観点に立って、「他の国の黒人《ニグロ》芸術家はそれぞれの国の芸術基準とは異ならないのに、アメリカの黒人《ニグロ》芸術家はどうして異なるのか?」という疑問を投げかけている（《ホウカム》六六三頁、本書二六〇頁）。ライトは、そのようなスカイラーの疑問に対する答えとなるものを提示している。つまり、デュマについて、「アメリカの人種基準によれば、たしかに彼はニグロである。しかし、ニグロであることは、彼に関する事柄のなかで、もっとも重要性のないことだった。なぜか? それは、彼の生きていた社会には、彼を除外する法律や慣習がなかったからである」（"The Literature of the Negro in the United States" in *White Man Listen!*〔以下、*WML*とする〕一一一頁。引用は海保真夫・鈴木主税訳〔一二七頁〕による。以下も同じ）同じくプーシキンについても、「彼は自分がニグロであることを悔やむ理由をもっていなかった……彼と彼の生きていた国の文化とのあいだには、何らの心理的隔たりが存在しなかった」（*WML* 一一二頁、邦訳一二九頁）。つまり、「二人の皮膚の色が何であろうとも、実際には彼らはニグロではなかったのだ。一人はロシア人であり、一人はフランス人であった」（*WML* 一一三頁、邦訳一二九頁）と分析する。ライトにすればやはり、「ニグロであるということは、人種的憎悪、排斥、無知、隔離、差別、隷属、殺人、火の十字、恐怖を背景としてもつアメリカという舞台と関係がある」（*WML* 一一五頁、邦訳一三三頁）――すなわち、黒人の経験の特異性が、特異な「黒人文学」を生むということになる。ヒューズの論点も、黒人の経験の特異性を念頭において、その特異性を表現するものとして「黒人芸術」という枠組みを構築している、ということである。

しかし、ライトはさらに論を進め、次のように言っている――「現在のところ、ニグロの文学的表現には、特に支配的な特色といったものは存在しない。ニグロがアメリカ生活の主流に合体するにつれて、純粋なニグロ文学は事実上姿を消すであろう。もしそうなれば、それまで『ニグロ』を定義してきた生活条件が消滅したことになる。このことは、ニグロがニグロであるのは、彼らがニグロとして扱われているからだということを意味している」（*WML* 一四八頁、邦訳一九二頁）。つまり、この指摘は、ヒューズの指摘――「アメリカが完全に黒人《ニグロ》を受け入れるまで、そして隔離や人種的自意識が完全になくなるまで、黒人《ニグロ》芸術家による真の芸術作品は、何らかのかたちで皮膚の色による相違を表現している以上、人種的背景や人種的環境を必ず反映するものである」（《アメリカ人の芸術、それとも黒人《ニグロ》の芸術？》一五二頁）――と共通する。すなわちライトそしてヒューズの観点からすれば、「黒人芸術」というものが「戯言《ホウカム》」となるには時間が必要ということになる。「人種」という概念は作為的なものであると喝破するスカイラーの視座は、最初からそのような時間を飛び越えているとも言える。

◇アラン・ロック編集の『新しい黒人』におけるメルヴィル・J・ハースコヴィッツの《黒人のアメリカ的特質《アメリカニズム》》

ロックの『新しい黒人』が「皮膚の色の境界線《カラー・ライン》」を鮮明化・先鋭化する「ハーレム・ルネッサンス」を捉えたが、ロックはその中に、「皮膚の色の境界線」解体の様相をとらえた人類学者メルヴィル・J・ハースコヴィッツのエッセイも掲載している。ハースコヴィッツによれば、「黒人はユニークな文化的特質を生み出す才能を持っている」。また「黒人は自分たちが所属している複雑な文明を把握する能力をもち合わせていない」とよく言われるが、それを確かめるためにハーレムを訪れたとしても、そこに見るものは、「要するにアメリカならどこへいっても見られる一地域共同体にすぎない……色合いこそちがえ、形態はまったく同じだった」（以上、*NN*三五三頁、邦訳二七〇頁）。そして、「人種間で混血が進んでおり……ニューヨークの黒人のうち、純粋な黒人だと主張した人はわずか二パーセントにも満たなかった……アメリカに住む黒人の圧倒的多数が混血だということは動かない事実である」（*NN*三五九頁、邦訳二七六頁）[50]。ハーレムには周りの白人文化とは明らかに違ったものも存在するが、しかしそれも、「〔黒人が〕南部で農夫であった時代の遺物というにすぎない」（*NN*三五九頁、邦訳二七七―七八頁）。さらに次のように続ける。

アフリカの文化に関しては、その形跡すらうかがうことはできない。黒人霊歌《スピリチュアルズ》でさえ、白人たちのアメリカで典型的に見られる宗教の形態を用いた、黒人の感情表現にすぎないのである……われわれのあいだに見られるどの人種集団も社会集団も、ここで長いあいだ生活していれば、最終的にはすべてわれわれの文化に同化するようになり、本当の意味でアメリカ化していく。彼らはわれわれの文化を学び、そしてそのパターンに従って反応を示すようになる。このパターンに反抗し、特異な文化をもっているとかもちたいとかいう主張は、無意味なものとなってしまうのである。（NV 三五九―六〇頁、邦訳二七八頁）

ハースコヴィッツの主張はスカイラーとまったく同じである。アフラメリカンが作り出す芸術は、あくまでもアメリカの環境や教育の所産であり、白人の芸術と似たものとなるということである。

またハースコヴィッツは、スカイラーと同様に、「人種」「黒人」という概念の曖昧さを指摘している。文化の違いは「それぞれの人種がもつ先天的な資質の差異から生じた結果」とするには、何よりも「人種」の定義を前提にしなければならない（NV 三五七―五八頁、邦訳二七五頁）。しかし「黒人」という言葉を科学的に定義する基準を見いだそうとしても、「ニューヨークの黒人のうち、純粋な黒人と主張した人はわずか二パーセントにも満たなかった」というように「人種間で混血が進んでいる」（NV 三五八頁、邦訳二七六頁）ことを鑑みれば、「人種」「黒人」の定義が困難な状況にある。そしてアメリカ合衆国で「このうえなく多種多様な人種がいっしょに生活しているという事実」「まったく異質な人間がわれわれの文明を受け入れているという事実」からすれば、「ある特定の文化のなかでうまく生きていく能力」は「特定の人種に所属する人たちだけに授けられている」という論理は成り立たないとする（NV 三五八頁、邦訳二七六頁）。スカイラーと同様に、ハースコヴィッツにとっても「黒人芸術」「人種芸術」という分類も成り立たたなくなるのである。

◇フランツ・ボアズの定義

ロックは、『新しい黒人』の編集を通して、「新しい黒人」「新しい黒人芸術」の独立を声高らかに宣言すると同時に、黒人の自我意識・自立意識の先鋭化・鮮明化は「皮膚の色の境界線《カラー・ライン》」を挟んでの白人との対峙姿勢の強化ととらえる主張をも同時に掲載することによって、黒人やハーレムの様相を多角的に提示して、「新しい黒人」や「新しい人種関係」についての考察を促そうとしている(51)。それに加えて、ロックは、「新しい黒人」「新しい黒人の芸術」の概念をはねつけるハースコヴィッツのエッセイも同時に掲載していることになる。しかし、ハースコヴィッツのような視座も決して例外的なものではなく、人間は環境の産物であって、人種という概念で固定化されるのではないという考え方も広まっていたことを承知のうえでの掲載である。

　事実、そのような人種環境論は、ハースコヴィッツの恩師に当たるコロンビア大学教授で人類学者のフランツ・ボアズなどの提唱によってすでに受け入れられていた。ユダヤ人でもあったボアズは、自ら受けた差別体験などから、早くから人種問題に関心を示し、デュボイスをはじめとする黒人指導者に理解を示していた。デュボイスは、一九一〇年五月の第二回全米黒人会議でボアズが行なった講演原稿《真の人種問題》を、『クライシス』創刊第二号（一九一〇年一二月〔創刊第一号は一一月〕）に掲載している。ボアズによれば、形態学、解剖学、生理学的な観点からして、黒人と白人の間には優劣の違いはない。また、人類学的にも文明の優劣の違いもない。そして混血人種の特質を「社会的状態に基づくのか、遺伝的要因によるのかを明確に区別するのは非常にむずかしい」のであり、古代から、アフリカとヨーロッパとの人種交配による混血人種が優れた人物を輩出し、高度な文明や文化を造ってきた。アメリカにおいても異人種交配は進んでおり、いずれ二つの人種が似かよったものになり、「黒人社会が白人種とは異なる独自の目標や関心を持つグループでなくなればそれだけ、人種関係はより満足のいくものになるだろう」というのである（以上、二一二―二五頁）。

デュボイスは、人種間の優劣は認められないとするボアズの指摘――すなわちグラントやストッタードの優生学的論拠の完全否定――を、NAACPの主張を支持するものとして受け取っているのは明らかである。だがこの記事の後半におけるボアズの指摘――すなわち混血が進むことによって「皮膚の色の境界線《カラー・ライン》」、そして境界線を挟んでのせめぎ合いはなくなるという趣旨のボアズの指摘――をどのように把握したであろうか。デュボイスはもちろん、このようなボアズの論旨が含まれていることも承知していることは明らかである――つまり、承知していることからすれば、デュボイスも、黒人としての自我意識・自立意識の先鋭化・鮮明化と同時に、混血による黒人種の拡散と人種意識の希薄化を同時にとらえていたことになる。後者を否定するどころか、状況を冷静に見極める幅広い視座を持っていたと言える。つまりデュボイスは、スカイラーの考えも受け入れることができたということになる。この点を敷衍して次のように結論づけておこう――スカイラーと同様、デュボイスも人種認識の多様性・多義性を理解していた。二人はそれぞれの考えを否定し合うというよりも、それぞれの立場から黒人の解放に向けて問題を提起し、白人・黒人関係のあるべき姿を協働して模索していたことになる（このことについては後述する）。

6 スカイラーと『アメリカン・マーキュリー』

◇デュボイスのスカイラー評

実はデュボイスは、一九三一年一月号の『クライシス』でスカイラーを高く評価している。

ジョージ・スカイラーには、きわめて斬新で期待のもてる何かがある。私は、世界大戦前から、とくに引き付けられることもなく、次から次へと現れる若い急進派たちを観察してきた。彼らの頭の切れの良さについては疑いの余地はなかった。彼らは生意気で、無謀で、手荒で、大胆だった。しかし、私が彼らについていつも考えさせられた問題は、彼らはそのような自分たちの姿勢に対して進んで責任を取れるのか、ということだった。急進派として振舞うのはそう難しいことではない。ある年齢になれば、きわめて容易なことである。しかし自分の考えに対して責任を取ること、自ら進んで血の汗を流した以上、ひるむことなく、自分が見て取った真実を冷静に直視すること――このことこそ、社会が必要とする急進派の姿勢である。私の頭に思い浮かぶ若者のほとんどは、このような姿勢を貫くことはできず、途中で挫折して、あきらめてしまった。彼らは資本家、保守主義者、労働組合員になり、最悪の場合は、完全に口を閉ざしてしまった。し・

かし、ジョージ・スカイラーは、これまでのところ、大多数の人が聞きたくないことを言い続けている。食えなくなっても、自分の考えを貫く紳士である（He is a starving gentleman.）。彼の言っていることに賛成しようがしまいが、とにかく読んでみる必要がある。彼は最近、『アメリカン・マーキュリー』に数編の記事を書いている。最新号〔一九三〇年一二月号〕にも、《黒人の兵《つわもの》ども》が掲載された。一読されたし。（《読者拾い読み》一六頁）

《黒人の兵《つわもの》ども》は、人種の溝をとらえる話題はあるものの、例えば、「壊れたグラス」のエピソードのように、黒人が白人を駆け引きに引き込み、白人を負かし、白人も素直に敗北を受け入れている。どちらの人種を戯画化するということではなく、対等な人種関係が浮き彫りにされる。また、自分の腕力を誇示する「パップ・エクルズ」や、熱狂的な愛国心をふりまく「ジャクソン軍曹」のユーモラスなエピソードについても、彼らが陥る窮地が可笑しいのは、彼らが黒人であるからではなく、軍隊生活を送ったアメリカ人なら、二人の黒人を取り巻く軍隊生活風景に共感できるからである。スカイラーの人種を超えた視座が働いていることから、白人兵士と同じように、「アメリカ国民」としての役割を対等に遂行している黒人兵士の姿がある（二八八―九七頁、本書三一七―二七頁）。

デュボイスが「大多数の人が聞きたくないことを言い続けている」とするスカイラーの視座は、黒人・白人を問わず、人種関係においては優劣なく対等であることを浮き彫りにする。それは、おおかた、白人ならば自明のことであると受け取っていた立場を窮地に追いやることになるものであるゆえ、白人には痛烈な皮肉・風刺・揶揄として跳ね返ってくる。『アメリカン・マーキュリー』の白人編集者H・L・メンケンもそのような視座を共有していることから、スカイラーを寄稿者に選んだのである。これまでの人種関係の枠組みを解体する「因習打破主義者」（iconoclast）として、スカイラーが「ブラック・メンケン」と称されるようになった所以である（O. R. Williams 六一―七一頁。H. M. Williams, Jr. 二四五―四六頁）。それは、スカイラーの「プープーイズム」や、「戯言《たわごと》」あるいは「ナンセンス」を意味する「ホウカム」(hokum) の視座と分かち合うものである。

「ブラック・メンケン」の名を冠せられたのは、スカイラーの最初の『アメリカン・マーキュリー』(一九二七年一二月号)のエッセイ《我らの白人《ホワイト・フォークス》について》(三八五―九二頁、本書二七六―九二頁)による。このエッセイでも、これまで見てきたスカイラーの「人種」脱構築の論理が展開されている。

黒人の兄弟《ダーク・ブラザー》は、有名な「血一滴ルール」が可笑しくて腹を抱えて笑う。「血一滴ルール」とは、完全に純血とされる白人《ノルディック》と見分けがつかない可能性があったり、実際に見分けがつかないこともあるにもかかわらず、はるかに遠い先祖に黒人《ニグロ》がいた人間はすべて黒人《ニグロ》と規定するという、人類学に対するアメリカの著しい貢献である。(三八九頁、本書二八五頁)

黒人《ニグロ》は、「おまえたちよりも神聖だ」という白人《ホワイト・フォーク》の態度にはうんざりしている。白人は優れているという主張の根拠は何かと黒人《ニグロ》は問う。昔からの黒人《ブラック》の歴史を白人のものと並べて比較しても、何ら恥じるものはない。

黒人《ニグロ》は黒肌《ブラック》で醜いと白人《ホワイト・フォーク》が言っているのを耳にしたとき、黒人《ニグロ》は腹の底で笑っている。白人はいつも人種の純血のことを口にして、それにこだわってばかりいるものの、まさに白人のおかげで、多種多彩な肌色や髪質や容姿の黒人《ニグロ》が生まれ、そのような黒人《ニグロ》の中にこそ、合衆国で最もハンサムなアメリカ人が見つかるのだ。合衆国はまさに人種の坩堝《メルティング・ポット》であり、実に壮麗な眺めを呈している。確かに醜い人もいる。しかし、美人の割合が白人《オフェイ・ブレスレン》よりもだんぜん多い……それにしても、なんと美しいことか！　ほぼありとあらゆる色と見事に混ざり合っているではないか！　なんと滑らかな肌で、なんと柔らかで丸みのある顔立ちであることか！　肌色は褐色、チョコレート色、黄褐色、ピンク色など様々だ。この黒人のアメリカ《アフラメリカ》――まさに多彩な美が織りなす世界だ。肌色に対する嫌悪を露わにしているアングロサクソンをさえ魅了するのだ。黒人の兄弟《ダーク・ブラザー》は、自分たちはアメリカ人であり、アメリカ文明に不可欠な存在であると見なしている。黒人《ダーク・ブラザー》にとって、アメリカ文明は白人の文明ではなく、白人と黒人《ブラック》の文明である。（三九一―九二頁、本書二九〇―九一頁）

スカイラーにしてみれば、皮膚の色の境界線でのせめぎ合いも、せめぎ合いを回避して、自ら黒人の場に引き下がる立場も「すべて、たいして重要なことではないと鼻であしらう」（『スカイラー自伝』一八頁）類のものということになる。いわばスカイラーは、せめぎ合いや回避というよりも、黒人・白人の両者の間を行き来し、自分の意思で考え行動する自由を持っている。そもそもスカイラーにとっては「人種」という概念は実体のないものである。にもかかわらず、人種という概念に固執し、二つの人種を挟んでのせめぎ合い、あるいは人種間の友愛・融和を強調することはきわめて滑稽に思えるのであり、そのような人種に対する意識そのものを「鼻であしらい」（『スカイラー自伝』一八頁）、「可笑しくて腹を抱えて笑い」「腹の底で笑っている」。

今一度《ホウカム》に話を戻せば、スカイラーは何も白人の基準に芸術を適合させるのではなく、むしろ人種を超えた芸術の基準を白人・黒人両者が分かち合っていることを主張していると改めて確認できる。「プープーイズム」と「ホウカム」は、何よりも「人種」という概念の実体のなさを透かせてみせるものである。したがって、スカイラーは白人・黒人のどちら側にも対等に目を向ける。《ホウカム》が白人に同化した立場からの発言――いわば黒人の「裏切り者《セルアウト》」（sellout）の発言であるという批判は当たらないということになる。

7

《幸いなるかな、ハムの子孫は》と《我ら黒人《ニグロ》からアメリカへの最高の贈り物》

アメリカ人は、人種の坩堝《るつぼ》の歴史の中で生きてきた以上、黒人であれ白人であれ、それぞれの人種のアイデンティティは他者を無視しては確立しえないこと、人種の交わりを通してでしか得られないということを、スカイラーは、「プープーイズム」「ホウカム」の感性を発揮して皮肉たっぷりに見透かしている。それを提示した二つのエッセイを見てみよう。

◇《幸いなるかな、ハムの子孫は》

まず、一九二七年三月二三日付の『ネーション』に掲載された《幸いなるかな、ハムの子孫は》（三一三―一五頁、本書二六二―六六頁）である。

……みなさんはこれまで、黒人市民《ブラック・シチズン》は惨めで哀れな存在――機械文明の残虐な罠に捕えられて連れてこられた、アフリカのジャングルの無力な子供だと見なしてこられたはずだ。しかしたいていは、まったく事実に反している。本当は、黒人市民《ブラック・シチズン》は、この自由の地に留まっていられることを心から喜んでいるのだ……少し同情の入り混じった愉快な気持ちで白人の兄弟姉妹を眺めているのだ。気の毒な人たちだと密かに呟《つぶや》いているのだ。そして、私は、せっせと私の生得権であるスリルや笑いを求めて町じゅうを駆け回っているのだ。白人《ノルディック》のアメリカ人と立場を入れ替わるか、って？　ぜったいそんなことはしたくない！（以上、三二三頁、本書二六二―六三頁）

劇場へ行くことにしたとしよう。鷹揚《リベラル》な〔スカイラーの皮肉〕北部や東部の劇場ならば、チケット売り場の窓口に進んで、舞台前の特等席を頼む。販売係は、私にはなじみのある、あの表情を浮かべる。彼はチケットに手を伸ばす。それを渡されて席についてみると、周りには黒人《ニグロ》の観客ばかりかたまって座っている。私はせせら笑いが込み上げてきて抑えることができなくなる。この哀れな販売係は、他の業務に加えて、黒人《ブラック》の聖職者が白人のいかさま師の隣の席に陣取ることがないように、特別警戒を怠ってはいけないのだ――もちろんそんなことは決して起こりえない。それよりも確実にありうるのは、私が求めている席は予約されている、あるいは売り切れている、という返事が返ってくることだ。そこで私は脇に寄って、販売係を観察できるところに立つ。まもなく白人男性がやってきて、私が頼んだ席のチケットを買って、劇場へ入っていく。私が販売係に目をやると、販売係は窓格子の間から私を見る。私は微笑んでみせる。彼は顔を赤らめる。当惑の表情が彼の顔全体に広がる。これが私の報酬となる。それによって私は歓喜に満たされる――ただ、彼の当惑の表情だけで。（三一三―一四頁、本書二六三頁）

このようなことが、毎日、毎年、そして一生涯続くのだ。アメリカの黒人《ニグロ》はだれでも、毎日同じような経験をしている。もちろん、大半の黒人《ニグロ》は非常に敏感なので、彼らが直面する多くの場面を楽しむことなどとうていできない。楽しめるようになるためには、ユーモアのセンスを磨かないといけない。しかしほとんどすべての黒人《ニグロ》はこのようなスリルを味わっている。それは彼らの社会的遺産なのだ。だから彼らはアメリカを気に入っているし、忠実な市民として、合衆国憲法によってどの市民にも認められている独立と自由を維持するために、自分たちの血を流す覚悟もできているのだ。私はどうかと言うと、騒音や煙や石造りや鉄筋や機械類のどれにも我慢することなど、とうていできない——もし私の黒い肌色のおかげで味わえる気晴らしや息抜きがなかったならば。三倍も幸いなるかな、われわれハムの子孫は。（三二五頁、本書二六五—六六頁）

◇《我ら黒人《ニグロ》からアメリカへの最高の贈り物》

もう一つは、同じく一九二七年にチャールズ・S・ジョンソンによって編集出版された『黒檀と黄玉——選集』に収められた《我ら黒人《ニグロ》からアメリカへの最高の贈り物》である（四〇五—一二頁、本書二六七—七五頁）(52)。

……われわれがアメリカにもたらした最高の贈り物は「お世辞」なのだ。言わせていただくならば、白人《バックラ》をおだてることなのだ。われわれがただ近くにいることによって、われわれの行動によって、われわれの強い願望によって、支配者集団の人種的エゴ意識を膨らますことである……真似され手本にされることは、実に気持ちよく、自分は有力な存在であると感じさせてくれるのであり、人間である以上、まったく自然な感情なのだ。（四〇八頁、本書二七〇頁）

例えば、イザドア・シャンカーゾフを見てみるがいい。彼の故国ロシアで、あらゆる手段を使って《バイ・フック・オア・バイ・クルック》……アメリカへの渡航に必要なお金を手にした。ロシアではまったく取るに足りない人間で、だれからも相手にされず、社会の最下層で生きることを余儀なくされた人間だった。当然のことながら、彼の劣等感はとても強かった。アメリカにやってきて、自由の女神の庇護の下で生活を始めたのであるが、相変わらずイザドア・シャンカーゾフであり、博打打ちや小利口に稼ぐけちな商人の格好の餌食にされた。しかし今は、社会階層のかなり高いところまで上《のぼ》っている。知能的には未成年だが、もはや最下層にはいない。つまり、彼は白人なのだ！　一夜にして優れた人種の一員となったのだ。エリス島が彼を変貌させたのだ。人生で初めて、だれかよりも偉くなったのだ。（四〇八―〇九頁、本書二七一頁）

……黒人《シャイン》は敷土台となって、すべての白人がおしなべてその上に立って、星に向かって手を伸ばせるようにする役目を担うことになったのだ。ここにこそ、アメリカに対する黒人《ニグロ》の最高の贈り物がある、というわけである。われわれの十倍もの数の白人を鼓舞して、偉大な成功へと導いたこと、他国に存在するような、完全に意気阻喪させてしまうほどの破壊的な社会階級制度の実施は控えて、代わりに、無数の白人《オフェイ》の希望やプライド意識を喚起させることになった、肌色に基づく階級制度を導入したこと――以上のことが、本当にわれわれが大いに誇れる贈り物なのだ。（四一二頁、本書二七五頁）

◇二つのエッセイにおけるスカイラーの「プープーイズム」あるいは「ホウカム」の感性

以上の二つのエッセイはペアになっていると言える。《幸いなるかな、ハムの子孫は》は、黒人を蔑視する根拠を把握できないがゆえにふっきれない曖昧な感情を抱え込んでいるにもかかわらず、いや、そうであるからこそ、その重みに耐えきれず、いつまでも黒人蔑視に固執していなければならない白人の内面を逆なでする。《我ら黒人《ニグロ》からアメリカへの最高の贈り物》は、自分のよって立つ場に不安を感じる白人の慰めになるのは、皮膚の色という実体のないものであることを皮肉っている。

いずれも、白人が自身のアイデンティティを確認するのは、だれよりも黒人がそばにいてくれること、そしてその黒人を差別・隔離すること、しかも差別・隔離するためには、だれよりも白人が自ら勝手に考案した皮膚の色の違いの論法にしがみつくこと、といった、脆弱な確認作業に頼らざるをえない白人の内面を見透かしている。二つのエッセイは皮膚の色を挟んで白人と向き合うのではなく、背後から、白人の人種意識の拠り所を崩しにかかっている。黒人が皮膚の色の境界線《カラー・ライン》を挟んで対抗するという意味合いが、黒人の自由主義《リベラリズム》あるいは急進主義《ラディカリズム》というのであれば、スカイラーの姿勢は対抗姿勢を示さないという意味では保守主義《コンサーヴァティズム》になる。しかしそれは白人に同化あるいは迎合・追従するという意味の保守主義《コンサーヴァティズム》ではない。

◇スカイラーとラルフ・エリソン

白人は黒人の存在を抜きにしては生存できないことを見透かすスカイラーのアイロニカルな分析は、《黒人がいなければアメリカはどのようになるか》と題したラルフ・エリソンのエッセイにおける次のような分析と重なる。

> この国の初めから、白人のアメリカ人は、自分たちはいったいだれなのかということについて、深い内面の不確かさに苦しんできた。その答えを簡単にするために使われた方法の一つが、黒人のアメリカ人が存在することをとらえて、彼らを標識、限界のシンボル、「アウトサイダー」のメタファーとして使うことだった。多くの白人は、黒人の社会的な地位を見て、皮膚の色は、自分たちとどの程度アメリカ人であるのかないのかを決める、簡単で信頼の置ける尺度になると感じることができた。（Ellison 一一〇―一一頁）

◇スカイラーと「アフリカニズム」

この分析はまた、「すべての白人の男たちは〔黒人を〕尺度として特権を作りあげ、特権化されたこれらの差異をはかる」（Morrison 四五頁。引用は大社淑子訳〔七七頁〕による。以下も同じ）と分析する、トニ・モリソンの「アフリカニズム」の認識と繋がる。モリソンによれば、「アフリカニズム」とは、「アフリカ民族が表すようになった表示的かつ暗示的な黒さ、それから、これらの人々についての意見、思いこみ、理解の仕方、ヨーロッパ中心の学問につきものの誤解の総体をさす言葉として使っている」（Morrison 六－七頁、邦訳二六頁）のであり、アメリカ合衆国においては、「隷属を正当化するイデオロギー的、帝国主義的原理の圧力のもとで、アフリカ人やアフリカ系アメリカ人についての真の知識もなければ率直な問いかけもしないまま、アメリカ式ブランドのアフリカニズムが出現することになった。つまり、強力に推進され、徹底的に役に立ち、白人のエゴ強化に協力的で、浸透力のあるアフリカニズムが」（Morrison 八頁、邦訳二七－二八頁）ということである。それは「『でっち上げられたアフリカ』のある面に関わり、またでっちあげに寄与してきた」（Morrison 七頁、邦訳二七頁）のである。

自由の概念は、真空状態からは生まれてこないのだ。奴隷制ほど自由を際立たせるものはない……黒人奴隷制度が、アメリカの想像力の可能性をゆたかにした。というのは、黒人性と結びついた奴隷制度の構造のなかには、自由でない状態のみならず、肌の色が作り上げた劇的な両極性のため、自由でない者の投影が見られるからだ。その結果は、想像力の運動場となっている。内的恐怖を鎮め、外的搾取を合理化するという集団的な必要性から立ち現れたのは、アメリカのアフリカニズム――暗闇、他者性、警戒心、アメリカ独特の欲望など、一種のでっちあげの醸造物――である。（Morrison 三八頁、邦訳六八－六九頁）

そして、この「でっちあげの神話的アフリカニズム」（Morrison 四七頁、邦訳八〇頁）は、「罪と絶望の心理的代償を払わなくてもすむように愛と想像力を調整する道具……アメリカ人が自分は奴隷ではなくて自由なのだと自覚する道具」（Morrison 五一－五二頁、邦訳八五頁）として利用されたというわけである。

8

スカイラーとブラック・インターナショナリズム

スカイラーにとって、グラントやストッダードの優生学は、あくまでも二〇世紀初頭における「白色人種《ノルディック》」優越の結論を導くために、いわば先に結論ありきの論理を編み出したものである。白人が本当に優れているかどうかの客観的証拠は乏しいことをスカイラーは見透かしていた。一九三八年八月号の『クライシス』に掲載した《ブラック・インターナショナルの台頭》（本書三七二—八四頁）において、例えば、七世紀より一九世紀半ば過ぎまでも、黒人種が二〇世紀初頭の白人の立場にあったとする、次のようなスカイラーの指摘は、優生学はそれ以前の世界史には適用できない——人種的優越を決める決定的・普遍的要因はない——ことを浮き彫りにしている。

七世紀には、黒人《ダスキー》のムスリムが北アフリカ全域を征服していた。彼らはモンバサ、マリンディやソファラに植民地を築き、強力な商業国家に発展させた。そしてスペインやポルトガルに侵攻し、スペインを七百年ものあいだ支配し、白人ヨーロッパの自由を脅かした。一四五三年には、トルコがコンスタンチノープルを征服した。一五一七年から五一年にわたって、彼らはエジプト、アルジェリア、チュニジアやトリポリに統治を拡大し、時にはウィーンまで進撃して包囲した。一五世紀のヨーロッパの「発見の時代」を契機に、黒人《ダーカー・レイシズ》の運命は衰退し始めてはいたが、一八七五年までその進行はゆっくりとしたものだった。一九世紀初頭には、黒人《ダスキー》のバーバリ諸国は何万人もの白人を捕虜にし、ヨーロッパの海軍の目の前で彼らの国旗を揚々と翻していた。（三〇頁、本書三七二―七四頁）

スカイラーは、一八一五年の「ワーテルローの戦い」は、ヨーロッパからナポレオンの脅威を取り除くものであっただけでなく、以後、アフリカ大陸の覇権をめぐって、ヨーロッパ列強国間での植民地争奪戦に繋がったという意味で、「ヨーロッパのワーテルローがアフリカにとってのワーテルローになった」（三〇頁、本書三七四頁）としている。そしてアフリカ探検競争の時代を経て、ヨーロッパ列強国による植民地政策が定着し、南北アメリカにおいても、『科学』が、白人に満足のいくように有色人《カラード・フォーク》の『劣等性を証明』することによって、白人による強奪や搾取や抑圧を正当化した。歴史はアーリア人の理論を踏まえて書き直された。いわゆる社会科学が帝国主義と結びつけられた。『道徳』を教えるという名の下に有色人《カラード・ピープル》の心を蝕む教会によって、これらすべてが祝福された」（三三頁、本書三七八―七九頁）。しかし世界大戦が契機となって、「〔アメリカ合衆国〕南部の黒人《ブラック》が産業地帯の北部へ移住し、何百万人もの褐色肌や黄色肌や黒肌の労働者や兵士がヨーロッパの波止場や戦場へ赴くよって、黒人《ニグロ》の考えに弾みをつけ、世界じゅうの有色人《ピープル・オブ・カラー》の連帯という新しい構想を思いついた」（三四頁、本書三八一頁）。デュボイス指導の下に開催された四回のパン・アフリカ会議(53)などを経て、そのような連帯構想は強まり、白人の搾取に対して対抗意識を鮮明・先鋭化した「新しい黒人」は、「ブラック・インターナショナル」として、世界の有色人の解放に向かって前進を始めることになったというのである。

◇リベリア問題

スカイラーのアフリカへの関心は、リベリア問題への関わりが契機となっている。一九二九年、リベリア議会の野党であった「人民党」党首J・R・F・フォークナーが、アメリカ合衆国での講演で、リベリア政府が、国内の奥地から狩り集めた原住民を一人当たり五十ドルでスペイン政府に売り、ナイジェリア沖に浮かぶスペイン領の「フェルナンド・ポー島」のプランテーションに奴隷同然の強制労働者として送っているという告発を行なった。この告発を受けて、国際連盟が、アメリカのゴム会社ファイアストーン・ラバー・カンパニーがリベリア経済を牛耳っているということと併せて調査した結果、ファイアストーン社が強制労働を行なっている事実はないが、奴隷制は確かに存在すると結論づけた。この調査報告に興味を示したアメリカの出版者ジョージ・パーマー・パトナムは、後にNAACPの議長となるアーサー・スピンガーンを通して、スカイラーを紹介された。そして『ニューヨーク・イヴニング・ポスト』の特別特派員という肩書きで、内偵調査の命《めい》を受けたスカイラーは、一九三一年一月二四日にアメリカを離れ、イギリス・リヴァプール経由でリベリアの首都モンロビアに向かい、二月二三日に滞在許可を得てから、五月まで内陸部へ分け入って調査を行なった。その報告を、『ニューヨーク・イヴニング・ポスト』(一九三一年六月二九日〜七月六日付)の紙面に六回に分けて連載した。『ワシントン・ポスト』、『バッファロー・エクスプレス』や『フィラデルフィア・レジャー』などの新聞、そして自身の『ピッツバーグ・クーリエ』に転載するとともに、一九三一年一〇月、パトナムの出版社から小説『今日の奴隷――リベリア物語』を出版する。

◇『今日の奴隷――リベリア物語』

スカイラーは、『今日の奴隷――リベリア物語』の「序文」の冒頭で次のように述べている。

労働報酬がほとんどない、あるいはまったくない強制労働のかたちをとった奴隷制が、今日、アフリカ、東インド諸島、南太平洋のほとんどあらゆる地域に、さまざまな婉曲的な呼び方で存在する。それは、ヨーロッパ列強国の植民地

> や、アビシニア〔Ethiopiaの旧称〕やリベリアのような黒人支配の国家にも見られる。血塗られた収益が白人や黒人の雇い主のために生み出されているのに、それを覆い隠す婉曲的な呼び方がどうであれ、動産としての奴隷の命がそれほど安く扱われないこと以外は、古典的な意味での奴隷制とほんのわずかに異なるだけである。（五頁）

リベリア共和国は、アメリカからの解放奴隷、すなわち「アメリカ系リベリア人《アメリコ・ライベリアン》」（Americo-Liberian）によって建設された。彼らは、「抑圧された黒人《ブラック・レイス》のための安住の地を建設するために、この広大なジャングルにやってきた」（『今日の奴隷制』一〇〇頁）。しかし以後、政権を握る彼らの子孫は、点在するリベリアの先住民に対して、先祖がアメリカで蒙っていたのと「同じ残虐行為」を働いている。すなわち「アメリカ系リベリア人《アメリコ・ライベリアン》が支配し、原住民が従う」という政治体制を敷いているのである（一〇一頁）。ジャングルに点在する原住民から「武力や条約」によって土地を奪い、「フランスやイギリスの植民地との境界」まで領土を拡大した（一〇〇頁）。まさにリベリア共和国の政治は、アメリカ合衆国において、白人がアメリカ先住民を追放し、黒人奴隷制度を拡大したやり方を踏襲している。政権を握る「保守党」は、過半数の議席を獲得するために、「偽の不動産権利書を巧みに発行したり、投票箱をもち去ったり、有権者に酒の卸売りをしたり、警察と役人が違法な協力関係を結んだりしている」のであり、「党指導者たちは、だてにアメリカ政治の慣行を学んでいたのではなかった」（一四一頁）。

タカマ部族のカップルの結婚式当夜、年貢徴収に押しかけた「フロンティア軍」の武力行使によって新婦を連れ去られた新郎は、新妻探しの旅に出るが、途上で捕まって首都モンロビアまで連行される。そしてフェルナンド・ポー島のプランテーションに移送されて、二年間の過酷な強制労働を強いられる。解放後、モンロビアで奇跡的に妻と再会を果たすが、それも妻の命が尽きようとしている時だった。夫は妻を連れ去った支配者を殺害して復讐を果たすものの、彼も護衛兵に殺害されるという悲劇に終わる。ただ、スカイラーは、共和国を独裁支配してきた「保守党」

と、それに対抗するために新たに結成された「自由党」との間近に迫った選挙戦が国の様相を変化させるのではないかという予測を抱かせるような一こまを付け加えて、リベリア物語を締めくくっている。

しかし、『今日の奴隷――リベリア物語』出版から二年後の『アメリカン・マーキュリー』（一九三三年六月号）で、合衆国とリベリアの関係史の始まり、リベリア共和国誕生と以後の混乱・腐敗状況を詳述した《アンクル・サムの黒人《ブラック》の継子》（本書三五二―七一頁）や、リベリアの財政難脱却のために金銭を「せびったり、騙し取ったり」（mooch and chisel〔二一六頁〕）している様子を描いた六年後の一九三七年七月号の『グローブ』掲載の記事《モンロビアは金の工面に必死》（"Monrovia Mooches On"〔一〇一―一六頁〕）からすれば、リベリアの混乱・腐敗状況は変わっていない。これらのエッセイにおいては、そのようなリベリアに対するスカイラーのあからさまな風刺のトーンが全体を包んでいる。

◇スカイラーとアフリカとの関わり　――エチオピア戦争

スカイラーのアフリカへの関心は、エチオピア戦争によってさらに深まる。『ピッツバーグ・クーリエ』のコラム《論説と批評《ヴューズ・アンド・レヴューズ》》などを通して、一九三五年から三六年にかけて起こったエチオピア戦争――ベニート・ムッソリーニによるエチオピア帝国侵略――は、エチオピア人そしてアフリカ人に対する植民地主義・人種主義の脅威となるだけでなく、アメリカ国内において、アメリカ黒人に対する人種主義の脅威の増長にも繋がるゆえ、アメリカ黒人はエチオピア支援〔とくに資金援助（*Pittsburgh Courier* 一九三五年一一月二三日付、一〇頁）〕に立ち上がるようにと訴えた。

そして、アメリカ黒人の関心を高めるべく、『ピッツバーグ・クーリエ』に、エチオピア戦争を題材にした小説を連載する。《エチオピア人殺害のミステリー――愛と国際的陰謀の物語》は、ニューヨークに滞在していたエチオピア王国の王子の殺害犯を求めて、ハーレムやイタリア人街を探索する刑事と新聞記者の言動を中心にした「探偵小説」である。イタリアの仕業であると思われていた殺害が、王子の品行を懸念したエチオピアの秘密諜報《シークレット・エージェント》団によるものと判明する、というものである。

また《エチオピア革命――イタリア帝国主義に対する黒人暴動の物語》は、叔父の死去に伴い、遺産として油田を譲り受けたアメリカ黒人が、黒人の執事を伴っての豪華な船旅の途上で、エチオピアの王女に出逢い、イタリアとの戦争に必要な軍資金を獲得するという王女の使命実現のために、王女と共に、エチオピアの財宝が眠るとされる神聖な山を目指す冒険物語である。

アフリカ大陸全体を舞台としたスカイラーの『ピッツバーグ・クーリエ』掲載のシリーズ物には、次の二部作――《ブラック・インターナショナル――世界に対抗する黒人の鬼才《ジーニアス》の物語》と、《黒人帝国《ブラック・エンパイア》――現代アフリカにおける偉大な新文明の空想物語》がある。

これら「黒人帝国《ブラック・エンパイア》」樹立の物語は、四百年にわたって黒人を虐げてきた白人列強国を倒して、黒人帝国《ブラック・エンパイア》を築くことを目指す「ブラック・インターナショナル」という黒人革命組織の闘争を描いている。組織の独裁的指導者による闘争は、白人が黒人に対して行なってきた行為の写しであることから、白人帝国主義に対するスカイラーの痛烈な風刺があることは明白である。しかしそれは、決して白人帝国主義と同等の黒人帝国主義を打ち立てることを意味しない。実は、最後に完璧な黒人帝国を打ち立てるものの、次のような指導者の言葉で革命を締めくくっている――「諸君は、黒人の頭脳《ブラック・ブレインズ》を使って偉大な帝国を築いた……白人の失敗を繰り返してはならない――他者を奴隷にしようとしてはいけない。それこそ、あらゆる人間の崩壊の始まりだからだ。君たち自身の領土を獲得した今、君たちの心から、人種的憎悪を払いのけなければならない」（《黒人帝国《ブラック・エンパイア》》二五七頁）というのである。

◇ブラック・インターナショナリズムの限界

これまで見てきたように、スカイラーの人種問題追究の姿勢は、「人種という概念の虚構性の認識」「プロパガンダの否定」の上に成り立っている。そのことを頭に置いて指導者の最後の言葉をとらえれば、スカイラーのアフリカ物語を単に、「ブラック・インターナショナリズム」――「人種関係と人種差別主義が国際関係の形成に果たす役割の大きさを強調するイデオロギー」（マーク・ガリキオ、二四九頁）――の提示として済ませることはできない。なぜならば「ブラック・インターナショナリズム」も、スカイラーにとっては、一つの「イデオロギー」に基づいた「プロパガンダ」に陥る危険性があるからである。

スカイラーは、《ブラック・インターナショナルの台頭》において、「〔第一次〕世界大戦が始まった……何百万人もの褐色肌や黄色肌や黒肌の労働者や兵士がヨーロッパの波止場や戦場に赴くことによって、黒人《ニグロ》の考えに弾みをつけ、世界じゅうの有色人《ピープル・オブ・カラー》の連帯という新しい構想を思いついた」（三四頁、本書三八一頁）として、「ブラック・インターナショナリスト」としての「新しい黒人《ニュー・ニグロ》」の台頭を要約している。このエッセイの結びでは次のように書いている。

……ホワイト・インターナショナルによる抑圧に対して戦うために、ブラック・インターナショナルによる解放が必要であると信じている。あらゆる有色人《カラード・ピープル》の利益共同体が現れてきているのを目にして歓迎している。もはや無知ではなく、恐怖に晒《さら》されることもなく、自信を欠くこともなくなり、じっと構えて構想を練り、計画を立てている。新しい黒人《ニュー・ニグロ》は白人世界の頭上に吊るされた「ダモクレスの剣」である。至るところで新しい黒人《ニュー・ニグロ》は行進しており、それを止めることはできない。そのことを新しい黒人《ニュー・ニグロ》自身が最もよくわかっている。（《ブラック・インターナショナルの台頭》三六頁、本書三八四頁）

しかし、マーク・ガリキオも指摘するように、スカイラーは、《ブラック・インターナショナルの台頭》掲載から六年後の一九四四年に寄せた『黒人の求めるもの』におけるエッセイ《白人問題《コケイジャン・プロブレム》》では、ブラック・インターナショナリズムを否定的にとらえている。ガリキオによれば、第二次世界大戦におけるブラック・インターナショナリストは、「世界戦争の核心的問題は人種差別と植民地主義である」（ガリキオ、二五五頁）という観点に立って、「アメリカ黒人の公民権闘争と植民地世界の解放闘争とを重ね合わせ」（ガリキオ、二五五頁）、「真の人種平等が世界中で実現されなければ真の平和は達成されず、中国人を含め非白人のあいだで連帯し合わなければ人種平等など達成されるわけはない」（ガリキオ、二五七頁）という論理を展開した。「一九四三年には、非白人が団結することは、人種的平等を勝ち取るのに必要であるだけでなく、連合国の枢軸国に対する勝利にも貢献できると思われていた」（ガリキオ、二六四頁）。しかし同時に、「黒人評論家〔ジョージ・スカイラーのこと〕も主張したように、戦争の見通しが最も暗かった時期にすら英米両政府が人種政策をほとんど変更しなかったのだから、勝利が間近に見えてきた時に人種政策の変更を期待できるわけではなかった」（ガリキオ、二六四―六五頁）というのである。ここでガリキオは、《白人問題《コケイジャン・プロブレム》》におけるスカイラーの次の言葉を念頭に置いている――「〔白人の支配階級は〕かつてほど変化に前向きではないことは認められなければならない――ドイツアフリカ軍団[54]がアレクサンドリアに猛攻撃を加え、ドイツの装甲車がモスクワの郊外まで迫り〔一九四一〕、われわれの太平洋艦隊の半分がパール・ハーバーの海底に沈む〔一九四一年一二月八日〕、といった事態が起こった時は、変化に積極的になっていたのだが」（《白人問題》二九六頁、本書四一五頁）というのである。第二次大戦の勝利が確実なものになると確信するようになったものの、人種間の平等に対する白人の関心が薄れていることを指摘しているのである。

　そして続けて、世界の有色人種の連帯と国内の人種主義解体という目論見は崩れ、逆に、白人と黒人（有色人種）との間の溝を深め、互いに人種的排外主義《レイシャル・ショーヴィニズム》を強めていき、「世界的な規模での人種戦争《カラー・ウォー》に流れていく」（二九八頁、本書四一七頁）危険性のあることを指摘している。

> 民主主義のための戦争は結局、白人の民主主義のための戦争であった——とはいうものの、白人の民主主義もほとんど実現しなかった——ということを思い知らされてからほどなくして、大いなる覚醒が訪れた。プロパガンダの大氾濫が静まったとき、彼らは「元の正常な状態」に戻れたと悟った。増幅した幻滅感が黒人《ニグロ》の集団意識を強め、不健全ということでは白人のものと基本的に変わらない、まったくそっくりの連帯組織をつくった——つまり、白人の人種的排外主義《レイシャル・ショーヴィニズム》に対抗する黒人《ニグロ》の人種的排外主義《レイシャル・ショーヴィニズム》を生み出したのである。（二九六—九七頁、本書四一五—一六頁）

> ……残された道は、世界的な規模での人種戦争《カラー・ウォー》に流れていくことになる。すでに有色人《カラード・ピープル》の間には、自分たちはひどい扱いを受けてきたので、もう白人とは関わり合いたくない、といった険悪なムードが広がっている。そしてこのムードは、科学の発達によって距離の縮まった世界に急速に広まっている。（二九八頁、本書四一七頁）

スカイラーは、ブラック・インターナショナリズムも、人種的排外主義《レイシャル・ショーヴィニズム》というもう一つの「プロパガンダ」ととらえており、その視座を支えるのも、皮膚の色への固執をあざ笑う「プープーイズム」あるいは「ホウカム」の感性であったと結論づけることができる(55)。

9 スカイラーと日本

スカイラーは、『ピッツバーグ・クーリエ』紙の《論説と批評《ヴューズ・アンド・レヴューズ》》の記事で、エチオピア戦争について次のように語っている――「エチオピアがイタリア人に敗北し支配されるようなことになれば、世界じゅうの有色人種《ダーカー・ピープルズ》にとっては大惨事となる……世界じゅうの勇ましい黒人《ニグロ》やモンゴル人やマレー人の中には、エチオピアが栄《は》えある勝利によって危機を脱して完全な主権を勝ち取れないということなど見たくない人間は、だれひとりとしていない」（*Pittsburgh Courier* 一九三五年一一月二三日付、一〇頁）。

この記事の内容からすれば、スカイラーは、エチオピア戦争を、植民地戦争・人種戦争という枠組みでとらえて、アメリカ黒人としてエチオピアの勝利を期待しているのは明らかである。しかし、黒人だけでなく、「モンゴル人やマレー人」にとってもエチオピア戦争の行方は憂慮すべき問題となっているというのは、おそらく一九三一年の関東軍による満州侵攻（満州事変）以来の、日本の中国支配の流れを念頭に置き、イタリアのエチオピア侵攻と日本の満州侵攻を同列にとらえて、日本批判を込めての言及と読める(56)。

右でも言及したが〔本書第Ⅲ部、注31、35〕、日本に対する『メッセンジャー』の編集姿勢を繰り返しておけば、日本はあくまでも独裁国家であり、自国民を抑圧している以上、同じ有色人という観点から好意を抱くようなことはすべきでないというものであった。例えば一九一七年一一月号〔第一巻一一号〕掲載の《日本と極東》と題した、日本のシベリア出兵〔一八年一月に始まり、二二年まで続いた〕についての記事では、アメリカの黒人に向かって、「肌色を理由に、〔日本に〕引き寄せられないように忠告しておく……日本は恥ずかしくも、自国民を抑圧しているので、〔アメリカ黒人も〕同じように抑圧されるだろう。白人であろうが、有色人であろうが――また外国であろうが、自国であろうが、民主主義の側に立とうではないか、そして民主主義を擁護し、非民主主義的勢力に対抗する勢力を支持しようではないか」としている〔二二―二三頁〕。

一九年五―六月号〔第二巻六号〕掲載の《日本と人種問題》では、日本が参加した和平会議において、「有色人種差別に反対する態度を表明すべきであるという要求を行なった」。そして「アメリカの偽善――世界を民主主義のために安全にするという見せかけの願望を暴露したのは、〔アメリカ黒人とって〕喜ばしいことである」。しかし、人種問題に訴えかけるのも、「日本国家が自分たちの金権政治権力の乱用から日本国民の注意をそらすため」としている。そして「自国民のことさえ考えず、朝鮮の人たちを容赦なく抑圧し、不運な中国に厳しい交渉を迫っている」というのである〔六―七頁〕。

二一年八月号〔第三巻八号〕掲載の《アメリカのリンチに対する日本》では、一九二一年一月二六日にアーカンソー州ノーデナで起こった焼き討ちリンチ〔十代の黒人の小作人ヘンリー・ロアリーに対するリンチ〕に対して、日本では、「この文明化された時代に、そのような罪が公然と行なわれ、犯罪者がだれひとりとして罰せられないのは、アメリカの名についた拭い取れない染みである。それは、アメリカ国民の心のこのうえない冷淡さを示すものである……」と報道された。このような記事に対して、『メッセンジャー』は、「アメリカの残忍さに対する外国の批判を喜んで受け入れる」のであるが、日本の報道となると素直に受け入れられない。すなわち、日本は「中国人を虐待し、朝鮮人をひどく抑圧し、日本人の労働者を抑圧して酷使し、合衆国が南部の黒人を処する以上に……多くの日本人の公民権を剥奪している」――すなわち、そのような日本の対応に、「合衆国の偽善」と同じ「日本の偽善」が透けてみえるから、とする（二二五頁）。有色人種であるから即座に連帯感を抱くという姿勢――右で示したようにデュボイスにも見られた姿勢――に対して距離を置くスカイラーの視座は、このような『メッセンジャー』の編集姿勢から学んでいたもの、というとらえ方もできる。

しかし、『ピッツバーグ・クーリエ』の《論説と批評《ヴューズ・アンド・レヴューズ》》において、日系アメリカ人の収容（一九四三年五月二九日付［一二三頁］、本書三九三―九六頁）と、日本への原子爆弾投下（一九四五年八月一八日［七頁］、本書四一九―四二二頁）については、日系アメリカ人や日本の立場を擁護する。

日系アメリカ人の強制収容については、「人種」という理由だけで市民権剥奪などの差別を受けることは、日系アメリカ人に限らず、アメリカ黒人自身の問題でもあるという観点でとらえている。

原爆投下についても、「白人帝国主義の流儀」以外の何ものでもなく、「人種的傲慢さ」にとりつかれた人間の蛮行でしかないと言い放つ。

原子爆弾投下の記事の冒頭には、次のような但し書きが付けられている――「このコラムはスカイラー氏個人の見解であって、『ピッツバーグ・クーリエ』の公式見解ではないことをお断りしておきます――編集部」というのである。

この但し書きが付けられた理由は、太平洋戦争の最中、同じ有色人種ということから日本を支持・擁護する黒人ジャーナリズムに対して、政府やＦＢＩの監視・取締りが厳しかったことによる。しかし、スカイラーが『ピッツバーグ・クーリエ』の編集部の中核を担っていたことは、政府やＦＢＩもよく知っていたはずである。しかし、スカイラーはそれを承知のうえで、自分で但し書きを付けたとも考えられる。政府やＦＢＩに対するスカイラーの最大の皮肉を込めた挑戦的姿勢をうかがわせる。

そして締めくくりの一節（本書四二〇頁）は、文字通り、原子力文明の明るい未来、原子力の平和利用を唱えている、というものでは決してない。原子力による宇宙開発時代が到来しても、人種問題が依然として存続していることを匂わせる言及をも含めることによって、原子爆弾の脅威を承知したうえであえて使用に踏み切ったアメリカの狂気の沙汰を痛罵するとともに、人種平等を基盤にした真の文明を実現することなどとうていできないであろうアメリカを、最大の皮肉を込めて醒めた目で眺めていると読み取れるのである。

結語

10

以上、新聞・雑誌・編纂書掲載の記事・コラム・エッセイを中心に、スカイラーの「プープーイズム」あるいは「ホウカム」の感性を通して、人種という虚構概念の上に築かれた人種主義の根拠のなさを見透かすスカイラーの人種認識を辿ってきた。

最後に、スカイラーの小説『ノーモア黒人《ブラック》』に言及して本論をまとめておこう。

『ノーモア黒人《ブラック》』は、黒人の皮膚組織に化学療法を施すことによって、黒人を白肌、直毛、色薄めの金髪（灰色がかった金髪）、薄唇といった、白人の容姿と区別がつかない人間に変えるという、黒人医師ジュニアス・クルックマンの思いつきが、やがて全米を席巻する一大事業となり、アメリカから黒肌の人間がほとんどいなくなるというストーリーである。しかしそれによって、医師の最初の目論見――「南北戦争でさえできなかった」（一〇頁、本書一三頁）アメリカの人種問題が解決する――に反して、相変わらず皮膚の色の違いを強調する論理の人種主義が居座る、というものである。

つまり、黒肌のアメリカ人はほとんどいなくなったが、皮肉なことに、施術を受けた結果、従来の白人よりも青白い肌色になっていることが明らかにされたことにより、従来の白人と、新たに白人となった、いわゆる「新しい白人《ニュー・ホワイト》」との違いに拘泥することになり、今度は逆に肌色を黒くするために、日光浴に夢中になる。そこにカール・フォン・ベイアドなる青白い肌色のアメリカ人が、「新しい白人《ニュー・ホワイト》」のために「白人に対する偏見撤廃連盟《DWWPL》」を組織して差別撤廃活動を開始したことを付け加えている。

しかし、このベイアドなる人物は、かつて黒人のために「全米社会的平等連盟《NSEL》」を組織し、黒人同胞のために差別撤廃活動を展開していた黒人のシェークスピア・アガメムノン・ビアード博士であることを匂わせている。彼自身も施術を受けて白人に変身していたのである。

この小説全体を通して、読者には、このビアード博士こそ、NAACPのW・E・B・デュボイスであることは容易に透けてみえている。デュボイスはまさにスカイラーの揶揄の標的となっているのである。

「全米社会的平等連盟《NSEL》」の続き部屋の奥にある自分専用のオフィスで、この連盟の設立者で、ハーヴァード、エール、コペンハーゲンの三大学の卒業生でもあるシェークスピア・アガメムノン・ビアード博士（尊大ぶった身のこなしは、白人《コケイジャン》・黒人《ニグロ》双方に強い印象を与えた）は、ガラス天板を載せた机の前に座って、巻き毛の白髪頭と、完全に鋤状《すきじょう》になった顎ひげをなでていた。この博学多識の学者は、年間わずか六千ドルで、『ジレンマ』に痛烈な学術的論説を書き、内心では密かにあこがれている白人《コケイジャン》を糾弾し、また内心では哀れんだり蔑んだりしている黒人《ニグロ》の偉大さを称賛している。また、ありがたいことに、自分ではまったく経験したことのない、虐げられた黒人《ニグロ》労働者の生活の苦しみや不自由について、明快な文章で綴っている。おおかたの黒人《ニグロ》指導者と同じく、黒人《ブラック》女性を大切にするが、八分の一《オクトルーン》黒人の女性以外は採用を控える。白人の晩餐会では、「われわれ黒人《ブラック・レイス》」のことを語り、書物の中では、彼の体の一部はフランス人、一部はロシア人、一部はインディアン、一部は黒人《ニグロ》であると告白している。黒人《ニグロ》女性をたらしこむ白人《ノルディック》を糾弾しながらも、手を出してもあまり抵抗してこない器量良しの黄色肌の女性を、秘書兼速記係として雇うことにこだわる。彼は確かに自分の同胞を愛しているのだ。平和な時は「社会主義シンパ《ピンク・ソーシャリスト》」である。しかし戦争の暗雲が垂れ込めてくれば、軍神マースの足元で野営する。（八八―九頁、本書七二―七三頁）

しかし、この「すべての黒人種のチャンピオン《チャンピオン・オブ・ザ・ダーカー・レイシズ》」（八九頁、本書七三頁）のビアードに重ね合わせて揶揄の対象とされたデュボイス自身は、自分への当てこすりを不愉快に思うどころか、それを楽しみ、一九三一年三月刊行の『クライシス』（三九巻）のコラムで、スカイラーの揶揄について、「率直で、歯に衣着せず、普遍的」であり、「黒人指導者だけでなく、一般の黒人に対しても痛烈な批判を浴びせ、さらに白人にも及んで、悪びれることなく毅然として白人の顔を正面からひっぱたく」と評価し、『ノーモア黒人《ブラック》』を「アメリカ黒人文学の中できわめて重要」と称賛している。そして最後に「シェークスピア・アガメムノン・ビアード」と署名してこのコラムを締めくくっているのである（《読者拾い読み》一〇〇頁）。

ジェフリー・ファーガソンの分析によれば、デュボイスの反応は、スカイラーの揶揄を通して自身の矛盾に改めて気づき、それを受け入れたからこそのものである（Ferguson 二二三―二二六頁）。黒人女性に関する揶揄については受け入れるだけの根拠があったかどうかは、筆者（廣瀬）には判断できる資料はそろっていないが、しかしその点を除いても、スカイラーはビアードの矛盾を巧みに言い当てている。しかも、このビアードへの揶揄が個人的なものに留まっていないことを示すこととして、スカイラーは、ビアード（デュボイス）だけでなく、「合衆国における黒人の生活を理解するための枠組み」として、実在の人物に重ね合わせた多くの登場人物の「二重性あるいは『二面性』」（doubleness or "two souls"）（Ferguson 二二六―二二七頁）を透かせてみせている。本論の流れから解釈すれば、そのような「二重性・二面性」は、アメリカの人種問題が複雑に入り組んでいることを、それらの人物が証左しているということになる。つまり、「二〇世紀の問題は皮膚の色による境界線《カラー・ライン》の問題」というようなデュボイスの論理で割り切れるものではないとスカイラーは見なしていた。そしてデュボイスが自分に対する揶揄を受け入れたということは、自分の論理で割り切れるものではないことを、デュボイス自身もじゅうぶん認識していた、ということの証左であると言える。

『ノーモア黒人《ブラック》』において、デュボイスのように、登場人物に重ね合されてスカイラーの揶揄の対象となっている人物や組織――デュボイスと彼のＮＡＡＣＰの活動や、両人種の融和を唱えるブーカー・Ｔ・ワシントンをはじめ、デュボイスが言う「才能のある一割の人間」の黒人指導者（Du Bois, "The Talented Tenth"三三―七五頁）(57)と彼らの活動、ＫＫＫ団の統括者「帝国大魔術師」（Grand Wizard of the Empire）と彼らの活動、マーカス・ガーヴェイと彼のアフリカ帰還運動、ジョン・パウエルたちのアメリカ・アングロサクソン協会の活動(58)、さらには皮膚漂白剤や直毛剤に頼って、できるだけ白人に似せようとする一般の黒人の「黒人主義《ニグロイズム》」（《我らの白人《ホワイト・フォークス》について》三八六頁、本書二七九、二八〇頁）、そして、異人種間の愛・結婚を嫌いながら、もぐり酒場で黒人の歌や踊りを楽しんだり、黒人との密会を求める一般の白人をも含めて、「人種」という虚構の渦の中でもがき合うアメリカ人の矛盾を大写しにしてみせている。

人種転換の施術を行なうクルックマン医師を除いて、黒人のすべての登場人物は施術によって白人に変身している――もちろん、一九二四年の「ヴァージニア州人種保全法」の規定に照らせばすべて黒人に当たる。スカイラーは、『ノーモア黒人《ブラック》』の見開き頁で、「自分の祖先を十世代さかのぼっても、家計図の木に、黒人に当たる葉も小枝も大枝も側枝もまったくないと自信をもって言うことができる、この偉大な共和国のすべての白人《コケイジャン》に、本書をささげる」（本書三頁）としている。しかし、家系図に黒人は一人もいないと「自信をもって言うことができる」白人はいないのである。アメリカは混血の国であるという事実が歴然としているのにもかかわらず、なお二色の肌色に拘泥することによって、アメリカ黒人を区別・差別・隔離しなければならないことを、スカイラーは揶揄の標的としている。その標的となっているのは、白人だけではない。ブラック・ナショナリズムやブラック・インターナショナリズムを標榜して闘うことを前面に打ち出す黒人も含まれる。アメリカ人は最初から境界線を往来し、跨ぎ、すり抜けている──アメリカ社会はこの明々白々な事実を意識下に押し込めて気づかないようにすることに無駄な労力を費やし、「人種」という枠組みをいっそう堅固なものにすることによって、ますます人間関係を複雑怪奇なものにしてきた。スカイラーは、そのようなアメリカ社会の仕組みを脱構築しているのである。

一九五六年の《黒人《ニグロ》は白くなりたいのか》（本書四二三─三二頁）において、黒人はもはや白肌になりたいとは思っていない」という点を強調している。しかしそれは、ブラック・ナショナリズムやブラック・インターナショナリズムなど、プロパガンダを掲げる示威活動の時流の影響をとらえてのことだけではない。「黒人はもはや白肌になりたいとは思っていない」ことを語るスカイラーの論調全体に、「白人種」と「黒人種」に分ける枠組みが遠の昔に瓦解している現実があるにもかかわらず、その現実にヴェールをかけて、なおも人種区別の枠組みの残像にしがみつく白人の言動に対して、怒りを通り越して、白人を不幸で哀れな存在としてとらえる醒めた黒人の視座も含まれているととらえることもできる(59)。

そして、全体を通して、スカイラーは、一貫して揺るがぬテーマ──「人種という概念は虚構」──を、黒人自身がますます痛感するようになったことの証左としてとらえていると言える。黒人はもう騙されないのであり、以前にも増して、だれよりも自分自身を見つめる目を養い、ありのままの自分を受け入れるようになっている姿を見て取っているのである。

右（本書五七九頁）でも引用したように、『ノーモア黒人《ブラック》』についての『クライシス』掲載のコラム《読者拾い読み》

（一九三一年三月）の前々号に当たる『クライシス』掲載の同じコラム（一九三一年一月）でも、デュボイスは、「スカイラーは……大多数の人が聞きたくないことを言い続けている。食えなくなっても、自分の考えを貫く紳士である。彼の言っていることに賛成しようがしまいが、とにかく読んでみる必要がある」（一七頁、本書五五三―五四頁）とするが、スカイラーが一貫して「大多数の人が聞きたくないことを言い続けている」ことをデュボイスが評価できたのは、スカイラーの観点をも受け入れる用意があったからである。そしてスカイラーも、デュボイスは自分をわかってくれていることを感じ取っていたからこそ、デュボイスに対する揶揄を大胆に試みることができたと言える。

プープーイズムやホウカムの感性に裏打ちされたスカイラーの揶揄・皮肉・風刺・痛罵は、対象者への個人攻撃に終始するのでは決してない。むしろ、黒人同胞だけでなく白人をも巻き込んで、いわば全人種を協働・共謀させるかたちで、政治的・法律的・経済的・社会的解決では片づかない、アメリカのすべての人種の一人ひとりの「意識」の変革を促すための議論を引き起こす戦略として作用していると結論づけることができる。

アメリカ人一人ひとりの意識変革を目指して試行錯誤するうえでのスカイラーの協働者・共謀者の中に、スカイラーは確実に、マーティン・ルーサー・キングもいてくれなくてはならない存在であると見なしていたということもできる。つまり、キングへの痛罵は、その言葉の烈しさとは裏腹に、キングをも巻き込んで黒人の居場所を共に模索する修辞的戦略であったというとらえ方もできるのではないだろうか。そこには、キングと向き合いながら、自らが「プロパガンディスト」に陥ってしまう危険から自らを救えるプープーイズム・ホウカムの感性が、スカイラーには最後まで働いていた。スカイラーにとって、黒人の居場所探しは、いかなる政治的立場、思想信条や活動方針であったとしても、決して一人ではできないことを悟っていたと結論づけることができるのである。

注

（1）『メッセンジャー』第五巻六号（一九二三年六月）から、六名の補助編集者（Contributing Editors）のひとりとして、名を連ねている。創刊者のひとりフィリップ・ランドルフ（もうひとりは、チャンドラー・オーエン）が、「寝台車ポーター組合」設立（一九二五）のために編集の仕事を離れてから、スカイラーは、執筆・編集の中核を担うひとりとして活動した。

（2）つまり、スカイラーは一九二八年まで、『メッセンジャー』と『ピッツバーグ・クーリエ』の二つの仕事を両立していた。

（3）牧場・農場経営、綿花栽培、電話会社の創業者、銀行の頭取など、幅広く事業を手がけていた。

（4）一九三三年一二月号の『クライシス』（Vol. 40, No. 12）に、《私の娘のためにしてはならないこと》（"Don'ts for my Daughter"）と題したジョーゼフィン・スカイラーの記事が掲載されている。そこでジョーゼフィンは次のように紹介されている——「ジョージ・スカイラーは有名な黒人《カラード》のコラムニストである。彼の妻は図らずも白人で南部人である。以下の記事には、彼らの娘〔フィリパ〕への母親としての思いが綴られている」。

その記事内容は、本論にて展開するスカイラーの考えとまったく同じであるので、一部を紹介しておく——「……いろいろな文化の間にはわずかな違いがあるのは確かだが、生来的で永遠のものではなく、環境によって決まり、一時的なものである。アフリカ人は、英国人の家庭の居間ではどのように振る舞えばいいのかわからないように、英国人も、アフリカの家庭での振る舞い方を知らない……そして娘がベストな現代英語を話せるようになるまで、彼女に「黒人方言《ニグロ・ダイアレクト》」の詩や散文を読ませない。いわゆる「黒人方言《ニグロ・ダイアレクト》」は、ジョージア州やミシシッピ州やルイジアナ州やテキサス州の白人と黒人《ブラック》の両者によって使われている地方方言《ヴァナキュラー》でしかない。私がテキサス生まれだからといって、娘にカウボーイソングを教えることから始めるようなことはしないし、一部アイルランド人であり、一部フランス人であり、一部スコットランド人だからといって、それを教えるようなこともない……娘に望むことは、いかなる人種や国の表面的な固定観念を思い描くようなことをしてほしくない、ということである……私は彼女に、エイブラハム・リンカーンが奴隷を解放した、といった一般的に間違った考えを教えることもしない。アメリカは、経済的そして精神的という両方の意味で、どのようにして動産奴隷から脱却したかを説明しよう。黒人の先祖《ダーカー・アンセストリー》がすべて奴隷であったと考えるようなことはさせない。ギリシャ人は、かつてローマによって動産にさせられていたからといって、自分たちを奴隷だとは考えない。英国人は、一時《いっとき》、ローマによって、英国諸島を支配され、ローマの有識者たちが英国人《ブリトン》を救いようがないほどの野蛮人であることを証明する書を著したからといって、永遠に劣等意識を植えつけられているとは思わない。私が言いたいのは、今日、合衆国に黒人問題《ニグロ・プロブレム》があるけれども、それは何も特異で永遠のものではない、ということである。アメリカにおける黒人《ニグロ》の現状を悲劇的とみなすことが必要あるいは意味あることであるとは考えない。自分のことをこの世の現代の救世主だと考える純血の白人《ノルディック》のほかに、自分や自分の「同胞」を殉教者と見なす黒人びいき《ニグロファイル》ほど退屈で特異な存在はいない……フィリパに理解してもらいたいのは、黒人問題《ニグロ・プロブレム》は、黒人びいき《ニグロファイル》が私たちに思い込ませようとするほど重要なことではない、階級闘争に比べればまったく重要ではない、ということである。黒人問題《ニグロ・プロブレム》が階級闘争と重なって、それを深めることになってはじめて、重大な問題として迫ってくるのである……したがって、何よりもまず、フィリパには、たった一つの人種、すなわち人類《ヒューマン・レイス》がいるだけであり、一つ、永遠に重要なものは生命《いのち》であることを教えたい……私は彼女に、人生の皮肉や、矛盾の中にある魅力を見るように促したい。すなわち、黒人問題《ニグロ・プロブレム》を、道化師のように自己憐憫の涙を浮かべながら笑うのではなく、力強くて健全な世界市民のように、いわゆるこの文明の、変化に富み、ときには恐ろしく、たえず不条理な様相を、おなかの底から笑い飛ばすことを学べるようにしてあげたい。

（5） レイフォード・ローガンは、NAACPの国際問題顧問も務めていた。ハワード大学（Howard University）は、黒人に高等教育の機会を与えることを目的として一八六七年にワシントンDCに創立された私立大学。ノーベル賞作家トニ・モリソンも卒業生。

（6） 執筆者は次の通り。三派の分類は、一九六九年再販の『黒人の求めるもの』に付けられたローガンの《一九六九年再販への序文》に基づく。

右派あるいは保守派――レズリー・P・ヒル（「ペンシルヴェニア州黒人協議会」創設者・会長など）。ゴードン・B・ハンコック（ヴァージニア・ユニオン大学経済学・社会学教授、「都市同盟」リッチモンド支部共同設立者など）。メアリ・M・ベスーン（ベスーン・クックマン大学［フロリダ州デイトナ・ビーチ］創立者・学長、「全米黒人女性協議会」創設者・会長など）。フレデリック・D・パターソン（タスキーギ大学学長、「アメリカ黒人学校基金」創設者など）。

穏健派あるいはリベラル派――レイフォード・W・ローガン。チャールズ・H・ウェズリ（ハワード大学歴史学科教授、大学院長。ウィルバーフォース大学［オハイオ州］学長など）。ロイ・ウィルキンズ（NAACP書記補佐、『クライシス』編集者など）。ウィラード・S・タウンゼンド（「国際赤帽組合」代表、「産業別労働組合会議」役員など）。スターリング・A・ブラウン（ハワード大学英文科教授、詩人など）。

左派あるいは急進派——W・E・B・デュボイス（後述）、ラングストン・ヒューズ（詩人、小説家、エッセイストなど）。A・フィリップ・ランドルフ（『メッセンジャー』創刊者、「寝台車ポーター組合」創設者など）。ドクゼイ・A・ウィルカーソン（教育者、人権活動家、「アメリカ教員連盟」副会長、「アメリカ労働総同盟」メンバー、共産党員など）。ジョージ・S・スカイラー。

（7）フォートエリーは、逃亡奴隷を運ぶ「地下鉄道」（黒人奴隷を南部諸州から北部の自由州さらにカナダまで逃がすために活動した秘密結社）の終着点となったニューヨーク州バッファローから、フェリーを使って渡り、黒人奴隷が自由の身となった地。

（8）ほかに、チャールズ・H・ウェズリが、『黒人の求めるもの』の中のエッセイ《黒人はいつも四つの自由を求めてきた》において、「結婚したい人と付き合い、正式に結婚できる権利」を指摘している（『黒人の求めるもの』一〇九－一一〇頁）。

（9）黒人詩人クロード・マッケイが「アメリカ」の中で、アメリカのことを“cultured hell”と呼んでいる。本書第Ⅱ部、注210を参照。

（10）スカイラーは次のように述べている——「以上からして、黒人《ニグロ》はすでに公民権を獲得しているのに、改めて連邦の刑罰法規を定める必要があるのだろうか？ アメリカ国民の意識が進化して、さまざまな領域で、国民自身が黒人《ニグロ》の社会的受け入れの速さを決めることができるようになってきているのではないか？ 最近の全国規模のどの世論調査でも、白人市民は広く、教育の平等、平等な住宅提供と取得、対等に利用できる旅行・娯楽施設、雇用の機会均等を認めている。主などの宗教団体も正式に、これらの目標を支持するという態度表明をしている。だれもが同じ速度で、同じ時間で、同じ程度で変化することはないので、小競り合いは必ず起こる。しかし、法執行機関に備わった強制力を使って連邦法を成立させれば確実に速度が速まると考えるのは、いったいどんな根拠があってのことだろうか？

まだ人種関係改善に納得のいかない国民に対する刑罰規定の制定によって、全米に及ぶ人種間の友好関係がどれほど生まれ高まるというのだろうか？ 黒人《ニグロ》の期待が高まれば、最終的にどのような影響をもたらすことになるのだろうか？ すでに指摘したように、リオグランデ川以南のいかなる国〔メキシコを含め、それ以南の中南米諸国〕の法律書には人種隔離法《ジム・クロウ・ロー》はない。しかし、外国旅行をした人はだれでも、合衆国の黒人《ニグロ》はあらゆる面で、世界じゅうの他の地域の黒人《ニグロ》よりも幸せな暮らしをしていることを知っている。アメリカの黒人《ニグロ》の大学卒業生は、世界じゅうの他の地域の黒人《カラード》の大学卒業生を集めた数よりも多い。合衆国の人口の十パーセントを占める黒人《ニグロ》のうち、連邦行政職員の十二パーセントは黒人《ニグロ》である。たった一つの大統領令によって、合衆国の全軍隊は、世界じゅうにあるすべての駐屯地も含めて、この十五年以内に、下士官と将校の人種統合がなされている。何百名もの黒人《ニグロ》が国務省外交局や情報庁や国際開発局で働いている。合衆国全体で、七名の黒人《ニグロ》が連邦裁判所で判事を務めており、全米の下級裁判所には六十二名の黒人《ニグロ》判事がいる。合衆国の重要な都市で黒人《ニグロ》の警察官や消防士がいないところはない。任命されたり選挙で選ばれる役職に就いている黒人《ニグロ》が何百人もいることは言うまでもない。自分の家を所有している黒人《ニグロ》はおよそ二百万人にのぼり、自家用車所有の黒人《ニグロ》はもっと多い数になるだろう。まだ圧倒的に多い黒人《ニグロ》の失業者の数は、何にもまして、過去の負の遺産として今なお存在する教育的そして文化的遅れや、組合労働者の権利の消滅を反映している。

連邦公民権法に対して異議申し立てをする主な理由は、それが危険な目的のために用いられるかもしれないからである。その目的とは、すでに連邦政府の管理下に置かれているわれわれの社会に対する、中央政府によるもう一つの介入である。十分の一の国民〔合衆国黒人市民〕の運命を改善するために制定される法律を使って、他の国民の奴隷化への道を切り開こうとしているのである。こんなことはありえないだろうか? 私はそうは思わない。そのような法律の下では、個人はどこでも、自分が生活する州や地域の法律や条例に関係なく、やってもいい、やってはいけない、と指図されるだろう。これは、州の主権や個人の自由や好みの上に築かれたアメリカ社会の基盤そのものに対する打撃となる。アメリカは、いわば五十の別々の邦《くに》が、相互利益、安全、振興や保護のために結びついている。われわれは、選任であれ世襲であれ、いかなる絶対君主によっても支配されるようにはなっていない。そのような事態になれば、自由な国としての合衆国は存在しなくなるだろう」(九一―一〇頁)。

(11) 一九二六―九〇。キング牧師と共に公民権運動を指導した牧師。一九六八年五月、キング牧師が凶弾に倒れた翌月、二週間にわたって人種に関係なく貧困者の権利や生活改善を求めて抗議運動を指揮した。

(12) 「復活の町」とは、ワシントンの真ん中に設けた彼らの運動の拠点としたところで、掘立小屋などをつくったが、まもなく警察に撤去された。

(13) スカイラーは、一九七三年、七十八歳の誕生日を二か月後に控えた折、風刺という点でスカイラーの後継者とされている黒人作家イシュメール・リードと、ラジオのパーソナリティであったスティーヴ・キャノンのインタビューを受け、このような基本的視座《スタンス》をいろいろなかたちで言い表している――「白人あるいは黒人自身が、特定の考え方をするという一般論にはまったく妥当性がない……それぞれ、子供でなければ、個人として考えているだけである……ジョージア州へ行った折、白人女性と結婚していることをどのように思っているのかと尋ねられたことを覚えている。それ対して、私はこう答えた――『私は白人と結婚したのではない。私はジョーゼフィンと結婚したのだ。それが私の妻だ。〔白人と結婚するということなど〕考えたこともない。もちろん彼女は白人であることはわかっている。しかし、あなたのように、だれか他の人がそのことに触れた場合以外には考えることもない……私は白人と結婚したのではない。ある特定の個人と結婚したのだ……近年、われわれは、ある言葉を採用したかと思うと、使い古してしまう。『エスニック・バックグラウンド』というのも、まったく何の意味もない（doesn't mean a damn thing）……『ブラック』という言葉も〔使い古してしまった〕言葉だ……『黒人のプライド』という戦略もくだらないものだ（horsefeathers）……この『ハーレム・ルネッサンス』というのは、相当なまやかしだ（pretty much of a fraud）。それと関係している多くの人はペテン師だ（phonies）。それに、それと関係している人はそう多くない。〔リードが「現在、『黒人英語』について論議があるが」と、スカイラーの答えを求めたことに対して、スカイラーは〕ナンセンスだ（Hogwash）」"George S. Schuyler, Writer: An Interview with Ishmael Reed and Steve Cannon." In Jeffrey B. Leak. *Rac[E]ing to the Right* 一三八―五八頁。

（14）スカイラーは、《公民権法案に対する異議申し立て》の中で、次のように述べている――「多数のアメリカ人が、アルコール飲料の摂取は道徳的に間違っており、体にも害を与えると考え、禁酒主義勢力が教育的観点から、長期にわたって飲酒反対の活発な活動を行なった。これは完全に成功したわけではなく、第一次世界大戦までは酒類業界も守りの態勢を固めていた。しかし、家庭で強い酒を飲んだり飲ませたりするのは「悪い」ことになり、酒場《サルーン》は悪の巣窟であり、犯罪や貧困の温床と見なされるようになった。禁酒の支持者は白いリボンをつけて彼らの態度を示した。

こうして憲法修正第一八条が制定され、禁酒主義勢力に政治的勝利がもたらされることになった。教え諭すやり方では素早く目的を達成できなかったので、力に頼ることにしたということである。その結果、酒場《サルーン》は姿を消したが、もぐり酒場《スピークイージー》という活路を見いだした。酒類密造者《ブートレガー》は山奥から出てきて、都市部に潜り込んだ。授権規定違反が頻繁になり、警察の取締りも機能せず、賄賂や汚職がはびこった。大規模な法律違反行為によって手にした悪銭で勢力を伸ばした犯罪組織が、莫大な金《かね》と力を使って、これまで合法的だった事業をも牛耳るようになった。禁酒法が廃止〔一九三三〕されてから三十年たっているが、そのような組織がまだ幅を利かせている。アルコール依存が一九一八年当時よりも増え、今日では、「アルコール依存者更生会《アルコホーリックス・アノニマス》」のような禁酒会組織があるにもかかわらず、社会問題や健康被害はあとを絶たない。

禁酒法と同じく、もう一つ法的強制力を行使しようとする法律が、今回の「公民権法」である。それは、法律の力を使って、いわゆる黒人《ニグロ》とされる人種集団に対するアメリカ社会の態度や扱いを抜本的に変えようとするものである。しかし大多数の国民は、この人種集団と親しく付き合う気はないし、学校へ一緒に行きたいとはあまり思わないし、事務職や技術職の仕事を一緒にしたがらないし、一緒に寝泊まりするのを嫌がるなど、あらゆる社会的接触を拒む」（一一―一三頁）。

（15）デュボイスによれば、ワシントンが当分取り下げるとした要求とは、次の三つになる――「第一、政治権力、第二、市民権の主張、第三、黒人青年の高等教育」（*SOBF* 四〇―四一頁、邦訳六八頁）。

（16）“Amerindian”とはアメリカ先住民のことであるが、この表現も、“American-Indian”あるいは“American Indian”とするよりも、先住民はあくまでもアメリカ人であることを強く表すものとして使っている。

（17）黒人の事業には黒人しか関わることができないので、黒人がいる以上、黒人の事業はすべてなくなることはない、という意味。

（18）ただ、スカイラーは、一九四七年二月刊行の『ニグロ・ダイジェスト』掲載の《ブーカー・Tは間違っていたか?》においては、とくに上で言及したデュボイスのワシントン批判に対して、ワシントンを弁護する発言をしている――「北部のモンロー・トロッター〔新聞編集者・黒人人権活動家〕やW・E・B・デュボスたちは……ワシントンのプログラムは、黒人嫌い《ニグロフォービック》の南部への屈服、永久に〔白人に〕楯突かないようにするための工夫でしかなく、奴隷制の足枷から精神を自由にするために必要な学問的訓練を受けられないようにしたと非難する（八七頁）……〔しかし〕ワシントンに対して公正な立場で言うならば、彼が生きた時代は、南部における黒人《ニグロ》の状況がますます困難になり、もうどうしようもないことになっていた、ということを考慮されなければならない（八七―八頁）……ワシントンの対応は、ますます激化する労働競争の中で、得られそうな仕事を手放さないようにできる職業訓練学校を設立することであった（八八頁）……専門の黒人《ニグロ》プロパガンディストたち〔デュボイスたちのこと〕は、農村部におけるリンチや労役に対して反対の声を上げてきたが、南部、あるいはそれ以外の地域における黒人《ニグロ》の農民の状況を改善するためのプログラムを提示したことはなかった。ワシントンと彼の門弟たちは、南部黒人《ニグロ》の職業訓練の必要性を強調することによって、動産奴隷制度のために完全に破壊された労働の尊さ《ディグニティ》に対する思いを高めることに貢献した……学問的訓練と職業訓練は相入れないものではない。教養のない人は、有能な職人、サービス業の従業員、ビジネスマン、あるいは農民には決してなれない（八九頁）……自分たちの一生の仕事を始めようとする若者は、住んでいる社会や人々はこれまでどんなことを言い、考え、行動していたのか、刻々と変わる競争の激しい環境の中でどうすれば生き残れるのか、といったことを知る必要がある。そのためには、学問的訓練だけでなく、労働の尊さ《ディグニティ》、そして仕事の世界で、より高くより安定した収入を得るようにするにはどうすればよいか、といったことをしっかりと認識をする必要がある（九〇頁）」。

(19) 母の言葉、「私たちの姿は神が造りたもうたもの」（We are as God made us）というのは、「黒い肌で生まれたのは、神が決めたことであるゆえ、神の命《めい》に従って、それを受け入れないといけない。神は人間にとって最良のことを心得ておられるゆえ、現在の姿や環境に疑問を抱くことは、自分たちは神よりも分別があると思い上がってしまうことになる」という意味。

(20) スカイラーは、キング牧師の「非暴力主義」について、次のように批判している――「［キング牧師の指揮のもとで実施された、アラバマ州モントゴメリの黒人市民によるバス乗車拒否運動（一九五五）のような］『非暴力主義に基づく』全面的強行策（"nonviolent" crash program）が、結局は、店の窓の破壊（crashing）や品物の強奪で終わった後、キング牧師（Reverend Doctor）は、すべての示威活動を途中で中止する自称黒人指導者たち（self-styled Negro Leaders）の仲間入りを果たした。彼は、平和裏に収束させるのではなく、逮捕、放火、殺人で終わらせるミシシッピの真夏の夜の狂気の立案者のひとりであった。人種関係を改善するどころか、これらの常軌を逸した試みによって悪化させた」（《キング――平和には役立たず》一〇五頁）。

(21) ユダヤ人は豚肉そして豚のもも肉を塩漬けにしたハムを食べることを禁じられている。

(22) スカイラーは、人類学者メルヴィル・J．ハースコヴィッツに言及して言っている。この点に関するハースコヴィッツの指摘については以下でも取り上げる。

(23) スカイラーは、この引用箇所で、「九人の若い黒人男性が、売春婦であると自ら認めた二人の白人女性と、たまたま同じ貨車に乗り合わせているところを目撃されて、強姦容疑で逮捕され、全員白人男性からなる陪審員によって死刑判決を下された」としている。実際には、五人に対して死刑判決が下された。しかし、適正な法手続きがなされていないとして抗議の声が上がり、最高裁でやり直し裁判の結果、四人には無罪、五人に対する死刑は減刑された。『スカイラー自伝』において、スカイラーは、黒人被告に有利な判決となったこの「有名な裁判事例」（*cause celebre*）の背後には、NAACPを出し抜き、自身の法的機関「国際労働会議」（International Labor Defense）を使って行なった「コミュニストの陰謀」（a Communist plot）が働いていたとし、次のように述べている――「コミンテルン（the Comintern）は、一九一九年の創設以来、国民を分断し、内戦を煽るために、人種的・民族的偏見や敵意を利用する必要性を感じていた。その結果、彼らにとってスコッツボロ事件はいかに重要なものであるか、はっきりわかっていた」（『スカイラー自伝』一八七―八八頁）。

(24) パットンによれば、「将校養成訓練キャンプ」を設けることに対しては、とくに南部が、ミシシッピ州選出の上院議員で、激しい人種主義者であったジェームズ・K・ヴァーダマンを中心にして、黒人にはいかなる軍事訓練をさせることはできない、と反発していた。デュボイスは、『クライシス』（一九一七年七月号）掲載の《将校訓練キャンプ》（"Officers' Training Camp"）で、次のように述べている――「相当ためらった後、またハワード大学をはじめとする諸大学の学生の熱心な活動に煽られて、合衆国陸軍省はついに〔黒人将校養成のための〕訓練キャンプの設置を認めた……キャンプは六月一八日に始まった。これは、健全な考えと根強い活動の大勝利である」（一三一頁）。

(25) 参加した候補生は一二五〇名で、そのうち、大卒が約四十パーセントで、さらにそのうちの五十パーセントが専門職あるいはビジネスの教育を受けていた。タスキーギ専門学校からは、六十名の教員と卒業生が、またハワード大学からは、約二百名の卒業生と教員が参加していた（Patton五七頁）。

(26) ニュートン・ディール・ベイカー陸軍長官（在職期間は一九一六―二一）によれば、訓練キャンプが一か月延びたのは、黒人将校養成に対する南部諸州からの抗議があったから、としている。南部の反発に対して、ミズーリ州セントルイスやテキサス州ヒューストンに駐屯する黒人部隊が暴動を起こした。そのような事情を勘案して遅らせた、ということである（Patton 六三―六五頁）。最終的に将校になったのは、最初の一二五〇名のうち六三九名で（すべて歩兵部隊）、大尉が一〇六名、中尉が三二九名、少尉が二〇四名だった（Patton六八頁）。

(27) スカイラーは、『スカイラー自伝』の中で、第一次世界大戦中に、短期間、ガバナー島に監禁されていた、と書いている（一三六頁）。しかし詳細は明かしていない。

(28) 「世界は民主主義のために安全でなければならない」とは、一九一七年四月二日、ウィルソン大統領が、ドイツに対して宣戦布告（四月六日）をするに当たって、議会に訴えた戦争教書演説の中の言葉。本書第Ⅱ部、注173を参照。

(29) 本書第Ⅲ部、注1を参照。

(30) このエッセイは、「教育と文学」（Education and Literature）という項目の下で、「下層社会の光と影――社会的のけ者の研究」（Light

and Shadow of the Underworld—Studying the Social Outcasts）として掲載された。

（31）ボルシェヴィズムを支持する創刊者の姿勢は、例えば、一七年一一月号『メッセンジャー』（第一巻一一号）掲載の《日本と極東》（"Japan and the Far East"）と題した論評にうかがえる。それによれば、日本のシベリア出兵計画（一八年一月に始まる）は、人種的要因（白人対有色人種）が絡んだ問題ではなく、「政治経済的な」問題が絡むものであった。「日本の独裁政権は、ロシアの社会主義、ロシアの革命、ロシアの民主主義に脅威を抱いており」、「英仏伊はすでにロシアの革命精神に影響されて、彼らの民主勢力が勢いづいている……英仏伊は日本ほど独裁的ではないけれども、ロシアほど民主的でもない。社会主義は、日本に対してと同様、英仏伊にとっても警戒の赤旗である」とする。合衆国にとっては、資本主義国であることから、「社会主義の発展は〔資本主義の展開を妨げるので〕歓迎されるべきものではない……しかし、社会主義が合衆国にすでに浸透している」。そして「急進的でリベラルな力によって導かれるアメリカの世論が……最初の社会主義共和国を破壊しようとするいかなる国際的共謀に対抗する手ごわい敵になると、われわれは信じる」と結論づけている。そして締めくくりに、アメリカの黒人に向かって、「肌色を理由に、〔日本に〕引き寄せられないように忠告しておく……日本は恥ずかしくも、自国民を抑圧しているのであって、あなたたちも同じように抑圧されるであろう。白人であろうが、有色人であろうが――また外国であろうが、自国であろうが、民主主義の側に立とうではないか、そして民主主義を擁護し、非民主的勢力に対抗する勢力を支持しようではないか」と締めくくる（一二一―一二三頁）。

付け加えれば、日本に対する『メッセンジャー』の姿勢――日本はあくまでも独裁国家であり、自国民を抑圧している以上、同じ有色人という観点から好意を抱くようなことはすべきでない――は一貫していた。例えば、一九年五―六月号（第二巻六号）掲載の《日本と人種問題》（"Japan and the Race Issue"）六―七頁。二〇年一一月号（第二巻十号）掲載の《日本問題》（"Japanese Problem"）一四三―一四四頁。二一年八月号（第三巻八号）掲載の《アメリカのリンチに対する日本》（"Japan on American Lynching"）二二五頁。

（32）スカイラーも、『スカイラー自伝』の中で、このオーエンについて、ランドルフと同じことを言っている――「……皮肉を取り柄とする機知と鋭い言葉の持ち主で、すでに社会主義者の戯言《たわごと》を見抜いて拒絶していた。そしてたいていの知識層が『ソヴィエトの実験』に敬意を込めて語っていた時に、ボルシェヴィストの無駄口をあざ笑っていた。おかしなことに、彼の発言は、『メッセンジャー』が公言している立場のどれとも矛盾するか、対立していた。社会主義者は、当時華々しく活動していた「クー・クラックス・

クラン」とほとんど変わらず、黒人のことを考えないペテン師だと決めつけた。オーエンは誇張して語る才能があり、彼の皮肉は胸にグサリと突き刺さる痛烈なものであった」（一三七頁）。

スカイラーが「痛烈な風刺」を発揮したのが、第五巻九号（二三年九月）から始めた《シャフツとダーツ——痛言と風刺のページ》（"Shafts and Darts: A Page of Calumny and Satire"）と題する月刊コラムであった。第六巻四号（二四年四月）の《シャフツとダーツ》——劇批評家セオフィラス・ルイスとの共同執筆——に、このコラムの「意図」を次のように説明している——「筆者の意図はただ次のようなものである——既知の世界に存在するあらゆる人物や物事に対して、誹謗中傷を行なったり、折に触れてほめたりすることであり、不朽の名声を誇る大統領や、偉大な道徳的雑誌の優秀な編集者であっても免れることはできない……さらに、筆者の最大の動機は悪意のこもったものであり、ほめることはあっても、ごくまれである、ということを隠そうとはしない。それどころか、とくに気に食わない人間に対しては、彼らの愚行や不正や病的な美徳を見つけ出しては暴いてみせることに労を惜しまない」（一〇八頁）。

（33）スカイラーによるものではないが、一九二〇年二月号の『メッセンジャー』（第二巻二号）に掲載された《プロパガンダ》（"Propaganda"）と題する記事（五頁）で、プロパガンダ——「世論に影響を与えるために組織的に使われる書き言葉や話し言葉」——の作為性を指摘している。第一次世界大戦で、協商国側（Entente Powers）と中央同盟国側（Central Powers）はそれぞれ、莫大な資金を使っての、「嘘のでっち上げ」（manufacturing lies）のプロパガンダ合戦を行なったというのである。

（34）この記事は、一九三〇年一〇月号の『ザ・ディバンカー・アンド・ジ・アメリカン・パレード』誌（*The Debunker and the American Parade*, Vol. XIII, No. 5, 二七—三八頁）に掲載されたスカイラーの『黒人《ニグロ》が黒人《ニグロ》を見る』（"A Negro Looks at Negroes"）の冒頭に付けられている。

（35）「黄禍《イエロー・ペリル》」というのは、一般には、日本などアジアの台頭が白人列強国を脅かすということである。とくに『メッセンジャー』は、中国やロシアへ進出する日本の「黄禍《イエロー・ペリル》」についての記事を掲載している—例えば、《日本と極東》（"Japan and the Far East," Nov. 1917, 22-23）、《日本と人種問題》（"Japan and the Race Issue," May-Jun. 1919, 6-7）、《日本問題》（"The Japanese Problem," Nov. 1920, 143; 144）。

（36）右でも言及したように（四八三—八四頁）、スカイラーは、一九三〇年八月号の『アメリカン・マーキュリー』に掲載した

《人種隔離の中を旅する《トラベリング・ジム・クロウ》》でも、黒人男性と結婚して、「自発的に」黒人として生きることを選んだ「自発的な黒人女性」（voluntary Negress）を話題にしている（四二三頁）。

(37) 一九二四年になって、連邦議会は移民を制限する「排日移民法」（Immigration Act of 1924）〔ジョンソン＝リード移民法（Johnson-Reed Act）〕を制定した。

(38) 一九二五年に学内問題で学長と対立し、複数の同僚と共に、英語・哲学・教育学の教授職を解雇になり、二八年に哲学科教授として再雇用されている。出版は解雇の直後であった。

(39) 三十編と、もう一遍、ヴァージン諸島に関するエッセイが、二つに分けて掲載されている（二六年七月と八月）。これを含めると、三十一編ということになる。しかし、一九九六年にこのシリーズをまとめて出版した編者のトム・ルッツとスザンナ・アシュトンによれば、ヴァージン諸島についてのエッセイの重要性を指摘するものの、このシリーズの企画に含まれていたのかどうか定かではないということである（T. Lutz and S. Ashton 二七五―七六頁）。

(40) 一八六五年に白人の編集者によって創刊された雑誌『ネーション』は、同じく白人の編集者創刊の雑誌（一九一四年創刊）『ニュー・リパブリック』（*The New Republic*）と共に、黒人文学・文化の発展に貢献した（G. Hutchinson 二〇九―一一頁）。

(41) ただ、最後のエッセイ《ジョージア――見えない帝国州》（"Georgia: Invisible Empire State"）はデュボイスによるもので、唯一、黒人の状況を扱っている。

(42) スカイラーは、『新しいニグロ』が出版される一年以上前に、『メッセンジャー』（一九二四年六月号 [Vol. VI, no.6] 一八三頁）の《シャフツとダーツ――痛言と風刺のページ》で、ロックを「知的俗物階級の高僧」（"high priest of the intellectual snobbocracy" [*sic.*]）と揶揄していた。ニューヨークの「信頼できる」新聞の「黒人《ニグロ・レイス》が偏見を無視するように忠言」という見出しの下の記事によれば、ロックは、数週間前、ある教会で「次のような駄法螺を吐いた」――「**白人に対する反対意見は、いっそう偏見を生み出すことになる。皆さんはそれを無視して、白人とは別々に、あくまでもわれわれ自身の能力に基づいて、アメリカの生活水準に達する仕事に勤しむべきである**（太字は、当新聞社によって掲載時イタリック）」というのである。そして「ＫＫＫ団や、その他の愛国的「白人《ノルディック》」が、この「著名な知識人《エミネント・セージ》」の「無条件降伏」の忠言に対して、たっぷりお金の詰まった財布を進呈しようと考えているという噂が流れている」ということである。

(43) スカイラーの投稿エッセイに対して、ヒューズを指名して「論戦」を企画した『ネーション』の編集者フリーダ・カーチウェイは、直接スカイラーに論駁するというよりも、真の黒人芸術についての独自の肯定的発言を求めた、ということである（A. Rampersad, *The Life of Langston Hughes* 一三〇頁）。

(44) Hutchinson（二二二頁）もこの点を指摘している。

(45) E・K・ワッツは、スカイラーの風刺について、「自己を反映した」（self-reflexive）という表現を使うが、このような点を指摘していると言える（Watts 一一六頁）。

(46) ワッツは、二人のエッセイを、「弁証術的儀式」（epideictic ritual）としてとらえ、賛否両論を並べて、どちらかを否定するよりも、その「儀式」を通して、互いに黒人芸術の意味を探っていることを強調する（Watts 九五－一一六頁）。

(47) ワッツも、ヒューズの原始性について、「生物学」〔いわばアフリカのDNA〕と関係するのではなく、黒人性に対する〔ヒューズの〕美的経験を反映している」とする。また、スカイラーの「どぎつい風刺（savage satire）を「原始的特徴」ととらえ、それも、黒人性の否定ではなく、黒人のよって立つ確実な場を求めて模索する方法であることを指摘している（Watts 九五－一一六頁）。

(48) 本論では、S. K. Wilson編の*The Messenger Reader*を用いた。頁数はこの編纂書による。

(49) ヒューズの傑作『笑いなきにあらず』（*Not Without Laughter*［一九三〇］）も、皮膚の色の「万華鏡」を提示している—black（真黒）、brown-skin（とび色の肌）、ivory-white（象牙のように白い肌）、leather-colored（なめし皮のような顔色）、clay-colored brown（薄とび色の肌）、orange-yellow of his skin（オレンジがかった黄色い肌）、brown-black（こげ茶色）、yaller rooster（黄色んぼ）、high yellow（浅黄色い肌）、patent-leather black（エナメル革のように真黒）、orange-colored（オレンジ色の肌）、yellow（黄色い肌）、mahogany-brown（マホガニーがかった褐色）、coal（黒いやつ）、autumn-leaf brown（枯葉色の肌）、dark-purple man（赤黒い男）、jelly-beans（ジェリー・ビーンズ色の肌）、sealskin brown（あざらし皮のような褐色）、smooth black（なめらかな黒い色）、chocolates-to-the bone（骨の髄までチョコレート色にそまった人たち）、Faces gleaming like circus balloons—lemon-yellow, coal-black, powder-gray, ebony-black, blue-black faces; chocolate, brown, orange, tan, creamy-gold, faces（サーカスの風船玉のように光っているたくさんの顔——レモン色、真黒、白粉色、黒褐色、暗青色の顔、顔。チョコレート色、とび色、オレンジ色、日焼《や》け色。クリームがかった黄金色の顔、顔、顔）、mustard-colored（芥子《からし》色の肌）、maple-sugar brown（楓糖《かえで》の肌）、pink and white（淡い

ピンク色の肌）、clay-colored（土色）、sulpher-yellow（硫黄色の肌）、light-mulatto woman, with skin like old ivory（古い象牙のような白い色の肌をした混血女）、black like Africans（アフリカ人みたいに肌の色は真黒）、black as ink（インクみたいに黒い〔神父〕）、ash-brown（薄茶色の肌）、paste-colored man（ねり粉色の男）、smooth pinkish-brown skin（肌理《きめ》のこまかなピンクがかったとび色の肌）、the ebony of her skin（黒檀色の肌）（引用は浜本武雄訳による）。

(50) スカイラーは、《人種的偏見についての甘くないいくつかの真実》（九六頁、本書三三八頁）や《合衆国における異人種間結婚》（一〇頁、本書二九七―九八頁）の中で、ハースコヴィッツの『アメリカのニグロ』（一九二八）から次の言葉を引用している――「アメリカの黒人《ニグロ》の八〇から八五パーセントが純血のアフリカ人の子孫であるというのは間違いで、わずか、二〇パーセント少しが純血であって、実際には、ほぼ八〇パーセントが白人あるいはアメリカ・インディアンとの混血である」。

(51) 例えば、デュボイスの《黒人の心は訴える》（NV 三八五―四一四頁）は、ロックの汎アフリカ主義的な表明――「アフリカ人民の前衛として行動しているという意識……黒人たちを世界的な評価に耐えうるものへ更生しようとする使命感」（NV 一四頁。邦訳二二一頁）に裏打ちされたものとなり、「世界的な現象としてのこの拡大した人種意識」は、「主としてアフリカ人の血を引き、今日世界中に散らばっている人びとのあいだに新たな交流を再開しようとする」（NV 一四―一五頁。邦訳二二一―二二二頁）――から聞こえてくる理想主義的な響きとは異なる。デュボイスが一九〇三年に提示した「二〇世紀の問題」――すなわち「皮膚の色の境界線の問題」――は、時を経て、ヨーロッパとアフリカや西インド諸島における「経済的帝国主義」と絡んで、その問題がますます拡大し複雑化した様相を呈していることを照射している。

(52) 本論では、一九二九年にV・F・カルヴァートンが編集したアンソロジーに収められたものを使用した。

(53) 一九一九年（パリ）、一九二一年（ロンドン、ブリュッセル、パリ）、一九二三年（ロンドン、リスボン）、一九二七年（ニューヨーク）。なお、デュボイスは、一九四五年の第五回会議（マンチェスター）にも参加している。

(54) 本書第Ⅱ部、注239を参照。

(55) 『メッセンジャー』創刊者で、スカイラーを編集者に抜擢したフィリップ・ランドルフも、『黒人の求めるもの』に寄せたエッセイ《ワシントン大行進運動は黒人のための行動計画を示す》の中で、世界の有色人種の解放のためには、連帯を云々する以前に、まずアメリカ国内の人種問題を解決しないといけないと述べている――「ヒトラーが権力の座に就いたことは、人種的偏見がファシズムの最も効果的で危険な武器であることを、われわれに明らかにしている。多くのドイツ国民、労働組合、政党や他の機関も含めて、ユダヤ人といっしょに押しつぶされた。ここアメリカでも、反動的勢力が台頭すれば、労働組合や自由な宗教や自由主義的な組織やアメリカ市民は打ちのめされるだろう。アジア、アフリカ、そしてラテンアメリカの有色人種は、われわれアメリカ人が国内で自由社会を実現する程度によって、自由社会についてのわれわれの宣言の本気度を推し量るだろう」（一六一―六二頁）。

もっとも、『黒人の求めるもの』の中には、世界じゅうの有色人の連帯がアメリカ国内の人種問題解決に結びつくことを指摘するエッセイもある。例えば、ロイ・ウィルキンズは、「ロシアやアジアやアフリカの諸国民の大きなうねりが、戦車や鉄砲よりも強力なものであることを証明するだろう。西欧列強国とその他の諸国との間に……平和を築く……そのような平和は、われわれの国の黒人の地位にも必ず影響を与えるだろう」（《黒人は完全な平等を求める》一三一頁）と述べている。

また、スターリング・A・ブラウンも次のように述べている――「黒人は同盟者がいることはわかっている。世界じゅうの多くの有色人種、中国やインドやフィリッピンやマレーシアやアフリカや南アメリカやカリブ海諸国など、たくさんの黄色人や褐色人や黒人がいて、世界じゅうで、民主主義への期待が大いに湧き立っている……人種的偏見を破壊したソヴィエト連邦の成功が希望と勇気を与えている……アメリカにも同盟者がいる。黒人はこのようなアメリカの同盟者と結束しなければならない……黒人は彼らの同盟者を容易に見つけることができ、彼らに対する親愛の情が強くなり深まる」（《われわれも仲間に入れろ》三四三―四四頁）。

（56）ただ、例えば『ピッツバーグ・クーリエ』の特派員J・A・ロジャーズは当紙上で、日本に対する好意的な発言をしている――「エチオピアがアフリカ全体のために戦っていることを、世界に伝えた。さらに、エチオピア兵が日本でパイロット訓練を受けたという興味深い話や、戦闘機の提供まで日本が示唆していたということを、特ダネとして報じた……日本とエチオピアの貿易が盛んになったおかげで、東アフリカの人びとの暮らしはすっかり豊かになったと考えていた」（R. Kearney, *African American Views of the Japanese*. 山本伸訳・猿谷要解説『二〇世紀の日本人――アメリカ黒人の日本人観一九〇〇―一九四五』。英語版は原著となる日本語版の後で出版された。J・A・ロジャーズの記事は日本語版九九頁に引用されている）。

また、日本の満州侵攻については、一九三六年、二カ月にわたって満州に一週間、中国に十日間、日本に二週間滞在したデュボイスは、『ピッツバーグ・クーリエ』において、「日本人は、『同じ有色人種であり、同じ苦しみを味わい、同じ運命を背負っている』ことを、心から理解してくれている」（カーニー、日本語版一一二頁）と述べ、満州では、「有色人種国による植民地指導は、一見の価値がある」と力説している（カーニー、日本語版、一一三頁）。

しかし、『ピッツバーグ・クーリエ』は、黒人がなぜそれほどまでに日中戦争に注目するのか、理解に苦しむ——遠いアジアの東側で起こっていることが、黒人に大きな影響を及ぼすとは、とうてい考えられない——という社説も掲載していた（カーニー、日本語版一一〇頁）。

『ピッツバーグ・クーリエ』も含めて、数多くの黒人新聞のコラムニストであったケリー・ミラー（Kelly Miller 数学者、社会学者でもあった）は、スカイラーと同じ趣旨の発言をしている——「日本は、ムッソリーニがエチオピアでやったことと『まったく同じ』ことを、満州で行なった。日本もイタリアも、『国益だけを追求する貪欲さと、帝国主義による侵略』という点では、なんら変わりはない」（カーニー、日本語版九九頁）。

(57)《才能のある一割の人間》は、ブーカー・T・ワシントンの技術訓練教育に対して、大学教育を修めたエリートの要請の必要性を説いている。このエッセイがワシントンの編纂書『黒人問題—今日のアメリカの代表的な黒人による論文集』（*The Negro Problem; A Series of Articles by Representative American Negroes of To-Day* 一九〇三）に収められているのは、意見の相違を超えて、共に黒人のあるべき姿を模索していたと解釈できる。

(58) 本書第Ⅱ部、注87、88、89を参照。

(59) スカイラーは、一九六七年の講演《アメリカ黒人《ニグロ》の未来》の中でも、今後も、黒人は白肌になりたいとは思わない傾向がますます強まっていくことを指摘している——「人種共存は人種混淆に繋がると考える極端な理想主義者《ドリーマー》の解決策でしかない。今後そのようなことはないだろうし、これまでもなかった。現時点でも、血の交わりによって、「カラー・カースト」すなわち肌色に基づく階級のうち、どちらかが消えてしまう可能性は薄い。社会的平等を前提にしたとしても、われわれは人種主義の終焉を見ることはない。合衆国の大多数は非白人《ノン・ホワイト》を対等に見てこなかったし、おそらくこれからもないだろう。実際、奴隷制時代から再建期を経て、自立の可能性のある黒人《ブラック》社会を打ち立てたものの、以後、肌色がきわめて淡《うす》くなった黒人《カラード》と黒い肌色の黒人《カラード》との人口比率は下降線を辿っている。今日、白人に「なりすまして」生活を送る黒人《ブラック》の数は少ないし、将来はもっと少なくなるだろう。現在は「褐色のアメリカ《ブラウン・アメリカ》」となっているが、将来はもっと濃い褐色になるだろう。

私は、個人的にはこの傾向は遺憾に思っている。というのも、人種混淆によって、さらに多種多彩な肌色の、身体的にももっと魅力的なアメリカ人が生まれてくるからである。しかしながら、そのような状況になることを示すものはほとんどなく、われわれは現実と向き合わなければならない。事実、アメリカにおいて（また他の地域を見て）経験的に知っているように、人間に関する諸事万端にわたって、似かよった人種になる傾向はないのである」（二一―二三頁）。

あとがき

本書は、ジョージ・サミュエル・スカイラー（一八九五―一九七七）の、ジャーナリストとしての実に幅広い著作活動のなかから、スカイラーのテーマ、「人種という概念の虚構性」を浮き彫りにする新聞・雑誌・編纂書掲載の評論・コラム・社説などを選んでの翻訳（第Ⅱ部）、そしてそのテーマを小説化した『ノーモア黒人《ブラック》』の翻訳（第Ⅰ部）と、そのテーマを分析する拙論（第Ⅲ部）の、三部構成になっています。第Ⅲ部については、『外国語外国文化研究』第一六号（二〇一四年三月三一日、関西学院大学法学部外国語研究室）の拙論、「『人種』という概念の虚構性を見透かす――ジョージ・S・スカイラーの『プープーイズム』あるいは『ホウカム』の感性――」を修正・加筆して転載しています。

スカイラーの存在を知ったのは、二〇〇三年四月から一年間、ノースカロライナ大学チャペルヒル校の「アメリカ南部研究センター」にて、アメリカ南部の文学・文化の研究を行なっていた時でした。研究の過程で、南部の「リベラリズム」「リベラリスト」という概念が、「保守（主義）的」（あるいは「保守反動的」）という観点でとらえられる場合があることについて、その意味は理解していたものの、具体的にどういうことなのかを知りたいと思っていたところ、たまたま、チャペルヒルに二週間ほど滞在されて、図書館で資料調査をしておられた黒人の（おそらく市井の）南部史家に出会いました。滞在されているあいだ、数回昼食を共にする機会があり、話の流れのなかで、そのことを切り出したところ、ノースカロライナ大学出版局から出版されている『黒人の求めるもの』（一九四四）という本の出版の経緯に一つの事例を見ることができると教えられました。出版経緯については、本書第Ⅲ部で説明していますが、『黒人の求めるもの』のなかでもとくにスカイラーの評論に興味をひかれたということです（南部史家のお顔ははっきり覚えているのですが、お名前は完全に失念してしまっています。当時は、確か七十歳代半ばの御年とうかがったように思います）。

スカイラーの存在を知ってから、頭の隅にスカイラーを意識しながら、本来の南部文学・文化の研究を行なっていたのですが、スカイラーのジャーナル掲載の書き物や、スカイラーについての記事・論文を目にした折には通読したり、カタログなどでスカイラーの名前を見かけた折には、興味のありそうなものを選んで少しずつ集めたりしていました。

二〇一一年六月下旬から本格的に取り組み始め、ようやくこのようなかたちで出版する運びとなりました。スカイラーの存在を知ってから十二年目になります。

W・E・B・デュボイスが指摘したように、二〇世紀の人種問題は、「皮膚の色による境界線《カラー・ライン》の問題」という枠組みで、おおかた白人と黒人がせめぎ合う、二人種間の軋轢・葛藤・闘争としてとらえられていました。そしてそのような歴史の流れの結実が、一九六四年に成立した「公民権法」でした。

しかし、以降のアメリカは、このような黒人の権利獲得運動が刺激となって、他の様々な人種・民族も自らの存在を力強く訴える動きを顕在化させる、いわば「ドミノ現象」が起きたことによって、大きく様変わりしてきました。アメリカを定義する古典的な概念――「多様性のなかの統一」や「メルティング・ポット」――が、様々な人種・民族の完璧な平等の標榜であったのではなく、むしろ結局は白人種への統合という論理がその根幹をなしていたのですが、そのような白人中心主義に対して、意識的・無意識的反発がいっそう強くなっていきました。そして、それぞれの人種・民族が、それぞれのよって立つ場を求めて、もはや「皮膚の色による境界線《カラー・ライン》の問題」として集約できないほど、人種としての、民族としての、さらにはそのような枠には縛られない、あくまでも個人としての、多種多様で多角的で、また柔軟にとらえられるアイデンティティ確認の方法を模索するようになりました。

なかでも、とくに目立つようになったのが、「ヒスパニック」という、白人とインディオとの「混血」の存在です。そして彼らの存在がますます顕在化することによって、人種・民族が並存・混在するこれまでのアメリカから「混血のアメリカ」というとらえ方が自然に受け止められて受け入れられる時代が訪れました。これまで、黒人と白人の間に生まれた子供は黒人、いや、黒人の血がどこかで一滴でも流れていれば黒人という、「ヴァージニア州人種保全法」（一九二四）によって確立された「血一滴ルール」がなおも尾をひいていることに対して、そのようなルールの時代錯誤性、無意味性が、今更ながらに突きつけられました。単一の人種・民族で自分を定義づけることにますます違和感を覚えるようになったアメリカ人の意識変化の大きな流れを二〇〇〇年の国勢調査が受け止めて、人種・民族の項目につき、従来の択一回答方式に代わって、複数回答——自分の体のなかを流れるすべての血の出自の項目欄にチェックを入れることができる——を認めるかたちで、「混血のアメリカ」という概念が結実しました。

スカイラーは、一九二三年にジャーナリズムの世界に飛び込んで以来、一九七七年に没するまで、五十年以上にわたって、一貫して、そのような「混血のアメリカ」の姿を浮き彫りにし続けてきたのです。

スカイラーにとって、高等教育を修めた才能ある黒人指導者——デュボイスの言う「才能のある一割の人間《タレンティッド・テンス》」によって導かれる「皮膚の色による境界線《カラー・ライン》」を挟んでの人権獲得運動の声高な主張は、結局は、白人権力層が下層白人を黒人差別実労部隊に仕立て上げるために使うさまざまなプロパガンダと本質的に変わらず、「公民権法」のような政治的・法的解決は成し遂げたとしても、「皮膚の色による境界線《カラー・ライン》」は消滅するどころか、人の心の奥にますます深く沈潜して残る結果、差別感情・意識はなくならず、なお人と人との真の理解は生まれることはない、ととらえていたのではないでしょうか。

このような観点が、筆者（廣瀬）には想像を絶するほど激しいと感じられるキング牧師痛罵にも繋がっていたのではないかと解することもできます。しかし、スカイラーにとって、黒人解放への想いのみならず、白人解放への想いは、キング牧師も含めた「才能のある一割の人間《タレンテイッド・テンス》」とまったく同等のものであったと言えます。

「皮膚の色による境界線《カラー・ライン》」のない「混血のアメリカ」をとらえるスカイラーの実に精力的な執筆活動を支えた基本的視座――「皮膚の色」によって決定づけられる「人種」という概念は、あくまでも、白人権力層が自らの他者支配を正当化するために捏造した「虚構」――は、まさに、エドワード・サイードの「オリエンタリズム」という、今日のポストコロニアルな概念に繋がるものでした。

このようなスカイラーの今日性に興味を覚え、それを掘り起こしたのが、本書ということになります。

スカイラーのテーマは、一九二〇年代に花開いた「ハーレム・ルネッサンス」の主流とはならず、それどころか、《「黒人芸術《ニグロ・アート》」という戯言《ホウカム》》に見るように、スカイラー自身、「ハーレム・ルネッサンス」をきわめて醒めた目でとらえていたことなどから、ジャーナリストとして編集・執筆に携わる広範な活動にもかかわらず、『ノーモア黒人《ブラック》』の作者ということ以外、一般にはあまり知られていない存在でした。その『ノーモア黒人《ブラック》』とて、一九三一年に出版されてから、長らく埋もれた状態になっていました。

しかし、一九六九年、キング牧師が暗殺された翌年、三十八年の歳月を経て、『ノーモア黒人《ブラック》』がカンザス州へイズの「マックグラス出版社」から復刻されました。その理由として考えられるのは、やはり、以上述べたような、スカイラーの今日性を受け入れる素地が出来上がりつつある時代がようやく到来したから、と考えることができると思います。以後、二〇世紀末まで、『ノーモア黒人《ブラック》』は、一九六九年の「マックグラス出版社」版も含めて、五社から出版され、二一世紀に入ってからも、二〇〇八年から一三年まで、二〇一一年の「ライブラリー・オヴ・アメリカ」版を含めて、四社から出版されています（つまり、初版も含めて合計十社から出版されています）。

一九九一年には、『ピッツバーグ・クーリエ』のシリーズ物小説であった《ブラック・インターナショナル》と《黒人帝国《ブラック・エンパイア》》が、『黒人帝国《ブラック・エンパイア》』として出版されましたし、一九九四年には、同じく『ピッツバーグ・クーリエ』のシリーズ物小説であった《エチオピア人殺害のミステリー》と《エチオピア革命》が、『エチオピア物語』として出版されています。また、二〇〇一年には、スカイラーの雑誌・新聞・編纂書掲載の評論・コラム・インタヴュー選集が出版されています（詳細は、本書の「スカイラー略年表」に記載しています）。

ちなみに日本では、シルベスター・C・ワトキンズ編（Ed. Sylvestre C. Watkins）『アメリカン・ニグロ文学選集』（*An Anthology of American Negro Literature*［一九四四］掲載の《ジキル博士とハイド氏と黒人《ニグロ》》（"Dr. Jekyll and Mr. Hyde, and the Negro"）が、大西洋三訳による《黒人をめぐるジキル―ハイド的待遇》として、橋本福夫／浜本武雄編『ニグロ・エッセイ集』（『黒人文学全集』第十一巻［早川書房、一九七〇］）に掲載されています。

スカイラー研究としては、荒このみ著『アフリカン・アメリカン文学論――「ニグロのイディオム」と想像力――』（東京大学出版会、二〇〇四）の中に、的を射たスカイラー論究が含まれています。

アメリカにおける昨今のスカイラー発掘・評価現象を見れば、確かにスカイラーの考えを理解して受け入れる時代に突入したと思われます。大学ばかりでなく中学校や高校でも、『ノーモア黒人《ニグロ》』を取り上げる機会が増えているとのことです。

本書を通して、スカイラーの今日性を味わっていただき、今なお、アメリカのみならず世界の至るところで、人種・民族蔑視・差別が横行している状況に対して、人と人との真の繋がりを真摯に思索する意識を高めていただければ幸いです。

本書を完成するうえで、実に多くの方にお世話になりました。紙幅の関係上、以下にはごく一部の方のお名前しか挙げていませんが、これまでお世話になったすべての方への感謝の気持ちでいっぱいです。

まず、お名前は失念してしまったのですが、二〇〇三年にスカイラーの存在を知るきっかけを与えていただいた南部史家の方にはありがたく思っています。

そして、二〇〇三年四月から一年間、ノースカロライナ大学チャペルヒル校の「アメリカ南部研究センター」で、多大な支援と奥深い知的刺激を与えていただいたハリー・ワトソン教授（当時はディレクター）と、ウィリアム・フェリス教授（当時は副ディレクター）。

また、関西学院大学法学部の同僚として、長年にわたって、誠実にして厳格な教育・研究姿勢の素晴らしい手本をそばで示していただいた故松田裕先生。

そして、二〇一五年五月に急逝された関西学院大学法学部の宗教主事、栗林輝夫教授――同僚として良き友人として交流できた二十二年間はとても意義深いものでした。

また、大学時代の同窓生で、卒業後、新聞記者、テレビ報道局、教育者、日本企業の海外勤務、公務員（二人）、会社経営の仕事を通して、激動の時代を見事に生き抜いてきた平尾隆夫、川村恒雄、和泉俊三、木村康則、星山俊二、伊東純一、青木修一の各氏――毎春恒例にしている、互いの生存確認のための「八人会」にて、なお意気盛んな仲間から元気をもらっています。

さらに、三十年来の友人で、いつも英米の情報を送ってくれて励ましてくれるタニア・サクソン（アメリカ人）とジョン・ビリングスレー（イギリス人）。

また、コンピュータやプリンターのセットアップから維持管理に至るまで、至れり尽くせりの支援をして下さっている庫本善夫さん――彼の存在は、機械に疎い私にとって、多大な救いとなっています（彼にとっては、機械の扱い方を覚えようとせず、彼に頼りっきりの私は「自立できない」実に歯がゆい存在だとは思いますが）。

そして、本書を最終稿にする段階に入った時期に担当した二〇一四年度開講の「人文演習」の受講生、中村和英君、小谷勇貴君、坂上裕康君と奥山遥香さん――当ゼミで、教材のひとつとして数編の訳稿を使用した際、彼らの鋭い感性による分析に刺激され、また素朴な疑問提起によって、気づかなかった細かい箇所の修正もできました。

本書の刊行に当たっては、関西学院大学出版会の田中きく代理事長、事務局の統括マネージャー田中直哉氏、そして実に入念な編集をご担当いただいた松下道子さんに大変お世話になりました。厚くお礼申し上げます。

この企画に本格的に着手したのは、二〇一一年三月、突如として不治の病魔が妻の和代を襲い、在宅ホスピスケアを余儀なくされることになった時でした。彼女との共訳書の出版を一か月後に控えた五月半ばごろ、看病をしながら、スカイラーを次の企画にすべく、資料を整理していると、大変興味を示してくれ、面白そうだからぜひ本にして出版してほしいと言ってくれました。翌春三月に他界してから、残してくれた言葉に支えられて原稿完成に努め、ようやく彼女との約束を果たすことができました。

本書を亡き妻にささげたいと思います。

二〇一五年六月

六人の孫たちが、

堅牢にして太平静謐、加えて富饒に見せかけた「砂上の楼閣」（「マタイによる福音書」七章二六節）に巣食う理不尽な嘘偽りや不条理を怯むことなく直視し、沈黙の傍観者に徹することを強いる楼閣の「愚かな建て主」（同七章二六節）の有無を言わせぬ圧力に屈しない勇気と知性を発揮し、和代バアバ譲りの典雅と智慧そして温柔敦厚を兼ね備えた人間に成長すること——ただひたすらにそのことを願いつつ。

「あなたがたは地の塩である……あなたがたは世の光である。山の上にある町は、隠れることができない」

（同五章一三—一四節）

廣瀬　典生

ジョージ・S・スカイラーの世界
——人種概念の虚構性を見透かす——

小説『ノーモア黒人《ブラック》』とジャーナル著作物の翻訳、
およびスカイラーについての一考察

2015年12月1日 初版第一刷発行

著　　者　ジョージ・S・スカイラー
編訳・著者　廣 瀬 典 生

発 行 者　田中 きく代
発 行 所　関西学院大学出版会
所 在 地　〒662-0891
　　　　　兵庫県西宮市上ケ原一番町1-155
電　　話　0798-53-7002

印　　刷　株式会社クイックス

Printed in Japan by Kwansei Gakuin University Press
ISBN 978-4-86283-210-8

原著者紹介

ジョージ・サミュエル・スカイラー（George Samuel Schuyler, 1895-1977）

スカイラーは，アメリカ合衆国ロードアイランド州プロヴィデンス生まれとしているが，ニューヨーク州，あるいはマサチューセッツ州生まれという説もある．ニューヨーク州シラキュースで17歳まで育ち，高校を中退して軍隊に入る．第一次大戦中には将校（中尉）になっている．終戦後，ニューヨーク（マンハッタン）に生活の拠点を置き，1923年に黒人月刊誌『メッセンジャー』の編集助手の職を得，それを機にジャーナリストとしての人生をスタートさせる．翌24年には，黒人週刊紙『ピッツバーグ新報《クーリエ》』のニューヨーク支局通信員の職にも就き，以後，当紙の主要なポストを務める〔当紙との関わりは1966年まで42年に及ぶ〕．そして没年の1977年まで，『ネーション』『アメリカン・マーキュリー』『モダン・マンスリー』『クライシス』『ニグロ・ダイジェスト』『フリーマン』など，数多くの雑誌や新聞，また数冊の編纂書に，エッセイ，論評，書評，戯曲や短編などを寄稿するフリーランスのコラムニスト，エッセイストとして活動した．1931年には，小説『ノーモア黒人《ブラック》』と，リベリアの現状を小説化した『今日の奴隷 ― リベリア物語』を出版．1966年には，自伝『保守主義の黒人《ブラック》 ― ジョージ・S・スカイラー自伝』を出版している．

編訳・著者紹介

廣瀬　典生（ひろせ・のりお）

1948年11月奈良県生まれ．

関西学院大学法学部教授．アメリカ文学・文化専攻．博士（文学）．

著　　書　『アメリカ旧南西部ユーモア文学の世界 ― 新しい居場所を求めて』（[単著]英宝社，2002）；『21世紀アメリカを読み解く』（[共著] 関西学院大学出版会，2004）；『北米の小さな博物館3 「知」の世界遺産』（[共著]彩流社，2014）など．

訳・著書　『リリアン・E・スミス「今こそその時」 ― 〈ブラウン判決〉とアメリカ南部白人の心の闇』（[単著]彩流社，2008）．

翻 訳 書　クライド・エジャートン『レイニー　ある新婚夫婦の物語』（大阪教育図書，1996）；ルドルフォ・アナヤ『アルバカーキ―わが心の川，リオグランデに生きて』（大阪教育図書，1998）；ルドルフォ・アナヤ『ハラマンタ ― 太陽の道を行け』（地湧社，1999）；ウォルター・ブレア『ほら話の中のアメリカ ― 愉快な英雄たちの痛快伝説でつづるアメリカの歴史』（北星堂書店，2005）；ケイ・ギボンズ『エレン・フォスター』（大阪教育図書，2006）；テレサ・バーガー『女性たちが創ったキリスト教の伝統』（[廣瀬和代との共訳] 明石書店，2011）など．

索　引

（注にある項目は注番号を記載［例えば「第II部注25」は「II-25n」とする］）

人名・著作名索引

《あ行》

アインシュタイン, アルベルト　Albert Einstein (1879-1955)　86, 333, 346, 400, I-74n, II-109n

《アメリカの黒人のみなさまへ》 "To American Negroes" (デュボイス訳) (1932)　II-109n

赤毛のエイリーク　Erik the Red (Erik Thorvaldsson) (950 -c. 1003)　259, II-57n

アシス, マジャード・デ　Machado de Assis (1839-1908)　315, 348

アシュマン, ジェフディ　Jehudi Ashmun (1794-1828)　355, II-123n

アダムズ, ジョン・クィンシー　John Quincy Adams (1767-1848)　406, II-225n

アバナシー, ラルフ・D (シニア)　Ralph David Abernathy, Sr. (1926-90)　473, III-11n

アリー, メフメト　Mehmet Ali (ムハンマド・アリー [Muhammad Ali]) (1769-1849)　374, II-147n

アルフレッド大王　Alfred the Great (844-899)　157, I-132n

アレン, リチャード　Richard Allen (1760-1831)　430, II- 267n

アンター　Antar (Antarah ibn Shaddad) (525-608)　259-60

アンダーソン, マリアン　Marian Anderson (1902-93)　389, II-189n, II-190n

イエス・キリスト　Jesus Christ　110, 111, 130, 183, 184, 187, 188, 400, 413

ヴァーダマン, ジェームズ・K　James Kimble Vardaman (1861-1930)　III-24n

ウィートリー, フィリス　Phillis Wheatley (1753-84)　I-14n

ヴィクトリア女王　Queen Victoria (1819-1901)　357

ウィリアムズ, バート　Bert Williams (1874-1922)　258, II-46n

ウィリアムズ, ピーター (ジュニア)　Peter Williams, Jr. (1786-1840)　II-263n

ウィルカーソン, ドクゼイ・A　Doxey A. Wilkerson (1905-93)　III-6n

ウィルキンズ, ロイ　Roy Wilkins (1901-81)　III-6n, III-55n

《黒人は完全な平等を求める》 "The Negro Wants Full Equality." (1944)　III-55n

ウィルソン, ウッドロー　Thomas Woodrow Wilson (1856-1924)　381, II-103n, II-172n, II-173n, III-28n

「世界は民主主義のために安全でなければならない」 "The world must be made safe for democracy" (1917年4月2日、ドイツに対して宣戦布告［4月6日］をするに当たって、議会に訴えた戦争教書演説の中の言葉)　492, II-173n, III-28n

ウィンシップ, ブラントン　Blanton Winship (1869-1947)　363

ヴェクテン, カール・ヴァン　Carl Van Vechten (1880-1964)　287, 540-47

『くろんぼ天国』 *Nigger Heaven* (1926)　287, 540-47

ウェズリ，チャールズ・H　Charles H. Wesley (1891-1987)　III-6n, III-8n
《黒人はいつも四つの自由を求めてきた》 "The Negro has always wanted the Four Freedoms." (1944)　III-8n
ヴェチェッリオ，ティツィアーノ　Tiziano Vecellio (c. 1485-1576)　I-42n
ウェブスター，ダニエル　Daniel Webster (1782-1852)　406, II-227n
ウォーレン，アール　Earl Warren (1891-1974)　II-260n
エヴァンズ，ハイラム・ウェズリー　Hiram Wesley Evans (至上魔法師エヴァンズImperial Wizard Evans) (1881-1966)　289, II-84n
エジソン，トマス　Thomas Edison (1847-1931)　274, II-135n
エステルハージ，ニコラウス・ヨーゼフ　Nikolaus Joseph Fürst von Esterházy (1714-90)　390, II-193n
エックス，ジャコウバス　Jacobus X (生没年不詳)　339, II-114n
『植民地における愛の技法』 *L'Art d'aimer aux Colonies* (1893)　345
英語版:『人類学の未踏領域』 *Untrodden Fields of Anthropology: Esoteric Manners and Customs of Semi-Civilized Peoples* (1898)　339, 345
エリス，ヘンリー・ハヴロック　Henry Havelock Ellis (1859-1939)　346, II-115n
『性の心理』 *Studies in the Psychology of Sex* (1933)　II-115n
エリソン，ラルフ　Ralph Ellison (1914-94)　561
《黒人がいなければアメリカはどのようになるか》 "What America Would be Like Without Blacks." (1970)　561
オーエン，チャンドラー　Chandler Owen (1889-1967)　495, 497-98, III-1n, III-32n
オセオラ　Osceola (1804-38)　349-50
オッペンハイマー，フランツ　Franz Oppenheimer (1864-1943)　328, II-105n
『国家論』 *The State* (1914/1922)　328

《か行》

ガーヴェイ，マーカス　Marcus Garvey (1887-1940) (ガーヴェイ主義者 [Garveyites])　250, 253, 263, 310, 352, 361-62, 382, 415, 514, 518, 520 580, I-14n, I-48n, I-70n, II-23n, II-177n
カーチウェイ，メアリ・フリーダ　Mary Freda Kirchwey (1893-1976)　III-43n
カウチ，ウイリアム・テリー　William T. Couch (1901-89)　458-62, 470
ガスク，アラード　Allard Gasque (1873-1938)　295, 304
カスター，ジョージ・アームストロング　George Armstrong Custer (1839-76)　II-100n
カダリー，クレメンツ　Clements Kadalie (1896-1951)　382, II-175n
カノット，セオドア　Theodore Canot (1804-60)　355
カポネ，アル　Al Capone (1899-1947)　348, I-34n
カルヴァートン，V・F　Victor Francis Calverton (1900-40)　4, I-3n, III-52n
『モダン・クウォータリー』(*Modern Quarterly*) (V・F・カルヴァートンによって創刊 [1923-33])　I-3n

『モダン・マンスリー』(*Modern Monthly*)(カルヴァートンは、1933年に『モダン・クウォータリー』の名前を『モダン・マンスリー』に変え、彼が亡くなる1940年まで編集を担当した) 456, 484,-86, 513
カレン, カウンティ　Countee Cullen (1903-46) 527
ガンジー, マハトマ　Mahatma Gandhi (1869-1948) 381
キップリング, ジョゼフ・ラドヤード　Joseph Rudyard Kipling (1865- 1936) 153, I-73n
《ガンガ・ディン》("Gunga Din") (1892) 85, I-73n
キャラウェイ, ハティ　Hattie Caraway (1878-1950) 304
キャノン, スティーヴ　Steve Cannon (1927-2009) III-13n
キング, チャールズ・D・B　Charles D. B. King (1875-1961) 361, 362, 363, 370, II-133n
キング, マーティン・ルーサー（ジュニア） Martin Luther King, Jr. (1929-68) 472-74, 480-81, 582, III-11n, III-20n
クーエ, エミール　Émile Coué (1857-1926) 223, II-11n, II-12 n
『自己暗示』 *Self-Mastery Through Conscious Autosuggestion* (1922) II-12n
クーリッジ, カルヴィン　John Calvin Coolidge, Jr. (1872-1933) 251, 252, 256, 305, 523, II-25n, II-26n, II-39n, II-94n
グスタフ四世・アドルフ　Gastavus IV Adolphus of Sweden (1778-1837) 390
グラント, マディソン　Madison Grant (1865-1937) 260, 508-11, 552, 564, II-63n
『偉大な人種の消滅』 *The Passing of the Great Race: Or the Racial Basis of European History* (1916) 508-11
クリール, ジョージ　George Creel (1876-1953) 278, 327, II-77n
第一次世界大戦時の広報委員会 (United States Committee on Public Information [CPI]) (Apr. 17, 1917-Jun. 30, 1919) 278, 327, II-77n
クリーヴランド, スティーヴン・グローヴァー　Stephen Grover Cleveland (1837-1908) 99, I-79n
グリーンリーフ, サイモン　Simon Greenleaf (1783-1853) 357, II-127n
クリシュナムルティ, ジッドゥ　Jiddu Krishnamurti (1895-1986) 289
クリストフ, アンリ　Henry Christophe (1767-1820) 430
クロジア, サミュエル　Samuel Crozier (出没年不詳) 355
ゲーテ　Johann Wolfgang von Goethe (1749-1832) I-140
『ファウスト』 *Faust* (1808[第一部], 1833[第二部]) I-140
ゲイティ, ベラ　Bela Gati (生没年不詳) 4, I-2n
ゲイリー, エルバート・ヘンリー　Elbert Henry Gary (1846-1927) 518
ゲッベルス, パウル・ヨーゼフ　Paul Joseph Goebbels (1897-1945) 412
ゲレロ, ビセンテ　Vicente Guerrero (1782-1831) 315
ケンプ, ハリー　Harry Kemp (1883-1960) 229
『放浪人生』 *Tramping on Life: An Autobiographical Narrative* (1922) 229
コーエン, オクタヴァス　Octavus Cohen (1891-1959) 258, II-42n, II-44n, II-50n

フロリアン・スラッピー　Florian Slappey（コーエンの探偵小説の黒人主人公）　II-50n
ゴードン, ユージン　Eugene Gordon (1891-1974)　500-01
コーニッシュ, サミュエル　Samuel E. Cornish (1795-1858)　II-263n
ゴールドバーグ, ルーブ　Rube Goldberg (1883-1970)　258, II-53n
コールリッジ=テイラー, サミュエル　Samuel Coleridge-Taylor (1875-1912)　259, 315
コグデル, ダニエル・カルホーン　Daniel C. Cogdell (1849-1945)　456, III-3n
コックス, アーネスト　Ernest Cox (1880-1966)　295, II-89n
『白人のアメリカ』 *White America* (1923)　295
コブ, アーヴィン・S　Irvin S. Cobb (1876-1944)　II-44n
ゴメス, セバスチャン　Sebastian Gomez (1646-82)　315
コナリー, トマス　Thomas Connally (1877-1963)　396, 421, II-200n, II-248n
コロンブス, クリストファ　Christopher Columbus (1451-1506)　267

《さ行》

サーマン, ウォレス　Wallace Thurman (1902-34)　498-99, 537
サイード, エドワード　Edward W. Said (1935-2003)　470
サッフォー　Sappho (around 600 BC)　390, II-192n
サンデイ, ビリー　Billy Sunday (1862-1935)　289
シーザー・ジュリアス　Julius Caesar（ガイウス・ユリウス・カエサル Gaius Iulius Caesar）(100-44BC)　274, I-98n, II-74n
シェークスピア, ウィリアム　*William Shakespeare* (1564-1616)　274, 298, 480, I-50n, I-98n, II-73n
『ジュリアス・シーザー』 *The Tragedy of Julius Caesar* (1599)　I-98n
『タイタス・アンドロニカス』 *Titus Andronicus* (around 1590)　298
『ハムレット』 *Hamlet* (1603)　480
ジェファソン, トマス　Thomas Jefferson (1743-1826)　472
ジェフリーズ, ジェームズ　James Jackson Jeffries (1875-1953)　258, II-52n
シモンズ, ウィリアム・ジョセフ　William Joseph Simmons (1880-1945)　I-37n
シモンズ, ロスコー・コンクリング　Roscoe Conkling Simmons (1881-1951)　253, II-33n
『シカゴ・ディフェンダー』 *The Chicago Defender*　235, 502, 503, II-33n
シャーロット女王　Queen Charlotte (1744-1818)　390, II-194n
シャイユ, ポール・ベローニ・デュ　Paul Belloni Du Chaillu (1831-1903)　375, II-153n
シャカ・ズールー　Tchaka (Shaka Zulu) (1787-1828)　347
シュバインフルト, ジョージ・オーガスト　George August Schweinfurth (1836-1925)　375, II-152n
シュペングラー, オスヴァルト　Oswald Spengler (1880-1936)　381, II-174n
『西洋の没落』 *The Decline of the West* (1918-22)　II-174n
ジョージ三世　George III of the United Kingdom (1738-1820)　390

ジョーンズ, ユージーン・キンクル　Eugene Kinckle Jones (1885-1954) I-67n
ジョルソン, アル　Al Joelson (1886-1950)　I-11n, I-106n
『マミー』　*Mammy* (1930)　I-11n, I-106n
ジョンソン, ジャック　Jack Johnson (1878-1946)　258, II-49n, II-52n
ジョンソン, ジェームズ・ウェルダン　James Weldon Johnson (1871-1938)　260, I-58n
『元黒人の自伝』　*The Autobiography of an Ex-Colored Man* (1912・1927)　I-58n
ジョンソン, モーディカイ　Mordecai Wyatt Johnson (1891-1976)　I-64n
ジロー, アンリ　Henri Giraud (1879-1949)　409
スールーク皇帝　Faustin-Élie Soulouque (1782-1867)　406, II-226n
スウィフト, ジョナサン　Jonathan Swift (1667-1745)　484, II-86n
『ガリヴァー旅行記』　*Gulliver's Travels* (1726)　II-86n
スカイラー, ジョージ・サミュエル　George Samuel Schuyler (1895-1977)
《アメリカ黒人《ニグロ》の未来》　"The Future of the American Negro." (Apr. 6, 1967)　513, I-16n, III-59n
《アンクル・サムの黒人《ブラック》の継子》　"Uncle Sam's Black Step-Child." (Jun. 1933)　352-71, 568
《黄禍《イエロー・ペリル》──一幕劇》　"The Yellow Peril: A One-Act Play." (Jan. 1925)　231-48, 501-04, 504, 506
《ヴァン・ヴェクテン革命》　"The Van Vechten Revolution." (Fourth Quarter 1930)　546-47
《論説と批評《ヴューズ・アンド・レビューズ》》　"Views and Reviews." (エチオピア戦争について) (Nov. 23, 1935)　568, 573
《論説と批評《ヴューズ・アンド・レヴューズ》》　"Views and Reviews." (原爆投下について) (Aug. 18, 1945)　419-22, 575-76
《論説と批評《ヴューズ・アンド・レヴューズ》》　"Views and Reviews." (日系アメリカ人の強制収容について) (May 29, 1943)　393-96, 575
《エチオピア革命──イタリア帝国主義に対する黒人暴動の物語》　"Revolt in Ethiopia: A Tale of Black Insurrection Against Italian Imperialism." (Jul. 16, 1938-Jan. 21, 1939)　569
《エチオピア人殺害のミステリー──愛と国際的陰謀の物語》　"The Ethiopean Murder Mystery: A Story of Love and International Intrigue." (Oct. 5, 1935-Feb. 1, 1936)　568-69
《合衆国における異人種間結婚》　"Racial Intermarriage in the United States: One of the Most Interesting Phenomena in our National Life." (Fall 1928)　293-316, 481, 512-13, III-50n
《下層社会の光と影──社会的のけ者ホーボへミアの考察 (季節労働者の世界)》　"Light and Shadow of the Underworld--Hobohemia: The World of the Migratory Worker." (Jun. 1923)　217-30, 492-95, 495, III-30n
《キング──平和には役立たず》　"King: No Help to Peace." (1964)　472, III-20n

《コーヒーハウスにて》 “At the Coffee House” (Jun. 1925)　I-24n, II-44n
《公民権法案に対する異議申し立て》 “The Case against the Civil Rights Bill.” (Nov. 11, 1963)　471-72, III-10n
《黒人帝国》 “Black Empire: An Imaginative Story of a Great New Civilization in Modern Africa” (Oct.2, 1937-Apr. 16, 1938)　569
『保守主義の黒人《ブラック》── ジョージ・S・スカイラー自伝』 *Black and Conservative: The Autobiography of George S. Schuyler* (1966)　455-56, 470, 473, 477-81, 489-90, 490-92, 493, 495, 525, 556, III-23n, III-27n, III-32n
《白人問題《コケイジャン・プロブレム》》 “The Caucasian Problem.” (1944)　397-418, 458, 465-70, 570-72
《今日のアフラメリカ》 “Aframerica Today” (Nov. 1925-Apr. 1926)　481-82
『今日の奴隷 ── リベリア物語』 *Slaves Today: A Story of Liberia* (1931)　566-68
《幸いなるかな、ハムの子孫は》 “Blessed Are the Sons of Ham” (Mar. 23, 1927)　262-66, 557-59, 560-61
《皿洗い体験記》 “Memoirs of a Pearl Diver.” (Apr. 1931)　493
《ジキル博士とハイド氏と黒人《ニグロ》》 “Dr. Jekyll and Mr. Hyde, and the Negro.” (1944)　486
《シャフツとダーツ ── 痛言と風刺のページ》 “Shafts and Darts: A Page of Calumny and Satire.” (Sep. 1923; Aug. 1924) III-32n; (Jun. 1924) III-42n
《スカイラー・インタビュー》” George S. Schuyler, Writer: An Interview with Ishmael Reed and Steve Cannon” (1973)　III-13n
《書簡 ── 黒人《ニグロ》と芸術家》“Correspondence: Negroes and Artists.” (Jul. 14, 1926)　531-32
《人種的偏見に関する、いくつかの甘くない真実》 “Some Unsweet Truths about Race Prejudice.” (1931)　328-51, 513, I-139n, III-50n
《聖マーティン？　マーティン・ルーサー・キング記念日》 “Saint Martin? The Martin Luther King Memorial.” (Jan. 1970)　472-73
《ダークタウン慈善舞踏会にて》 “At the Darktown Charity Ball” (Dec. 1924)　504-06
《だれが「ニグロ」で、だれが「白人」か？》 “Who is ‘Negro’? Who is ‘White’?” (Autumn 1940)　385-92, 487-88
《黒人差別の中を旅する《トラベリング・ジム・クロウ》》 “Travelling Jim Crow.” (Aug. 1930)　483-84, 486, III-36n
《「黒人芸術《ニグロ・アート》」という戯言《ホウカム》》 “The Negro-Art Hokum.” (Jun. 16, 1926)　256-61, 523-25, 527, 528, 530, 547-48, 556, II-67n
《黒人《ニグロ》が黒人《ニグロ》を見る》 “A Negro Looks at Negroes.” (Oct. 1930)　503-04, III-34n
《黒人《ニグロ》コミュニストの脅威》 “The Menace of Negro Communism.” (Aug. 1923)　498
《黒人《ニグロ》作家は食べなければならない》 “Negro Authors Must Eat.” (Jun. 12, 1929)　534, 543
《黒人《ニグロ》と白人《ノルディック》文明》 “The Negro and Nordic Civilization.” (May 1925)　249-54, 506
《黒人《ニグロ》は先を見据える》 “A Negro Looks Ahead.” (Feb. 1930)　478-79
《黒人《ニグロ》は白くなりたいのか》 “Do Negroes Want to be White?” (Jun. 1956)　423-31, 581, II-254n
《ニューヨーク ── 先延ばしにされたユートピア》“These ‘Colored’ United States, No. 24

—New York: Utopia Deferred."（Oct.-Nov. 1925） 517-23

『ノーモア黒人《ニグロ》』 *Black No More: Being an Account of the Strange and Wonderful Workings of Science in the Land of the Free, A. D. 1933-1940*（1931） 1-214, 456, 545, 577-81

《ブーカー・Tは間違っていたか？》 "Was Booker T. Wrong?"（Feb. 1947） III-18n

《ブラック・インターナショナル》 "The Black Internationale: Story of Black Genius Against the World"（Nov. 21, 1936-Jul. 3, 1937） 569

《ブラック・インターナショナルの台頭》 "The Rise of the Black Internationale."（Aug. 1938） 372-84, 507, 564-65, 570

《黒人《ブラック》が白人と結婚する時》 "When Black Weds White."（Feb. 1934） 484-86, 513

《黒人《ブラック》の兵《つわもの》ども》 "Black Warriors"（Nov. 1930） 317-27, 492, 554

《モンロビアは金の工面に必死》 "Monrovia Mooches On."（Jul. 1937） 568

《我ら黒人《ニグロ》からアメリカへの最高の贈り物》 "Our Greatest Gift to America."（1927） 267-75, 559-61

《我らの白人《ホワイト・フォークス》について》 "Our White Folks."（Dec. 1927） 276-92, 555-56, 580

スカイラー，ジョーセフィン Josephine Cogdell Schuyler（1897-1969） 4, 456, III-4n, III-13n

《私の娘のためにしてはならないこと》 "Don'ts for my Daughter"（1933） III-4n

スカイラー，フィリパ Philippa Schuyler（1931-67） 456, III-4n

スターリン，ヨシフ Joseph Stalin（1878-1953） 420, 421

スタンリー，ヘンリー・モートン Henry Morton Stanley（1841-1904） 375, II-151n

スティムソン，ヘンリー・ルイス Henry Lewis Stimson（1867-1950） 421, II-250n

スチュワート，アーサー・トマス Arthur Thomas Stewart（1892-1972） 394

ストウ，ハリエット・ビーチャー Harriet Beecher Stowe（1811-96） 428, II-48n

『アンクル・トムの小屋』 *Uncle Tom's Cabin*（1852） 428, II-48n

ストッダード，ロスロップ Lothrop Stoddard（1883-1950） 260, 295, 381-82, 508-11, 564, II-63n, II-164n

『白人世界の優越に対する有色人の台頭』 *The Rising Tide of Color against White World-Supremacy*（1921） 509-11, II-164n

スパルタクス Spartacus（c. 109–71 BC） 259, II-55n

スピーク，ジョン John Speke（1827-64） 375

スピンガーン，アーサー Arthur B. Spingarn（1878-1971） 566

スポールディング，チャールズ・クリントン Charles Clinton Spaulding（1874-1952） I-66n

スミス，ウィリアム・ベンジャミン William Benjamin Smith（1850-1934） 294-95, 340-41

『皮膚の色の境界線』 *Color Line*（1906） 294-95, 340-41

スミス，ジョン John Smith（1580-1631） I-133n

スミス，ロバート・シドニー Robert Sidney Smith（1877-1935） II- 51n

アンディ・ガンプ Andy Gump（スミスなどの漫画に登場する人物） 258, II-51n

セテワヨ国王 Cetawayo（1826-84） 347

《た行》

タインズ, ハーコート　Harcourt Tynes (1897-1958)　499
タウンゼンド, ウィラード・S　Willard S. Townsend (1895-1957)　III-6n
タキトゥス　Tacitus (c. 55-c. 120)　253, II-34n
ダグラス, フレデリック　Frederick Douglas (1818-95)　315
タナー, ヘンリー・オッサワ　Henry Ossawa Tanner (1859-1937)　257-58
タバート, マーティン　Martin Tabert (1901-1923)　222-23, II-9n
ダブニー, W・P　Wendell Phillips Dabney (1865-1952)　305-06
『ザ・ユニオン』(*The Union*) 創刊者 (1907年創刊)・編集者　305-06
ダラディエ, エドゥアール　Édouard Daladier (1884-1970)　383, II-180n
ダンバー, ポール・ローレンス　Paul Lawrence Dumber (1872-1906)　260
チェスナット, チャールズ　Charles W. Chesnutt (1858-1932)　260
チェンバレン, アーサー・ネヴィル　Arthur Neville Chamberlain (1869-1940)　383, II-181n
ディヴァイン神父　Father Divine (Reverend Major Jealous Divine) (1876-1965)　422, II-252n
ディクソン, ジェレマイア　Jeremiah Dixon (1733-99)　222, II-8n
ティルデン, サミュエル　Samuel Tilden (1814-86)　II-165n
テニスン, アルフレッド　Alfred Tennyson (1809-92)　274
デュボイス, W. E. B.　William Edward Burghardt Du Bois (1868-1963)　257, 315, 348, 382, 463-65, 465, 467-68, 471, 473-74, 476, 479, 480, 481, 519, 527-28, 540, 551-52, 553-55, 565, 575, 578-82, I-50n, I-52n, I-56n, I-96n, II-109n, II-167n, II-170n, III-6n, III-15n, III-18n, III-24n, III-41n, III-51n, III-56n
《黒人解放のための、私の発展的プログラム》 "My Evolving Program for Negro Freedom" (1944)　463-65
《黒人芸術の基準》 "Criteria of Negro Art." (Oct. 1926)　465, 527-28
《黒人の心は訴える》 "The Negro Mind Reaches Out." (1925)　III-51n
『黒人のたましい』 *The Souls of Black Folk* (1903)　464, 476, III-15n
《才能のある一割の人間》 "The Talented Tenth." (1903)　580, III-57n
《将校訓練キャンプ》 "The Officers' Training Camp." (Jul. 1917)　III-24n
《ジョージア ── 見えない帝国》 "Georgia: Invisible Empire State" (Jan. 21, 1925) III-41n
《読者拾い読み》 "The Browsing Reader" (Jan. 1931) 553-54, 581-82; (Mar. 1931) 579, 581-82
デュマ, トマ＝アレクサンドル　Thomas-Alexandre Davy de la Pailleterie dit Dumas (1762-1806)　314-15
デュマ, アレクサンドル, フィス　Alexandre Dumas, fils (1824-95)　260, 315
デュマ, アレクサンドル, ペール　Alexandre Dumas, Alexandre Dumas, père (1802-70)　260, 315, 348, 547-48
ドイル, アーサー・コナン　Sir Arthur Conan Doyle (1859-1930)　289
シャーロック・ホームズ探偵物語 (fictional stories about detective Sherlock Holms)　289

ドゥイット，ジョン・L　John L. DeWitt (1880-1962)　394
トルーマン，ハリー　Harry S. Truman (1884–1972)　421, II-247n
トロッキー，レオン　Leon Trotsky (1879-1940)　109, I-87n
トロッター，ウィリアム・モンロー　William Monroe Trotter (1872 -1934)　III-16n
トンプソン，ウィリアム・ヘイル　William Hale Thompson (1869-1944)　289, II-85n

《な行》

ナッチブル＝ヒューゲッセン，ヒュー　Sir Hughe Knatchbull-Hugessen (1886-1971)　383, II-178n
ネロ（皇帝ネロ）（ネロ・クラウディウス・カエサル・アウグストゥス・ゲルマニク）　Nero Claudius Caesar Augustus Germanicus (37-68)　124, I-101n
ノグチ，ユウザブロウ（野口雄三郎）　Yuzaburo Noguchi (1881-1942)　3, I-1n

《は行》

バークレイ，エドウィン・ジェームズ　Edwin James Barclay (1882-1955)　362, 370, II-136n
ハースコヴィッツ，メルヴィル　Melville Herskovits (1895-1963)　297-98, 338, 549-50, 551, III-22n, III-50n
　『アメリカのニグロ』　*The American Negro* (1928)　297-98, 338, III-50n
ハースト，ウィリアム・ランドルフ　William Randolph Hearst (1863-1951)　308
　『ニューヨーク・ジャーナル』　*The New York Journal*　308
ハーディング，ウォレン　Warren G Harding (1865-1923)　260, II-61n, II-62n
バートン，リチャード　Sir Richard Burton (1821-90)　299, 339, II-90n, II-150n
　『千夜一夜物語』　*The Book of the Thousand Nights*　299
バーンズ，アルバート・C　Albert C. Barnes (1872-1951)　515, 525-27
　《黒人芸術とアメリカ》　"Negro Art and America" (1925)　525-27
バーンズ，ジェームズ・フランシス（ジミー・バーンズ）　James Francis Byrnes (1882-1972) 421, II-249n
ハイドン，フランツ・ヨーゼフ　Franz Joseph Haydn (1732 -1809)　390, II-193n
ハイヤーム，オマル　Omar Khayyám (1048-1131)　229-30, 494-95, II-19n
　『ルバイヤート』　*The Rubáiyát*　494-45, II-19n
ハイラン，ジョン・E　John Francis Hylan (1868-1936)　251, 252, 256, II-25n, II-26n II-40n
　『進歩の七年間』　*Seven Years of Progress* (1925)　256, II-40n
ハウ，ジェームズ・イーヅ　James Eads How (1874-1930)　229
パウエル，ジョン　John Powell (1882-1963)　295, 512, 580, I-111n, I-112n, II-88n, II-89n, III-58n
パターソン，フレデリック・D　Frederick D. Patterson (1901-88)　III-6n
パットナム，ジョージ・パーマー　George P. Putnam (1887-1950)　566
ハリス，フランク　Frank Harris (1856-1931)　299-300, 339
　『我が人生』　*My Life* (1922)　299-300, 339

バルザック, オノレ・ド　Honoré de Balzac (1779-1850)　286
『人間喜劇』 *La Comédie humaine*　286
バンクソン, ジョン　John Bankson (生没年不詳)　355
ハンコック, ゴードン　Gordon B. Hancock (1884-1970)　III-6n
ピアソン, ドナルド　Donald Pierson (1900-95)　405, II-223n
ピケット, ウィリアム　William P. Pickett (1855-?)　316, 340
『ニグロ問題――エイブラハム・リンカーンの解決』 *The Negro Problem : Abraham Lincoln's Solution* (1909)　316, 340
ヒトラー, アドルフ　Adolf Hitler (1889-1945)　391, 392, 396, 410, 412, 420, 509, 544, III-55n
ヒル, レズリー・P　Leslie Pinckney Hill (1880-1960)　III-6n
ビルボ, セオドア・G　Theodore G. Bilbo (1877-1947)　394, 396, 421, II-199n, II-251n
ヒューズ, ラングストン　Langston Hughes (1902-67)　499, 500, 527, 528-49, III-6n, III-43n, III-47n, III-49n
《アメリカ人の芸術、それとも黒人の芸術？》 "American Art or Negro Art?" (Aug. 18, 1926)　532-33, 547
《月光に浮かぶ人影》 "Bodies in the Moonlight." (Apr. 1927)　537-38
《黒人芸術家と人種の山》 "The Negro Artist and the Racial Mountain." (Jun. 23, 1926)　528-29, 530, 531, 542, 544
《小さな処女》 "The Little Virgin." (Nov. 1927)　539
『ぼくは多くの河を知っている』 *Autobiography: The Big Sea* (1940)　499, 535, 536, 544-45
《若い彼の栄光》 "The Young Glory of Him." (Jun. 1927)　538-39
『笑いなきにあらず』 *Not Without Laughter* (1930)　III-49n
ピンカートン, アラン　Allan Pinkerton (1819-84)　171, I-144n
フーヴァー, ハーバート　Herbert C. Hoover (1874-1964)　I-107n, I-126n
プーシキン, アレクサンドル　Alexander Pushkin (1799-1837)　259, 315, 348, 547-48
ファイアストーン, ハーヴェイ・サミュエル　Harvey Samuel Firestone (1868-1938)　362, II-135n
フィッシャー, バッド　Bud Fisher (1885-1954)　II-24n
《マットとジェフ》 *Mutt and Jeff* (1907)　250
フィノー, ジャン　Jean Finot (1858-1922)　296, 337
『人種的偏見』 *Race Prejudice* (1907)　296, 337
フェリア, フェリックス　Felix Ferrier (生没年不詳)　315
フォークナー, トマス・J・R　Thomas J. R. Faulkner (1869-?)　369, 370
フォーセット, ジェシー　Jessie Fauset (1882-1961)　527
フォード, ヘンリー　Henry Ford (1863-1947)　17, 68, 411, I-17n
フォール, アルバート・B　Albert B. Fall (1861-1944)　II-32n
ブキャナン, ジェームズ　James Buchanan (1791-1868)　355, II-124n
ブキャナン, トマス　Thomas Buchanan (1808-41)　355, 356

プッチーニ, ジャコモ　Giacomo Puccini (1858-1924)　431, II-268n
『蝶々夫人』 *Madama Butterfly* (1904)　II-268n
フラー, メタ・ウォリック　Meta Warrick Fuller (1877-1968)　257
ブライデン, エドワード・ウィルモット　Edward Wilmot Blyden (1832-1912)　259, II-59n
ブラウン, スターリング・A　Sterling A. Brown (1901-89)　III-6n, III-55n
《われわれも仲間に入れろ》"Count Us In." (1944)　III-55n
フランク・ハリー　Harry Frank (1881-1962)　229
『アンデスを放浪する』 *Vagabonding Down the Andes* (1917)　229
フランク, ウォルドー　Waldo Frank (1889-1967)　405, II-222n
ブランコ, ペドロ　Pedro Blanco (1795-1854)　355
ブリーズ, コールマン　Coleman Blease (1868-1942)　295, 304
ブリスベーン, アーサー　Arthur Brisbane (1864-1936)　308
ブリッジタワー, ジョージ・オーガスタス・ポルグリーン　George Augustus Polgreen Bridgetower (1778-1860)　259
ブルース, ブランシェ　Blanche K. Bruce (1841-98)　II-166n
プレッカー, ウォルター・アシュビー　Walter Ashby Plecker (1861-1947)　295, 512, I-111n, II-87n, II-88n, II-89n
プレッシー, ホーマー・アドルフ　Homer Adolph Plessy (1862-1925)　483-84, 508, II-231n, II-236n
ブロッホ, イワン　Iwan Bloch (1872-1922)　299, 338-39
『我らの時代の性生活』 *Sexual Life of Our Time* (1909)　299, 338-39
ベーコン, サミュエル　Samuel Bacon (1781-1820)　355
ベートーヴェン, ルートヴィヒ・ヴァン　Ludwig van Beethoven (1770–1827)　390
ベイカー, サミュエル　Samuel Baker (1821-93)　375
ベイカー, ニュートン・ディール　Newton Diehl Baker (1871-1937)　III-26n
ヘイズ, ラザフォード　Rutherford Hayes (1822-93)　379, 507, II-165n
ペイン, トマス　Thomas Paine (1737-1809)　374, II-146n
『人間の権利』 *Rights of Man* (1791)　374, II-146n
ベスーン, メアリ・M　Mary McLeod Bethune (1875-1955)　III-6n
ペトロニウス　Petronius (c. 27-66)　I-50n
『サテュリコン』 *Satyricon* (Published in late 1st century AD)　I-50n
ベネディクト, ルース　Ruth Benedict (1887-1948)　402
『菊と刀』 *The Chrysanthemum and the Sword: Patterns of Japanese Culture* (1946) II-216n
ヘフリン, ジェームズ・トマス　James Thomas Heflin (1869-1951)　347, II-119n
ペリー, マーシュ　Matthew Perry (1794-1858)　378, II-162n
ペリクレス　Pericles (c. 495-429BC)　510
ヘルパー, ヒントン　Hinton R. Helper (1829-1909)　428

『迫りくる南部の危機』 *The Impending Crisis of the South: How to Meet It* (1857) 428
ベンソン, スティーヴ・アレン Stephen Allen Benson (1816-65) 358, 359
ベントン, トマス・ハート Thomas Hart Benton (1782-1858) 405-06, II-224n
ヘンリー, パトリック Patrick Henry (1736-99) 110, I-89n
ボアズ, フランツ Franz Boas (1858-1942) 297, 337-38, 551-52
《アメリカにおける人種問題》"Race Problems in America." (May 1909) 297, 337-38
《真の人種問題》"The Real Race Problem." (May 1910) 551-52
ホイットニー, イーライ Eli Whitney (1765-1825) 374, II-145n
ボウン, ヘンリー・ジョージ Henry George Bohn (1796-1884) 299
『格言ハンドブック』 *Handbook of Proverbs* (1867) 299
ポカホンタス Pocahontas (c. 1595-1617) 159, I-133n
ポウハタン部族 Powhatan I-133n
ボナパルト, ナポレオン Napoléon Bonaparte (1769-1821) 274, 314, 374, 565, II-148n
ホメーロス Homer (c. 800 –c. 701BC) I-50n
『イーリアス』 *Iliad* I-50n
『オデッセイ』 *Odyssey* I-50n
ホワイト, ジョージ・H George H. White (1852-1918) II-166n
ホワイト, ウォルター・フランシス Walter Francis White (1893-1955) 527

《ま行》

マスペロ, ガストン Gaston Maspero (1846-1916) 390
マッケイ, クロード Claude McKay (1889-1948) 259, 428, II-60n, II-210n, III-9n
《アメリカ》 "America" in *Harlem Shadows: Poems* (1922) II-210n, II-261n, III-9n
マラン, ルネ René Maran (1887-1960) 403, II-219n
『族長バトゥアラ』 *Batouala* (1921) II-219n
マルクス, カール Karl Marx (1818-83) (マルクス主義者 [Marxist]) 383, 472, 495, II-76n
マルグリット二世 (フランドル女伯) Margaret, Countess of Flanders (1202-80) 390
マルサス, トマス・ロバート Thomas Robert Malthus (1766-1834) 380
ミッチェル, アーサー・W Arthur W. Mitchell (1883-1968) II-166n
ミラー, ケリー Kelly Miller (1863-1939) II-62n
《人種の違いは、根本的にして、永遠に超えることはできないのか？》 "Is Race Difference Fundamental, Eternal and Inescapable?" (An open letter to President Warren G. Harding) (1921) II-62n
ミリン, サラ・ガートルード Sarah Gertrude Millin (1889-1968) 298
『南アフリカの人々』 *The South Africans* (1927) 298
ムッソリーニ, ベニート Benito Amilcare Andrea Mussolini (1883-1945) 420, 568, II-182n, II-245n, III-56n
メイシオ, アントニオ Antonio Maceo (1845-96) 348

メイソン, チャールズ　Charles Mason (1728-86)　222, II-8n
メネリク二世　Menelik (1844-1913)　347
メンケン, H・L（ヘンリー・ルイス）　H. L. Mencken (1880-1956)　499, 535, 554, 555
モーム, ウィリアム・サマーセット　William Somerset Maugham (1874-1965)　219-20, II-4n
　『木の葉のそよぎ』　*The Trembling of a Leaf* (1921)　219-20
モシーシュ　Moseesh (Moshoeshoe) (c.1786-1870)　347
モトン, ロバート・ラッサ　Robert Russa Moton (1867–1940)　254, I-65n, II-38n
モリソン, トニ　Toni Morrison (1931-)　561-63, III-5n
　『白さと想像力――アメリカ文学の黒人像』　*Playing in the Dark: Whiteness and the Literary Imagination* (1994)　561-63

《や行》

ヤンシー, アレン・N　Allen N. Yancy (1881-1941)　363, II-137

《ら行》

ライト・リチャード　Richard Wright (1908-1960)　425, 547-49, II-256n
　『アメリカの息子』　*Native Son* (1940)　II-256n
　『カラー・カーテン』　*The Color Curtain* (1956)　425
　『白人よ聞け』　*White Man, Listen!* (1957)　547-49
　『ブラック・ボーイ』　*Black Boy* (1945)　II-256n
ラスワーム, ジョン John B. Russwurm (1799-1851)　II-263n
ラティノ, フアン　Juan Latino (c. 1518-c. 96)　260
ラッフルズ, トマス・スタンフォード　Sir Thomas Stamford Raffles (1781-1826)　404
ラフマニノフ, セルゲイ　Sergei Rachmaninov (1873-1943)　390, II-191n
ラルース, ピエール　Pierre Larousse (1817-75)　299
　『世界百科事典』　*Grand dictionnaire universel du XIXe siècle* (1866-1877)　299
ランキン, ジョン・エリオット　John E. Rankin (1882-1960)　394, 396
ランドルフ, A・フィリップ　A. Philip Randolph (1889-1979)　471, 495-98, 500, III-1n, III-6n, III-32n, III-55n
　《新しい群衆――新しい黒人《ニグロ》》　"A New Crowd――A New Negro." (May-Jun. 1919)　496
　《新しい黒人《ニグロ》――彼はどのような人間か？》　"The New Negro――What is He?" (Aug. 1920)　496-97
　《ワシントン大行進運動は黒人のための行動計画を示す》　"March on Washington Movement Presents Program for the Negro." (1944)　III-55n
リード, イシュメール　Ishmael Reed (1938-)　III-13n
リヴァダビア, ベルナルディーノ　Bernardino Rivadavia (1780-1845)　315
リヴィングストン, デイヴィッド　David Livingstone (1813-73)　299, 339, 375, II-91n, II-151n
リッベントロップ, ヨアヒム・フォン　Ulrich Friedrich Wilhelm Joachim von Ribbentrop (1893-

1946）　420, II-244n
リマ, オリベイラ　Oliveira Lima (1867-1928)　315-16, II-98n
《南アメリカにおける異人種間結婚》　"Racial Intermarriage in South America" (Jul. 1924) 315-16
リンカーン, エイブラハム　Abraham Lincoln (1809-65)　143, 144, 372, 379, 386, 472, I-123n, III-4n
「ゲティスバーグ演説」　"Gettysburg Address" (1863)　I-123n
「奴隷解放宣言」　the Emancipation Proclamation (1863)　372
ルーヴェルチュール, トゥーサン　Toussaint Louverture (1743-1803)　347
ルーター, エドワード・B　Edward B. Reuter (1880-1946)　297, 337-38
『アメリカの人種問題』　*The American Race Problem* (1927)　297, 337-38
ルイス, セオフィラス　Theophilus Lewis (1891-1974)　498-99, III-32n
《シャフツとダーツ――痛言と風刺のページ》　"Shafts and Darts: A Page of Calumny and Satire." (Apr. 1924) III-32n; (Jun. 1924) III-42n
レーニン, ウラジミール　Vladimir Lenin (1870-1924)　109, I-86n
レイニー, ジョセフ・H　Joseph H. Rainey (1832-87)　II-166n
レイン・イン・ザ・フェイス　Rain-in-the-Face (c. 1835-1905)　II-100n
レヴェルズ, ハイラム・ローヅ　Hiram Rhodes Revels (1827-1901)　II-166n
レオポルド二世　Leopold II of Belgium (1835-1909)　376, II-157n
レンブラント・ハルメンス・ファン・レイン　Rembrandt Harmensz. van Rijn (1606-69)　274
ローガン, レイフォード・W　Rayford W. Logan (1897-1982)　458-59, 462-63, 464, 465, 467, 470, 471, III-5n, III-6n
《黒人は第一級の市民権を求める》　"The Negro Wants First-Class Citizenship" (1944) 458-59, 462-63, 464, 470
《1969年再販への序文》　"Introduction to the 1969 Reprint" (1969)　III-6n
ローズヴェルト, エレノア　Eleanor Roosevelt (1884-1962)　462
ローズヴェルト, セオドア　Theodore Roosevelt (1858-1919)　I-125n
ローズヴェルト, フランクリン　Franklin Roosevelt (1882-1945)　426, I-125n
ローゼンベルク, アルフレート　Alfred Rosenberg (1893-1946)　412
ローマ法王 (Pope)　87, 89, 108, 126, 384
ロイ, エドワード・ジェームズ　Edward James Roye (1815-72)　359-60, II-131n
ロダン, オーギュスト　François-Auguste-René Rodin (1840-1917)　257
ロック, アラン　Alain Locke (1885-1954)　515-16, 517, 522-23, 524, 525-27, 549-50, 551, III-38n, III-42n, III-51n
『新しい黒人』　*The New Negro: Voices of the Harlem Renaissance* (1925)　525-27, 527, 549-50, 551
《新しい黒人》　"The New Negro" (1925)　515-17
《黒人の若者たちは発言する》　"Negro Youth Speaks" (1925)　525

ロックフェラー，ジョン（シニア） John Rockefeller, Sr.（1839-1937） 38, 106, I-29n, I-85n
ロバーツ，ジョセフ・ジェンキンス Joseph Jenkins Roberts（1809-76） 357, 358, II-128n, II-129n
ロロ（ノルマンディ公） Rollo, Duke of Normandy（c. 846 –c. 932） 510
ロング，ジェファソン・F Jefferson F. Long（1836-1901） II-166n
ロングフェロー，ヘンリー・ワズワース Henry Wadsworth Longfellow（1807-82） II-100n
　《レイン・イン・ザ・フェイスの復讐》 "The Revenge of Rain-in-the-Face" II-100n
ロンメル，エルヴィン Erwin Rommel（1891-1944） II-239n

《わ行》

ワーグナー，ヴィルヘルム・リヒャルト Wilhelm Richard Wagner（1813-83） 274
ワイリー，ヒュー Hugh Wiley（1884-1968） 258, II-43n, II-44n
ワシントン，ジョージ George Washington（1732-99） 354, 472
ワシントン，ブーカー・T Booker T. Washington（1856-1915） 315, 348, 415, 475-76, 477, 478, 479, 480, 540, 580, I-65n, I-66n, II-38n, II-167n, II-265n, II-266n, III-15n, III-18n, III-57n
　「アトランタの妥協」 "The Atlanta Compromise"（1895） 475-78, 479, II-167n
　『奴隷から身を起こして』 *Up from Slavery*（1900） 475-76
ワシントン，ブッシュロッド Bushrod Washington（1762-1829） 354
ワット，ジェームズ James Watt（1736-1819） 374, II-144n

事項索引（新聞・雑誌名も含む）

《あ行》

赤の恐怖　Red scares　116, I-95n

新しい黒人　New Negro　383-84, 515-16, 525-27, 528, 541, 551, 565, 570

アトランタ博覧会　The Atlanta Exposition　475-76, II-167n

アフリカ帰還運動　back-to-Africa movement　69, 83, 263, 361, 415, 514, 580, I-14n, I-48n

アフリカ国際協会　International African Association　377, II-156n

アフリカ内陸部発見促進協会　Association for Promoting the Discovery of thIe Interior Parts of Africa　II-143n

アフリカニズム　Africanism　561-63

アフリカにとってのワーテルロー　Waterloo for Africa　374-77, 565, II-148n

アムリッツァル大虐殺　Amritsar Massacre (1919)　II-35n

アメリカ愛国婦人会　the Daughters of the American Revolution (DAR)　389, II-188n

アメリカ・アングロサクソン協会　The Anglo-Saxon Clubs of America (1922年設立)　133, 134, 135, 136, 141, 148, 149, 150, 155, 156, 160, 174, 178, 192, 295, 512, 580, I-111n, I-112n, I-148n, II-87n, II-88n, II-89n

アメリカ教員連盟　American Federation of Teachers　III-6n

アメリカ黒人学校基金　United Negro College Fund　III-6n

アメリカ植民地協会　American Colonization Society (ACS) (1816)　354-55, 357

アメリカ労働総同盟　American Federation of Labor　413, II-237n, III-6n

『アメリカン・マーキュリー』　*American Mercury*　456, 478, 483, 492, 493, 543, 553-56, 568, III-36n

『アメリカン・パレード』　*American Parade*　503, 512, III-34n

異人種間結婚　interracial marriage　132, 157, 284, 285, 293-316, 334, 336, 337, 341, 342, 386, 387, 389, 396, 408, 410, 414, 428, 430, 458-65, 465, 470, 481, 484-86, 497, 511-12, 522, 540, II-98n, III-50n

インド大反乱　Indian Mutiny (Sepoy Rebellion) (1857-59)　II-161n

ヴァージニア会社　Virginia Company of London　I-133n

ヴァージニア旧家　First Families of Virginia (FFV)　134, 136, 154, 155, 157, 160, 296, 341, 512

ヴァージニア植民地　the American colony of Jamestown (1607)　I-133n

ヴァージニア州人口動態統計局　Virginia Bureau of Vital Statistics　295, 512, I-111n

ヴァージニア州人種保全法　Virginia Racial Integrity Act (1924)　134, 285, 295, 304, 341, 387, 511-13, 580, I-111n, II-87n

エルクス慈善保護会　Benevolent and Protective Oder of Elks　21, 217, 259, 493, I-20n, II-2n

黄禍　yellow peril　87, 223, I-76n, II-20n, III-35n

オリエンタリズム　Orientalism　470

《か行》

科学的社会主義　Scientific Socialism　495
合衆国憲法修正条項　Amendments to the Constitution of the United States of America　474
507
第13条（1865）　332, 377, 507, II-158n
第14条（1868）　377, 410, 483-84, 507, II-159n
第15条（1870）　377, 507, 508, II-160n
第18条（1919）　I-5n, III-14n
第19条（1920）　316
第21条（1933）　I-5n
合衆国国勢調査局 United States Census Bureau　294, 312
カリフォルニア在郷軍人会　The California State American Legion　394
『クライシス』　*The Crisis: A Record of the Darker Races*　456, 465, 474, 483, 499, 507, 519, 527, 551, 553, 564, 579, 581, I-49n, I-56n, II-109n, III-4n, III-6n, III-24n
旧約聖書　Old Testament　I-108n
レビ記　Leviticus　I-108n
民数記　Numbers　I-108n
歴代誌下　2 Chronicles　I-108n, I-147n
列王記上　1 Kings　I-147n
列王記下　2 Kings　I-108n
金証券（金紙幣）　gold certificate (gold money)　7, 426, I-7n
クー・クラックス・クラン　Ku Klux Klan　51, 52, 56, 57, 89, 116, 122, 226, 260, 272, 283, 304, 307, 308, 312, 335, 365, 379, 482, 505, 507, 518, 527, 580, I-36n, I-37n, II-61n, II-84n, III-32n, III-42n
『KKK団聖典』 *Kloran*　272
クーン・ソング　coon song　II-215n
《おいらはくろんぼ《クーン》、くろんぼ《クーン》、くろんぼ《クーン》よりも白人《ホワイト・マン》になりたい》“I'd Rather Be a White Man Than a Coon, Coon, Coon”　401, II-214n
《くろんぼ《クーン》はみな瓜二つ》“All Coons Look Alike to Me”　401, 426
グリージーグラス川の戦い　The Battle of Greasy Grass Creek（別名「リトルビッグホーンの戦い」Battle of the Little Bighorn）(Jun. 25, 1876)　II-100n
クレディット・モビリエ・スキャンダル　Credit Mobilier Scandal (1872)（ユニオン・パシフィック鉄道［Union Pacific Railroad］建設をめぐるスキャンダル）　253, II-29n
『グローブ』 *The Globe*　568
黒シャツ隊　The Blacks Shirts　335
燻製ニシン　red herring　113, 329, 335, 336, 340
原始主義　primitivism　532, 542

国際赤帽組合　the International Brotherhood of Red Caps (1938)　I-6n
国際同友交流協会　International Brotherhood Welfare Association (IBWA) (放浪者同盟 [Hoboes' Union]) (1905)　219, 229, II-18n
黒人隔離[法] (人種隔離[法]) Jim Crow[law]　14, 69, 113, 269, 272, 277, 283, 286, 325, 332-33, 334, 336, 337, 339, 340, 342, 378, 388, 398, 404, 406, 408, 409, 410, 417, 421, 426, 428, 429, 430, 458-59, 461, 462, 478, 481, 483-84, 487, 492, 496, 501, 508, 512, 516, 545, I-93n, II-88n, II-230n, III-10n
黒人教会　Negro Church　416, 430
黒人主義　Negroism　279, 280
黒人自由同友会 (Friends of Negro Freedom)　495
黒人の生活と歴史研究協会　Association for the Study of Negro Life and History　430
　『黒人歴史ジャーナル』 *Journal of Negro History*　430
黒人ばあや　Mammy　10, 252, 269, I-11n, I-106n, II-44n
「黒人霊歌」 *spiritual*　80, 257, 267, 268, 348, 515, 531, 533, 549, II-189n
小作契約制度　sharecropping system　508
国家禁酒法 (ヴォルステッド法)　National Prohibition Act (Volstead Act) (1919)　32, 225, 232, 474, I-5n, I-10n, I-27n, I-34n, II-22n, III-14n

《さ行》

産業別労働組合会議　Congress of Industrial Organizations　413, III-6n
サンボ　Sambo　516
「ジャズ」 *jazz*　257, 269, 515, 542
ジェマイマおばさん　Aunt Jemima　258, II-46n
識字能力検査　literacy test　508
自発的な黒人　voluntary Negro　484, 505, III-36n
シベリア出兵　Siberian Intervention (1918-22)　574, III-31n
十字軍　crusade　254, 400
『自由のジャーナル』 *Freedom's Journal*　429, II-263n
ジョン・バーチ・ソサエティ　John Birch Society　472
人種の坩堝　racial melting pot　291
真珠湾攻撃　Attack on Pearl Harbor (Dec. 7 1941[Dec. 8 in Japan])　415, 571
寝台車ポーター組合　Brotherhood of Sleeping Car Porters (1925)　III-1n, III-6n
新約聖書・マタイによる福音書　The Gospel according to Matthew　74, I-40n, 1-108n
スコッツボロ事件　Scottsboro Case (1931)　485, III-23n
スプリングフィールドの人種差別暴動　Springfield Race Riot (1908)　381, II-169n
世界黒人開発協会アフリカ社会連合　Universal Negro Improvement Association and African Communities League[UNIA-ACL] (1914)　362, I-14n
世界産業労働組合　Industrial Workers of the World (IWW) (1905)　228, II-17n, II-18n

1918年の航空便飛行機疑惑　The 1918 airplane frauds　253, II-31n
扇情的ジャーナリズム　yellow journalism　394
1877年の大幅な妥協　The Great Compromise of 1877　379, 507, II-165n
先祖返り　reversion to type　166, 168, 344, 349, I-139n, I-141n, II-120n
全米黒人健康週間　National Negro Health Week (1915-51)　430, II-266n
全米黒人女性協議会　The National Association of Colored Women (1896設立)　III-6n
全米黒人代表者会議　National Negro Convention (1831-1864)　II-262n
全米黒人地位向上協会　National Association for the Advancement of Colored People (NAACP) (1909年設立)　4, 334, 381, 422, 430, 465, 474, 519, 527, 552, 566, 578, 580, I-49n, I-50n, 1-56n, I-58n, I-61n, II-169n, III-5n, III-6n, III-23n
全米黒人ビジネス同盟　National Negro Business League (1900年設立)　430, I-66n, II-265
全米都市同盟　National Urban League (1910年設立当時の名称はThe Committee on Urban Conditions Among Negroes[1920年にNational Urban Leagueと名称変更])　430, 499, 519, I-67n, III-6n
祖父条項　grandfather clause　381, 508, II-168n

《た行》

第一次ウィーン包囲　1st Siege of Vienna (1529)　373, II-142n
第二次ウィーン包囲　2nd Siege of Vienna (1683)　II-142n
第二次エチオピア戦争　Second Italo–Ethiopian War (1935-36)　384, 568-69. 573, II-182n, III-56n
タスキーギ専門学校　Tuskegee Institute (1881)　254, 475, 478, 483, 506, I-65n, II-38n, III-6n, III-25n
血一滴ルール　one-drop rule　285, 426, 512, 555
地下鉄道　Underground Railroad　III-7n
地の塩　the salt of the earth　59, I-40n, I-108n
「チャールストン」　*Charleston*　257, 269, 288
ティーポット・ドーム・スキャンダル　Teapot Dome Scandal (1921-24) (ワイオミング州にある国有油田をめぐって、内務長官アルバート・B・フォール (Albert B. Fall, 1861-1944) が関与した汚職事件)　253, II-32n
『ザ・ディバンカー・アンド・ジ・アメリカン・パレード』　*The Debunker and the American Parade*　503, III-34n
ドイツアフリカ軍団　Afrika Korps　415, 571, II-239n
同化主義　assimilationism　479, 535
独ソ不可侵条約　German-Soviet Nonaggression Pact (1939)　420
独立宣言　The Unanimous Declaration of the Thirteen United States of America (Jul. 4, 1776)　374
トムおじさん　Uncle Tom　258, 276, 523
奴隷解放宣言　Emancipation Proclamation (Sep. 1862. Jan. 1, 1863に奴隷解放宣言に署名. 1865

年12月に「憲法修正13条」[奴隷制度と強制労働の禁止]承認) 372
奴隷貿易 slave trade 361, 374, 375, 398, 403, II-149n

《な行》

ナイアガラ運動 Niagara Movement (1905) 381, 430, 465, II-170n
ナチス Nazis 393, 395, 399, 412, 420, II-197n, II-235n, II-239n
南部再建期 Reconstruction Era (1865-77) 286, 507-08, 514, 515, I-93n, III-59n
南北戦争 American Civil War (1861-65) 13, 52, 135, 145, 181, 281, 333, 356, 359, 377, 409, 427, 429, 464, 474, 507, 512, 514, 515, 522, I-11n, I-93n, II-126n, II-168n
『ニグロ・ダイジェスト』 *Negro Digest* 456, III-18n
偽黒人 pseudo-Negro 505
日米和親条約 Treaty between the United States of America and the Empire of Japan (1854) II-162n
日露戦争 Russo-Japanese War (1904-05) 381, II-164n
日系アメリカ人強制収容 Japanese-American internment (1942) 393-95, 575
日中戦争(支那事変) Sino-Japanese War (1937-1945) II-179n, III-56n
日本への原子爆弾投下 Atomic bombings of Hiroshima and Nagasaki (1945) 419-22, 575-76
ニューディール政策 New Deal 426
『ニュー・リパブリック』 *The New Republic* III-40n
ニューヨーク『アムステルダム・ニュース』 New York *Amsterdam News* 305
ニューヨーク『イヴニング・ポスト』 New York *Evening Post* 566
『ネーション』 *Nation* 456, 517, 523, 528, 530, 531, 532, 534, 537, 547, 557, III-40n, III-43n
ネイティヴ・サンズ・オヴ・ザ・ゴールデン・ウエスト The Native Sons of the Golden West 393, 394

《は行》

ハーレム・ルネッサンス Harlem Renaissance (1920s) 256, 499, 514-52, II-60n, III-13n
「排日移民法」 Immigration Act of 1924 (あるいはジョンソン=リード移民法[Johnson–Reed Act] (1924) 518, III-37n
発見の時代 Age of Discovery 373
『バッファロー・エクスプレス』 *Buffalo Express* 566
パナマ運河 Panama Canal 409
パナマ・太平洋万国博覧会 Panama-Pacific International Exposition (Expo 1915) 128, I-105n
パン・アフリカ会議 Pan-African Conference (1919[パリ], 21[ロンドン・ブリュッセル・パリ], 23[ロンドン・リスボン], 27[ニューヨーク] 45[マンチェスター]) 381, 382, 565, II-176n, III-53n
汎アフリカニズム (Pan-Africanism) 473, III-51n
バンドン会議 Bandung Conference (第一回アジア・アフリカ会議) (1955) 425, II-257n

ピシアス騎士会　the Knights of Pythias　259
『ピッツバーグ・クーリエ』　*Pittsburg Courier*　419, 456, 481-83, 566, 568-69, 573-76, I-1n, II-243n, III-2n, III-56n
《ビバリー・ヒルビリーズ》　*The Beverly Hillbillies* (1962)　II-10n
非暴力主義　nonviolence　481, III-20n
ヒョウ結社　the Leopard Society　365-66
プープーイズム　pooh-poohism　456-57, 480-81, 489-502, 527, 528, 554-55, 556, 557, 560-61, 572, 577, 582
フィラデルフィア・『レジャー』　Philadelphia *Ledger*　566
ブラウン対トピーカ教育委員会判決　Oliver Brown et al. v. Board of Education of Topeka et al. (May 17, 1954)　II-260n
ブラック・インターナショナル（ブラック・インターナショナリズム）　Black Internationale (Black Internationalism)　372-84, 416, 564-72, 580, 581
「ブラックボトム」　*Black Bottom*　269, II-68n
ブラック・メンケン　Black Mencken　554, 555
フリーメーソン　Freemason　218, 259
『フリーマン』　*Freeman*　456
ブリュッセル地理会議　Brussels Geographic Conference (1876)　II-155n
「ブルース」　*blues*　78, 257, 531, 533, I-26n
旧い黒人　Old Negro　383, 516
プレッシー対ファーガソン判決　Plessy v. Ferguson Case (1896)　483-84, 508, II-231n, II-236n
　「分離しても平等」　separate but equal　483, 484, 508, II-231n, II-236n
プロパガンダ（プロパガンディスト）　propaganda (propagandist)　154, 226, 249, 269, 270, 271, 278, 291, 331, 350, 383, 390, 397, 398, 402, 412, 415, 416, 417, 446, 446-47, 468, 472, 474, 481, 482, 495, 498, 518, 528, 532, 569-70, 570, 572, 581, 582, II-103n, III-18n, III-33n
ベッキーおばさん　Aunt Beckie　276
ベルリン国際会議　Berlin Conference (1884-85)　377
ヘンリー・ロアリー・リンチ事件　Lynching of Henry Lowery (1921)　574
ホウカム（戯言）　hokum　256-61, 289, 456-57, 487, 523-25, 527, 528, 549, 554-55, 556, 557, 560-61, 572, 577, 582
ポカホンタス例外条項　the Pocahontas exception (1924)　512
保守主義　conservatism　471-88, 561
『ホーボー・ニュース』　*Hobo News*　219, 229
『ボストン・ポスト』　*Boston Post*　500
ホーボヘミア　Hobohemia　217-30, 493-95, 495, II-19n
ホーリー・ローラー　Holy Roller（ペンテコスト派［Pentecostal］の一分派）　182, 184, 283, I-152n
フォート・デモイン黒人将校軍事訓練キャンプ　Fort Des Moines Training Camp for Colored

Officers　324, 455-56, 490-92, 500, II-102n, III-24n, III-25n, III-26n
北欧人種理論　Nordic theory　509
保護拘置　protective custody　393
ボルジア家　the Borgias　366, II-138n
ボルシェビキ　Bolshevik; ボルシェビキ主義・ロシア共産主義　Bolshevism; コミュニズム・共産主義（コミュニスト・レッド）　Communism (Communist, Red)　89, 130, 220, 350, 382, 395, 421, 429, 473, 495, 496, 498, II-122n, II-197n, III-31n, III-32n
ボルティモア『アフロ・アメリカン』　Baltimore *Afro-American*　310
ホワイト・インターナショナル　White Internationale　372, 383, 384

《ま行》

『ミドラーシュの話』（創世記 ラバ18）　"The Tales of the Midrash" (Gen. Rabba 18)　298
満州事変　Manchurian Incident (1931)　578, III-56n
マン法　Mann Act (1910)　132, I-109n
ミンストレル・ショー　minstrel show　20, I-19n, I-106n, II-72n, II-214n
メイソン・ディクソン線　Mason-Dixon Line　222, II-8n
『メッセンジャー』　*Messenger*　294, 456, 493, 495-501, 501, 504, 506, 517, 535, 536, 537-39, 573-75, I-24n, II-44n, III-1n, III-2n, III-6n, III-31n, III-32n, III-33n, III-35n, III-42n, III-55n
《アメリカのリンチに対する日本》　"Japan on American Lynching" (Aug. 1921)　574, III-31n
《日本と極東》　"Japan and the Far East" (No. 1917)　574, III-31n, III-35n
《日本と人種問題》　"Japan and the Race Issue" (May-Jun. 1919)　574, III-31n, III-35n
《日本問題》　"Japanese Problem" (Nov. 1920)　III-31n, III-35n
《プロパガンダ》　"Propaganda" (Feb. 1920)　III-33n
もぐり酒場（ホンキー・トンク・クラブ）　speak easy (honky tonk club)　5, 6, 21, 28, 32, 33, 94, 166, 534, 580, I-5n, I-26n, I-42n, III-14n
モントゴメリにおけるバス乗車拒否運動　Montgomery Bus Boycott (Dec. 5, 1955-Dec. 20, 1956) III-20n

《や行》

四分間弁士　four minute man　324, II-103n
優生学　eugenics　260, 508-11, 552, 564

《ら行》

ラーレイ『ニュース・アンド・オブザーヴァー』　Raleigh *News and Observer*　304
ラインランダー裁判　Rhinelander Case (1925)　389, II-186n
「ラグタイム」　*ragtime*　257
リッチモンド『ニュース・リーダー』　Richmond *News-Leader*　296, 341, 513

リベリア共和国憲法　The Liberian Constitution (1847)　356, 357, II-125n
ロシア革命　Russian Revolution (1917)　495, 496, III-31n
ロビン・フッド　Robin Hood　259, II-56n
連邦公民権法　Civil Rights Act of 1964　471-72, 474, III-10n, III-14n
労働組合至上主義者　Syndicalist　220, 228

《わ行》

『ワシントン・ポスト』(*Washington Post*)　566

使用・参照文献

本文中で使用した日本語のタイトルを付けている。翻訳を使用・参照したものには、翻訳書を併記している（本文中には翻訳者と翻訳書の頁数を併記している）。

Anderson, Jervis. *A. Philip Randolph: A Biographical Portrait*. Berkeley: University of California Press, 1986.

Bean, Jonathan. Ed. *Race and Liberty in America: The Essential Reader*. Lexington: The University Press of Kentucky, 2009.

Barnes, Albert C. "Negro Art and America." In *The New Negro*. Ed. A. Locke: 19-25. 小山起功＝訳《黒人芸術とアメリカ》。山形正男・古賀邦子・砂田一郎・小山起功＝訳、猿谷要＝解説『黒人論集』、「アメリカ古典文庫 -19」、研究社、1975 年、224-31 頁。

Boas, Franz. "The Real Race Problem."《真の人種問題》*The Crisis*, Vol. I, No.2 (Dec. 1910): 22-25.

Borus, Daniel H. Ed. *These United States: Portraits of America from the 1920s*. Ithaca, NY: Cornell University Press, 1992.

Bracey, Christopher Alan. *Saviors or Sellouts: The Promise and Peril of Black Conservatism, from Booker T. Washington to Condoleezza Rice*. Boston: Beacon Press, 2008.

Brown, Sterling A. "Count Us In."《われわれも仲間に入れろ》In *What the Negro Wants*. Ed. R. W. Logan: 308-44.

Couch, William T. "Publisher's Introduction."《出版社の序文》In *What the Negro Wants*. Ed. R. W. Logan: ix-xxiii.

Du Bois, W. E. Burghardt. "The Browsing Reader."《読者拾い読み》*The Crisis*, Vol. 38, No. 1(Jan. 1931): 16.《読者拾い読み》（"The Browsing Reader"）とは、デュボイスが『クライシス』に執筆していたコラムのタイトル。

——.《読者拾い読み》"The Browsing Reader." *The Crisis*, Vol. 38, No. 3(Mar. 1931): 100.

——. "Criteria of Negro Art."《黒人芸術の基準》*The Crisis*, Vol. 32, No. 10 (Oct. 1926): 290-97. In *The Crisis Reader*. Ed. S. K. Wilson: 317-25.

——. "Georgia: Invisible Empire State."《ジョージア――見えない帝国》*The Nation* (Jan. 21, 1925): 63-66. In *These United States: Porttaits of America from the 1920s*. Ed. Daniel H. Borus: 94-103.

——. "My Evolving Program for Negro Freedom."《黒人解放のための、私の発展的プログラム》In *What the Negro Wants*, Ed. R. W. Logan: 31-70.

——. "The Officers' Training Camp."《将校訓練キャンプ》*The Crisis*, Vol. 14, No. 3

(Jul. 1917) : 131.

——. *The Souls of Black Folk.* 1903; rpt. New York: W・W・Norton & Company, 1999. 木島始・鮫島重俊・黄寅秀＝訳『黒人のたましい』、未来社、1965年、2006年（新装復刊第一刷）。

——. "The Talented Tenth."《才能のある一割の人間》In *The Negro Problem.* Ed. Booker T. Washington: 33-75.

——. "The Negro Mind Reaches Out."《黒人の心は訴える》In *The New Negro.* Ed. A. Locke: 385-414.

Einestein, Albert. "To American Negroes" デュボイス訳《アメリカの黒人《ニグロ》のみなさまへ》*The Crisis*, Vol. 41, No. 2 (Feb. 1932): 45.

Ellison, Ralph. "What America Would be Like Without Blacks."《黒人がいなければアメリカはどのようになるか》*Time* (Apr. 6, 1970). In *Going to the Territory.* New York: Random House, Inc., 1986; rpt. New York: Vintage Books (Vintage International), 1995: 104-12.

Ferguson, Jeffrey B. *The Sage of Sugar Hill: George S. Schuyler and the Harlem Renaissance.* New Haven: Yale University Press, 2005.

Gallicchio, Marc（マーク・ガリキオ）. "African Americans and the Asia Pacific War."《アフリカ系アメリカ人の戦争観・アジア観》『動員・抵抗・翼賛』、

倉沢愛子、杉原達、成田龍一、テッサ・モーリス・スズキ、油井大三郎、吉田裕＝編『岩波講座　アジア・アフリカ太平洋戦争』第3巻、岩波書店、2006年、247-78頁。

Gordon, Eugene. "Foreword." In "A Negro Looks at Negroes," Written by Schuyler. *The Debunker and the American Parade*, Vol. XIII, No. 5 (Oct. 1930): 27.

Grant, Madison. *The Passing of the Great Race: Or the Racial Basis of European History*, 1916; rpt. Fourth Revised Edition with a Documentary Supplement, with Prefaces by Henry Fairfield Osborn. New York: Charles Scribner's Sons, 1921.

Gruening, Ernest. Ed. *These United States: A Symposium.* New York: Boni and Liveright, 1923.

オマル・ハイヤーム著、エドワード・フィッツジェラルド英訳、竹友藻風邦訳『ルバイヤート』、西村書店、1947年。マール社再販、2005年。

Hendrickson, Robert. *The Facts on File: Encyclopedia of Word and Phrase Origins, Revised and Expanded Edition.* New York: Facts on File, Inc., 1997.

Herskovits, Melville J. *The American Negro: A Study in Racial Crossing.* New York: A.A. Knopf, 1928.

——. "The Negro's Americanism." In *The New Negro.* Ed. A. Locke: 353-60. 小山起功＝訳《黒人のアメリカ的特質《アメリカニズム》》。山形正男・砂田一郎・小山起功＝訳、猿谷要＝解説『黒人論集』、270-79頁。

廣瀬典生「『人種』という概念の虚構性を見透かす──ジョージ・S・スカイラーの『プー

プーイズム』あるいは『ホウカム』の感性――」、『外国語外国文化研究』16 号、関西学院大学外国語研究室、2014 年 3 月 31 日、1-137 頁。

廣瀬典生訳・著、『リリアン・E・スミス「今こそその時」――「ブラウン判決」とアメリカ白人の心の闇』、彩流社、2008 年。

Hoyrd, André. "Of Racialists and Aristocrats; George S. Schuyler's *Black No More* and Modernism." In *African American Humor, Irony, and Satire: Ishmael Reed, Satirically Speaking*. Ed. Dana A. Williams. Newcastle, UK: Cambridge Scholars Publishing, 2007: 26-35.

Hughes, Langston. "American Art or Negro Art?"《アメリカ人の芸術、それとも黒人《ニグロ》の芸術？》*The Nation*, Vol. 123, No. 3189 (Aug. 18, 1926): 151.

――. *Autobiography: The Big Sea*, 1940. In *The Collected Works of Langston Hughes*, Vol. 13. Ed. Joseph McLaren. Columbia: University of Missouri Press, 2002. 木島始訳『ぼくは多くの河を知っている』、『ラングストン・ヒューズ自伝』第 1 巻、河出書房新社、1972 年。

――. "Bodies in the Moonlight."《月光に浮かぶ人影》*The Messenger* , Vol. IX. No. 4 (Apr. 1927): 105-06. In *The Messenger Reader*. Ed. S. K. Wilson: 70-75.

――. "The Little Virgin."《小さな処女》*The Messenger*, Vol. IX, No. 11 (Nov. 1927): 327-28. In *The Messenger Reader*. Ed. S. K. Wilson: 76-82.

――. "The Negro Artist and the Racial Mountain." *The Nation*, Vol. 122, No. 3181 (Jun. 23, 1926): 692-94. 木島始訳《黒人芸術家と人種の山》木島始編訳『黒人芸術家の立場―ラングストン・ヒューズ評論集』、創樹社、1977 年、95-108 頁。

――. *Not Without Laughter*, 1930; rpt. in *Harlem Renaissance: Four Novels of the 1930s*. Ed. Rafia Zafar. New York: The Library of America, 2011: 1-218. 浜本武雄訳『笑いなきにあらず』、『黒人文学全集』第 5 巻、早川書房、1967 年。

――. "The Young Glory of Him."《若い彼の栄光》*The Messenger*, Vol. IX, No. 6 (Jun. 1927): 177-78, 96. In The Messenger Reader. Ed. S. K. Wilson: 63-69.

Hutchinson, George. *The Harlem Renaissance in Black and White*. Cambridge, Mass.: The Belknap Press of Harvard University Press, 1995.

Janken, Kenneth Robert. "Introduction to Rayford W. Logan's *What the Negro Wants.*" In *What the Negro Wants.*" Ed. R. W. Logan. Notre Dame, Indiana: University of Notre Dame Press: vii-xxix.

Johnson, Charles S. Ebony and Topaz: A Collectanea. New York: Opportunity Press, 1927. In *The Politics and Aesthetics of "New Negro" Literature*. Ed. Cary D. Wintz. New York: Garland Publishing, Inc., 1996: 3-160.

Kearney, Reginald. *African American Views of the Japanese: Solidarity or Sedition?* Albany, NY: State University of New York Press, 1998. この著書は、次の日本語版が先に出版されている。レジナルド・カーニー著、山本伸訳、猿谷要解説『20 世紀の日

本人──アメリカ黒人の日本人観 1900-1945』、五月書房、1995 年。
Leak, Jeffrey. B. Ed. *Rac[e]ing to the Right: Selected Essays of George S. Schuyler.* Knoxville: The University of Tennessee Press, 2001.
Lewis, Theophilus and George S. Schuyler. "Shafts and Darts: A Page of Calumny and Satire."《シャフツとダーツ──痛言と風刺のページ》*The Messenger,* Vol. VI, No. 4 (Apr. 1924): 108; No.6 (Jun. 1924): 183.
Locke, Alain. Ed. *The New Negro: Voices of the Harlem Renaissance,*1925; rpt. With an Introduction by Arnold Rampersad. New York: Simon & Schuster, Inc. (First Touchstone Edition), 1997.
───. "The New Negro." In *The New Negro.* Ed. A. Locke: 3-16. 小山起功＝訳《新しい黒人》。山形正男・古賀邦子・砂田一郎・小山起功＝訳、猿谷要＝解説、『黒人論集』、207-23 頁。
───. "Negro Youth Speaks." In *The New Negro.* Ed. A. Locke: 47-53. 小山起功訳《黒人の若者たちは発言する》山形正男・古賀邦子・砂田一郎・小山起功＝訳、猿谷要＝解説、『黒人論集』、250-57 頁。
Logan, Rayford W. Ed. *What the Negro Wants.* Chapel Hill: The University of North Carolina Press, 1944; rpt. Notre Dame, Indiana: University of Notre Dame Press, 2001.
───. "Introduction to the 1969 Reprint."《1969 年再販への序文》In *What the Negro Wants.* Ed. R. W. Logan: xxxi-xxxv.
───. "The Negro Wants First-Class Citizenship."《黒人は第一級の市民権を求める》In *What the Negro Wants.* Ed. R. W. Logan: 1-30.
Lutz, Tom and Susanna Ashton. *These "Colored" United States: African American Essays from the 1920s.* New Brunswick, New Jersey: Rutgers University Press, 1996.
McKay, Claude. "America." In *Harlem Shadows: Poems.* With an Introduction by Max Eastman. New York: Harcourt, Brace and Company, 1922:6
McKible, Adam. *The Space and Place of Modernism: The Russian Revolution, Little Mgazines, and New York.* New York: Routledge, 2002.
Morrison, Toni. *Playing in the Dark: Whiteness and the Literary Imagination.* Cambridge, Mass.: Harvard University Press, 1992. 大社淑子訳『白さと想像力──アメリカ文学の黒人像』朝日新聞社、1994 年。
Patton, Gerald W. *War and Race: The Black Officer in the American Military, 1915-1941.* Westport, Connecticut: Greenwood Press, 1981.
The Pittsburg Courier. "Racial Metamorphosis Claimed by Scientist."《科学者によって主張された人種転換》*The Pittsburg Courier*(Nov. 2, 1929): 1.（野口雄三郎博士に関する記事）

——. *The Lynching League*"《リンチング・リーグ》*The Pittsburgh Courier*(Jan. 7, 1927): 8.

Peplow, Michael W. *George S. Schuyler*. Boston: Twayne Publishers, 1980.

Ragsdale, Bruce A. and Joel D. Treese. *Black Americans in Congress, 1870-1989*. Washinton, DC: U.S, Government Printing Office, 1990.

Rampersad, Arnold. *The Life of Langston Hughes*, Vol. 1: 1902-1941. New York: Oxford University Press, 1986.

Randolph, A. Philip. "March on Washington Movement Presents Program for the Negro."《ワシントン大行進運動は黒人のための行動計画を示す》In *What the Negro Wants*. Ed. R. W. Logan: 133-62.

——. "A New Crowd—A New Negro."《新しい群衆—新しい黒人《ニグロ》》*The Messenger*, Vol. II, No. 6 (May-Jun. 1919): 26-27.

—— and the Editors of *the Messenger*. "The New Negro—What is He?"《新しい黒人《ニグロ》—彼はどのような人間か?》*The Messenger*, Vol. II, No. 7 (Aug. 1920): 73-74.

Said, Edward. *Orientalism*. New York: George Borchardt Inc., 1978; New York: Vintage Books, 1979. 板垣雄三・杉田英明監修、今沢紀子訳『オリエンタリズム』平凡社、1986年。

Schuyler, George S. "Aframerica Today."《今日のアフラメリカ》*The Pittsburgh Courier* (Nov. 14, 1925): 9[Philadelphia]; (Nov. 21, 1925): 9[Harrisburg]; (Dec. 5, 1925): 9[Parkersburg, W. Va.]; (Dec. 12, 1925): 9[Wheeling, W. Va.]; (Dec. 19, 1925): 15[Clarksburg, W. Va.]; (Jan. 2, 1926):9[Fairmont, W. Va.]; (Jan. 9, 1926): 9[Morgantown, Hinton, W. Va.]; (Jan. 16, 1926): 9[Beckley, Bluefield, W. Va.]; (Jan. 23, 1926): 9[Charleston, W. Va.;]; (Jan. 30, 1926): 9[Louisville, Ky.]; (Feb. 6, 1926) :15[Paris, Winchester, Richmond, Va.]; (Feb. 13, 1926): 3[Huntington, Martinsburg, W. Va.]; (Feb. 20, 1926): 8[Helena, Pine Bluff, Ark.]; (Feb. 27, 1926):3[Memphis]; (Mar. 6, 1926): 9[Muskogee, Okla.; Bowling Green, Ky.]; (Mar. 13, 1926): 14[Tulsa, Okmulgee, Okla.]; (Mar. 20, 1926): 14[Oklahoma City, Okla., Marshall, Madisonville, Tx.] (Mar. 27, 1926): 13[Texarkana, Tx.]; (Apr. 3, 1926): 13[Fort Worth, Corsicana,Tx.]; (Apr. 10, 1926): 8[Waco, San Antonio, Tx.]; (Apr. 17, 1926): 8[Marianna, Ark.]. 以上は、筆者(廣瀬)が入手し読むことができたものである。

——. "At the Coffee House"《コーヒーハウスにて》*The Messenger*, Vol. VII, No. 6 (Jun. 1925): 236-37.

——. "At the Darktown Charity Ball"《ダークタウン慈善舞踏会にて》*The Messenger*, Vol. VI, No. 12 (Dec. 1924): 377-78.

——. *Black and Conservative: The Autobiography of George S. Schuyler*.『保守主義

の黒人《ブラック》――ジョージ・S・スカイラー自伝』New York. Arlington House, Publishers. 1966.
――. [Writing as Samuel I. Brooks] "Black Empire: An Imaginative Story of a Great New Civilization in Modern Africa"《黒人帝国》*The Pittsburg Courier* (Oct. 2, 1937-Apr. 16, 1938). In *Black Empire*. Foreword by John A. Williams; Edited, with an Afterword, by Robert A. Hill and R. Kent Rasmussen. Boston: Northeastern University Press, 1991: 143-258.
――. [Writing as Samuel I. Brooks] "The Black Internationale: Story of Black Genius Against the World"《ブラック・インターナショナル》*The Pittsburg Courier* (Nov. 21, 1936-Jul. 3, 1937). In *Black Empire*. Foreword by J. A. Williams; Edited, with an Afterword, by R. A. Hill and R. K. Rasmussen: 1-142.
――. *Black No More: Being an Account of the Strange and Wonderful Workings of Science in the Land of the Free, A. D. 1933-1940.*『ノーモア黒人《ニグロ》』New York: The Macaulay Company. 1931.
――. "Black Warriors."《黒人《ブラック》の兵《つわもの》ども》*The American Mercury*, Vol. XXI, No. 83, (Nov. 1930): 288-97.
――. "Blessed Are the Sons of Ham."《幸いなるかな、ハムの子孫は》*The Nation*, Vol. 124, No. 3220 (Mar. 23, 1927): 313-15.
――. "The Case against the Civil Rights Bill."《公民権法案に対する異議申し立て》The Speech dclivered at the University of Rockland Community College(Suffern, New York)on Monday, Nov. 11, 1963. この講演記事のタイプ原稿は、シラキュース大学図書館スペシャル・コレクション・センター (Special Collections Research Center, Syracuse University Libraries) が所蔵している (Collection Name, George Schuyler. Box Number, 9: 1-10)。センターの Nicolette A. Dobrowolski 氏のご協力を得て入手した。なおこの記事は次の編纂書に含まれている。Leak. Ed. *Rac[e]ing to the Right*.: 97-103.
――. "The Caucasian Problem."《白人問題《コケイジャン・プロブレム》》In *What the Negro Wants*. Ed. R. W. Logan: 281-98.
――. "Correspondence: Negroes and Artists."《書簡――黒人《ニグロ》と芸術家》*The Nation*, Vol. 123, No. 3184(Jul. 14, 1926): 36.
――. "Do Negroes Want to be White?"《黒人《ニグロ》は白くなりたいのか》*The American Mercury*, Vol. LXXXII, No. 389(Jun. 1956): 55-60.
――. "Dr. Jekyll and Mr. Hyde, and the Negro."《ジキル博士とハイド氏と黒人《ニグロ》》In *An Anthology of American Negro Literature*. Ed. Sylvestre C. Watkins, with an Introduction by John T. Frederick. New York: The Modern Library, 1944: 266-273.
――. "The Ethiopean Murder Mystery: A Story of Love and International Intrigue."

《エチオピア人殺害のミステリー――愛と国際的陰謀の物語》*The Pittsburg Courier*(Oct. 5, 1935–Feb. 1, 1936). In *Ethiopian Stories*. Compiled and Edited with an Introduction by Robert A. Hill. Boston: Northeastern University Press, 1994: 52–122.

――. "The Future of the American Negro."《アメリカ黒人《ニグロ》の未来》(Delivered to the Christian Freedom Foundation in New York City on Apr. 6, 1967). この講演記事のタイプ原稿は、シラキュース大学図書館スペシャル・コレクション・センター(Special Collections Research Center, Syracuse University Libraries) が所蔵している (Collection Name, George Schuyler. Box Number, 9: 1–19)。センターのNicolette A. Dobrowolski氏のご協力を得て入手した。なおこの記事は次の編纂書に含まれている。Leak. Ed. *Rac[e]ing to the Right*. :109–20.

――. "George S. Schuyler, Writer: An Interview with Ishmael Reed and Steve Cannon."《スカイラー・インタビュー》(1973). In *Rac[e]ing* to the Right. Ed. Jeffrey B, Leak: 138–58.

――. "King: No Help to Peace."《キング――平和には役立たず》(Published in New Hampshire's *Manchester Union Leader* in 1964). In *Rac[e]ing* to the Right. Ed. J. B. Leak: 104–05.

――. "Light and Shadow of the Underworld-Hobohemia: The World of the Migratory Worker."《下層社会の光と影――社会的のけ者ホーボヘミアの考察(季節労働者の世界)》*The Messenger*, Vol. V, No. 6 (Jun. 1923): 741–44.

――. "Memoirs of a Pearl Diver."《皿洗い体験記》*The American Mercury*, Vol. XXII, No. 88 (Apr. 1931): 487–96.

――. "The Menace of Negro Communism."《黒人《ニグロ》コミュニストの脅威》*The Messenger*, Vol. V, No. 8 (Aug. 1923): 784.

――. "Monrovia Mooches On."《モンロビアは金の工面に必死》*The Globe*(Jul. 1937): 10–16. In *Always Elsewhere: Travels of the Black Atlantic*. Ed. Alasdair Pettinger. New York: Cassell, 1998: 221–26.

――. "The Negro and Nordic Civilization."《黒人《ニグロ》と白人《ノルディック》文明》*The Messenger*, Vol. VII, No. 5 (May 1925): 198–201; 207–08.

――. "The Negro-Art Hokum."《「黒人芸術《ニグロ・アート》」という戯言《ホウカム》》*The Nation*, Vol. 122, No. 3180 (Jun. 16, 1926): 662–63.

――. "A Negro Looks at Negroes."《黒人《ニグロ》が黒人《ニグロ》を見る》*The Debunker and the American Parade*, Vol. XIII, No. 5(Oct. 1930): 27–38.

――. "A Negro Looks Ahead."《黒人《ニグロ》は先を見据える》*The American Mercury*, Vol. XIX, No. 74 (Feb. 1930): 212–20.

――. [Writing as George W. Jacobs] "Negro Authors Must Eat."《黒人《ニグロ》作家は食べ

なければならない》*The Nation*, Vol. 128, No. 3336 (Jun. 12, 1929): 710–11.

——. "Our Greatest Gift to America."《我ら黒人《ニグロ》からアメリカへの最高の贈り物》In *Ebony and Topaz: A Collectanea*. Ed. Charles S. Johnson. New York: Opportunity, 1927: 122-24. これは、次の編纂書にも収録されている。*An Anthology of American Negro Literature*. Ed. V. F. Calverton. New York: The Modern Library, 1929: 405–12. 本論では、カルヴァートン版を用いた。

——. "Our White Folks."《我らの白人《ホワイト・フォークス》について》*The American Mercury*, Vol. XII, No. 48 (Dec. 1927): 385–92. これは次の編纂書にも収録されている。Roediger, David R. Ed. *Black on White: Black Writers on What It Means to Be White*. New York: Schocken Books, Inc., 1998: 71–84.

________. "Racial Intermarriage in the United States: One of the Most Interesting Phenomena in our National Life."《合衆国における異人種間結婚》*The American Parade*, 1 (Fall 1928); rpt. in Little Blue Book Series, No. 1387. Girard, Kansas: Haldeman-Julius Publications, 1929.

——. [Writing as Rachel Call] "Revolt in Ethiopia: A Tale of Black Insurrection Against Italian Imperialism."《エチオピア革命——イタリア帝国主義に対する黒人暴動の物語》*The Pittsburg Courier* (Jul. 16, 1938–Jan. 21, 1939). In *Ethiopian Stories*. Compiled and Edited with an Introduction by R. A. Hill: 123–227.

——. "The Rise of the Black Internationale."《ブラック・インターナショナルの台頭》*The Crisis*, Vol. 45, No. 8 (Aug. 1938):255–57, 274–75, 277.

——. "Saint Martin? The Martin Luther King Memorial."《聖マーティン？　マーティン・ルーサー・キング記念日》*American Opinion*. (Jan. 1970): 17–18.

——. "Shafts and Darts: A Page of Calumny and Satire"《シャフツとダーツ——痛言と風刺のページ》*The Messenger*, Vol. V, No. 9 (Sep. 1923): 808, 819.

—— and Theophilus Lewis. "Shafts and Darts: A Page of Calumny and Satire."《シャフツとダーツ——痛言と風刺のページ》*The Messenger*, Vol. VI, No. 4 (Apr. 1924): 108; Vol. VI, No. 6 (Jun. 1924): 183. (アラン・ロックに対する風刺)

——. *Slaves Today: A Story of Liberia*.『今日の奴隷——リベリア物語』New York: Brewer, Warren and Putnam. 1931.

——. "Some Unsweet Truths about Race Prejudice."《人種的偏見に関する、いくつかの甘くない真実》In *Behold America!* Ed. Samuel D. Schumalhausen. New York: Farrar & Rinehart, Inc., 1931.

——. "These 'Colored' United States, No. 24—New York: Utopia Deferred."《ニューヨーク——先延ばしにされたユートピア》*The Messenger*, Vol. VII, No. 10 (Oct.–Nov. 1925): 344–49; 370. これは次の編纂書にも収録されている。*These "Colored" United States*. Ed. Lutz and Ashton: 192–211.

——. "Travelling Jim Crow."《黒人差別の中を旅する《トラベリング・ジム・クロウ》》*The American Mercury*,

Vol. XX, No. 80 (Aug. 1930): 423–32.

——. "Uncle Sam's Black Step-Child."《アンクル・サムの黒人《ブラック》の継子》*The American Mercury*, Vol. XXIX, No. 114 (Jun. 1933): 147–56.

——. "The Van Vechten Revolution."《ヴァン・ヴェクテン革命》*Phylon, the Atlanta University Review of Race and Culture*, 11 (Fourth Quarter 1930): 362–68.

——. "Views and Reviews."《論説と批評》〔エチオピア戦争について〕*The Pittsburgh Courier* (Nov. 23, 1935): 10.

——. "Views and Reviews."《論説と批評》〔日系アメリカ人の強制収容について〕*The Pittsburgh Courier* (May 29, 1943): 13. このエッセイは、《彼らの闘いはわれわれの闘いでもある》("Their Fight is Our Fight")という題名で、Jonathan Bean による編纂書 *Race and Liberty in America*(176–78 頁)に収録されている。

——. "Views and Reviews."《論説と批評》〔原爆投下について〕*The Pittsburgh Courier* (Aug. 18, 1945): 7.

——. "Was Booker T. Wrong?"《ブーカー・T は間違っていたか?》*Negro Digest* Vol. V, No. 4 (Feb. 1947): 86–90.

——. "When Black Weds White."《黒人《ブラック》が白人と結婚する時》*The Modern Monthly*, Vol. VIII, No. 1 (Feb. 1934): 11–17.

——. "Who is 'Negro'? Who is 'White'?"《だれが『ニグロ』で、だれが『白人』か?》*Common Ground*, Vol. I, No. 1 (Autumn 1940): 53–56; rpt. *Negro Digest*, Vol. I, No. 4 (Nov. 1940): 67–72.

——. "The Yellow Peril: A One-Act Play."《黄禍《イエロー・ペリル》——一幕劇》*The Messenger*, Vol. VII, No. 1 (Jan. 1925): 28–31. これは次の二冊の編纂書にも収録されている。Wilson, S. Kathryn. Ed. *The Messenger Reader* : 190–200. Hatch, J. V. and Leo Hamalian. Eds. *Lost Plays of the Harlem Renaissance, 1920-1940* : 48-60. Detroit: Wayne State University Press, 1996: 48–60.

Schuyler, Josephine. "Don'ts for my Daughter"《私の娘のためにしてはならないこと》*The Crisis*, Vol. 40, No. 12 (Dec. 1933): 280–81.

新共同訳『聖書』日本聖書協会、1999 年。

Stoddard, Theodore Lothrop. *The Rising Tide of Color against White World-Supremacy*. New York: Charles Scribner's Sons, 1920.

Talalay, Kathryn. *Composition in Black and White: The Life of Philippa Schuyler*. New York: Oxford University Press, 1995.

田中英夫編集代表『英米法辞典』東京大学出版会、1994 年第 3 版。

Vechten, Carl Van. *Nigger Heaven*, 1926; rpt. Urbana: University of Illinois Press, 2000.

Virginia Fountdation for the Humanities. Encyclopedia Virginia. http://www.encyclopediavirginia.org

Washington, Booker T. Ed. *The Negro Problem; A Series of Articles by Representative*

American Negroes of To-Day. Ed. Booker T. Washington et al. New York: James Pott & Company, 1903. この編纂書には、ワシントンとデュボイスのほかに、次の人物が執筆している――Paul Laurence Dumber（詩人、小説家、劇作家）。Charles W. Chesnutt（小説家、エッセイスト）。Wilford H. Smith（弁護士）。H. T. Kealing（教育者、編集者）。T. Thomas Fortune（市民権活動家、ジャーナリスト、編集者）。

――. *Up from Slavery*. New York: Doubleday, Doran and Company, 1900, 1901; Edited with an Introduction and Notes by William L. Andrews. New York: Oxford University Press, Inc. 2008. 川上晃次郎訳『奴隷から学長に』新紀元社、1964年。

Watts, Eric King. *Hearing the Hurt: Rhetoric, Aesthetics, and Politics of the New Negro Movement*. Tuscaloosa: University of Alabama Press, 2012.

Wesley, Charles H. "The Negro has always wanted the Four Freedomes."《黒人はいつも四つの自由を求めてきた》In *What the Negro Wants*. Ed. R. W. Logan: 90-112.

White, Newman Ivey. *American Negro Folk Songs*. Cambridge: Harvard University Press, 1928.

Williams, Harry McKinley, Jr. "When Black is Right: The Life and Writings of George S. Schuyler." Ph.D. diss., Brown University, May 1988.

Williams, Oscar R. *George S. Schuyler: Portrait of a Black Conservative*. Knoxville: The University of Tennessee Press, 2007.

Wilkins, Roy. "The Negro Wants Full Equality."《黒人は完全な平等を求める》In *What the Negro Wants*. Ed. R. W. Logan: 113-132.

Wilson, Sondra Kathryn. *The Crisis Reader: Stories, Poetry, and Essays from The N.A.A.C.P.'s Crisis Magazine*. New York: The Modern Library, 1999.

――. *The Messenger Reader: Stories, Poetry, and Essays from the Messenger Magazine*. New York: The Modern Library, 2000.

Wright, Richard. "The Literature of the Negro in the United States." In *White Man, Listen!* New York: Doubleday, 1957; rpt. Westport, Conn.: Greenwood Press, Publishers, 1978. 海保真夫・鈴木主税訳『白人よ聞け』小川出版、1969年。

ジョージ・S・スカイラー（1895－1977）略年表

［本書で言及したものを中心にして］

西暦	ジョージ・S・スカイラー関連	歴史的背景・出版関連
1881		ブーカー・T・ワシントン「タスキーギ専門学校」を創設。
1885		ブーカー・T・ワシントン「アトランタ博覧会」での演説──「アトランタの妥協」。
1895	ロードアイランド州・プロヴィデンスに生まれる。（ニューヨーク市生まれという説もある）	
1896		「プレッシー対ファーガソン事件」に対する連邦最高裁判決によって、「隔離しても平等」という人種隔離主義の大原則が確立された。
1900 (1901)		ブーカー・T・ワシントン『奴隷から身を起こして』出版。
1903		デュボイス『黒人のたましい』出版。
1904		日露戦争（05年まで）。
1905		「ナイアガラ運動」宣言。
1909		全米黒人地位向上協会設立。 翌年1910年に機関誌『クライシス』創刊。
1912	17歳になった時点で高校を中退し、軍隊に入隊。	
1917	アイオワ州フォート・デモイン訓練キャンプに参加し、黒人将校（中尉）となる。	合衆国の第一次世界大戦（1914−18）参戦。 ウッドロー・ウィルソン大統領は、4月2日の議会演説において、「世界は民主主義のために安全にされなければならない」と訴えて承認を得、ドイツへの宣戦布告を行なった（4月6日）。 ロシア革命（二月革命、十月革命）が起こる。

1918	11月の戦争終結と同時に、6年にわたる軍隊生活に終止符を打ち、復員後、ハーレムで生活を送る。	大日本帝国、イギリス帝国、アメリカ合衆国、フランス、イタリアなどの連合国によるシベリア出兵（22年まで）。
1919		合衆国憲法修正第18条（禁酒規定）発効。 併せて「国家禁酒法」（ヴォルステッド法）成立。 デュボイスが中心となって、パリで第1回パン・アフリカ会議を開催。
1921	故郷のシラキュースに戻り、社会党に入党している。	第2回パン・アフリカ会議（ロンドン・ブリュッセル・パリ）。 ヘンリー・ロアリー・リンチ事件（アーカンソー州ノーデナ）。
1922	12月、再びニューヨークに出てきて、新しい生活を始める。	白人優越主義者組織「アメリカ・アングロサクソン協会」設立（1924年の「ヴァージニア州人種保全法」設立に繋げた）。 クロード・マッケイはこの年に出版した詩集『ハーレムの影』の中の詩《アメリカ》で、アメリカを「文明化された地獄」と呼んだ。
1923	『メッセンジャー』の編集助手となり、以後、廃刊時（1928年）まで編集主幹も務め、《シャフツとダーツ――痛言と風刺のページ》などのコラムを通して、創刊時の科学社会主義を標榜する雑誌の傾向を大きく変えた。 『メッセンジャー』に《社会的のけ者ホーボヘミアの考察》（6月）を掲載。	第3回パン・アフリカ会議（ロンドン・リスボン）。
1924	『ピッツバーグ・クーリエ』のニューヨーク支局通信員となり、以後、1966年まで、42年間にわたって当紙の主要なポストを務める。	「ヴァージニア州人種保全法」を制定。 ポカホンタス例外条項。
1925	『メッセンジャー』に《黄禍《イエロー・ペリル》――一幕劇》（1月）、《黒人《ニグロ》と白人《ノルディック》文明》	「排日移民法」（あるいはジョンソン＝リード移民法）制定。

	（5月）と、《ニューヨーク ── 先延ばしにされたユートピア》（10·11月合併号）を掲載。『ピッツバーグ・クーリエ』に《今日のアフラメリカ》の連載を開始（11月から翌春まで）。	アラン・ロック編『新しい黒人』が出版される。
1926	『ネーション』に《「黒人芸術《ニグロ・アート》」という戯言《ホウカム》》（6月16日）を掲載。「黒人芸術」をめぐって、ラングストン・ヒューズと『ネーション』誌上で論戦を展開する。ヒューズの《黒人芸術家と人種の山》を受けて《書簡 ── 黒人と芸術家》（7月14日）を掲載。	スカイラーの《戯言《ホウカム》》を受けて、ヒューズが《黒人芸術家と人種の山》（6月23日）を掲載。スカイラーの《書簡 ── 黒人《ニグロ》と芸術家》を受けて、ヒューズが《アメリカ人の芸術、それとも黒人の芸術？》（8月18日）を掲載。カール・ヴァン・ヴェクテン『くろ《ニガー》んぼ天国《・ヘヴン》』が出版される。
1927	『ネーション』に《幸いなるかなハムの子孫は》（3月23日）を掲載。チャールズ・S・ジョンソン編『選集 ── 黒檀と黄玉』に《我ら黒人《ニグロ》からアメリカへの最高の贈り物》を掲載。H·L·メンケンの『アメリカン・マーキュリー』に《我らの白人《ホワイト・フォークス》について》（12月）を掲載。これによって、スカイラーは「ブラック・メンケン」と呼ばれるようになる。	『メッセンジャー』の編集者スカイラーとウォレス・サーマンは、ヒューズの三篇の短編を掲載する ── 《月光に浮かぶ人影》（4月）、《若い彼の栄光》（6月）、《小さな処女》（11月）。第4回パン・アフリカ会議（ニューヨーク）。
1928	ジョーゼフィン・コグデルと結婚。『アメリカン・パレード』第一巻（秋季号）に《合衆国における異人種間結婚》を掲載。	
1929	1929年6月12日付の『ネーション』に、ヒューズとの論戦を締めくくるかたちで《黒人《ニグロ》作家は食べなければならない》を掲載（黒人芸術の「原始性」を語っている）。	大恐慌勃発。マーティン・ルーサー・キング（ジュニア）が生まれる（68年に暗殺される）。
1930	『アメリカン・マーキュリー』に《黒人《ニグロ》の兵《つわもの》ども》を掲載（11月）。	ラングストン・ヒューズ『笑いなきにあらず』を出版。
1931	リベリア政府による、フェルナンド・	満州事変（33年の塘沽停戦協定ま

	ポー島における奴隷制同然の強制労働の実態を探るべく、『ニューヨーク・イヴニング・ポスト』の特別特派員という肩書で、内偵調査の命を受けて、リベリアへ派遣される（1～5月）。 2冊の小説、『ノーモア黒人《ブラック》』（New York: Macaulay）と『今日の奴隷──リベリア物語』（New York: Brewer, Warren and Putnam）を出版。 サミュエル・D・シュマルハウゼン編『見よアメリカ！』に《人種的偏見についての甘くないいくつかの真実》を掲載。 娘フィリパが生まれる。	で）。 スコッツボロ（アラバマ州）事件。
1933	『アメリカン・マーキュリー』に《アンクル・サムの黒人《ブラック》の継子》を掲載（6月）。	
1935	『ピッツバーグ・クーリエ』の《論説《ヴューズ・》と批評《アンド・レヴューズ》》（11月）でエチオピア戦争を取り上げる。 『ピッツバーグ・クーリエ』（35年10月5日～36年2月1日付）に、シリーズ物の小説《エチオピア人殺害のミステリー──愛と国際的陰謀の物語》を、本名のジョージ・S・スカイラーで連載（18章からなる）。	イタリア王国とエチオピア帝国の間で、第二次エチオピア戦争始まる（1936年まで）。
1936	『ピッツバーグ・クーリエ』（36年11月21日～37年7月3日付）に、シリーズ物の小説《ブラック・インターナショナル──世界に対抗する黒人の鬼才《ジーニアス》の物語》を、サミュエル・I・ブルックス［Samuel I. Brooks］のペンネームで連載（33章からなる）。	
1937	『ピッツバーグ・クーリエ』（37年10月2日～38年4月16日付）に、シリ	日中戦争（支那事変）始まる。

	ーズ物の小説《黒人帝国《ブラック・エンパイア》──現代アフリカにおける偉大な新文明の空想物語》を、サミュエル・I・ブルックスのペンネームで連載（29章からなる）。 『クライシス』のビジネスマネージャーとなる（1944年まで）。	
1938	『ピッツバーグ・クーリエ』（38年7月16日～39年1月21日付）に、シリーズ物の小説《エチオピア革命──イタリア帝国主義に対する黒人《ブラック》暴動の物語》を、「レイチェル・コール」［Rachel Call］のペンネームで連載（28章からなる）。 『クライシス』に《ブラック・インターナショナルの台頭》を掲載（8月）。	
1940	『コモン・グラウンド』に《だれが「ニグロ」で、だれが「白人」か？》を掲載（秋季号）。	
1941		真珠湾攻撃（日本時間12月8日）。 合衆国が第二次世界大戦（1939-45）参戦。
1942		日系アメリカ人強制収容。
1943	『ピッツバーグ・クーリエ』《論説と批評《ヴューズ・アンド・レヴューズ》》（5月）で、カリフォルニア州における日系アメリカ人強制収容を取り上げる。エチオピア戦争を取り上げる。	
1944	レイフォード・W・ローガン編『黒人の求めるもの』に《白人問題《コケイジャン・プロブレム》》を掲載。	
1945	『ピッツバーグ・クーリエ』《論説と批評《ヴューズ・アンド・レヴューズ》》（8月）で日本への原子爆弾投下を取り上げる。	日本への原子爆弾投下。 第二次世界大戦終結。
1949	『ピッツバーグ・クーリエ』の特派員として、西インド諸島へ取材旅行。	

1954		5月14日、「ブラウン対トピーカ教育委員会事件（公立学校における人種別学）に対して、連邦最高裁による違憲判決。
1955		4月に、インドネシア・バンドンにおいて、第一回アジア・アフリカ会議（バンドン会議）が開催される。
1956	『アメリカン・マーキュリー』に《黒人《ニグロ》は白くなりたいのか》を掲載（6月）。この評論の中で、リチャード・ライトの『カラー・カーテン』に言及している。	リチャード・ライトは、バンドン会議報告として、『カラー・カーテン』を出版。
1958	『ピッツバーグ・クーリエ』の特派員として、フランス領の西アフリカ、ドミニカ共和国へ取材旅行。	
1960	『ピッツバーグ・クーリエ』の特派員として、ナイジェリアへ取材旅行。	
1961	『ピッツバーグ・クーリエ』の特派員として、当時のポルトガル領アフリカ（現モザンビーク）へ取材旅行。極右政治団体「ジョン・バーチ・ソサエティ」のメンバーとなって、機関紙『アメリカン・オピニオン』へ寄稿し始める。	
1963	11月11日、ニューヨーク州サファーンにあるロックランド・コミュニティ・カレッジで行なった講演《公民権法案に対する異議申し立て》で、翌64年に成立することになる公民権法に対する批判を行なった。	
1964	マーティン・ルーサー・キング（ジュニア）にノーベル平和賞が授与されることに決まったこと（受賞発表は10月14日）に対して、『マンチェスター・ユニオン・リーダー』紙に、受賞を非難する記事《キング ── 平	公民権法成立。 マーティン・ルーサー・キング（ジュニア）、ノーベル平和賞を受賞（授賞式は12月10日）。

	和には役立たず》を掲載。	
1966	『ピッツバーグ・クーリエ』を退く。スカイラーによるキング牧師批判が『ピッツバーグ・クーリエ』社の方針と合致しないというのが主な理由である。 自伝『保守主義の黒人《ブラック》――ジョージ・S・スカイラー自伝』を出版	
1968		4月4日、マーティン・ルーサー・キング（ジュニア）が暗殺される。
1970	マーティン・ルーサー・キング（ジュニア）の死去後、キングを称え、キングの功績を後世に残そうとする動きをとらえて、ジョン・バーチ・ソサエティの機関紙『アメリカン・オピニオン』にキング批判記事《聖マーティン？　マーティン・ルーサー・キング記念日》を掲載。	
1977	ニューヨークにて没（82歳）。	
［補足］		
1969	カンザス州ヘイズの「マックグラス出版社」（Hays, KS: McGrath Publishing Company）から、1931年出版（マコーリ版）の『ノーモア黒人《ブラック》』が38年の時を経て復刻される。	
1971	ニューヨークの「コリア社」（NY: Collier）から、『ノーモア黒人《ブラック》』が出版される。しかし、5か所に初版のマコーリ版どおりではない誤植がある。	
1989	「ノースウェスターン大学出版会」（Boston: Northwestern University Press）から、『ノーモア黒人《ブラック》』が出版される。「コリア社」版の誤植をそのまま受け継いでいる。	

1991	『ピッツバーグ・クーリエ』のシリーズ物小説で、1936年11月21日からの《ブラック・インターナショナル》と、37年10月2日からの《黒人帝国《ブラック・エンパイア》》が、『黒人帝国《ブラック・エンパイア》』として出版される。	
1994	『ピッツバーグ・クーリエ』のシリーズ物小説で、1935年10月5日からの《エチオピア人殺害のミステリー》と、38年7月16日からの《エチオピア革命》が、『エチオピア物語』として出版される。	
1998	「X出版社」(London: The X Press)から『ノーモア黒人《ブラック》』が出版される。「コリア社」版の誤植をそのまま受け継いでいる。しかも初版出版を1932年(正しくは1931年)としている。	
1999	「モダン・ライブラリ版」(Modern Library Edition)の『ノーモア黒人《ブラック》』が出版される。「コリア社」版の誤植をそのまま受け継いでいる。	
2001	スカイラーの雑誌・新聞・編纂書掲載のエッセイ・コラム・インタヴュー選集(ジェフリー・B・リーク[Jeffrey B. Leak]編)が出版される。	
2008	「オリンピア・プレス」(New York/Paris: The Olympia Press)から、"The New Traveller's Companion Series"の一冊(No. 111)として、『ノーモア黒人《ブラック》』が出版される。「コリア社」版の誤植を受け継いでいる。しかも『ノーモア黒人《ブラック》』の初版(マコーリ版)出版年を1928年としている(正しくは1931年)。	
2011	「ドーヴァー版」(Dover Edition)の『ノーモア黒人《ブラック》』が出版される	

	(Mineora, N.Y.: Dover Publications, Inc.)。初版（マコーリ版）どおりで、誤植はない。 「ライブラリー・オヴ・アメリカ」(The Library of America) シリーズの『ハーレム・ルネッサンス－1930年代の四編の小説』(*Harlem Renaissance: Four Novels of the 1930s*) の一編として『ノーモア黒人《ブラック》』が出版される。初版（マコーリ版）どおりで、誤植はない。	
2013	「インポータント・ブックス社」(Important Books［出版地不詳］) からA4サイズの『ノーモア黒人《ブラック》』が出版される。誤植はないが、「序」(Preface) が付いていない。	